KB134243

음악 없는 말

WORDS WITHOUT MUSIC
PHILIP GLASS

WORDS WITHOUT MUSIC PHILIP GLASS

음악 없는 말

필립 글래스 지음
이석호 옮김

Franz

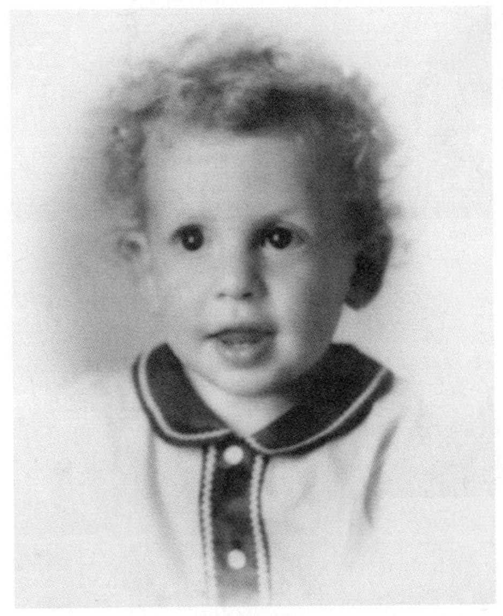

1938

필립 글래스. 볼티모어.

1941

아이다 글래스와 셰피, 필립, 마티. 볼티모어.

1943

해병대 이등병 시절의
벤 글래스.

1983

미셸 젤츠먼.
사진: 노엘 젤츠먼

1989

「패시지」를 함께 작곡하는 라비 샹카르와 필립 글래스. 캘리포니아 주 산타모니카.

사진: 앨런 코즈로프스키

1965

필립 글래스와 조앤. 스페인 모하카르 해변.

사진: 조앤 아칼라이티스

1963

세계적인 음악 교육자이자 지휘자인 나디아 불랑제. 영국 맨체스터 프리 트레이드 홀.

사진: 에리히 아우어바흐, 헐튼 아카이브, 게티 이미지

1968

뉴욕 시네마테크 공연을 앞두고 설치한 「정사각형 모양을 한 곡」의 악보 앞에서.

사진: 피터 무어 © 바바라 무어, VAGA, NY

1968

뉴욕 시네마테크에서 「스트렁 아웃」을 연주하는 도로시 픽슬리 로스차일드.

사진: 피터 무어 © 바바라 무어, VAGA, NY

1970년대 초반

엘리자베스 가 10번지 로프트에서
일요일 오후마다 열린 공개 리허설 장면.
사진: 랜들 라브리

1970년대 초반

리처드 세라와 필립 글래스. 뉴욕.
사진: © 리처드 랜드리, 1975

1969

재스퍼 존스의 스튜디오에서
스플래시 작품을 만들고 있는
리처드 세라와 필립 글래스. 뉴욕.
사진: 리처드 세라

1973

왼쪽부터 줄리엣, 필립 글래스, 재크, 조앤. 노바스코샤의 케이프브레턴.
사진: 필립 글래스

케이프브레턴에서 인연을 맺은 존 댄 맥퍼슨.

2000

루디 울리처와 필립 글래스. 케이프브레턴.
사진: 린 데이비스

1976

「해변의 아이슈타인」으로 첫 투어를 할 때 이탈리아 베네치아에서 재크, 줄리엣과 함께.
사진: © 로베르토 마조티

1976

필립 글래스와 로버트 윌슨. 뉴욕 로버트 메이플소프의 스튜디오에서.

사진: 로버트 메이플소프 © 로버트 메이플소프 재단

1984

「해변의 아인슈타인」 중
'니 플레이 2'에서의 셰릴 서턴과
루신다 차일즈.
뉴욕 브루클린 음악 아카데미.
사진: © 폴라 코트

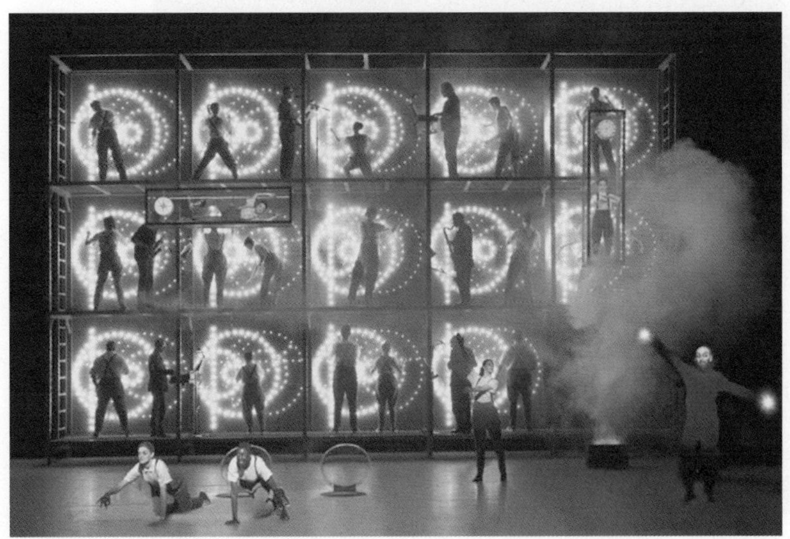

2012

파미그래니트 아츠가 올린 「해변의 아인슈타인」의 4막 3장 '우주선' 장면.
사진: © 루시 잰시

1980

「사티아그라하」 1막 1장 '정의의 땅 쿠루' 대목.
더글라스 페리가 간디 역을 노래하고 있다.
데이비드 파운트니가 연출하고, 로버트 이스라엘이
무대 디자인을 맡았다. 네덜란드 오페라 극장.
사진: © 톰 카라바글리아, 2008

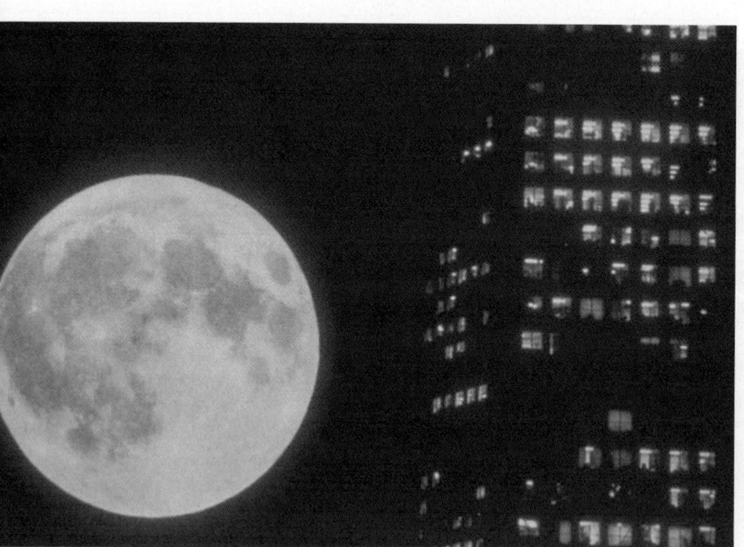

1982

고드프리 레지오 감독의 영화 「코야니스카시」의 한 장면.
촬영은 론 프리케가 맡았다.

2013

필립 글래스와 고드프리 레지오.
영화 「비지터스」 제작 회의를 하고 있는 중이다.
브루클린 레드훅의 옵틱너브 스튜디오.
사진: © 마이크 데비

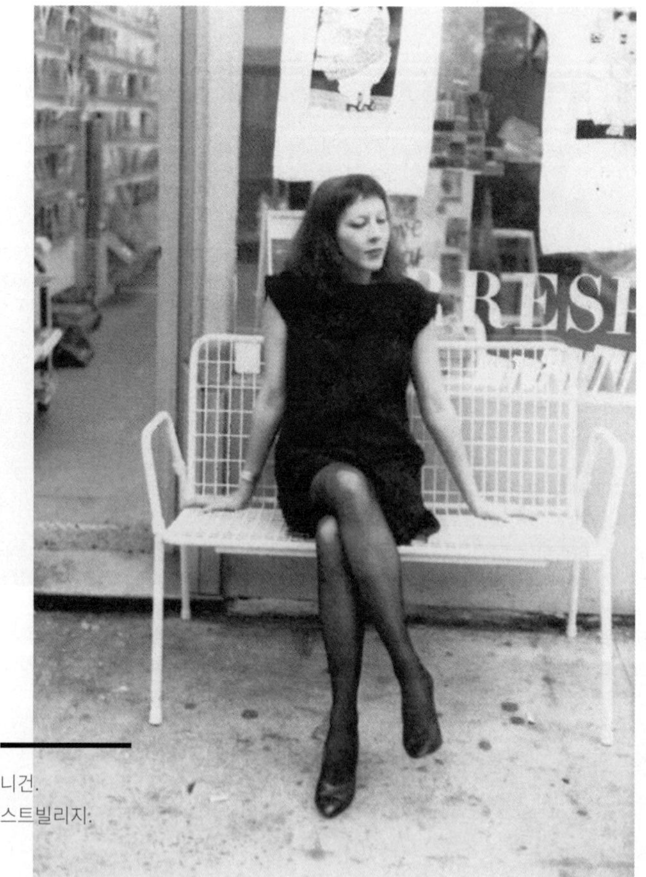

1986

캔디 저니건.
뉴욕 이스트빌리지.

1988

「제8행성 대표 만들기」
오페라 작업을 위해 만난
필립 글래스와 작가 도리스 레싱.
런던 잉글리시 내셔널 오페라.
사진: 데이비드 셰인먼

2014

필립 글래스의 「오리온」을 연주하는 포데이 무사 수소와 애슐리 맥아이작.
그리스 아테네 아크로폴리스의 헤로데스 아티쿠스 극장.
사진: 이오르고스 마브로풀로스

필립 글래스의 음악과 함께한, 토니 브라우닝 감독의 영화「드라큘라」.
실황 연주에는 크로노스 사중주단, 필립 글래스, 지휘자이자 연주자인 마이클 리스먼이 함께했다.
사진: © 디디에 도르발

2007

레너드 코헨과 필립 글래스.
코헨의 시를 바탕으로 한 뮤지컬극인「열망의 책」리허설을 할 때다.
사진: 로르카 코헨

2001

필립 글래스 앙상블의 음악감독인 마이클 리스먼.
'필립 온 필름' 투어 때의 리허설 장면이다.
사진: © 폴라 코트

2012

「열두 파트로 구성된 음악」을
연주하는 필립 글래스 앙상블.
뉴욕의 파크 애버뉴 아모리.
사진: 제임스 어윙

2013

데니스 러셀 데이비스와 필립 글래스.
페터 한트케의 작품을 극화한
오페라 「잃어버린 자의 발자취」를
브루크너 오케스트라와 함께
리허설할 때다. 오스트리아 린츠.
사진: 안드레아스 비테스니히

2010

진 하이스타인.
케이프브레턴에 있는
그의 여름 별장 주변을
거닐던 모습이다.
사진: 키티 하이스타인

2011

스탠리 맥도널드 신부.
노바스코샤 케이프브레턴.
사진: 레베카 리트먼

2008

마티 글래스, 셰피 글래스 에이브러모위츠, 필립 글래스.
뉴욕 메트로폴리탄 오페라에서 「사티아그라하」를 공연할 때다.

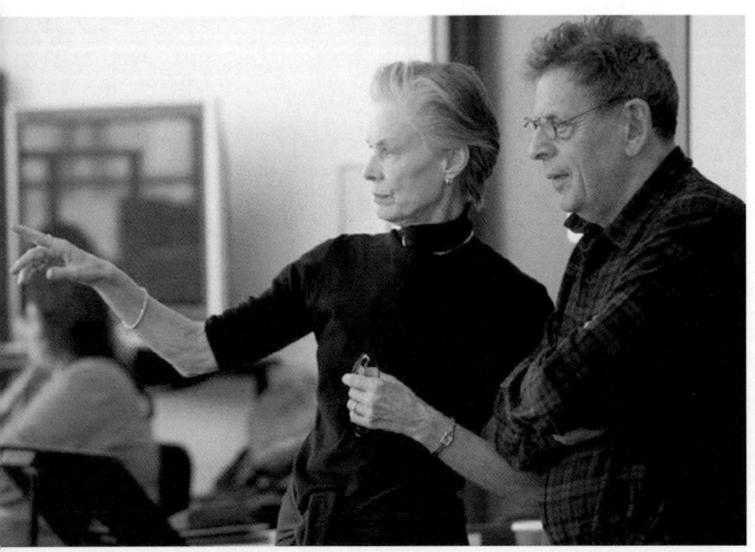

2011

루신다 차일즈와 필립 글래스. 「해변의 아인슈타인」 재공연을 위한 리허설을 할 때다. 뉴욕 바리시니코프 아츠 센터.
사진: 파벨 안토노프

1989

필립 글래스, 겔렉 존현, 앨런 긴즈버그. 1989년, 미시건 앤아버.
사진: © 앨런 기즈버그, 코르비스

내 아이들인 줄리엣, 재크,
캐머런, 말로를 위하여

일러두기

- 이 책은 Philip Glass, *Words without Music*(New York: W. W. Norton & Company, 2015)을 완역한 것이다.
- 본문에 있는 각주는 모두 옮긴이가 단 것이다.
- 인명, 지명 등 고유명사 표기는 국립국어원 외래어 표기법을 따르되, 그 밖에도 『두산세계대백과사전』 등을 참조했다. 단, 굳어진 외래어의 경우 관용을 존중했다.
- 책으로 간주할 수 있는 것은 겹낫표(『 』)로, 노래, 영화, 연극, 오페라, 미술 작품, 신문 등은 홑낫표(「 」)로 표시했다.

들어가며

"음악 공부 때문에 굳이 뉴욕에 가겠다면 헨리 이모부처럼 되고 말 게다. 이 도시 저 도시를 떠돌며 호텔방에서나 자면서 그렇게 되겠지."

우리 어머니인 아이다 글래스는 막내아들의 계획을 듣고는 이렇게 말했다. 시카고 대학교를 졸업하고 볼티모어에 있는 부모님 댁에 돌아와 지내던 어느 날 부엌에서였다.

헨리 이모부는 밴텀급 선수처럼 왜소한 체격에 진한 브루클린 사투리를 버리지 못하고 연신 시가를 피워 대는 분이었다. 마르셀라 이모는 나보다 한 세대 전에 볼티모어를 떠나 드러머인 이모부와 함께 살고 있었다. 이모부는 제1차 세계대전 종전 직후 치과대학을 중퇴하고 떠돌이 음악가의 삶을 살기 시작해 이후 50년 세월 동안 전국 방방곡곡을 누비며 보드빌 극장과 휴가지의 호텔에서 북채를 쥐었고, 댄스 밴드와 함께 연주하며 인생을 보냈다. 말년에 가서는 그때나 지금이나 '보르슈트 벨트'라는 이름으로 알려진 캐츠킬 산맥의 나이트클럽에서 드럼을 치기도 했다. 내가 한창 미래에 대한 계획을 세우던 중인 1957년 봄에도 이모부는 아마 그곳에 있는 여러 호텔 가운데 하나에서 – 그로싱어스 호텔이지 싶다 – 숙식을 해결한 것으로 안다.

어쨌거나 나는 헨리 이모부가 마음에 들었고, 썩 괜찮은 분이라고 생각했다. 사실을 말하자면, "이 도시 저 도시를 떠돌며 호텔방에서나 자면서 지내"는 생활이 딱히 겁나지도 않았다. 오히려 하루라도 빨리 그렇게 되고 싶어 안달이었다. 음악과 여행으로 오롯이 채워진 인생이 어디가 어때서, 외려 기분이 째질 일이잖은가, 하고 생각했다. 수십 년이 지난 다음에야 판명된 일이지만 어머니의 말은 조금도 틀리지 않았다. 이 책을 쓰는 지금, 나는 어머니가 내다본 바로 그대로의 삶을 살고 있다. 시드니를 떠나 로스앤젤레스와 뉴욕을 거쳐 파리로 향하면서, 발길이 머무는 곳마다 연주를 하는 생활을 하고 있으니 말이다. 물론 그것만이 내 인생의 전부라고는 할 수 없지만, 그래도 중요한 부분인 것만큼은 분명한 사실이다. 아이다 글래스는 언제나 판단이 참 정확한 여인이었다.

신중함이라고는 제로에다가 호기심만 넘친 어린 시절의 나는, 머릿속에 계획을 한가득 품은 채 앞으로 계속하게 될 일을 일찍부터 시작했다. 여섯 살 때 바이올린을 배우기 시작했고, 여덟 살 되던 해부터는 플루트와 피아노도 병행했다. 곡을 쓰기 시작한 것은 열다섯 살 때부터였다. 대학을 갓 졸업하고는 '진짜 인생'을 시작하고 싶어 잔뜩 안달이 나 있었다. 내게 진짜 인생이란 곧 음악가로서의 삶이라는 것을 아주 어린 시절부터 알고 있었다. 머리가 굵기도 전부터 이미 음악에 끌리고 있었고, 거기에 강한 유대감을 느꼈으며, 그것이 곧 나의 길이 될 것임을 직감했다.

글래스 가문에는 내 앞에도 음악가가 몇몇 있기는 했지만, 대체로 우리 일가붙이들은 음악가를 존경의 대상으로 여기기보다는 사회 변두리에 얹혀 기식하는 존재 정도로 낮잡아 보는 분위기였다. 한마디로, 제대로 교육을 받은 사람이 어찌 음악을 업으로 할 수 있겠느냐 생각한 것이다. 당시만 하더라도 음악은 돈벌이가 되는 직업이 아니었고, 술집에서 노래나 부르며 인생을 사는 것은 정신이 옳게 박힌 사람이면 할 짓이 못 된다는 인식이 팽배했다. 내 인생 계획을 들은 부모님 역시도 자식이 허름한 술집 무대에서 노래나 부르는 신세가 되지 말라는 법이 없겠구나, 하고 생각했을 것이다. 자식이 밴 클라이번처럼 성공하는 미래를 상상하기보다는 헨리 이모부 같은 인생을 사는 암울한 앞날을 먼저 본 게다. 게다가 두 분은 음악학교에서 실지로 가르치는 것이 정확히 무엇인지도 알지 못했다.

"몇 년 동안 해 온 생각이에요. 정말 하고 싶은 일이라고요."

우리 어머니는 나를 훤히 꿰뚫어보는 분이었다. 아들이 한 번 세운 결심을 쉽게 굽히지 않으리라는 것도 물론 알았을 것이다. 나는 하겠다고 마음먹은 일은 기어이 해내고야 마는 성격이었다. 아무리 반대한다 한들 귓등으로도 듣지 않을 것이 분명하다고 짐작하면서도 그래도 어머니 된 본분으로 말리지 않을 수도 없는 노릇이라고 생각한 것 같다. 그러나 어머니의 말 때문에 무엇이 바뀔 것이라고는 나도 어머니도 생각하지 않았다.

다음 날 버스를 타고 이미 수십 년간 창의력을 가진 인재들을 끌어 당겨 온, 미국 문화와 금융의 중심 도시 뉴욕으로 향했다. 줄리아드 음악원에 원서를 넣을 요량이었다. 그렇지만…… 일은 그리 수월하게 풀리지 않았다. 그때까지 써 놓은 곡이라 해 보았자 한 손으로 꼽고 나면 바닥이었고, 플루트 실력도 남부끄러운 수준만 간신히 면한 정도였으니, 작곡으로도 악기로도 줄리아드 입학은 무리였다.

그럼에도 줄리아드의 목관악기 교수들 앞에서 오디션을 보았다. 그들은 각각 플루트, 클라리넷, 바순을 가르치는 교수들이었다. 연주가 끝나자 한 교수가 부드러운 목소리로 핵심을 찔렀다.

"글래스 씨, 정말 플루티스트가 되고 싶은 겁니까?"

그 물음은 곧 플루티스트가 될 만큼의 실력은 안 된다는 뜻을 에둘러 표현한 것이었다. 또한 플루티스트로 성공하는 데 필요한 열정이 보이지 않았다는 뜻이었을 것이고.

"그게, 실은……, 작곡가가 되고 싶습니다."

"그렇다면 작곡 시험을 봐야지요."

"그럴 준비는 아직 되지 않은 것 같습니다."

써 놓은 곡이 몇 곡 있기는 했지만 교수들에게 내보일 수준은 되지 못한다고 덧붙였다. 조금도 그들의 흥미를 끌 만한 구석이 없는 습작이었다. 그러자 그 교수는 이렇게 제안했다.

"그러면 이번 가을 우리 학교의 공개강좌 프로그램에 등록하는 게 어떻겠습니까? 음악 이론과 작곡 강좌도 있어요. 얼마간 곡을 쓰면서 경험도 쌓고, 그걸 바탕으로 해서 정식으로 작곡 오디션을 보는 걸로 합시다."

줄리아드의 공개강좌는 명망 있는 교수 겸 작곡가인 스탠리 울프가 운영을 맡은, 일종의 '평생교육원' 개념의 프로그램이었다. 교수의 제안은, 그곳에서 1년간 배우면서 자작곡에 대한 평가도 받아 보고 정식 지원에 대해 숙고도 하면서 작곡 오디션을 준비하라는 것이었다. 물론 내가 바라던 기회였다. 나는 토씨 하나 빠트리지 않고 그 제안을 그대로 따랐다.

하지만 그 전에 '돈 문제'부터 해결해야 했다. 일단 학교생활에 적응한 뒤로부터 파트타임 아르바이트는 기꺼이 할 작정이었지만, 당장 뉴욕에서 생활을 시작하려면 종잣돈이 필요했다. 집 근처에서 일용직 일을 하는 것이 가장 빠른 길이 될 듯해 다시 그레이하운드 버스표를 끊어 고향으로 돌아왔다. 볼티모어에서 30분 정도 떨어진 스패로우스포인트에 있는 베들레햄 철강 공장이 적당해 보였다. 20세기 초반에 붐을 이루었던 산업이 이제는 쇠락하여 낡고 지친 유물처럼 보이는 곳이었다. 나는 글을 읽고 쓰고 셈을 할 줄 안다는 이유만으로(당시 베들레햄 철강에는 그런 사람이 오히려 드물었다) 검량관|檢量官|의 일을 맡았다. 크레인을 조종하며 못이 담긴 큼지막한 통의

무게를 재는 일로, 한마디로 공장의 해당 파트에서 산출되는 모든 것을 측정하고 기록하는 작업이었다. 그렇게 9월까지 1천2백 달러 정도를 모았다. 1957년 당시로는 상당한 거금이었다. 여름을 고향에서 보내고 뉴욕으로 돌아와 스탠리 울프의 작곡 강좌에 등록했다.

하지만 1950년대 후반 뉴욕 이야기를 하기에 앞서, 그보다 앞선 내 삶 가운데 빠진 몇 가지 이야기 조각을 먼저 채워 넣는 것이 바른 순서가 되지 싶다.

볼티모어 시카고

라비 상카르 나디아 불랑제

도모 계곡의 지혜로운 보석

줄리아드 — 파리

동방 순례

리시케시, 카트만두, 다르질링

카타칼리와 「사티아그라하」

네 가지 길

볼티모어

벤과 아이다

나는 벤과 아이다 글래스 슬하의 삼 남매 중 막내로 태어났다. 누나 셰피와 형 마티, 그리고 나, 이런 순서였다.

언제나 단정하고 깔끔하게 외모를 가꾸었던 어머니는 머리카락 색이 짙고 참 매력적인 여인이었다. 어머니는 볼티모어 시티 칼리지의 영어 선생님으로 일하다가 나중에는 같은 학교의 사서로 근무했다. 이 학교는 내가 1950년부터 다닌 곳으로, 이름은 칼리지라고 되어 있지만 사실은 공립 고등학교였다.

아이다는 평범한 어머니들과는 달랐다. 1905년생인 어머니는 비록 자신을 스스로 여권 운동가로 칭한 적은 한 번도 없지만, 초창기 여권 신장 운동의 일원이었다고 해도 좋을 정도로 열심히 활동했다. 우리 사회의 젠더 문제에 대한 어머니의 생각은 본인 나름의 이해와 깊은 생각에서 비롯되었다. 어머니는 스스로 수양을 쌓고 세상을 알아 감에 따라, 독일식 표현대로라면 '부엌, 교회, 아이들 |Küche, Kirche, Kinder|'에 갇힌 미국 여성들의 전통적 성 역할에 만족하지 못했다. 아이다는 교육의 가치를 깨닫고 있었고 그 가치를

직접 실천했으며, 그 결과 우리 가족 중 누구보다도 가방끈이 길었다. 선생님으로 일하면서 번 돈의 일부를 자신의 학업에 투자하여 결국 석사 학위를 땄고, 내친 김에 박사 과정까지 밟았다. 내가 여섯 살 때부터, 그리고 형과 누나는 각각 일곱 살과 여덟 살 때부터 우리 남매는 여름마다 집에서 멀리 떨어진 캠프에 가서 두 달씩 지내고는 했다. 우리가 집을 비운 사이 어머니는 밀린 공부를 했다. 종전 후 공부를 위해 홀몸으로 스위스로 건너간 적도 있었다. 귀국 길에 우리에게 하나씩 주려고 사 온 시계가 특히 기억에 남는다. 아주 비싼 물건은 아니었고 그나마 내 시계는 얼마 가지 못하고 멎어 버렸지만, 선물을 받던 날의 기쁨을 아직도 기억하고 있다. 형과 나는 지겹도록 서로의 시계를 비교했다.

어머니가 집을 비운 여름에는 아버지 혼자 남아 일을 했다. 아버지는 볼티모어 시내 사우스하워드 가 3번지에 '제네럴 라디오'라는 간판을 내걸고 레코드 가게를 꾸렸다. 아버지는 어머니의 독립심을 높이 평가했고, 어머니의 노력을 물심양면으로 도왔다.

벤은 1906년생이었다. 첫 직장은 십 대 후반에 일한 펩보이즈 자동차 정비소였다. 펩보이즈가 사업을 뉴잉글랜드 지역으로 사업을 확장하던 시절이다. 아버지는 독학으로 정비 기술을 배워 나갔고, 곧 쓸 만한 기술을 갖추어 어지간한 고장은 고쳐 내는 수준에 올랐다. 나중에 볼티모어로 이사해 직접 정비소를 차렸고, 자동차에 라디오가 붙어 나오기 시작하면서 라디오 수리 기술도 익혔다. 얼마간 세월이 흘러 자동차 고치는 일에 신물이 나면서부터는 라디오 수리에만 집중했다. 그러면서 부업 삼아 가게 한편에 레코드 매대를 차렸다. 점차 레코드 매상이 라디오 수리 매상을 앞질렀다. 원래는 가게 앞쪽에 폭 2미터 남짓한 매대로 시작한 부업이었지만, 어느새 10미터짜리 진열대가 가게 깊숙한 곳까지 파고들 정도가 되었고, 레코드를 구입하는 손님도 날로 늘어 갔다. 나그네가 도리어 주인 노릇을 하는 격으로, 라디오 수리점이라는 간판이 무색하게 가게의 매출은 레코드 쪽으로 급격히 기울었다. 그래도 라디오를 맡기러 오는 사람들을 되돌려 보낼 수는 없는 노릇이라 가게 뒤편 구석에 자그마한 벤치를 하나 놓고 존이라는 사람을 고용해 수리 일을 맡겼다.

아버지는 덩치가 매우 좋고 근육질이었다. 180센티미터가 약간 못 되는 키에, 몸무게는 80킬로그램이 조금 넘었다. 대충 자른 짙은 색 머리카락의 미남이었던 그는, 부드러운 면과 터프한 면, 자수성가한 사업가로서의 면모 등 여러 얼굴을 가지고 있었다. 부드러운 면은 아이들을 돌보고 챙길 때마다 드러났는데, 비단 당신 자식들뿐만 아니라 다른 집 아이들을 대할 때도 마찬가지였다. 아빠가 없는 아이들이 있으면 가서 함께 놀아 주기도 했다. 오죽했으면 내 사촌 아이라 글래스는 오랫동안 우리 아버지를 할아버지인 줄로 알았을까. 일가친척의 많은 아이들은 아버지를 베니 삼촌이라고 불렀다.

아버지의 터프한 면은 볼티모어 시내에서도 세가 싼 곳에 있던 레코드 가게를 꾸려 가는 모습에서 찾을 수 있었다. 가게는 유대인 식료품점과 스트립쇼 극장이 집중된 부둣가 근처 시내에 있었다. 한마디로 무척 험악한 동네였지만 아버지는 이렇다 할 문제 없이 장사를 했다. 아버지와 레코드 가게에 위협이 되는 치들이 나타나면 언제든 본때를 보일 각오가 되어 있었고, 실제로 그런 적도 몇 번 있었다.

아버지는 두 번이나 해병대에 복무했다. 1920년대 도미니카공화국의 산토도밍고 – 요즘 미국인들은 거의 잊었겠지만 미국이 8년간 군사적으로 점유한 곳이다 – 에서 군 생활을 했고, 제2차 세계대전이 발발하자 복무 제한 연령인 서른아홉 살에 거의 가까운 나이에 재입대하여 신병 교육대에서 근무했다. 해병대의 거친 훈련이 몸에 남은 분답게 아버지는 나와 형에게도 극한 상황에서 살아남는 법을 가르치고 싶어 했다. 한 번은 강도가 가게와 가까운 사우스하워드 가에다가 덫줄을 쳐 놓은 일을 이야기했다.

"어떻게 된 일인지 들려주마. 밤 아홉 시 반쯤 되었을 거야. 가게 문을 잠그고 나오는데 줄에 발이 걸려 넘어졌지. 딱 보자마자 뭔지 알겠더라고."

"그래서 어떻게 하셨어요?"

"놈들이 나타나길 기다렸지."

아버지는 강도들이 충분히 가까이 오기를 기다렸고, 마침내 놈들을 잡아서 흠씬 두들겨 패 주었다. "놈들이 나타나길 기다렸지"라고 말하는 품새만 보아도 우리로서는 오히려 강도 쪽의 안녕을 걱정하게 될 정도였다.

사실이 그랬다. 아버지는 그 어떤 일에도 대비가 되어 있었다. 책방이나 레코드 가게에는 언제나 좀도둑이 있기 마련이다. 들치기꾼들이 바지춤이나 셔츠 밑에 얼마나 다양한 물건을 쑤셔 넣는지 잡고 보면 혀를 내두를 지경이었다. 음반이라면 곧 레코드판을 의미하던 시절이었다. 그런데도 도둑들은 용케도 물건을 숨겨 들고 나갔다. 형과 나는 허튼 꿍꿍이를 벌이는 자들이 보이면 곧 아버지에게 알릴 임무를 부여받았다.

"가게 물건을 슬쩍하는 놈이 보이면 곧장 나를 불러라."

그렇지만 우리는 그러지 못했다. 좀도둑이 불쌍해서였다. 필경 바깥으로 끌려 나가 인사불성이 될 때까지 매타작을 당할 것이 분명했으니 말이다. 아버지는 단 한 번도 경찰을 부르지 않았다. 시민으로서의 덕목 따위를 가르치는 일에는 관심이 없었던 것이다. 오로지 붙잡힌 놈이 다시는 가게에 발을 들여놓지 못하게 하겠다는 일념뿐이었다. 한 번 당한 도둑은 다시는 얼씬거리지 않았다. 하지만 참혹한 광경을 몇 번이나 본 아이가 다시 그런 일이 일어날 것임을 뻔히 알면서도 아버지께 고자질할 수는 없었다. 어느 청년이 레코드판을 바지춤에 감추는 것을 보고도 그냥 나가도록 내버려 둔 일은 아직도 또렷하게 기억한다. 차라리 판 한 장 잃고 말지, 했던 것이다.

레코드 가게는 아침 아홉 시부터 밤 아홉 시까지 영업했다. 아주 어렸을 적 나는 아버지께 이렇게 물은 적이 있었다.

"아빠, 가게는 왜 하시는 거예요?"

"내가 가진 게 이것밖에 없잖니. 달랑 하나뿐인 가게지만 어떻게든 최선을 다해서 잘되게 해야지."

"그게 무슨 뜻이에요?"

"돈을 많이 벌고 싶다는 소리다. 그렇게만 되어도 난 행복할 것 같다."

아버지의 말은 진심이었다. 지칠 줄도 모르고 열심히 일한 덕분으로 가게는 꽤나 번창했다.

아버지는 고등교육을 받지 못한 세대의 전형인 분이었다. 고등학교나 마쳤는지 그것조차도 나는 모른다. 일할 수 있는 나이가 되었기에 누가 시키지도 않았지만 자연히 생업에 뛰어들었다고 한다. 형제 두 분은 의사가 되었지만, 아버지는 길이 달랐다. 아버지는 열두세 살 시절 볼티모어 길거리에서 신문을 팔면서 형제들과 함께 머릿속으로 체스 게임을 주고받았다고 한다. 때로는 체커 게임을 할 때도 있었다. 체스라면 그나마 이해가 되지만 말의 생김새가 다 같은 체커는 그만큼 더 까다로웠다고 한다.

아버지는 내게도 머릿속으로 체스 두는 법을 가르쳐 주었다. 함께 차를 타고 가면서 아버지가 "졸을 킹 4번 자리로"라고 하면 나는 "졸을 킹 4번 자리로" 하고 맞받았다. 또 아버지가 "나이트를 킹의 비숍 3번 자리로"라고 말하면 나는 "졸을 퀸 3번 자리로"하고 맞두는 식이었다. 이렇게 아버지와 함께 여러 판을 두었다. 나는 곧 체스판과 말의 움직임을 금세 그려 내는 법을 깨우치게 되었다. 아마 일고여덟 살밖에 되지 않았을 때인데 이미 그렇게 복잡한 것을 할 수 있었던 것이다. 여담이지만, 한참 뒤에 심상화[心相化] 훈련을 받게 되었을 때 아주 어릴 적부터 개발된 소질이 유용하게 작용했다. 내가 인연을 맺어 온 몇몇 비전[祕傳] 전통에서는 심상화가 일상적인 수행 방법으로 받아들여진다. 눈을 감고 머릿속에 모든 것을 지극히 선명하게 그릴 수 있을 때까지 구도하는 수행법이다. 다른 동문들은 애를 먹었지만, 나는 처음

부터 뚜렷한 이미지를 머리에 그려 낼 수 있어서 큰 도움이 되었다. 예를 들어 티베트 불교의 사유상|思惟像|을 머릿속에 그릴라치면 눈이며 손 모양, 손에 쥐고 있는 물체 등 그야말로 조각상 전체가 환하게 들어오는 식이었다. 다른 동문들이 어렵다며 푸념할 때마다 나는 어렸을 때 둔 체스 게임을 떠올렸다.

제2차 세계대전이 발발하자 우리 일가의 입대 가능한 남자들은 모두 총을 들었다. 미국이 참전했을 당시 나는 다섯 살이 조금 못 된 나이였고, 친척 집에 놀러 가면 어른은 모두 여자였던 기억이 난다. 우리 가족의 생계는 당연히 어머니 책임이 되었다. 어머니가 종일 학교에서 일을 하는 동안 우리는 보모의 손에 맡겨졌다. 보모의 이름은 마틸다였는데, 보통 '모드'라는 애칭으로 불렸다. 우리 형제를 먹이고 입히면서 긴 시간을 함께 보냈기에 서로간에 쌓인 정이 도타웠다. 어머니는 매일 해가 기울 즈음에 돌아와 저녁밥을 차렸고, 식사가 끝나기 무섭게 시내로 가서 아홉 시까지 가게 일을 챙겼다. 아버지가 집을 비운 동안 가게 살림 역시 어머니 책임이 되었다. 어머니는 평일 밤은 물론이요 주말에도 가게에 나갔다. 낮에는 종업원을 두고 문을 열었지만, 밤에는 수금도 해야 하는지라 반드시 어머니가 직접 가야 했다. 아버지만큼은 무리였지만 그래도 필요한 일은 빈틈없이 챙겼다. 어머니가 특별해서 그랬던 것은 아니다. 당시에는 많은 어머니들이 그렇게 생활해야만 했다. 돌이켜 보면 제2차 세계대전은 여성 해방 운동의 기폭제 역할을 했다. 전쟁으로 노동력이 부족해진 상황에서 그 빈 자리를 여자들이 메웠다. 남자들이 전장에서 돌아왔을 때 아내들은 생업에 몰두하고 있었다. 그리고 많은 여성들은 일을 그만두려고 하지 않았다.

전쟁이 막을 내리고 텔레비전이 최초로 제작되고 시판되기 시작했다. 아버지는 곧 조립식 텔레비전 세트를 우편으로 주문했다. 그때부터 텔레비전을 수리하는 기술도 익혀서 금세 꽤나 달통한 수준에 이르렀다. 형과 나도 수리 기술을 배우기를 바랐고 어느 정도는 그리되었지만, 아버지처럼 고장 난 텔레비전이라면 무조건 고쳐 내는 수준은 무리였다. 아버지가 가진 의욕이 우리에게는 없었던 까닭이다.

당시만 하더라도 텔레비전 채널은 워싱턴디시에서 송출되는 신호 딱 하나뿐이었다. 테스트 패턴 화상이 나올 때면 화면이 어찌나 지지직거리던지 텔레비전만 켜면 눈이 엄청 와 댄다고 말하고는 했다. 얼마 뒤에는 일요일 오후에 프로 풋볼 게임이 방송되기 시작했다. 1947~1948년 무렵에는 텔레비전을 장만한 집이 꽤 늘어 프로그램에 대한 수요도 올라갔다. 그리하여 지금으로 치자면 텔레비전 프로듀서 노릇을 하는 사람들이 학교를 찾아가 학생들이 연주하는 음악을 방송으로 제작해서 공급을 메웠다. 생중계도 드물지 않았다. 그 덕분에 내가 열 살인가 열한 살 때 플루트를 연주하는 모습이 전파를 탄 적도 있었다.

피바디 음악원

우리 남매는 모두 아주 어릴 때부터 음악을 배우기 시작했다. 누나와 형은 이 집 저 집 돌며 피아노를 가르치는 선생님에게 매주 한 번씩 레슨을 받았고, 나는 플루트를 선택했다. 2~3년 정도 잠깐 다닌 파크 스쿨이라는 사립 초등학교에서 여섯 살 때부터 바이올린을 단체 수업으로 배웠는데, 어떤 까닭인지 바이올린에는 마음을 붙이지 못했다(독주곡, 사중주, 소나타, 교향곡을 불문하고 여태 내가 써 온 음악의 상당 부분이 현악기 소리로 채워져 있으니, 지금 생각해 보면 의아한 노릇이다).

파크 스쿨에는 플루트를 가지고 다니는, 나보다 한 살 많은 남자아이가 있었다. 플루트는 그때까지 보거나 들은 것 가운데 가장 아름다운 악기였다. 나도 플루트를 불고 싶은 마음이 간절해졌다. 그렇게 시작된 인연이 서른 살까지 이어졌다. 사실 내가 직업 음악가로 신고식을 치른 무대에서도 건반뿐만 아니라 플루트도 연주했다.

플루트를 학교에 가지고 다니면서 하굣길이 고단해지기 시작했다. 시답잖은 녀석들이 "야, 스킨 플루트 | skin flute |[1]를 입에 물어 보니 기분이 어때?" 하고 깝죽거렸던 것이다. 그것을 웃긴 소리라고 하다니. 스킨 플루트, 하하하. 볼티모어 북서부의 주택가에 살던 소년들은 마초가 되기 위해 안달이었고, 그들에게는 또래로부터 동성애자로 찍히는 것만큼 무시무시한 공포도 없었다. 여성적인 것은 무엇이든 피해야 할 대상이었고, 녀석들에게 플루트는 여성적인 악기였던 것이다. 왜? 긴 작대기를 입에 가져다 대는 모양이라서? 비속하기 짝이 없는 덜떨어진 생각이다.

보다 못한 형이 싸움을 붙이기로 했다.

"안 되겠다. 직접 그놈과 만나 결판을 내 봐라."

아마도 형은 나를 계집애 같은 아이로 여겼던 것 같다. 지금 생각해 보면 형은 그런 나를 도와주려고 나선 것 같다.

"한 번 붙어 보라고. 네가 어떤 녀석인지 보여 주란 말이야."

그렇게 우리는 공원에서 만났다. 녀석이라고 해서 딱히 나와 싸우고 싶어 한 것 같지도 않았다. 키는 내가 조금 더 작았음에도 녀석을 완전히 밟아 버릴 수 있으리라는 자신감이 있었다. 싸움이라고는 해 본 적이 없는 내가 어떻게 그럴 수 있었는지 알다가도 모를 일이다. 그냥 주먹을 올리고 덤벼든 것뿐이다. 결국에는 구경꾼들이 나를 떼어 놓아야 했다. 아홉 살 아니면 열 살쯤의 일이다. 나는 특별히 용감하지도, 싸움을 좋아하지도 않았다. 하지만 멍석이 깔린 마당에 뒷걸음질 칠 수는 없었다. 상대가 육 척 거구였다 해도 아마 악다구니처럼 물고 늘어졌을 것이다. 어쨌든 그 일 이후로는 그 누구도

1 남성의 성기를 가리키는 은어.

플루트를 가지고 시비를 걸어오지 않았다.

아버지가 해병대에서 제대하고 돌아온 1945년, 우리 가족은 도심에서 리버티 가로 이사했다. 연립주택과 듀플렉스|duplex|[2] 가구가 모인 동네로, 낡은 22번 전차가 지나는 곳이었다. 22번 전차는 내가 시카고 대학교에 입학하고 고향을 떠난 1952년까지 내 삶에서 무척 중요한 부분을 차지한다. 플루트 레슨을 받아도 좋다는 허락은 받았지만 동네에는 마땅한 선생님이 없었다. 다행히 22번 전차를 타면 시내까지 갈 수 있었고, 볼티모어의 워싱턴 기념탑이 있는 마운트버넌 광장 정류소에 내리면 바로 맞은편에 피바디 음악원이 있었다. 전차 안에 있던 노란색 고리버들 의자는 언제나 꾀죄죄했다. 전차는 머리 위에 달린 전선을 통해 전기 동력을 받으면서 선로 위를 달렸다. 전차 앞에는 운전수와 차비를 받는 차장이 있었다. 차비는 10~12센트 정도였던 것으로 기억한다. 나는 아직 열두 살이 되기 전이었기 때문에 처음 몇 해 동안은 차비를 내지 않고 탔던 것 같다.

피바디 음악원 4층의 긴 복도 양쪽으로는 연습실이 빼곡히 이어져 있었다. 나는 복도 벤치에 앉아 선생님을 기다렸다. 피바디 입학 예비 과정에는 플루트 선생님이 없었고, 그 덕에 난 오히려 당시 볼티모어 심포니 오케스트라의 수석 플루티스트로 있던 브리턴 존슨에게 배우는 횡재를 누렸다. 선생님은 필라델피아 오케스트라의 초대 플루트 수석을 지낸 윌리엄 킨케이드를 사사했다. 킨케이드로 말할 것 같으면 역대 가장 위대한 플루티스트 가운데 하나로 널리 꼽힌다. 그런 바 플루트에 관한 한 나는 명문 혈통의 계승자인 셈이었다.

당시 존슨 선생님(지금은 그의 이름을 딴 상도 있다)은 마흔이나 쉰 정도로, 연주자로서 절정기를 구가하고 있었다. 키는 별로 크지 않았지만 체중

2 하나의 필지에 지은 독채 건물을 절반으로 나누어 출입구를 따로 두고 두 가구가 쓰는 주거 형태.

은 90킬로그램은 족히 나갈 것처럼 보였다. 선생님은 나를 무척 좋아했다. 내 '암부슈어'가 훌륭하다는 칭찬도 여러 번 들었는데, 이는 내 입술 생김이 플루트를 불기에 참으로 안성맞춤이라는 뜻이었다. 하지만 그러면서도 선생님은 내가 전문 플루티스트가 되지는 않으리라는 점도 짐작한 것 같다. 어떻게 거기까지 내다보았는지는 모르겠지만, 형편이 과히 넉넉지 못한 중산층 출신의 아이가 집안의 반대를 뚫고 음악가가 되기는 쉽지 않으리라 생각한 모양이다. 그러니까 내가 아무리 출중한 재능을 가졌다 한들 그것이 열매로 익는 일은 없을 것이라고 점친 것이다.

이따금씩 레슨이 끝나면 존슨 선생님은 나를 보면서 한숨을 내쉬며 고개를 절레절레 내저었다. 제자의 실력이 신통찮아서가 아니라, 오히려 여건만 된다면 정말 제대로 된 연주자가 될 수 있을 텐데 그 길로 갈 수 없음을 안타까워한 것이다. 플루트 연주자가 되지 못했으니 선생님의 생각은 틀리지 않았다고 해야겠다. 당시 내게 어떤 일이 있었는지 선생님이 알고 있었는지는 모르겠다. 아마 몰랐을 것이다. 알았더라면 무척 놀랐을지도 모른다. 음악을 반대하는 집안 분위기에 대해서는 선생님도 대충 알고 있었다. 하지만 궁극적으로는 선생님의 생각이 틀렸다고 해야겠다. 부모님의 의지에 내 미래를 맡길 생각은 어쨌든 손톱만큼도 없었으니 말이다.

사실 나는 플루트 외에 피아노도 무척 배우고 싶어 했다. 부모님은 비록 음악으로 밥을 벌어먹고 사는 것에는 반대했지만, 음악이 골고루 균형 잡힌 교육의 기초 가운데 하나라는 점만큼은 인정했다. 다만 자식들이 원하는 대로 밀어줄 만큼 풍족한 형편이 아니었을 따름이다. 아버지가 가게에서 버는 돈보다 선생님인 어머니가 받던 월급이 더 많았을 정도니까 대충 짐작이 되리라 믿는다. 빠듯한 살림에도 불구하고 자식 교육에 관해서만큼은 아끼지 않았고, 우리 남매 모두가 악기를 배울 수 있었던 것도 그래서였다. 그렇다고는 해도 악기 두 가지를 동시에 배우는 것은 아무래도 무리였다. 그래서 플루트로 낙착을 본 것이다.

그래도 포기가 안 된 나는 형이 레슨을 받는 동안 마루 한구석에 조용히 앉아 온정신을 집중했다. 레슨이 끝나고 선생님이 대문을 나서기 무섭게 나는 피아노로 쪼르르 달려가 형이 배운 것을 그대로 따라 했다. 말할 것도 없이 형은 무척 짜증을 냈다. 내가 자기 레슨을 '훔쳐 간다'고 여긴 것이다. 다른 것은 몰라도 내가 더 잘 치는 것만큼은 절대 못 참겠다는 눈치였다. 형의 말이 틀린 것도 아니었다. 성가신 것으로는 둘째가라면 서러워할 동생이 자기 레슨을 슬쩍해 가고 있으니 뒨통 부아가 치밀었을 것이다. 형은 나를 피아노에서 몰아내며 꿀밤을 여러 번 쥐어박고는 했다. 공짜 레슨이니 나로서도 그 정도는 참아 줄 만한 대가였다.

지금 생각해 보면 여덟 살짜리 꼬마가 일주일에 한 번씩 혼자 전차를 타고 볼티모어 시내에 나가서 한 시간 레슨을 받고 다시 돌아왔다는 것이 스스로도 참 대견하게 느껴진다. 하지만 귀갓길은 결코 순탄하지 않았다. 힐스데일 가의 정류소에 내리면 이미 해가 넘어간 뒤였다. 집은 거기서 여섯 블록 거리에 있었다. 어둠이 무서웠던 나는 눈을 질끈 감고 집까지 전속력으로 내달렸다. 유령이나 죽은 귀신이 나를 쫓아오는 것만 같았다. 실제로 무서워해야 하는 것은 살아 있는 괴물이나 다름없는 못된 인간들이라는 생각은 나도, 부모님도, 선생님도 하지 못했다. 하기는 1945년의 볼티모어는 그리 험한 곳이 아니기는 했다. 게다가 전차 차장들도 이내 나를 알아보고는 그들과 가까운 앞자리를 내주기도 했다.

악기를 하나 더 배우고 싶다는 내 간청이 결국 받아들여져서 토요일 오후마다 볼티모어 심포니 오케스트라의 타악기 수석인 하트 선생님에게 지도를 받았다. 개인 레슨은 아니고 여섯 명에서 여덟 명 정도의 또래 아이들과 함께 받는 수업이었다. 나는 팀파니가 특히 마음에 들었다. 지금까지도 타악기를 위한 음악을 쓸 때 특히 즐거움을 느끼는 편인데, 그 씨앗이 어쩌면 그때 뿌려진 것인지도 모르겠다. 수업은 실습이 전부가 아니었다. 초견과 청음 훈련도 병행해야 했는데, 딱히 이유를 대라면 할 말은 궁하지만 나는 이 두 가지가 무척 견디기 힘들었다. 어엿한 음악가가 된 지금까지도 나는 내가 음악을 듣는 방식이 어딘가 남들과는 다르다는 점을 느끼고는 한다. 콕 짚어서 설명할 수는 없지만 어쨌든 그렇게 느낀다. 남들은 흔히 듣지 못하는 것을 듣는 것만 같은 느낌이다. 파리에서 나를 2년 동안 가르친 나디아 불랑제 선생님은 끊임없이 '듣기' 훈련을 시켰다. 문하에서 내려올 즈음해서는 문제가 해결되었다고 믿었지만, 기실 따지자면 뭐가 문제인지부터가 아리송했다. 이제는 문제가 무엇인지 물어볼 만한 분도 남아 있지 않다.

음악의 출발

형과 나는 각각 열두 살과 열한 살 때부터 아버지의 가게 일을 거들기 시작했다. 우리의 소임은 78회전 레코드판을 부수는 것이었다. 정말로 부수어야 했다. 파손된 판은 반품을 받아 주기 때문이었다. 1940년대 후반 대형 음반사들은 훼손된 레코드판에 대해 장당 10센트씩 소매업자에게 되돌려주었다. 명목상으로는 가게로 배송되는 과정에서 망가진 판들에 대한 배상 차원이었지만, 실제로는 시시콜콜 따지지 않고 무조건 유상 반품이 가능했다. 음반사 입장에서도 그렇게라도 하면 판은 버리더라도 재킷은 온전한 상태로 다시 쓸 수 있으니 그나마 이익이었다. 형과 나는 팔리지 않는 판을 박스째 쌓아 놓고 부수어 댔다. 전부 다 우리 가게 판인 것도 아니었다. 아버지는 메릴랜드, 버지니아, 웨스트버지니아 주 등의 여러 소매점을 돌며 팔리지 않는 판을 장당 5센트에 사들였다. 그렇게 모은 판을 10센트를 받고 반품하면 장당 5센트가 그대로 마진으로 떨어졌다. 우리는 부순 판을 RCA, 데카, 블루노트, 컬럼비아 등 회사별로 분류해 담았다. 아버지에게는 투자금의 두 배가 보장되는 짭짤한 부업이었고, 우리 형제에게는 가게에 우리 몫으로 할 일이 있다는 뿌듯함이 있었다. 형과 나는 가게 지하실에 들어앉아 판을 분류하거나 부수고, 아니면 라디오 수리를 담당하는 존 아저씨와 낡은 진공관 라디오를 만지작거리며 대부분의 시간을 보냈다.

아버지의 고객 가운데는 우리 말마따나 '촌뜨기 음악|hillbilly music|'을 듣는 사람들도 있었다. 아버지는 웨스트버지니아 주에 있는 여러 애팔래치안 라디오 방송국에 가게 광고를 냈는데, 방송을 들은 사람들이 아버지에게 편지로 판을 주문하면 보내 주는 식이었다. 아버지가 그런 음악을 딱히 좋아했다고는 생각하지 않는다. 하지만 어느 정도는 알고 있어야 했고, 덕분에 나도 어깨너머로 들어 꽤나 알게 되었다.

아직 어린 시절의 어느 여름, 아버지가 흑인 동네 쪽에 가판대를 하나 열면서 형과 나는 우리보다 나이가 그리 많지 않은 아이들에게 리듬앤블루스 레코드를 팔기 시작했다. 그러면서 당시 나오는 대중음악을 모두 들었다. 활력과 창의력, 그리고 거기 담긴 유머가 무척 마음에 들었다. 1950년대 중반 등장한 버디 홀리[3] 같은 이들의 음악이 내 귀에는 애팔래치아 음악의 로큰롤 버전처럼 들렸다. 내 생각에는 그들 음악의 연원을 좇으면 애팔래치아 지방까지 가 닿을 것 같다. 일렉트릭 기타가 밴조를 대신했고, 일렉트릭 베이스가 오프비트의 드럼 소리와 함께 베이스 라인을 구축했다. 나는 거기 담긴 날것 그대로의 힘을 무척 좋아했다.

형과 나는 한 방을 썼다. 방에는 우리 옷이 모두 들어간 큰 벽장이 있었고, 작은 침실용 탁자를 사이에 두고 두 개의 침대가 놓여 있었다. 창문을 열면 듀플렉스의 2층으로 통하는 계단이 있었다. 창문을 통해 몰래 바깥출입을

3 **Buddy Holly, 1936~1959** 1950년대 중반 미국의 로큰롤을 대표하는 싱어송라이터. 두 개의 기타와 베이스, 드럼으로 구성된 전통적인 로큰롤 편성을 정립했다. 1986년에 로큰롤 명예의 전당에 헌액되었다.

한 것이 여러 번이었다. 아이스크림 수레가 지나가는 방울 소리가 들리면 살그미 집을 빠져나가 잽싸게 아이스크림을 사 들고 들어오기도 했다. 머리가 굵어지고 난 다음에는 짓궂은 말썽도 많이 피웠다. 함께 어울려 다니던 친구 중에 비비탄 총을 가진 녀석이 있어 몰려다니며 가로등을 쏜 적도 있다. 그러고는 다시 몰래 집으로 숨어들어 왔다. 부모님께 걸린 적은 단 한 번도 없었던 것 같다.

셰피 누나는 나보다 두 살 위였고, 따라서 누나의 친구들도 나보다 두 살이 많았다. 당시만 해도 열 살 소년과 열두 살 소녀의 차이는 엄청난 것처럼 보였다. 어쨌든 누나가 고등학교를 다닐 때 우리는 아직 중학생이었으니까. 누나에 대해서는 형과 내 경우보다 부모님의 관심과 보호가 각별했다. 누나는 계속 사립학교만 다니다가 브린모어 칼리지에 입학하면서 우리를 떠났다.

여름에는 누나와 함께 많은 시간을 보냈다. 메인 주에 있는 퀘이커 여름 캠프에 함께 간 덕분이다. 캠프라고 해서 텐트 치고 하는 야영은 아니었고, 침실이 여덟 개쯤 딸린 커다란 낡은 집에 머물며 자연 속에서 뛰노는 것이었다. 열두 살부터 열여덟 살까지의 아이들을 대상으로 하는 캠프였고, 따라서 나는 가장 어린 축에 속했다. 생활 지도 선생님이 아이들을 책임지는 보통 캠프와는 달리, 이곳 캠프는 퀘이커교도 아주머니 서너 분이 우리를 보살펴 주었다. 마치 대가족 같은 분위기였다. 우리는 테니스를 치거나 호수에 나가 배를 젓고 놀았고, 매주 목요일 밤에는 농가에 모여 시끌벅적한 댄스파티를 열었다.

우리 형제가 아주 어릴 적에 다니던 학교에도 퀘이커교도 선생님이 몇 분 있었다. 어머니는 그들을 무척 좋아했다. 어머니 친구들 중 퀘이커교를 믿는 이들이 교육열이 유독 높았던 까닭이다. 퀘이커교도들은 모두 반전주의자였고, 사회 참여 의식도 남달랐다. 나는 퀘이커교 집회에 직접 참석한 기억은 없지만 그래도 그들이 따르는 신앙에 대해서는 얼마간 알고 있었다. 어머니, 아버지가 그랬던 것처럼 나 또한 그 사상에 십분 공감했다. 개인의 사회적 책임을 강조했고, 그런 식으로 세상과의 연결 고리를 유지했다.

퀘이커교의 철학은 훗날 내 안에 형성된 가치관과도 상통하는 부분이 있었다. 정식으로 퀘이커교에 입교할 마음은 전혀 없었지만, 내 아이들 가운데 위로 두 녀석은 맨해튼에 있는 퀘이커 스쿨에 보냈다. 2번가와 15가가 만나는 지점에 있는 프렌즈 세미너리라는 곳이다. 그들의 인생 철학, 노동 철학, 영적 철학이 모두 내 마음에 들었다. 개인의 사회적 책임을 강조하고 비폭력을 통해서 사회를 변화시킬 수 있다는 그들의 믿음은 곧 내 가치관의 밑바탕을 형성했다. 그러한 믿음을 실천하는 개개인의 삶이 곧 사회라는 더 큰 그림의 자연스러운 일부가 된다는 신념이다.

1940년대 볼티모어에서 보낸 유년기에 대해서라면 매주 토요일마다 영화를 보러 가던 일을 빼놓을 수 없다. 보통 동시 상영 극장을 찾았고, 예고편과 뉴스 영화도 모두 챙겨 보았다. 전쟁에 대한 소식도 영화관을 통해 접했다. 독일이 패망하고 미군이 강제수용소에 발을 들여놓던 장면에 대한 기억은 아직도 생생하다. 내가 여덟 살 때였다. 카메라맨들이 찍은 영상이 미국 전역의 극장을 통해 전해졌다. 끔찍한 장면을 여과 없이 보여 주는 필름이었음에도 사전 경고 메시지도 없었다. 두개골과 인골이 산을 이룬 모습이 그대로 전달되었다. 관객들은 수용소에 들어간 병사들이 본 광경을 그대로 보았다.

미국의 유대인들은 독일과 폴란드에 인종 말살 수용소가 있다는 사실을 이미 알고 있었다. 유럽을 떠난 친지, 수용소에서 간신히 몸을 뺀 친구들을 통해 전해 들었던 까닭이다. 반면 비유대인들은 이런 사실을 잘 알지 못했고, 알았다 한들 믿지 않는 눈치였다. 미국 정부 또한 이 문제에 대해 가타부타 입장 표명이 없었다. 전쟁이 끝나고 미국으로 수많은 난민이 몰려왔고, 어머니는 곧바로 이들을 돕는 일에 나섰다. 1946년 우리 집은 오갈 데 없는 유대인 생존자들을 위한 사실상의 임시 거처 겸 사회 복귀 훈련 시설이 되다시피 했다. 난민들은 몇 주씩 우리와 함께 머물며 미국 사회에 적응하기 위한 준비 과정을 겪었다. 하지만 어린 내게는 무서운 환경이었다. 난민들은 내가 아는 사람들과는 판연히 다른 모습이었다. 피골이 상접했고, 팔목에는 수감번호 문신이 새겨져 있었다. 영어를 할 줄 아는 사람은 없었다. 지옥에서 돌아온 사람들의 행색이라 해도 좋을 정도였는데, 사실 따지자면 틀린 말도 아니었다. 척 보아도 뭔가 끔찍한 고초를 겪고 간신히 목숨 줄만 붙어 있는 사람들이었다. 영화관에서 본 바로 그 수용소에서 비참한 고난을 견뎌 낸 이들을 실제로 만났던 것이다.

어머니는 주변에 있는 그 누구보다도 바람직한 사회상에 대한 믿음이 확고한 분이었다. 쏟아져 들어오는 유럽발 난민들을 직접 받아들여 정착할 수 있도록 돕는 것도 다른 사람 같으면 엄두조차 내지 못할 생각이었다. 어머니는 그들이 영어와 직업 기술을 배워 이 나라에 뿌리를 내릴 수 있게 하기 위한 교육 프로그램도 손수 만들었다. 부모님이 몸소 실천한 친절과 나눔의 가치는 곧 우리에게도 전해졌다.

셰피 누나는 어머니의 모범을 평생의 직업으로 삼았다. 오랫동안 누나는 인간으로서의 기본권을 위협받는 이들을 돕는 기구인 국제구호위원회에서 일했고, 거기서 나온 뒤로는 '보호가 필요한 아이들'이라는 기구에 소속되어 미국과 멕시코 접경 지역의 불법 이민 문제를 해결하는 일에 투신했다.

유대인이기는 하지만 유대교에 입각해 적극적인 신앙생활을 하지 않는 가정이 흔히 그렇듯, 우리 집에서도 종교에 관해서는 특별한 지침 같은 것이 없었다. 다만 유월절|逾越節|[4]이면 친척 집에 가던 것이 유대교 인연의 전부였

4 이스라엘 민족이 이집트에서 해방된 날을 기념하는 유대교 축제일. 과월절過越節이라고도 한다.

다. 우리가 살던 동네도 유대인들이 모여 사는 곳은 아니었다. 성탄절 시즌이 되면 다른 집들 앞에는 전구로 장식한 트리가 흔히 보였다. 지붕 위를 산타와 순록으로 꾸민 집도 있었다. 성탄절에는 가끔씩 친구들 집에 놀러 가기도 했는데, 그럴 때마다 크리스마스트리와 양말이 부러웠다.

볼티모어에는 집 앞마당에 '개와 유대인 금지' 따위의 푯말을 세워 놓는 동네가 있었다. 어린 나로서는 보란 듯이 그런 표지판을 내거는 것이 무슨 의미인지 알지 못했다. 볼티모어 남동부에서 우리 집이 있는 북서부로 가는 버스를 타면 존스 홉킨스 대학에서 그리 멀지 않은 롤런드파크를 지나기 마련이었다. 생활수준이 무척 높은 이곳 주민들이 왜 '유대인 금지'라고 쓰인 말뚝을 널찍한 잔디가 깔린 저택 마당 한가운데에 박아 두어야 하는지 이해가 되지 않았다. 하기야 세상에 앞뒤 이치가 맞아서 생기는 편견이 어디에 있겠냐마는.

지금 생각해 보면 당시 우리 가족은 유대인들을 무척 많이 알고 지냈다. 우리 집에 놀러 오는 손님 가운데 유대인이 아닌 사람은 하나도 없었던 것 같다. 유대교 율법을 따랐던 것도 아니고 집에서 히브리말을 쓴 것도 아니지만, 다른 유대인들과의 결속력은 무척 강했다. 매주 일요일 아침이면 아버지는 "가자, 애들아, 베이글 좀 사 와야겠다" 하고는 볼티모어 동부에 있는 오래된 델리카트슨까지 가서 베이글과 자우어크라우트, 오이절임을 사 왔다. 우리 남매가 유대교식 교육을 받기 원한 외삼촌들의 바람에 따라 형과 나는 열세 살 때까지 일주일에 이틀씩 히브리 스쿨에 다녔다. 하지만 착실한 학생은 아니었다. 형을 따라 학교에서 한 블록 떨어진 당구장에 가서 오후 나절을 보내다가 저녁 여섯 시가 다 되어서야 돌아오기가 일쑤였다. 어머니는 학교에 있었고 아버지는 레코드 가게에 매인 몸이었기 때문에 땡땡이를 쳐도 들킬 염려가 없었다.

우리 남매가 몇 마디 주워섬긴 이디시어 혹은 히브리어는 모두 할아버지와 할머니께 배운 것이다. 외가는 러시아에서, 친가는 라트비아에서 건너온 유대계 이민 가족이었다. 외갓집은 브룩필드 가 2028번지였고, 우리 집은 바로 몇 집 건너인 브룩필드 가 2020번지였다. 거리가 가까웠던 만큼 어머니는 친정 부모님을 자주 찾아보았다. 내 기억이 정확하다면 외갓집 식구들도 독실한 유대교 신자는 아니었는데, 그래도 모두 이디시어로 대화를 주고받았다. 우리 또래들이 방에서 놀 때마다 바깥 마루에서는 어른들이 이디시어를 쓰는 것이 들렸다. 사실 영어를 쓰는 것은 한 번도 들어 본 적이 없다. 내가 아주 어릴 때이지만 난 그들이 하는 말을 모두 다 알아들었다.

외할아버지는 미국에 터전을 잡은 후 넝마주이 일부터 시작했다. 넝마주이가 흔한 시절이었다. 길거리를 다니며 돈이 될 만한 것은 모조리 주웠다. 나중에는 콘크리트 블록과 합판을 만들어 팔면서 점차 규모를 늘려 건축 자재점을 내었다. 돌아가실 즈음에는 어엿한 규모의 사업이 되어 있었다. 조그만 가게에서 시작했지만, 내가 어른이 되었을 무렵에는 외삼촌들이 땅과 건물을 가지고 사업체를 운영하는 수준까지 성장했다.

우리 집안의 음악가는 거의 친가 쪽에서 나왔다. 사촌 세비아는 클래식 피아노를 전공했고, 그 밖에도 보드빌 극장에서 일한 이들도 있었다. 장르도 클래식과 대중음악을 가리지 않았다. 증조할머니 프리다 글래스는 앨 졸슨[5]의 숙모였으니, 음악의 핏줄이 거기까지 뻗쳐 있었던 것이다. 글래스 가문과 졸슨 가문이 일가였다는 사실은 나중에야 알았다. 신시내티에서 연주회를 마치고 대기실에서 쉬고 있는데 말쑥하게 차려입은 신사가 들어와서는 명함을 건넸다. 졸슨이라는 이름의 치과 의사였는데, 본인이 나와 사촌뻘이라며 글래스 가문과 졸슨 가문이 피로 묶여 있다는 사실을 알려 주었다.

앞서 말한 대로 외가 쪽 어른들은 음악가들을 도무지 탐탁하게 여기지

5 **Al Jolson, 1886~1950** 유대계 미국 가수, 배우 겸 코미디언. 전성기에는 '세계에서 가장 뛰어난 엔터테이너'라는 별명을 얻었다.

않았다. 그들에게는 그 유명한 앨 졸슨도 대수가 아니었다. 우리는 볼티모어에서 자라 몰랐지만, 뉴욕의 로어이스트사이드 쪽은 온통 유대인과 이탈리아인들로 득시글한 게토 지구였다. 거기서 입신양명하는 가장 확실한 방법은 연예계로 진출하는 것이었다. 잘만 되면 할리우드까지 진출할 수도 있었다. 그런 세대를 대표하는 인물이 바로 에디 캔터[6], 레드 스켈턴[7], 막스 형제[8] 같은 연예인들이었다.

현대음악의 전도사

레코드 가게를 처음 열었을 때, 아버지에게는 어떤 판이 좋고 어떤 판이 나쁜지를 가늠하는 안목이 없었다. 그러니 영업 사원이 떠안기는 레코드를 무작정 들여놓는 수밖에 없었다. 인기 있는 판은 잘 나갔지만 몇 달이 지나도 그 자리인 레코드도 수북이 쌓여 갔다. 아버지는 안 나가는 판은 왜 안 나가는지 그 이유를 알고 싶어 했고, 그때부터 처치 곤란인 레코드를 집에 가져와서 듣기 시작했다. 일단 문제의 원인을 알아야 판을 고르는 안목이 생길 것이라는 판단에서였다.

1940년대 후반, 인기 없는 판이라 하면 주로 바르톡, 쇼스타코비치, 스트라빈스키 등 당대 현대음악 작곡가들의 것이 주종이었다. 아버지는 이런 판들을 몇 번이고 되풀이해서 들었다. 문제점을 발견하기 위해 달려든 일이었지만, 웬걸, 외려 현대음악의 팬이 되고 말았다. 그때부터 아버지는 동시

6 **Eddie Cantor, 1892~1964** 미국 태생의 러시아 유대계 가수 겸 코미디언. 얼굴을 검게 칠하고 큰 눈을 희번덕거리는 연기로 '밴조 아이즈'라는 별칭으로 불리기도 했다.

7 **Red Skelton, 1913~1997** 연극, 라디오, 영화, 텔레비전에서 고루 성공을 거둔 만능 연예인. 본명은 리처드 버나드 스켈턴인데, 빨간 머리카락 때문에 '레드'라는 별칭으로 알려졌다.

8 **Marx Brothers** 20세기 초반 미국에서 활동한 코미디언 형제. 치코, 하포, 그루초, 제포 네 명이 한 팀으로 활동하다가 1930년대 후반부터는 막내 제포를 뺀 3인조로 활약했다. 슬랩스틱 코미디로 유명하다.

대 음악의 전도사가 되어 도리어 적극적인 판촉에 나섰다. 종국에는 볼티모어에서 현대음악에 관심 있는 이들은 모두 우리 가게로 몰리기 시작했다. 아버지는 손님들에게 음악에 대해 차근차근 설명하는 정성도 아끼지 않았다. 손님에게 판을 떠안기고는 "이봐요, 루이, 이거 일단 가져가서 들어 보세요. 마음에 들지 않으면 도로 가져오세요. 환불해 드릴 테니까." 그런 식으로 손님들을 개종시키기도 했다. 베토벤을 사러 온 사람에게 바르톡을 팔았던 것이다.

아버지는 오로지 혼자 힘으로 음악에 대한 지식과 감식안을 쌓아 갔고, 결국에는 실내악을 비롯한 고전음악뿐만 아니라 현대음악에 대해서도 세련되고 풍부한 식견을 갖추었다. 저녁을 먹고 나면 안락의자에 앉아 거의 자정까지 음악을 들었다. 아버지가 틀어 놓은 음악을 몰래 들으면서 내 귀도 좀 트였다. 우리 집은 볼티모어 다운타운 주택가에서 흔히 볼 수 있는 연립주택이었고, 형과 나의 침실은 거실 바로 위에 있었다. 음악 소리가 들리기 시작하면 나는 몰래 침대에서 빠져나와 계단 중간쯤에 걸터앉아 한참을 귀 기울였다. 아버지가 고개만 돌리면 들킬 위치였지만 한 번도 걸린 적은 없었다. 어쩌면 내가 거기 있는 것을 알고도 내버려 둔 것일지도 모르겠다. 이런 식으로 아주 어릴 적부터 아버지와 '함께' 음악을 나눈 밤을 헤아릴 수 없었다. 슈베르트의 현악 사중주곡과 베토벤의 「라주모프스키 사중주」, 온갖 종류의 피아노 음악, 쇼스타코비치와 바르톡을 비롯한 상당한 양의 '현대'음악을 귀동냥했다. 특히 내 뇌리에 깊이 각인된 것은 실내악의 음향이었다. 그때부터 음악 하면 일단은 기본적으로 실내악이 떠오르는 버릇이 생겼다. 실내악이 음악의 기본인 것처럼, 음악이라면 우선은 그런 소리가 나야 하는 것처럼 생각되었다. 실내악을 밑바탕으로 하여 다른 많은 것들을 층층이 쌓아 올리는 체계가 잡혔던 것 같다.

자식 교육에 관심이 높았던 어머니는 힘닿는 한에서 우리를 가장 좋은

학교에 보냈다. 형과 누나는 모두 사립학교에 다녔다. 하지만 막내마저 사립에 보낼 형편은 못 되어 나는 어머니가 일하는 공립학교인 시티 칼리지에 다녔다. 당시 볼티모어는 공교육에 관해 상당히 진보적인 편이었다. 나는 언어와 수학에 중점을 둔 특수반인 A코스에 등록했다. 시티 칼리지는 요즘으로 치면 마그넷 스쿨|magnet school|[9]이라고 부를 그런 학교였다. 볼티모어의 다른 모든 공립학교와 마찬가지로 시티 칼리지에서도 흑인과 백인은 함께 공부할 수 없었는데, 그 점만 제외한다면 교육 철학이나 이념 면에서 무척이나 미래 지향적이고 진보적인 학교였다. A코스 졸업장을 받은 학생은 대학교 1학년을 건너뛰고 곧바로 2학년 과정에 등록할 수도 있었다. 내가 시카고 대학교에 조기 입학할 수 있었던 것도 그전에 이미 양질의 교육 과정을 거친 덕분이다.

수업이 끝나면 주로 도서관에서 시간을 보냈다. 어머니의 퇴근 시각까지 기다렸다가 함께 차를 타고 집에 오는 것이 보통이었다. 도서관에서 기다리면서 대학 안내 카탈로그를 훑어보기도 했다. 나는 하루라도 빨리 볼티모어를 떠나고 싶었고, 완벽한 탈출을 위해서는 대학 진학이 최선의 방편이 될 것임을 알고 있었다. 그러던 어느 날, 시카고 대학교 카탈로그를 넘겨보던 도중 놀라운 사실을 알게 되었다. 고등학교 졸업장이 없어도 입학시험만 통과하면 등록이 가능하다는 것이었다. 미국 내에서 가장 진보적인 교육자이자 당시 시카고 대학 총장으로 있던 로버트 허친스 박사가 도입한 시행령에 따른 조치였다. 이처럼 이례적인 입학 조건 외에도 허친스 박사는 시카고 대학교 학부 과정에 '위대한 책' 프로그램을 도입하기도 했다. 대학 학위를 받기 위해서 반드시 읽어야 할 백 권의 고전을 엄선한 철학자 겸 교육자인 모티머 아들러의 영향이었다. 백 권의 도서 가운데는 플라톤과 아리스토텔레스,

9 인종이나 학군 제한에 관계없이 다닐 수 있는 대안적 공립학교로, 과학, 외국어, 예술 등 특성화된 커리큘럼으로 운영된다.

셰익스피어와 뉴턴의 저작 등이 포함되어 있었다. 그야말로 만만찮은 험산의 연속이라 할 리스트였다. 그리 놀라운 일도 아니지만, 당시에는 대학 커리큘럼의 상당 부분이 바로 아들러의 필독서 목록에 바탕을 두고 있었다.

똑똑하고 야심 있는 젊은이들이 고등학교를 마치지 않은 상태로도 대학의 문을 두드릴 수 있게 한 정책은, 제2차 세계대전이 끝나고 고향으로 돌아온 군인들의 재정착을 돕기 위한 제대군인 원호법 | GI Bill | 과도 무관하지 않으리라 생각한다. 내가 고등학교에 입학했을 당시 이 정책은 이미 어느 정도 자리를 잡은 상태였다. 고등학교의 나머지 2년을 건너뛰고 큰 대학이 제공하는 교육 과정에 참여할 기회의 문이 내게도 조금씩 보이기 시작했다.

시티 칼리지의 진학 담당 선생님은 입학시험을 보는 것만으로도 좋은 경험이 될 것이라고 했다. 다만 시험에 통과할 수 있으리라고는 기대조차 하지 않았던 것 같다. 시험은 수학, 에세이 작성, 역사 과목으로 나뉘어 학생의 교육 정도를 포괄적으로 진단할 수 있도록 짜여 있었다. 결과는 좋았다. 크게 어렵다고 생각하지 않고 덤볐는데, 역시 시티 칼리지에서 배우고 익힌 내용이 그만큼 알차고 튼실했다는 뜻이리라. 합격 통지서에는 '조기 입학 대상'으로 선정되었다는 내용이 적혀 있었다. 하지만 입학시험은 고작 첫 번째 장애물에 불과했다. 넘어야 할 난관은 따로 있었다. 어린 막내가 집을 떠나 큰 대학에서 공부할 수 있도록 과연 부모님이 허락할지, 그것이 문제였다.

입학 통지서를 받은 직후의 어느 날 저녁이었다. 볼티모어 지역 시카고 대학교 동창회에서 두 명의 졸업생이 우리 집을 찾아왔다. 어서 올라가서 자라는 부모님 말씀에, 손님들이 어떤 이야기로 두 분을 안심시켰는지는 전혀 듣지 못했다. 다음 날 아침 늘 먹는 오트밀과 핫초콜릿이 올라온 식사 자리에서 어머니가 불쑥 말을 꺼냈다.

"어제 저녁 만난 분들과 이야기해 본 결과 너를 시카고로 보내기로 결정했다."

나는 깜짝 놀랐다. 그렇게 빨리 결정되리라고는 생각하지도 못했다. 날아갈 듯 기뻤다. 머리 뚜껑이 펑 하고 폭발하며 열리는 것만 같았다. 머리가 굵어진 내게 볼티모어는 너무 비좁은 도시였다. 유년기와 가족을 뒤로 하고 떠나 '진짜 인생'을 – 그것이 무엇이든 – 시작할 마음의 준비는 벌써부터 되어 있었다.

어머니는 언제나처럼 별다른 감정을 보이지 않았다. 만감이 교차했겠지만 겉으로는 내색하지 않았다. 기이한 우연이라면 어머니 역시 이미 열아홉의 이른 나이에 존스 홉킨스 대학을 졸업했다는 점이다. 사실 어머니는 여성으로서는 최초로 존스 홉킨스 대학을 졸업한 분으로, 그 상징성 덕분에 교수 클럽의 명예 회원으로 추대되기도 했다. 그러니까 어머니는 대학 교육이 내게 어떤 의미로 다가올지에 대해 남다른 통찰을 가지고 있었는지도 모르겠다.

겉으로 보기에 부모님의 반응은 무척 조심스러운 편이었다. 심지어는 시카고 대학 문제를 화제로 올리는 것조차 꺼리는 듯했다. 나중에 누나가 이야기해 주어 안 사실이지만, 진학에 관해 회의적인 쪽은 아버지였고, 반면 어머니는 확고했다고 한다. 당시의 나는 그 반대일 것이라고 짐작했는데 말이다.

"네가 시카고에 갈 수 있었던 건 어머니 덕분이야. 어머니는 네가 가능한 한 최고의 교육을 받기 원하셨어."

내가 시카고 대학교에 입학하게 되었다는 것을 어머니는 자랑스러워했을까? 설령 그렇다고 해도 결코 내색하지는 않았을 것이다. 응당 들었을 법한 걱정과 불안 또한 내게는 기색하지 않았다. 어쨌거나 1952년의 나는 겨우 열다섯 살의 철부지였다.

시카고

시카고행 밤 기차

시카고로 가는 밤 기차는 유서 깊은 비앤오 철도에서 운영하고 있었다. 매일 초저녁에 볼티모어 시내를 출발해 다음 날 새벽에 시카고 중심부인 시카고루프에 떨어지는 노선이었다. 열차편이 아니라면 메릴랜드 서부, 펜실베이니아, 오하이오, 인디애나를 모두 통과해야 하는 도로를 선택하는 수밖에 없었다. 민간 항공사가 또 다른 대안을 제시하기 시작한 무렵이기는 했으나, 아직 비행기 이용객은 극히 드물었던 시절이다.

시카고까지 가는 길은 같은 고등학교를 다니던 시드니 제이콥스, 톰 스타이너와 동행했다. 둘 모두 꽤 잘 아는 사이였지만, 함께 중서부로 향하게 된 것은 계획에 없는 순전한 우연이었다. 시드니와 톰은 엄청나게 똑똑하고 괴짜 같은 십 대 소년들이 모여 만든, 자칭 '팰랭크스|Phalanx|'[10]라는 동네 패거리의 일원이었다. 내가 이들을 알게 된 것은 메릴랜드 체스클럽에서였

10 그리스 신화에 나오는 무예와 전쟁 기술을 전수한 인물에서 유래한 말로, 집단, 방진方陣, 결사結社 등을 뜻한다.

다. 하지만 그들보다 몇 살 어린 나를 어엿한 일원으로 받아들여 주었다기보다, 귀찮지만 참아 준다, 정도의 느낌으로 같이 어울려 주었다. 대단히 내성적이고 지적인 그룹이었던 만큼 내가 끼기에는 무리가 있었다. 그래도 나는 팰랭크스에 소속된 치들을 다들 좋아했다. 이를테면 어브 주커나 맬컴 피바, 빌 설리번 같은 이들이었다. 시인과 수학자와 테크노비저너리가 뒤섞인 조직은 지금 보아도 너무 앞서간 별종이기는 했다. 시드니와 톰과는 기차 여행 도중 허심탄회하게 이야기를 나누며 비로소 친구다운 친구가 되었다.

시카고로 향하는 동안 나는 무척이나 흥분된 기분을 누르기 힘들었다. 떠나기 전 부모님의 설교와 당부, 다짐은 귀에 제대로 들어오지도 않았다. 부모님의 말씀은 대학 공부가 뜻대로 풀리지 않으면 언제라도 돌아와도 좋다는 것이었다. 어머니는 이렇게 말했다.

"혹시라도 이번 크리스마스 전에 돌아오면 곧바로 복학할 수 있도록 학교와는 잘 이야기해 놓으마."

물론 나는 그러고 싶은 뜻이 눈곱만큼도 없었다. 부모님은 아마도 성탄절 때까지 남은 석 달 사이에 학교에 붙어 있든 짐을 싸서 돌아오든 어쨌든 가부간 결정이 날 것이라 여겼던 모양이다. 하지만 나는 모든 아이들이 꿈꾸는 대탈출의 순간을 목전에 두고 있었다.

기차가 볼티모어 역을 떠나고 곧 실내등이 꺼졌지만 나는 완전 뜬눈으로 밤을 보냈다. 딕시 |Dixie| 지방[11]에서 중서부로 향하는 낡은 객차여서 편의 시설 같은 것은 기대조차 할 수 없었다. 조명이 없으니 책도 읽지 못하고, 그저 열차 소리를 벗 삼는 것 말고는 할 일이 없었다. 선로를 달리는 바퀴가 만들어 내는 끊임없는 소리의 패턴이 곧바로 내 귀를 사로잡았다. 한참 뒤의 일이지만, 위대한 타블라[12] 연주자이자 라비 샹카르[13]의 음악적 동반자

11 미국 남부의 여러 주를 일컫는 말. 사우스캐롤라이나, 미시시피, 플로리다, 앨라배마, 조지아, 루이지애나, 텍사스, 버지니아, 아칸소, 노스캐롤라이나, 테네시 주가 해당한다.

였던 알라 라카[14]에게 2박과 3박을 끊임없이 순환하는 리듬에 대해 가르침을 받은 적이 있다. 이는 바로 인도 전통 음악의 리듬 주기인 탈라|tala| 체계의 핵심을 이루는 것이었다. 라카의 지도를 통해 나는, 도무지 실마리가 보이지 않는 혼란 그 자체인 것 같은 음악도 끊임없이 움직이는 박자와 패턴으로 간추려서 들어 낼 수 있는 도구를 획득했다. 지금 생각해 보면 그때의 가르침이 곧 선로 소리에 녹아 있었던 것이지만, 시카고로 향하는 열다섯 살짜리 소년에게 그런 통찰이 있을 리 만무했다. 이후 시카고와 볼티모어를 오갈 때마다 여러 차례 기차를 탔다. 기묘한 우연이지만, 다시 한 번 기차를 집중적으로 이용하게 된 것은 14년 뒤의 첫 인도 여행 때였다. 미국이건 인도건 기차 여행에 관한 실상만큼은 때로는 완전히 똑같다고 여겨질 만큼 큰 차이가 없었다. 하지만 14년 세월 동안 소리를 듣는 방식만큼은 철저히 바뀌었다. 「해변의 아인슈타인」의 기차 장면에 쓰인 음악이 이러한 경험에서 비롯되었으리라 생각하는 사람들도 있겠지만, 그것은 그렇지가 않다. 기차 장면 음악은 전혀 다른 곳에서 비롯되었는데, 그 점에 대해서는 나중에 설명하겠다. 요는 음악의 세계가 – 그것의 언어와 아름다움과 신비가 – 나를 자극하기 시작했다는 사실이다. 내 안에서 어떤 변화가 시작되었다. 음악은 더 이상 저 바깥 어딘가에 존재하는 '진짜 세상'의 은유가 아니었다. 오히려 그 반대였다. '저 바깥'의 것이야말로 은유이고 음악이 진짜였다. 이 생각은 지금까지도 변함이 없다. 밤 기차 덕분이다. 일상생활을 채우는 소리가 스리슬쩍 내 안으로 들어와 자리를 잡아 가고 있었다.

12 인도의 대표적인 타악기. 손으로 두드리는 북으로, 크기가 서로 다른 두 개가 한 조를 이룬다.

13 **Ravi Shankar, 1920~2012** 인도의 전통 악기 시타르의 명인이자 작곡가. 인도 고전음악을 서양에 알리는 데 크게 기여했다.

14 **Alla Rakha, 1919~2000** 인도의 전통 타악기 타블라 연주자. 라비 샹카르와 팀을 이루어 오랫동안 함께 활동하면서 타블라의 위상을 크게 끌어올렸다.

지성과 문화의 도시

시카고에 발을 내딛자마자 볼티모어보다 큰 도시의 기운이 확 다가왔다. 시카고는 프랭크 로이드 라이트의 건물뿐만 아니라 그보다 더 위로 루이스 설리번[15]이 설계한 역사적 건물을 보유한 현대건축의 집성지였다. 또한 프리츠 라이너[16]가 이끄는 시카고 심포니라는 일급 오케스트라가 있었다. 시카고 미술원은 모네의 작품 다수를 소장하고 있었고, 심지어 시카고에는 예술 영화 전용관도 있었다. 시카고는 볼티모어와는 달리 지식인들과 문화에 대해 깊은 관심을 가진 이들에게 즐길 거리를 제공할 깜냥을 갖춘 본격적인 도시였다. 또한 볼티모어에서는 들을 수 없는 재즈 음악을 들을 수 있는 곳이기도 했다(볼티모어에서는 재즈 클럽이 어디에 있는지조차 몰랐다). 볼티모어에서는 괜찮은 중국 식당에서 밥을 먹으려면 워싱턴디시까지 차를 몰고 가야 했지만, 시카고에는 모든 것이 갖추어져 있었다.

시카고 대학교는 미드웨이를 가운데 두고 55가부터 61가까지 뻗어 있었다. 미드웨이는 1893년 만국박람회 때 각종 위락 시설과 사이드 쇼 등이 집중된 핵심 지역이었다. 57가나 55가에는 식당과 술집, 비하이브 |Beehive| 같은 재즈 클럽이 즐비했지만, 나는 출입할 수 없는 곳이 수두룩했다. 열다섯 살밖에 되지 않았고, 외모도 열다섯 살처럼 보였기 때문이다. 열여섯, 열일곱 살이 되면서 코티지그로브 인근에 있는 코튼 클럽 |Cotton Club| 이나 다운타운에 있는 클럽에 드나들었다. 키도 좀 컸겠지만 그보다는 문지기들이 나를 알아본 덕택이었다. 노상 가게 앞에 죽치고 서서는 창문을 통해 안을 들여다보며 문틈으로 새어 나오는 음악에 귀를 기울이는 청년이 흔하지는

15 **Louis Sullivan, 1856~1924** '모더니즘 건축의 아버지'로 불리는 미국의 건축가. 그의 건축 미학은 "형태는 기능을 따른다"라는 말에 잘 담겨 있다. 프랭크 로이드 라이트의 스승으로도 유명하다.

16 **Fritz Reiner, 1888~1963** 헝가리 출신의 미국 지휘자. 남달리 예민한 귀를 가진 엄격하고 까다로운 지휘자로 유명했다. 지휘 동작이 극도로 작은 것으로 또한 널리 알려졌다. 시카고 심포니의 수준을 끌어올린 공로가 지대하다. 스트라빈스키는 라이너 시절의 시카고 심포니를 "세계에서 가장 유연하고 정확한 오케스트라"라고 평한 바 있다.

않았을 테니 말이다. "어이, 꼬마야, 이리 따라와라" 하고는 뒷문으로 나를 넣어 주고는 했다. 술을 사 마실 수는 없었지만, 그들이 마음을 써 준 덕분에 문가에 앉아 음악을 들을 수 있었다.

신입생 오리엔테이션 첫날, 강의실에 들어서자 흑인 학생들이 대번 눈에 들어왔다. 볼티모어가 속한 딕시 남부에서 나고 자란 아이의 눈으로 바라본 것임을 이해해 주기 바란다. 그때까지 내가 다닌 학교에는 흑인 아이들은 단 한 명도 없었다. 나는 인종차별이 당연한 것으로 받아들여지고 심지어는 논의의 대상조차 되지 못한 세상에서만 살았던 것이다. 식당, 영화관, 수영장, 골프장 등 사회 꼭대기부터 아래에 이르기까지 인종차별이 횡행하던 경계주|Border States|[17]에서 머리가 굵은 아이가 마침내 부조리에 눈을 뜨는 순간이었다. 지금까지 완전히 잘못된 곳에서 살고 있었구나, 하고 깨닫는 데는 1분도 걸리지 않았다. 비로소 눈이 뜨인 것이다.

당시 시카고 대학교의 학부 과정은 상당히 작았다. 아마 전체 학생 수를 더해도 5백 명이 채 되지 않았을 것이다. 하지만 학부는 경영대학원, 법학대학원, 의학대학원 같은 더 큰 전문 대학원이라든지, 동양연구소나 과학, 인문학, 사회과학, 신학, 예술 쪽 분과 등과 연계되어 있었다. 학부와 대학원의 관계는 대단히 긴밀했으며, 대학원의 교수진 중 상당수가 학부생 강좌도 책임졌다. 당시 이런 편제는 유럽식이라 간주되었는데, 사실인지 아닌지는 모르겠다. 수업은 한 명의 교수가 열두 명 안팎의 소규모 학생을 책임지는 식으로 진행되었다. 대학원생이 강의를 맡는 일은 없었다. 학생과 교수가 원탁에 둘러앉아 필독서 목록에 대해 이야기하는, 이른바 고전적인 세미나 방식이었다. 강의식 수업도 몇몇 있었지만 많지는 않았으며, 과학 과목은 실험수업을 병행했다.

17 남북전쟁 당시 노예 제도를 인정하던 남부의 주 가운데 노예제를 금지한 북부에 인접해 있던 주.

세미나 수업이 끝나면 우리는 으레 교내 한가운데 있는 커피숍에 모여 교수님과 토론한 내용에 대해 이야기를 나누었다. 커피숍에서 모여 하는 논쟁은 세미나식 수업과 별 다를 바가 없었다. 세미나식 수업에 등록한 학생들에게는 지극히 당연한 일이었다.

학교에는 운동부가 몇 있기는 했지만, 당시만 하더라도 풋볼, 농구, 야구 팀은 없었다. 운동이 될 만한 뭔가를 하고 싶었던 나는 체육과 사무실이 있는 건물을 찾았고, 그곳 게시판에서 레슬링부 부원 모집 중이라는 공고를 보았다. 레슬링이라면 고등학교 때도 한 운동이어서 나는 52킬로그램밖에 되지 않는 체중에도 불구하고 선뜻 지원했다. 2학년인가 3학년 때까지는 인근 대학과 벌이는 대회에도 출전하며 부원으로서 그럭저럭 괜찮은 성적을 거두었다. 그러다가 아이오와 농촌 출신의 어느 학생에게 된통 당하고 난 뒤로는 지금까지 평생 레슬링 매트 쪽으로는 발걸음도 하지 않았다.

시카고 대학교 교수진의 수준은 무척 높았다. 그중에서도 신입생 때 들은 화학 수업이 특히 기억에 남는다. 담당 교수는 노벨 화학상 수상자인 해럴드 유리였다. 칠팔십 명 정도 되는 1학년생 앞에 선 그의 풍모와 언변에서는 화학에 대한 깊은 열정이 느껴졌다. 수업은 아침 여덟 시에 시작했음에도 꾸벅꾸벅 조는 학생은 단 하나도 없었다. 유리 교수는 토드 브라우닝 감독의 1931년 영화 「드라큘라」에 나오는 반 헬싱 박사와 무척 닮은꼴이었다. 드라큘라에게 피를 내준 시신을 살펴보며 "아까 본 것과 같은 두 개의 이빨 자국이 목에 나 있군" 하고 말하던 인물 말이다. 대학교 1~2학년 학생이 노벨상 수상자와 같은 방에 있는 것만도 영광인데, 더구나 그에게 주기율표에 대한 강의를 들을 수 있다니!

유리 교수는 '여기 모인 아이들 가운데 훌륭한 과학자가 될 녀석이 있을지도 모른다'는 생각으로 강의에 열정을 보였고, 커다란 흑판과 강단을 무대 삼아 성큼성큼 걸으며 신들린 모습으로 강의를 했다. 흑판에 끼적이는 글씨는 주기율표에 관계된 것이기는 한 것 같은데 도무지 뭔지 정확히 알 수는 없었다. 그의 강의는 마치 배우의 연기를 보는 것만 같았다. 화학이라는 주제에 뜨거운 열정을 품었고, 아침 여덟 시가 되어 학생들이 교실에 모이기만을 손꼽아 기다리는 선생이었다. 자신의 전공 분야를 열정적으로 사랑하며 그 정도 경지에 오른 과학자라면 한편으로는 예술가라고 불러도 손색이 없을 것이다. 사실 화학에 대해 기억나는 것은 아무것도 없다. 나는 그저 그의 공연을 보기 위해 수업을 들었을 뿐이다.

2학년 때는 데이비드 리스먼 교수가 지도하는 소규모 사회학 세미나 수업을 들었다. 리스먼 교수는 루엘 데니, 네이선 글레이저와 함께 『고독한 군중』이라는 책을 써 일약 유명세를 탄 학자였다. 『고독한 군중』은 지금 읽어 보면 약간 케케묵은 느낌이 들지도 모르지만, 1950년대 당시만 하더라도 대단히 새로운 생각을 담은 저서로 각광을 받았다. 책의 논지는 무척 단순했다. 대충 요약하자면 이렇다. 인간은 크게 내부 지향형, 타인 지향형, 전통 지향형, 이렇게 세 유형으로 나눌 수 있다. 이러한 분류는 곧 성격 유형의 차이로 이어진다. 내부 지향형은 해럴드 유리 교수나 예술가 같은 사람들로, 자기가 하고 싶은 것 외에는 신경을 쓰지 않는 부류다. 타인 지향형은 그들을 둘러싼 세상의 인정과 승인에서 비롯되는 자의식만을 신경 쓸 뿐 그들 내부에서 비롯된 자의식이라고는 없는 부류다. 전통 지향형은 과거로부터 전승되어 온 규칙을 따르는 데 가장 큰 가치를 두는 부류다. 『고독한 군중』을 읽어 본 사람이라면 누구나 내부 지향형 인간이 가장 흥미로운 타입이라는 데 동의할 것이다.

리스먼 박사의 수업은 수강생이 기껏해야 열 명인 작은 규모였다. 나는 운 좋게 그 가운데 하나가 되었고, 첫 수업부터 지도 교수를 무척이나 좋아하게 되었다. 리스먼 교수는 유리 교수처럼 명철한 분으로, 마거릿 미드나 루스 베네딕트 같은 인류학자들의 영향을 받아 현대 도시 사회를 분석하는

데 인류학적 접근법을 도입한 신세대 사회학자 그룹의 일원이었다. 리스먼 박사와 맺은 인연은 강의실에만 국한되지 않았다. 내가 대학생 시절에 다섯 살쯤 되었을 박사의 아들 마이클 리스먼이 25년 뒤 필립 글래스 앙상블의 음악감독이 되었던 것이다.

1970년대 어느 날 필립 글래스 앙상블이 하버드 대학에서 공연을 마친 직후였다. 마이클이 내게 다가와서는 "아버지께서 여기 연주회장에 와 계세요" 하고 말을 붙였다. 당시 리스먼 박사는 하버드에서 교편을 잡고 있었다. 불문곡직하고 나는 당장 교수님을 만나고 싶다고 말했다.

"선생님, 절 기억하시겠습니까?"

"기억하고말고."

격조한 세월을 뒤로 하고 선생님이 여전히 나를 기억하고 있었다니 전혀 뜻밖이었다. 하기야 나를 기억할 이유가 있기는 했다. 세미나 수업 도중 선생님의 견해에 도전하여 한바탕 논쟁이 붙은 적이 있기 때문이다. 리스먼 교수가 제안한 인간의 세 가지 유형이, 인간의 신체 유형을 연구해 온 인류학자들이 제시한 세 가지 유형인 내배엽형, 외배엽형, 중배엽형과 너무 닮았다고 따지고 든 것이었다.

"자네, 정말로 그리 생각하나?"

"제 생각에는 완전히 복사판입니다."

선생님은 뭐 저런 미친놈이 다 있나, 하는 눈빛으로 나를 쳐다보았다. 재미있다면 재미있는 것이, 나는 내가 옳다는 확신만 있다면 누가 뭐래도 뜻을 굽히지 않는 고약한 고집이 있다. 아마 그날 사건 때문에 나를 잊지 못한 것인지도 모르겠다. 대학 2학년이라고 해 보았자 나는 겨우 열여섯 살이었고, 교수님은 당시 사십 대 중반이었다. 왜 입 닥치고 가만히 있지 못했을까? 실은 나는 한 번도 입을 다문 적이 없다. 사회학의 석학 데이비드 리스먼 교수와 한판 맞붙었던 것과 똑같은 식의 맞장이 몇 년 뒤 에런 코플런드[18]와 오케스트레이션에 관해 이야기를 나누던 도중에도 되풀이되었다.

1960년 여름, 그러니까 시카고 대학교를 졸업하고 4년이 흘렀을 때다. 코플런드가 객원 지휘차 애스펀 뮤직 페스티벌을 방문했고, 당시 줄리아드를 다니고 있던 나는 뛰어난 작곡가 다리우스 미요의 여름 코스를 듣기 위해 같은 곳에 와 있었다. 오케스트라는 코플런드의 작품 몇 곡을 연주했고, 이어 이 대작곡가는 미요의 수강생들이 작곡한 습작을 일대일로 만나 검토해 주기로 했다. 내가 가져간 곡은 솔로 바이올린과 목관(플루트, 클라리넷, 바순), 금관(트럼펫, 호른, 트롬본), 타악기를 위한 바이올린 협주곡이었다.

코플런드 씨는 첫 페이지부터 들여다보았다. 거기에는 바이올린을 위한 주제가 기입되어 있었고, 주제의 저음만을 추려 프렌치호른에 배정해 둔 표시가 되어 있었다. 그러니까 바이올린이 다-다, 다-다, 다-다, 하고 진행하면 프렌치호른은 그 저음만을 뽑아 아래에 윤곽을 그리고 그것이 곧 대선율이 되는 식이었다. 나는 썩 쓸 만한 발상이라고 여기며 내심 뿌듯해했다. 그런데 코플런드 씨는 첫 페이지를 넘기기도 전에 입을 뗐다.

"이래서는 프렌치호른이 들리지가 않을 텐데."

"그럴 리가 없습니다."

"아니, 절대로 들리지 않을 게야."

"저는 들릴 거라 생각합니다."

"들을 수 없을 거야."

"죄송합니다, 코플런드 씨. 제 귀에는 반드시 들릴 겁니다."

한마디도 지지 않고 되받아치는 풋내기에 코플런드 씨는 무척이나 역정을 냈다. 그렇게 된 이상 더는 레슨을 기대할 수도 없었다. 한 페이지도 다

18 **Aaron Copland, 1900~1990** 미국의 작곡가. 나디아 불랑제를 사사했으며, 미국적인 선율과 리듬, 주제를 가진 곡을 다수 썼다. '미국 작곡가들의 교장 선생님'으로도 불렸다. 대표작으로 「애팔래치아의 봄」, 「보통 사람을 위한 팡파르」, 「엘 살롱 멕시코」, 「빌리 더 키드」 등이 있다.

보이지 못했는데 말이다! 기껏해야 첫 여덟 마디 혹은 열 마디 정도가 고작이었다.

'난 대체 왜 이럴까?' 하는 자책이 들었다. 코플런드 씨는 나이로 보나 뭐로 보나 나와는 비교조차 할 수 없는 거인이었다. 진짜 작곡가였고, 더구나 유명한 작곡가였다. 학생들의 습작을 읽고 도움을 주겠다고 성의를 베풀었는데 그 좋은 기회를 내가 걷어차 버린 것이었다. 에런 코플런드와의 레슨은 그 한 번이 전부였다. 그나마도 가르치는 자와 배우는 자가 한바탕 다투었고, 결국에는 가르치는 자가 배우는 자를 쫓아내는 것으로 끝이 났다.

나중에 알고 보니 내 말이 틀리지 않았다. 다음 해 줄리아드 학생들을 모아 놓고 녹음을 했는데, 프렌치호른 성부가 바이올린 주제와 대위 선율을 이루면서 뚜렷이 들리더란 말이다. 그것도 종소리처럼 명쾌하게 들렸다. 코플런드 씨와 연락이 끊어진 것이 아쉬웠다. 그렇지 않았더라면 음반을 보내 줄 수 있었을 텐데.

지적 자양분

그토록 독창적이고 전문적인 학자들이 젊은이들에게 미치는 영향은 그야말로 엄청났다. 존경할 만한 교수들은 어디에나 있었다. 철학과에도, 수학과에도, 서양고전학과에도 말이다. 하지만 이상하게도 공연 예술 쪽만큼은 빈약했다. 무용과도, 연극과도 없었고, 악기를 배울 수 있는 과정도 없었다. 그런 반면 아주 급진적이고 과격한 연구에 몸을 바친, 그래서 일개 학부생으로서는 도대체 모여서 무슨 작당을 하는 것인지 알 수 없는 그런 학회도 있었다. 이를테면 사회사상위원회[19]가 그런 모임 가운데 하나였다. 학부를 졸

19 1941년 역사학자 존 울릭 네프가 세운, 시카고 대학교 내 연구 모임. 학제 간 연구를 통해 '학술적인 탐구의 뿌리에 있는 영구적인 물음에 대한 인식을 함양'하는 것을 목적으로 한다.

업하고 대학원생으로서 사회사상위원회에 입회한다는 것은 – 그러니까 그들의 낙점을 받는다는 것은 – 어떤 이들에게는 가장 영예로운 꿈과도 같은 일이었다. 위원회의 지도를 맡는 교수진은 작가, 과학자, 사상가 등으로 다양했다. 그들은, 나를 포함한 일부 학부생들이 깊이 또 지독하게 존경하고 어떻게든 모방하려고 애쓰는 이들이었다. 내가 재학 중일 때는 작가 솔 벨로와 철학자 한나 아렌트, 종교사가 미르체아 엘리아데 같은 이들이 있었다.

벨로의 작품 중에는 한 남자의 유년기부터 성인기까지의 삶과 정체성 탐구를 다룬 『오기 마치의 모험』이 당시 각광을 받았다. 나는 책을 무척 많이 읽는 축이었고, 시카고 출신의 작가인 벨로와 넬슨 올그런의 소설에 흥미를 두었다. 올그런은 헤로인 중독자가 약을 끊기 위해 사투를 벌이는 『황금 팔을 가진 사나이』와, "아무개 선생이라고 불리는 자들과는 절대 노름을 하지 말고, 엄마네 식당이라는 간판을 단 가게에서는 절대로 식사를 하지 말 것이며, 당신보다 더 큰 문제를 떠안고 사는 여자와는 절대 몸을 섞지 마라"라는 대목이 인상적이었던 『광란의 거리』의 작가다.

벨로와 올그런의 소설이 특히 와 닿았던 이유는 전적으로 입말을 사용한 문체 때문이었다. 그들은 일상적인 구어체는 물론이요 아주 저속한 표현마저도 주저하지 않고 사용했다. 그때까지 나는 20세기 초반 아주 유창한 산문 스타일을 구사한 조지프 콘래드 같은 작가들에 익숙해 있었다. 반면 이 새로운 작가들은 길거리에서 흔히 들을 수 있는 말을 끌어들여 소설을 쓰고 있었다.

벨로를 캠퍼스에서 본 적은 없었지만, 우리 모두 그의 존재에 대해서는 알고 있었다. 시카고의 젊은이들은 벨로와 올그런을 숭배했다. 그들이 곧 시카고였기 때문이다. 뉴욕도 아니고 샌프란시스코도 아니었다. 나 역시 시카고에 도착해서는 시카고를 대표하는 작가들의 작품을 읽기 시작했고, 시카고 재즈와 시카고 포크 음악을 찾아 들었다. 빅 빌 브룬지[20]와 찰리 파커[21], 스탠 게츠[22] 같은, 시카고에 터를 잡은 뮤지션들이 여기에 해당한다.

명문 대학 주변에서는 흔히 일어나는 일이지만, 시카고 대학의 아우라는 캠퍼스가 위치한 하이드파크 지역을 훨씬 넘어 사우스사이드 전역에 미쳤다. 작가, 시인, 사상가들이 대학의 그늘이 드리우는 곳에 둥지를 틀었다. 인근에는 활동 중인 극단이 여럿이었고, 53가에 있는 비하이브나 코티지그로브 길에 있는 코튼 클럽 같은 최첨단 비밥|bebop|[23] 재즈 클럽이 인기를 끌었다. 심지어는 『인류의 성인기』와 『과학과 분별』을 쓴 재야 학자 앨프리드 코집스키가 하이드파크 지역에 거주하며 글을 쓰고 있다는 풍문도 있었다(아마 사실이었을 것이다). 의미론의 선구자이자 급진적 사상가였던 코집스키가 나는 왠지 마음에 들었다. 아마도 역사와 시간, 우리 인간의 본성에 대한 그의 사상 때문일 것이다. 그는 오랜 세월에 걸쳐 지식이 전달된 결과가 곧 인간의 문화라고 주장한, 이른바 '시간 결속|time-binding|' 개념을 주창했다. 그의 책을 읽지 못한 지도, 또는 누가 그에 대해 거론하는 것을 들어 본 지도 꽤 되었다. '미국의 마하트마'라 불러도 좋을 또 하나의 위대한 영혼이 어딘가에 있는 도서관에서 그리고 우리의 집단적 기억 속에서 재발견될 날을 기다려 본다.

입학 후 곧 알게 된 사실이지만, 시카고 대학 학부 과정의 학점 이수 과정은 무척 인상적이었다. 모두 열네 개의 필수 이수 과목이 따로 있어서 모든 학생이 들어야 했고, 각각의 과목을 가을 학기, 겨울 학기, 봄 학기 동안

20 Big Bill Broonzy, 1893~1958 미국의 블루스 기타리스트이자 싱어송라이터로, 20세기 블루스 음악사를 대표하는 전설 중 한 명이다. 1920년대 컨트리 블루스로 활동을 시작했지만, 이후 시카고를 중심으로 발전한 세련된 도시풍의 블루스 사운드를 들려주었다.

21 Charlie Parker, 1920~1955 미국의 재즈 알토 색소폰 연주자. 1940년대 유행한 자유분방한 재즈 스타일인 비밥을 창시하며 모던 재즈의 기반을 놓았다.

22 Stan Getz, 1927~1991 미국의 테너 색소폰 연주자. 비밥과 쿨 재즈를 두루 연주했지만, 보사노바와의 접목을 시도한 재즈 음악으로 가장 유명하다.

23 1930년대 성행한 스윙 재즈에 대항하여 1940년대에 출현한 자유분방한 스타일의 재즈로, 멜로디와 리듬, 화성 등에서 큰 변화를 가져왔다. 역동적이고 거친 즉흥 연주가 특징이다. 1950년대 이후에는 쿨 재즈 등의 모던 재즈로 계승되었다. 대표적인 음악인으로 디지 길레스피, 찰리 파커, 버드 파월 등이 있다.

연달아 들어야 학점으로 인정되었다. 그러나 출결 여부는 학점에 영향을 미치지 않았고, 따라서 출석을 체크하는 강좌도 없었다. 분기별로 시험이 있기는 했지만 이마저도 보거나 말거나 누구 하나 뭐라 하지 않는 그야말로 선택사항이었고, 시험 성적 역시 과목 패스 여부에 영향을 주지 않았다. 과학, 사회학, 인문학 분야에서 각각 핵심 과목 하나씩을 골라 이를 다시 상중하 세 등급으로 나누어 도합 아홉 강좌, 그리고 다른 학문 분야에서 채택된 다섯 강좌가 합쳐져 열네 개의 필수 과목을 이루었다. 필수 과목만 모두 이수하면 누구나 졸업장을 받을 수 있었다.

학년 말인 5월에는 그때까지 배운 내용을 '포괄적'으로 묻는 시험이 강좌별로 치러졌는데, 이것만큼은 등록 학생 전원이 응시해야 했다. 각 시험은 온종일 소요되었고, 적어도 하나 이상의 에세이 문항을 포함하고 있었다. 말할 필요도 없이 에세이 주제는 사전에 공개되는 법이 없었고, 따라서 대부분의 학생들은 에세이 문항을 가장 두려워했다. 하지만 각각의 강좌가 요구하는 필독서 목록이 당장 학년 초부터 제시되기 때문에 시간이 모자란다고 불평할 수도 없는 노릇이었다. 필요한 책은 교수 요강과 함께 대학 구내 서점에서 구할 수 있었다.

학년 말 시험에 대비하는 가장 간단하고 확실한 방법은 필독서들과 교수 요강을 구입하여 세 학기 동안 틈틈이 읽고 동시에 세미나, 강의, 실습 수업을 빠지지 않고 듣는 것이었다. 솔직히 고백하자면 나는 한 번도 그렇게 한 적이 없다. 그렇게 하는 학생도 없지는 않았겠지만, 최소한 내 주변에는 없었다.

이상적이고 간단한 길을 따르기 힘들었던 데는 몇 가지 이유가 있었다. 가장 큰 문제는 대학 문화 자체에 있었다. 이를테면 이런 것이다. 필수 이수 과목으로 지정된 수업이 있기는 했지만 등록하지 않은 수업이라도 얼마든지 '청강'이 가능했다. 학부 과목은 물론이요, 심지어는 대학원 수업까지도 듣겠다면 말리지 않았다. 청강 절차도 간단해서 담당 교수에게 동의만 받으면 그만이었다. 청강 요청이 거부당하는 경우는 없었다. 등록한 과목이라 해도 어차피 학년 말 시험 하나로 패스 여부가 결정되는 시스템이었으니 그야말로 제 좋을 대로 시간표를 짤 수 있었던 것이다. 따라서 이론상으로는 등록 강좌의 수업을 모두 빼먹어도 시험만 통과하면 문제가 없었다. 하지만 등록 과목을 완전히 팽개치는 학생은 극소수였다. 대부분의 학생은 양 극단의 중간노선을 걸었던 것 같다. 필수 과목에 역점을 두면서도 방목된 소가 풀을 뜯듯 대학원 수업을 이리저리 기웃거렸다.

3월이나 4월 말이 되면 채 읽지 못한 책들을 읽느라 모두 비상이 걸렸다. 그러면 마지막 남은 한 달 동안 미친 듯 책을 읽었다. 착실하게 수업을 들은 친구에게 노트 필기를 빌린 경우에는 사정이 한결 나았다. 하지만 독서만큼은 남이 대신해 줄 수 없는 노릇이었다. 나의 기본 전략은 두문불출이었다. 서점에서 필요한 책을 사 와서 방에 들어앉아 천천히 읽어 나가기 시작했다. 책은 하나도 빼놓지 않고 다 읽었다. 벼락치기의 이점이라면 읽었던 내용이 시험 볼 때까지 생생하게 기억이 난다는 것이었다. 사실상 이제 막 익히기 시작한 내용이었으니 고스란히 머릿속에 보관되어 있었던 것이다. 그래서랄까, 낙제점을 받은 시험은 없었다. 첫해 나는 네 과목의 시험을 치렀고, 학점은 각각 A, B, C, D를 받았다. 성적표를 본 어머니는 큰 충격을 받았지만, 나는 평점 B마이너스니까 그리 처참한 성적은 아니라고 항변했다.

2학년에 올라가서는 학점도 살짝 좋아졌다. A, B, C만 받고 D는 모면했다. 하지만 전 과목 A를 받은 적은 한 번도 없었다. 좋은 학점에 목숨을 거는 학생은 아니었던 것이다. 의대에 갈 것도 아닌데 학점에 연연할 필요가 있나, 하고 생각했다. 학점은 중요하지 않았다. 학점은 내가 아는 바를 체계적으로 평가하는 지수가 될 수 없다고 생각했다. 그보다는 애리스타틀 스칼라이데스 같은 사람들과 어울리는 것이 훨씬 흥미로웠다. 스칼라이데스는 학생은 아니었지만 커피숍 같은 곳에서 젊은이들과 함께 철학에 대해 논하기를 좋아하는 떠돌이 학자였다.[24] 내게는 그와 함께 커피숍에서 보내는 한 시간이 강의실에서 보내는 한 시간과 차이가 없었다. 나는 강좌를 듣는 것보다는 교양을 쌓는 일에 더 관심이 컸다. 좋은 선생님이라는 확신만 생기면 그의 신분 따위는 중요하지 않았다. 기본적으로 그런 관점이었다. 사실 그러한 관점은 지금까지도 변함이 없는 것 같다. 지금까지 살아오면서 나는 도처에서 훌륭한 스승을 만났다. 아무도 알아주지 않았지만 나는 아는 이들이었다.

학교 수업에 집중하기 힘든 이유는 그것뿐만이 아니었다. 시카고 대학의 교수 가운데는 비공식 수업을 가르치는 이들이 있었다. 보통 교수 자택에 모여 특정 책이나 주제를 정해 놓고 토론을 나누는 식이었다. 등록 절차도 필요 없었고, 시험도 없으며, 원하는 학생은 누구나 참여할 수 있었다. 대학 당국 측은 이러한 관행이 있다는 사실을 알면서도 묵인해 주었던 것으로 짐작된다.

정식 수업이 있고 읽어야 할 책이 있음에도 굳이 이런 식의 강의까지 찾아 들어야 할 이유가 무엇인가, 하고 궁금해하는 이도 있으리라. 답은 간단하다. 그 어느 곳에서도 만나지 못할 유일무이의 수업을 들을 수 있는 기회였기 때문이다. 아무리 수강 편람을 뒤져도 찾을 수 없는, 오로지 입에서 입으로만 전해지는 그런 강의였다. 그럼에도 무척 많은 학생들이 참여했다. 나는 호메로스의 『오디세이아』만을 가지고 진행한 저녁 수업에 적어도 두 학기 동안 일주일에 한 번씩 참석했다. 고전학자인 찰스 벨 교수가 진행한 수업이었다. 이런 종류의 '개인' 강좌들이 대학 커뮤니티 곳곳에 숨어 있었다. 널리 알려지지는 않았지만 찾겠다고 마음만 먹으면 얼마든지 찾을 수 있는

24 '애리스타틀Aristotle'은 '아리스토텔레스'를 영어식으로 읽은 것이다. 떠돌이 철학자 본인이 직접 지어 붙인 가명으로 짐작된다.

그런 강좌들이었다.

수업에 집중하기 힘든 셋째 이유는 – 아마도 이것이 가장 큰 이유라고 생각되는데 – 시카고라는 도시 자체였다. 예를 들어 시카고 심포니 오케스트라의 시즌이 시작되면 학생들은 금요일 낮 공연을 단돈 50센트에 관람할 수 있었다. 캠퍼스가 있는 사우스사이드에서 일리노이센트럴 기차를 타면 금세 다운타운에 가 닿았다. 나는 어린 시절부터 이미 볼티모어 심포니 연주회의 단골이었다. 볼티모어 심포니 연주회 프로그램의 에디터였던 그린월드 씨는 어머니가 일한 학교의 동료이기도 했는데, 그래서 공짜 티켓을 심심찮게 얻을 수 있었던 까닭이다. 볼티모어 심포니도 상당히 괜찮았지만, 시카고 심포니는 그야말로 비길 데 없이 훌륭한 악단이었다.

헝가리에서 건너온 상임 지휘자인 프리츠 라이너는 보고 있는 것만으로도 황홀한 존재였다. 그의 체구는 다소 땅딸막했고, 둥그스름한 어깨는 앞으로 약간 숙여져 있었다. 팔과 지휘봉의 움직임은 미세하기가 극에 달해서 심지어는 현미경으로 들여다보아야 무슨 동작인지 가늠이 될 것이라는 농마저 돌기도 했다. 하지만 바로 그러한 세밀한 동작이 단원들로 하여금 비상한 집중력을 발휘하게 만들었다. 그런 상태에서 라이너가 팔을 머리 위로 들어올리기라도 하면 전체 오케스트라가 미친 듯한 음향을 쏟아 냈다. 라이너는 고전시대 레퍼토리에도 정통했지만, 그의 진정한 본령은 동포 작곡가 바르톡과 코다이의 음악이었다. 나로 말하자면 바르톡의 음악은 아버지 덕분에 익히 들어 온 바였다. 그 밖에 시카고 미술원도 나를 유혹했고, 오페라 하우스도 간혹 공연을 보러 찾았으며, 한동안 나이 때문에 드나들지 못했던 다운타운 재즈 클럽도 흥미를 당겼다.

커리큘럼의 일부인 '위대한 책' 프로그램의 영향에 대해서는 앞에서도 잠깐 언급했지만, 실제로는 거기 포함된 도서 외에도 많은 책을 읽어야 했다. 가능한 일차 자료를 찾아 읽어야 했다. 요약본이 있는 법은 없었고, 심지어는 해설서도 그 자체로 일차 자료의 위상에 올라선 것이 아니라면 결코 채택되지 않았다. 그러니까 예를 들자면 생물학 시간에는 다윈의 『종의 기원』을 읽었고, 멘델이 했던 초파리 실험을 그대로 재현했다. 물리학 시간에는 갈릴레오가 했던 것처럼 경사면에 공을 굴리는 실험을 했고, 뉴턴부터 에르빈 슈뢰딩거까지를 아우르는 일차 자료를 탐독했다. 화학 강의의 필독서 가운데는 아보가드로와 돌턴이 있었다.

그리하여 과학 수업은 곧 과학의 역사를 깨우치는 기회가 되었으며, 덕분에 난 과학자들의 성격을 이해하는 문턱을 넘을 수 있었다. 일찍부터 과학을 접한 경험은 45년 뒤에 쓴 오페라 「갈릴레오 갈릴레이」에도 반영되었다. 갈릴레오의 실험 장면을 춤사위로 표현한 장면에서 공과 경사면을 소품으로 쓰도록 한 것이다. 과학자들의 인생 이야기가 내게는 무척 흥미롭게 다가왔다. 갈릴레오, 케플러, 아인슈타인을 소재로 한 오페라 세 편도 따지자면 대학 시절 과학에 대해 배운 모든 것에 대한 헌사라고 볼 수 있다.

사회과학, 역사, 철학 쪽 강의에서도 마찬가지로 일차 자료를 읽었다. 미국사 수업은 『연방주의자 논집』과 헌법 문안을 작성한 이들이 쓴 18세기 후반의 글로 채워졌다. 인문학은 고대부터 현대를 아우르는 희곡, 소설, 시로 빼곡했다. 이로써 나는 직접적으로 문화의 계통에 대한 이해를 키워 나갈 수 있었다. 태곳적 사람들이 놓은 문화의 디딤돌을 아주 가깝게 대할 수 있었던 것도 하나의 이점이었다. 누군가의 손을 통해 '물려받은' 것이 아니라, 그들이 쓰고 남긴 유산을 직접 마주할 수 있었던 덕분이다.

이런저런 사건과 인물에 대해 조사하기 위해 하퍼 도서관을 들락거리다 보니 점차 그곳이 편하게 느껴지기 시작했다. 나중에 내가 쓴 오페라나 극음악 역시도 대학 시절의 준비와 훈련이 없었더라면 불가능했을 것이다. 처음 쓴 세 편의 오페라는 물론 힘을 모은 동지가 있었기에 가능한 프로젝트였다. 「해변의 아인슈타인」은 로버트 윌슨과, 「사티아그라하」는 콘스턴스 데종과,

그리고 「아크나톤」은 샬롬 골드먼과 함께했다. 그러나 대본 작업만큼은 내가 세 작품 모두에 적극적으로 관여했다. 대학에서 확인한 나의 능력을 믿었기에 가능한 일이었다. 비단 세 편의 오페라뿐만 아니라 내가 쓴 많은 극작품이 책에서 처음 만난 사람들의 이야기에서 비롯되었다. 이런 면에서 나의 초기 오페라는 문화의 계통을 공부한 데서 얻은 힘과 영감에 대한 헌사라고 보아도 좋을 것이다.

재즈 편력

첫 여름방학을 볼티모어에서 보내고 다시 시카고로 돌아와 2학년을 맞은 것이 1953년 9월이었다. 미드웨이 남쪽을 면한 버튼저드슨 기숙사에서 보내는 마지막 해가 될 터였다. 미드웨이는 시카고 대학교의 남쪽 경계가 되는 길로, 예전에는 그곳에 부양가족이 있는 젊은 학생들이 기거하는 조립식 건물 단지가 있었다. 대부분 제대군인 원호법 덕분으로 입학한 이들이었는데, 당시만 하더라도 그런 사람들은 도처에서 볼 수 있었다.

내 기숙사 방 바깥 복도에서 펜싱 마스크를 쓰고 검을 쥔 채 동작을 연습하는 한 젊은이를 처음 만난 것은 바로 그 무렵이었다. 그 친구는 나와 눈이 마주친 그 순간 마스크와 검을 내게 떠안기다시피 했다. 그러고는 그 자리에서 몇 가지 기본 동작을 보여 주었다. 그렇게 나는 펜싱을 하게 되었다. 녀석의 이름은 제리 터메이너였고, 그 첫 만남은 지금까지 이어져 오고 있는 우리 우정의 축도라고 해도 좋겠다.

제리는 열여섯 살로 나와 동갑이었고, 그레이트웨스트사이드에서 자란 시카고 토박이였다. 깡마른 체형에 뿔테 안경을 끼고 있었고, 짙은 색 머리를 길게 기르고 있었으며, 키는 173~174센티미터 정도로 나와 얼추 비슷했다.

녀석과 나의 기묘한 인연이라면 그의 아버지도 레코드 가게를 운영했다는 점이다. 가게 이름을 따라 '리틀 앨'이라는 닉네임으로 불린 제리의 아버지는 시카고 곳곳에서 여러 레코드 가게를 꾸렸다(그래서 우리끼리 하는 이야기로 우리 아버지 가게를 '빅 벤'이라 부르고는 했다). 만난 바로 그날부터 우리의 성장 경험이 여러 면에서 판박이처럼 닮아 있다는 점을 알아차렸다. 가게에서 흘러나오는 음악을 들으며 배웠고, 가게 일을 거든 경험이 같았으며, 알고 있는 판도 거의 비슷했다. 녀석 덕분에 시카고라는 도시와 내가 다니고 있는 대학에 대해서도 많은 것을 알게 되었고, 역시 제리 덕택으로 55가에 비밥 재즈 클럽이 있다는 사실도 알게 되었다. 그러니까 버드 파월[25]의 연주를 듣고 찰리 파커를 볼 수 있었던 것도 제리의 공이 컸던 셈이다.

찰리 파커는 젊은 시절 내가 가장 존경한 천재였다. 아직 비하이브에 출입할 수 없었던 시절, 나는 창문 너머로 그를 여러 번 보았다. 내게 찰리 파커는 비밥의 바흐였다. 그처럼 색소폰을 부는 사람은 달리 없었다. 그의 알토 연주는 '끝내준다'는 말로도 부족할 만큼 대단했다.

그다음으로 내 심장을 달군 음악가는 존 콜트레인[26]이었다. 그는 「마이 페이버릿 싱스|My Favorite Things|」[27] 선율을 가지고 거기에 담겨 있을 것이라 누구도 상상하지 못한 화음을 끌어내는 솜씨의 소유자였다. 이런 솜씨에 힘입어 콜트레인은 선율이건 리듬이건 자신이 원하는 방향으로 끌고 가는가 하면, 선율에 내재된 화음을 자유자재로 갖다 붙이는 기교를 발휘했다. 이런 기량이 음악의 표면 위로 떠오를 때면 듣는 이는 숨이 컥 막히는 것 같은 긴

25 **Bud Powell, 1924~1966** 미국의 재즈 피아니스트. 비밥 피아노 연주의 선구자로 꼽히며, 초기 모던 재즈 발전에 지대한 영향을 끼쳤다.

26 **John Coltrane, 1926~1967** 미국의 재즈 색소폰 연주자. 찰리 파커, 디지 길레스피, 마일스 데이비스 등과 활동했고, 1960년대에는 자신의 밴드인 존 콜트레인 쿼텟을 결성해 많은 걸작을 쏟아냈다. 또한 단지 재즈에만 머물지 않고 인도와 중동 음악 등 다양한 음악에서 영감을 받아 언제나 새로운 소리를 추구했다.

27 1961년에 발매한 동명 음반의 타이틀곡으로, 로저스와 해머스타인의 뮤지컬 「사운드 오브 뮤직」에 나오는 인기곡을 존 콜트레인이 재즈풍으로 해석한 것이다.

장을 느낄 수 있었다. 음악의 고삐를 어디로 향하게 할지 도무지 짐작조차 할 수 없기 때문이다. 저 먼 곳으로 훌쩍 날아가는가 싶다가도 기실은 생각보다 먼 곳에 있지 않은, 한마디로 동에 번쩍 서에 번쩍 하는 음악이 가능했던 것이다. 콜트레인은 우리 시대를 대표하는 또 하나의 위대한 비밥 뮤지션이었다.

파커와 콜트레인 말고도 시카고를 거점으로 한 유명 연주자는 많았다. 재키 매클레인[28]과 소니 롤린스[29] 같은 색소폰 연주자며, 델로니어스 몽크[30]와 버드 파월 같은 피아니스트를 들 수 있으리라. 1940년대와 1950년대를 대표하는 대단한 연주자들이 모두 거기에 있었다. 나는 그들의 음악과 사랑에 빠졌고, 나아가 그들의 음악을 깊이 이해했다. 내 귀에는 비밥이 바로크 음악의 변종으로 들렸다. 비밥이나 바로크 음악이나 작동 방식은 같았다. 재즈는 화성 진행과 거기서 비롯되는 선율의 변주에 기대는 음악이다. 재즈와 같은 화성 구조가 대중가요에도 그대로 쓰인다. 가요는 교량부를 가진 ABA 형식을 취하고, 독주 역시 재즈와 같은 지점에 같은 패턴으로 배치되고는 한다.

엘라 피츠제럴드, 세라 본, 프랭크 시나트라 같은 가수들은 위대한 재즈 플레이어들의 테크닉을 사용함으로써 대중가요의 지평을 넓혔다. 루이 암스트롱은 트럼펫 연주자로 시작했지만 결국 가수가 되어 재즈 쪽에서 대중음악 쪽으로 활동 영역을 확장한 대표적인 인물이다. 내가 이 모든 위대한 음악가들의 기량과 솜씨를 제대로 음미하게 된 것은 세월이 좀 흐른 뒤부터였다.

이런 음악에서 배운 바가 내 음악 언어의 일부가 되었다. 언뜻 서로 어울

28 **Jackie McLean, 1931~2006** 뉴욕 출신의 알토 색소폰 연주자. 초기에는 마일스 데이비스와 함께 활동했으며, 찰리 파커에게 영감을 받아 자신만의 독특한 스타일을 발전시켰다.

29 **Sonny Rollins, 1930~** 뉴욕 출신의 테너 색소폰 연주자. 1956년에 발매한 대표작 「색소폰 콜로서스Saxophone Colossus」는 모던 재즈의 교과서, 하드 밥의 성전 중 하나로 평가받는다.

30 **Thelonious Monk, 1917~1982** 미국 노스캐롤라이나 출신의 재즈 피아니스트. 1940년대 '비밥의 사제'라 불리며 재즈 혁명을 주도했고, 1950년대에 최전성기를 구가했다.

리지 않는 것처럼 보이는 선율과 화음을 연결하는 일이 내게는 조금도 낯설지 않았다. 선율음은 화성을 구성하는 음과 어울리지 않을 수도 있다. 그렇다 한들 귀는 곧 이를 대체해도 무방한 음으로 받아들이기 마련이다. 선율음을 화성의 연장으로 인식할 수도 있고, 심지어는 음악이 동시에 두 가지 조성으로 연주되는 것처럼 들릴 수도 있다. 멜로디를 이렇게 들을 수 있는 능력은 단연코 재즈를 들었던 경험에서 비롯되었다. 내 음악도 마찬가지다. 교향곡도 그렇지만 특히 오페라를 쓸 때 내 머릿속 음악은 이런 식으로 들려온다.

버드 파월, 델로니어스 몽크, 레드 갈란드[31] 같은 피아니스트들이 특히 흥미로웠던 이유는, 그들이 클래식음악의 주법과는 판연히 다른 연주 테크닉을 가지고 있었기 때문이다. 그들은 마치 권투 선수가 주먹을 내지르듯 음표를 가격했다. 버드 파월이 특히 그랬다. 피아노를 때리듯 치는 주법이 끝내주었다. 피아노를 대하는 개성적인 태도가 무척 마음에 들었다. 그와 피아노가 서로 맞선 것은 아니지만, 어쨌든 악기로부터 음악을 끄집어낸다는 느낌이 있었다. 거칠면서도 지극히 세련된 연주 스타일이었다. 완성도라는 면에서는 아트 테이텀[32]을 따라갈 수 없었지만, 최소한 내 감정에 호소하는 피아니스트로는 파월을 따를 자가 없었다.

제리와 나는 루프에 있는 모던 재즈 룸을 들락거리며 스탠 게츠와 쳇 베이커[33], 리 코니츠[34]의 음악을 들었다. 제리는 현대 재즈의 섬세한 속살을 내게 보여 주었다. 물론 나는 이미 뮤지션이었다. 최소한 피바디 음악원을 다니며 배운 바가 있었으니까. 하지만 제리는 나와는 전혀 다른 각도에서 재즈를 바라보았다. 전문가였던 그 녀석은 레코드를 한 장 들려준 뒤 '이 정도는

31 **Red Garland, 1923~1984** 텍사스 출신의 재즈 피아니스트. 1950년대 마일스 데이비스 사단에서 핵심적인 역할을 했다. 그의 트레이드마크인 블록 코드block chord 주법을 재즈계에 널리 유행시켰다.

32 **Art Tatum, 1909~1956** 미국의 재즈 피아니스트. 선천적인 시각 장애를 극복하고 버드 파월과 쌍벽을 이루는 최고 명인의 반열에 올랐다. 초기 재즈의 역사에서 스윙과 모던 재즈의 가교 역할을 했다.

반드시 알아야 한다'는 생각으로 재즈 분야의 여러 인걸에 대한 내 지식을 시험했다. 1년간 제리의 지도를 받은 뒤인 어느 오후였다. 녀석은 어느 색소폰 연주자의 음반을 들려주고는 언제나처럼 블라인드 테스트를 했다. 나는 이름 모를 연주자의 재능을 가늠해야 했고, 마음에 드는 이유를 설명해야 했다. 그날 출제된 음악은 여느 때보다 마음에 확 와 닿았다. 그래서 핏줄을 세워 가며 칭찬하고 옹호했다. 나의 멘토는 내 열정을 보고는 굉장히 흡족해했다. 그날 들은 것은 테너 색소폰 연주자인 재키 매클레인의 곡이었다.

제리는 영화에 대해서도 박식했다. 유럽 영화에 자막을 달아 상영하던 하이드파크 영화관에서 고전물을 접하게 된 것도 녀석 덕분이다. 프랑스 감독 르네 클레르의 작품들이며, 스웨덴 거장 잉마르 베리만이 그려 낸 황량하고 음울한 세상이며, 이탈리아 감독 비토리오 데 시카의 네오리얼리즘 영화를 본 것도 그곳에서였다. 볼티모어에서였더라면 상상조차 할 수 없는 기회였다. 자막 달린 영화를 상영하는 극장이 아예 없었으니 말이다. 그래서 유럽 영화를 보려면 워싱턴디시까지 가야 했다. 그랬던 촌놈이 시카고에 와서 눈이 확 뜨인 것이다. 클레르의 「우리에게 자유를」, 베리만의 「제7의 봉인」, 데 시카의 「자전거 도둑」이 특히 기억에 남는다. 10년 뒤 내가 파리에 갔을 때, 나는 1960년대를 몰아친 영화 혁명의 한복판에 있었다. 바로 장뤼크 고다르와 프랑수아 트뤼포 같은 젊은 세대가 중심이 된 '누벨바그(새로운 물결)' 운동이 절정을 이룰 때였다. 시카고에 있을 때 유럽 예술 영화를 많이 본 덕분에 내게는 그들의 영화가 전혀 낯설지 않았다.

33 Chet Baker, 1929~1988 오클라호마 출신의 재즈 트럼펫 연주자 겸 보컬리스트. 찰리 파커의 사이드 맨으로 재즈판에 입문했다. 1950년대 「마이 퍼니 발렌타인」 등의 곡으로 큰 인기를 누리며 '재즈계의 제임스 딘'으로 불렸다. 부드러운 서정과 우수 짙은 음악으로 쿨 재즈를 대표하는 뮤지션으로 자리매김했다.

34 Lee Konitz, 1927~ 시카고 출신의 알토 색소폰 연주자. 레스터 영과 레니 트리스태노에게 많은 영향을 받았으며, 비브라토가 없는 음색과 경쾌한 공명으로 담백하고 차분한 연주를 들려주었다. 비밥, 쿨 재즈, 아방가르드 재즈 등에 걸쳐 폭넓게 활동했다.

그때 본 많은 영화 가운데 가장 각별하게 다가온 것은 장 콕토의 작품으로, 특히 「오르페우스」, 「미녀와 야수」, 「무서운 아이들」이 강인한 인상을 심어 주었다. 하이드파크 근처에 사는 동안 몇 번씩이나 극장에 걸린 영화들이다. 덕분에 머릿속에 단단히 박힌 모양인지, 1990년대 들어 영상과 음악의 동시성을 재창조하기 위해 5년간 실험할 때 선택한 영화 역시 바로 내가 익히 잘 알고 있던 콕토의 위 세 편이었다.

제리 덕에 알게 된 시카고의 속살은 여기서 그치지 않았다. 사우스사이드의 비밥 말고도 스탠 켄턴[35], 카운트 베이시[36], 듀크 엘링턴[37]의 '빅 밴드' 음악이 있었고, 빌리 홀리데이, 아니타 오데이, 세라 본 같은 가수들이 있었다. 시카고는 유명 음악인들이라면 반드시 찾는 도시였다. 1950년대 후반 뉴욕으로 이사를 가서도 나는 이와 같은 식으로 그곳만의 재즈에 익숙해졌다. 줄리아드에 다니며 낮에는 곡을 쓰고 밤에는 재즈를 찾아 이곳저곳을 찾아다녔다. 빌리지뱅가드 클럽에서는 존 콜트레인의 연주를 들었고, 카페 보헤미아에서는 마일스 데이비스와 아트 블레이키[38]의 세상을 만났으며, 파이브 스팟 클럽에서는 델로니어스 몽크가 루이지애나에서 막 올라와 하얀색 플라스틱 색소폰을 불던 오넷 콜맨[39]과 주거니 받거니 서로 메기는 재간에 넋을 놓았다.

몇 년 뒤 나는 오넷 콜맨과 알고 지내는 친구 사이가 되었다. 오넷은 프린스 가에 살았다. 그의 거실에는 포켓볼 당구대가 있었는데, 음악에 대해 이야기하며 시간을 보내기에 안성맞춤인 장소였다. 나는 그곳에서 제임스

35 Stan Kenton, 1911~1979 캔자스 출신의 재즈 피아니스트. 1940년대부터 로스앤젤레스에서 자신의 악단을 결성해 프로그레시브 재즈를 연주했고, 많은 모던 재즈 연주가를 배출했다.

36 Count Basie, 1904~1984 뉴저지 출신의 재즈 악단 지휘자 겸 피아니스트. 스윙 재즈의 대부로 군림했으며, 후에 시카고와 뉴욕으로 진출하여 명성을 이어 갔다.

37 Duke Ellington, 1899~1974 워싱턴디시 출신의 재즈 피아니스트. 카운트 베이시와 함께 1920~1930년대 스윙 재즈의 전성기를 이끌었다.

38 Art Blakey, 1919~1990 미국 출신의 하드 밥 드럼 연주자. 재즈메신저스라는 팀을 약 40년 동안 이끌었다.

39 Ornette Coleman, 1930~2015 텍사스 출신의 재즈 색소폰 연주자. 조성, 박자, 화성의 구속에서 벗어나 자유롭고 즉흥적으로 연주하는 프리 재즈를 표방했다.

‘블러드’ 울머를 비롯한 콜맨 앙상블 멤버와 다양한 방면에 종사하는 음악가들을 무수히 만났다. 오넷은 어느 날 문득 내게 이런 말을 했다.

“잊지 말게, 필립. 음악계와 음악 비즈니스는 완전히 다른 거라네.”

그 한마디를 나는 지금까지도 거듭 곱씹고 있다.

내 음악의 계통

지금까지 쓴 것은 사실 훗날 내가 쓰게 될 음악의 원천이 되는 두 가지 다른 전통에 대한 이야기이기도 하다. 그 첫째는 ‘고전적인’ 실내악이다. 아버지와 함께 들으면서, 그리고 토요일이나 연휴 때마다 가게에서 일손을 보태며 귀동냥으로 배운 음악이다. 성탄절은 레코드 장사의 대목이었다. 아버지는 1년 수입의 7할이 추수감사절과 새해 사이 한 달 남짓한 기간에 들어온다고 했다. 열다섯 살 때부터는 방과 후면 재고를 살피면서 들여놓고 팔 물건을 내가 직접 정하기 시작했다. 대형 음반사의 신보와 구보 카탈로그를 보면서 받을 음반과 수량을 체크했다. 줄리아드 현악 사중주단이 녹음한 쇤베르크 사중주 전집이 컬럼비아 레코드에서 발매되었다는 소식을 듣고는 무척이나 흥분했다. 프랭크 시나트라, 바브라 스트라이샌드, 엘비스 프레슬리의 판은 고민하지 않고 들여놓을 수 있었지만, 클래식 음반은 사정이 훨씬 까다로웠다. 스탠더드 레퍼토리라 해도 한두 장 정도 갖추어 놓는 것이 보통이었고, 조금 무리했다 싶으면 세 장이었다. 볼티모어에 있는 레코드 가게가 그 이상 욕심을 낼 수는 없었다. 몇 장 되지도 않는 판이 몇 달 동안 꼼짝도 하지 않는 경우가 다반사였다. 그런데도 ‘쇤베르크 사중주 전집 발매!’라는 소식에 이성을 잃은 나는 박스 세트를 네 조나 들여놓고 말았다!

2주 뒤 박스 세트가 도착했다. 그런 순간은 언제나 흥분된다. 형과 나만 그랬던 것이 아니다. 아버지도 음반 박스 뜯는 것을 무척 좋아했다. 옛날에는 커버가 어떤 생김새인지 미리 알 길이 없었다. 카탈로그도 수록곡, 연주자 등의 정보를 담은 글씨만 빼곡했다. LP가 등장한 직후였고, 가로 세로 30센티미터짜리 화폭에 담을 이미지가 귀했던 시절이다. 화가들과 사진가들은 가만히 앉아만 있어도 일이 굴러 들어왔으리라. 그날도 설레는 마음으로 박스를 뜯었고, 쇤베르크 박스 세트가 마침내 모습을 드러냈다. 아버지는 놀라서 입이 떡 벌어졌다.

"얘야, 대체 이게 다 뭐냐? 가게 망하는 꼴을 보려고 작정한 거냐?"

나는 현대음악의 새로운 걸작이에요, 그러니까 반드시 들여놓고 팔아야 할 물건이라고요, 하고 설명했다. 아버지는 한참 동안 물끄러미 나를 쳐다보았다. 세상물정 모르는 막내아들의 돌발 행동에 어지간히 놀랐던 모양이다. 어쨌거나 4년 동안 장사를 도우며 배운 녀석이 그토록 멍청한 짓을 저질렀다는 사실을 아버지는 납득하지 못했다. 마침내 아버지가 입을 뗐다.

"좋다, 그러면 이렇게 하자. 일단은 매대에 진열해 두어라. 마지막 세트가 나가면 그때 내게 알려 다오."

이후 나는 7년 동안 고향에 갈 때마다 가게에 들러 쇤베르크 세트부터 체크했다. 마침내 줄리아드를 거의 마칠 무렵이 되어서야 마지막 세트가 팔려 나갔다. 빈자리가 생긴 것을 보고 의기양양해져서 아버지께 달려갔다.

"쇤베르크가…… 다 팔렸나 봐요, 아버지!"

그런 경우에도 좀처럼 흥분하지 않는 아버지는 차분하게 이렇게 말했다.

"그래, 얘야, 그래서 무슨 교훈을 얻었니?"

나는 아무 말도 하지 못하고 그저 아버지의 말을 기다렸다.

"시간만 넉넉하면 세상에 팔지 못할 물건은 없는 법이다."

그것은 바로 먼 훗날 오넷 콜맨이 해 준 말이기도 했다.

"음악계와 음악 비즈니스는 완전히 다른 거라네."

우리는 그런 식으로 배웠다. 아버지는 형과 내게 무척이나 많은 것을 가르쳐 주었다. 하지만 쇤베르크 세트의 경우에서 보듯 모든 교훈을 쉽게 얻은 것은 아니었다.

유럽 예술 음악이 가진 소리의 세계는 어린 시절부터 내 안의 한 부분을 단단히 차지했다. 특히 실내악이 그러했다. 하지만 그런 영향이 내 음악의 표면 위로 떠오르기 시작한 것은 거의 50년의 세월이 흘러 소나타나 무반주 현악곡을 쓰면서부터다. 크로노스 사중주단을 위해 쓴 현악 사중주가 몇 곡 있고 교향곡도 적잖이 쓰기는 했지만, 사십 대부터 육십 대 사이에 쓴 그러한 작품은 과거에 대해 진 빚이 그다지 크지 않았다. 그런데 칠십 대가 되어 쓰는 요즘 곡에서는 과거의 영향이 느껴진다. 어찌 이리되었는지 우습다면 우스운 이야기지만, 어쨌든 사실이 그렇다.

재즈가 내 음악에 들어왔다는 사실을 깨달은 것도 오랜 시간이 지난 후의 일이다. 아무래도 즉흥성을 강조하는 형식의 음악이다 보니 내 음악과 연결되는 지점을 발견하기가 쉽지 않았던 듯하다. 그런데 최근 지금까지 나의 재즈 편력을 돌아볼 기회가 있어 곰곰이 생각해 보던 중 놀라운 사실을 발견했다. 「해변의 아인슈타인」 1막 1장의 '기차'음악을 담은 초창기 음반을 듣던 중이었다. 그런데 지난 40년간 알아차리지 못한 무엇이 돌연히 들려오기 시작했다. '여기 좀 봐주시오!' 하고, 음악의 어느 한 부분이 목에 핏대를 세워 가며 소리를 질러 대고 있었다. 나는 레코드 라이브러리를 뒤져서 레니 트리스태노[40]의 음반을 찾아냈다. 익히 알고 있는 음악이고, 제리와 친하게 지내던 시절부터 듣던 판이었다. 재킷을 물끄러미 바라보고 있자니 뉴욕에 도착했을 때가 떠올랐다. 나는 어찌어찌 트리스태노 씨의 전화번호를 알아내 연락했던 것이다. 줄리아드 근처 어퍼웨스트사이드에 있는 어느 공중전

40 **Lennie Tristano, 1919~1978** 시카고 출신의 맹인 재즈 피아니스트이자 교육자. 쿨 재즈를 대표하는 인물 중 한 명으로, 그 자신은 감정과 화려함을 거두고 지적이고 절제된 연주를 지향했지만 화성이나 즉흥 연주 등에 대해 진보적인 견해를 가지고 있었다. 색소폰 연주자인 리 코니츠, 원 마시 등을 키워 냈다.

화 부스에서였다. 전혀 뜻밖에도 트리스태노 씨가 직접 전화를 받았다.

"트리스태노 선생님, 저는 필립 글래스라고 합니다. 작곡 공부를 위해 이곳 뉴욕까지 왔습니다. 선생님의 음악을 알고 있습니다. 혹시라도 가르침을 받을 수 있을지요?"

"재즈를 연주하는가?"

"아닙니다."

"피아노는 칠 줄 알고?"

"조금은요. 뉴욕에 온 건 줄리아드 때문이지만, 선생님의 음악을 무척 좋아해서 한 번 연락을 드리고 싶었습니다."

"그랬군. 전화 고맙네만, 자네를 위해 내가 할 수 있는 일이 마땅치 않을 것 같네."

그는 무척 친절했고 상냥했다. 행운을 빈다는 말도 잊지 않았다.

그로부터 50년이 흘렀다. 트리스태노의 음악을 다시 한 번 들어 본다. 내가 찾던 것이 바로 거기에 있었다. 바로 두 개의 곡. 하나는 「라인 업」이고, 다른 하나는 「이스트 32가」였다. 다시 들어 보니 뚜렷했다. 아니, 음표가 꼭 같았던 것은 아니다. 아마 대부분의 사람들은 듣지 못하고 넘길 그런 것이었다. 하지만 그 안에 담겨 있는 에너지와 '느낌'이, 그리고 음악의 '의도'가 기차 장면 음악의 그것과 완벽하고 정확하게 겹쳤다. 내가 쓴 음악이 트리스태노의 음악처럼 들린다는 말이 아니라, 추진력이나 자신감이 닮아 있었다는 뜻이다. 활동성과 운동력을 공유하고 있었고, '당신이 듣건 말건 상관하지 않는다'는 듯한 대범한 무심함이 닮아 있었다.

두 곡 모두 트리스태노가 한 손으로만 친 즉흥곡으로, 나 개인적으로는 그의 가장 놀라운 성취로 꼽는 곡들이다. 그는 꾸준한 페이스로 진행되는 십육분음표를 느린 템포로 녹음하고는 이를 빠른 속도로 재생하는 기법을 썼다. 그럼으로써 엄청난 탄력과 강렬한 에너지를 획득한 음악은 그 어디에서도 찾기 힘든 유일무이한 트리스태노만의 개성을 갖추었다. 일단 그 열띤 피아노 라인을 듣고 나면 트리스태노라는 이름을 떠올리지 않을 재간이 없다. 그가 얼마나 유명해졌는지는 잘 모른다. 허나 나는 그의 레코드를 들었고 그를 존경했기에 최소한 나에게만큼은 유명인이었다. 안타깝게도 그의 연주를 라이브로 들을 기회는 없었다. 그런 행운을 누린 사람이 많지는 않았을 것이다. 그를 한 사람의 스승으로 기억하는 재즈 연주자도 일부 있을 테고, 내게도 단연코 그러했다. 1978년에 숨진 그는 재즈계를 대표하는 아이콘으로 여전히 기억되고 있다. 설령 그의 이름을 아는 사람이 많지 않다 하더라도 그는 의심의 여지 없는 거장이었다.

돌아보면 비밥이 지닌 날것 그대로의 힘은 내게 지대한 영향을 미쳤다. 무엇보다 그 추진력 – 음악 자체에 깃든 생명력 – 이 나를 매료시켰다. 트리스태노뿐만 아니라 존 콜트레인이나 버드 파월의 음악도 그러했다. 재키 매클레인의 음악 역시 마찬가지였고, 찰리 파커 역시 그러했다. 멈출 수 없는 자연의 힘 같은 에너지가 비밥에는 있었다.

내 음악도 그런 것이기를 바랐다. 이러한 흐름의 에너지는 1960년대 후반에 쓴 작품에서 중요한 원천으로 작용했다. 특히 「5도 음악」과 「반진행하는 음악」, 「병진행하는 음악」, 「열두 파트로 구성된 음악」이 그러하다. 「해변의 아인슈타인」에 쓰인 주요 주제 가운데 하나는 트리스태노의 피아노곡에서 영감을 얻었다. 작품을 설명하면서 '독창성'이나 '돌파구' 따위의 수사를 동원하는 사람들이 많지만, 내 개인적 경험은 그런 수사와는 무척이나 동떨어져 있다. 내게 음악이란 언제나 혈통이자 계통이었다. 과거가 재창조되면 그것이 곧 미래가 된다. 계통이 곧 전부인 것이다.

그러고 보니 장님 시인이자 길거리 뮤지션이었던 문독|Moondog|이 내게 해 준 말도 생각난다. 무척이나 괴짜였지만 대단한 재능을 가지고 있던 문독은, 1970년대 초반에 웨스트 23가에 있는 내 집에서 한 해 동안 함께 지냈다.

"필립, 나는 베토벤과 바흐의 발자국을 따라가고 있는 거야. 하지만 그 사람들, 워낙 거인이었던 탓에 보폭도 어찌나 넓은지 말이야. 그러니까 나 같은 놈이 그 발자국을 간신히라도 따라 밟으려면 펄쩍펄쩍 뜀박질을 하지 않고서는 도리가 없단 말씀이야."

피아노 레슨

본격적으로 피아노를 연습하기 시작한 것은 시카고에서 지내던 첫해 때였다. 그 무렵 나는 마커스 라스킨이라는 친구와 사귀었다. 나보다 몇 년 위의 총명한 친구로, 줄리아드에서 피아노를 전공하다가 꿈을 접고 시카고 대학에서 법 공부를 하고 있었다(후일 그는 워싱턴의 정책연구소 창립 멤버가 되었다). 나와 처음 만났을 당시 라스킨은 여전히 상당한 피아노 실력을 가지고 있었고, 클래식 레퍼토리 외에 현대음악 쪽에도 조예가 깊었다. 그는 알반 베르크의 「피아노 소나타」(작품 번호 1)도 연주했으며, 쇤베르크와 베베른, 베르크의 새로운 음악 세계에 대해서도 알게 해 주었다. 당시 우리는 그들의 음악을 '트웰브톤 뮤직 | twelve-tone music |'이라고 불렀다. 나중에는 '도데카포닉 뮤직 | dodecaphonic music |'이라는 그럴 듯한 명칭이 이를 대체했지만, 아무래도 트웰브톤 뮤직 쪽이 좀 더 정확한 명칭이 아닌가 싶다.[41] 음계의 열두 음을 하나씩 모두 사용한 다음에야 특정 음의 반복을 허용하는, 그리하여 그 어떤 선율도 특정 조성에 속하지 않는 평등성을 추구하는 시스템이었으니 말이다.

마커스는 피아노를 가르쳐 달라는 나의 부탁을 흔쾌히 받아들였다. 덕분에 나는 진짜배기 피아노 테크닉을 연마하기 시작했고, 마커스도 내 실력이

41 우리말로는 둘 다 '12음 음악'으로 옮긴다.

나아지는지를 자기 일처럼 챙겼다. 앞에서도 쓴 것처럼 시카고 대학교는 내 음악적 관심을 계발시키는 데는 큰 도움이 되지 못했다. 음악학자 그로브너 쿠퍼가 이끄는 작은 음악과가 있기는 했다. 쿠퍼 교수는 몇 차례 내게 격려가 되는 말도 해 주었다. 하지만 내 흥미를 끌 만한 것은 없었다. 당시 음악학계에서는 바로크 시대와 낭만주의 시대 연구가 유행이었고, 작곡법 지도에 관해서는 자격 요건을 갖춘 이도 흥미나 열의를 가진 교수도 별로 없었다.

피아노를 좋아하기 시작한 것은 정확히 언제라고 짚을 수 없을 정도로 어린 시절부터였다. 플루트를 배우기 전부터 집에 있던 베이비 그랜드를 만지작거렸다. 학교에서 돌아오면 곧장 피아노로 달려가고는 했다. 하지만 진짜 피아노 테크닉을 익힌 것은 순전히 마커스 덕분이었다. 그는 내게 음계와 연습곡을 가르쳐 주었고, 바흐의 건반 작품을 연습하라고 강권했다. 훗날 파리에서 불랑제 선생님에게 배울 때 바흐의 건반 음악은 실질적으로 강의 계획서의 뼈대나 다름없었는데, 그러니 1952~1953년부터 예습을 하게 해 준 마커스에게 빚진 바가 무척 큰 셈이다.

시카고 대학의 커리큘럼은 하나의 거대한 모험과도 같았고, 급우들도 마찬가지였다. 대부분 나보다 나이가 많았지만 연령 차를 피부로 느낀 적은 그다지 많지 않았고, 모두 나를 별종으로 취급하지도 않았다. 입학 후 얼마 지나지 않아 커피를 마시기 시작했고, 심지어는 담배에도 조금씩 입을 댔다. 시카고 대학의 일상생활은 프래터니티(남학생 사교 클럽)를 중심으로 돌아가지 않았다. 사실 프래터니티라는 것이 있는지조차 알지 못했다. 내게 학교생활의 중추가 된 곳은 하퍼 도서관과 대학 본부에 있던 커피숍, 앞에서도 언급한 하이드파크 영화관을 비롯한 여러 극장, 그리고 동네 식당 몇 군데였다.

아침부터 초저녁까지 문을 연 커피숍은 공강 시간을 보내는 학생들로 늘 붐볐다. 나도 매일같이 드나들면서 친구들이 있나 기웃거리고는 했다. 고작 몇 블록 떨어진 곳에 있던 기숙사로 돌아가는 일은 거의 없었다. 기숙사로 가려면 미드웨이라는 대로를 건너야 했던 탓이 크다. 미드웨이는 두 블록을 아우를 정도로 넓은 길이었고, 밤에는 위험하기도 했다. 통학하면서 호신용 야구 방망이를 들고 다니는 학생들의 모습도 심심찮게 보였다. 나는 나름대로 조심해서인지 곤란을 겪은 적은 없었다.

공부는 주로 도서관에서 했다. 여학생들이 있는 곳이 또 도서관이었으니 일석이조였다. 여학생들은 다들 나보다 나이가 조금 위였지만 그래도 편하게 어울릴 수 있었다. '도서관 데이트'도 무척 흔했다. 학교에는 내 또래의 어린 학생들이 약간 있었다. 조기 입학 제도를 정책적으로 시행하고 있었기 때문에 열다섯 살 혹은 심지어 열네 살짜리 학생들도 있었다. 손위 학생들은 어린 학생들을 무시하기보다는 보살피고 보듬어 주었다. 형이나 누나가 동생을 챙기듯 밥도 함께 먹고 데리고 다니며 말동무도 되어 주고 했던 것이다.

섹스의 신비에 눈을 뜬 것도 나보다 나이가 많은 학생들을 통해서였다. 첫 경험은 아주 상냥한 분위기 속에서 치렀는데, 알고 보니 내가 숫총각이라는 것을 알게 된 친구들이 미리 판을 깔아 놓은 것이었다. 은근히 마음에 두고 있던 한 여학생이 집으로 가는 버스 막차를 놓치는 바람에 어쩔 수 없이 시카고 사우스사이드에서 밤을 보내야만 하는 기적이 일어난 것이다. 당시 나는 기숙사를 나와 다른 학생과 함께 아파트를 빌려 지내고 있었다. 그녀는 하룻밤만 신세를 져도 되겠느냐고 내게 물었고, 결국 일이 그렇고 그렇게 되고 말았다. 그날 일이 다른 이들의 모의에 의해 일어났다는 사실은 나중에야 알았다. 나를 제외한 모두가 그리되리라 알고 있었다. 다른 친구들은 첫 성 경험을 중요하게 생각했다. 나는 딱히 그렇게 생각하지 않았지만, 그래도 그런 경험을 했다는 것과, 또한 상대가 내 또래의 여자가 아니었다는 점이 좋았다. 또래 여자였더라면 어떻게 해야 할지 잘 몰랐을 텐데 말이다. 하지만 그녀와의 경험은 달콤하고 섬세했으며 조금도 쑥스럽지 않았다. 그보다 더 훌륭한 방법으로 처음을 경험하기도 쉽지 않았으리라 생각한다.

1950년대 초반의 시카고에서는 마약 구하기가 쉽지 않았다. 내 주변에도 약에 손을 대는 사람은 없었다. 심지어는 마리화나 구경도 어려웠다. 벤제드린이라는 각성제는 있었던 모양이다. 마약을 하는 것이 아닌가 짐작이 가는 녀석이 하나 있었는데, 그가 복용하던 약이 바로 벤제드린이었다. 하지만 내 친구들은 모두 녀석이 약에 쩐 구제불능이라고 여겼다.

내가 아는 사람들은 마약 대신 정치에 관심이 높았다. 신입생 시절인 1952년 가을은 대통령 선거 열기로 들끓었다. 공화당의 드와이트 아이젠하워 후보와 민주당의 애들라이 스티븐슨 후보가 맞붙었고, 대학 캠퍼스에서는 단연코 스티븐슨 후보의 인기가 압도적이었다. 매카시즘의 서슬이 퍼런 시절이었고, 특히 시카고 대학교는 공산주의의 온상으로 간주되던 분위기였다. 마르크스와 엥겔스에 대해서 배운 것은 사실이다. 하지만 여느 경제학 이론 강좌와 조금도 다를 바 없는 수업이었다. 공산주의 이론에 대한 강의를 듣는다는 사실만 가지고 우리를 공산주의자로 간주하는 이들도 있었지만, 기실 그렇게 급진적인 정치관을 가진 학생은 극소수에 불과했다. 스티븐슨 정도로도 우리는 급진적이라 여겼다. 스티븐슨은 결국 아이젠하워에게 무릎을 꿇었고, 당시 시카고 대학 학생들은 이를 거대한 비극으로 받아들였다. 마치 세상이 끝나기라도 한 것처럼 말이다.

돌이켜 보면 당시 나는 공부는 최소한만 하고 노는 데 정신이 팔렸다. 수업은 대체로 재미있었지만 강의실만 나가면 온갖 종류의 오락 거리가 지천으로 널려 있었다. 특히 대학 본부 쪽에 위치한 작고 아늑한 콘서트홀인 멘델 홀이 그러했다. 이곳에서는 실내악 연주회를 꾸준히 만날 수 있었다. 부다페스트 사중주단의 공연뿐만 아니라, 빅 빌 브룬지와 오데타[42], 1950년

42 Odetta, 1930~2008 미국 앨라배마 주 출신의 흑인 여성 포크 가수. 밥 딜런, 조앤 바에즈, 재니스 조플린에게 많은 영향을 끼쳤으며, 시민 인권 운동에도 적극적이었다.

대 포크 가수들의 공연도 풍성했다. 공부는 뒷전으로 밀어 놓고 재미만 찾아다닌 것처럼 보이겠지만, 솔직히 말해서 그러지 않을 수가 없었다. 당시 내 삶의 리듬은 그저 왕성한 정도가 아니라 무척이나 격렬했다(그것은 지금도 마찬가지다). 사시사철 연중무휴로 사는 습관은 시카고 시절부터 몸에 밴 것이다. 주말이나 휴일을 딱히 쉬는 날로 챙기기보다 평일과 다름없이 지내는 식이다. 이런 생활 방식이 그때나 지금이나 나와 잘 맞는 것 같다.

학부생 시절, 성탄절과 부활절 연휴는 볼티모어에서 가족과 함께 보냈다. 평소에는 부모님과 매주 일요일마다 전화로 안부를 주고받았다. 시외 전화 요금이 워낙 비싸서 고작 해야 5분 정도 통화가 끝이었다. 일요일은 그나마도 요금이 평일의 반값이었는데도 말이다. 첫 번째 성탄 연휴 때 부모님은 친구를 사귀는 데 어려움은 없는지 걱정하며 물었다. 다른 학생들은 모두 나보다 나이가 많았으니 어느 정도는 당연한 걱정이었다.

"전혀 문제없어요."

시카고 대학은 남과 어울리기 좋아하는 학생들로 가득했다. 그런 분위기에서 친구를 사귀는 것은 일도 아니었다.

전화 통화와는 별도로 어머니는 매주 내게 편지를 썼다. 가족들의 소식보다는 그날의 일과를 한 페이지 될까 말까 하게 적는 정도였다. 그로부터 35년이 흘러 내 딸 줄리엣이 리드 칼리지에 입학하면서 나는 어머니가 그랬듯이 딸아이에게 편지를 보냈다. 편지의 내용은 사실상 전혀 중요한 것이 아님을 난 어머니를 통해 배웠다. 우리를 하나로 묶어 주는 것은 꼬박꼬박 편지를 보내고 받는다는 사실 그 자체였다.

현대음악과의 만남

음악을 처음으로 쓰기 시작한 것은 대학 신입생 때였다. 작곡은 평생의 초점이 될 일이었지만, 그렇다고 단단히 준비를 갖추고 덤빈 것은 아니었다. 악기 연주는 이미 몇 년째 하고 있었다. 벌써 여덟 살 때부터 피바디 음악원에서 레슨을 받기 시작했다. 피바디 음악원 사상 최연소 학생이라는 말까지 들어 가면서 말이다. 학교에서는 아마추어 뮤지컬을 무대에 올리기도 했고, 밴드와 오케스트라에 소속되어 활동했다. 특히 밴드부에서는 파이프와 드럼 섹션을 통솔하는 자리까지 맡았다. 열 살 때는 바흐의 미사곡과 칸타타를 공연한 교회 오케스트라에 소속되어 연주한 적도 있었다. 지금도 기억하고 있는 일이지만, 유대인 가정에서 나고 자란 이유로 교회에서 연주하면서 무척이나 겁을 집어먹었다. 무엇이 무서웠던 것일까? 어쩌면 단순히 교회의 분위기가 너무도 낯설어서 그랬던 것일 수도 있겠다. 어쨌거나 그때의 공포를 극복했으니 참 다행이다. 음악가로 살면서 전 세계를 돌아다니며 무수히도 많은 교회에서 공연을 할 팔자였고, 심지어 교회에서 결혼까지 했으니 말이다.

곡을 쓰기 시작한 이유는 무척 단순했다. '음악은 대체 어디서 오는 것일까?' 하는 물음을 골몰히 생각하게 되었던 까닭이다. 책을 뒤져 보아도, 음악 하는 친구들에게 물어도 시원한 답을 얻지 못했다. 아마 애초부터 상관없는 물음이었는지도 모르겠다. 그럼에도 답을 구하려는 노력을 포기할 수는 없었다. 대학교 1학년이었던 나는 문득, 작곡을 해 보면 어떻게든 답을 찾을 수 있지 않을까 생각했다. 그래서 60년이 흐른 지금 답을 발견했느냐 하고 묻는다면, 글쎄, 잘 모르겠다. 다만 질문을 바꾸어야 하는 것이 아닌가 하는 생각은 문득 들기는 했다. 결국 많은 시간이 흐르는 동안 말을 달리한 그 물음에 대해 납득할 만한 답을 찾은 것 같기는 하지만, 우선은 그 '시작'에 대해 이야기하는 것이 타당한 순서일 듯하다.

레코드 가게에 일손을 보태던 시절부터 현대음악에 관심이 많기는 했지만, 그래 보았자 주로 쇤베르크를 비롯한 신빈악파에 대한 지식이 대부분이었다. 지금 보면 쇤베르크의 음악도 더는 '새로운' 것이 아니지만(우리 할아버지 소싯적에 세상에 나온 음악이니 말이다), 그래도 출발점으로 삼기에는 손색없었다. 내 주변에서 이런 종류의 음악을 체득한 사람은 피아노 선생인 마커스가 유일했다. 그는 신빈악파 음악의 열혈 팬이었다. 나는 하퍼 도서관의 기다란 테이블에 앉아 쇤베르크, 베르크, 베베른의 악보에 얼굴을 묻고 탐독했다.

당시만 하더라도 현대음악은 음반이 무척 귀해서 도움을 얻기가 녹록치 않았다. 베베른의 「교향곡」(작품 번호 21)은 다이얼레코드에서 녹음된 것이 있었고, 베르크의 현악 사중주 「서정 모음곡」의 음반도 있었다. 쇤베르크 피아노곡 악보도 몇 개 구해서 더디디더딘 템포로 더듬대며 직접 쳐 보기도 했다. 악보와 음반을 모두 구할 수 있는 경우에는 음반을 틀어 놓고 악보를 따라 읽으며 비교하는 것이 쏠쏠한 도움이 되었다. 이것만으로도 무척 힘에 부칠 판인데, 어느 친구 녀석이 20세기 미국 작곡가 찰스 아이브스[43]가 좋다며 또 극력 추천했다. 그래서 도서관에서 「콩코드 소나타」 악보를 대출했다. 직접 치기에는 난곡이었지만 마음에는 쏙 들었다. 아이브스의 음악은 대중적인 선율로 가득했다. 그는 선율이 있는 음악을 개의치 않았다. 그의 음악은 다조성|多調性|[44] 곡이 많고 고막을 긁는 불협화가 지배적이지만, 그럼에도 동시에 무척이나 아름다운 순간이 많아서 귀를 떼기 힘들었다. 불협화와 아름다움은 사실 서로에게서 그리 멀리 떨어진 존재가 아님을 알려주는 음악이었다.

현대음악 작곡가 가운데 내가 제일 좋아한 사람은 오스트리아 출신으로

43 **Charles Ives, 1874~1954** 쇤베르크, 스트라빈스키, 미요보다도 앞서 무조성 음악, 폴리리듬, 다조성 음악 같은 대담하고 혁신적인 기법을 실험하여 미국 현대음악의 아버지로 불린다.

44 둘 이상의 서로 다른 조성이 동시에 어울리게 하는 작곡 기법. 스트라빈스키의 「페트루슈카」 가운데 오른손은 C장조 화음, 왼손은 F♯장조 화음을 동시에 연주하게 하는 대목이 여기에 해당한다. 또한 프랑스 작곡가 다리우스 미요는 다조성 기법을 적극적으로 활용한 선구자로서의 공로가 크다. 쓰이는 조성이 둘로 국한될 경우에는 다조성 대신 '복조성複調性'이라는 말로 구별해 부르기도 한다.

쇤베르크의 제자였던 베르크다. 그의 음악은 낭만성이 진하고 감정적인 흐름이 뚜렷해서 다른 음악보다 다가가기 한결 수월했다. 아름다운 음악이었고, 쇤베르크만큼 엄격하지 않았다(반면 베베른은 쇤베르크보다도 엄격하고 까다로웠다). 하지만 이런 음악 대부분은 감정에 강하게 호소하는 것은 아닌지라 한쪽으로 치워 놓고 싶은 충동도 여러 번 들었다. 그럼에도 내가 흥미를 잃지 않은 이유는, 열둘까지 숫자를 셀 수 있는 사람이라면 누구나 이해할 수 있는 작곡 방식 때문이었다.

이들 '현대음악' – 내가 태어난 이후에 쓰인 곡은 하나도 없으니 엄밀한 표현은 아니지만 일단 그렇게 부르기로 하자 – 과의 첫 만남은 여러모로 품이 많이 드는 일이었다. 일단 그것을 이미지로 그려 보는 데만도 엄청난 노력이 필요했다. 피아노의 도움을 받아도 어렵기는 매한가지였다. 기숙사 휴게실에는 아무도 거들떠보지 않는 피아노가 있어 거의 독차지하다시피 하며 매달렸지만, 작품의 이미지는 쉽사리 잡히지 않았다. 친숙한 조성이나 익숙한 조바꿈이 없는 음악이기 때문이었다. 몇 번을 되풀이해 들어도 화성이 좀처럼 귀에 들어오지 않았고, 그 때문에 선율을 기억하기도 더 힘들었다. 그렇다고 해서 사랑스럽지 않은 음악이라는 소리는 아니다. 오히려 아주 멋진 음악이었다. 예를 들어, 카를하인츠 슈톡하우젠[45] 같은 작곡가는 이보다 더 현대적이면서도 동시에 지극히 아름다운 곡을 쓰기도 했다.

그렇게 간신히 '12음 음악'이 구성되는 방법을 해득해 냈다. 대학 구내 서점에서 빈 오선지를 한 묶음 사다가 첫 습작이라 할 단악장 현악 삼중주를 써 내려가기 시작했다. 기숙사 방에서 썼는데, 방에는 피아노가 없었던 관계로 플루트를 불어 가며 곡의 모습을 짐작했다. 각각의 성부를 불고 머릿속에서 혼

45 **Karlheinz Stockhausen, 1928~2007** 독일의 작곡가. 전자 음악, 음렬 음악, 공간 음악, 우연성 음악 등 다양한 분야에 걸쳐 현대음악의 최전선에서 활동했다. 피에르 불레즈, 루이지 노노와 함께 유럽 현대음악의 삼총사로 불렸다.

합하는 식으로 말이다. 그런 식으로 2~3주 정도 매달린 끝에 마침내 7~8분 길이의 곡을 완성했다. 현대음악처럼 들리게 하는 방법은 간단했다. 삼화음은 무조건 피했고, 협화음처럼 들릴 여지가 조금이라도 있으면 가차 없이 잘라 버렸다. 내 생각에 보통의 12음 음악과 비슷한 소리가 나는 곡이 되지 않을까 싶었다. 그 누구도 연주한 적이 없었으니 실제로 들어 보지는 못했다. 다만 성부를 하나씩 따로 연주할 수 있었을 뿐이고, 그것을 나름대로 머릿속에서 결합한답시고 애썼을 따름이다. 명철한 판단력을 가지고 음악을 듣는 능력은 아직 언감생심인 바, 그것은 실제 연습과 공부를 통해서 비로소 얻게 될 미래의 몫이었다. 줄리아드 음악원에서 경험한 훈련과, 시간이 좀 더 흐른 뒤 불랑제 선생님에게 받은 가르침을 통해 말끔하게 완성해 낼 수 있었지만 아직은 먼 훗날의 이야기였다.

내 현악 삼중주는 특별히 좋지도 나쁘지도 않았다. 어쨌든 직접 쓴 첫 작품이라는 것만으로도 내게는 충분했다. 악보를 어디다 두었는지 지금은 찾을 길이 없어서 안타깝다. 어렸을 때 쓴 곡들을 한데 뭉뚱그려 담은 박스를 볼티모어에 있는 형네 집에 보관해 와서 아마도 거기 있겠거니 했는데, 10년 전쯤 형이 보내 준 박스를 열어 보니 정작 이 곡은 들어 있지 않았다. 대신 박스는 줄리아드 시절에 쓴 곡들로 가득했다. 있는지조차도 까맣게 잊고 있던 곡들인데 말이다.

어쨌든 악보를 읽고 연구한 시카고 대학교 도서관과, 내 첫 자작곡을 짜맞추느라 분투한 기숙사 방이 내가 작곡가로서 출발한 지점이었다. 정식으로 작곡을 배우기 시작한 것은 아니었지만, 가르침을 구할 만한 원천이 둘 있었다. 하나는 쇤베르크가 쓴 화성학 교재였다. 그런 책이 있다는 것은 풍문으로 들어 알았는데 어느 서점을 뒤져도 찾을 수 없었다. 결국 우편 주문을 통해 몇 주 만에 받았다. 쇤베르크의 교재는 전통적인 화성 이론을 용의주도한 방식으로 아주 명철하게 정리한 책이었다. 그런 것이라고는 전혀 기대조차 하지 않았는데 실제로는 정말 긴요한 책이었던 셈이다. 그것을 통해 이른바 음악 '이론'이라는 것을 처음 배우게 되었다.

다른 하나는 내게 처음으로 작곡을 가르쳐 준 루이스 체슬록 선생님이었다. 나는 1학년을 마치고 난 뒤 볼티모어에서 어린이 여름 캠프 구명 요원으로 일했다. 그리고 거기에서 번 돈 2백 달러를 고스란히 작곡 레슨에 쏟아부었다. 볼티모어에서 활동하는 선생님의 이름은 피바디 음악원에 다닐 때부터 이미 들은 터였다. 간간이 볼티모어 심포니가 선생님의 교향악을 연주하기도 했으니, 당시 내 눈에는 그야말로 어마어마한 존재나 다름없었다. 레슨은 선생님 댁에서 했다. 선생님이 내준 화성학과 대위법 연습 문제는 내게 진짜배기 음악 훈련의 입문이었다. 체슬록 선생님은 지도 능력이 탁월했고, 쇤베르크의 책을 통해 얻은 초짜 지식에서 비롯된 많은 물음에 대한 실마리를 척척 가르쳐 주었다. 마침내 발아래 단단한 지반을 딛고 선 기분이 들었다.

1950년대 초반에 작곡가가 되는 길은 사실상 12음 음악에서부터 비롯된 유럽의 모더니즘 전통을 이어받는 것이 유일해 보였다. 한편 나는 12음 기법을 사용하지 않는 다른 모더니스트들에 대해서는 모르고 있었다. 스트라빈스키와 프랑스 작곡가 프랑시스 풀랑크[46], 체코 작곡가 레오시 야나체크가 그런 이들이었고, 미국 작곡가 헨리 코웰[47], 에런 코플런드, 버질 톰슨[48] 역시 마찬가지였다. 이들 조성주의자들은 어떻게든 고전음악에 뿌리내린 민속적 전통과 연관된 음악을 썼다. 이를테면 젊은 스트라빈스키가 쓴 세 곡의 발레인 「봄의 제전」, 「페트루슈카」, 「불새」는 모두 러시아 민요에 기초를 둔

46 Francis Poulenc, 1899~1963 프랑스 출신의 작곡가. 주관적 감정을 과잉으로 표출하는 낭만주의 음악에 대해서도, 모호한 음악성과 형식을 가진 인상주의 음악에 대해서도 반기를 들고 프랑스 고전주의로 복귀할 것을 주장했다. 명료한 선율, 대위법, 간결한 형식을 가진 음악을 지향했다.

47 Henry Cowell, 1897~1965 캘리포니아 출신의 작곡가. 톤 클러스터tone cluster라는 새로운 피아노 연주법을 창안한 것으로 유명하다. 제자로 조지 거슈윈과 존 케이지, 루 해리슨 등이 있다.

48 Virgil Thomson, 1896~1989 미주리 출신의 작곡가. 에런 코플런드와 더불어 미국적 사운드를 추구했다. 파리에서 나디아 불랑제를 사사했고, 에릭 사티와 프랑시스 풀랑크 등에게서 많은 영향을 받았다. 이후 뉴욕에 정착해 작곡뿐만 아니라 비평 분야에서도 두각을 나타냈다.

작품이다. 나는 이런 사실을 줄리아드 신입생 시절에 펜팔로 사귄 러시아 친구와 악보를 교환하면서 알게 되었다. 내가 받은 것은 림스키코르사코프가 편곡한 러시아 민요집이었는데, 그 안에서 「불새」와 「페트루슈카」에 쓰인 멜로디를 모두 발견할 수 있었다.

조성주의자들의 작품은 이미 시카고에서 들은 바가 있었기에 – 프리츠 라이너가 바르톡를 자주 연주했다 – 아예 몰랐다고는 할 수 없지만, 다만 당시 음악계는 그들의 소산을 하찮은 지류 정도로 여기는 분위기였다. 해리 파치[49], 존 케이지, 콘론 낸캐로우[50], 모턴 펠드먼[51] 등 새로운 음악의 길을 가는 또 다른 대안이 있음을 알게 된 것 역시 그 직후의 일이었다.

브루크너의 자취

친구들과 있을 때는 상당히 많은 시간을 음악을 들으며 보냈다. 편하게 지내는 친구들끼리 격의 없이 보낸 순간이었지만, 세월이 흘러 생각해 보니 놀라울 정도로 중요한 의미를 지니는 시간이기도 했다. 그런 음악지우들로는 볼티모어에서부터 알고 지낸 톰 스타이너와 시드니 제이콥스 외에도 미래의 유명 천체 물리학자이자 천문학자인 칼 세이건이 있었다. 우리 일당은 브루크너와 말러의 레코딩을 매우 진지하게 파고들었다. 1950년대 초반만 하더라도 이들의 음악은 유럽 이외의 지역에서는 미지의 영역이나 다름없었다. 이들이 미국에서도 널리 알려지게 된 것은 1960년대 들어 여러 지휘

49 **Harry Partch, 1901~1974** 캘리포니아 오클랜드 출신의 미국 작곡가. 마흔세 개로 구성된 음계를 창안했고, 이를 위한 새로운 악기를 고안했다.

50 **Conlon Nancarrow, 1912~1997** 아칸소 출신의 미국 작곡가. 자동 피아노에 사용되는 롤에 음을 찍어 넣어 작품을 만드는 아이디어를 구상하여 인간이 연주할 수 없을 정도로 복잡한 리듬의 다양한 가능성을 실험했다. 이러한 극단적인 실험성은 존 케이지나 죄르지 리게티와 같은 동시대 작곡가들과 후대에 많은 영향을 주었다.

51 **Morton Feldman, 1926~1987** 뉴욕 출신의 작곡가. 일찍이 존 케이지와 추상표현주의 화가들에게 많은 영향을 받았으며, 숫자로 표시하는 기보법을 고안하는 등 아방가르드 음악에 몰두했다.

자들의 노력 덕분이었고, 특히 말러 대중화에는 레너드 번스타인의 공적이 지대했다. 어쨌든 우리는 몇 시간씩 머리를 맞대고 브루크너와 말러의 교향곡을 들었고, 시카고에서조차 구하기가 녹록지 않았던 브루노 발터, 야샤 호렌슈타인, 빌헬름 푸르트벵글러의 음반을 서로 비교해 보기도 했다.

세 지휘자 가운데 푸르트벵글러는 느림의 장인이었다. 훤칠한 키에 위엄과 권위 있는 용모를 가진 그는, 그 누구도 있을 것이라고는 생각조차 하지 못한 사분음표 사이사이의 틈새를 찾아내고는 했다. 이따금씩 강약과 템포를 거세게 몰아붙였고, 음악의 극단을 추구하는 경향성이 뚜렷했다. 그렇듯 강하게 밀어붙이다 보니 그에 대한 호오도 분명히 갈리는 편이었다. 푸르트벵글러의 베토벤은 전통적인 해석과는 너무나 달라서 뜨거운 논란의 중심에 섰다. 한편 토스카니니는 빠른 템포를 선호했다. 베토벤의 「교향곡 5번」만 놓고 보아도 두 사람의 연주 시간은 20분 가까이나 차이가 난다. 어쩌면 그렇게도 다를 수 있는지 놀라울 따름이었다.

한참 세월이 흐른 뒤에 「해변의 아인슈타인」을 통해 만나게 된 밥 윌슨 역시 느림의 장인이었다. 윌슨의 예술을 이질감 없이 받아들인 것도 푸르트벵글러가 지휘한 브루크너와 베토벤 덕이 컸다. 밥이 연출한 시각적 템포는 푸르트벵글러의 느린 템포와 같은 효과를 낳았다. 푸르트벵글러와 윌슨을 통해 메트로놈의 똑딱 소리는 인간 심박이 편안하게 받아들이는 수준보다도 한참 아래로 뚝 떨어졌다. 이 진정으로 위대하고 심오한 예술가들은 압도적이고 광대무변한 아름다움의 세계를 우리 눈앞에 펼쳐 보여 주었다.

브루크너와 말러로 말할 것 같으면 그 오케스트레이션뿐만 아니라 무지막지한 곡의 길이도 흥미로웠다. 한 시간 반이 넘는 곡은 예사요, 어떤 곡은 두 시간에 육박하기도 했다. 그 스케일이 마음에 들었다. 한편으로는 극단적인 것이 사실이지만, 기나긴 시간을 표현하기 위해 큰 캔버스를 필요로 했던 것도 당연했다. 그러나 되돌아보면 그다지 마음에 들지 않는 점도 있기는 했다. 민요와의 인연이 질긴 음악이라는 것이 그 하나였다. 특히 말러의 음악이 그랬다. 반면 브루크너의 장대한 교향곡은 마치 음으로 쌓아 올린 바로크 건축물을 보는 듯했다. 음표로 이루어진 거대한 화강암 덩어리랄까. 브루크너의 음악을 들으면 성당이 생각났는데, 나중에 알고 보니 작곡가 본인이 성당 오르가니스트로 일한 적도 있다고 했다. 그의 교향곡에서는 오케스트라가 마치 오르간 같은 소리를 내는 듯했다. 브루크너는 그런 재주가 있는 작곡가였다.

브루크너를 들은 경험은 뜻하지 않은 보답을 안겨 주었다. 내 오랜 동료요 친구인 지휘자 데니스 러셀 데이비스가 빈 라디오 오케스트라의 지휘자로 있다가, 2002년에 린츠 오페라와 브루크너 하우스 오케스트라의 음악감독 겸 상임 지휘자로 임명된 것이다. 데니스를 통해 내 교향곡이 오스트리아 무대에 오를 수 있었다. 데니스의 초청으로 린츠를 처음으로 방문하면서도 아무래도 내 음악이라면 미국 오케스트라의 연주가 더 낫지 않겠는가 하고 막연하게 어림하고 있었다. 어쨌든 내가 작곡한 리듬은 미국인들이 더 잘 이해할 테니 말이다.

하지만 놀랍게도 브루크너 오케스트라는 어느 미국 악단보다 내 음악을 탁월하게 연주해 냈다. 어떤 경로로든 브루크너 사운드가 내 정신 어딘가에 들어와 꽂혔던 모양이다. 브루크너의 음악을 들으며 통째로 소화했고, 그것은 그렇게 내 기억에 고스란히 남아 있었던 모양이다. 「사티아그라하」 같은 오페라를 쓸 때는 부지불식간에 브루크너와 비슷한 종류의 오케스트레이션 기법을 구사하기도 했다. 현악군 전체와 목관 전체를 각각 통으로 묶어 같은 음을 배정하고, 그렇게 형성된 소리의 거대한 덩어리를 새로운 방식으로 운용하려 했던 것이다. 의식적으로 브루크너를 모방하려 한 것은 아니었다. 그렇지만 브루크너 오케스트라가 내 음악 — 이를테면 「교향곡 6번」이나 「교향곡 7번」, 「교향곡 8번」 같은 — 을 연주하는 것을 실황으로 듣고 있다 보니

"오, 이거 정말 제대로 된 소리로군" 하는 감탄이 자연스레 터져 나왔다. 제대로 된 소리처럼 들린 이유는, 오래전에 들었고 여전히 내 마음에 남아 있는 브루크너 교향곡의 자취가 거기에 있었기 때문이다.

브루크너 오케스트라 단원들은 내가 브루크너의 교향곡을 알고 있고 또한 열렬히 좋아한다는 사실에 무척 놀란 듯했다. 덕분에 작곡가인 나와 연주자인 그들 사이에 자연스레 우정이 싹텄다. 그들이 만들어 내는 내 교향곡의 사운드가 마음에 쏙 들었고, 브루크너 오케스트라를 위해 쓴 곡도 이제는 꽤 된다. 데니스의 해석과 단원들의 아름다운 연주를 들으면 거기에 마음을 빼앗기지 않을 수 없었다. 이들 음악가와의 연결 고리는 곧 나 자신의 역사를 공감하고 이해하게 하는 하나의 열쇠가 되었다. 미국 작곡가 가운데 이런 경험을 한 사람이 흔치는 않을 것이라 생각한다.

파리와의 첫 만남

윌리 외삼촌은 본인의 사업을 내게 물려주고 싶다는 이야기를 종종 했다. 윌리 외삼촌은 외할아버지가 넝마를 줍고 다니면서 시작한 가게를 물려받아 데이비드 외삼촌과 함께 운영하고 있었다. 그 가게는 이제 센트럴 빌딩 럼버 앤 서플라이 컴퍼니라는 제법 성공적인 사업체로 성장해 있었다.

윌리 외삼촌은 슬하에 자식이 없었다. 내가 공부하러 시카고에 가는 것도 좋아하지 않았고, 다른 친척들과 마찬가지로 음악학교에 가겠다는 내 고집도 영 마뜩해하지 않았다. 내가 하루라도 빨리 볼티모어로 돌아와 자기 사업의 절반쯤을 이어받아 주기를 원했다. 나는 그럴 뜻이 없다고 말해도 외삼촌은 쉽게 고집을 꺾지 않았다.

"최소한 생각이라도 한 번 해 보렴."

"생각은 해 보겠지만 마음이 변할 것 같지 않아요. 제가 하고 싶은 일이 아니거든요."

하지만 윌리 외삼촌은 그대로 막무가내였다.

"이번 여름에 파리에 간다고 들었다. 프랑스어 배우고 주변도 둘러보면서 네가 진정으로 하고 싶은 일이 무엇인지 곰곰이 생각해 보거라."

1954년 여름, 내 나이 열일곱 살 때였다.

"네, 그럴게요."

2학년을 마치고 여름방학을 맞이해 프랑스로 향하는 퀸 메리 호에 올랐다. 1954년에 유럽 땅을 향하려면 열이면 열 배를 탔다. 비행기는 아무도 타지 않았다. 나는 파리의 미국인을 대상으로 한 프랑스어 여름 학기에 참여하러 가는 길이었다. 며칠을 내달린 배는 어느 날 아침 르아브르 항구에 닻을 내렸다. 그곳에서 열차로 갈아타 오후 세 시쯤에 파리에 도착했다. 기숙사에 짐을 대충 던져 놓고 강좌 등록을 위해 학교로 향했다. 그러고 나서 도시를 조금 둘러볼 생각이었다. 등록 창구에서 캐런 콜린스라는 또래 여자 아이를 만났다. 접수를 마치고 내가 물었다.

"캐런, 나가서 뭐 좀 마실까?"

우리는 카페로 향했다. 밤 아홉 시 무렵이었다.

카페에 앉아 있는데 떼를 이룬 사람들이 온갖 의상을 차려입고 몽파르나스 대로를 왁자지껄 걸어 내려오는 모습이 보였다.

"뭐 하는 사람들이지?"

"오늘은 예술가들의 무도회 |Bal des Artistes| 가 있는 날이라오."

우리 옆 테이블에 앉은 손님이 알려 주었다. 설명을 듣자니, 매년 에콜 데 보자르[52]에서는 재학생과 졸업생뿐만 아니라 학교와 연이 있는 사람이라면 누구나 참여할 수 있는 밤샘 파티를 벌인다고 한다. 파티에는 예술가, 학생,

52 프랑스 국립 미술 학교. 회화, 조각, 판화, 건축 등을 교육한다. 프랑스혁명 이후 예부터 내려오던 도제 학교를 대신하여 등장했다.

사오십 줄의 졸업생 등 정말 다양한 사람들이 참여해 어울린단다.

기상천외한 의상을 차려입은 무리의 행렬이 점점 카페 쪽으로 다가왔고, 결국 우리와 눈이 맞았다. 그러니까 캔자스에서 온 멋쟁이 소녀와 볼티모어에서 온 멋쟁이 소년과 말이다. 그 순간 그들은 무엇을 보았는지 "이 친구들 우리랑 같은 과야. 데려가야겠어"라고 말했다. 무척이나 활기찬 사람들이었다. 그들은 우리를 보고 흥겨워했다. 영어로 몇 마디를 더듬대기도 했지만 사실상 거의 못하는 것 같았다. 그렇게 우리는 그들 손에 이끌려 따라나섰다. 프랑스어 한마디도 할 줄 모르면서 무작정 따라간 것이다. 캐런과 나는 그랑 팔레 미술관처럼 생긴 거대한 무기고 같은 곳으로 이끌려 갔다.

밤 열 시나 열한 시쯤 거기에 도착해 다음 날 아침 여덟 시가 될 때까지 이들 패거리와 함께 있었다. 에콜 데 보자르의 예술가들은 떠들썩한 사고뭉치로 낙인찍혀 있었던 모양인지 어느 순간 경찰관이 나타나 밖에서 철문을 잠가 버렸고, 우리는 문이 열릴 때까지 창고 안에 갇힌 신세가 되었다. 문을 잠근 이유는 간단했다. 흥이 오른 파티꾼들이 미친 듯이 시내를 누비고 다닐까 봐 그랬던 것이다. 자물쇠가 풀린 것은 다음 날 동틀 무렵이었다. 파티를 마친 우리는 밖으로 나가 파리 시내를 활보하며 일대 퍼레이드를 즐겼다. 이것이 내가 파리의 보헤미안 생활을 처음으로 경험한 간단한 경위다. 첫맛을 아주 제대로 보았다고 생각한다.

우리 모두는 의상을 차려입어야 했다. 무기고의 한가운데에는 크게 열린 공간이 있었고, 그 주변은 큰 방들로 둘러싸여 있었다. 각각의 '작업실'에서는 저마다 포도주와 빵, 치즈, 과일 등을 차려 놓고 판을 벌였다. 작업실에서 쏟아져 나온 패거리들이 가운데 큰 공간으로 몰려들어 갖가지 집단 행위 예술을 펼쳐 보인 것도 여러 차례였다. 판에 끼려면 나도 준비가 필요했다. 그들은 내가 발을 들이자 가장 먼저 어느 작업실로 나를 끌고 갔다. 그러더니 옷을 몽땅 벗기고 온몸을 빨간색으로 칠하고는 허리춤에 감으라며 거즈

천을 내밀었다. 옷이라고는 할 수 없는 얄팍한 천 쪼가리였지만 나는 최선을 다해 몸을 감쌌다. 밖으로 나와 보니 캐런 역시 나와 똑같은 몰골을 하고 서 있었다. 그렇게 우리는 빨간 몸을 간신히 가린 채로 그날 밤을 보냈다.

나름 정해진 식순 같은 것도 꽤 있었다. 남녀 부문을 나누어 최고의 의상을 뽑았고, 무도회의 왕과 여왕을 뽑는 순서도 있었다. 심사는 나이가 많은 이들이 맡았고, 수상의 영예를 안은 사람들은 좌중의 압도적인 환호를 받았다.

식순 사이사이에는 메인 홀에서 다른 사람들과 이야기를 나누거나, 아니면 각자의 작업실에 들어가서 잠깐씩 몸을 누이기도 했다. 작업실은 에콜 데 보자르 학년별, 졸업 연도별로 따로 쓰는 식이어서, 각자에게 정해진 작업실에 머무는 것이 불문율인 듯해 보였다. 캐런과 나는 비록 그날 밤 즉석에서 떠밀려 끼게 된 외부인이었지만, 모두 우리를 친구나 동료처럼 대해 주었다.

와일드하고 격렬한 파티였고, 알몸을 타인에게 보여 주는 것이 전혀 이상하지 않은 분위기였다. 사람들은 끊임없이 작업실과 메인 홀을 왔다 갔다 했다. 주요 행사는 언제나 일종의 피날레가 방점을 찍었다. 무도회의 왕과 여왕을 비롯해 각종 수상자들은 낙타 – 진짜 살아 있는 낙타였다! – 를 타고 홀을 한 바퀴 돌며 대략 8백 명 정도 되는 좌중에게 손을 흔들고 키스를 날렸다.

음악 여흥은 무척이나 열심이었던 소규모 앙상블이 밤새도록 책임졌다. 가장 자주 연주한 곡은 베르디의 「아이다」 가운데 '개선 행진곡'이었다(실은 그 밖의 음악은 기억이 나지 않는다). 악기 구성은 클라리넷, 트럼펫, 트롬본, 바이올린, 드럼 세트 정도였던 것 같다. 밤새 음악이 끊이지 않았던 것으로 보아 아마 여러 명의 연주자가 돌아가면서 맡지 않았나 싶다. 세월이 흐른 뒤 인도 남부에 있는 체루투루티라는 마을을 방문했을 때, 인도의 전통 무용극인 카타칼리 |Kathakali| 공연이 밤새도록 이어지는 것을 본 적이 있다. 거기

에서도 음악이 저녁부터 새벽녘까지 끊이지 않았다. 밤새도록 북꾼과 노래꾼이 갈마들면서 음악의 존재를 계속해서 이어 나갔다.

1954년 여름, 파리에서 베르디의 음악은 장중하게 연주되고 있었다. 아마 평소 오페라 하우스에서 듣는 연주보다 살짝 느렸던 것 같다. 음악은 홀을 가득 채웠고, 다음 날 아침 경찰관들이 문을 열어 준 그 순간까지 멈추지 않았다. 축제는 가두 행진으로 마무리되었다. 몽파르나스 대로와 라스파유 대로가 만나는 지점에 이르자 우리 숙소 건물이 보였다. 캐런과 나는 조용히 행렬을 빠져나왔다. 우리의 행색을 본 건물 관리인은 곧바로 감을 잡은 듯 웃으며 물었다.

"그래, 지금 어디서들 오시는 길이에요?"

"보자르 무도회요."

"그렇다마다, 그러셨겠지!"

그날 빨갛게 되어 버린 내 머리카락은 여름 내내 본래 색을 찾지 못했다. 무슨 페인트를 썼는지는 몰라도 좀처럼 지워지지 않았다. 그 무렵에 나를 처음 만난 사람들은 내가 원래부터 빨간 머리라고 생각했다.

이것이 내가 파리에서 처음 겪은 일이었다. 남은 여름 동안 도시 여기저기를 쏘다녔고, 공부는 거의 하지 않았다. 파리는 걸어 다니기에 참 수월한 도시다. 여러 미술가와 작가를 만났고, 온갖 종류의 여행자들을 만났다. 내가 다니던 학교의 학생이던 엘리 차일즈의 소개로, 역시 파리를 유랑하고 있던 또 다른 미국인인 루디 울리처를 만났다. 그렇게 만난 루디와 나는 평생의 벗으로 지금까지 지내 왔고, 몇 년 뒤 뉴욕에 정착할 때도 그는 가장 가까운 지인 가운데 한 명이었다. 나이가 들어서는 캐나다 남동쪽 노바스코샤에 있는 케이프브레턴 섬의 땅을 같이 샀고, 오페라 「유형지에서」와 「완벽한 미국인」에서는 루디가 대본 작업을 하면서 직업적인 연을 맺기도 했다.

그러고 보면 60년 전 그 여름, 참 많은 씨앗이 뿌려졌다. 1970년대 중반에는 엘리 차일즈의 여동생 루신다 차일즈를 만났다. 나는 밥 윌슨과 함께 워싱턴스퀘어 교회에서 그녀의 댄스 컴퍼니 공연을 보고 매료되어 곧바로 그녀에게 「해변의 아인슈타인」 팀에 합류해 줄 것을 요청했다.

파리에서 집으로 돌아오는 길에는 런던에 며칠 들렀다. 당시 런던 극장가에는 거의 무명에 가까운 아일랜드 극작가의 신작이 상연되고 있었다. 바로 사뮈엘 베케트의 「고도를 기다리며」라는 작품이었다. 티켓을 구하지 못해 관람하지는 못했고, 대신 제목을 기억해 두었다가 미국에 돌아온 즉시 희곡을 사 읽었다. 그로부터 10년 뒤 공부를 위해 다시 파리에 왔고, 베케트의 희곡을 위한 음악을 쓰기 시작했다. 지금까지 그의 작품에 붙인 곡이 여덟 개를 헤아린다.

1954년 여름을 파리에서 지내면서 언젠가 다시 이곳에 돌아와 최소한 몇 년 살아 보아야겠다는 작정을 했고, 그것이 내게는 가장 큰 수확이었다. 이미 그때부터 막연하게나마 계획을 머릿속에 그리고 있었다. 파리에 가겠다는 결심을 줄리아드 입학 전부터 확고히 한 것이다.

처음에 나는 파리에서 보낸 첫날 밤의 일들을 하나의 조짐으로 여겼다. 하지만 지금 생각해 보면 그것은 하나의 실제적인 표식처럼 한결 구체적인 어떤 것이었다. 그날 밤 나는 하나의 경계선을 건넜다. 돌이켜보면 그날 축제 의상을 입고 몽파르나스 대로를 누빈 그 사람들은 다른 이들보다 앞서서 뭔가를 보았음이 분명했다. 나를 보고 "이 친구들 우리랑 같은 과야"라고 한 말은 그저 우연이라기보다는 내가 앞으로 예술가로 살게 될 것임을 계시한 명쾌한 신호였던 것이다. 그날 나는 입고 있던 옷을 벗었고, 새로운 정체성을 획득했으며, 다른 누군가가 되는 경험을 맛보았다. 그것이 현실이 되는 데까지는 한참의 세월이 흘러야 했지만, 이윽고 벌어질 일이었다. 미국으로 돌아오면서 나는 태어나서 처음으로 등 뒤로 순풍이 불어오는 기분을 느꼈다. 물론 그 바람은 언제나 거기에 있었을 테지만, 그때만큼 확실하게 느낀 적은 없었다. 볼티모어에 돌아와서 윌리 외삼촌을 찾아보았다.

"그래서, 결정은 했니?"

"음악을 공부하겠다는 뜻, 그대로입니다."

줄리아드

뉴욕으로 가다

시카고 대학을 졸업한 1956년 여름은 마티 형과 함께 외삼촌 공장 일을 도우며 보냈다. 화차 [貨車]에 실린 합판을 하역해 볼티모어 시내에 있는 목재 공장에 보내는 작업이었다. 센트럴 빌딩 럼버 앤 서플라이의 공원[工員]들은 대부분 가난한 남부 출신이었다(훗날 일한 제강 공장 노동자들의 출신이나 형편도 크게 다르지 않았다). 나는 가업을 도우러 온 처지여서 아무래도 다른 노동자들과는 별도의 취급을 받았다.

무더위가 물러가고 가을이 찾아오기가 무섭게 나는 시카고로 돌아갔다. 차분히 생각할 여유가 필요했다. 그러기 위해서는 부모님의 영향에서 멀리 떨어져 몇 년간 독립해서 살아 본 도시가 더 편할 것 같았다. 목표는 미국 최고의 음악학교인 줄리아드 음악원으로 잡았다. 줄리아드 이외의 학교에는 지원서조차 넣지 않았다. 최고의 학교가 있는데 다른 학교가 눈에 들어올 리 없었다. 2지망도, 3지망도 없었다. 이미 미국 유수의 대학 중 하나를 졸업했고, 학문 쪽으로는 더 이상 흥미가 없었다. 내가 찾고 있는 것은 실용적인 직업 학교였고, 줄리아드야말로 단연 최고의 선택지였다.

철이 없어서 그랬는지 몰라도 나는 원하는 바는 무엇이든 달성할 수 있다는 무지막지한 자신감을 가지고 있었다. 그렇지만 뉴욕에 가자니 막상 무엇부터 해야 할지 무척 막막했다. 일단 줄리아드로 편지를 보내 오디션 일정을 알아냈다. 지금 같으면 간단하게 전화 한 통으로 알아볼 수 있는 일이지만, 그때는 그렇지가 못했다. 편지를 보내고 답장을 기다리는 수밖에 없었다. 오디션 응시는 플루트로 하기로 했다. 내가 쓴 첫 작품은 보이고 싶지 않았다. 그 정도로는 충분하지 못하리라는 것을 알고 있었다. 그즈음의 나는 알반 베르크풍의 12음 음악 작법에서 이미 벗어나 있었다. 12음 음악 기법에 딱히 자신이 있었다고 생각하지는 않는다. 그들의 미적 정서가 내게는 생경했다. 너무 익혀 버린 독일 표현주의처럼 들렸고, 내 상상력을 자극하기에는 너무도 추상적이었다. 오랜 뒤에는 이윽고 슈톡하우젠, 한스 베르너 헨체[53], 루이지 노노[54], 루치아노 베리오[55]는 물론 피에르 불레즈[56]의 음악마저도 좋아하게 되었지만, 1957년 당시에 즐겨 들은 현대 작곡가는 찰스 아이브스, 로이 해리스[57], 에런 코플런드, 버질 톰슨, 윌리엄 슈먼[58] 정도가 고작이었다.

53 Hans Werner Henze, 1926~2012 독일의 작곡가. 조성 음악과 무조 음악을 자유로이 구사하며 언제나 전위에 있었다. 마르크스주의를 신봉하는 정치관 때문에 독일에서 핍박받아 1953년 고국을 떠나 이탈리아에 정착했다. 극음악 분야에서 특히 진가를 발휘했다.

54 Luigi Nono, 1924~1990 이탈리아의 작곡가. 매우 비타협적인 전위적 스타일을 구사하여 베베른의 진정한 계승자라는 평가를 받았다. 제2차 세계대전 중에는 레지스탕스 운동에도 적극적으로 가담하는 등 현실 참여에 적극적인 예술가였다.

55 Luciano Berio, 1925~2003 이탈리아 작곡가. 루이지 노노, 브루노 마데르나와 함께 이탈리아 현대음악에서 가장 중요한 작곡가로 꼽힌다.

56 Pierre Boulez, 1925~2016 프랑스의 작곡가 겸 지휘자, 음악 이론가. 1955년 르네 샤르의 시에 곡을 붙인 「주인 없는 망치」로 전위적 작곡가로서의 이름을 널리 알렸으며, BBC 심포니, 뉴욕 필하모닉 등의 오케스트라를 상임으로 이끌었다.

57 Roy Harris, 1898~1979 미국 작곡가. 나디아 불랑제를 사사했다. 스스로 '현대의 고전주의자'라고 일컬었듯이 긴 선율선을 전개하여 대위법적인 수법으로 미국 서부의 대평원을 연상시키는 광활한 음악을 썼다.

58 William Schuman, 1910~1992 미국 작곡가. 음악 부문에서 처음으로 퓰리처상을 받았고, 줄리아드 음대 학장을 역임하면서 학교를 미국 최고의 음악 교육 기관으로 발돋움시켰다.

줄리아드 오디션 일정이 잡히자마자 나는 시카고를 떠나 기차 편으로 볼티모어에 도착했다. 어머니는 정처 없이 여기저기를 누비며 호텔방을 전전해야 하는 음악가로서의 삶이 얼마나 고단할지 걱정했다. 그런 어머니와 한참 이야기를 나누고 뉴욕행 버스에 올라탔다. 앞에서도 말했듯이 줄리아드 오디션은 의외의 방향으로 전개되었다. 1년간 평생교육원에 등록해 스탠리 울프 교수에게 작곡 수업을 배우며 이듬해인 1958년 봄에 작곡 지망으로 다시 오디션을 보자는 학교 측의 제안을 받아들인 것이었다. 만약 합격하면 그해 가을 학기부터 작곡 전공으로 입학할 수 있게 된다.

하지만 언제나 그렇듯 당장 돈 문제부터 해결해야 했다. 그래서 맨해튼의 8번가와 41가가 만나는 지점에 있는 항만관리청 버스 터미널에서 볼티모어로 돌아가는 표를 끊었다. 베들레헴 철강 공장에서 일할 작정이었다.

공장 아르바이트

한창 철강 산업이 번창하던 1950년대, 스패로우스포인트에 위치한 베들레헴 철강을 멀리서 바라보는 야경은 정말 끝내주었다. 나는 파크하이츠가에서 갈라져 나온 클락스레인에 있는 부모님 댁에 머무르며 직접 차를 몰고 출퇴근했다. 부모님은 어려운 살림을 꾸리며 볼티모어 시내를 벗어나지 못하다가 마침내 25년 만에 교외에 집을 얻었다. 부모님 댁에서 공장으로 가려면 도시를 우회하여 스패로우스포인트가 있는 남동쪽으로 향해야 했다. 철광석을 녹여 두툼한 강철판을 뽑아내는 평로식|平爐式| 용광로에서 뿜어져 나오는 불빛이 하늘을 물들이는 광경은 25킬로미터 바깥에서도 보였다. 처음에는 해돋이보다 희미한 아지랑이처럼 일렁이다가 점차 불타는 백색광을 띠면서 밤하늘을 가득 채웠다.

작업은 3교대로 돌아갔다. 아침 여섯 시부터 오후 두 시까지, 오후 두 시

부터 밤 열 시까지, 그리고 밤 열 시부터 아침 여섯 시까지 이렇게 돌아가면서 3주간 일했다. 나는 야간 근무조일 때가 가장 좋았다. 그럴 때면 부모님의 담청색 심카|Simca| 차를 빌려 아홉 시에 집을 나섰다. 사십 분 정도를 가면 용광로가 토해 내는 불빛의 흔적이 보이기 시작했다. 열 번을 보고 스무 번을 보아도 짜릿한 광경이었다. 공장 주변의 하늘은 찬란한 빛과 역동적인 힘으로 채워진 듯했다. 그것을 누를 수 있는 것은 몇 시간 뒤에 찾아올 일출뿐이었다. 비가 오는 궂은 날씨도 상관없었다. 용광로가 내뿜는 백열은 모든 것을 압도할 정도로 강렬했다.

용광로 쪽에서 일하고 싶었지만, 정작 내게 맡겨진 일은 못 공장 천장 레일에 달린 크레인을 조종하는 것이었다. 제작된 못이 큰 통을 가득 채우면 크레인으로 들어 올려 무게를 단 뒤, 포장과 라벨 작업을 위해 공장 문간으로 옮겨 놓으면 되었다. 공장 바닥에는 철강 케이블을 못으로 찍어 내는 기계가 몇 겹으로 줄지어 있었다. 지독하게 시끄럽고 엄청나게 지저분한 공간이었다.

기계공들은 일한 만큼 돈을 받았다. 당연히 유휴 시간 최소화가 관건이었다. 사내들은 삼십 대부터 오십 대까지 다양했으며, 하나같이 터프했다. 노스캐롤라이나, 사우스캐롤라이나, 플로리다, 앨라배마, 루이지애나 등지에서 보수가 두둑한 일자리를 찾아 볼티모어까지 올라온 이들이었다. 그들이 시카고 쪽으로 방향을 잡지 않는 한 북상하며 만나는 첫째 중공업 지역이 바로 스패로우스포인트였다. 직공들은 모두 엄청나게 튼튼하고 부지런했다. 그중 한 명은 키가 크고 마른 체형에 몸은 완전히 근육질로, 플로리다에서 온 악어 씨름꾼이라는 소리가 돌았다. 정작 당사자는 말수가 적은 편이어서 직접 확인은 못했지만, 그 풍문을 믿지 않을 수 없었다. 그 남자는 여덟 시간 일하는 동안 단 1초도 쉬지 않고 기계 옆에 서 있을 수 있는 사람이었다. 메릴랜드에 작은 사냥용 별장을 지어서 유명해진 직공도 있었다. 합판, 전선, 못, 심지어 부서진 창문까지 오로지 공장에서 쓰이는 물건을 빼돌려서 만든 별장이라고 했다. 그 남자는 우리 공장 바닥에서 '영웅'으로 이름이 높았다.

이런 남자들에게 나는 참 별종처럼 비쳤을 것이다. 비쩍 마른 데다가, 수염도 볼품없이 듬성듬성 난 얼굴에, 누구에게나 미소를 흘리고 다녔으니 말이다. 웃지 않을 수가 없는 것이, 비록 급여는 그들만 못했지만 워낙에 쉬운 일을 맡았으니 말이다. 공장에서 제작되는 못의 무게를 달고 기록하는 일은 기껏 한 시간 정도만 바짝 정신 차리고 일하면 끝나는 작업이었다. 그러고 나면 큰 통이 다시 못으로 가득 찰 때까지 두 시간씩이나 비었다.

직공들은 어린 내게도 친근하게 대해 주었다. 검량관이라는 직책 덕분에 누구와도 친하게 인사를 주고받을 수 있었던 것 같다. 곤란한 일을 딱 한 번 당하기는 했다. 근무 첫날, 실수로 '유색 인종 전용' 화장실에 들어가고 만 것이다. 그 즉시 누군가 내 몸을 번쩍 들어 올리더니만 화장실 바깥으로 내던져 버렸다. 내 꼴을 본 일꾼들은 한바탕 왁자한 폭소를 터뜨렸다. 악의나 '그 녀석 쌤통이다' 하는 뉘앙스가 담긴 웃음이 아니라, 그저 우스워서 웃는 웃음이었다. 어쨌든 백인이 유색 인종 화장실에 들어가면 어떤 일이 벌어지는지를 단단히 깨달았다. 다른 직공들은 아버지가 부리던 직원이나 레코드 가게 손님들과는 조금도 닮은 점이 없는 사람들이었지만, 나는 그들과 그런대로 꽤 잘 지냈다. 짐작하건대 그들 중 절반 이상이 초등학교 정도까지만 나왔던 것 같다.

남부의 시골 지역에는 일할 수 있는 나이가 되면 학교를 그만두고 생업에 뛰어드는 남자가 차고 넘쳤다. 얼마 전까지만 해도 남부연합의 일부였던 곳의 들과 농장에서 쟁기를 갈던 이들이 기름밥을 먹으러 북상한 것이다. 나는 그들에 대해 호기심이 일었고, 그들 역시 나를 신기해하며 친근하게 대했다. 성별로 보면 모두가 남자였고, 인종은 흑인과 백인이 뒤섞여 있었다. 모두 거친 옷을 입었고, 머리를 기르는 사람이 있는가 하면 짧게 바짝 깎고 다니는 사람도 있었다. 내게 가장 신기하게 다가온 것은 주차장이었다. 새로

뽑은 차뿐만 아니라 대형 캐딜락도 놀랄 만큼 많았다. 라디오 안테나, 가죽 시트, 커다란 테일 핀까지 갖춘, 그야말로 눈 돌아가게 하는 풀 옵션 모델들이었다. 내가 캐딜락을 몰아 본 것은 그로부터 한참이 지나서다. 로스앤젤레스에서 영화음악을 작곡하던 시절인데, 그나마도 렌터카로 며칠만 몰았다. 캐딜락 핸들을 잡으니 베들레헴 철강 주차장의 기억이 새록새록 되살아났다. 커다란 차를 몰고 있으니 대번 성취감이 느껴졌다. 아마 그때의 직공들이 이런 차를 몰면서 느낀 바가 이와 다르지 않았으리라, 하고 생각했다.

그런 면에서는 난 운이 좋은 편이라고 생각하는데, 돈이라는 것은 어떻게든 벌면 그만일 뿐이라는 주의였다. 공장 일도 실제로 무척 즐기며 했다. 돈에 대한 이러한 자세는 실로 다행스러운 것이었다. 왜냐하면 나는 1978년 마흔하나의 나이에야 네덜란드 오페라 극장으로부터 「사티아그라하」를 위촉받으면서 비로소 전업 음악가로서 생계를 꾸릴 수 있었기 때문이다. 먹고살기 위해 음악 이외의 일을 한 세월이 도합 24년이었지만, 한 번도 그런 형편이 짜증스럽지는 않았다. 삶에 대한 호기심이 언제나 우선했기에 일하면서 느꼈을 어떤 모멸감도 이겨 냈다. 아주 어린 시절부터 현실을 직시하는 눈치가 빨랐던 셈이다.

공장에서 다섯 달을 일하고 1천2백 달러를 손에 쥐었다. 부모님은 앞으로의 내 계획을 듣고 물론 낭패감이 들었을 테지만, 그렇다고 만류하지는 않았다. 도와주겠다는 말 역시 없었다. 어쨌거나 대학까지 나오도록 뒷바라지를 해 주었으니 더 이상 바랄 면목도 없었다. 이제 뉴욕에서 본격적으로 음악을 배우고 싶었다. 그리고 이제부터는 온전히 혼자 힘으로만 해 나가야 했다.

줄리아드 평생교육원

뉴욕에서 처음 거처한 곳은 88가와 콜럼버스 가가 만나는 모퉁이에 있는 갈색 건물 4층의 단칸방이었다. 집세는 주당 6달러였다. 작은 침대와 서랍장이 있었고, 불빛이라고는 천장에 매달린 전구 하나가 전부였다. 이보다 더 궁색한 곳을 찾기 힘들 정도였지만, 그만큼 세가 쌌다.

파트타임 일자리를 구해서 좀 더 큰 집으로 옮기기까지는 몇 달이 걸렸다. 그동안은 어쨌든 피아노 없이 지내야 한다는 소리였다. 대신 줄리아드 연습실을 쓸 수 있었다. 다만 피아노 전공도 아닌 데다가, 심지어 아직 정식으로 입학한 것이 아니어서 연습실을 예약할 수는 없었다. 빈 방이 있으면 들어가서 연습하다가 예약한 학생이 나타나면 자리를 비워 주는 식으로 메뚜기를 뛰었다. 연습실은 무척 많았지만 피아니스트, 성악가, 지휘자 지망생 또한 무척이나 많았다. 어서 빨리 피아노 실력을 늘리고 싶어서 안달이 났고, 내가 쓴 곡을 한 번이라도 더 듣고 싶어서 조바심 냈지만, 연습실 잡기가 영 쉽지 않았다. 그래서 낸 수가 아침을 공략하자는 것이었다. 줄리아드 건물이 문을 여는 아침 일곱 시부터 잽싸게 치고 들어가 일단 연습실을 잡은 것이다. 방마다 성능이 썩 좋은 피아노도 있고 그렇지 못한 피아노도 있었지만, 찬밥 따신 밥 가릴 계제가 아니었다. 도중에 임자가 나타나면 방을 옮겨야 했지만, 그래도 운이 좋은 날이면 세 시간 정도는 연습에 전념할 수 있었다. 줄리아드는 의욕과 투지에 넘치는 젊은이들로 가득한 곳이었고, 그런 만큼 빈 연습실 구하기가 하늘의 별 따기인 적도 있었다.

정식으로 등록한 것은 뉴욕에 온 지 한 달 만인 10월이었다. 평생교육원인 만큼 딱히 등록을 서두를 필요는 없었다. 동시에 예비 입학생으로서 음악 이론과 음악사 수업도 듣기 시작했다. 줄리아드에서는 '음악의 문헌과 자료|Literature and Materials of Music: L&M|'라 부르는 수업이었다. 학교의 정규 강좌는 원하는 것이면 모두 들을 수 있었다. 다만 아직 정식 학생이 아니므로 작곡 개인 교습은 받지 못했다. 어쨌든 평생교육원을 통한 덕분에 음악 학사 학위 없이도 들어올 수 있었으니 개인 교습을 못 받는다고 투정할 처지도 아니었다.

링컨 센터가 들어서기 전인 1950년대 후반, 줄리아드는 122가와 클레어몬트 가가 만나는 지점에 자리해 있었다. 바로 뒤로는 브로드웨이가 있었다. 1층에는 큰 카페테리아가 있었고, 2층과 3층은 연습실로 둘러싸여 있었다. 꼭대기 층은 댄스 스튜디오 차지였다. 열다섯 명에서 스무 명 정도를 수용할 수 있는 강의실이 몇 개 있었고, 모든 강의실에는 오선지가 그려진 칠판이 비치되어 있었다. 독일 6도 화음의 원리 같은 것을 가르치려면 오선지가 그어진 흑판이 유용할 테니 말이다.

88가 단칸방에 사는 동안 집 앞 길모퉁이에 있는 작은 식당에 자주 드나들었다. 저녁이면 커피 한 잔 시켜 놓고 자리에 앉아 화성학 연습 문제나 자작곡으로 노트를 채웠다. 주인도 여종업원들도 나를 반기는 눈치였고, 덕분에 혼자 조용히 앉아 공부할 수 있었다.

어느 날 저녁, 예순 살 정도 되어 보이는 한 노인의 모습이 눈에 들어왔다. 그는 다른 자리에서 나와 마찬가지로 곡을 쓰고 있었다! 한 번만 마주친 것도 아니었다. 내가 자리를 잡기도 전부터 앉아서 자리를 뜬 다음까지도 요지부동인 경우가 다반사였다. 나란 놈이 거기 있는지조차 아마 눈치 채지 못했을 정도로 대단한 집중력이었다. 한동안을 참다가 결국에는 호기심을 누르지 못하고 어깨너머로 그가 쓰고 있는 악보를 힐끗거렸다. 피아노 오중주곡이었다. 잠깐 훔쳐본 것이지만 그냥 마구잡이로 쓴 곡이 아닌 '프로페셔널'의 냄새가 났다. 식당 손님으로 앉은 노인이 나와 정확히 같은 일을 하고 있었던 셈인데, 우연도 이런 우연이 있을까 싶었다.

이 일화에서 가장 의미심장한 대목은 이것이다. 나는 그 의미를 오랜 세월이 흐르도록 이해하지 못했다. 이 뜻밖의 만남이 내 미래에 대한 전조일지도 모른다는 예감은 전혀 들지 않았다. 정말이지 그런 생각은 조금도 하지 않았다. 그를 보면서 나는 기껏해야 '내가 하려고 하는 일이 잘못된 것이 아니구나' 하고 안도하는 정도였다. 내게 그 노인은, 레스토랑이라는 의외의 장소에서 악보를 펼쳐 놓고 미래를 향해 한 발씩 내딛는 원숙한 작곡가의 본보기였다. 그가 누구인지는 모른다. 어쩌면 어수선한 집안 분위기를 피해 매일같이 식당에 오는 것일 수도 있었다. 아내의 바가지, 소란을 피우는 자녀들, 집안 손님을 피해서 말이다. 어쩌면 그 역시 나처럼 단칸방에 사는 독신자였을 수도 있겠다. 중요한 것은, 그의 존재가 내게는 힘이 되었다는 점이다. 나는 그의 결의와 항상심을 존경했고, 그 모습에서 용기를 얻었다.

뉴욕에서 처음으로 얻은 '생계형 일자리'는 예일 물류에서 트럭에 짐을 싣는 일이었다. 줄리아드의 취업지원실을 통해 구한 일자리로, 작업장은 40가와 12번가가 만나는 곳에 허드슨 강을 바라보고 있었다. 지금은 망하고 없어졌지만, 한동안은 웨스트사이드 하이웨이를 타고 가다 보면 '예일 물류'라고 쓰인 거대 광고판에 실제 트럭을 매달아 놓은 광경을 볼 수 있었다.

일은 불평할 구석이 전혀 없었다. 나는 오후 세 시부터 저녁 여덟 시까지 주 5일 근무했다. 작업은 단순했다. 적재 구역에는 트럭들이 세워져 있었고, 각 트럭의 목적지는 저마다 달랐다. 내가 맡은 트럭은 코네티컷 주의 오렌지라는 곳으로 가는 차였고, 이외에도 보스턴행 트럭, 스탬퍼드행 트럭 등 각자 맡은 차가 있었다. 그러니까 나는 오렌지로 가는 짐만 책임지고 실으면 되는 것이었다.

일을 시작하기에 앞서 약간의 사전 교육이 필요하다고 해서 첫날 첫 두 시간은 어느 고참에게 훈련을 받았다. 힘이라면 부족하지 않은 청년이었으니 물건 나르는 일이야 가르치지 않아도 될 테고, 다만 몇 가지 요령만 깨치면 되었다.

"좋아, 젊은이, 이렇게 하면 되는 거야. 이게 자네 트럭일세. 오후부터 채우기 시작해서 트럭이 가득 찰 때까지 실어 넣게. 무엇보다 명심해야 할 사항은 크고 무거운 물건을 아래에 깔아야 한다는 점일세. 그렇지 않고 가벼운 박스부터 쌓아 올렸다가는 벽처럼 높아진 무거운 짐들이 갑자기 무너지면서 자네를 트럭 밖으로 밀어내고 말 테니."

그런 다음 그는 내가 무거운 박스들을 거의 가슴께까지 쌓는 것을 지켜보았다.

"좋아. 이제 무거운 짐들은 얼추 끝났겠지. 힘이 좋아 보이는구먼. 자, 그러면 이제 이걸 받게."

그는 작고 가벼운 상자를 내게 건넸다.

"저기 안쪽에 벽이 보이지?"

그러면서 트럭 안쪽 깊숙한 곳의 벽면을 가리켰다.

"있는 힘껏 던져서 저기까지 보내 보게."

그가 먼저 시범을 보였다.

"퍽!"

상자는 벽을 맞고 튕겨져 나오더니 우그러지면서 박스 더미 위에 내려앉았다. 상자 표면에는 움푹한 홈이 패었다. 그는 내 얼굴을 똑바로 쳐다보면서 말했다.

"저 정도 흠집쯤이야 뭐, 신경 쓸 것 없어."

여기까지가 내가 받은 훈련의 전부였다. 나는 한 번도 박스를 던지지 않았다. 그런 데서 재미를 느끼지는 않았다. 그냥 차분히 코네티컷 주 오렌지행 트럭의 짐칸을 채우고는 퇴근했다. 그 일을 1년 동안 했다. 뉴욕에 정착한 첫해 동안 그렇게 밥벌이를 했다.

나의 첫 음악 친구들은 스탠리 울프 교수의 작곡 강좌에서 만났다. 학생 구성으로 보아 희망자는 누구라도 들을 수 있는 수업인 것 같았다. 수강생이 몇 안 되는 꽤 아담한 수업이었고, 그 때문에 우리는 서로 금세 친해졌다. 나처럼 줄리아드 음악원 작곡과에 입학하기 위한 발판으로 수업을 듣는 작곡가 지망생이 몇 있었지만, 작곡 기술이면 무엇이든 배우고 싶어 한 아마추어들도 있었다. 그런 아마추어 중에는 나이가 꽤 지긋한 이도 있었다. 이미 정년 퇴임한 것으로 보이는 한 학생은 오로지 왈츠에만 관심이 있었다. 수업은 공개 세미나 형식으로 진행되었다. 학생들이 써 온 자작곡에 대한 울프 선생님의 평가와 조언, 그리고 동료 학생들의 반응이 주를 이루었다. 울프 선생님은 모든 학생들의 곡에 대해 진지한 가르침을 아끼지 않았고, 그런 모습에 나는 깊은 인상을 받았다. '왈츠 사나이'는 매 수업마다 새 왈츠를 지어 왔고, 그때마다 진중하고 영양가 높은 조언을 챙겨 갔다.

훤칠한 키에 검은 머리카락과 눈썹, 갸름한 얼굴이 인상적이었던 울프 교수는 훌륭한 선생님이었다. 오디션이 얼마 남지 않은 이듬해 봄, 내 수중에는 작곡과 교수진에게 보여 줄 자작곡이 이미 여남은 개 있었다. 떨어지면 어쩌나 하고 긴장하기보다는 어서 빨리 발표가 났으면 하고 조바심을 냈다. 울프 교수님은 내가 쓴 곡이 충분히 훌륭하니 걱정할 필요가 없을 것 같다며 격려했다. 그는 사실상 줄리아드 입학 여부를 결정짓는 오디션을 준비하는 과정 내내 내 손을 잡고 이끌어 주었다.

응시 후 열흘 가량 뒤, 마침내 합격 통지서가 날아왔다. 입학 허가는 물론이요, 소액의 장학금 지급 대상에 포함되었다는 낭보였다. 장학금이라니, 기운이 울끈거렸다. 달리 말하면 줄리아드가 나의 입학을 바라고 있다는 뜻이 아니겠는가. 학자금 지원은 내가 턱걸이로 입학한 것이 아님을 말해 주는 특별한 표식이기도 했다. 장학금과 연구 지원비에 더해 뜻밖에도 윌리 외삼촌이 매월 생활비를 조금씩 부쳐 주기로 했다. 가업을 내게 물려줄 뜻을 마침내 접은 것이었다. 외삼촌에게 매달 받은 2백 달러의 돈은 물론 내게 큰 도움이 되었다.

나처럼 평생교육원에서 정규 교과 과정으로 옮겨 가는 것은 전혀 흔한 일이 아니라는 사실을 나도 알고 있었다. 그런 만큼 교수진에게 나의 가치를 입증해 보이기 위하여 오디션 준비를 정말 열심히 했다. 마침내 1958년 가을 학기에 나는 작곡과 학생으로 정식 등록했다. 줄리아드 학생이 된 이후로는 오로지 음악 강의만 들었다. 최단 기간에 졸업장을 받기 위함이었고, 결국 2년 만에 학위를 받았다.

12음 음악 대 조성 음악

작곡 지도 교수로는 윌리엄 버그스마가 배정되었다. 이제 더 이상 '강의'는 없었다. 정식 학생으로서 일대일 지도를 받게 되었기 때문이다. 당시 버그스마 교수님은 무척 젊었다. 오페라 「마르탱 게르의 아내」라는 작품으로 이름을 떨쳤고, 그 밖에도 관현악곡과 실내악을 다수 썼다. 교수님과는 죽이 잘 맞았고, 나는 곧 학교에서 배울 수 있는 모든 것을 빨아들이기 시작했다. 음악사와 이론 수업을 모조리 섭렵했고, 제2전공으로 피아노를 선택했으며, 오케스트라 리허설에도 꾸준히 참가했다. 그뿐만 아니라 뉴욕 메트로폴리탄 오페라의 단골 지휘자로 활약하던 장 모렐이 이끄는 지휘 수업도 청강했다.

당시 버그스마는 에런 코플런드와 로이 해리스로 대표되는 미국 악파를 이끌 유망주로 인식되었다. 나는 벌써부터 조성주의 쪽으로 기울고 있었다. 따라서 버그스마 선생님은 내게 필요한 것을 가르쳐 줄 수 있는 적임자였고, 게다가 격려가 되는 말도 아끼지 않았다. 선생님은 이른바 요령이라고 하는 것도 몇 가지 알려 주었다. 이를테면 악보를 읽기 쉽도록 정리하는 방법도 있었고, 곡 전체를 한눈에 개관하기 위해 악보를 바닥에 죽 깔아 놓고 의자 위에 올라가 내려다보는 방법도 있었다. 그렇게 하면 페이지를 넘기는 수고를 하지 않아도 된다. 선생님은 나를 가르치는 일에 무척이나 열심이었고, 그런 선생님을 좋아하지 않을 수 없었다. 실은 내 첫 번째 현악 사중주도 선생님과 공동으로 작업한 결과물이다.

버그스마 선생님과 함께 어떤 곡을 쓸지 정하고, 곡이 완성되면 다음 작품으로 넘어갔다. 그렇게 서너 주에 한 곡꼴로 써 나갔다. 작곡과에는 12음

기법에 한 몸 바친 학생이 하나 있었는데, 그 친구는 한 학기가 다 가도록 두 쪽 분량 악보만 붙들고 씨름하다가 학교에서 거의 쫓겨날 뻔했다. 학년 말이면 한 해 동안 쓴 모든 곡을 심사위원단에게 제출하고, 그 결과에 따라 낙제될 수도 있었다. 나는 쓴 곡이 너무 많아 낙제를 받으려야 받을 수가 없었다. 어쨌든 많이 쓰다 보면 언젠가는 실력이 나아지겠지 하고 속 편하게 생각하기는 했지만, 그래도 그렇게 하기를 잘했다고 믿는다.

줄리아드 시절에 쓴 곡은 나를 가르친 스승들의 작품과 닮아 있었다. 1950년대 후반부터 1960년대 초반, 작곡가들은 중대 결정을 내려야 했다. 즉 12음 음악 노선으로 갈 것인지, 아니면 조성 음악의 체계 속에 머물 것인지 양단간 결단을 강요받고 있었다. 하지만 이미 시카고에서부터 나름의 결정을 내린 나로서는 골치를 썩일 이유가 없었다. 더 이상 12음 음악은 쓰지 않기로 한 것이었다. 진작 시도해 보았고 결과가 영 신통치 않은데 미적거릴 까닭이 없었다. 이제 내게 흥미롭게 다가오는 것은 코플런드와 해리스, 윌리엄 슈먼과 버질 톰슨의 음악이었다. 이들은 당시 미국 음악계를 지배하던 우수한 작곡가들로, 나는 그들 그룹을 내 모델로 삼았다. 그들의 음악은 대중음악과 마찬가지로 조성 체계 안에 머물러 있었고, 흥얼거릴 수 있는 선율을 가지고 있었다. 또한 아름다운 오케스트레이션이 가능했고, 판에 박힌 화성 진행에서 벗어난 놀라운 화음을 담고 있었다. 폴리리듬이나 폴리토널 기법을 적용함으로써 흥취를 더하는 경우도 있었지만, 언제나 쉽게 들을 수 있고 기억할 수 있는 음악을 지향했다. 반면 유럽의 12음 기법으로 이상과 같은 특질을 구현하기는 너무나 힘든 일이었다.

내 머리가 굵어지던 시절, 미국의 조성 악파와 유럽과 미국의 12음 악파 간에 주도권 싸움이 벌어졌다. 대학, 잡지, 공연장을 가리지 않고 격한 논쟁이 오갔다. 한동안은 12음 악파가 우세승을 거두는 분위기였다. 하지만 21세기가 된 지금, 음악을 쓰는 젊은이들은 대부분 신선하고 새로운 음악 스타일에 대해 개방적이고 관용적이다. 그들의 눈에는 오히려 저 옛날의 이전투구가 별나고 분별없는 먼 나라의 낯선 이야기로 보일 것이다.

미셸 젤츠먼

음악 공부에 매우 열심인 나라고 해서 공부만 한 것은 아니었다. 이내 뉴욕이라는 도시에 대해 알고 싶어졌다. 88가의 단칸방에서 나오기로 마음먹고 어퍼웨스트사이드 쪽으로 거처를 알아보기 시작했다. 걸어서 통학할 수 있는 동네였다. 곧 주당 20달러짜리 방을 얻었다. 더 널찍하고 작은 간이 부엌까지 딸려 있는 곳이었다. 집을 물색하는 과정에서 웨스트 90가에서 건물 관리인으로 일하고 있는, 나와 동갑내기 친구 미셸 젤츠먼을 만났다. 그는 어머니와 미국인 양아버지와 함께 프랑스에서 막 이민을 온 터였다. 붉은 머리카락과 푸른 눈을 가진 유대인 소년이었던 그는, 남프랑스 모처에 있는 가톨릭 기숙학교에서 은신하며 전쟁을 넘겼다. 미군이었던 양아버지는 전쟁 직후 파리에 주둔했다. 생부는 전쟁 당시 파리에서 독일군에게 붙잡혀 유대인과 집시를 비롯한 '불순분자들'을 절멸시키기 위해 차려진 집단처형장에서 목숨을 잃었다. 미셸은 90가 아파트 건물의 쓰레기를 내다놓고 세입자를 챙기는 관리인 업무를 보아주는 대가로 1층 아파트를 공짜로 쓰고 있었다.

우리는 만나자마자 친구가 되었다. 컬럼비아 대학교에 다니고 있던 그는 문학을 좋아하고 연기에도 소질이 있었다. 문화, 역사, 예술에 대한 숭배열을 타고난 녀석이었고, 또한 매우 유럽적인 견해를 가지고 있었다. 그는 친구가 되자마자 내게 프랑스어를 가르쳐 주었는데, 덕분에 7년 뒤 파리에 유학하면서 언어 때문에 큰 골머리를 앓지 않아도 되었다. 루이페르디낭 셀린[59]과 장 주네[60]의 작품도 미셸 덕택에 입문했다. 워낙에 속어가 많은 작품들이라 원문 독파는 무리였지만 말이다. 프랑스어와 문학 외에도 미셸과 나는 온갖 경험을 함께했다. 모터사이클과 요가 선생님, 채식, 인도나 음악과 관련된 모든 것은 물론이고 뮤지션, 댄서, 배우, 작가, 미술가 등 다양한 새로운 친구들과의 만남도 함께했다. 미셸은 한동안 월 가에 있는 프랑스 전신국에서 야간 근무를 하기도 했다. 녀석이 출근하기 전까지 함께 로어맨해튼을 쏘다니며 어울려 다닌 저녁은 헤아릴 수 없을 정도로 많았다.

뉴욕으로 간 1957년부터 그곳을 떠난 1964년까지 미셸은 그야말로 내 삶의 일부였다. 그 7년 동안의 기억을 되짚어 보면 언제나 미셸이 등장한다. 뉴욕을 떠나 파리에서 공부하고 인도를 여행한 1964~1967년 동안 미셸은 볼티모어로 이사해 내 사촌형 스티브의 조수로 일했다. 갓 의사가 된 스티브 형은 물고기 두뇌를 연구하고 있었다. 얼마간의 시간이 흐른 뒤 미셸은 간호사가 되기로 마음먹고 필요한 과정을 밟았다. 미셸의 간호사 수업에 들어가는 교육비의 일부는 어머니도 참여하게 된 단체에서 지원했는데, 나도 그 사실은 1년 뒤에야 알았다. 어머니는 전쟁이 끝나고 난 직후부터 유대인 난민들이 정착할 수 있도록 도와 왔다. 그 단체는 이민 가정 아이들이 대학 교육을 받을 수 있도록 학자금을 지원하기도 했다. 어머니는 내게 그런 사실에 대해 일언반구도 하지 않았고, 모든 것을 알고 있던 셰피 누나가 나중에야 알려 주었다. 그러고 보니 어머니는 종종 미셸의 안부를 물었다. 녀석에 관한 소식은 무엇이든 알려 달라고 했다.

자격증을 딴 미셸은 평생을 존스 홉킨스 대학 병원 소아암 병동의 간호

59 Louis-Ferdinand Céline, 1894~1961 프랑스의 소설가. 1932년 자전적 소설 『밤 끝으로의 여행』에서 사회 통념을 무시한 과격한 언어, 반사회적 사상, 노골적이고 극단적인 묘사 등을 보여 주어 큰 화제를 불러일으켰다.

60 Jean Genet, 1910~1986 프랑스의 소설가, 극작가, 시인. 사생아로 태어나 어린 시절부터 이곳저곳을 전전하며 각종 범죄에 연루되었으며, 몇 번이나 붙잡혀 소년원, 감화원, 형무소 등에서 복역했다. 옥고를 치르며 쌓은 경험은 훗날 그가 쓸 문학 작품의 자양분이 되었다. 대표작으로는 『꽃의 노트르담』, 『도둑 일기』, 『하녀들』 등이 있다.

사로 일했다. 한 번은 그에게 이렇게 물은 적이 있다.

"미셸, 그렇게 공부를 열심히 했는데 그냥 조금만 더 공부해서 의사가 되는 건 어때?"

"만약 내가 의사가 된다면 아이들과 보내는 시간이 확 줄고 말 거야."

그러니까 너석에게는 의사가 되는 것보다 자기가 하고 싶은 일, 해야 할 일이 우선인 것이었다.

"그런데 말야, 돌보던 아이들이 숨을 거두는 일이 많을 텐데 괜찮아?"

"물론 일상처럼 일어나는 일이지. 너무너무 힘들어."

미셸과 나는 50년을 친구로 지냈다. 그의 삶과 얼마 전 그의 죽음은 내게 깊은 자국을 남겼다. 칠십 대 노구의 미셸은 암세포에게 몸을 내주고 말았다. 무척이나 오랫동안 투병하면서 몇 차례 화학 요법을 받으며 기력이 빠질 대로 빠지고 말았다. 그렇지만 기력이 조금이라도 돌아오면 다시 간호사복을 입고 아이들과 시간을 보내고는 했다. 그는 움직일 힘이 남아 있는 한 병원에서 일을 하고 싶어 했다. 나는 지금까지 평생을 살아오면서 미셸만큼 타인에 대한 관심과 지칠 줄 모르는 연민을 가진 사람은 달리 만나 보지 못했다.

예술가들의 공간

미셸을 만나고 얼마 지나지 않아 다른 곳에서 살아 보고 싶은 마음이 생겼다. 그로부터 몇 년 동안 나는 어퍼웨스트사이드를 떠나 맨해튼 전역을 옮겨 다니며 살았다. 미셸이 그랬던 것처럼 나 역시 센트럴파크 동물원 인근의 이스트 60가에 있는 아파트 건물의 관리인으로 일하기도 했다. 지금은 별나라 이야기처럼 들리겠지만 1950년대 말에서 1960년대 초만 하더라도 아파트 월세는 그다지 비싸지 않았고 물량도 충분했다. 월세뿐만 아니라 지하철 요금도 터무니없을 정도로 쌌다. 내가 처음 뉴욕에 갔을 때 지하철 토큰은 15센트로, 피자 한 조각 가격과 같았다. 지하철 기본요금과 피자 한 조각 가격은 언제나 어깨동무를 한 것처럼 같이 움직인다는 것은 뉴욕 사람들이라면 익히 아는 사실이다. 서로 앞서거니 뒤서거니 하면서 움직이기는 하지만 대체로 엇비슷하게 가격이 형성된다. 마치 뉴욕 시민의 생필품 가격을 조정하는 보이지 않는 손에 의해 풀 수 없는 매듭으로 얽힌 것처럼 말이다. 이런 기묘하고 별난 사실들 덕분에 뉴욕이라는 도시는 끝없이 흥미로운 곳이 된다.

요즘 뉴욕에 사는 젊은 음악인들이나 댄서들은 살인적인 물가 때문에 작업 공간도 거주 공간도 구하기가 만만치 않을 것이다. 하지만 당시에는 파트타임 일이나 임시직 정도는 언제라도 쉽게 구할 수 있었다. 일주일에 스무 시간, 스물다섯 시간 정도만 일하면 충분히 생활할 수 있었다. 그러니까 종일 근무로 치면 일주일에 사흘, 반나절 일자리라면 일주일에 닷새 정도 일하면 되었다는 말이다. 파리와 인도에서 돌아온 1960년대 말과 1970년대 초만 해도 일주일에 사나흘 정도만 일하면 딸린 식구까지 먹여 살릴 수 있었다.

물가가 싸고 일자리를 구하기가 쉬웠던 것은 물론이고, 당시 뉴욕은 지금보다 훨씬 안전했다. 초여름 저녁이면 나와 친구들은 110가부터 타임스퀘어까지 센트럴파크웨스트를 따라 걸어가서는 42가에 있는 태즈 스테이크하우스에서 1달러 50센트짜리 저녁을 먹고 1달러 25센트를 내고 영화 한 편을 본 뒤, 다시 센트럴파크웨스트를 따라 걸어 돌아오는 것을 일상처럼 했다. 에어컨이라는 것이 귀한 시절이라 날씨가 더울 때는 공원에 나와 자는 사람들도 심심찮게 볼 수 있었다.

어퍼웨스트사이드에 있을 때 마지막으로 살았던 두 아파트는 모두 96가에 있었다. 월세가 69달러로 올랐고, 이윽고 125달러까지 치솟자 변화가 절실해졌다. 1959년에 나는 맨해튼의 정반대에 있는 프런트 가로 이사했다. 풀턴 어시장에서 한 블록 떨어진 곳이었다. 미술가들과 뮤지션들이 공장이

나 창고 등의 로프트를 거주와 작업용 공간으로 개조하는 유행이 막 시작될 즈음이었다. 내 로프트는 해물 전문 식당 슬로피 루이스가 입점한 건물과 등을 맞댄 건물 2층에 있었다. 어시장과 식당 사이 거리에는 날생선, 절인 생선, 조리한 생선 냄새가 뒤섞여 퀴퀴하고 비릿한 냄새가 진동했다. 어시장은 하루 24시간 연중무휴로 영업하는 것 같았다. 오후가 되면 왁자한 소리가 좀 잦아들기는 했지만 그래도 완전히 문을 닫은 것은 한 번도 보지 못했다.

내가 고른 로프트는 난방이 되지 않는 정방형 원룸이었다. 평수는 그때까지 살던 아파트에 비해 훨씬 컸다. 화장실도 딸려 있었고, 찬물뿐이지만 세면대도 있었다. 이웃과 친구들은 – 모두 예술 분야에 종사하는 이들이었다 – 내게 그곳에서 사는 요령을 일러 주었다. 우선 배불뚝이 난로 사용법을 배웠다. 철판 위에 난로를 올려놓고 가장 가까운 창문으로 연통을 연결한 뒤, 땔나무를 채워 태웠다. 땔감은 주변에서 얼마든지 구할 수 있었다. 상품과 물건, 때로는 생선을 나르는 데 사용하고 버려진 목재 팔레트판이 길거리에 지천으로 널려 있었다. 망치와 톱을 들고 한 시간 정도만 땀을 흘리면 한 아름 가득히 땔감을 마련할 수 있었다. 하지만 석탄을 구할 수 있게 되면서부터는 나무 땔감은 거들떠보지도 않았다. 건물 내에는 비어 있는 엘리베이터 통로가 있었는데, 거기에 역청탄을 쟁여 놓고 양동이째로 퍼다 썼다.

난로 안에 석탄을 솜씨 좋게 쌓으면 따로 손을 대지 않아도 여덟 시간에서 열 시간 정도는 불이 죽지 않았다. 우선 불씨가 될 나무로 바닥을 든든히 깐다. 그 위로 석탄을 피라미드 모양의 절반 정도로 쌓아 올려 난로 안을 빼곡히 채운다. 이런 식으로 하면 탄이 타면서 불씨 쪽으로 미끄러져 내려오게 된다. 이쯤에서 난로의 바람문과 공기 흡입구를 모두 닫는다. 요즘 나오는 멋진 밀폐형 난로만은 못하겠지만 그래도 공기는 충분히 차단된다. 나는 항상 난로 위에 물을 한 양동이 올려놓았고, 그렇게 해서 씻고 청소할 때 필요한 온수를 조달했다. 잘만 하면 따로 불을 간수하지 않아도 밤새 따뜻한

훈기를 느낄 수 있었다. 아침에 일어나면 타고 남은 재를 털어 내고 다시 석탄을 채워 넣었다. 때로는 재를 청소하는 동안을 제외하고 한 주 내내 난로를 꺼트리지 않은 적도 있었다. 정말 뜨거운 물이 필요하면 난로 정면 아래에 있는 통기구와 연통에 붙은 바람문을 열고 불을 최대한으로 끌어올렸다. 그러면 20~30분 만에 난로 바깥 면이 버찌마냥 붉게 달아올랐다. 친구가 놀러 오면 불 피우는 솜씨를 자랑하겠답시고 공연히 난로를 뜨겁게 데우기도 했다.

난로는 쉽게 구할 수 있었다. 시내에 나가 보면 철물점마다 가게 앞에 난로를 내다 놓고는 40~50달러에 팔았다. 17가와 7번가가 만나는 코너에 있는 배관 설비 가게에도 준수한 물건이 많았다. 난로가 골칫덩이인 이유는 딱 하나였다. 무연탄이 아니라 역청탄을 때야 했기 때문에 먼지가 끊이지 않았다는 점이다. 몇 년 뒤 파리에 살 때도 다시 석탄 난로를 썼다. 물론 그때는 전문가가 다 되어 있었다. 게다가 때가 되면 동네 일꾼이 알아서 커다란 마대에 가득 담긴 무연탄을 우리 아틀리에까지 가져다주고는 했기 때문에 더할 나위 없었다. 깨끗하게 때기에는 무연탄이 한결 나았지만, 불을 붙이고 간수하기에는 싸구려 역청탄만 못했다.

로프트 월세로는 30달러를 내라기에 군소리 없이 그러마 하고 들어갔는데, 그 덕분에 다른 세입자들에게 따가운 눈총을 받아야 했다. 다른 이들은 모두 25달러만 내고 있는데, 이제 내가 물정도 모르고 덜컥 30달러를 내기 시작했으니 분명 건물주가 그것을 구실 삼아 다른 이들의 월세도 올릴 것이라는 푸념이었다. 하지만 실제로 월세가 오르지는 않았던 것 같다. 나는 매달 30달러를 롱아일랜드시티에 있는 스털링 부동산이라는 회사에 우편환으로 보냈다. 임대차 계약서를 쓰기나 했는지는 기억조차 나지 않는다.

존 라우슨

로프트 세입자는 모두 예술 분야 종사자들이었다. 런던에서 온 화가로, 나보다 몇 살 위였던 존 라우슨과는 가장 절친한 사이가 되었다. 로프트 생활의 세세한 요령은 주로 존에게서 배웠다. 난로 안에 탄 쌓는 법과 담배 마는 법도 그에게 배웠고, 『역경|易經|』 읽는 법도 존이 가르쳐 주었다. 존은 단신에 마른 편이었고, 두꺼운 안경을 꼈다. 말수가 극히 적은 가운데도 런던내기 말씨가 두드러져 강한 인상을 주었다. 그림과 정치, 시와 여자에 대한 존의 안목은, 간혹 너무 가혹하다는 느낌이 들 때가 있기는 했지만 대체로 뚜렷하고 시원시원했다. 그 즈음 미셸과 나는 요기(요가 수행자) 비탈다스[61] 선생님께 요가를 배우기 시작했지만, 존은 요가는 별로 대수롭지 않게 여겼다. 그가 『역경』을 읽은 것은 중국 고대 철학에 관심이 있어서라기보다는, 존 케이지가 그것을 작곡의 방법론으로 이용한 사실과 비슷하다고 볼 수 있다. 존이 그린 그림은 무척 아름다웠다. 주로 정물이나 풍경을 소재로 한 사실화를 많이 그렸다.

존 라우슨은 생각이 깊은 친구였다. 정말로 그랬다. 예술가가 된다는 것이 무엇인지, 가난하게 산다는 것이 무엇인지를 이해하는 친구였다. 존은 주기적으로 월 가 근처에 있는 담배 가게에서 아르바이트를 했는데, 그러면서 말아 피는 담배를 공짜로 얻는 것을 즐겼다. 몇 주 혹은 한 달 정도 일하며 돈이 조금 모이면 일을 그만두고 다시 그림에만 몰두했다. 존이 남에게 판 그림이 한 점이라도 있는지는 잘 모르겠다. 미셸과 마찬가지로 존 또한 전쟁 때문에 유년기를 날려 버린 세대였다. 존은 런던 공습을 피해 유럽을 떠난 경우였다. 런던은 그리워하는 것 같았지만, 떨어지는 폭탄은 하나도 아쉬워하지 않는 것 같았다.

61 **Vithaldas, 1911~1989** 서양 세계에 인도 요가를 전파한 최초의 요기 중 한 사람. 바이올리니스트 예후디 메뉴인의 요가 스승으로도 알려져 있다.

마침내 미셸과 존도 서로 잘 알게 되었고, 그렇게 우리 삼인방은 새로운 그림과 춤, 공연에 대한 갈증을 풀기 위해 곧잘 의기투합했다. 우리는 이스트빌리지와 로어맨해튼 일대를 누비며 새롭고 비상한 예술적 실험을 찾아다녔다. 1961~1962년에는 존과 함께 클래스 올덴버그[62]의 「더 스토어」 전을 보기 위하여 이스트 2가에 있는 아파트 1층을 찾은 적도 있었다. 기차 칸처럼 나란히 이어진 각각의 방에서는 행위예술이 진행 중이거나 설치미술품이 전시되고 있었고, 혹은 그 두 가지가 결합되어 있기도 했다. 어느 방에서는 망사 스타킹을 신은 다리 늘씬한 여자가 무방비 상태로 발걸음을 들인 관람객에게 마시멜로우를 나누어 주고는 와락 껴안는 행위예술이 진행 중이었다. 또한 손전등과 촛불을 여럿 세워 놓고 사방에 거울을 둘러놓은 방도 있었다. 해프닝 | happening |[63]이 태동하던 시기였다. 해프닝과 관련된 모든 것이 마음에 들었다. 이상하면 이상할수록 더 마음에 들었다. 지금까지도 그 생각에는 변함이 없다. 나는 모든 종류의 예술과 공연을 좋아하지만, 그중에서도 막 깡통을 열고 꺼낸 것만 같은 신선한 예술을 가장 사랑한다.

존은 음악에 대한 열정도 깊어서 내가 쓴 모든 곡을 듣고야 말겠다고 앙버텼다. 그 무렵 우리는 더는 프런트 가에 살지 않았다. 존은 헬스키친 지구에, 나는 차이나타운에 집을 얻었다. 존의 아파트 – 역시 온수와 난방이 공급되지 않았다 – 에 놀러 가면 손으로 직접 갈아 내린 진한 커피를 대접받고는 했다. 나는 내 최신작을 녹음한 테이프를 들고 가서 들려주었다. 존은 두꺼운 안경 너머로 미소를 보내듯 나를 가만히 응시하다가 조용히 고개를 끄덕이고는 했다. 이따금씩 엘리엇 카터[64]의 음악과 세실 테일러[65]의 초창기 녹음을 들었던 기억도 난다.

62 Claes Oldenburg, 1929~ 스웨덴 출신의 미국 조각가. 앤디 워홀 등과 함께 대표적인 팝 아트 작가로 꼽힌다. 서울 청계광장에 있는 다슬기 모양의 조형물 「스프링」도 그의 작품이다.

63 관객의 참여를 수반하는, 즉흥적이고 자발적인 예술적 행위. 1958년 앨런 카프로가 뉴욕에서 「여섯 파트로 된 열여덟의 해프닝」이라고 명명한 리사이틀을 개최한 데서부터 연유한 용어다.

때로는 미셸도 우리와 함께했고, 다양한 괴짜들의 방문도 잦았다. 이를테면 롤런드와 그 여자 친구인 제니퍼가 그러했다. 아주 근사한 커플이었다. 짙은 피부색을 가진 롤런드는 더없이 핸섬했고, 절반쯤 감긴 듯한 오른쪽 눈이 매력적이었다. 옷매무새도 언제나 근사해서, 셔츠를 받쳐 입은 정장 차림에 신발도 좋은 것을 신었다. 제니퍼 또한 언제나 영원히 아름다움을 잃지 않을 것만 같은 젊은 여인이었다. 그들이 누구인지, 무슨 일을 하는지는 알지 못했다. 말수가 적어서 알아내기도 쉽지 않았다. 나는 대개 존의 아파트에서 그들을 보았고, 가끔씩 내 연주회 때 보기도 했다. 그들은 마치 우리가 왠지 그리워하는 눈보라 속에서 사라져 간 눈송이들처럼, 우리의 삶에 들어왔다 훌쩍 떠나고는 했다. 수년간 나는 이따금씩 그들을 생각했다. 그러나 1964년 가을, 내가 파리로 떠나고 난 뒤로는 한 번도 만나지 못했다.

존, 미셸과 함께 체임버스 가에 있는 오노 요코의 로프트를 처음으로 방문한 것은 1960년대 초반의 어느 무렵이었다. 당시 오노 요코는 뉴욕에서 선보인 몇몇 초창기 행위예술을 보여 주었고, 그날의 작품 역시 당시 뉴욕에서는 전례를 찾을 수 없는 참신한 파격이었다. 공연의 주인공은 라 몬테 영[66]이었다. 고작 몇 명 정도로 단출한 관객을 앞에 두고 라 몬테는 진자[振子]와 바늘, 분필을 가지고 공연을 펼쳤다. 말로는 묘사하기 힘들지만, 어쨌든 몇 시간에 걸쳐 그는 점차 두꺼워지는 하얀 분필 선을 바닥에 계속해서 그려 나갔다. 진자에 매달린 바늘은 분필선의 두께를 측정하는 도구로 사용되었다. 보는 사람의 견해에 따라 격노할 수도, 넋을 내놓을 수도 있는 공연이었다.

64 Elliott Carter, 1908~2012 미국의 작곡가. 찰스 아이브스에게 많은 영향을 받았고, 파리로 건너가 나디아 불랑제를 사사했다. 독특한 음악 어법으로 20세기 음악의 혁신자로 불렸다. 현악 사중주 작품으로 두 번이나 퓰리처상을 받았다.

65 Cecil Taylor, 1929~ 미국 뉴욕 출신의 재즈 피아니스트. 인습적인 연주 스타일과 화성 형식에서 벗어나 복잡한 화성, 불협화음, 기이한 연주 방식을 통해 극단적 실험을 감행했다. 오넷 콜맨과 더불어 프리 재즈를 대표하는 거목으로 꼽힌다.

66 La Monte Young, 1935~ 미국의 아방가르드 작곡가. 미니멀리즘 음악의 계보를 말할 때 빼놓을 수 없는 인물이며, 1960~1970년대를 풍미한 전위적 예술 운동인 플럭서스에도 깊이 참여했다.

나는 후자였다.

「데이비드 튜더[67]를 위한 피아노곡 1번」, 일명 '피아노에게 여물 먹이기'라는 곡도 그날의 레퍼토리 가운데 하나였다. 라 몬테가 물 양동이와 건초한 아름을 들고 등장해 피아노 앞에 놓아 두고는 우리 관객 사이에 와서 끼어 앉았다. 그렇게 우리는 피아노와 물, 말린 풀이 나란히 놓인 광경을 한동안 쳐다보았다. 문득 라 몬테가 자리에서 일어나, 이 정도면 충분히 먹었겠지, 하는 듯한 자세로 건초더미와 양동이를 들고 사라졌다.

라 몬테가 한 것은 그것만이 아니었다. 인간이 들을 수 있는 가장 낮은 음역에서 웅웅거리는 지속음을 작곡해 배경 음악으로 깔았던 것이다. 훗날 그는 인도 음악의 거장인 판디트 프란 나트에게 노래를 배워서 성공적인 성악가 겸 작곡가로 거듭나기도 했다. 얼마 전 일요일 오후, 나는 뉴욕의 처치가에 자리한 라 몬테 영의 '드림 하우스'[68]를 찾아 공연을 관람했다. 조그마한 로프트 공간이 젊은이들로 발 디딜 틈 없이 꽉 찼다. 라 몬테의 공연은 여전히 훌륭했다.

존 라우슨은 매년 생일마다 자화상을 한 점씩 그렸다. 언젠가 나는 그에게 물었다.

"이 자화상 말이야, 대체 언제까지 계속 그릴 거야?"

"얼마 남지 않았어. 서른 넘어서까지 살 생각은 없으니 말이지."

이상야릇한 대답이라고는 생각했지만 심각하게 받아들이지는 않았다. 자기를 염려해 달라고 하는 소리는 아니라고 생각했다. 존은 어떻게 알았을까? 그는 아주 건강해 보였고, 죽을병을 앓고 있던 것도 아니었다. 완벽하게

67 David Tudor, 1926~1996 미국의 피아니스트 겸 작곡가. 실험적이고 전위적인 음악을 추구했다. 피아니스트가 무대에 올라가 4분 33초간 가만히 앉아 있다가 퇴장하는, 존 케이지의 작품 「4분 33초」를 초연하기도 했다

68 조명과 음향 시설을 갖추어 놓고 음악가들로 하여금 언제나 원하는 만큼 머물며 창작을 할 수 있도록 열어 놓은 공간. 1992년 개관했다.

사지 멀쩡했다는 말이다.

몇 년 뒤 내가 파리에서 살 때였다. 존과 미셸이 오토바이로 전국 횡단 여행을 떠난다고 연락이 왔다. 그런가 보다 했다. 그러던 어느 날 미셸에게서 전화가 걸려 왔다.

"존이 죽었어."

"뭐라고?"

"여기 와이오밍이야. 모텔에 체크인을 하고 쉬려는데 존이 잠깐 다녀온다면서 오토바이를 몰고 나가는 거야. 그 뒷모습을 바라보고 있는데, 그렇게 빠른 속도도 아니었어. 아니, 오히려 느렸다고 할 수 있지. 그런데 갑자기 오토바이가 고꾸라지는 거야. 달려가 봤지만 이미 숨이 멎은 뒤였어."

"어디에 부딪히기라도 한 거야?"

"아니, 그냥 오토바이가 한쪽으로 넘어졌을 뿐이야. 그게 다야."

"헬멧은 쓰고 있었고?"

"응."

"어떻게 그런 일이 있을 수가 있어?"

"나도 모르겠어. 오토바이를 타다가, 그게 넘어졌고, 그렇게 죽어 버린 거야."

사고 지점은 모텔에서 20미터도 채 떨어지지 않은 곳이었다. 미셸이 보고 있는 앞에서 벌어진 일이었다. 그날은 존의 서른 번째 생일이었다.

그로부터 얼마 지나지 않아 또 다른 기묘한 일이 있었다. 우리가 파리에서 결성한 극단 – 나중에 이 극단을 뉴욕으로 옮겨 '마부 마인스|Mabou Mines|' 라고 불렀다 – 의 단원이던 배우 데이비드 웨릴로우가 런던에서 내게 전화를 걸어왔다. 나는 그때 인도 여행을 마치고 파리의 짐을 정리하여 뉴욕으로 돌아와 있던 참이었다. 데이비드의 이야기는 이랬다. 런던에서 영매|靈媒|를 하나 만났는데(나는 그런 쪽에 영 시큰둥했지만 데이비드는 관심이 많은 편

이었다), 그 심령술사 말이, 나를 아는 한 화가가 내게 전하고 싶어 하는 메시지가 있다는 것이었다. 나는 데이비드에게, 거참 용하네, 그래, 최근에 명줄을 놓아 버린 화가 친구가 하나 있어, 하고 답했다.

데이비드는 존을 만난 적도 없을 것이다. 데이비드는 파리에서 알게 된 인연이고, 존은 뉴욕에서 알게 된 친구였다. 어쨌든 존이 보냈다는 메시지는 이러했다. '최근 몇 차례 자네 콘서트에 갔는데 음악에 대한 내 생각을 말하고 싶네.' 나는 거기까지만 듣고는 데이비드에게 말했다. 내가 존에게 전하고 싶은 메시지가 있으니 그 용한 무당에게 전해 달라고 말이다. 나는 죽은 사람들과 이야기하는 일에는 별 흥미 없으니 딴 데 가서 알아보시라고. 더 나누어야 할 말이 있다면 아마 우리가 다시 만나게 될 미래의 소관일 것이다. 어쨌든 그 이후로 존의 소식도, 영매의 소식도 다시는 듣지 못했다.

추상표현주의 세계

프린트 가의 건물에는 존 외에도 많은 예술가가 입주해 있었다. 그중에서도 내 바로 윗집에 살고 있던 마크 디 수베로[69]와 가장 친해졌다. 그를 만난 것은 이사 오고 나서 얼마 되지 않을 때였다. 어느 날 오후 집에서 일을 하고 있는데 계단을 오르는 요란한 소리가 들려왔다. 문을 열어 보니 붉은 턱수염을 듬성듬성 기른, 말랐지만 강단 있게 생긴 젊은이가 탄 휠체어를 두 남자가 낑낑대며 올려 가고 있었다. 마크는 아래층 이웃이 생겨 반가워하는 듯했고, 그래서 나는 커피나 한 잔 하자며 불러들였다. 마크는 조각가였다. 최근 엘리베이터 통로에서 떨어지는 심한 사고를 당해 몸이 불구가 되었다고 했다. 몸이 불편해져서 일의 속도는 더뎌지고 말았지만, 조각에 대한 뜻

69 Mark di Suvero, 1933~ 미국의 추상표현주의 조각가. 금속, 나무, 타이어 등 일상의 폐품을 이용하여 거대한 조형물을 만들었다.

은 꺾지 않았다. 그는 바로 아래층에 작곡가가 산다는 사실을 알고 흐뭇해했다. 우리는 자주 만나 즐거운 시간을 보냈다. 집에 올라가는 길에 잠깐 들러 이야기꽃을 피우기도 했고, 때로는 함께 음악을 들었다. 지금까지 이어지고 있는 우정의 시작이었다.

마크가 퇴원하고 얼마 지나지 않았을 무렵, 위층에서 뭔가 무거운 물건을 옮기는 듯한 엄청난 소리가 들려왔다. 도무지 무슨 일이 벌어지고 있는 것인지 감도 잡을 수 없었다. 일단은 마크가 불러 줄 때까지 기다리는 수밖에 없었다. 좌우지간 위층에는 휠체어를 탄 남자 하나뿐인데, 도대체 이런 요란한 소리는 무엇이란 말인가? 그날 오후 마침내 마크의 호출을 받고 올라갔다. 그의 집에 들어서자 육중한 나무 들보를 여럿 엮어 세우고 군데군데 악센트처럼 굵직한 쇠사슬을 얽어 묶은 거대한 작품이 눈을 가득 채웠다. 나는 거의 까무러칠 뻔했다. 강하고 관념적인 작품이었으며, 내 로프트의 두 배나 되는 공간을 터뜨려 버릴 기세로 가득 채우는 압도적인 작품이었다. 휠체어에 앉은 마크의 입가에는 커다란 웃음이 걸려 있었다. 특히 놀라는 내 얼굴을 보고서는 재밌어서 어쩔 줄을 몰라 했다.

마크는 업타운에 있는 딕 벨라미[70]의 그린 갤러리에서 열릴 대형 전시회를 준비하고 있었다. 전시회 오프닝에서 딕 벨라미를 만났다. 날씬한 체형과 상냥한 말투를 가진 청년 딕 벨라미는 젊은 예술가와 예술품을 알아보는 '눈'을 가진 것으로 이미 정평이 나 있었다. 내가 그를 다시 만난 것은 거의 10년이 흐른 뒤, 리처드 세라[71]의 스튜디오 어시스턴트로 일하면서였다. 벨라미는 세라의 작품을 알아보고 처음으로 높이 쳐준 인사 가운데 하나였다. 마크와 내가 공동의 프로젝트를 위해 힘을 모은 것은 1977년이 되어서였다.

70 Richard Bellamy, 1928~1998 미국의 미술품 딜러 겸 수집가. 그린 갤러리를 운영하며 1960년대 초반 아방가르드 예술을 적극적으로 유치하고 소개했다. '딕Dick'은 '리처드'의 애칭이다.

71 Richard Serra, 1938~ 미국의 미니멀리즘 조각가 겸 비디오 아티스트. 얇고 넓은 판금을 주재료로 한 대규모 작품이 유명하다.

프랑수아 드 메닐과 바버라 로즈가 마크의 예술 세계를 담은 다큐멘터리를 제작하면서 거기에 들어갈 음악을 내가 맡은 것이었다. 영상은 마크가 여러 대규모 옥외 작품을 만드는 과정을 담고 있었고, 내 일은 영상의 소재가 되는 각각의 작품에 어울리는 곡을 만드는 것이었다. 여기에 쓴 음악은 「북극성」이라는 제목으로 발매한 내 초창기 음반의 수록곡이 되었다(영상에 나온 마크의 작품 가운데 원래 '북극성|Étoile polaire|'이라는 제목이 붙은 작품이 있었다). 마크와 내가 처음 알게 된 이후 근 20년 만에 같이해 보는 작업이었다. 영상이 완성되고 내가 만든 음악도 레코드와 카세트테이프로 발매되었다. 마크는 작업하러 크레인에 올라갈 때마다 헤드폰을 끼고 듣는다며 특히 즐거워했다.

프런트 가에는 그로부터 1년 정도 더 머무르다가 차이나타운의 파크 가에 있는 작은 집으로 이사했다(그 블록 전체는 지금은 사라지고 없다. 도심 속 구치소인 툼스의 맞은편에 공원 조성 사업이 진행되면서 거기에 흡수된 것이다). 1950년대 말부터 1960년대 초까지 풀턴 어시장 일대에는 온갖 종류의 예술가들이 몰려 살았다. 소문에 따르자면 재스퍼 존스[72]와 사이 톰블리[73]의 로프트도 거기 어딘가에 있다고 했는데, 아쉽게도 한 번도 본 적은 없다. 최근에 읽은 책에 따르면 로버트 라우션버그[74]도 블랙 마운틴 칼리지를 졸업한 직후인 1950년대 중반 프런트 가에 살았다고 한다. 라우션버그

72 Jasper Johns, 1930~ 미국의 화가, 판화 예술가. 일상생활에서 흔히 접하는 재료를 예술의 영역으로 끌어들였다는 점에서 마르셀 뒤샹과 상통하는 면이 있다. 크기가 다른 미국 국기 세 점을 포개 놓은 작품인 「세 개의 깃발」이 유명하다.

73 Cy Twombly, 1928~2011 미국의 추상표현주의의 2세대에 해당하는 화가. 1950년대 초반 뉴욕에 정착해 당시 화단을 압도하고 있던 추상표현주의에 반응하여 자신만의 고유한 캘리그래피적 양식을 확립했다. 그림, 낙서, 드로잉을 장난스럽게 결합함으로써 색다른 예술적 경험을 선사했다.

74 Robert Rauschenberg, 1925~2008 미국의 화가, 조각가 겸 그래픽 아티스트. 팝 아트의 선구자로 여겨지기도 한다. 1950년대 초반, 캔버스 위에 그림을 그리는 전통적 방식의 회화 대신 일상생활에 쓰이는 물건이나 폐품 등을 조합하여 만든 일종의 콜라주식 미술 경향을 창시했다. 이는 '컴바인 페인팅'이라 명명되었고, 회화도 아니고 조각도 아니면서 결국에는 둘 모두를 포괄하는 새로운 흐름으로 자리 잡는다.

를 직접 만난 것은 한참 뒤인 1980년대 중반 그가 라파예트 가에 살 때였다. 당시 나는 근처에 있는 2번가에 살고 있었고, 로버트 메이플소프[75]와 척 클로스[76]는 본드 가에, 로버트 프랭크[77]와 준 리프는 블리커 가에 살았다.

나는 주변 예술가들의 생활 방식을 재빨리 습득했다. 대략 1960년대 초반이었다. 미술과 공연, 음악과 춤, 연극에 관한 지식도 엄청나게 늘어났다. 예술로 둘러싸인 세계에 살았으니 당연한 결과였다. 1967년 봄, 파리에서 공부를 마치고 돌아오게 된 세상 역시 바로 이곳이다.

미술 세계에 첫발을 들여놓은 것은 사실 그보다 몇 년 전, 아직 시카고 대학에 다니던 시절로 거슬러 올라간다. 여름방학을 맞아 고향으로 돌아왔을 때였다. 밥 잰스라는 젊은 화가가 아내 페이와 함께 다운타운에 살고 있었다. 잰스 내외를 만난 것은 팰랭크스 그룹의 일원인 시인빌 설리번을 통해서였다. 잰스는 아일랜드 벨파스트에서 태어난 미국인이었다. 거의 독학파인 듯했지만, 그림에 대해서는 그 구조며 내용이며 역사를 아주 명확하고 정연하게 이야기할 줄 알았다. 그는 현재 뉴욕에 살면서 여전히 작품 활동을 하고 있다.

잰스 내외를 처음 만나던 당시 나는 고작 열다섯 살 소년이었고, 밥은 열아홉 살이었다. 밥은 꼬박꼬박 워싱턴디시를 다녀왔고, 나도 종종 그와 동행했다. 다른 사람 차를 빌려 탄 적도 있고, 버스를 타고 간 적도 있다. 두 도시 간의 거리는 60킬로미터 남짓으로, 버스 편이든 차편이든 한 시간이면

75 Robert Mapplethorpe, 1946~1989 미국의 사진가. 동성애와 에이즈 등 금기로 여겨지는 도발적인 소재를 대담하게 앵글에 담았다. 흑백 사진을 고집했다.

76 Chuck Close, 1940~ 미국의 화가, 판화가, 사진가. 추상표현주의에서 출발했지만, 나중에는 극사실주의 작품을 그렸다. 주변 인물들의 얼굴 사진을 이용하여 거대한 캔버스에 극히 사실적으로 옮겨 그린 작품으로 유명하다.

77 Robert Frank, 1924~ 스위스 출신의 미국 사진가 겸 다큐멘터리 필름 제작자. 미국 각지를 돌며 일상적 풍경을 담은 사진집 『미국인들』로 유명하다. 평론가 오헤이건은 2014년 「가디언」에 기고한 글에서 "『미국인들』은 사진의 본질을 바꾸었다. 20세기 가장 영향력 있는 사진집"이라고 상찬한 바 있다.

충분했다. 우리의 목적지는 듀폰트서클 근처의 어느 개인 저택에 있는 필립스 컬렉션이었다. 근처에는 스미소니언 박물관의 일부로서, 중국과 일본의 전통 회화 작품을 다량 보유한 프리어 갤러리도 있었다. 밥은 프리어 갤러리에 전시된 아시아의 그림에 대해서도 아는 바가 많았지만, 그래도 우리의 주 관심사는 필립스 컬렉션에 전시된 작품이었다. 필립스 컬렉션은 던컨 필립스[78]가 평생 동안 모은 작품을 전시해 놓은 곳으로, 인상파와 피카소의 초기작부터 1950~1960년대 미국 화가들의 혁신적인 작품까지를 망라하고 있었다. 그 밖에도 스위스의 파울 클레와 미국 출신의 밀턴 에이버리, 아서 도브, 조지아 오키프 등 내가 존경해마지 않는 거장들의 작품이 전시실마다 가득했다. 그러나 그중에서도 내가 특히 사랑한 화가는 우리에게 '워싱턴 환쟁이'로 알려진 모리스 루이스[79], 케네스 놀런드[80], 마크 로스코였다.

내게 로스코의 작품은 계시와도 같았다. 필립스 컬렉션에는 로스코의 아름다운 그림 세 점을 걸어 놓은 작은 방이 하나 있었다. 휴스턴에 있는 로스코 채플에 걸려 있는 어두운 그림과는 조금도 닮은 구석이 없는 작품들이었다. 화폭 안에는 딱히 확실한 형태가 없는 커다란 정사각형이 아래위로 두 개 그려져 있을 뿐이었다. 정사각형의 색조는 각각 주황색과 붉은색이었는데, 그로 인해 캔버스가 살아 숨 쉬는 유기체처럼 박동하는 것만 같았다. 나는 이 그림들 앞에 앉아 한참의 시간을 보내며 거기 담긴 힘과 지혜를 물씬 빨아들였다.

78 **Duncan Phillips, 1886~1966** 미국의 미술평론가 겸 수집가. 미국에 현대 미술을 소개한 공로가 지대하다. 필립스 컬렉션이 보유한 유명한 작품으로는 르누아르의 「뱃놀이 일행의 점심」, 엘 그레코의 「회개하는 성 베드로」, 들라크루아의 「파가니니 초상」 외에도 고흐, 세잔, 고갱, 고야, 모딜리아니의 회화가 있다.

79 **Morris Louis, 1912~1962** 미국의 추상화가. 잭슨 폴록의 지대한 영향 아래 자신만의 작업 방식을 발전시켰다. 초벌칠을 하지 않은 캔버스 천에 아크릴 물감을 부어 천을 물들이는 방식으로 작업했다. 그의 영향을 받은 작가들을 워싱턴파라 불렀다.

80 **Kenneth Noland, 1924~2010** 미국의 추상화가이자 조각가. 워싱턴 색채화파 중 한 사람이다. 사각 캔버스의 중심에 다양한 색상의 동심원을 그려 넣은 '원형 회화'와, 선명한 윤곽을 띤 V 형태의 회화 연작이 유명하다.

잭슨 폴록, 빌럼 데 쿠닝[81], 프란츠 클라인[82] 같은 미국의 소장파 예술가들의 작품은 볼티모어나 워싱턴에서도 쉽사리 구경하지 못했다. 그들의 회화를 실물로 보게 된 것은 뉴욕에 정착한 1957년 이후였다. 필립스 컬렉션에 프란츠 클라인의 작은 그림이 몇 점 있기는 했지만, 내가 나중에 보게 된 크고 역동적인 작품들의 스케일에는 비할 바가 아니었다.

잰스는 이들 젊은 추상표현주의 화가들의 작품을 진작부터 알고 있었다. 또한 내게도 비록 카탈로그와 예술 도감에 나온 복사본 사진으로나마 그것들을 알려 주려고 애를 썼다. 추상표현주의자들의 그림에 나는 넋을 잃었다. 그 자신이 다재다능하고 감각 있는 화가였던 잰스는 자신만의 액션 페인팅을 시도하기도 했다. 두껍고 질긴 갈색 포장지를 1.8×1.2미터 크기로 재단하여 작업실 바닥에 깔고는 온몸을 빨간 페인트로 칠갑을 한 뒤 종이 위에 올라갔다. 그리고 몸을 왼쪽으로 꼬고 오른쪽으로 비틀면서 종이 위에 멋진 흔적을 남긴 작품을 완성했다.

그 무렵 「볼티모어 선」 지가, 유성 물감을 캔버스 전체에 떨어뜨리고 쥐어짜는 폴록의 혁신적인 회화 기법이 몰고 온 바람을 다루었다. 폴록의 시도에 경악한 해당 신문의 미술평론가는, 당시 많은 사람들과 마찬가지로 그것을 예술에 대한 도전으로 규정하고는 길길이 날뛰었다. 분을 삭이지 못한 그는 급기야 볼티모어 동물원에 가서 침팬지 한 마리를 빌리기에 이르렀다. 그러고는 침팬지 앞에 큰 캔버스를 깔아 놓고 손에는 유성 물감 튜브를 쥐어 주었다. 튜브 속 물감이 캔버스에 뿌려지기까지는 오랜 시간이 걸리지 않았다. 대동한 사진 기자가 이 광경을 촬영했다. 다음 날 신문 1면에는 침팬지의

81 Willem de Kooning, 1904~1997 네덜란드 태생의 미국 추상표현주의 화가. 폴록과 함께 액션 페인팅의 선구자로 평가받으면서도 폴록과는 달리 형상을 묘사함으로써 추상과 구상을 아울렀다. 거칠고 위협적인 여성의 이미지를 담은 '여인' 연작으로 많은 논쟁을 불러일으키기도 했다.

82 Franz Kline, 1910~1962 폴록과 데 쿠닝의 뒤를 이어 추상표현주의와 액션 페인팅을 추구한 미국 출신의 화가. 흰 바탕에 검정 또는 회색 페인트를 굵은 붓으로 민첩하게 선묘하여 역동성이 두드러지는 작품을 선보였다.

사진과 함께 다음과 같은 헤드라인이 떴다.

"볼티모어에도 잭슨 폴록이 건재 중. 알고 보니 동물원의 침팬지."

이런 일은 당시 미국 전역에서 비일비재했으며, 특히 예술 애호가라는 작자들이 남달리 굵직하게 핏대를 세웠다. "내 두 살짜리 딸애가 폴록보다 더 잘 그린다" 같은 식의 어쭙잖은 저울질이 만연했다.

나는 예술에 대한 공격을 담은 그 기사를 들고 잰스의 스튜디오로 황급히 달려갔다. 하필이면 낯 뜨겁게도 내 고향 신문의 만행이었다. 잰스는 침팬지 사진을 얼마 동안 살펴보더니 차분하면서도 경멸조로 말했다.

"이 그림, 문제가 뭔지 알아? 침팬지 그림 솜씨가 영 별로라는 거야."

잰스의 순간적인 유머 감각 덕분에 붉으락푸르락하던 내 기분도 누그러졌다.

나는 이후로도 오랫동안 추상표현주의 화가들의 열성 팬을 자임했다. 하지만 1959년에서 1960년으로 넘어가는 겨울, 뉴욕 현대미술관에서 본 「열여섯 명의 미국인」 전은 현대회화의 한계에 대해 다시 한 번 생각하게 하는 계기가 되었다. 전시회에는 재스퍼 존스, 로버트 라우션버그, 프랭크 스텔라[83], 루이즈 니벨슨[84] 등 유명한 작가의 작품이 망라되어 있었다.

전시회에서 만난 스텔라의 그림에서 받은 충격은 아직까지도 기억이 생생하다. 좌우지간 내 머릿속은 여전히 폴록과 데 쿠닝으로 가득했으니 말이다. 이어서 어떤 깊은 깨달음이 찾아왔다. 변화의 속도라는 문제를 놓고 볼 때, 음악 예술은 결코 시각 예술 분야를 따라갈 수 없었다. 물감밥을 먹고 사는 사람들은 혁신과 새로운 생각을 당연한 것으로 기대하는 반면, 그보다 훨

83 **Frank Stella, 1936~** 미국의 화가. 1950년대 후반부터 검은색 줄무늬 회화 연작으로 미니멀 아트의 대표 주자에 올랐으며, 1970년대부터는 미니멀리즘에서 벗어나 화려한 색채로 공간적 회화를 시도했다.

84 **Louise Nevelson, 1899~1988** 러시아 태생의 미국 조각가. 거대한 단색 목재 조형물을 즐겨 제작했다.

씬 더 보수적인 음악계에서는 참신한 생각을 가진 음악가를 고운 눈길로 바라보지만은 않았다. 음악계는 세상에 나온 지 50년도 더 된 음악을 여전히 '새로운 음악'이라고 부르며 거기서 헤어나지 못하고 있었다. 나로서는 생각이 한 차원 고양되는 것만 같은 순간이었다.

물론 모던 재즈와 전위적인 음악 계열에서는 역동적인 변화를 모색하고 있었던 것이 사실이다. 재즈의 천재들은 – 딱 둘 만 꼽자면 찰리 파커와 버드 파월이 대표적이다 – 미술계의 추상표현주의자들과 마찬가지로 열정적인 에너지를 가지고 깊은 표현을 담은 음악을 쉴 새 없이 쏟아 내고 있었다. 1950년대 후반에는 마일스 데이비스, 게리 멀리건[85], 밥 브룩마이어[86], 쳇 베이커 등의 '쿨 재즈'가 등장했다. 이전 세대만큼 복잡하면서도 전혀 다른 미학을 추구하는 재즈였다. 때로는 사색적이고 느긋하면서도, 언제나 다가가기 힘든 거리가 느껴졌다. 반면 그들보다 약간 어린 오넷 콜맨은 보통의 재즈보다 추상적인 화성 언어를 구사하면서도 그 뿌리에는 블루스와 컨템포러리 재즈가 있음을 느끼게 하는 음악을 추구했다. 이런 면에서 콜맨이야말로 가장 급진적인 음악인이었다.

실험 음악 쪽에서는 존 케이지가 모턴 펠드먼, 크리스천 울프, 얼 브라운과 함께 역시 감정을 절제한 음악 세계를 보여 주고 있었다. 불레즈, 슈톡하우젠, 베리오 등이 추종하던 12음 음악과는 그 원칙부터 다른 음악이었다. 나는 1960년대 후반에 이르러서야 존 케이지와 그의 음악 친구들을 꽤나 깊이 알고 지내게 되었다.

재즈와 실험 음악을 제외하면 젊은 세대에게 기존의 규범을 거부하고 바꿀 수 있음을 알려 준 공로는 거의 미술계의 몫이었다. 나는 몇 발짝 앞서

85 **Gerry Mulligan, 1927~1996** 미국의 재즈 색소폰 연주자. 비밥의 흥분과 즉흥성을 의도적으로 배제하고 좀 더 차분하고 절제된 쿨 재즈를 대중화하는 데 기여했다.

86 **Bob Brookmeyer, 1929~2011** 미국의 재즈 트롬본 연주자. 게리 멀리건이 결성한 사중주단의 일원으로 활동했다.

나가고 있는 미술을 따라잡을 음악을 쓰고 싶었다. 하지만 난점이 있었다. 당시 내게는 쓰고 싶은 음악을 쓸 기술이나 음악적 기교가 없었다. 어떻게든 바로잡아야 할 결핍이요 필요였다. 그것도 최대한 빨리.

음악 수련

때로는 내게 지나친 자극이 되던 미술을 마음에 두고 있던 그때, 줄리아드에서는 날마다 음악 수업과 훈련을 밟아 나가느라 여념이 없었다. 줄리아드 시절은 1962년 봄까지 계속되었다. 단단한 결심을 세우고 음악에만 매진한 5년이었다. 평생교육원에서 시작한 첫해는 내 기본 기술에 얼마나 결함이 많은지를 뼈저리게 느낀 기간이었다. 플루트와 피아노를 배우면서, 특히 곡을 쓰면서 이룬 바가 무엇이건 간에 모든 것이 치기 어린 열의에서 비롯된 미숙한 성과일 뿐이었다. 사실 음악을 쓰는 데 필요한 진짜 테크닉이 무엇인지는 감도 잡지 못한 상태였다.

줄리아드는 출중하고 숙련된 교수진과, 재능과 경쟁심 넘치는 학생들이 모인 곳이었다. 교수진과 학생을 불문하고 줄리아드에 있는 모든 이들이 각자의 일과 공부로 눈코 뜰 사이 없이 바쁘게 생활하고 있다는 것은 입학 직후부터도 단박에 눈에 들어왔다. 각자의 프로젝트에 시간을 바치기에는 더할 나위 없이 이상적인 환경이었지만, 학생들을 지도하고 가르치는 부분에서는 아쉬운 면도 없지 않았다. 재능 넘치는 젊은 학생들을 선발해 일종의 압력솥과도 같은 장소에서 4~5년간 동고동락하게 한 뒤 '바깥세상'으로 내보낸다는 것이 당시 학교의 기본 전략인 듯했다. 줄리아드에는 음악 교육과 관련된 과정이 없었기 때문에 졸업하더라도 뉴욕의 공립학교 교사 자격증을 부여받는 것도 아니었다. 어쨌든 우리는 죽든 살든 각자 알아서 헤쳐 나가야 하는 뉴욕이라는 현실의 한가운데 있었다. 줄리아드는 입학시험은 통과하기 힘들지만 일단 입학하고 나면 졸업까지는 순탄하게 갈 수 있는 그런 학교였다. 재미있는 점은, 학생들의 열의와 교수진의 노련한 경험이 있었기에 시스템이 그런대로 훌륭하게 굴러갔다는 사실이다.

내게는 유리한 점이 두 가지 있었다. 매우 똑똑하고 근면한 학생들이 모인 집단인 시카고 대학 출신이라는 것이 그 첫째요, 내가 진정으로 하고 싶은 일은 오로지 음악뿐이었다는 점이 그 둘째였다. 나는 여러 선택지 가운데 음악을 고른 것이 아니라 다만 내게 가능한 유일한 길을 따라서 갔을 뿐이다. 그러므로 그 많은 고된 일도, 남들이라면 박탈감을 느낄 만한 수많은 일도 기꺼이 감내한 것이었다. 아니, 그런 상황에 신경 쓸 여유조차 없었다. 그만큼 해야 할 일에 집중하고 있었던 까닭이다.

무엇보다 시급한 것은 공부하는 습관을 한시라도 빨리 바로 세우는 일이었다. 그런 면에서는 시카고 대학 시절도 별 도움은 되지 못했다. 줄리아드와 마찬가지로 총명한 젊은이들이 모인 집단이었지만, 학기말 시험만 잘 보면 좋은 학점이 나오는 시스템이었으니 훈련된 공부 습관을 몸에 익히기는 어려웠다.

나는 직면한 문제를 여러 다른 각도에서 접근해 나갔다. 우선 피아노 실력을 빠른 시일 내에 키워야 했다. 마커스 라스킨은 피아노 선생으로 부족함이 없었지만, 다섯 살부터 배우기 시작했더라면 좋았을 것을 열다섯에 시작한 마당이니 일단 따라잡아야 할 세월의 양이 만만치 않았다. 줄리아드에 정식 등록한 첫해에 피아노 선생님을 배정받고서 매일 아침부터 연습실로 향했다. 나 자신을 자극하려면 다른 학생들의 연습 소리를 들을 필요가 있었다. 이런 식으로 하루에 몇 시간씩 연습했다.

나만의 피아노가 생긴 것도 그 무렵이다. 웨스트 96가 아파트에 살던 때였다. 동네 생활 정보지에 피아노를 공짜로 가져가라는 광고가 났다. 조그마한 트럭을 몇 시간 빌려서 친구 서너 명과 함께 옮기기만 하면 되었다. 주인집 아파트에 있는 피아노를 계단으로 1층까지 끌어내리고 트럭에 실은 뒤 다시 우리 아파트에서 6층까지 계단으로 올리느라 엄청 애를 먹기는 했다. 몇 달 뒤인가, 더 좋은 피아노가 공짜 매물로 나와서 똑같은 수고를 반복했다. 두 번째로 얻어 온 피아노는 원래 있던 피아노 앞에다 포개 놓았다.

작곡에 요구되는 기율은 피아노 실력과는 완전히 다른 문제여서 다다익선 식으로 무턱대고 덤빌 일이 아니었다. 일단 첫째 목표는 피아노나 책상 앞에 앉아 있는 것으로 잡았다. 내 생각에 세 시간 정도면 적당한 듯했고, 일단 세 시간을 채우고 나면 상황이나 필요에 따라 쉽게 늘릴 수도 있었다. 평상시에는 오전 열 시부터 오후 한 시까지 하기로 했다. 그래야만 학교 수업도 받을 수 있고, 예일 물류 아르바이트도 할 수 있었다.

훈련은 다음과 같은 식으로 했다. 피아노 위에 시계를 올려놓고 가까이 있는 테이블에 오선지를 펼쳐 놓는다. 그러고는 열 시부터 한 시까지 피아노 앞에 앉았다. 음표를 하나라도 적어 넣거나 말거나 그것은 중요하지 않았다. 훈련의 또 다른 중요한 부분은, 그 세 시간 동안을 제외한 다른 때에는 곡을 써서는 안 된다는 점이었다. 미리 정한 시간에만 활동하게 하고 그 외에는 멈추게 함으로써 내 뮤즈를 길들이기 위한 전략이었다. 괴상한 착상이고, 다분히 실험처럼 시작한 일이다. 효과가 있을지는 장담할 수 없었다.

첫 주는 고통스러웠다. 아니, 잔혹할 정도였다. 처음에는 세 시간 동안 아무것도 하지 않았다. 무엇을 하면 좋을지 아무런 생각도 없이 그저 얼간이처럼 앉아서 시간만 죽였다. 세 시간이 지나면 총알처럼 박차고 나가 거리로 뛰어나갔다. 피아노에서 떨어져 나오는 기분이 그만큼 후련했다. 그러다가 천천히 변화가 찾아왔다. 오선지가 음악으로 채워지기 시작했다. 뭔가 할 일이 있다는 것이 그렇게 반가울 수 없었다. 음악이 좋건 나쁘건, 지루하건 흥미롭건, 그것은 전혀 중요하지 않았다. 그리고 마침내 흥미로운 음악을 쓰기 시작했다. 그런 식으로 나 자신을 꼬드겨 작곡이란 일을 시작했다. 어쨌든 무엇인가를 쓰기 시작했다.

몇 주가 지나자 미칠 것만 같은 좌절감이 점차 물러가고 집중력 비스름한 느낌이 그 자리를 채우는 것을 느낄 수 있었다. 거기까지 가는 데 두 달가량 걸렸다. 결코 쉬웠다고는 말할 수 없지만, 내가 있고 싶은 공간으로 나 자신을 밀고 가는 과정이었다. 그때 이후로 무엇에 집중하는 습관이 몸에 배게 되었고, 덕분에 내 삶에도 뚜렷한 질서가 찾아왔다.

정한 시간에만 곡을 쓰겠다는 다짐 역시 잘 실천해 갔다. 작업 시간과 관련해서는 아예 처음부터 엄격하고 깐깐하게 나가기로 했다. 예를 들어 오밤중에 잠이 깨서 곡을 쓰고 싶은 충동에 사로잡히더라도 그저 꾹 참을 따름이었다. 다소 이상해 보일 수도 있는 습관이지만 그 이후로 40년 동안 엄격히 지켜 왔다. 대중없이 곡을 쓰기 시작한 것은 최근부터다. 요즘은 한밤중에 음악실에 처박혀 몇 시간씩 계획에 없던 일을 하기도 한다. 하기야 요즘에는 계획표랄 것이 없기도 하지만. 전체적인 생산성으로 말하자면 예전이나 지금이나 차이는 없는 것 같다. 쓰는 음악의 양과 질 모두 크게 다르지 않다는 느낌이다.

작곡과에 들어가고 나자 줄리아드의 많은 사람들을 알게 되었다. 마사 그레이엄 무용단과, '리몬 테크닉'의 창시자로서 간혹 학교에 와서 가르친 호세 리몬[87]이 이끄는 무용과도 있었다. 무용과 상주 교수는 춤바닥에서 명성이 자자한 루이스 호스트였다. 나는 여러 차례 그의 창작 무용 수업에 불려 가서 플루트를 불기도 했다. 구겨진 베이지색 웃옷을 입고 안락의자에 몸을 웅크리고 앉은 그의 모습은 전혀 댄서처럼 보이지 않았다. 젊은 댄서들은 언제나 새로운 음악을 구하고 있었고, 나는 기회가 닿을 때마다 그들을 위해 펜을 들었다.

87 José Limón, 1908~1972 멕시코 태생의 미국 안무가. 현대무용의 선구자 가운데 하나로 불린다. 대표작으로 「무어의 파반」, 「추방자」 등이 있다.

같은 방식으로 극장용 음악도 썼다. 내 또래 젊은 작곡가인 콘래드 수사의 소개로 처음 하게 된 일이다. 콘래드는 서부 출신 중에 아는 사람이 많았고, 뉴저지 주 프린스턴에 있는 맥카터 극장에도 음악을 대고 있었다. 한 번은 그가 곡 청탁을 모두 소화하지 못하여 그중 일부의 일감을 내 앞으로 밀어주었다. 몰리에르의 극인 「스카팽의 간계」 공연에 쓸 음악이었다. 보수는 25달러였고, 작곡은 물론 녹음까지 직접 해서 전달해야 했다. 연극이나 무용을 하는 사람들이 음악을 그처럼 절실히 필요로 한다는 사실이, 그래서 줄리아드 1학년생에게까지 기회가 돌아온다는 사실이 기분 좋았다. 이렇게 해서 곡을 쓰고 다른 이들과 협업하는 기본적인 리듬이 내 삶에 일찍부터 뿌리를 내리기 시작했다.

이렇게 쓴 곡들은 줄리아드에서 정식으로 배우는 작곡 수업과는 완전히 별도의 과외 활동이었다. 줄리아드에서 나를 가르친 첫째 선생님은 윌리엄 버그스마였고, 둘째 선생님은 빈센트 퍼시케티였다. 퍼시케티 선생님에게서는 1960년 졸업 후부터 1962년 석사 학위를 받을 때까지도 계속 가르침을 받았다. 하지만 이들에게 무용과 연극을 위하여 쓴 곡들을 보여 준 적은 한 번도 없었다.

퍼시케티 선생님은 무척 활달한 분이어서 젊은 작곡가 지망생들에게 인기가 좋았다. 단신에 다부진 체격이었고, 넘치는 재능과 에너지를 주체하지 못하는 분이었다. 하지만 유감스럽게도 그에게는 나쁜 버릇이 하나 있었다. 내가 채 완성하지 않은 곡을 레슨에 가져가면 악보를 죽 훑어보고는 자신의 그 멋진 피아노 솜씨를 동원해 그 자리에서 바로 마무리하는 요령을 보여 주고는 했다. 두어 번 그런 일이 있고 나서부터는 더 이상 '미완성' 악보는 가져가지 않았다. 어쨌든 누가 불러 주는 대로보다는 내 나름의 방식을 찾아야 했기 때문이다. 하지만 선생님은 선생님대로 제자 앞에서 으쓱할 기회를 놓쳐서 섭섭해했고, 나는 나대로 선생님의 의견을 들을 기회(라는 것을 그리

후하게 주는 분도 아니었을 뿐더러)를 날리는 것이 아쉬웠다. 그 점만 빼면 무척 원만한 사제 관계였다. 졸업 연도에는 빈센트 – 선생님은 그렇게 격의 없이 불러주기를 원했다 – 덕분에 작품 출판도 했다. 그가 편집위원으로 있는 작은 음악 출판사인 엘칸보겔 사에서 내 곡을 몇 개 가져간 것이었다. 엘칸보겔 사는 나중에 시어도어 프레서[88] 출판사에 인수 합병되었는데, 이것이 젊은 시절에 쓴 설익은 작품이 시어도어 프레서 딱지를 달게 된 경위다.

퍼시케티 교수님은 어마어마한 실력을 가진 피아니스트이기도 해서 종종 자작곡을 가지고 연주회를 열기도 했다. 그렇지만 줄리아드에는 이론 전공과 연주 전공 사이에 뚜렷한 벽이 존재했다. 작곡과에 정식으로 입학했으니 이제 피아노는 더 이상 연습하지 않아도 된다는 말도 들었다. 내 음악을 연주할 실력자들이 이미 주변에 차고 넘쳤기 때문이다. 몇 년 동안 피아노 교수를 배정받기는 했지만, 작곡과 사람들 중 그 누구도 내가 작곡가 겸 연주자가 되고 싶어 할지도 모른다는 가능성은 염두조차 두지 않는 것 같았다. 연주 능력이 그저 그래도 작곡가가 되는 데는 무리가 없다는 통념은 어디서 비롯된 것인지 알 도리가 없었다. 하지만 연주와 작곡을 별도의 영역으로 가르는 것은 아무래도 그릇된 선택이요, 음악의 근본적인 본질을 오해한 결과다. 무엇보다 음악은 연주를 전제로 하는 예술이며, 그저 악보만 붙들고 공부한답시고 곡을 쓰는 작곡가는 없을 테니 말이다.

내게 연주는 작곡이라는 경험을 이루는 중요한 부분이다. 요즘 젊은 작곡가들은 연주에도 열심인 것을 안다. 우리 세대가 노력한 덕분도 없지 않을 것이다. 우리는 모두 연주자였다. 우리 스스로 곡의 해석자가 되는 것, 바로 그것이 우리가 주동한 혁명의 일부였다.

88 시어도어 프레서는 1883년에 설립된 음악 출판사로, 지금까지 이어져 오고 있는 미국의 음악 출판사 가운데 가장 오랜 역사를 자랑한다.

바흐의 분신

줄리아드의 카페테리아는 사람들을 만나고 새로운 친구를 사귀는 장소로 적격이었다. 작곡과 친구들은 오로지 남학생뿐이었다. 당시까지만 해도 학교 안이건 밖이건 간에 여자 작곡가는 무척이나 귀한 존재였다.

가장 친하게 지낸 친구는 나보다 한 살 많은 피터 쉬클리였다. 배를 잡게 하는 유머 감각의 소유자인 동시에 작곡에도 재능이 대단한 친구였다. 피터가 자신의 또 다른 자아인 'P. D. Q. 바흐'라는 존재를 만들어 낸 것도 줄리아드 시절의 일이다. P. D. Q. 바흐는 요한 제바스티안 바흐의 사생아이자 스물둘째 자식이라고 갖다 붙인 이름이다. 매년 봄 학년 말 콘서트 때마다 피터는 바로크 복장과 가발을 하고는 무대에 올라 언뜻 들으면 바흐가 쓴 것만 같은 바로크풍의 작품을 연주했다. 장난처럼 하는 일 치고는 공을 많이 들였다. 음악을 아는 사람이라면 곱절로 재미있는 익살이었다. 그저 바흐와 비슷한 음악을 쓰는 것만 가지고는 충분하지 않았다. P. D. Q. 바흐는 누가 듣더라도 재능이 완연한 곡을 썼고, 그 P. D. Q. 바흐가 바로 피터였다.

피터에게는 영화 제작자인 데이비드라는 동생이 있었다. 데이비드와 나는 피터가 연주회에 쓰기 위하여 고안한 악기를 실제로 제작하는 일을 돕기도 했다. 피터는 일단 곡의 제목부터 정해 놓고 거기에 맞추어 음악을 지었다. 가령 「호른과 하다트를 위한 협주곡」이 바로 그런 경우다. 뉴욕에는 호른 앤 하다트라는 자동판매기 식당 체인이 있었다. 5센트나 10센트 동전을 투입하고 손잡이를 돌리면 자그마한 유리문이 열리면서 커피나 샌드위치, 디저트 따위가 나오는 식이었다. 35센트면 런치 스페셜을 먹을 수 있다는 이유로 나도 뻔질나게 찾았던 가게다. 그런 자판기 식당을 위해 피터가 쓴 곡이 바로 「호른과 하다트를 위한 협주곡」이다. 호른은 뭔지 알겠는데 문제는 하다트였다. 하다트라는 악기가 존재하지 않으니 데이비드랑 내가 만들어 낼 수밖에. 피터는 하다트가 장난감으로 만들어진 건반악기라고 설명하며, 작은 호루라기, 하모니카, 아코디언, 트라이앵글 등 음을 낼 수 있는 장난감이면 뭐든 써도 좋다고 했다. 그리하여 각기 다른 장난감으로부터 음이 만들어지는 기상천외한 악기가 탄생했다. 이를테면 F음은 호루라기 소리, G음은 경적 소리, C음은 나팔 소리가 나는 식이었다. 우리가 악기를 만드는 동안 피터는 옆방에서 곡을 썼다. 중간에도 몇 번씩 나와서 하다트가 만들어지는 상황을 보며 곡에 반영했다.

피터가 무척 재미있는 녀석이라는 것은 세상이 다 알고 있었지만 우리 역시 재미라면 빠지지 않았다. 데이비드와 내가 만든 하다트는 겉보기에는 일반 건반과 차이가 없는 두 옥타브짜리 악기가 되어 있었다. 하지만 하다트가 조옮김 악기[89]라는 점은 피터에게 비밀로 했다. 게다가 F조 프렌치호른이나 B♭조 트럼펫처럼 흔히 사용되는 음정 차이 대신 가상의 E조 악기에 맞추었다. 그러니까 C를 연주하면 실제로 소리 나는 음은 E가 되고, F를 연주하면 실제 소리는 A가 나는 식이었다.

마침내 피터가 하다트를 연주해 보더니만 소리쳤다.

"이거 이상한데!"

"피터! 물어보지도 않고 막 그러면 어쩌나. 그거 조옮김 악기라고. E조 악기야."

"오, 맙소사."

그러니까 피터는 하다트를 연주하는 것은 물론이요, 즉석에서 조옮김까지 해야 했다. 지금까지도 잊히지 않는 재미있는 에피소드다.

피터는 나중에 P. D. Q. 바흐라는 아이덴티티를 가지고 본격적인 콘서트 무대를 꾸며 전국을 순회했다. 시작한 지 2년도 채 되지 않아 그 콘서트만으

89 기본음이 C음이 아닌 악기. 실제로 연주되는 음과 악보에 기보된 음 사이에 일정한 음정 차이가 존재한다. 예를 들어 B♭조의 트럼펫은 악보대로 연주하면 피아노로 연주할 때보다 장2도 낮은 소리가 난다.

로도 먹고 살 수 있을 만큼 성공을 거두었다. 줄리아드를 졸업하고 한참 뒤, 오페라 「해변의 아인슈타인」을 뉴욕 무대에 올린 뒤였다. 피터에게 전화가 왔다.

"이봐, 필, 내가 자네 작품 가지고 「프리츠의 아인슈타인」이라는 패러디곡을 만들어 볼까 하는데, 어때, 기분 언짢지 않겠나?"

"아냐, 아냐, 피터, 전혀. 하고 싶은 대로 하라고."

"공연 때 와 주겠나?"

"열 일 제쳐 놓고 가야지."

피터 이 친구가 내 뒤통수를 치려고 비밀로 한 것은 따로 있었다. 피터는 카네기 홀 객석의 정중앙 자리를 내 몫으로 예약해 놓았던 것이다. 모든 사람들이 볼 수 있게 말이다. 그것도 모자라 내 머리 위로 스포트라이트까지 비추게 했다. 그러니까 피터는 「프리츠의 아인슈타인」을 무대에 올렸을 뿐만 아니라, 내가 거기에 갔다는 것을 모든 사람들이 훤히 알게 했던 것이다. 피터의 패러디는 3악장으로 구성된 협주곡으로, 미니멀리스트 버전의 P. D. Q. 바흐풍 음악이었다. 작품은 끊임없는 반복으로 이루어져 있었다. 믿거나 말거나이겠지만, 내 귀에는 첫 소절을 벗어나지 못하는 것처럼 들렸다.

작법의 기초

줄리아드는 학생 수가 많지 않은 학교였다. 아마 5백 명 정도였을 것이다. 악기 전공, 성악 전공(주로 오페라 프로그램 소속이었다), 지휘 전공이 있었고, 무용과는 육십 명이 채 될까 말까 할 정도로 작은 규모였다. 작곡 전공자는 학년당 여덟 명을 넘는 경우가 없었고, 지휘 전공자는 그보다 더 적었다. 그래도 항상 몇 개의 오케스트라를 조직할 수 있을 만큼 충분한 연주자들이 있었다. 합창단은 성악, 작곡, 피아노, 지휘 전공자들로 구성되었다.

합창단 활동은 2년간 필수 과정으로 정해져 있었다. 그 말은 곧 학교에는 상시적으로 동원할 수 있는 꽤 큰 합창단이 있었다는 뜻이다. 합창단과 오케스트라가 함께하는 대규모 합창곡을 해마다 서너 차례 무대에 올릴 수 있었던 것도 그래서다. 베르디의 「레퀴엠」, 모차르트와 베토벤, 바흐의 미사곡, 몇몇 현대 작품이 무대에 올랐다. 쇤베르크의 사위인 루이지 노노의 작품과, 역시 이탈리아 모더니스트인 루이지 달라피콜라의 음악을 처음 듣고 노래한 경험도 합창단원으로 활동하면서였다. 그뿐만 아니라 줄리아드 교수들이 쓴 신작과, 심지어 총장인 윌리엄 슈먼의 작품도 종종 노래했다.

처음에는 매주 세 번씩 있는 합창단 연습이 무척 싫었다. 하지만 곧 마음을 고쳐먹고 공연하는 곡에 깊은 관심을 쏟기 시작했다. 나는 베이스 소속이었지만 리허설 시간이라면 부족하지 않았으므로 소프라노, 알토, 테너 파트에도 모두 끼어서 불렀다. 음역 차이는 옥타브를 낮추어 부르면 그만이니 문제가 되지 않았다. 아무도 나의 그런 행동에 신경 쓰지 않았고, 덕분에 사성부 합창곡을 어떻게 쓰면 좋은지를 속속들이 이해하게 되었다.

젊고 카리스마 넘치는 합창단 지휘자 에이브러햄 캐플런은 정확한 음고[音高] 발성 훈련을 할 때 성부를 쪼개서 연습시키는 경우가 잦았다. 나로서는 각 성부가 어떻게 움직이는지, 성부 간 안배는 어떻게 하는 것이 좋은지를 들을 수 있는 찬스였다. 언제나 합창 레퍼토리의 정수라 할 작품으로 연습했고, 전체적으로 줄리아드에서 받은 훈련 중 최고로 실속 있는 코스였다. 하지만 합창단 활동은 성부 안배 방식을 알려 주기 위한 정식 수업은 아니었으니 미리 관심을 가지고 유념하는 학생들만 실속을 챙겨 갔다는 점을 첨언해야겠다. 그로부터 20년 가까운 세월이 흘러 「사티아그라하」의 합창곡을 쓰면서 줄리아드 시절의 경험이 새삼 고맙게 다가왔다. 성부는 어떻게 분창[分唱]시키면 좋을지, 오케스트라 반주는 어떻게 붙여야 하는지, 합창단의 소리를 돋보이게 하기 위해서는 어떻게 해야 하는지를 이미 환히 깨닫고 있었던 것이다. 「해변의 아인슈타인」, 「사티아그라하」, 「아크나톤」 등의 오페라에 쓰인 합창곡은 물론이요, 교향곡에 덧붙인 합창곡, 무반주 합창곡까지 모두 줄리아드 합창단 시절의 경험이 없었다면 쓰지 못했을 음악이다. 의도한 바는 아니지만 합창 작법의 든든한 기초 지식을 갖춘 것이다. 한편 독창 작법은 훗날 함께 일한 성악가들의 도움에 힘입어 조금씩 배워 나갔다. 어쨌건 성악 작법은 쉽게 뚝딱 익힐 수 없는 것이다. 내 경우 그럭저럭 쓸 만한 수준의 능력을 갖추기까지는 시간 투자와 상당한 코칭과 연습이 필요했다.

독주곡, 실내악곡, 관현악곡 등 악기를 위한 음악을 쓰는 데도 역시 오랜 수련이 필요했다. 교회 오케스트라나 고등학교 뮤지컬 밴드에서 연주한 경험이 있기는 했지만, 그것도 거개가 플루트 연주에 국한되어 있었다. 고등학교 2년 동안 고적대에서도 활동했다. 그러면서 풋볼 게임을 좋은 자리에서 보는 행운도 누렸다. 덩치가 작아서 풋볼팀의 일원이 될 수는 없었지만, 대신 음악으로 참여했다. 고적대에서는 때로 베이스 트럼펫 – 아마도 그런 밴드에서만 사용하는 밸브 하나짜리 악기 – 을 맡기도 했다. 어쨌든 금관악기와 관련해서는 현장 경험이 나름 부족하지 않았다. 사실 악기라는 것은 직접적인 접촉과 경험이 정말 중요하다. 다른 식으로 해서는 그만큼 깊이 배우고 깨칠 수 없다. 타악기를 위한 작법은 비교적 쉽게 다가왔다. 볼티모어 피바디 음악원에서 플루트를 배우기 시작한 여덟 살 때부터 퍼커션 앙상블 활동을 한 덕분이다. 그러고 나면 남는 것은 더블베이스부터 바이올린까지의 현악기 부문이었다. 현악기에 어울리는 음악을 쓰는 기술은 내가 향후 배워 나가야 할 기술 목록 가운데 상위에 랭크된 항목이었다. 비록 그 목록이란 것도 내가 나 자신을 위해 만든 것이기는 하지만 말이다.

그때만 해도 장차 어떤 작곡가가 되고 싶은지 뚜렷한 생각이 없었다. 나중에 필요할지 모르니까 일단 닥치는 대로 배워 두는 것이 상책이리라는 본능적인 직감뿐이었다. 그런데 막상 지나고 보니 당시 내가 추구하던 광범위한 훈련은 결국 피가 되고 살이 된 것 같다. 현악 작법도 마찬가지였다. 해법은 단 하나뿐이었다. 일단 악기를 겪어 보아야 할 것 같았다. 그래서 학교 사무실에서 바이올린 한 대를 빌려 가르쳐 줄 사람을 물색하기 시작했다. 어느 날 L&M 수업에서 아름다운 여학생 옆에 앉았다. 그녀의 이름은 도로시 픽슬리로, 이듬해 결혼을 약속한 혼처가 있어 도로시 픽슬리 로스차일드가 될 것이라 했다. 우리는 금방 친구가 되었다. 도로시에게 바이올린을 가르쳐 줄 수 있겠느냐고 운을 뗐더니 기꺼이 승낙해 주었다. 대체로 줄리아드의 학생들은 이런 문제에 관해서 언제나 친절하고 후한 편이었다. 도움을 구하기가 쉬운 환경이었고, 나는 정보나 도움이 필요하면 주저 없이 친구들에게 손을 내밀었다. 이리하여 스케일 연습부터 해서 운지와 운궁에 관한 몇 가지 기초적인 기술을 습득했다. 그와 동시에 도로시에게 줄 음악도 쓰기 시작했다. 현악 사중주와 삼중주를 썼고, 1960년에는 아스펜 뮤직 스쿨에서 다리우스 미요를 사사하며 독주 바이올린과 목관, 금관, 타악기를 위한 협주곡을 썼다.

비록 남부럽지 않은 바이올리니스트는 결코 되지 못했지만, 현악기를 위한 음악을 쓰는 데 필요한 것은 익혔다. 이후로 나는 현악 사중주 일곱 곡과 바이올린 협주곡 두 곡, 첼로 협주곡 두 곡, 바이올린과 첼로를 위한 이중 협주곡을 하나 작곡했다. 물론 열 편의 교향곡과 거의 모든 오페라에서도 현악군이 차지하는 비중은 엄청나다. 성악곡과 마찬가지로 현악곡 작법도 평생을 바쳐 연구해야 하는 분야다. 지금까지 항상 현악기 연주자들과 긴밀히 협동해 온 덕분인지 요즘은 현악곡을 쓸 때 자신감이 좀 붙은 느낌이 든다. 그래도 넘어야 할 과제가 여럿이다. 이를테면 더블베이스 독주용 음악은 아직도 무척 까다롭다. 악기의 사이즈가 워낙 크고 음역도 넓다 보니 지판의 핑거 포지션도 여타 현악기와는 다른 관점에서 접근해야 한다. 더블스토핑 – 두 음을 한꺼번에 내는 기법 – 도 더블베이스 파트에는 무턱대고 적용하기보다는 신중하게 포석해야 한다. 그 어느 악기를 위한 곡이든 능란하게 쓰려면 이와 같은 세부 사항들을 두루 숙지해야 한다. 그러기 위해서는 실제 응용과 연습을 통해 몸으로 배우고 정복하는 것 외에는 달리 묘수가 없다. 몸으로 부딪치는 것은 내가 즐거이 할 수 있는 일이었으니 다행일 따름이었다.

결국 내가 넘어야 할 가장 큰 과제는 오케스트라 그 자체였다. 그런데 정말 이상하게도 내가 줄리아드에 다닐 때는 오케스트레이션 수업이 따로 없었다. 그뿐만 아니라 대위법과 화성법, 악곡 분석에 대한 세부 지식은 오로지 L&M 수업에서 얻어야 했다. 피아니스트나 성악 전공자, 다른 악기 전공자들에게는 그러거나 저러거나 크게 상관없는 문제였을 테지만, 작곡가나 지휘자 지망생들에게는 작지 않은 구멍이었다. 작곡에 필요한 실제적 테크닉은 지식을 머릿속에 욱여넣는다고 해서 생기는 것이 아니라 오로지 호된 연습을 통해서만 갖출 수 있다. 나로 말할 것 같으면 그런 연습은 나디아 불랑제 선생님께 배우기 위해 파리행을 택한 1964년 이후에나 가능했다. 그 사이에 나는 숙련도와 이해도를 높이기 위한 몇 가지 방법을 찾아냈다.

우선 장 모렐이 이끄는 오케스트라 리허설을 참관하는 것부터 시작했다. 모렐은 프랑스식 교육을 통해 계명창법, 통주저음 기법, 화성학을 철저히 익힌 사람이었다. 거기에 더해 아무래도 프랑스인이다 보니 엄격 대위법과 자유 대위법, 악곡 분석, 오케스트레이션에 대해서도 늘 공부했을 것이다. 모렐은 그를 거쳐 간 수많은 줄리아드 학생들에게 엄청난 자극과 영향을 끼친 훌륭한 지휘자이자 뛰어난 음악가였다. 그런 분을 가까이서 볼 수 있으면 배울 점이 많을 것 같았다. 그래서 선생의 지휘 수업 청강과 리허설 참관을 희망한다고 말했고, 그도 선뜻 응낙했다. 교수님은 내게 무척 친절했고, 내 졸업 작품을 직접 줄리아드 오케스트라와 함께 연주하고 녹음해 주기도 했다. 간혹 오케스트레이션에 관해 모렐 선생님의 견해에 동의하기 힘든 경우도 있었지만, 에런 코플런드와 겪은 일도 있고 해서 입도 뻥긋하지 않았다.

모렐 교수는 스탠더드 레퍼토리는 물론이고 근현대 음악도 지휘했다. 나는 도서관에서 빌린 악보를 들고 리허설 현장 한구석에 앉아 음악을 들으며 악보를 따라 읽었다. 그러면서 모렐 교수가 단원들과 지휘 제자들에게 내리는 지시와 충고를 모두 귀담아 들었다. 그의 지시는 분명해서 무척 알아듣기 쉬웠다. 리허설에 참관한 횟수는 헤아리지 못할 정도로 많았다. 그곳에는 단원들과 지휘 전공 학생들 외에 외부인은 거의 없었다. 의외로 작곡 전공자는 코빼기도 찾을 수 없었다. 간혹 자기 작품의 공연을 기다리는 교수진 말고는 말이다. 내가 줄리아드를 떠날 무렵에 모렐 교수 문하에 들어간 학생 가운데 데니스 러셀 데이비스도 있었다. 데니스는 1980년 슈투트가르트에서 「사티아그라하」를 지휘한 이후 내가 쓰는 음악을 한결같은 마음으로 성원하고 있다. 우리가 이처럼 가까운 동료가 될 수 있었던 바탕에는 모렐 교수라는 끈이 있음을 믿어 의심치 않는다.

오케스트라를 연구하기 위한 둘째 방도는 오리지널 악보를 필사하는 것이었다. 오랜 역사와 효능을 자랑하는 유서 깊은 방편이지만 요즘은 잘 쓰지 않는 방법이다. 내가 베끼기로 작정한 곡은 말러의 「교향곡 9번」이었다. 풀 사이즈 빈 총보에다가 말 그대로 한 음 한 음 옮겨 적었다. 말러는 오케스트레이션의 세부에까지 통달한 거장이었다. 비록 전곡을 모두 옮겨 적지는 못했지만, 그래도 많은 것을 배웠다. 옛날 화가 지망생들도 이런 식으로 공부했고, 요즘도 미술관에 가면 거장의 그림을 모사하는 학생들을 볼 수 있다. 음악도 마찬가지다. 과거의 걸작을 필사하는 훈련은 오케스트레이션 기술을 탄탄히 다지는 데 무척이나 유효한 방법이다.

앨버트 파인

내게 이 방법을 알려 준 이는 줄리아드에서 사귄 친구인 앨버트 파인이다.

앨버트는 줄리아드에서 만난 사람들 가운데 내게 가장 큰 영향을 미친 음악인이다. 모렐 교수의 지휘 수업 청강도 보통은 아무에게나 허락되지 않는 혜택인데 앨버트가 중간에서 손을 써 준 덕분에 가능했다. 앨버트의 친구라는 이유만으로 문지방을 넘은 것이다. 모렐 교수는 모국어인 프랑스어로 대화하는 편을 선호했고, 그와 앨버트는 프루스트에 대해 서로 이야기하기도 했다. 리허설 참관 역시 앨버트의 추천 덕분이고, 말러 필사 또한 그의 충고에 따라 시작한 일이었다.

남들이 들으면 고작 내 또래의 젊은 친구가 어떻게 그렇게 깊은 영향을 줄 수 있는지 의아해할 것이다. 하지만 이유는 간단했다. 앨버트는 내가 줄리아드에서 만난 이들 가운데 단연 가장 앞서 나가는 음악가였다. 나이가 나와 비슷하다고 해서 달라질 것은 없었다. 나만 그렇게 생각한 것도 아니었다. 한 번은 이런 일도 있었다. 어느 저녁, 앨버트와 함께 125가와 브로드웨이가 만나는 곳에 있는 인기 중국 음식점인 텐진에서 식사를 하고 있을 때였다. 마침 총장인 윌리엄 슈먼 박사도 거기서 식사를 하고 있었다. 우리 테이블과 눈이 마주친 총장님은 반가운 표정으로 다가왔다.

"앨버트 군, 잘 있었나? 내 자네에게 물어볼 것이 있는데 말이야. 지금 쓰고 있는 교향곡의 베이스 클라리넷 파트가 잘 풀리지 않아서 골치거든. 시간 되면 한 번 봐줄 수 있겠나?"

줄리아드의 총장이 거리낌 없이 일개 학생의 의견을 구한다는 사실에 나는 엄청난 충격을 받았다. 또 한 번은 이런 일도 있었다. 앨버트의 아파트를 드나들며 매주 개인 레슨을 받을 때였다. 그의 부엌 테이블 위에서 퍼시케티 교수의 악보를 발견했다. 분명 「교향곡 5번」 악보였던 것으로 기억한다. 퍼시케티 교수가 새로 막 완성한 곡이었을 것이다. 나는 이 악보가 어떻게 여기 있는지를 물었다. 앨버트는 별일 아니라는 듯이 대답했다.

"교수님께서 출판사에 넘기기 전에 한 번 '검토'해 달라고 부탁하시더라고."

"그래서 뭐 잘못된 거라도 찾았어?"

"다 좋은데 실수가 하나 있더라고. 마지막 악장에 말이야, 첫 악장 주제를 인용하는 대목이 나오는데 정확한 인용이 아니라 음이 잘못 기입되어 있었어. 아마 교수님이나 필사자 둘 중 한 명이 실수했겠지. 출판사 편집 담당에게 알려서 바로잡았어."

앨버트를 처음 만난 것은 작곡 과정에 정식 등록을 했을 무렵이다. 당시 그는 이십 대 초반으로, 둥근 얼굴과 긴 금발 머리를 한쪽으로 빗어 넘긴 외모에서 풍기는 분위기가 남달랐다. 폭넓은 넥타이와 재킷 차림은 언제나 근사했고, 늘 프루스트의 『잃어버린 시간을 찾아서』를 들고 다녔다. 모렐 교수와는 언제나 프랑스어로만 대화를 나눌 정도로 프랑스어 실력도 출중했고, 내가 소개한 미셸과도 금세 친해졌다. 앨버트의 깊은 음악 내공을 확인한 나는 곧 그에게 가르침을 간청했다. 앨버트는 일주일에 한 번씩 무료 레슨을 해 주겠다면서 조건을 하나 내걸었다. 그의 지도법을 문자 그대로 정확히 따라 주어야 한다는 것이었다. 나로서는 거부할 이유가 없었다. 앨버트에게 따로 과외를 받는다는 사실은 교수님들에게는 철저히 비밀로 했다. 곧 알게 된 일이지만, 앨버트는 나 말고도 '비밀 수강생'을 하나 더 두고 있었다. 성악 전공인 셜리 베릿[90]이었다. 나는 이후 몇 년간 앨버트를 꾸준히 만나며 가르침을 받았다. 보스턴 태생인 그는 음악 선생님이었던 어머니에게서 음악의 기초를 배웠지만, 사실 진짜배기 훈련은 나디아 불랑제 선생님을 통해 받았다고 했다. 나중에 나도 불랑제 선생님 문하에 들어간 뒤에 알게 된 바지만, 앨버트에게 배운 내용의 상당 부분은 불랑제 스튜디오에서 일상적으로 다루는 것들이었다.

90 Shirley Verrett, 1931~2010 미국의 흑인 메조소프라노. 1955년 매리언 앤더슨 상을 받았고, 줄리아드 음악원에 장학생으로 입학했다. 1957년, 벤저민 브리튼의 「루크레티아의 능욕」으로 데뷔했다. 이후 1960년대 후반부터 1990년대까지 높은 명성을 누렸다.

줄리아드에서 사귄 친구 가운데 다운타운 미술계에 대한 나의 관심을 나눌 수 있는 이는 앨버트가 유일했다. 사실 세월이 흐른 뒤 앨버트는 플럭서스 운동|Fluxus Movement|[91]의 창시자 가운데 하나로 자리매김하게 된다. 그가 친하게 지내는 미술판 친구들 가운데 일부는 나와도 가깝게 교류하는 이들이기도 했다. 이를테면 존 라우슨과 밥 잰스가 그러했다. 그런가 하면 앨버트를 매개로 하여 여러 흥미롭고 별난 사람들을 새로 사귀기도 했다. 그 가운데 가장 놀라운 이는 노먼 솔로몬이었다. 지금은 그리 잘 알려져 있지 않지만 무척 특이한 화가로, 자기만의 독특한 캘리그래피를 가지고 커다란 흑백의 그림을 즐겨 그렸다(하지만 프란츠 클라인의 작품과는 전혀 달랐다).

앨버트의 친구 가운데 가장 독특한 이는 레이 존슨[92]이었다. 레이는 오늘날 우리에게 뉴욕 통신학교의 창립자로 잘 알려져 있다. 내가 처음 뉴욕에 자리를 잡았던 때도 그랬고 파리에서 돌아온 1960년대 후반에도 마찬가지였지만, 앨버트는 레이를 데리고 종종 나를 찾아왔다. 레이는 정말 수수께끼 같은 인물이었다. 말수도 무척 드물어서 숫기가 너무 없다는 생각이 들기도 했다. 그는 중키에 마른 체형이었고, 완전한 민머리에 눈동자에서는 빛이 났다. 어쩌다 입을 열면 도무지 이해가 가지 않는 선문답 같은 말을 하고는 해서 오래도록 기억에 남았다. 한 번은 여느 때처럼 우리 집에 와서 한마디도 하지 않고 있다가 대뜸 이렇게 말했다.

"시간은 남아도는 데 할 일이 없도다."

뉴욕 통신학교는 일단 유파라는 이름으로 통하기는 하지만, 실상은 레

91 1960년대 초반에 태동한 국제적이고 탈장르적인 전위예술 운동. '플럭서스'라는 용어는 '움직임', '흐름' 등을 뜻하는 라틴어에 그 뿌리를 두고 있다. '삶과 예술의 조화'를 기치로 내걸고 처음에는 미술에서 출발했으나 곧 음악, 출판물 등에서도 공통적으로 사용되었다. 메일아트, 개념미술, 포스트모더니즘, 행위예술 등 여러 현대 예술 사조의 탄생에 많은 영향을 주었다.

92 **Ray Johnson, 1927~1995** 우편을 통해 전 세계 예술가들과 작품을 전달하고 정보를 교류하는 '메일아트'를 최초로 시도한 미국의 미술가. 뉴욕 통신학교는 그가 결성한 예술가들의 네트워크로, 아직까지도 명맥이 이어지고 있다.

이 존슨이 전부라고 해도 무방할 정도로 그가 차지하는 비중이 압도적이었다. 그는 친구들에게 엽서를 보냈다. 보통 그림이나 수수께끼 같은 말이 담겨 있었는데, 그 어떤 그림이나 내용이라도 이상하지 않으리만치 종횡무진하는 데가 있었다. 나는 한 번도 답장을 보내지 않았다. 언제나 뜻하지 않은 시점에 날아오는 엽서를 차곡차곡 모아 둘 뿐이었다.

레이는 1995년에 숨을 거두었다. 명백한 자살이었다. 마지막으로 목격된 것이 롱아일랜드의 새그하버에서 바다로 헤엄쳐 나가는 모습이었다고 한다. 레이가 스스로 생을 포기했다는 소식은 내게도 큰 충격이었다. 내게 그는 앨버트의 친한 친구이자, 당세의 다다이스트이자, 플럭서스 운동의 창시자 가운데 하나였다. 비록 그의 예술을 깊이 알지는 못했지만, 나는 언제나 그를 우리 시대를 대표하는 예술가로 생각해 왔다.

악보 그 자체가 음악은 아니지요

앨버트는 또한 가장 전위적이고 최첨단에 있는 예술품을 알아보는 감식안을 가지고 있었다. 그는 존 케이지의 글과 음악에도 정통했는데, 덕분에 우리 동아리에 속한 예술가들은 케이지의 세계를 깊이 받아들일 수 있었다. 앨버트과 존 라우슨, 미셸과 나는 1961년 웨슬리언 대학 출판부에서 발간한 케이지의 강의록 겸 수필집인 『사일런스』[93]에 푹 빠져 지내기도 했다. 우리에게 『사일런스』는 포스트모더니즘의 이론과 미학을 엿보게 하는 중요한 책이었다. 케이지는 특히 '작품을 완성하는 것은 듣는 이'라는 아주 분명하고 명료한 사유를 발전시켜 갔다. 사실 그 생각의 원조는 — 케이지 본인도 밝혔듯이 — 마르셀 뒤샹이었다. 뒤샹은 스물다섯 살 연하의 케이지와 매

93 한국에서는 『사일런스: 존 케이지의 강연과 글』, 나현영 옮김(서울: 오픈하우스, 2014)로 출간.

우 가깝게 지냈다. 그들은 함께 체스를 두었고, 이런저런 이야기를 나누었다. 그러고 보면 유럽의 다다이즘은 케이지를 통해 미국에 뿌리를 내렸다 해도 틀린 말은 아닐 것이다. 케이지는 창조라는 과정이 어떻게 작용하는지를 관객에게 명쾌하게 보여 줌으로써 사람들로 하여금 다다이즘을 한 걸음 더 가까이 이해하게 한 공로자였다.

케이지의 유명한 작품인 「4분 33초」를 예로 들어 보자. 케이지가 – 혹은 그 누구라도 상관없다 – 4분 33초 동안 피아노 앞에 가만히 앉아만 있다. 그러는 동안 청중이 무엇을 듣든 그것이 곧 「4분 33초」라는 작품이 된다. 바깥 복도를 지나는 사람들의 걸음 소리일 수도 있고, 자동차 소음일 수도 있으며, 건물 내 전기 장치가 내는 희미한 지속음일 수도 있다. 무엇이라도 관계없다. 케이지는 그저 그 공간과 미리 정한 시간을 취하여 프레이밍하고는 다음과 같이 선언한다.

"이것이 여러분이 주목할 대상입니다. 여러분이 보고 듣는 것, 그것이 바로 예술입니다."

그가 자리에서 일어나는 순간이 곧 「4분 33초」라는 작품의 끝이었다.

『사일런스』가 출간되자마자 구입한 나는 존 라우슨, 미셸과 함께 책에 대해 토론하고 생각하는 시간을 자주 가졌다. 그 책은 재스퍼 존스, 로버트 라우션버그, 리처드 세라, 혹은 우리 세대와 바로 앞 세대 예술가들이 추구한 것을 바라보는 한 방법론을 제시했다. 그럼으로써 우리는 예술 작품이 세상 속에 존재했던 방식의 관점을 이해할 수 있었다.

이 책이 이야기하는 핵심 주제 가운데 하나는 세상과 동떨어져 존재하는 예술 작품은 없다는 것이었다. 예술품은 관습적인 정체성과 실체를 가지며, 다른 사건과 사람들과의 상호 의존에 의해 성립한다. 나중의 일이지만 대학생들과 이야기를 나눌 기회가 있으면 이렇게 묻고는 했다.

"여기 도서관에는 무엇이 있나요?"

“악보가 있습니다.”

“아, 그런가요, 하지만 악보라는 게 뭔가요?”

“음악이지요.”

“아닙니다, 그건 음악이 아니에요. 그냥 줄이 그어져 있고 점이 찍힌 종잇장일 뿐이지. 음악은 들을 수 있어야 하니까. 악보를 들을 순 없잖아요. 그건 그저 누군가의 생각을 담은 증거일 뿐이죠. 연주의 수단으로 사용할 수 있을 뿐, 악보 그 자체가 음악인 것은 아니지요.”

내가 자랄 때만 해도 베토벤의 후기 사중주나 바흐의 「푸가의 기법」 같은 걸작은 어떤 정신적인 아이덴티티를 가지고 있다는 생각이 널리 받아들여졌다. 즉 작품마다 실제적이고 독자적인 현존성을 가지고 있다고 말이다. 케이지가 말하려 한 것은, 음악의 독자적인 현존성 따위는 없다는 점이었다. 음악은 그것을 듣는 사람과 그가 귀를 기울이고 있는 대상 사이에 존재한다. 음악이 형성되는 상호 작용은 작품을 마주한 각자가 기울이는 노력 여하에 따라 좌우된다. 다시 말해 청자의 인지 행위가 곧 작품의 실질이요 내용인 것이다. 이것이 포스트모더니즘의 진정한 뿌리다. 케이지는 자신의 작품과 삶을 통해 이를 몸소 보여 주었다.

나는 음악이 연주자와 감상자 사이의 상호 작용과는 무관하게 불변적으로 존재하는 것이라는 생각을 그 즉시로 버렸다. 케이지가 주목한 것은 바로 음악을 연주하는 사람과 받아들이는 사람 사이의 상호 작용이었다. 작품과 마주하는 데서 비롯되는 이른바 이 상호 작용의 현실과 관련하여 연주자가 차지하는 남다른 역할이 있음을 나는 서서히 이해하게 되었다. 즉 음악의 ‘해석자/연주자’가 그 현실의 일부임을 알게 된 것이다. 그전까지만 해도 나는 연주자를 그저 부차적인 역할을 지니는 창조자로 여겼다. 베토벤이나 바흐와 어깨를 나란히 하는 연주자라는 것은 생각조차 할 수 없었다. 하지만 이 문제에 대해 한동안 생각을 해 보고 또한 나 스스로도 연주자의 길을 걷기 시작하고 보니, 연주라는 행위 역시 그 자체로 어엿한 창조 행위임을 알게 되었다. 그러면서 연주에 대한 생각과, 작곡가에게 연주가 가지는 의미에 대한 생각이 많이 바뀌었다.

듣는다는 것은 감상자가 해야 할 일이다. 하지만 작곡가도 들어야 한다. 그렇다면 연주자는 어떨까? 연주자가 실제로 하는 것은 무엇일까? 연주자가 연주할 때 가져야 하는 올바른 자세란 무엇일까? 연주자 또한 자신의 연주를 들어야 한다. 이는 결코 자동 반사적으로 이루어지는 것이 아니다. 연주를 하면서도 듣는 것은 얼마든지 건성으로 할 수 있다. 오직 자신의 연주를 적극적으로 들을 때만이 비로소 음악에 창조성의 날개를 달 수 있다. 작품의 매 순간이 그러한 순간이 될 수 있다. 말하자면 공연은 그러한 순간을 틀 속에 담아 관객에게 전달하는 것이다. 공연은 청취 행위를 액자 틀 속에 담아내는 어엿한 절차이기도 하며, 이는 연주자에게도 마찬가지로 해당하는 사항이다.

연주회 무대에 올라 내가 해야 할 일이 음악을 듣는 것임을 이제는 안다. 그런데 몇 가지 흥미로운 물음이 있을 수 있다. 듣는 행위가 일어나는 정확한 시점은 언제인가? 다시 말해 연주자는 지금 그가 연주하는 음악을 듣는 것인가, 아니면 그가 연주하게 될 음악을 앞당겨서 머릿속에서 듣는 것인가? 이 질문에 대해서는 나 역시 준비된 대답을 가지고 있지 못하다. 다만 직관에 기대어 답할 수 있을 뿐이다. 가장 이상적인 것은, 내가 연주하고 있고 그러면서 이제 막 연주하려는 음악을 거의 들을 수 있는 상태다. 그렇게 되면 연주가 머릿속의 그 이미지를 따라가게 되어 있다. 말하자면 실체를 뒤따르는 그림자가 아니라 실체에 앞서는 그림자인 셈이다. 피아노를 칠 때도 그렇다. '그런 식으로' 생각이 가능하고 '그런 식으로' 들을 수 있으면 훨씬 몰입된 연주가 가능하다. 연습한 곡을 기계적으로 치는 것이 아니다. 어떤 곡은 손가락만 가지고도 칠 수 있다. 손가락만 잘 훈련시켜 놓으면 머리로는 온갖 딴 생각을 하면서도 손은 제가 알아서 움직이게 할 수 있는 곡이 있다. 하지만 이것을 제대로 된 연주라고 부를 수는 없다. 내 생각에 이상적인 연주란, 연주자가 듣는 행위를 통해 – 심지어는 듣는다고 상상하는 행위를 통해 – 연주 행위를 빚어낼 때 실현된다고 본다.

재앙

앨버트 파인은 1987년에 세상을 떠났다. 에이즈가 불치병으로 간주되던 시절에 거기에 목숨을 내준 최초의 희생자 가운데 하나였다. 그의 음악 유산은, 그에게 감화하고 깊이 영향 받은 나 같은 사람들의 손에 남겨졌다. 앨버트는 줄리아드에서 지휘를 전공했지만, 내가 그의 지휘 모습을 본 것은 학생 오케스트라와의 연주회 때 딱 한 번이었다. 언젠가 앨버트는 자신의 평생을 이런 문장으로 내게 내뱉은 적이 있다.

"여섯 살 때 클라리넷을 배우기 시작했고, 여덟 살 때 피아노를 시작했지. 열두 살 때 작곡을 시작했고, 열여섯 살 때 지휘를 배우기 시작했어. 그러다가 지휘를 포기하고, 그러고는 작곡을 그만두고, 다음으로 피아노를 내던지고, 마침내 클라리넷도 그만두고 말았지."

어떻게 보면 이상한 이야기이지만, 또 다른 한편으로는 진심이 느껴지는 말이다. 앨버트의 모든 친구들은 그의 죽음을 개인적인 비극으로 받아들였다. 그의 죽음은 또한 전 세계적 비극의 일부이기도 했다. 내가 알던 세상, 내가 살면서 일하던 세계를 채우던 사람들이 – 댄서, 음악가, 연극인, 화가, 작가, 모든 종류의 공연 예술인들 – 우수수 떨어져 나갔다. 1980년대는 재능 있는 예술가들이 상상조차 할 수 없을 정도로 너무도 많이 우리 곁을 떠난 시기였다. 나와 가까이 지내며 함께 일한, 이제는 떠나 버려 그 무엇으로도 대체할 수 없는 예술가들의 명단을 아래에 정리했다. 에이즈라는 재앙이 얼마나 깊고 넓은 생채기를 남겼는지 짐작할 수 있으리라 본다.

앨버트 파인: 음악가, 1987년 사망, 향년 54세.
로버트 메이플소프: 사진가, 1989년 사망, 향년 42세.
찰스 러들램: 극작가·감독·배우, 1987년 사망, 향년 44세.
론 보터: 배우, 1994년 사망, 향년 45세.
잭 스미스: 영화감독·극작가·배우·공연 예술가, 1989년 사망, 향년 56세.
아서 러셀: 작곡가·첼리스트, 1992년 사망, 향년 40세.
데이비드 웨릴로우: 배우, 1995년 사망, 향년 60세.

나는 특히 메이플소프, 파인, 러셀, 웨릴로우와 친하게 지내며 음악을 나누고 음악 프로젝트를 함께했다. 러들램, 스미스, 보터와는 개인적인 인연은 있지만 일로는 묶인 적이 없었다. 그들 작품은 훌륭했고, 내게도 깊은 인상을 주었다. 그들의 예술은 다운타운 극장가의 중요한 일부가 되었고, 나 또한 그 속에서 예술가로 성장했다. 만약 그 끔찍한 시절 예술계 종사자에게 에이즈로 숨진 동료의 이름을 대 달라고 하면 열이면 열 다른 이름을 들 것이다. 매일, 매주, 매달마다 재능 있는 이들이 스러져 갔다. 병마가 할퀴고 간 흔적은 그만큼 넓고도 깊었다. 마치 수백, 수천의 영혼을 형장의 제물로 요구한 공포 시대의 서슬이 예술가 집단 전체를 쥐고 흔드는 것만 같았다. 누가 보더라도 끔찍한 세월이었다. 서서히, 아주 서서히, 처방약과 치료법이 소개되면서 최악의 시기는 이제 넘기게 되었다. 한때는 걸리면 꼼짝없이 죽는 병이었던 에이즈가 이제는 치료 가능한 질환으로 이해되고 있다.

1950~1970년대 꾸준한 성장과 혁신을 거듭해 온 예술계의 엄청난 상승세는 에이즈의 확산과 함께 예봉이 꺾이고 말았다. 그러지 않을 수가 없었다. 너무도 많은 예술가와 재능 있는 이들이 에이즈 앞에서 스러져 갔다. 결정타는 생명이 꺼져 감에 따라 이상주의적 에너지도 함께 사라져 갔다는 점

이었다. 게이 커뮤니티를 덮친 타격은 엄청났다. 체제를 거부하는 혁신가들은 언제나 진보적인 예술 세계에서 안식처를 찾아 왔다. 따라서 게이 커뮤니티가 예술에 기여하고 헌신한 바가 남다르다는 것은 어찌 보면 당연한 일이다.

이런 종류의 책을 읽는 이들이라면 으레 재능 있고 총명한 사람들, 유명하고 카리스마 넘치는 사람들에 대한 이야기를 기대할 것이다. 하지만 어쩌면 우리에게 가장 중요한 사람들은 유명해질 만큼 오랫동안 살지 못하고 떠난 이들일지도 모른다. 어쩌면 그들은 그 따위 시시한 명성에는 연연하지 않았을지도 모른다. 그것이야 어찌 되었건 간에 내 주변에는 너무도 젊은 나이에 죽어 버린 사람이 무척 많다. 존 라우슨, 레이 존슨, 작가 캐시 애커, 고든 마타클라크 같은 이들이 그러하다. 이런 이름들을 들어 본 독자도 있겠지만 전혀 들어 보지 못한 독자도 많으리라. 하나같이 무척이나 보고픈 이들이다.

대륙 횡단

줄리아드에서는 매 학년 말이면 학생들에게 상을 수여했다. 작곡 과정은 학생 수가 워낙 적었고—가장 많을 때가 여덟 명이었다—졸업생과 성공한 음악가들이 제정한 상도 수두룩했기 때문에 누구나 한두 가지 상은 으레 받았다. 그래서 매년 5월이나 6월께가 되면 부상 명목으로 5백 달러에서 1천5백 달러 정도 되는 돈이 수중에 떨어졌다. 아마도 여름에 돈 벌 궁리를 하는 대신 음악에 집중하라는 뜻이 담긴 돈이었겠지만, 나는 언제나 그렇게 쓰지만은 않았다. 3학년 말에는 750달러라는 돈이 들어오자마자 웨스트사이드 80가에 있는 BMW 오토바이 가게로 달려가서는 500cc 엔진을 장착한 검정색 R69 모델을 구입했다. 중고였지만 상태가 아주 좋은 녀석이었다. 운전 요령은 바로 그날 집으로 돌아오며 대충 익혔던 것 같다. 따로 레슨을 받은 기억은 없다. 내게 오토바이는 뉴욕이라는 도시를 누비고 다니는 아주 간편한 교통수단이 되어 주었고, 또한 불확실한 미래를 준비하는 치열한 작업에서 벗어나 기분을 전환하는 데도 안성맞춤이었다.

당시 나는 차이나타운에 있는 집에 세 들어 살고 있었다. 집이라고 해 보았자 위아래 층으로 방 두 개가 전부였고, 거기에 더해 오토바이를 세워 놓을 수 있는 지하실이 딸린 조그마한 것이었다. 나는 널찍하고 무거운 나무 널빤지를 하나 구해서 바깥 인도로 이어지는 지하실 계단 위에다가 깔았다. 그러고는 지하실에 내려가 오토바이 시동을 걸고, 다시 올라와 지나다니는 행인이 있나 없나 확인한 후 잽싸게 뛰어 내려가 오토바이를 타고 널빤지 위를 내달려 1층으로 올라왔다. 그러고는 오토바이를 갓길에 세우고 내려가 지하실 문을 잠갔다. 거기서 곧장 웨스트스트리트로 내달려 웨스트사이드 하이웨이에 올라탔다. 줄리아드가 나오는 125가 나들목까지는 20~25분이면 주파가 가능했다.

줄리아드 친구들 중에도 오토바이에 흥미가 있는 녀석들이 몇 있었다. 학기 중에는 종종 함께 저녁 시간을 내서 맨해튼 125가에서 코니아일랜드까지 왕복함으로써 오토바이 상태를 꾸준히 관리했다. 노선은 오션파크웨이에 이르기까지 계속 고속도로뿐이었다. 웨스트사이드 하이웨이를 지나 브루클린으로 들어가는 터널을 통과하면 벨트파크웨이가 나왔다. 노면이 얼어붙는 날을 제외하고는 겨울도 마다하지 않고 달렸다. 얼굴에 날아와 부딪치는 바람이 살을 에는 것 같아도 달렸으니 우리도 참 열심이었다.

코니아일랜드에 도착하면 보드워크 근처에 있는 핫도그 식당인 네이선스에 들렀다. 언제 가더라도 열다섯 대에서 스무 대 정도의 오토바이가 주차되어 있었다. 우리 일행은 모두 핫도그와 콜라를 주문했지만, 벌써부터 채식을 하고 있던 나는 크니시[94]를 시켜 먹었다. 줄리아드에서 코니아일랜드까지는 35분 이상 걸리는 법이 없었다. 네이선스에서 요기를 하고 보드워크를 거닌 뒤 다시 맨해튼까지 돌아오는 데는 모두 두 시간이면 충분했다. 고정 멤버는 피터 쉬클리와 밥 루이스(러시아어를 전공하던 컬럼비아 대학 학생이었지만 전문 오보이스트가 되기 위해 훈련 중이었다), 나까지 세 명이었다. 줄리아드 학생으로 더블베이스 솜씨가 출중했던 존 빌도 낀 적이 있다.

우리는 주로 독일제 오토바이를 탔지만, 간혹 BSA 같은 영국제나 모토구치 같은 이탈리아제 물건을 몰고 다니는 녀석들도 있었다. 이유는 모르겠지만 할리 데이비슨을 모는 놈들은 없었다. BMW는 확실히 모는 맛이 끝내주는 물건이었다. 미국 고속도로처럼 끝없이 평평하게 펼쳐진 길에는 BMW 500cc나 600cc 급이 안성맞춤이었다. 나는 이후 2년 동안 뉴욕에서 샌프란시스코까지 갔다가 다시 돌아오는 횡단 여행을 두 번이나 했다. 서부로 갈 때는 북쪽 루트를 택했다. 뉴욕에서 시카고까지 유료 도로로 이동하고, 거기서부터 80번 국도를 타고 아이오와, 네브래스카, 와이오밍을 거친다. 이어 남쪽으로 꺾어 유타로 접어들어 40번 국도를 타고 네바다를 가로지른 다음, 마침내 샌프란시스코에 도착하는 경로였다.

뉴욕으로 돌아올 때는 다른 루트를 택했다. 말하자면 남쪽 루트였다. 로스앤젤레스 동쪽에서 70번 국도로 올라탄 다음, 그 길로 쭉 애리조나, 뉴멕시코, 텍사스 북쪽 끄트머리까지 들어간다. 거기서 북동쪽으로 방향을 돌려 66번 국도를 타고 오클라호마를 거쳐 세인트루이스까지 내달린다. 세인트루이스를 빠져나오면서 40번 국도를 타고 계속 북동쪽을 향해 달려 오하이오, 펜실베이니아를 거쳐 뉴저지 유료 도로에 진입하는 경로였다. 1962년의 첫 횡단 여행은 미셸과 함께했고, 이듬해에는 사촌 형 스티브와 함께했다.

장거리 여행을 할 때는 언제나 헬멧, 가죽 재킷, 부츠를 갖추었다. 반팔 차림으로 달리다가 낙상 사고라도 당한다면 남아날 피부가 없을 테니 말이다.

94 얇은 밀가루 반죽에 감자나 고기 따위를 싸서 튀긴 유대인 음식.

가죽 재킷은 한시라도 우리를 집어삼키려고 도사리고 있는 아스팔트 귀신에게 바치는 제물이었던 셈이다. 신발도 마찬가지였다. 사고로 오토바이 밑에 깔리기라도 하면 – 충분히 일어날 수 있는 일이다 – 가죽 부츠가 발목과 다리를 보호해 줄 것이다. 적절한 장비를 착용하지 않고 오토바이를 타는 것은 미친 짓이었고, 우리는 미친 사람들이 아니었다. 우리는 라이딩을 좋아했지만 과속을 즐기는 편은 아니어서, 고속도로에서도 시속 80~100킬로미터 정도를 유지했다. 기본적으로 오토바이 여행이란 맨몸으로 공간을 가로지르는 일이다. 길 옆 도랑으로 처박히는 일이 일어나지 말라는 법이 없고, 그럴 때 옷이라도 제대로 입고 있으면 큰 화는 면할 수 있다.

횡단 여행을 하는 동안 넘어진 적이 딱 두 번 있었다. 두 번 모두 미끄러운 고속도로상에서 일어난 일이었고, 다행히 도랑에 처박히기만 했을 뿐이었다. 나자빠진 오토바이도 그리 무겁지 않아 약간만 도움을 받으면 끌어올릴 수 있었고, 그렇게 몇 분가량 추스르고는 다시 핸들을 잡았다. 보통 하루에 6백 킬로미터 정도를 달렸다. 한 번 가득 채운 기름통으로 3백 킬로미터 정도 주행할 수 있었으므로 중간에 주유를 한 번은 해야 했다. 시간으로 치면 여섯 시간에서 여덟 시간 정도다.

잭 케루악의 소설 『길 위에서』가 발표된 것이 1957년의 일이다. 우리 패거리는 모두 이 책을 읽었고, 대륙 횡단 여행 역시 케루악의 소설에 영향받아 감행한 일이었다. 일단 길을 떠나 보니 미국이라는 나라가 얼마나 거대한지 실감이 되었다. 몇 시간을 달리고 또 달려도 메워지지 않는 텅 빈 공간에서 미국이라는 땅이 가진 힘이 느껴졌고, 군데군데 모습을 드러내는 아름다움을 뇌리에 새겼다. 케루악은 여행 중에 만난 온갖 흥미로운 사람들에 대한 이야기를 썼지만, 우리는 사람보다는 자연에 관심이 갔다. 케루악이 한 경험을 그대로 해야겠다고 작정하기보다는, 미국을 가로지르며 멋진 풍경을 눈에 담고 어쨌든 이쪽 끝에서 저쪽 끝까지 우리 발로 간다는 그 체험을 완수하고 싶은 마음이 더 컸다.

서부로 향하는 길에는 퍼시픽 노스웨스트 철로를 따라가며 있는 작은 호텔들에 묵었다. 기차역 근처에는 반드시 있는 호텔이라 쉽게 찾을 수 있었다. 아주 깨끗하고 훌륭한 방이 10~15달러 정도 했다. 여의치 않은 경우에는 마을 공원에 자리를 펴고 노숙했다. 그 당시만 하더라도 중서부와 서부에 있는 마을에는 어김없이 공원이 있었다. 숙박 시설이 없는 작은 마을에 묵어 가야 할 때는 일단 파출소를 찾아가는 것이 상책이었다.

"대륙 횡단 여행 중인데 하룻밤 야영할 곳을 찾고 있습니다. 어디 추천할 만한 장소가 있습니까?"

"이렇게 먼저 와서 알려 주어 고맙습니다. 마을 공원으로 가세요. 거기라면 누구도 귀찮게 하지 않을 겁니다."

뉴욕으로 돌아오는 남쪽 루트는 쉽지 않았다. 사막은 해가 떨어지고 나면 무척 추워져서 노숙은 여의치 않았지만, 70번 국도상에는 자그마한 모텔과 주유소, 허름한 식당이 많았다. 뉴욕에서 출발하면 이틀 만에 시카고에 도착했고, 거기서 또 이삼 일 더 가면 로키 산맥, 거기서 또 이틀 정도 가면 샌프란시스코가 나왔다. 도합 엿새나 이레 정도면 편도를 주파했고, 돌아오는 길도 그 정도 걸렸다.

헤르만 헤세

지금까지 나는 파리로 떠나기 전 내 배움에서 핵심적인 두 가지 중요한 맥락에 대해 썼다. 첫째는 다운타운의 미술판과 공연판이고, 둘째는 업타운의 줄리아드 음악원이라는 세상이다. 이제 이야기할 또 다른 맥락도 내게는 앞선 두 가지 못지않게 중요한 의미를 지니는 것이다.

베들레헴 철강 공장에서 일하던 1957년 봄과 여름으로 잠깐 이야기를 돌려 보자. 제작된 못의 무게를 달고 기록하면서 한 시간가량 바짝 일하고 나면 통에 못이 다시 차오르기까지 두 시간 남짓의 여유가 있었다. 나는 다섯 달을 그렇게 지내면서 헤르만 헤세의 책을 닥치는 대로 읽었다. 『싯다르타』와 『황야의 늑대』, 『동방 순례』, 『유리알 유희』 등 영어로 번역된 책은 다 읽었던 것 같다.

1950년대 후반은 문학계와 문화계에 중요한 변화가 찾아온 시기였다. 앞에서도 말한 것처럼 1957년에 『길 위에서』가, 1961년에 존 케이지의 『사일런스』가 발간되었다. 나는 케루악과 케이지의 책은 거의 출간되는 그날로 사서 읽었다. 1946년 노벨 문학상 수상자인 헤세의 책을 읽는 사람도 꽤 많았다. 이들 모두 비트 세대 | Beat Generation |[95] 시인들과 독자들, 활동가들에게는 주식 | 主食 | 과도 같은 존재였고, 또한 각자 나름대로 당시 음악계와 깊은 연관을 맺고 있는 사람들이기도 했다.

이러한 문학적 배경에 대해 훑어보려 한다. 이는 내가 살았던 세계의 지적, 감정적 지평을 이해하는 데 핵심적인 것이기 때문이다. 가령 앨프리드 코집스키나 임마누엘 벨리코프스키(『충돌하는 세계』와 『격변하는 지구』를 쓴 인습 타파적 사상가다) 같은 이들의 책은 이미 열대여섯 살 때 읽었다. 1957년에는 이미 케루악과 앨런 긴즈버그[96], 윌리엄 버로스[97], 폴 볼스[98]의 열혈 독자가 되었다. 독일계 스위스 작가인 헤르만 헤세의 작품은 젊은 비트 세대에게 알게 모르게 심대한 영향을 주었다.

깨달음의 시기였다. 문화는 세상을 보는 방식을 통해 삶의 근본적인 변

95 1920년대 대공황이 있었던 '상실의 시대'에 태어나 제2차 세계대전을 직접 체험한 세대로, 전후 1950년대와 1960년대에 삶에 안주하지 못하고 기성 사회와 동화되기를 거부한 문화 예술인 그룹을 가리킨다.

96 **Allen Ginsberg, 1926~1997** 비트 세대의 선구적 시인. 현대 미국 사회를 통렬하게 비판한 장편시 『울부짖음』으로 일약 유명해졌다. 이 작품과 잭 케루악의 『길 위에서』가 발표되고 나서 '비트 세대'라는 말이 널리 쓰이기 시작했다. 필립 글래스와도 깊은 교분을 나누었다.

97 **William Burroughs, 1914~1997** 비트 세대 문학의 대표 주자. 대표작으로 자신의 마약 중독 체험을 바탕으로 쓴 『정키』, 『벌거벗은 점심』이 있다.

화를 이루어야 한다고 다그치고 있었다. 헤르만 헤세를 그토록 흥미롭게 읽은 이유도 초월적인 삶에 대한 그의 비전 때문이다. 그는 동양과 서양의 중간에 서서 눈에 보이는 세계 너머로 이끄는 인생의 길에 대해서 이야기하고 있었던 것이다.

헤세의 작품에서 찾아볼 수 있는 변형과 초월의 담론에 견줄 만한 유럽발 지적 운동은 고작 두 가지뿐이었다. 하나는 장폴 사르트르와 알베르 카뮈 등의 프랑스 철학자와 작가 그룹에 의해 널리 알려지게 된 실존주의 흐름이었다. 그들의 작품에는 극도의 허무주의와 묘한 나르시시즘이 뒤섞여 있었다. 기본적으로 이런 정서는 제2차 세계대전을 겪고서 밝은 미래를 향해 힘차게 도약하려고 하던 당시 미국인들의 정신 상태와는 맞지 않았다. 실존주의자들의 책은 자신들의 비열한 삶에서 그 어떤 가치도 찾을 수 없다는 무력감에서 비롯된 자기 연민과 절망으로 가득했고, 내가 속한 세대의 미국인들은 그런 푸념 따위는 듣고 싶지 않아 했다. 실존주의자들은 널리 알려졌고, 그들을 추종하는 이들도 생겨났다. 그러나 새롭게 태동하는 미국의 정신과 어울리기에 그들은 너무도 어둡고 절망적이었다. 마치 잉마르 베리만의 낭만적이지만 우울한 영화가 그랬던 것처럼 말이다.

또 하나는 전후|戰後| 실로 어마어마한 영향을 끼친 베르톨트 브레히트의 작품이다. 그의 작품은 흔히 파울 데사우[99]와 쿠르트 바일[100]의 카바레 음악과 묶여서 소개되었다. 이들 작곡가의 음악을 폄하할 마음은 없다. 두 사람 모두 멋진 음악을 썼고, 오늘날 극장 음악 가운데 그들의 표현력과 힘

98 Paul Bowles, 1910~1999 미국의 작곡가이자 소설가. 오페라, 영화, 발레를 위한 음악을 쓰다가 첫 소설인 『마지막 사랑』으로 평단과 대중 모두에게서 호응을 얻었다. 이 작품은 베르나르도 베르톨루치에 의해 영화화되기도 했다.

99 Paul Dessau, 1894~1979 독일의 작곡가 겸 지휘자. 나치를 피해 미국으로 망명했다가 그곳에서 브레히트와 만나 교유하며 많은 작품을 공동으로 작업했다.

100 Kurt Weill, 1900~1950 독일의 작곡가. 1928년 가극 「서푼짜리 오페라」로 큰 성공을 거두었다. 이후 나치를 피해 미국으로 망명한 그는 브로드웨이와 할리우드에서 극음악, 영화음악을 썼다.

에 견줄 만한 것은 매우 드문 것이 사실이다. 하지만 그들의 매너리즘에 젖은 스타일만큼은 지적하지 않을 수가 없다. 비록 스타일 자체야 무척이나 유명해졌지만, 동시에 좁은 감정적 테두리 속에 음악을 가두는 족쇄 역할을 하기도 했으니 안타까울 따름이다. 어쨌거나 내 견해로는 브레히트의 작품 세계는 많이 오해되고 있는 것 같다. 그가 주창한 서사극 | Episches Theater |[101] 이라는 개념도 근본적으로는 정치성을 전제로 하고 있다. 예를 들어 「억척 어멈과 그 자식들」이나 「마하고니 시의 흥망」 같은 작품의 주인공들은 영웅적인 인물이기보다는 자본주의 사회의 냉혹한 힘에 의해 희생된 딱한 존재들이다. 1956년에 절명한 브레히트는 자신의 공산주의 이데올로기가 동유럽과 중국에서 어떻게 실패의 쓴잔을 마시게 되었는지 끝내 보지 못하고 눈을 감았다. 미국에서 큰 성공을 거둔 「서푼짜리 오페라」와 「억척 어멈과 그 자식들」 같은 그의 극이 요즘에는 인간 정신의 승리가로 해석된다는 점은 참으로 기묘한 아이러니다. 그것은 브레히트가 염두에 둔 바가 절대 아니었으리라 생각한다.

장 주네나 사뮈엘 베케트 같은 좀 더 급진적인 작가들은 전적으로 다른 문제였다. 훗날 파리에서 그들의 작품을 좀 더 깊게 읽게 될 터였지만, 이미 뉴욕에서부터 조금씩 맛은 보던 상태였다. 1950년대 말에 나는 이미 베케트의 소설 삼부작인 『몰로이』, 『말론은 죽다』, 『이름 붙일 수 없는 것』을 알고 있었었고, 희곡 『고도를 기다리며』와 『승부의 끝』도 접한 상태였다.

소설 『꽃의 노트르담』과 희곡 『발코니』, 『검둥이들』, 『하녀들』, 『병풍』 등을 쓴 주네와 관련해서는 관례적인 모든 것에 대한 완벽한 혐오가 특히 마음에 들었다. 그의 글에 담긴 생기가 내게는 매력적으로 다가왔다. 아일랜드 출신의 베케트 역시 마찬가지였다. 그는 어떤 모더니스트보다 암울하고 극

101 1920년대 브레히트가 주창한 연극 양식. 인과 구조로 이루어진 종래의 플롯을 거부하고 '서사', 즉 에피소드 제시를 통해 관객을 철저하게 관찰자적 위치에 두었다. 그럼으로써 연극이 고발하는 세상의 부조리를 관객 스스로 깨닫게 했다.

단적인 언어를 구사했지만, 그럼에도 그의 작품에는 환희의 감정이 어려 있었다. 베케트의 문학이 참 신선하게 다가온 이유는 주저리주저리 번쇄한 것들을 깨끗하게 비워 버린 것 같은 느낌이 있었기 때문이다. 그는 허식이나 교묘한 책략 따위에는 조금도 관심이 없었다. 이것저것을 모두 덜어 내고 남은 것은 오로지 글의 즐거움이었고, 나는 그것이 무척이나 마음에 들었다. 베케트의 작품은 또한 아주아주 재미있다. 나는 이른바 모더니즘이라 불리는 거미줄을 깨끗이 걷어치우는 그의 방식을 열렬히 받아들였다. 정말 그냥 갖다 버린 것이다. 그는 테이블을 깨끗이 치우고는 '자, 여기 진정으로 남은 것은 무엇인가?' 하는 물음을 던진 것이다.

책은 꾸준히 읽었지만 문학 쪽에 소질이 있는 편은 아니었다. 따로 공부하지도 않았고, 관련 수업을 들은 적도 없다. 내가 문학 작품을 찾아 읽은 이유는 개인적인 관심 때문이었다. 내 의견을 인증해 주고 검증해 주는 사람 하나 없어도 상관없었다. 즐거워서 읽은 책이고, 읽다 보니 사람이 조금씩 바뀌어 갔다.

나는 베케트와 주네의 세계관이 헤세와 가깝다고 생각했다. 변형과 초월에 대한 헤세의 생각을 공유하면서 그 의도에서는 더욱 급진적이었다고 할 수 있을 것 같다. 비트 세대의 행동주의에는 뚜렷한 정치적 차원이 있었다. 그럼에도 그 핵심에는 일상의 세계 '너머를 향하는' 철학이 있었고, 그 뿌리에는 변화를 위한 전략이 있었다. 요즘은 헤세를 읽는 이들이 많지 않기 때문에 그가 50~60년 전 젊은이들에게 던진 파장의 크기를 가늠하기가 쉽지 않을 것이다. 그러나 헤세가 끼친 심오한 영향을 헤아리지 못한다면 이야기의 중요한 부분을 놓칠 수밖에 없다. 내 이야기 역시 마찬가지다.

요가

미셸과 나는 당시 시대를 휩쓸던 이러한 생각에 큰 영향을 받았다. 그러한 사상들을 우리 삶의 실질적인 일부로 받아들이고 싶었고, 우리만의 '동방순례'를 떠나고 싶었다. 함께 요가를 배우기로 결정한 것도 그러한 마음가짐의 표현이었다. 문제는 1958년 당시 뉴욕에는 일반을 상대로 한 요가 스튜디오가 단 하나도 없었다는 점이다. 믿을 만한 요가 스승을 구하기도 하늘의 별 따기였다. 1893년 시카고 세계종교회의에서 스와미 비베카난다[102]의 개회 연설이 일대 센세이션을 일으킨 이후로 이따금씩 북아메리카를 찾는 스와미나 요기가 있기는 했다. 그러나 개설된 요가 학교도 없었고, 요가에 대한 평판이랄 것도 없었다. 그보다는 요가난다[103]가 좀 더 지명도가 있었다. 그는 1946년에 『요기의 자서전』[104]이라는 책을 냈다. 무척 재미있는 책이었지만, 당시에는 아직 대중적으로 크게 알려지지 않았다. 그래도 이 책 덕분에 미셸과 내게도 뉴욕에 사는 요기를 찾아보아야겠다는 결심이 섰다.

백방으로 수소문을 해도 별다른 소득이 없던 어느 날, 문득 전화번호부가 눈에 들어왔다. 에멜무지로 'Y'로 시작되는 페이지를 넘겨 보았다. 그랬더니 '요기 비탈다스'라는 항목이 등록되어 있는 것이 아닌가! 곧바로 전화를 넣고 약속을 잡았다. 며칠 뒤 어퍼이스트사이드에 있는 요기 비탈다스의 고층 아파트 건물을 찾았다. 그저 막연하기만 했고 무엇을 기대해야 할지조차 가늠하기 힘들었다. 그때만 해도 우리에게 '요기'는 그저 하나의 단어에 불과했다. 요기가 무슨 일을 하는 사람인지, 생활은 어디서 어떻게 하는지

102 Swami Vivekananda, 1863~1902 힌두교 지도자이자 개혁가. 1893년 시카고에서 열린 세계종교회의에 참석해 힌두교를 서방 세계에 널리 알리는 데 공헌했다. 1897년에는 라마크리슈나 미션을 설립해 스승인 라마크리슈나의 가르침을 세계 각지에 전파했다. '스와미'는 힌두교 종교 지도자를 가리키는 직함이자 경칭이다.

103 Yogananda, 1893~1952 인도의 요가 수행자, 도사. 이십 대 때 미국으로 건너가 요가 철학과 명상 수행법을 널리 알렸다. 법정 스님, 비틀스의 조지 해리슨, 스티브 잡스에게 많은 영향을 주었다고 한다.

104 한국에서는 『요가난다, 영혼의 자서전』, 김정우 옮김(서울: 뜨란, 2014)으로 출간.

짐작조차 하지 못했으니 말이다.

마침내 현관문이 열렸다. 문 안쪽에는 사십 대 후반 정도 되어 보이는 남자가 서 있었다. 인도풍의 헐렁한 옷가지에, 신발 없는 맨발 차림이었다.

"아, 드디어 내 첼라들이 오셨군 그래."

양팔을 활짝 벌려 환영의 뜻을 나타낸 그는 우리를 안으로 이끌며 말했다. '첼라|chela|'는 '제자' 혹은 '신봉자' 정도의 의미를 가진 힌두어지만, 그때는 무슨 말인지 몰랐다. 우리를 거실로 안내한 비탈다스는 그 자리에서 즉석 요가 레슨을 시작했다. 알고 보니 비탈다스 선생의 주 고객은 운동거리를 찾아온 어퍼이스트사이드의 부인네들이 대부분이라고 했다. 그랬던 만큼 젊은 청년 둘이 제자가 되기를 청하고 찾아왔으니 무척이나 반가웠을 것이다.

그날의 첫 만남은 결정적이었다. 그날 이후로 나와 미셸은 하루도 거르지 않고 정해진 요가 연습을 했다. 비탈다스는 하타 요가|hatha yoga| – 좌법과 체위에 집중하는 요가의 한 방법으로, 당시 사람들이 알던 유일한 요가 분파였다 – 를 가르치는 스승이었다. 비탈다스는 레슨이 끝나고 나면 우리를 부엌으로 데리고 가서 채식인들의 요리법에 대해서 가르쳐 주었다. 나는 그날로 채식인이 되었고, 이후 채식은 내 삶을 떠받치는 주춧돌이 되었다. 비탈다스가 유명 바이올리니스트 예후디 메뉴인의 요가 스승이라는 사실을 알게 된 것은 그로부터 몇 년이 지난 뒤였다.

나의 둘째 요가 스승은 인도 출신으로 당시 벨뷰 병원의 정신과 수련의로 있던 라마무르티 미슈라 박사였다. 그는 보통 명상 요가로 통하는 라자 요가|raja yoga|를 가르쳤다. 미셸과 앨버트 파인, 내가 그를 알게 된 것은 아마 1960년의 일로 짐작된다. 당시 미슈라 박사는 28가와 2번가가 만나는 지점쯤에 있는 자신의 아파트를 스튜디오 삼아 소규모 그룹을 가르치고 있었다. 수려한 용모에, 마음속까지 꿰뚫어볼 듯한 짙은 눈동자가 인상적이었다. 나이는 사십 대 정도였고, 무척이나 온화한 성품을 가지고 있었다. 미슈라 박

사는 한결같이 맑은 정신 상태를 지향하는 명상법을 상세하게 가르쳐 주었고, 성스러운 주문[呪文]을 반복해서 외게 한다거나, 프라나야마(호흡법)를 연습하게 했다. 나는 수업에 꼬박꼬박 참석하기는 했지만 박사의 애제자까지는 되지 못했다. 우리 가운데 애제자는 단연코 앨버트였다. 앨버트는 미셸과 나보다 훨씬 더 깊은 단계까지 수련했다. 그는 인적이 드문 시골로 독자 수행을 떠나기도 했고, 이따금씩 한참 동안 묵언 수행을 하기도 했다.

몇 년 뒤 나는 미슈라 박사가 쓴 『요가 심리학 교본』이라는 책을 우연히 손에 넣게 되었다. 기원전 2세기 파탄잘리[105]가 편찬한 『요가 수트라』에 바탕을 둔 책으로, 인도의 요가 시스템과 그 철학에 대해 이만큼 상세하게 설명하고 있는 책을 나는 달리 알지 못한다. 미슈라 박사의 엄청난 지식과 제자들에 대한 깊은 관심을 생각하면 아직까지도 마음이 따뜻해진다.

파리를 향하여

줄리아드에 다닐 날이 얼마 남지 않았을 때다. 나는 앨버트에게 파리에 가서 나디아 불랑제 선생님에게 배우고 싶다는 말을 불쑥 꺼냈다. 앨버트는 그것 참 멋진 계획이라며 직접 추천서까지 써 주겠다고 했다. 나는 학자금 마련을 위해 풀브라이트 장학금을 신청했고, 지급 대상자로 선정되었다. 하지만 그것과 함께 포드 재단에서 주는 연구비도 신청해 놓은 것이 있었다. 작곡 전공 졸업자들을 미국 전역의 공립학교에 '상주 작곡가'로 보내 1년간 일하게 하면서 경제적으로 지원하는 프로그램이었다. 햇병아리 작곡가들은 수업은 맡지 않았고, 대신 소속 학군 내의 학교에 딸린 오케스트라와 성악 앙상블, 실내악단 등의 단체가 연주할 음악을 쓰는 일을 했다. 1년에 열 명

105 **Patanjali** 기원전 2세기 무렵 인도의 문법학자로, 힌두교의 정통 육파철학 중 하나인 요가 학파를 창시했다.

정도가 이 프로그램의 수혜자로 선발되어 로스앤젤레스, 피츠버그, 시애틀, 세인트루이스 같은 도시에 배속되었다. 그런데 그 프로그램에 내가 선발된 것이다. 소식을 듣고 받아들이기로 결정했다. 풀브라이트 위원회에서는 그렇다면 장학생 자격을 잃게 될 것이며 차후에 재지원해야 할 것이라 알려 왔다. 나는 포드 재단의 발령에 따라 피츠버그에 가서 1962년 가을 학기부터 1963년 봄 학기까지 일했다. 그러면서 풀브라이트에는 이듬해에 다시 지원서를 넣었다.

피츠버그에서는 다운타운에서 그리 멀리 떨어지지 않은 바움 대로에 있는 어느 로프트에서 지냈다. 하위 중산층에서 중산층 정도 사람들이 모여 사는 동네였다. 피츠버그는 여러 면에서 볼티모어를 연상시키는 도시였다. 두 도시 모두 남부와 인접해 있어서 남부 문화의 존재감이 강했다. 볼티모어는 버지니아 주, 캐롤라이나 주와 가깝고, 피츠버그는 애팔래치아 산맥과 근접해 있다. 두 도시는 크기도 서로 비슷하고, 좋은 학교와 대학이 있다는 점도 같았다. 또한 유대인과 가톨릭교도의 인구 비율이 높고, 베들레헴 철강 공장이 있다는 점도 공통적이었다. 그러니 피츠버그에서 지내는 동안 볼티모어와 달리 새롭게 다가온 점 같은 것은 없었다고 해도 과언이 아니다.

피츠버그 시에는 기악 음악과 성악 음악을 담당하는 공무원이 각각 한 명씩 있었다. 이들이 각급 공립학교의 모든 음악 과정을 관리했다. 줄리아드를 갓 졸업한 신출내기 작곡가인 내게 무려 수만 명의 아이들이 속한 하나의 학제가 떨어진 것이었다. 가르칠 필요는 없고 그저 곡만 쓰면 되었다. 도시 곳곳에 오케스트라가 활동 중이었고, 이 밖에도 브라스밴드, 현악 사중주단, 합창단 등이 있어 각양각색의 음악에 대한 수요는 언제나 꾸준했다. 1960년대 초반은 공립학교 음악 커리큘럼이 한창 왕성하던 시기이기도 했다. 주머니에 땡전 한 푼 없는 가난한 학생이라 할지라도 피츠버그에서는 학교에서 무상으로 제공하는 악기를 가지고 레슨을 받을 수 있었다. 아니, 사실 미국 대부분의 대도시가 그러했다. 당시 공립학교는 여유 악기도 가지고 있었고, 지휘자도 따로 두고 있었다. 고등학교만 졸업하고 곧바로 음악원으로 진학하는 아이들이 있었던 것도 바로 그런 분위기였기에 가능했다. 가히 미국 음악 교육의 전성기라 부를 만한 시기였다. 요즘은 이런 프로그램을 찾기가 쉽지 않다. 일부 공립학교가 아직 분투하고 있기는 하지만, 그렇다 한들 운영 자금과 교사 채용 자금은 학부모의 주머니에서 나오는 것이 보통이다.

피츠버그에서는 초등학생들을 위한 음악과 고등학교 오케스트라를 위한 음악을 주로 썼다. 어린 아이들이지만 연주 실력은 썩 훌륭했다. 피츠버그에 있는 동안 무척 많은 양의 음악을 썼다. 보통 3주에 한 곡 꼴로 완성했고, 탈고를 마치면 곧바로 다음 곡에 착수하는 식으로 꾸준했다. 리허설과 공연도 의무적으로 참관했다. 직접 몰고 다니는 차도 있었고, 6백 달러 정도 되는 월급도 당시 내 기준으로는 무척 거금이었다. 월세 80~90달러에 썩 괜찮은 아파트를 구할 수 있던 시절의 이야기다.

우리는 누구에게도 음악을 억지로 강요하지는 않았다. 기악 음악 담당 공무원 스탠리 레빈은 종종 이렇게 말했다.

"사우스힐스에 고등학교가 하나 있는데, 거기 목관 오중주단이 있다네요. 한 곡 가능하겠어요?"

"물론이죠."

고등학교 풋볼 경기가 있을 때면 관중석에 앉아 내가 쓴 행진곡을 연주하는 고적대 소리를 듣기도 했다. 학년 말에는 큰 콘서트를 열어서 내가 쓴 모든 곡을 무대에 올리기도 했다. 아주 만족스러운 한 해였다. 스물여섯 살 난 풋내기 작곡가에게 오로지 자신의 음악으로만 꾸며진 연주회를 경험하는 호사는 결코 흔치 않을 테니 말이다.

피츠버그 생활이 끝나 갈 무렵인 1963년 봄, 나는 풀브라이트 재단에 다시 원서를 제출했고 다시 한 번 장학생으로 선발되었다. 하지만 이번에는

피츠버그 교육청에서 발목을 잡았다. 한 해 더 머물러 주었으면 좋겠다는 부탁이었다. 차마 거절할 수 없었다. 나는 1963년 가을 학기가 시작되기 전에 두 번째로 대륙 횡단 여행을 했다. 샌프란시스코에 들렀을 때는 대학 졸업 후 만나지 못한 제리 터메이너를 만나 오랜만에 회포를 풀었다. 제리는 역시 시카고 대학교 출신인 조앤 아칼라이티스를 만나기 위해 베이에어리어 | Bay Area |[106]에 와 있는 참이었다.

제리의 소개로 커피숍에서 처음 만난 조앤에게 나는 그 자리에서 반해버렸다. 스물여섯 살이던 조앤은 매우 아름답고 무척이나 똑똑했다. 당시 그녀는 샌프란시스코의 카리스마 넘치는 연극감독 앨런 슈나이더 밑에서 일을 배우고 있었다. 슈나이더는 사뮈엘 베케트의 희곡을 미국 무대에 널리 알린 감독으로, 당시 젊은 배우들을 주축으로 하여 조직한 작은 극단을 이끌고 있었다.

제리, 조앤과 함께 커피숍에 앉은 지 30분도 채 되지 않아 나는 조앤에게 대뜸 물었다.

"나랑 같이 오토바이 타지 않을래요?"

그녀는 흔쾌히 동의했고, 우리는 곧 오토바이에 올라타고 샌프란시스코의 언덕바지 길을 오르락내리락 누볐다. 커피숍으로 다시 돌아왔을 때 조앤은 다른 배우들 몇 명과 뉴욕에 가게 되었다는 이야기를 했다.

"나는 피츠버그로 돌아가야 해요. 하지만 오토바이가 있으니 뉴욕에서 보자구요."

그리고 나는 약속을 지켰다. 조앤은 내 인생의 첫 번째 사랑이었다. 우리는 2년 뒤 지브롤터에서 결혼식을 올렸고, 두 명의 자녀를 – 줄리엣과 재크 – 두었다. 결혼 생활을 마감한 이후에도 우리는 극장에서 함께 일하는

106 샌프란시스코, 오클랜드, 새너제이 등을 아우르는 북부 캘리포니아의 지역. 샌프란시스코만bay을 중심으로 한 지역이라 하여 '베이에어리어'라 부른다.

동반자로 만나 오고 있다. 조앤은 연극감독이자 대본 작가로서 1970년대부터 1990년대까지 뉴욕에서 태동한 여러 새로운 극장에서 주도적인 역할을 담당했다. 하지만 우리 둘은 이미 1963년부터 극장과 연을 맺고 일을 해 왔다. 나는 스무 살 때부터 부수 음악과 무용 음악을 쓰기 시작했으니 당연히 그녀가 하는 일에 관심이 지대할 수밖에 없었다. 2년 후 우리는 파리에서 직접 극단을 결성하여 사뮈엘 베케트와 함께 일하게 되었다.

피츠버그에 짐을 풀고 어느 정도 정돈을 해 놓은 다음 곧장 뉴욕으로 내달렸다. 주말마다 조앤과 함께 지내고 싶어서였다. 조앤은 '거스'라고 이름 붙인 아름다운 개와 함께 차이나타운에서 멀리 떨어지지 않은 리틀이탈리아에 있는 아파트에 살고 있었다. 뉴욕까지는 쉬지 않고 달리면 여덟 시간 거리였다. 주말마다 꼬박 이틀을 조앤과 함께 지내고 월요일 아침에 맞추어 돌아올 수 있었다. 연극과 영화를 보러 다니며 데이트했고, 존 라우슨과 미셸 젤츠먼 같은 친구들과도 함께 만났다. 친구들은 모두 조앤이 멋진 여자라고 생각했다. 그녀와 나는 실험적 연극 무대에 관심이 많았지만, 1963년만 해도 그런 극장이 흔하지는 않았다. 1960년대가 오고 가면서 폭발적으로 늘어날 무대의 일부가 될 이들은 아직 너무 어렸고, 자신들만의 작품을 시작하기 전이었다.

피츠버그에서 보낸 2년차 생활도 끝날 무렵인 1964년 봄, 풀브라이트 재단에 세 번째로 원서를 냈고 이번에도 장학생에 선발되었다. 이제 더는 파리행을 미룰 수 없었다. 그러는 사이 조앤과의 관계도 함께 미래를 고민할 정도로 진지해졌다. 그래서 말을 꺼냈다.

"파리에서 공부할 기회가 생겼어. 장학금도 나왔고. 같이 갔으면 좋겠는데, 어때?"

"그것 참 재미있네. 나도 파리에 가 볼까 하고 생각하고 있었거든. 피터 브룩이 있고, 리빙 시어터가 있는 곳이니까. 가까운 폴란드에는 그로토프스키도 있고 말이야."

조앤이 말한 이들은 모두 연극판에서는 혁신가로 통하는 사람들이고 단체였다. 폴란드 출신의 예지 그로토프스키는 실험 극장의 선구자로 『가난한 연극을 위하여』라는 책을 쓰기도 했다. 피터 브룩은 영국 출신의 연극 감독이고, 리빙 시어터는 줄리언 벡과 주디스 몰리나가 뉴욕에서 창단한 실험적 극단으로, 당시에는 유럽을 거점으로 활동하고 있었다. 조앤은 그러한 형식의 무대를 공부하고 싶어 했다. 당시 조앤은 이미 루스 말레체크[107]나 리 브루어[108] 같은 친구들과 함께 일하고 있는 중이었다. 이들 세 사람은 샌프란시스코의 앨런 슈나이더 연기 워크숍에서 만나서 의기투합했고, 함께 유럽행을 도모하고 있는 참이었다. 또한 파리는 주네와 베케트가 활동하고 있는 곳이었다. 우리에게 파리는 현대연극의 실험적 무대를 현재 진행형으로 경험할 수 있는 곳인 셈이었다.

작곡가가 되겠다는 내 결의가 완전히 굳은 것도 이 무렵의 일이다. 이제 내 유일한 걱정은 작곡가로 성공하기 전에 죽어 버리면 어떡하나, 이것뿐이었다. 그러나 비록 의지는 뚜렷했지만 작곡가가 되기 위해 필요한 음악적 기교가 부족하다는 점이 당면 과제였다. 어느 정도 수준을 갖춘 곡을 쓰기 위해서는 음악의 기초가 되는 기술을 더욱 다듬어야 했다. 이를테면 화성법과 대위법 같은 분야는 줄리아드를 졸업한 후에도 진정으로 마스터했다는 확신이 들지 않았다. 나디아 불랑제 선생님에게 배우고 싶었던 이유가 바로 거기에 있었다. 음악적 테크닉의 절대 귀감이라 할 분에게 배울 필요가 절실했다.

어쩌다 보니 파리행을 2년이나 미루고 말았다. 이제 그 어떤 장애물도

107 **Ruth Maleczech, 1939~2013** 미국의 영화배우이자 연극연출가. 연극 「하지Haji」, 「나뭇잎 사이로」, 「리어 왕」으로 미국 오프브로드웨이에서 권위를 자랑하는 오비상을 세 차례 받았다.

108 **Lee Breuer, 1937~** 미국 현대 실험극의 거장으로 불리는 연출가. 1970년에 필립 글래스, 루스 말레체크, 데이비드 웨릴로우 등 다양한 장르의 현대 예술가들과 함께 뉴욕에서 아방가르드 극단인 마부 마인스를 창단했다. 루스 말레체크와 부부다.

없었다. 지금까지 내가 준비해 온 일을 하기 위해 떠날 만반의 준비가 되었다. 중요한 사건이 벌어지리라는 예감이 있었고, 마침내 올바른 방향으로 발을 내딛는다는 기분 좋은 확신이 있었다.

85가와 암스테르담 가가 만나는 곳에 있는 BMW 매장에 오토바이를 처분하고 약간의 현금을 손에 쥐었다. 큰 걸음을 내디딜 준비가 되어 있었다. 1964년 가을이었다. 나는 마침내 파리를 향해 떠났다.

파리

파리 14구 소바주 가

미국을 떠나기 전, 나는 파리에 있는 시인 친구 칼라일 레디에게 편지를 썼다. 칼라일은 존 라우슨과 친했고, 그렇게 둘은 차이나타운에 있는 내 아파트에 몇 번 놀러 와 자고 간 적이 있다. 그녀는 나보다 앞서 파리에 정착했고, 거기서 영국 화가 조너선 니콜을 만나 가정을 꾸렸다. 파리에 가게 되었다고 소식을 알리자 곧 답장이 왔다.

"안타깝네. 우리 부부는 곧 파리를 떠나게 되었거든. 그런데 우리가 쓰던 스튜디오 사고 싶은 생각 없어?"

스튜디오를 '산다'고? 그럴 돈도 없는데, 무슨 소리인가 싶어서 다시 편지를 보냈다. 그랬더니 금방 답장이 왔다.

"말은 '산다'고 하지만 사실은 임대야. 프랑스에서는 임대차 계약도 사고 팔 수 있거든. 법률 서류를 '메리'에 등록만 하면 돼."

'메리 |mairie|'라는 것은 파리 시내에 있는 구청들이라고 했다. 즉시 우리는 합의를 보았다. 도착해 보니 내가 머물 곳은 파리 14구의 소바주 가에 있는 아

틀리에였다. 소바주 가는 너비가 좁은 길로, 지금은 몽파르나스 역이 들어오면서 사라지고 말았지만 당시는 멘 대로의 남쪽으로 나란히 난 길이었다.

14구는 파리에서도 특히 멋진 곳이었다. 인접한 6구만큼 관광객이나 학생들로 붐비지 않았고, 주택들 사이로 군데군데 예술가들이 쓰는 스튜디오가 흩어져 있어 자기만의 색깔이 뚜렷했다. 들리는 이야기로는 루마니아 출신의 망명 조각가 콘스탄틴 브랑쿠시의 스튜디오도 한때 근처에 있었다고 하고, 사뮈엘 베케트는 아직 동네 어딘가에 살고 있다고 했다. 몇 블록만 가면 게테 전철역이 있었고, 멘 대로와 게테 가가 만나는 곳에 있는 '삼총사 카페'와도 가까웠다. 큰 식당과 카페가 밀집한 몽파르나스 대로까지도 금방 걸어갈 수 있는 거리였다. 아틀리에 자체는 원래 자그마한 마차 차고로 지어진 건물로, 나중에는 자동차 차고로 사용되다가 결국에는 방 두 개짜리 독립 스튜디오로 개조된 공간이었다. 화장실과 부엌은 어지간히 열악한 환경에서 지내 본 내가 보기에도 다소 조잡했지만, 거실은 업라이트 피아노와 침대를 들여놓아도 너끈할 정도로 널찍했다. 큰 응접실에는 석탄 난로가 비치되어 있었고, 건물 안뜰이 눈에 들어오는 창가는 책상을 놓으면 안성맞춤일 공간이었다. 1964년 9월부터 뉴욕으로 돌아가는 1967년 4월까지 나는 그곳에서 아주 편히 지냈다.

내게 파리는 작곡가로서의 훈련을 완성한 곳이자, 직업 음악가로서의 삶이 시작된 장소이며, 또한 중요한 친구를 여럿 사귀게 해 준 도시였다. 자리를 잡고 몇 달 뒤 마침내 조앤이 합류했다. 매일 불랑제 선생과 보낸 여덟 아홉 시간을 제외하면 나는 하루의 전부를 조앤과 함께 보냈다. 함께 파리의 문화와 언어를 빨아들였고, 극단 프로젝트에 – 첫해는 브레히트와 베케트의 작품이 주종을 이루었다 – 힘을 모았다. 그 어떤 직업적 책임감도 없이 끊임없이 배우고 실험한 자유로운 시기였다.

우리의 주된 걱정거리는 언제나 돈이 궁하다는 것이었다. 풀브라이트 장학금으로 나오는 돈은 매달 7백 프랑(140달러)이었다. 다만 아틀리에에는 관리비 명목으로 매달 90프랑(18달러) 정도가 들어갔을 뿐 별도의 집세를 낼 필요가 없어서 다행이었다. 임차 계약을 '구입'하면서 해결한 덕분이다. 월초에 700프랑이 입금되면 우선 학생 식당 식권을 스물네 장 구입했다. 학생 식당은 파리 곳곳에 퍼져 있는 시설로, 메뉴는 어디나 다 마찬가지였지만 같은 메뉴라도 다른 식당에서 먹으면 맛이 조금씩 달라서 그나마 견딜 만했다. 2.5프랑(약 50센트)이면 국수와 빵, 카망베르 치즈 한 조각, 작은 포도주 한 병, 오렌지 하나가 곁들여진 한 끼 식사가 가능했다. 그래도 생존에는 적당했지만 결코 즐겨 먹을 식단은 되지 못했다. 어쨌든 식권은 월말까지 남겨 두었다가 돈이 다 떨어지면 사용했다.

파리에서 생활하는 동안 조앤은 활기차고 체계적으로 생활했다. 나의 음악 수업과 프랑스어 수업에 드는 학비는 풀브라이트 재단이 책임져 주었고, 미셸의 도움 덕분으로 프랑스어도 첫 단추를 잘 꿰어 아주 유창하지는 않아도 그럭저럭 생활에 불편을 겪지 않을 정도는 되었다. 동시에 사설 어학원에서 개인 레슨을 받으며 필요한 부분을 메웠다. 조앤은 파리에 도착하자마자 알리앙스 프랑세즈에 등록하여 어학 공부를 시작했고, 반 년 만에 상당한 수준에까지 이르렀다. 집 근처 웨스트 가에는 매일 들어서는 큰 시장이 있었는데, 조앤은 채소며 과일이며 와인이며 치즈 값을 능숙하게 흥정했다. 외국인이 그렇게 하기가 어디 쉬운 일인가. 일반 식당에서 식사를 해결하는 일은 극히 드물었다. 4~5프랑이면 한 끼를 해결할 수 있는 정가제 식당이 있기는 했지만 말이다.

학생 식당 외에도 파리라는 도시는 학생을 위한 할인 제도가 잘 갖추어져 있어 연극과 영화 티켓도 아주 싼 값에 살 수 있었다. 학생 할인은 프랑스 정부가 나서서 정책화한 아주 고마운 제도였다. 덕분에 파리에 유학 온 학생들은 기본적인 의식주 해결은 물론이요, 아주 적은 돈으로도 프랑스식 교육의 혜택을 받을 수 있었다. 학생 할인제의 취지는, 전 세계의 젊은이들을 적극적으로 파리로 끌어들여 그들에게 프랑스 문화와 언어, 그리고 정치와 예술에 관한 프랑스식 시각을 갖추게 하는 것이었다. 그렇게 많은 젊은이들로 하여금 친프랑스파가 되어 각자의 고국으로 돌아가게 한 것이다. 심지어 오늘날에도 아프리카, 아시아, 아메리카 대륙에서 요직을 차지하고 있는 사람들을 보면 주로 남성들이기는 하지만 프랑스식 교육의 혜택을 받은 이들이 있다. 나 역시 그랬다. 내가 직업 작곡가로 살면서 쓴 모든 음악은 프랑스식 음악 교육에서 영향 받은 것이다. 나 또한 프랑스 정책의 수혜자인 셈이다.

돈 문제가 전부는 아니었다. 유학생 처지에서 프랑스 친구들을 사귀기란 무척 힘든 일이었다. 유학생들은 별도의 하위문화 정도로 취급받았다. 거의 프랑스 사회 내의 '불가촉천민'이라고나 할까. 그리하여 조앤과 함께 일한 극단에 소속된 미국과 영국 출신 친구들을 사귀었고, 그 밖에도 아프리카, 유럽의 다른 나라, 캐나다와 남아메리카에서 온 친구들과 주로 시간을 보냈다. 우리의 공통어는 프랑스어였다. 조앤과 나는 1940년대에 헝가리를 떠나온 프랑수아 코바크라는 남자와 친해졌다. 코바크는 죄수 신분으로 감옥으로 이송되던 도중 호송대를 따돌리고 숲으로 도망쳤다고 했다. 그러지 못했더라면 나치에게 목숨을 앗길 운명이었던 것이다. 이후 몇 달 동안 유럽 곳곳을 전전하다가 결국 프랑스에 이르렀다. 이제는 완전히 프랑스 사회에 동화된 듯했지만, 그럼에도 아직 이웃들은 자기를 '헝가리인'이라 부른다며 불퉁거렸다. 내가 '진짜 프랑스 사람'을 친구로 사귀게 된 것은 1970년대 초반 필립 글래스 앙상블과 함께 유럽 공연을 할 때였다. 다니엘 코와 그의 아내 자클린 부부가 자신들의 집으로 초대해 준 것이다. 다니엘은 프랑스 뮈지크 방송국에서 음악 방송 진행을 맡고 있었고, 자클린은 다큐멘터리 영화 제작자였다.

유럽 현대 예술의 최전선

1960년대 중반의 파리는 멋진 일들이 잔뜩 벌어지는 도시였다. 우선 「국외자들」, 「미치광이 피에로」, 「남성, 여성」을 감독한 장뤼크 고다르와, 「400번의 구타」, 「쥘 앤 짐」을 만든 프랑수아 트뤼포가 주도하는 누벨바그 영화가 한창이었다. 최소한 몇 달에 한 번꼴로 그들의 신작 영화가 발표되었는데, 그때마다 영화관을 채운 젊은이들의 흥분 지수를 피부로 느낄 수 있었다. 그런가 하면 작곡가 겸 지휘자 피에르 불레즈는 '음악의 영역'이라는 연주회 시리즈를 통해 유럽 음악계의 최신 흐름을 선보이고 있었다. 불레즈의 연주회는 내가 파리에 머무는 동안 경험한 음악의 하이라이트였다. 거기서 놀라운 음악을 많이 만났고, 특히 줄리아드 시절 작곡과 재학생들과 대담을 위해 방문한 바 있는 독일 작곡가 카를하인츠 슈톡하우젠의 음악이 충격적이었다. 줄리아드 강단에 선 슈톡하우젠에게서는 인간적으로 그다지 좋은 인상을 받지는 못했다. 거만한 모습에 도무지 정을 붙일 수 없었다. 그렇지만 파리에 사는 동안 그의 음악을 알게 되면서부터 그의 인격적 문제는 더 이상 눈에 들어오지 않았다. 강력한 음악이 그런 문제를 눈 녹듯 사라지게 한 것이다.

나는 그러한 경험으로부터 예술가들에게 종종 따라붙게 마련인, 사회적이고 음악적/정치적인 문제들과 작품 그 자체를 분리해서 생각하는 법을 깨우치게 되었다. 많은 사람들이 '12음 기법'과 '음렬주의' 악파의 중대한 역사적 가치를 끝없이 강조하고 있었지만, 그마저도 쉽게 무시할 수 있었다. 사실 쇤베르크의 추종자들이 쓴 음악 가운데 진실로 아름다운 작품이 일부 있음은 부인할 수 없는 사실이다. 그러나 이 글을 쓰고 있는 21세기 초입의 관점에서 보자면 예술과 음악이 30년 전, 50년 전 사람들이 예상한 것과는 사뭇 다른 방향으로 진행되어 왔음을 우리는 분명히 알 수 있다. 그럼에도 1960년대 중반 내가 파리에서 들었던 음악은 – 비록 아주 새롭다고는 할 수 없었지만 – 무척 흥분되는 것이었으며, 거기 담긴 특성은 오늘날까지도 가감 없이 이어지고 있다. 내가 음악가로 살아오면서 목격한 음악계의 사건 전개와 변화가 이 책이 다루고자 하는 부분적 주제가 되기도 할 터이다.

파리 극장가에는 오데옹 극장의 장루이 바로[109]라는 걸출한 연출가가 있었다. 그는 1964년 아내 마들렌느 르노와 함께 사뮈엘 베케트의 2인극「오 행복한 나날」을 무대에 올렸다. 오데옹 극장은 베케트와 주네의 작품을 비롯해 다양한 희곡을 극화했다. 알제리 전쟁을 다룬 주네의「병풍」초연도 조앤과 함께 가서 보았다. 당시 오데옹 극장 앞에는 시위 진압 경찰이 잔뜩 깔려 있었다.

국립민중극단 역시 동독 극작가 브레히트의 작품을 비롯해 여러 전통적인 작품을 열심히 무대에 올리고 있었다. 조앤과 나는 오데옹 극장, 국립민중극단, 여타 군소 극단의 공연을 보러 다니면서 현대 유럽의 진보적 극단의 분위기를 대강 파악했다. 우리가 보고 자란 미국의 '자연주의' 연극들, 이를테면 테네시 윌리엄스, 윌리엄 인지, 아서 밀러의 작품들과는 너무도 달랐다. 신선한 문화 충격이었다. 조앤은 루스 말레체크, 리 브루어와 함께 이미 새로운 연출 사조로 기울고 있었다. 앞서도 언급한 피터 브룩, 그로토프스키, 리빙 시어터 역시 그 연장선상에 있었다.

유럽의 현대적 연출 사조를 더욱 깊이 빨아들이고 싶었던 우리는 브레히트의 작품을 본고장에서 보고 싶은 열망에 베를린으로 향했다. 브레히트의 미망인 헬레네 바이겔이 단장으로 있는 극단의 공연을 보기 위해서였다. 1965년의 베를린은 두 개로 쪼개진 도시였다. 우리는 파리에서 열차편으로 이동해 거의 2주가량을 머물렀다(좀처럼 방학을 허락하지 않는 불랑제 선생님이 내준 귀중한 자유 시간을 이용했다). 서베를린의 싸구려 호텔에 투

109 **Jean-Louis Barrault, 1910~1994** 프랑스의 배우이자 연출가. 1946년에 르노-바로 극단을 만들어 라신, 카프카, 몰리에르, 아샤르 등의 작품을 올렸다. 특히 폴 클로델의「크리스토프 콜럼버스의 서」에서는 '전체 연극'이라는 개념을 주창하기도 했다. 이어 앙드레 말로의 알선으로 오데옹 극장에 초빙되었고, 이오네스코나 베케트 등의 전위적인 작품을 무대에 올렸다.

숙하면서 매일 늦은 오후쯤 체크포인트 찰리(국경 검문소)를 통해 동베를린으로 넘어갔다. 양 베를린 사이의 긴장이 높은 시절이었던 만큼 체크포인트 찰리를 통과하는 것 또한 꽤나 무서운 일이었다. 동과 서 사이의 무인 지대는 동구권 국가들을 탈출한 사람들이 서방 진입을 시도하는 통로였다. 감시탑에 배치된 동독 경찰은 무단 월경자를 향해 발포할 만반의 준비를 하고 있었다. 그런 상황이었기 때문에 일일 통행증을 받아 건너가는 처지에서는 매우 불안할 수밖에 없었다. 그럼에도 우리는 꿋꿋이 국경을 건넜고, 짧은 기간이나마 「코카서스의 백묵원」, 「억척 어멈과 그 자식들」, 「막을 수 있었던 아르투로 우이의 득세」를 비롯한 네다섯 편의 작품을 오리지널 프로덕션의 공연으로 관람했다. 서베를린에서도 역시 브레히트의 작품인 「갈릴레오」를 챙겨 보았다.

파리에서 생활하며 간혹 런던도 다녀왔다. 조앤은 기차-페리-기차 편을 이용했고, 나는 기차 대신 오토스톱(히치하이크)을 이용했다. 1960년대만 하더라도 오토스톱으로 여행을 하는 사람이 흔했다. 가난한 학생들이 유럽 전역을 그렇게 누비고 다녔다. 영국해협을 건널 때는 조앤과 같이 페리를 타기도 했지만, 내려서 런던까지는 다시 각자의 방법으로 갔다. 런던에 도착해서는 하루 1파운드 정도밖에 안 드는 아주 저렴한 민박집을 찾았다. 짐을 풀고는 곧장 로열 셰익스피어 극장으로 가서 밤새 줄을 섰다. 다음 날 오전부터 팔기 시작하는 입석표를 사기 위해서였다. 극장 측의 인심 좋은 배려 덕분에 학생들은 고작 몇 실링 정도에 공연을 볼 수 있었다. 런던에서는 로렌스 올리비에가 주연한 「오델로」와 스트린드베리의 「죽음의 춤」 같은 잊지 못할 무대를 접했다.

세 번째 극장 순례는 프랑스 남부 지방으로 향했다. 1965년의 여름이었다. 불랑제 선생님은 퐁텐블로의 여름학교 강의에 나갔고, 덕분에 나는 프랑스에서 맞는 첫 여름을 그렇게 즐길 수 있었다. 조앤과 나는 여느 프랑스인들과 마찬가지로 8월 전체를 휴가에 쓰기로 하고 몇백 달러를 모아 고물 폴크스바겐 딱정벌레차를 구입해 남쪽으로 길머리를 잡았다. 첫 행선지는 스페인의 모하카르 해변이었다. 미국인 화가 친구 단테 리오넬리를 만나기 위해서였다. 아도비 벽돌로 지은 그의 거처는 산업화의 혜택과는 조금의 상관도 없는 아주 원시적인 형태였다. 심지어는 수돗물도 나오지 않아 길어 온 물로 해결해야 했다.

리오넬리에게 작별을 고하고 서쪽으로 길을 달려 지브롤터로 향했다. 지브롤터에 도착하자 조앤이 대뜸 말을 꺼냈다.

"있잖아, 여기서는 5파운드만 있으면 결혼식을 올릴 수 있대."

우리는 스물여덟이었고, 피차간에 예술에 대한 목표가 확고했다. 조앤은 연극 무대에 평생을 바치기로 한 결심에 변함이 없었다. 결혼을 해서 아이를 낳고 가정을 꾸리는 미래를 우리는 아주 무겁게 받아들였다. 일단 결혼을 하게 되면 나에게나 조앤에게나 희생이 요구될 터였다. 조앤은 남편 뒷바라지와 살림에 평생을 바칠 타입의 여인이 아니었다. 하지만 어떤 일이 닥치더라도 우리는 파트너로서 의연하게 대처할 것이라는 점, 그것만은 따로 의논할 필요가 없을 정도로 분명했다. 결국 결혼 이야기는 함께 가정을 꾸리고 더불어 일하게 될 미래에 관한 것이었다.

우리는 5파운드를 들고 관청을 찾았다. 거기서 곤살레스라는 사람이 입회한 가운데 10분짜리 약식 결혼식을 치렀다. 곤살레스 씨는 헤링본 재킷에 타이 차림이었고, 우리는 여행 복장 그대로였다. 나는 밝은색 셔츠와 청바지에 샌들을 신었고, 조앤은 얇은 여름 드레스에 샌들과 선글라스 차림이었다. 식을 마치고 지브롤터 당국에서 발급한 결혼 증명서를 받았다. 둘만의 피로연도 했다. 수중에 돈이 거의 없어서 식당에서 하는 식사는 꿈도 꾸지 못하는 처지임에도 그날만은 근사한 식사에 샴페인도 곁들였으니 나름대로 무리를 한 셈이다. 그러고는 몇 달러짜리 방을 잡아 신혼 초야를 치렀다.

지브롤터를 떠나 다시 북쪽으로 길을 잡고 리빙 시어터의 공연을 보기 위해 프랑스 아비뇽으로 향했다. 당시 유럽에서 리빙 시어터는 그저 '리빙'이라는 이름으로 통했다(참으로 적절한 약칭이었다). 우리는 줄리언 벡과 주디스 몰리나가 공동으로 감독한 「프랑켄슈타인」을 보고 그 자리에서 압도당하고 말았다. 극본 작업과 제작 과정 전체가 극단 식구들에 의해 진행되었으며, 중간중간에는 즉흥 연기와 편집이 가미된 형태였다. 우리가 염두에 두고 있던 극단이 나아가고자 하는 길의 본보기를 발견했다는 느낌이었다.

「프랑켄슈타인」은 이미지즘에 입각한 의식의 흐름 기법을 따른 작품으로, 정|靜|과 동|動|이 결합되어 우리 눈과 귀에는 무척이나 신선하게 다가온 무대였다. 공연이 끝나고 우리는 줄리언과 주디스를 만났다. 둘 다 마흔 즈음이었고, 극단의 다른 멤버들은 그보다 훨씬 어렸다. 줄리언은 키가 크고 마른 체형에 무척 민활했다. 부리부리한 눈빛에 진지한 인상이어서, 야물커|yarmulke|[110]를 쓰지 않았을 뿐이지 마치 탈무드 학자 같은 분위기를 풍겼다. 주디스의 인상은 그와는 정반대였다. 짧은 키에 통통한 체형으로, 숱이 많은 아프로 헤어스타일이 두드러졌다.

그들이 우리 같은 사람을 무척이나 많이 만난다는 것은 불문가지였다. 스타에게 홀딱 반한 나머지 극단에서 받아만 준다면 간이며 쓸개며 모두 내어주겠다고 덤비는 젊은이들이 얼마나 많을 것인가. 서커스단에 들어가겠다며 가출하는 어린 철부지처럼 말이다. 조앤과 나는 그렇게까지 필사적이지는 않았지만, 혹여라도 같이 일해 보자는 제안이라도 받았다면 솔직히 어떻게 되었을지 장담은 못하겠다. 줄리언과 주디스는 새로운 극단을 꾸리고자 하는 우리의 꿈을 따뜻하고 공감 어린 자세로 경청해 주었다. 마지막에는 격려가 되는 말도 많이 해 주었다. 짧은 시간이나마 할애해 준 그들의 친절

110 유대인 남자들이 쓰는 작고 테두리 없는 모자.

함이 무척 고마웠다. 선배들이 후배들에게 보여 주는 그와 같은 성원과 지지는 실험적 연극판에 종사하는 사람들에게서 어렵지 않게 찾을 수 있는 덕목이었다.

아버지를 위한 협주곡

여행을 마치고 파리로 돌아오자마자 조앤과 결혼했다는 소식을 알리기 위하여 부모님께 편지를 띄웠다. 비록 나는 유대인 가정에서 나고 자랐고 조앤은 가톨릭 집안 출신이었지만 그런 차이가 큰 문제가 될 것이라고는 생각하지 않았다. 두 삼촌도 비유대인과 결혼했고, 친사촌 중 절반은 신교도였기 때문이다. 아버지가 보낸 답장은 간단했다. 요지는 이것이었다.

"다시는 이 집에 발을 들여놓을 생각 마라."

나는 깜짝 놀랐다. 한마디로 부자간의 연을 끊겠다는 말이었으니 말이다. 조앤에게는 아무 말도 하지 않은 채 아버지의 편지를 다시 한 번 읽고는 태워 버렸다. 그렇게 하는 것이 옳다고 생각했다. 자세한 내용은 기억하고 싶지도 않았고, 일단 무슨 말씀인지는 알았으니 말이다. 또한 아버지 자신도 분명 후회할 편지일 것이라고 생각했다. 그런 편지였으니 당연히 없애 버리고 싶었다. 그렇게 아버지와 나 사이의 오랜 침묵이 시작되었다. 침묵은 참 묘한 구석이 있다. 당시에는 이해되지 않는 일투성이였다. 아버지와 나는 옛날부터 무척 가까운 사이였다. 그랬던 분이 갑자기 그리 차갑게 나오는 이유를 도무지 받아들일 수 없었다.

그로부터 9년이 흐른 1974년 뉴욕에 살고 있을 때였다. 이미 조앤과의 사이에 아이도 생겼다. 딸 줄리엣이 1968년에 태어났고, 아들 재커리가 1971년에 태어났다. 그러면서도 아버지는 찾아보지도 못했고 전화 통화 한 번 하지 않았다.

그러던 어느 날 이종사촌 형 노먼에게서 전화가 왔다.

"이제 두 분께도 손주 안아 보는 기쁨을 드려야지. 볼티모어에서 보자."

그렇게 노면 형이 나서서 부자 상봉의 자리를 마련했다. 아버지는 줄리엣과 재커리를 보고 기쁜 낯빛을 숨기지 못했다. 언제나 아이들을 좋아했던 분이다. 행복해 보였고, 내게도 누그러진 표정이 완연했다. 아버지는 곧 내게 눈길을 보내며 따로 나가서 좀 걷자고 했다. 한 블록을 채 못 가서 아버지가 입을 뗐다.

"내가 보낸 편지 기억하니?"

"네."

"그냥 잊어버리자꾸나."

"벌써 잊은걸요."

그것이 전부였다. 더 이상 아무런 말도 하지 않고 걷기만 했다.

뉴욕으로 돌아오고 2주 뒤, 마티 형에게서 전화가 왔다. 아버지가 시내에서 길을 건너다 차에 치여 병원에 있다고 했다. 노란불을 무시하고 달리던 차에 치였다는 것이다. 아버지는 예순일곱으로, 그때까지는 비교적 정정했다.

세 시간 뒤 다시 형에게서 전화가 왔다.

"아버지께서 방금 눈을 감으셨다."

2주 전 아버지와 화해하고 나서 이제는 자주 뵙겠구나 생각했는데, 결코 그럴 수 없게 되었다. 애통하게도 아버지는 내 연주회를 한 번도 보지 못했다. 2년만 더 살았더라도 「해변의 아인슈타인」이 메트로폴리탄 오페라 극장에서 공연되는 것을 볼 수 있었을 텐데 말이다. 아버지가 돌아가시고 나서 형과 함께 아버지의 레코드 가게를 찾았다. 역시 현대음악에 대한 관심이 꾸준했는지 보고 싶어 진열장을 뒤적였다. 그런데 거기에 내 첫째 음반이 꽂혀 있었다. 1971년에 녹음한 「변화하는 파트를 가진 음악」 음반이었다. 아버지를 마지막으로 보았을 때는 일언반구도 하지 않았는데 말이다.

아버지가 돌아가신 직후부터 나는 9년간 정신분석 치료를 받았다. 아버지가 그렇게 절연을 선언한 이유를 더듬어보고 싶었다. 한 번은 의사에게 이렇게 말한 적도 있다.

“무슨 일 때문에 그렇게 된 건지는 모르겠어요. 하지만 이제 더는 신경 쓰지 않겠어요. 이미 몇 년째 그 이야기만 하고 있고, 사실 좀 질리네요. 그냥 잊어버립시다.”

프로이트 학파의 정신과 의사는 거기에 대해 가타부타 아무런 말도 하지 않았다.

몇 년이 흘렀다. 내셔널 심포니 오케스트라가 내 음악을 연주한다 하여 워싱턴디시에 가 있던 참이었다. 공연이 끝나고 나는 노먼 형, 조카 몇 명과 함께 셰피 누나의 집까지 걸어갔다. 그때 누나의 아들인 마이클이 물었다.

“필 삼촌, 삼촌하고 할아버지는 오랫동안 서로 말씀도 안 하셨다면서요? 대체 왜 그랬던 거예요?”

그때 마이클은 열네다섯 살쯤이었다. 궁금해하는 것도 당연했다.

“나도 잘 모르겠구나.”

그때 나란히 걷고 있던 노먼 형이 입을 열었다.

“난 알아.”

“뭘?”

“삼촌이 너를 차갑게 대하신 이유를 안다고.”

“형은 안다고? 대체 어떻게? 도대체 이유가 뭐야? 그 이유를 납득하고 싶어서 9년 동안 정신과 의사를 만났어. 그런데도 아직도 깜깜하기만 해. 그런데 형은 알고 있다고?”

“그러니까 이렇게 된 거야. 루 삼촌하고 앨 삼촌이 비유대인 집안에 장가갔을 때 아이다 숙모가 삼촌들을 집에 들이지 않은 거, 기억하지? 그 때문에 벤 삼촌은 형제들을 집에 부를 수 없었고 언제나 바깥에서 만나야 했잖아. 그 충격이 컸던 모양이야. 왜 아니겠어? 그렇게 우애가 좋은 형제간이었는데. 어쨌든 숙모가 워낙 세게 나오시는 바람에 벤 삼촌도 달리 도리가 없었지. 그걸 오랫동안 마음에 담아 두셨던 모양이야. 그러다가 네가 덜컥 결혼을 했잖아? 그것도 비유대인 여자하고 말이야. 아마 벤 삼촌은 그걸 숙모께 앙갚음할 기회로 생각하셨던 것 같아. '당신 때문에 내 동기간도 마음대로 보지 못했으니, 이제 당신 차례야' 하고 말이지. 숙모가 아들인 널 마음 놓고 만나지 못하게 하셨던 거지."

어린 시절 일요일 아침마다 아버지와 함께 베이글을 사러 다녀왔는데, 사실 아버지는 그 시간을 삼촌들을 만나는 데 썼다. 베이글이 되었건 가게 재고 정리가 되었건, 어떻게든 집을 나갈 핑계를 만들고는 어머니 눈을 피해 형제들을 만난 것이다. 그것은 나와 아버지만의 비밀이었다. 삼촌들을 만나러 갈 때는 거의 나만 데리고 갔기 때문이다. 누나나 형은 거의 데리고 가지 않았다. 무슨 이유에서인지 내가 편했던 모양인데, 나 역시 물론 삼촌들과 사촌들을 만나는 것이 좋았다. 하지만 그들이 우리 집에 온 적은 단 한 번도 없었다. 뭔가 잘못되어 있다는 것은 분명했지만 어린 내게는 깜냥 밖의 일이었다.

노먼 형의 설명이 있을 때까지 아버지의 편지를 도무지 납득할 수 없었던 것은, 우리 아버지도 어머니도 종교나 율법에 관해서는 그다지 관심이 없는 이들이었기 때문이다. 우리 가족은 모두 무신론자처럼 살았다. 내가 아는 한 아버지가 시너고그(유대교 회당)에 간 것은 딱 두 번으로, 형과 내가 성인식 | bar mitzvah | 을 치를 때뿐이었다. 한마디로 종교 때문에 골치를 싸맬 일은 없는 집이었던 것이다. 하지만 불행히도 내 결혼이 그런 분란의 씨앗이 되고 만 것이다.

다시 10여 년이 흐른 1987년, 나는 「바이올린 협주곡」을 써서 아버지에게 바쳤다. 아버지는 멘델스존의 협주곡을 무척 좋아했다. 그래서 내 곡 또한 아버지가 좋아할 만한 방식으로 썼다. 아버지 생전에는 내게 그런 곡을 쓸 지식이나 기술도 없었고, 설사 있었다 한들 내키지도 않았을 것이다. 15년만 먼저 썼다면 좋았을 것을, 하는 후회가 아직도 종종 든다. 늦었지만 그렇게라도 아버지를 위한 곡을 지었다.

사뮈엘 베케트의 「연극」

마침내 루스 말레체크와 리 브루어가 파리에 당도했다. 그와 동시에 우리의 미작명[未作名] 신생 극단도 서서히 꼴을 갖추기 시작했다. 나는 당연스레 극단의 상주 작곡가가 되었다. 배우도 두 명 새로 받아들였다. 프레드 노이만과 영국 출신의 데이비드 웨릴로우였다. 데이비드를 제외한 나머지 극단 식구는 모두 미국인이었다. 데이비드는 영어와 프랑스어에 두루 능통했고, 프랑스판 『보그』라 할 수 있는 잡지인 『레알리테』의 편집장을 맡고 있었다. 연기 실력은 보고도 믿을 수 없을 정도로 출중했지만, 따로 전문적인 훈련을 받았는지는 알 수 없었다. 아마도 대학 시절 연극반 활동을 했다는 것 같았다. 데이비드와 프레드는 파리에 있는 '아메리칸 교회'를 거점 삼아 일종의 '파리의 미국인' 극단을 결성한 바 있었다. 고국을 떠난 예술가들이 영어 작품을 무대에 올리는 작은 극단이었다. 한편 루스와 리, 조앤은 샌프란시스코의 앨런 슈나이더 극단을 막 떠나와 미지의 문화적 모험을 시도하려 하고 있었다. 순수한 비영리 예술 극단에 온몸을 바치고자 하는 결의가 그들을 하나로 뭉치게 했다. 우리의 주력은 베케트와 브레히트의 작품이었지만, 상업적 연극과 영화에서 뼈가 굵은 프레드와 데이비드는 그쪽으로는 문외한이었다. 우리가 파리에서 뉴욕으로 돌아왔을 때, 두 사람도 결국 파리에 다져 놓은 터전을 과감히 정리하고는 우리와 합류했다.

프레드와 데이비드는 이미 파리에서 먹고 살 방편을 가지고 있었다. 두블라주(프랑스어 영화에 영어 더빙을 입히는 일)와 피규라시옹(엑스트라 연기)을 하면서 영화판에서 벌어들이는 수입이 꽤 되었던 모양이다. 몇 시간만 일하면 75프랑을 벌 수 있었다고 하니, 한 달 생활비가 700프랑 정도임을 감안하면 벌이가 썩 쏠쏠한 일거리인 셈이었다. 두 사람이 다리를 놓아준 덕분에 조앤과 다른 멤버들도 영화판 부업을 뛰었다. 프랑스어 영상에 영어 대사를 입히는 일은 나도 어렵지 않게 할 수 있었지만 배우 경험이 없다는 이유로 두블라주는 딱 한 번밖에 하지 못했다. 그래도 엑스트라 일감은 간혹 들어왔다. 영화 쪽으로는 첫 경험이었는데, 지금 생각해 보면 하기를 참 잘 했다. 비록 아주 사소한 부분을 맡았을 뿐이지만, 그래도 덕분에 영화 제작 과정에 대해 많은 것을 배울 수 있었다. 그중에는 유용하게 써먹을 수 있는 지식도 있었고, 그저 호기심에 알게 된 것도 있었다. 훗날 오십 줄에 접어들어 영화음악을 쓰기 시작했을 때도 이때의 경험이 새록새록 되살아났다.

프랑스 영화계는 피규라시옹을 어엿한 하나의 직업으로 간주하고 있었다. 심지어는 전문적으로 피규라시옹만 하며 생계를 해결하는 사람도 무척 많았다. 그들은 보통 필요한 의상 일습을 개인적으로 갖추어 놓고 일감이 떨어지면 곧바로 촬영에 투입될 수 있도록 차려입고 현장에 나타났다. 그들 입장에서 보면 나는 완전히 굴러온 돌이었겠지만 그래도 하나같이 친절하게 대해 주었다. 무척 가난하고 경험도 일천했지만 음악을 쓰는 사람이라는 이유만으로 같은 예술가로 대우해 준 것이다. 내가 프랑스와 프랑스인들을 좋아하는 데는 그런 이유도 있다. 예술가에게 존경과 융숭한 대접을 아끼지 않는 나라인 것이다.

일을 시작한 지 얼마 되지 않아 피규라시옹의 숨은 요령을 하나 발견했다. 하루치 촬영분이 엑스트라가 대거 참가하는 군중 신부터 시작하는 날은 첫 장면(혹은 '마스터 숏')에 찍히지 않는 것이 상책이었다. 첫 장면에 잡히면 그다음 장면에도 계속 불려 나가야 했다. 반면 첫 장면에만 찍히지 않으면 나머지 온종일을 깡통식 간이 건물에서 보내도 그만이었다. 커피를 홀짝이면서 책을 읽거나, 내키면 곡도 쓸 수 있었다. 사실 첫 장면에 잡히지 않는 것은 누워서 떡 먹기였다. 한껏 차려입은 피규라시옹 전문 배우들이 알아서 들 앵글을 채워 주었으니 말이다. 각자의 생계가 거기 달려 있으니 시키지 않아도 열심이었다. 따라서 나는 한 번도 마스터 숏에 얼굴을 판 일이 없었다. 일당은 하루 촬영이 모두 끝난 다음에 지급되었기 때문에 어쨌든 하루 종일 간이 건물에서 시간을 보내야 한다는 점이 애로 사항이라면 애로 사항이었다. 피규라시옹은 두블라주보다 벌이가 좋았지만, 그만큼 허공에 날리는 시간도 많았다.

우리 작은 극단이 엄청난 시간을 쏟아 부으며 준비한 첫 작품은 사뮈엘 베케트의 「연극」이었다. 리 브루어가 감독을, 내가 음악을 맡은 가운데, 극단 식구 전체의 집단적인 발상과 참여가 더해져 치열하게 준비했다. 「연극」 무대 덕분으로 베케트와 개인적인 인연이 시작되었다. 원작자와의 의사소통은 주로 데이비드 웨릴로우가 담당했다. 베케트는 데이비드와 함께 아이디어와 제작 방향에 대해 아주 허심탄회하게 의견을 나누었지만, 극단 사람들 전체와 만나는 일에는 조금도 관심을 보이지 않았다. 그래도 같은 동네에 살고 있었는지라 아이디어가 있을 때마다 적극적으로 참여하는 편이었다.

1965년부터 베케트의 작품을 다룬 이래로 우리는 그가 사망한 1989년 이후로도 한참 동안 그 인연을 이어 갔다. 그러면서 우리는 「소멸자」, 「메르시에와 카미에」, 「승부의 끝」, 「연극」 등의 작품을 무대에 올렸다. 일부는 희곡 원작이었고, 소설을 개작해 극화한 작품도 있었다. 우리는 베케트와 연락을 유지하며 그의 작품을 극화한 무대 소식을 꾸준히 전했다. 우리 모두 뉴욕으로 돌아온 뒤인 1983년, 프레드는 뉴욕 퍼블릭 시어터에서 베케트의 단편 소설 「동료」를 무대용으로 각색해 연출하면서 내게 음악을 부탁했다. 곡을 쓰면서 음악을 극중 어느 지점에 배치하면 좋을지 프레드를 통해 베케트에게 물었다. 원작자의 대답은 알쏭달쏭하면서도 간명했다.

"음악은 대사 사이사이에 넣어 주시오."

나는 그가 주문한 그대로 음악을 썼고, 그렇게 현악 사중주를 위한 네 편의 짤막한 음악이 탄생했다. 나중에는 원작과 같은 이름을 붙여 연주회용 작품으로 출판했고, 그 이후로 현악 사중주 버전은 물론 현악 오케스트라용으로 편곡한 버전까지 숱하게 공연되었다.

1965년 파리 무대에 올린 「연극」은 내게 가장 강력하고 지속적인 흔적을 남긴 작업의 시발점이었다. 대본 자체는 아내와 정부 사이를 오가는 한 남자의 애정사와 그들의 죽음이 기본 줄기를 이룬다. 세 명의 배우가 이야기를 들려주는데 – 우리 공연에서는 조앤, 루스, 데이비드가 각각의 배역을 맡았다 – 각자가 들려주는 이야기는 밤과 낮처럼 다르다. 스포트라이트가 각각의 얼굴을 번갈아 비추며 극은 시작된다. 비추는 순서는 무작위로 들쭉날쭉하고, 각자에게 할애되는 시간도 제각각이다. 관객에게는, 등장인물들의 유골을 담은 것으로 보이는 세 개의 커다란 납골함 위로 나타난 그들의 머리 밖에는 보이지 않는다. 조명을 받은 인물은 삼각관계에 대한 각자의 관점을 최대한 빠른 속도로 낭독한다. 언제나 가장 급진적인 극작가로 평가받는 베케트답게 그는 이 작품에서 조명을 평범한 스토리 라인을 흐트러뜨리는 도구로 기능하게 함으로써 '내러티브를 뒤흔드는' 실험을 감행했다. 잘게 잘라낸 조각들을 다시 임의로 이어 붙여 전체가 되도록 했다는 점에서 초기 다다이스트들이 했던 실험과도 유사했고, 이야기를 가위로 잘라 다시 이어 붙인 브라이온 가이신이나 윌리엄 버로스와도 상통했다. 플롯과 캐릭터를 뒤죽박죽 얽어맴으로써 빚어진 찰나의 추상적 예술 형태는 감상자에게 작품을 스스로 완성해야 하는 숙제(혹은 특권)를 남겼다. 베케트와 가이신, 그리고 「4분 33초」의 존 케이지는 본인들도 알지 못하는 사이에 동일한 예술 전략을 구사한 기묘한 일족이었던 셈이다.

새로운 음악을 써서 「연극」이라는 작품과 결합시키는 과정은 내게도 값진 훈련이 되었고, 그 결과 내가 그때까지 쓴 것 가운데 가장 독창적인 음악이 탄생했다. 「연극」이라는 작품은 음악의 감정을 어떻게 잡으면 좋을지, 관객 반응은 어떠할지를 짐작할 만한 그 어떤 실마리도 제공하지 않는다. 그러나 오히려 그랬기 때문에 작곡가 입장에서는 부담감을 떨칠 수 있었다. 음악을 연기에 맞추어야 할 필요성도, 심지어 의도적으로 연기와 어긋나게 할 강박도 느낄 필요가 없었던 것이다. 안무가 머스 커닝햄과 존 케이지는 종종 상호 교감 없이 제각기 만든 댄스와 음악을 서로 이어 붙이는 실험을 한 바 있는데, 나 역시 그와 비슷한 상황에 발을 들여놓은 것이다.

물론 이 모든 것은 나중에 깨달은 바다. 당시에는 상황을 있는 그대로 받아들였고, 경험 부족한 젊은 작곡가 치고는 꽤 잘 대응한 것 같다. 심지어 썩 멋지게 해냈다는 자부심도 든다. 나는 두 대의 소프라노 색소폰을 위한 20~30초짜리 짤막한 음악을 여러 벌 지었다. 각각의 악기에는 단지 두 음만을 부여해서 서로 따로 노는 반복적인 리듬 악절을 연주하게 했다. 그로써 두 지점 사이를 되풀이해서 오가며 끊임없이 변화하는 음악적 제스처가 형성되었다. 이런 곡을 열 개가량 만들어 녹음했다. 곡과 곡 사이에는 5초간의 틈을 두었다. 이러한 짤막한 곡들을 하나로 꿰어 극의 길이에 맞추었다. 음악은 조명에 불이 들어오는 시점에 시작되어 무대에 완전히 암흑이 깔릴 때까지 계속되었다. 음량은 낮게 유지하면서도 계속 들리게끔 했다. 막상 만들어 놓고 보니 배우의 연기, 대사, 조명과 무척이나 잘 어울렸다.

처음 몇 차례의 공연이 끝나고 나서 테이프를 집에 가져가 여러 번 다시 들었다. 음악을 어떻게 들을 것인지 스스로 깨우칠 필요성을 느꼈기 때문이다. 공연 도중 깨달은 점인데, 그날그날의 집중도에 따라 극에 대한 경험도 상당히 다르게 느껴졌다. 내러티브의 분열 양상 때문인지 감정이 고조됨에 따라 불현듯 찾아오는 에피파니의 순간도 공연마다 다른 지점에서 나타났다. 내가 쓴 음악도 거기에 일조하고 있었고, 그럼으로써 음악이 배우들의 낭독,

조명과 더불어 극을 떠받치는 제3의 요소가 된다는 것을 깨달았다. 에피파니의 순간이 오락가락하는 것도 따지고 보면 음악이 공범 노릇을 하고 있기 때문이었다. 연극과 음악이 어우러지는 방식은 관객의 주의를 계속해서 집중시키는 방편이 되고 있었다. 그렇다면 관객이 경험하는 감정의 흐름 역시 극중 사건에 종속되면서도 동시에 종속되지 않는다고 판단해야 했다.

여기서 얻어 낸 음악적 해법은 이후 내가 분주히 내놓기 시작한 새로운 음악의 근간이 되었다. 바로 차기작부터 그랬다. 「연극」에 썼던 음악과 같은 구조적 기법에 단절감을 기본 모티프로 한 현악 사중주였다. 다만 차이점이라면 두 대의 색소폰 대신 네 대의 현악기를 위한 곡이라는 것뿐이었다. 완성 후 거의 30년이 흐르고서야 크로노스 현악 사중주단에 의해 「현악 사중주 1번」으로 녹음된 곡이다. 누가 뭐래도 연극 무대라는 세계에서 비롯된 음악이다.

많은 사람들이 내게 이런 질문을 던진다.

"미니멀리스트가 아니라면 당신은 어떤 작곡가입니까?"

이에 대한 내 대답은 간단하다.

"나는 극음악 작곡가입니다."

이것이 내가 하고 있는 일이며, 또 지금까지 해 온 일이다. 그렇다고 해서 극음악만 쓰고 살았다는 뜻은 아니다. 협주곡도 썼고, 교향곡도 썼으며, 그 밖에도 많은 것들을 썼다. 그러나 음악사를 대충만 훑어보아도 알 일이지만, 역사를 뒤흔든 큰 변화는 오페라 하우스에서 비롯되는 경우가 많았다. 1607년에 초연된 몬테베르디의 「오르페오」가 그랬고, 18세기에는 모차르트가 있었으며, 19세기에는 바그너가, 20세기 초반에는 스트라빈스키가 있었다. 극장이라는 공간 덕분에 자신의 작품과 뜻밖의 관계로 맺어지게 된 작곡가들을 나는 여럿 알고 있다. 그저 교향곡이나 사중주만 쓰는 작곡가라면 음악사와 음악 언어에 대한 자신의 지식을 토대 삼아 창작 활동을 해 나가면 된다. 하지만 극장이라는 공간에 발을 들여놓는 순간 작곡가는 그 세계를 이루는 온갖 요소 – 동작, 이미지, 대본, 음악 – 를 모두 고려해야 한다. 그러다 보면 예상하지 못한 일이 일어나기 마련이다. 무엇을 해야 할지 준비되지 못한 상황에 대처해야 한다. 무엇을 해야 할지 모른다는 것은 곧 뭔가 새로운 것을 시도할 기회이기도 하다는 뜻이다. 무엇을 해야 할지 미리 다 아는 상태에서 쓰는 음악은 흥미롭기 어렵다. 물론 나라고 해서 언제나 흥미로운 음악만 쓴 것은 아니다. 성공할 때도 있었고, 실패할 때도 있었다. 하지만 이것만은 단언할 수 있다. 베케트의 극작에 음악을 붙이려고 애쓰는 과정에서 내게 신선한 자극이 되는 음악이 탄생했다는 점이다. 극장에 몸담지 않았더라면 일어나지 않았을 일이다.

라비 샹카르

인도 음악과의 만남

파리에서의 생활도 2년차에 접어든 시기, 나는 데이비드 라처라는 영국 출신 사진가와 친구가 되었다. 라처는 에너지가 철철 흘러넘치는 젊은이였다. 낡은 버스의 뒷부분을 터서 파리 곳곳을 누비면서 연방 셔터를 눌러 대던 그의 모습이 지금도 눈에 선하다.

한 번은 데이비드가 영화 스틸 사진 찍는 일을 맡게 되었다. 로케이션과 풍경, 의상과 날씨를 기록하기 위한 작업으로, 영화판에서는 흔한 일이었다. 젊은 미국 감독인 콘래드 룩스의 「채퍼콰」라는 작품에 쓸 사진이라고 했다(채퍼콰는 뉴욕 시의 북쪽에 있는 작은 마을 이름이다). 어느 날 데이비드가 아주 흥분해서 나를 찾아왔다. 콘래드가 음악 제작을 도와줄 사람을 구한다며 혹시 아는 사람이 있느냐며 자신에게 물어 왔다는 것이다. 콘래드를 만나서 들어 보니 실제로 필요한 사람은 작곡가가 아니라 영화음악 전반을 책임질 음악 프로듀서였다. 하지만 나보다 고작 몇 살 위로 이제 자신의 첫 영화를 만들겠다고 덤빈 신출내기였기에 그 둘의 차이점을 구별해서 헤아리지 못했던 모양이다. 나 정도면 그럭저럭 괜찮아 보였던 모양이고, 실제로도 그랬다. 프랑스어 회화도 크게 문제없을 정도는 했고, 음악을 읽고 쓸 줄 알았으며, 무엇보다도 콘래드 자신이 좋아하는 음악이 무엇인지 어느 정도 알고 있었으니 말이다. 나는 그 자리에서 「채퍼콰」의 음악 프로듀서로 채용되었다.

콘래드는 영화에 쓰려고 이미 만들어 둔 오넷 콜맨의 음악을 들려주었다. 과연 걸작이었고, 콘래드에게도 그렇게 말했다. 내 자리는 곧 없어지겠구나, 싶기도 했지만 말이다. 하지만 감독의 생각은 다른 것 같았다. 자신이 원하는 음악이 아니라고 했다. 그는 새로운 작곡가로 라비 샹카르를 내정했다. 더할 나위 없이 좋은 선택이었다. 당시 '라비지' – 친구들과 동료들은 샹카르를 그렇게 불렀다 – 는 유럽과 미국 청중에게 다가가려는 오랜 노력 끝에 마침내 널리 알려지기 시작하고 있었다. 그는 바이올리니스트 예후디 메뉴인과 함께 음악 작업을 하며 관계를 다진 상태였고, 프랑스의 플루티스트 장피에르 랑팔과도 협연하고 있었다. 게다가 비틀스의 조지 해리슨과도 교유하는 사실이 알려지기 시작하면서 명성이 세계로 퍼져 나가고 있었다. 라비지는 인도 콘서트 음악의 위대한 전통을 이어받은 일급 시타르 연주자임은 물론이요, 인도와 유럽의 음악가들과 함께 작업하는 작곡가로도 알려져 있었다. 더욱이 고국 인도에서는 영화음악 작곡가로도 폭넓은 경험을 쌓았으니 금상첨화였다. 하지만 그때는 라비지가 아직 몬터레이 팝 페스티벌, 우드스탁 페스티벌, 콘서트 포 방글라데시 등에 참여하기 이전이었다. 그러다 보니 나는 오로지 라비 샹카르라는 이름을 알고 있었을 뿐, 대중음악이건 종교음악이건 연주회용 음악이건 간에 인도 음악은 조금도 들어 본 바가 없었다.

서양 음악인들, 심지어는 작곡가들조차도 월드뮤직 쪽으로는 일자무식이나 다름없었던 것이 1960년대의 현실이었다. '민족음악학'이라고 해서 일부 음악학자들이 연구하는 분야가 있기는 했지만, 전문 음악원에서도 월드

뮤직은 접할 기회가 없었다. 줄리아드처럼 명망 높은 학교에조차도 비치되어 있는 월드뮤직 음반이라고는 한 손으로 꼽을 수 있는 실정이었다. 줄리아드 도서관에는 1940년대에 출판된 아서 모리스 존스의 아프리카 음악 관련 서적 몇 권이 전부였다. 인도 음악에 대한 자료는 전혀 없었던 것으로 기억한다. 그런데 덜컥 라비 샹카르와 함께 일하게 된다고 하니 발등에 불이 떨어진 것이다. 당장 나가서 그가 취입한 레코드를 하나 구입해 들어 보았다(다행히 파리에서는 쉽게 구할 수 있었다). 하지만 도무지 뭐가 뭔지 천지 분간이 되지 않았다. 어느덧 내 나이도 스물아홉이었지만, 서양의 울타리를 벗어난 음악에 대해서는 까막눈이나 진배없었던 것이다.

시간이 많지 않았다. 콘래드는 이미 일차 편집본을 완성한 상태였고, 하루라도 빨리 음악을 내놓으라고 다그치고 있었다. 나는 곧장 라비지가 묵고 있는 호텔을 찾았다. 마흔다섯 살의 그는 수려한 용모에, 체구는 서양의 기준으로 보면 크지 않지만 다루기 까다로운 악기로 유명한 시타르를 능히 부려 낼 만큼 암팡진 근육을 가진 사내였다. 그는 충만한 에너지를 발산하며 나를 반겨 맞아 주었다. 불랑제 선생님에게 배우고 있다고 말을 하자 본인도 여사를 만난 적이 있다며 더욱 반가워했다. 그 뒤로 몇 잔인지 헤아리기 힘들 만큼 많은 차를 마시면서 한참 동안 음악에 대해 이야기를 나누었다. 다만 그가 녹음을 앞두고 있는 스코어에 대한 구체적인 이야기는 조금도 하지 않았다.

그렇게 첫 만남이 끝나려 하고 있었다. 문득 라비지가 영화음악 악보는 없을 것이라고 했다. 인도에서는 영화음악 작업을 서양식으로 하지 않는다는 것이었다. 음악이 쓰일 장면의 영상을 직접 보고, 그 자리에서 즉석으로 시타르를 들고 음악을 지어 낸다고 했다. 그가 즉흥으로 짓는 음악을 모조리 기보하는 것, 그것이 내 임무라고 했다. 그래야 실제 연주에 투입될 프랑스 음악인들이 읽을 악보가 생길 테니 말이다. 이제 막 인도의 전통 음악을 접한 나로서는 그저 암담하기만 했다. 라비지의 음반을 듣기는 했지만 과연 그가 하는 음악이 무엇인지 짐작조차 할 수 없었다. 두려움이 밀려왔다. 하지만 나는 꽁무니를 빼는 대신 라비지에게 예정보다 앞당겨서 일을 시작할 수 있을지 물었다. 아니, 간청했다. 첫 세션까지는 아직 일주일의 시간이 남아 있었다. 실제 녹음 작업이라는 현실이 닥치기 전에 내가 해야 할 일이 무엇인지를 파악해 두고 싶었다. 라비지는 흔쾌히 수락하며 매일 아침 여덟 시까지 호텔로 오라고 했다. 그렇게 우리는 닻을 올렸다.

나는 안도의 한숨을 푹 내쉬었다. 하지만 문제가 해결된 것은 아니었다. 하루도 늦지 않고 아침 여덟 시에 호텔로 갔지만 라비지의 친구들이며 팬들이 끊임없이 들이닥쳐서 작업의 흐름은 끊기기 일쑤였고, 또 그가 직접 챙겨야 할 순회공연과 프로젝트 관련 논의가 수시로 이어졌다. 활기차고 즐거운 아침 시간이었지만, 「채퍼콰」와 관련해서는 아무런 성과가 없었다.

마침내 녹음이 하루 앞으로 닥쳤다. 나는 라비지에게 조금이라도 좋으니 다른 사람들보다 먼저 시작하자고 다시 한 번 애원했다. 라비지는 스튜디오에서 한 시간 먼저 만나 준비하자며 동의했다. 다음 날 약속 시각보다 약간 늦게 도착한 라비지는 지속 저음 반주를 담당할 현악기 탐부라 연주법을 45분간 가르쳐 주었다. 그는 또한 기보의 편의를 돕기 위해, 통상 F♯으로 조율되어 있는 시타르를 F로 반음 낮추어 주겠다고 했다.

곧이어 아홉 명의 세션 뮤지션들이 도착해 영화가 상영될 스크린 바로 아래쪽에 자리를 잡았다. 현악과 목관으로 구성된 앙상블이었다. 진행 계획은 무척 간단했다. 우선 라비지가 음악이 필요한 장면을 보고는 자신의 시타르로 각각의 악기가 연주할 음악을 차례차례 들려준다. 그러면 나는 그대로 받아 적어야 한다. 총보까지 만들 필요는 없고 그저 각각의 뮤지션들이 사용할 파트보만 만들면 된다. 악보 작성이 끝나면 곧바로 녹음에 들어간다. 앙상블 지휘도 내가 맡는다. 동시에 라비지는 다시 영화를 돌려 보며 음악을 점검한다. 앙상블 녹음이 끝나면 라비지가 시타르 솔로 파트를 따로 녹음할 터인데, 솔로 녹음에는 타블라(두 손으로 치는 작은 북으로서, 곡에 방점을 찍으며 리듬을 책임지는 악기다)의 명수인 알라 라카가 가세할 것이다. 나도 탐부라로 거들기로 했다. 명쾌한 계획이었다. 다만 내가 음악을 정확히 기보할 수만 있다면 말이다.

알라 라카는 내게 가장 골치 아픈 문제를 떠안겼을 뿐만 아니라, 결국에는 그에 대한 해답도 알려 주었다. '문제'는 첫 번째로 녹음한 곡에서부터 드러났다. 알라 라카는 스피커에서 흘러나오는 음악을 얼마 듣지도 않고 곧바로 중단시키더니, 음악의 강세가 모조리 틀렸다고 지적했다. 라비지도 재빨리 고개를 주억거렸다. 나는 즉시 라비지가 원하는 템포에 메트로놈을 맞추어 놓고 파트보를 다시 적어 내려가기 시작했다. 악절을 이리 묶고 저리 묶어 가며 정확한 강세점을 찾기 위해 고심했지만, 무척 까다로운 작업이었다. 다시 알라 라카가 끼어들면서 고개를 저었다. 그러고는 선문답 같은 뜻 모를 말을 덧붙였다.

"모든 음표가 다 똑같아요."

이번에는 마디선을 이리저리 움직여 보았다. 그래도 알라 라카는 마찬가지였다.

"모든 음표가 다 똑같아요."

뮤지션들도 저마다 훈수를 들기 시작했다. 언성이 높아지고, 해결책은 여전히 오리무중이었다. 아비규환과도 같은 음악이 스튜디오를 채웠다. 나는 귀를 질끈 닫고 지푸라기라도 잡는 심정으로 마디선을 모두 지웠다. 아예 처음부터 다시 시작할 요량이었다. 그런데 바로 그때 내 눈앞에 둘씩 셋씩 묶인 음표의 흐름이 떠올랐다. 그제야 알라 라카가 하려 한 말이 이해되었다. 나는 그에게 몸을 돌려 말했다.

"정말 모든 음표가 다 같네요."

알라 라카는 따뜻한 함박 미소로 대답을 대신했다. 마디선을 지워 놓고 보니 곡 전체를 지배하는 규칙적인 열여섯 박 단위의 사이클이 눈에 들어왔다. 나중에 알라 라카에게 배워서 알게 되었지만, 이것을 인도 음악에서는 '탈|tal|'이라고 부르며, 특히 열여섯 박으로 이루어진 탈은 '틴 탈|tin tal|'이라고 칭한다고 한다. 각 탈의 첫 박은 '삼|sam|'이라고 부른다(서양 음악으로 치면 다운비트인 셈이다). 요즘이라면 인도 전통 음악 수업 첫 시간에 배울 기초 중의 기초다. 하지만 사람들이 보는 앞에서 잔뜩 부담감을 느끼며 배운 덕분인지 내게는 특별하고 절대 잊지 못할 의미를 남겼다. 당시에는 이런 경험이 나 자신의 음악에 어떤 영향을 미칠지 짐작도 하지 못했다. 그저 이러한 개념적 도구를 갖춘 덕택에 샹젤리제 거리에 있는 이곳 녹음 스튜디오에서 더 이상 진땀을 뺄 일은 없겠구나 하는 안도감이 반가웠을 뿐이다.

그 이후로 이어진 일주일간의 녹음 작업은 무척 순탄하게 진행되었다. 나는 라비지의 음악을 정확하게 기보하고 지휘한 것은 물론이요, 콘래드가 흐트러지고 무서운 느낌을 주면 좋겠다고 따로 주문한 부분에는 귀를 긁는 불협화음을 더해 넣기도 했다. 그로부터 1년 반이 흐른 뒤 나는 뉴욕에서 알라 라카에게 타악기 주법에 관해 따로 가르침을 받았다. 그럼으로써 탈과 선율 시스템인 '라가|raga|'가 서로 어떻게 조응하는지 더 상세하게 깨우치게 되었다. 막상 배우고 보니 서양 음악에서 화성과 선율이 어우러지는 방식과 아주 비슷했다.

일주일 동안 라비지와 함께 시간을 보내며 많은 것을 느끼고 깨달았다. 녹음 도중 휴식 시간에는 서양의 현대 콘서트 음악에 대해 심도 있는 대화를 나누었다. 라비지는 호기심도 많을뿐더러 높은 음악적 지성을 가지고 있어서 화성과 조성, 무조 음악, 오케스트레이션의 기본 원리 따위를 직감적으로 간취해 냈다. 그뿐만 아니라 고작 일주일 만에 계명창법 – 정확한 음정으로 노래를 부르는 훈련으로 특히 프랑스에서 널리 쓰이는 방법이다 – 도 완벽하게 소화해 내어 다른 연주자들과 직접 소통하기도 했다. 물론 그렇다 하더라도 그의 음악을 서양식으로 기보해야 하는 내 임무가 경감된 것은 아니었지만 말이다.

음악은 어디에서 오는 건가요

작업이 끝난 이후로도 나는 라비지와 꾸준히 연락을 유지하며 지냈다. 「채퍼콰」 프로젝트를 마무리하고 얼마 후 짧게 런던을 여행할 때였다. 마침 라비지도 모 클럽에서 연주회가 있어 런던에 머물고 있다고 했다. 하지만 그는 클럽 문화가 영 체질에 맞지 않는 모양이었다. 당시 그는 조지 해리슨과 왕래를 시작한 무렵이었고, 이는 그에게도 엄청나게 중요한 전기가 될 관계였다. 그럼에도 그는 대중문화의 어떤 부분에 대해서는 질색했고 결코 익숙해지지 못했다. 특히 아무렇지도 않게 마약을 복용하는 젊은이들을 견디지 못했다. 그는 이따금씩 내게도 마약에 관해 일장 연설을 했고, 나는 마약 따위는 하지 않는다고 몇 번이나 다짐해야 했다.

런던 공연이 끝나고 나는 라비지가 묵고 있는 호텔을 찾았다. 그는 침대 위에 가부좌를 틀고 앉아 있었고, 나는 맞은편 의자에 앉았다. 나는 곡을 쓰기로 작정한 순간부터 스스로에게 던져 온 질문을 그에게 던졌다. 오랫동안 뇌리를 떠나지 않은, 그러나 그 답을 얻기가 결코 쉽지 않은 물음이었다.

"라비지, 음악은 어디에서 오는 건가요?"

그는 일말의 주저도 없이 침대 옆 테이블에 놓인 사진을 가리켰다. 사진 속에는 나이 지긋한 인도 신사가 전통 복장을 입고 안락의자에 앉아 있었다. 라비지는 양손을 가지런히 합장하고 사진을 향해 큰절을 했다.

"나를 가르치신 스승님의 은혜 덕분에 그분의 음악에 담긴 힘이 내게로도 이어졌다네."

꽝, 하고 뒤통수를 얻어맞은 듯한 느낌이 들었다. 간결하면서도 명쾌한 그의 대답은 내게 깊은 인상을 심어 주었다.

그 후 10년간 나는 라비지에게서 배운 생각을 공부하고 실험하는 데 많은 시간을 바쳤다. 어떤 것들은 금방 내 음악의 일부가 되었다. 이를테면 굳이 총보를 만들지 않아도 된다는 것을 깨우친 것도 그중 하나다. 1968년 필립 글래스 앙상블을 위한 곡을 쓰면서부터 개별 파트보만 제작했다. 총보 없이도 여러 파트가 모여서 이루는 '소리의 그림'을 머릿속에서 그려 낼 수 있게 된 것이다. 1970년대 초중반에도 길고 복잡한 작품 여러 곡을 파트보만 만들어 단원들에게 나누어 주었다. 「열두 파트로 구성된 음악」과 「해변의 아인슈타인」 같은 작품이 여기에 해당한다. 필립 글래스 앙상블을 위한 음악은 우선 내가 담당할 파트를 먼저 기보한 뒤 거기에 맞는 여타 파트를 짓는 식으로 작곡을 이어 가는 것을 기본 방식으로 삼았다. 이렇게 곡을 쓰는 사람이 나 혼자만은 아니었다. 정확히 언제 어디서라고까지는 짚어 낼 수 없지만, 르네상스나 바로크 시대에도 이렇게 했을 것이라고 짐작한다. 널리 알려진 사실이지만 피아노, 바이올린, 비올라, 첼로, 더블베이스를 위한 슈베르트의 「송어 오중주」도 이런 방식으로 쓰였다. 반드시 필요하다는 보장도 없는 총보 제작 과정을 건너뛸 수 있으니 작곡가로서는 두말할 나위 없이 간편한 방법이다. 당시 내가 쓰던 음악은 우선 공연을 위한 것이었다. 혹 녹음을 염두에 둔 곡도 있기는 있었다. 어쨌거나 다른 사람들이 곡의 전체상을 눈으로 보고 싶어 하리라는 생각은 하지 않았다. 겸손을 떨고 싶어 그런 것이 아니다. 총보를 제작하는 데 들어가는 비용과 시간이 아까웠을 뿐이다. 지극히 실제적인 관점에서 내린 결정이었던 것이다.

「채퍼콰」 작업을 통해 얻은 또 하나의 성과는 음악의 리듬 구조가 가진 가능성을 새로운 시각에서 바라볼 수 있었다는 점이다. 제아무리 복잡한 리듬 패턴이라도 둘씩 셋씩 묶인 것으로 이해할 수 있게 된 것이다. 그 어떤 복합적인 리듬 패턴도 두 음표짜리 악절과 세 음표짜리 악절로 수렴시킬 수 있었다. 최근 깨달은 점이지만, 라비지의 리듬은 모든 정보를 0과 1의 조합으로 표현하는 디지털 언어와 개념적으로 상통하는 면이 있다. 얼마 전 취리히에서 인도의 타블라 연주자 트릴록 구르투와 함께한 공개 대담회에서 그런 취지의 이야기를 했다. 트릴록은 대번 내 말을 이해하고 수긍했다.

나디아 불랑제

음악가의 연장

불랑제 선생님은 분명 그때까지 내가 만난 어느 누구보다도 대단한 분이었다. 이는 발루 가에 있는 아파트에서 선생님을 처음 만난 날 바로 깨달은 사실이다. 선생님 댁에서 내게 출입이 허락된 방은 딱 두 개뿐이었지만, 그것만으로도 옛 음악과 당대 음악을 막론하고 가장 저명한 음악 스승으로 일컬어지는 선생님의 존재감을 느끼기에는 충분했다. 응접실은 바닥부터 천장까지 벽면 가득히 악보와 책이 빼곡하여 작은 도서관을 방불케 했다. 레슨 시간보다 조금 일찍 도착한 날이면 그곳에서 이러저러한 악보를 꺼내 읽으며 시간을 보내는 즐거움을 누릴 수 있었다. 악보 가운데는 작곡가 친필 서명이 담긴 오리지널 필사본도 상당수 포함되어 있었다. 필사본 가운데는 스트라빈스키의 것이 유독 많았다. 스트라빈스키가 손수 쓴 「페트루슈카」 오리지널 피아노 악보를 손에 들었을 때의 충격은 아직도 기억에 생생하다. 그는 「불새」, 「페트루슈카」, 「봄의 제전」이라는 세 편의 발레곡으로 현대음악에 대한 뭇 사람들의 생각을 바꾼 거장이었다. 불랑제 선생님은 스트라빈스키의 초고를 받아 직접 단정하게 제본했다. 오늘날까지도 걸작 가운데 걸작으로 인정받는 발레곡의 초고를 손에 든 나는 절로 옷깃이 여며지며 숙연해졌다.

선생님의 서가에는 문학 작품도 무척 많았고, 그중 상당수는 초판본이었다. 그렇지만 현대 작품은 별로 없었다. 소설은 앙드레 지드 이후의 작품이 드물었고, 시는 폴 클로델이 상한선이었다. 셀린이나 주네는 물론이요 심지어는 베케트도 없었다. 악보도 마찬가지였던 것 같다. 선생님은 옷차림도 늘 같아서, 바닥까지 오는 드레스 외에 다른 옷을 입는 것을 보지 못했다. 선생님은 소싯적에는 유행을 따라 옷을 골랐지만 1920년대 이후 자신에게 맞는 스타일을 찾았다고 했다. 특별히 본인만을 위해 손으로 지은 옷이었고, 마치 과거 어느 시점에 얼어붙어 고정된 듯한 스타일을 고수했다.

꽤 널찍한 음악 스튜디오에는 작은 파이프오르간과 그랜드피아노가 한 대씩 있었다. 수요일 오후에는 문하생 전체를 상대로 한 공개 수업이 있었다. 출석은 필수였다. 이미 문하를 떠난 제자도 원하면 얼마든지 참석해도 되는 강의였다. 매주 수요일 스튜디오에는 칠십 명가량의 인원이 들어찼다. 수업은 하나의 주제를 가지고 1년간 이어지는 식으로 진행되었다. 내가 문하에 있던 첫해에는 바흐의 「평균율 클라비어곡집」 1권을, 이듬해에는 모차르트의 피아노 협주곡 전 스물일곱 곡을 배웠다. 모든 학생은 매주 바흐의 전주곡 한 곡씩을 공부하고 연습해 와야 했다. 수업은 선생님이 호명한 학생의 연주로 시작되었다. 불랑제 선생님은 고개를 떨구고 얼굴도 보지 않은 채로 그날의 행운아를 낙점했다.

"폴!" "샤를!" "필립!"

연습을 해 오지 않았다면, 더 심하게는 결석했는데 호명이 되었다면 신의 가호를 비는 수밖에 없었다. 무단 결석자는 짐을 쌀 각오를 해야 했다. 선생님은 곧잘 이렇게 말했다.

"수요일 수업 때 보자. 내키지 않으면 안 와도 상관없다."

하지만 물론 출석은 필수였다. 수요일 오후에는 열 일 제쳐 놓고 스튜디오에 출두해야 했고, 일주일 동안 수업 준비에도 공을 들여야 했다. 선생님이 "다음 주에는 모차르트의 「피아노 협주곡 21번」을 할 예정이다. 3악장을 연습해 와라"라고 하면 개중의 어떤 학생은 "하지만 선생님, 전 피아니스트가 아닌데요"라며 볼멘소리를 하기도 했다. 그러나저러나 선생님은 "좌우지간 연습해 와라"라며 개의치 않았다. 바이올린 전공이건 하프 전공이건 어떤 악기를 전공하건 간에 일단 호명되면 피아노 앞에 앉아 일주일간 노력한 흔적을 보여야 했다. 피아노 솜씨가 없는 학생이라도 어떻게든 모든 음표를 제자리에 두는 정도로는 연주해야 했다. 훌륭한 연주까지는 못 되더라도 제 앞에 놓인 어려움을 넘어서기를 기대한 것이다.

불랑제 선생님을 처음 만난 날, 선생님은 내게 음악 스튜디오를 구경시킨 다음 내가 오디션용으로 가져간 악보를 몇 개 꺼내 들었다. 내 딴에는 줄리아드 음악원에서 5년 동안 공부하며 쓴 사오십 편의 작품 중 최고만을 엄선해 가져간 것이었다. 선생님은 악보를 피아노 보면대 위에 죽 펼치고는 재빠른 속도로 초견하기 시작했다. 한마디 말씀도 없이 그저 한 페이지 한 페이지 쳐 나가다가 마침내 연주를 멈추고는 길쭉한 손가락으로 어느 마디를 가리키며 반가운 표정으로 칭찬했다.

"아, 이 마디, 이건 진짜배기 작곡가의 솜씨로군!"

그것이 내가 선생님 문하에서 2년을 보내는 동안 들은 마지막 칭찬이었다. 선생님은 첫 면담을 마치면서 며칠 내로 푸가를 한 편 지어 오라는 과제를 내주었다. 푸가 작곡은 줄리아드에서도 배우지 못한 부분이어서 난처했지만, 밤새도록 끙끙대며 한 편을 완성했다. 이틀 뒤 선생님은 내 딱한 노력의 결실을 흘끗 훑어보고는 아주 호된 강의 계획을 세웠다. 우선 일주일에 한 번씩 개인 레슨을 받으면서 대위법 학습의 기초인 1종 대위법부터 시작하기로 했다. 또한 수요일 악곡 분석 강의도 필참해야 했고, 거기에 더해 선생님의 조수인 디외도네 여사에게서도 르네상스 음악과 독보(讀譜), 계명창법 레슨을 받기로 했다. 마지막으로 매주 목요일 오전에는 선생님의 다른 제자들 대여섯 명과 함께하는 수업이 있었다. 개인 레슨 때 시간이 허락하면 통주저음에 대해서도 다룰 것이라고 했다.

첫 달이 가기 전에 나는 일곱 가지 다른 음자리표를 모두 마스터해야 했고, 또한 어떤 음악이든 그 자리에서 조옮김할 수 있는 실력을 키워야 했다. 무식하다 싶을 정도로 달달 외는 것 외에는 달리 수가 없었다. 일곱 가지 음자리표의 악보가 수월하게 다가올 때까지 읽고 또 읽었다. 게다가 바흐의 사성부 코랄을 공부하고 연습하는 숙제가 매주 나왔다. 사성부 코랄을 공부하면 음자리표 가운데 네 개는 덤으로 익히게 되었으니 그 점은 그나마 다행이었다. 그러니 완전 생짜로 익혀야 했던 음자리표는 세 개뿐이었던 셈이다.

대위법 레슨 역시 수업 준비를 철저히 하지 않으면 곤란해지기 일쑤였다. 예를 들어 1종 대위법이라고 하면 – 줄리아드에서 5년을 배우고 학위까지 받았지만 그러거나 말거나 여기서부터 시작해야 했다 – 매주 레슨에 앞서 스무 페이지에 달하는 연습 문제를 풀어 가야 했다. 1종 대위법은 음과 음의 '일대일 대응' 방식을 다루었다. 보통 2종 대위법으로 넘어가기 전까지는 4주 정도 수업과 연습이 필요했다. 2종 대위법에서는 성부를 하나 더 추가해서 '일대일대일 대응'을 연습하게 된다. 이런 식으로 3종, 4종 대위법으로 점차 심화시켜 가다 보면 결국 동시에 여덟 성부의 음악을 다루면서 각각의 성부에 최대한의 독립성을 부여하는 경지에 이르게 된다. 이런 종류의 작법은 바로크 시대에 가장 절정을 이루었다. 가장 유명한 예가 바흐의 「푸가의 기법」이다. 대위법은 오늘날까지도 사용되는 작곡 기법으로, 나 역시 「교향곡 3번」의 3악장에서 시도한 바 있다.

화성법, 통주저음, 악곡 분석 수업 역시 이와 비슷한 방식으로 진행되었다. 물론 각각의 주제에 따라 특별 과제가 부여되기도 했고 주안점도 달랐지만 말이다. 음악의 기초에 관한 공부가 없으면 직업적인 성취도 이룰 수 없다는 것이 불랑제 선생님의 훈육 철학이었다. 그녀의 가르침은 미국의 음악 교육 방식도 바꾸어 놓았다. 선생님에게 배운 미국 제자들의 영향이다. 선생님 문하 출신인 버질 톰슨은 다음과 같은 유명한 말을 남기기도 했다.

"미국에서는 어느 마을을 가든지 싸구려 잡화점과 불랑제 문하생이 있다."

실로 수많은 이들이 선생님에게 가르침을 받았다. 비록 작곡가로 대성한 제자는 많지 않았을지 몰라도 훌륭한 음악 교육자는 무척 많이 배출되었다. 앨버트 파인도 그 가운데 하나였다.

이렇게 말할 수 있을 것 같다. 만약 목수가 되고 싶다면 망치와 톱을 쓰는 법을 배워야 하고 치수 재는 법을 알아야 한다. 기본 중의 기본이라 할 수 있는 기술이다. 탁자를 만들어 본 일이 없는 사람에게 누군가 탁자를 만들어 달라고 부탁했다고 치자. 연장을 들고 뚝딱대면 대충 탁자처럼 보이는 물건을 만들어 낼 수야 있을 테지만, 아마도 휘청휘청대며 단단히 서지 못하는 엉망진창의 물건이 되기 십상일 것이다. 선생님은 망치 쥐는 법과 톱 켜는 요령, 치수 재는 법, 만들고 싶은 탁자의 모습을 머리에 그리는 요령과 전체 과정을 미리 계획하는 수완을 가르쳤다. 그 모든 것을 배우고 나면 쓰임새 좋고 야무진 탁자를 만들 수 있게 된다. 다만 선생님은 한 번도 '탁자' 그 자체가 음악 작품이라고는 생각하지 않았다. 그녀는 자신은 어디까지나 기술적인 것을 가르칠 뿐이라고 여겼다. 선생님의 가르침을 부지런히 익히고 따른 학생들은 반짝반짝 빛나는 연장이 담긴 공구 상자와, 연장 하나하나의 사용법을 손에 쥐게 되는 셈이었다. 그것은 사실 엄청난 밑천이었다. 이제 그것으로 탁자를 만들 수도 있고 의자를 만들 수도 있다. 창문을 만들어 달 수도 있다. 한마디로 필요한 것은 무엇이든 만들 수 있게 된 것이다.

두려움을 통한 가르침

이 밖에도 자질구레한 음악 과제가 셀 수 없이 많았다. 일례로 하나의 음표를 놓고 거기서 이끌어 낼 수 있는 모든 마침꼴|cadence|을 온갖 전위형까지 모두 아울러 베이스 성부부터 하나씩 올라가며 '노래'하는 연습도 그 가운데 하나였다. 간단한 연습같아 보이지만 한 번 끝마치려면 아무리 빠른 속도로 해도 20분까지 걸렸다.

제자들은 매일 아침 일곱 시 반부터 스튜디오 문을 두드렸고, 그때부터 선생님은 초저녁까지 종일 수업을 이어 갔다. 선생님께서는 주로 내게 영어로 말했다. 반백 년간 제자를 가르치며 써 온 언어인 만큼 거의 완벽에 가깝게 구사했다. 간혹 선생님이 프랑스어로 말해도 나는 영어로 대답하는 편이었다. 내 프랑스어 실력이 아직은 그리 유창하지 못했기 때문이다. 최악의 레슨 시간대는 선생님의 점심시간과 겹치는 열두 시 반 타임이었는데, 나도 운이 없어 몇 달간 그 시간에 배우다가 물정 모르는 어리숙한 녀석과 레슨 시간을 맞바꾸고서야 탈출에 성공했다. 왜 열두 시 반이 최악이었느냐 하면, 선생님이 식사와 레슨 지도를 겸하는 시간대였기 때문이다. 그릇을 피아노 건반 위에 아슬아슬하게 올려놓고 레슨을 했는데, 그것이 언제 바닥으로 떨어질지 몰라서 보는 입장에서도 피가 말랐다. 그렇게 선생님은 음식은 드는 둥 마는 둥 하며 피아노 보면대에 놓인 대위법 숙제를 읽어 가며 첨삭했다.

그녀는 상냥하고 이해심 있는 선생님이 되고자 노력했지만, 제자들이 보기에는 '상당히 무섭'거나 아니면 '무지막지하게 무섭'거나 두 가지 모드밖에 없는 강인한 음악인이었다. 선생님은 그리 키가 크지 않았음에도 존재감이 확고해서 우리 눈에는 커 보였다. 체구는 가녀렸지만, 대단히 강건하고 단단한 체질이었다. 그에 비해 디외도네 선생님은 정반대였다. 통통하게 살집이 있었고, 성격도 한층 부드러웠다. 하지만 제자들의 독보와 초견, 청음 실력을 훈련시킬 때만큼은 조금도 양보하지 않았다. 디외도네 선생님은 언제나 과제를 내주면서 반드시 해 와야 한다고 거듭 당부했다. 그런 쪽으로는 매우 확고했지만, 그렇다고 해서 내가 게으름을 부리거나 정신을 다른 데 판다고 해서 꾸지람을 하지는 않았다. 나는 한 번도 디외도네 선생님한테 혼난 적은 없었지만, 불랑제 선생님에게는 정신 차리지 않으면 불벼락을 맞겠구나, 하고 확신에 가까운 실감을 했다.

단연코 가장 어려운 수업은 목요일 아침에 하는 것이었다(우리 사이에서는 '검은 목요일 클래스'로 통했다). 예닐곱 명의 학생들이 이 강의에 차출되었다. 우리가 보기에는 수제자들과 바닥을 치는 열등생을 함께 묶는 것이 분명했지만, 교수법이 워낙 혹독해서 누가 과연 수제자고 열등생인지 분간조차 되지 않았다. 한 가지 예만 들어도 충분히 감을 잡으리라 생각한다. 어느 목요일 수업에 가 보니 테너음자리표에 간단한 선율을 담은 악보 한 장이 피아노 위에 덩그러니 놓여 있었다. 사성부 코랄의 테너 파트라고 했다. 우리 모두는 바흐 코랄이라면 매주 하나씩 마스터해야 했으므로 손바닥 보듯 꿰고 있었다. 이때 '마스터'라고 함은 사성부 가운데 아무 성부나 골라 노래로 부르면서 나머지 삼성부는 피아노로 칠 수 있었다는 것을 뜻한다. 하지만 그날의 과제는 달랐다. 첫째로 지목된 사람은 테너 파트를 보면서 거기에 어울릴 알토 파트를 불러야 했다. 그다음으로 호명된 이는 테너 파트를 보고 동시에 방금 불렀던 알토 파트를 기억하면서 그 두 성부에 맞는 소프라노 파트를 불러야 했다. 그리고 마지막으로 지명된 학생은 테너 파트와 지금 막 두 사람이 부르고 지나간 소프라노와 알토 파트에 어울릴 베이스 파트를 불러야 했다. 불랑제 선생님은 베이스는 다른 세 성부의 음표가 이미 모두 결정된 상태에서 들어가는 것이니 가장 쉽다고 말하고는 했다. 물론 '쉽다'는 말이 성립하려면 다른 성부의 음표를 빠짐없이 기억하고 있어야 한다는 전제가 필요했지만 말이다. 성부 진행에 적용되는 규칙을 모두 준수해야 함은 물론 두말할 나위도 없었다. 병행5도나 병행8도는 절대 범해서는 안 되는 금기였다.[111] 대위법의 궁극적인 목적은 음정 관계에 관한 엄격한 규약을 지키며 여러 성부를 결합하면서도 동시에 각각의 독립성을 지키는 것이다. 그런데 병행5도나 병행8도는 두 성부의 구분을 어렵게 하는 암초였다.

매주 목요일마다 우리는 끝도 없이 이어지는 이러한 과제들과 씨름해야만 했다. 세 시간짜리 수업이었지만 언제나 시간이 모자라는 것만 같았다. 수업이 끝나면 불랑제 선생님의 자택 맞은편에 있는 카페로 이동해 커피나 맥주를 마시고는 했다. 하지만 수업 내내 어찌나 혹독히 시달렸던지 누구 하나 쉽게 입을 떼지 못하고 진저리만 쳤다.

매주 불랑제 선생님에게는 세 차례, 디외도네 선생님에게는 한 차례 수업을 들었고, 거기에 더해 집에서 해야 하는 숙제의 양도 엄청났다. 매일 수많은 분량의 대위법 연습 문제를 풀어야 했고, 통주저음과 악보 분석 숙제도 몇 시간씩 해야 했다. 디외도네 선생님 수업 준비도 등한히 할 수 없어서 틈나는 대로 초견과 청음 훈련을 했다. 아침 일곱 시에 일과를 시작하면(파리의 겨울은 아침 일곱 시라도 어둑어둑했다) 저녁 일곱 시까지 쉴 틈 없이 보냈다. 저녁에는 극장 일을 챙겨야 했다. 또한 연주회와 영화, 연극을 보기 위해서도 저녁 시간은 비워두어야 했다. 그렇듯 하루가 일과로 꽉꽉 채워져 있었다.

불랑제 선생님은 제자들이 적당히 하고 넘어가는 것을 용납하지 않아서 숙제도 수업도 곱절로 힘들었다. 학생들에게 요구되는 기준이 보통 이상이라는 것은 문하에 들어간 지 얼마 되지 않아서 금방 깨달았다. 어느 날 오후, 언제나 그렇듯 대위법 숙제를 잔뜩 싸 들고 – 적어도 스무 페이지는 빽빽하게 채웠을 것이다 – 수업에 갔다. 숙제를 보면대 위에 펼치고 재빠른 속도로 읽어 나가기 시작한 선생님은 어느 지점에서 문득 시선을 멈추고는 숨을

111 병행5도parallel fifth는 다성 음악에서 완전5도의 음정을 이룬 두 개의 성부가 진행 후에도 완전5도의 음정을 이루는 것을 말한다. 성부 간의 구분을 어렵게 한다는 이유로 병행8도와 함께 엄하게 금하는 사항이다.

가다듬었다. 그러고는 나를 빤히 쳐다보더니 차분한 말투로 "요즘 지내기가 어떤가?" 하고 물었다.

"별 문제 없습니다."

"아프다거나, 두통이 있다거나 하진 않고? 집에도 아무런 문제 없고?"

"전혀요, 선생님. 정말 잘 지내는 걸요."

하지만 슬슬 겁이 나기 시작했다.

"의사나 정신과 의사 좀 알아봐 줄까? 다른 사람 모르게 말이야."

"괜찮습니다, 선생님."

선생님은 잠깐 숨을 돌린 다음 의자를 돌려 앉고는 벼락처럼 꾸짖기 시작했다. 거의 고함이라고 해도 좋을 정도였다. 그러면서 손가락으로 악보의 어느 지점을 가리켰다.

"그렇다면 대체 이건 어떻게 설명할 텐가!"

거기, 알토와 베이스 성부 사이에 숨은5도[112]가 보란 듯이 똬리를 틀고 있었다. 선생님의 질책은 곧 나의 성격 전반에 대한 맹비난으로까지 이어졌다. 주의력 부족과 집중력 결핍을 콕 찍어 나무랐고, 심지어는 음악에 평생을 바치기로 한 내 결심마저 의문시했다. 그날 레슨은 그것으로 끝이었다.

나는 집으로 돌아와 문제를 곱씹었다. 발루 가에 도착하기 전에 어떻게든 실수를 발견해 내는 방법이 절실했다. 그래서 고안해 낸 시스템이, 연습 문제 풀이가 끝나면 각각의 음표 옆에 위아래 성부와의 음정을 숫자로 기입해 넣는 방식이다. 베이스 성부부터 해서 소프라노 성부까지 차례차례 숫자를 적어 나갔다. 그렇게 해 놓고 보니 성부 진행이 시원하게 눈에 들어왔다. 연이어 등장하는 5나 8은 병행5도와 병행8도를 의미했다. 연이은 3이나 4, 6은 괜찮았다. 2와 7은 좀처럼 등장하지 않았다. 다음 주 수업, 늘 하던 대로

112 완전5도를 이루지 않던 두 개의 성부가 병진행하여 완전5도를 이루는 것. 병행5도와 마찬가지로 다성 음악에서는 금기 사항 가운데 하나다.

연습 문제를 한 무더기 들고 갔다. 물론 악보를 뒤덮은 음표 옆에는 숫자가 빼곡히 들어차 있었다. 선생님이 어떻게 반응할지 무척 궁금했다. 그런데 실망이었다. 선생님은 숙제를 훑어보고도, 그러니까 완성된 대위법과 그 많은 숫자를 보고도 아무 말이 없었다. 단 한마디도 말이다. 나름대로 노력했다는 증거인 그 숫자들을 아예 보지 못한 것처럼 행동했다. 그래도 내 입장에서는 잘못될 염려가 없는 시스템을 마련했고, 덕분에 만점짜리 결과를 얻어 내서 만족이었다. 비록 선생님은 아무 말도 하지 않았지만, 그 방법 외에는 달리 뾰족한 수가 없었다. 그렇게 나는 2년 동안 숫자를 적어 가며 대위법을 공부했다.

프랑스에 도착했을 때 내 나이 이미 스물일곱이었고, 선생님의 문하생 대부분보다 연장자였다. 선생님은 내게 엄청난 양의 과제를 부과했고, 인정사정 봐주는 법 없이 마지막 한 방울의 노력까지 쏟아부을 것을 요구했다. 우리의 사제 관계는 무척 치열했다. 선생님은 내게 "노력 없이 되는 일은 없다|Il faut faire un effort|"라는 말을 주문|呪文|처럼 되풀이했다. 늦깎이 제자라는 것은 나 스스로도 인식하고 있었고, 선생님은 최선으로 가르친 연후에야 나를 하산시키려고 작정한 것 같았다. 물론 한 번도 그런 말을 한 적은 없고, 다만 그런 결기를 느꼈을 뿐이다. 그리고 나 역시 선생님의 목적에 부응하기 위하여 매일 한결같이 노력했다.

테크닉에서 스타일로

불랑제 선생님은 작곡에 대해서는 일절 가르쳐 주지 않았다. 한 번은 작곡 수업을 따로 받을 수 있는지 물은 적이 있다. 그러자 선생님은 자신은 작곡가들이 하는 일을 무척이나 존경하며, 때문에 감히 그들에게 작곡이라는 주제에 대해 감 놓아라 배 놓아라 할 수는 없다고 말했다. 의도와는 다르게 잘못된 충고를 할지도 모르고, 혹은 기를 꺾는 말을 하면 어쩌나 저어된다는 것이었다. 그렇기 때문에 자신은 순수한 테크닉에만 집중한다고 했다. 하지만 내가 볼 때 선생님의 가르침은 순수한 테크닉 수준을 훨씬 웃돌았다.

나는 선생님을 존경했고 때로는 두려워했지만, 선생님의 어떤 요구는 단호히 거부하기도 했다. 사제 간에 놓인 본질적인 문제와는 상관없어 보이는 요구에 대해서는 더더욱 그럴 수밖에 없었다. 선생님의 여동생인 릴리 불랑제는 전도유망한 작곡가에게 돌아가는 로마대상을 받는 등 촉망받는 재원이었지만, 스물네 살의 아까운 나이로 유명을 달리하고 말았다. 불랑제 선생님은 매년 파리 모처에 있는 성당에서 동생의 음악으로 꾸민 연주회를 열었다. 제자들은 필참해야만 했다. 들리는 풍문으로는 선생님이 문가에 앉아 직접 제자들의 출결을 체크한다고도 했다. 하지만 릴리 불랑제의 음악에는 눈곱만큼도 관심이 없었던 나는 한 번도 가지 않았다. 연주회 직후의 레슨에서도 거기에 대해서는 아무 말을 하지 않았다. 거짓말도 하기 싫었고, 핑계도 대고 싶지 않았다. 선생님도 별 말씀이 없었다. 선생님과 나는 사회, 정치, 종교 등에 대한 이야기도 애써 피하려 했고, 그러기를 잘했다는 생각이 든다.

2년에 걸쳐 선생님의 가르침은 내 안에서 서서히 뿌리를 내렸고, 점차 내가 음악을 '듣는' 방식에도 뚜렷한 차이점이 느껴지기 시작했다. 주의력과 집중력이 몰라보게 높아졌고, '마음속의 귀'로 선명하게 음악을 듣기 시작했다. 그전까지는 가지고 있지도 않았고, 가능하리라고 생각조차 못한 능력이었다. 이로써 또렷한 청각적 이미지를 머릿속에 그려 낼 수 있게 되었다. 소리의 그림을 그릴 수 있었고, 그것이 무엇인지 알 것 같았으며, 또한 – 이것은 사실 좀 더 까다로운 문제였는데 – 그전까지는 듣지 못한 것을 들을 수 있게 되었고 그것을 받아쓰는 방법을 깨치게 되었다. 사실 굉장히 어려운 일이었고, 그것만으로 이미 중대한 성취였다.

선생님 덕분에 음악을 깊이 이해하게 된 순간은 손으로 꼽을 수 없을 정도로 많았다. 그뿐만 아니라 선생님은 나를 놀래킬 비장의 한 수를 준비해 두고 있었다. 2년차 수업도 막바지를 향하던 1966년 늦봄의 어느 날이었다. 선생님이 내준, 꽤 길고 복잡한 화성법 숙제를 해서 가지고 갔다. 언제나처럼 숙제를 눈으로 읽어 내려가던 선생님은 끝부분에서 멈추고는, 소프라노 성부를 화음의 으뜸음으로 해결한 것은 적절하지 않다고 지적했다. 당구삼년폐풍월이라고 그 무렵에는 나도 화성법의 규칙을 나름 샅샅이 꿰고 있다고 자부하고 있었는지라 나는 내 해법이 틀리지 않았다고 맞섰다. 하지만 선생님은 완강했고, 나 역시 한 발짝도 물러서지 않았다. 그러자 선생님은 피아노 보면대 뒤에서 모차르트의 악보를 꺼냈다('마침' 거기에 있었던 것일까?). 그러고는 어느 피아노 소나타의 중간 악장을 펴고는 오른손 부분의 최상 성부를 가리켰다.

"같은 상황에서 모차르트는 소프라노 성부를 으뜸음이 아니라 제3음으로 해결한 게 보이지 않니?"

나는 내 귀를 의심했다. 2년간 금과옥조처럼 떠받들어 온 규칙이 일거에 '그건 그거고'의 영역으로 좌천된 것이다. 글쎄, 엄밀히 따지자면 내 해법에 문제는 없었다. 다만 모차르트가 보여 준 해법이 더 나았을 뿐.

선생님과 나는 잠시 동안 아무 말 없이 앉아만 있었다. 그때였다. 머릿속에 전깃불이 들어왔다. 이미 선생님은 수업의 강조점을 스리슬쩍 바꾸어 놓은 것이었다. 그때까지 나는 선생님은 오직 기술에 대해서만 가르친다고 믿고 있었다. 음악에서 '지켜야 할 것'과 '피해야 할 것' 말이다. 하지만 그 단계는 이미 끝난 뒤였다. 선생님은 요구 수준을 한 단계 더 높였다. 이제는 스타일을 논할 단계였다. 다시 말해 하나의 음악적 문제를 올바르게 푸는 방법이 여럿 있을 수 있다는 뜻이었다. 지금까지는 그 여러 올바른 해법이 기술이라는 항목 아래에 포함되어 있었다. 그러나 문제를 해결하는 개별 작곡가만의 고유한 방식, 달리 말하자면 여러 해법을 넘어서는 특정한 해법에 대한 편애, 그것이 바로 그 작곡가만의 뚜렷한 스타일이 된다. 말하자면 음악의 지문과 같은 것이다. 결국 요약하자면, 우리로 하여금 곡의 작자를 짐작하게 하는, 이른바 작품에 묻어나는 개인적 스타일에 대한 문제였다. 일말의 의심이나 주저도 없이 바흐와 바르톡을 구분하고, 슈베르트와 쇼스타코비치를 갈라 세울 수 있는 단초가 되는 특징들 말이다. 따라서 스타일은 음악적 기술 가운데도 특별한 것이다. 그렇다면 우선 테크닉이라는 기초를 탄탄히 다지지 않고서는 개인적인 스타일을 확립하는 것도 한갓 헛꿈에 그치고 만다는 뜻이었다. 불랑제 선생님이 가르치고자 한 바를 간단히 요약하면 바로 이런 뜻이 될 터였다. 선생님은 음악을 이론으로서 가르치는 것이 아니었다. 이론은 논박에 의해 부정되고 대체될 수 있는 것이기 때문이다. 선생님은 어디까지나 실제로서의 음악, '행위'로서의 음악을 중시했다. 작품은 가르침을 실천하는 장이었다. 선생님의 교수법은 제자가 깨달을 때까지 반복 또 반복, 그것뿐이었다. 끝내 깨닫지 못하는 제자가 없으리라는 보장도 없었다. 나 역시 결국에는 그렇게 선생님의 가르침을 내 것으로 만들었다.

기실 나 역시도 몇 년만 있으면 내가 나가야 할 독자적인 스타일이 무엇인지 깨달을 터였다. 뉴욕에 돌아온 후인 1960년대 후반, 내가 쓰는 새로운 음악을 접한 많은 이들이 표출한 분노에 나는 무척이나 놀랐다(하기야 그보다 전인 파리 시절에도 프랑스 동료들이 내 음악은 '난센스'라며 연주를 거부한 적이 있다). 많은 이들이 나를 얼간이 음악가로 여겼다. 의외로 재미있는 현상이었다. 나는 내가 쓰는 음악이 무엇인지를 알고 있었지만 저들은 모르고 있었다.

나를 음악적 지진아로 여기는 분위기는 1970년대까지 이어졌다. 1971~1972년쯤 필립 글래스 앙상블과 함께 투어 중일 때였다. 롤프 릭케라는 아주 명철한 이가 운영하는 아트 갤러리에서 연주하기 위해 쾰른을 찾은 참이었다. 쾰른에는 현대음악을 자주 틀어 주기로 소문난 라디오 방송국이 있었다. 사실 이 라디오 프로그램의 편성 원칙의 배후에는 다름 아닌 카를하인츠 슈톡하우젠이 있었다. 나는 그곳의 젊은 편성 책임자를 만나기 위하여 급히 약속을 잡고서 악보 몇 점을 들고 찾아갔다. 한참을 찌뿌듯한 표정으로 악보를 넘기던 그는 마침내 아주 부드럽고 친절한 말투로 음악학교를 다녀 볼 생각을 한 적이 있느냐고 물었다. 나는 놀라지도 언짢지도 않았다. 조언을 주셔서, 시간을 내주셔서 고맙다고 말하고는 자리를 떴다. 몇 년 뒤 나는 다시 한 번 우리 앙상블을 이끌고 쾰른을 찾았다. 아름답고 널찍한 신축 콘서트홀에서 공연을 마치고, 몇 년 전 내게 고마운 충고를 해 준 방송국 편성 직원을 만났다. 하지만 그는 우리가 만난 적이 있다는 사실을 기억조차 하지 못했다. 나 역시 예전의 만남에 대해서는 일언반구조차 하지 않았다. 그는 내 음악을 좋아했다. 그것도 꽤나 많이. 그런 유의 얼간이 같은 반응을 나는 수년간 견뎌야 했다.

불랑제 선생님 문하에서 첫해를 보내고 난 뒤, 풀브라이트 재단에서 연락이 왔다. 2년차 이후로는 장학금이 지급되지 않는다는 통보였다. 알고 보니 파리는 워낙 가겠다는 지망자가 많은 곳이어서 1965년 봄부터는 기간 연장을 불허하는 방침을 세웠다는 것이다. 그럼에도 불랑제 선생님은 아직 배울 것이 많이 남았으니 짐 꾸릴 생각은 하지도 말라 했다. 하지만 그러자니 당장 학비부터가 막막했다. 당시의 나로서는 상당한 거금이었다.

"레슨비조차 낼 수 없는 걸요."

"내지 않아도 된다. 그냥 와서 계속 수업을 받도록 해라."

"말씀은 감사하지만 갚을 길이 보이지 않는데요."

"언젠가는 갚을 수 있겠지."

그러면서 선생님은 희미하게 말끝을 흐렸다.

그로부터 1년이 조금 지난 1966년 여름, 나는 선생님의 수업을 듣기 위해 매주 퐁텐블로행 기차에 몸을 실었다. 파리 생활도 거의 끝나 가고 있었다.

파리는 8월만 되면 무척 조용한 도시가 된다. 조앤과 나는 다가오는 인도 여행을 준비하느라 여념이 없었다. 눈 깜짝할 사이에 9월 초가 다가왔고, 나는 불랑제 선생님을 뵙고 이제 문하를 떠나려 한다고 말했다. 어느덧 내 나이도 스물아홉이었고, 이제는 훈련과 공부는 뒤로 하고 본격적으로 세상에 나갈 준비가 되어 있었다. 한시라도 빨리 뉴욕으로 돌아가 직업 음악가로서의 삶을 시작하고 싶었다. 그 전에 인도 여행을 하려 했다. 선생님의 문하를 떠나려면 까다로운 승강이를 거쳐야 하리라고 짐작하고 있었다. 하지만 내 결심은 확고했다.

문제의 그날이 되었다. 선생님은 평상시와 다름없는 레슨이 되리라 생각하고 있었던 것 같다. 그래서인지 작별을 고하는 내 말에 선생님은 무척이나 놀랐다. 그저 이제는 뉴욕에 돌아가 내 삶을 시작할 때가 된 것 같다는 이야기 외에 달리 할 말이 없었다. 인도에 관한 계획은 말하지 않았다. 선생님은 자리에서 일어나서 나를 마주보았다.

"7년은 바쳐야 다 배우는 과정이다. 7년이 무리라면 5년은 해야 하고, 그것도 어렵다면 최소한 3년은 배워야 해."

선생님의 목소리에는 힘이 들어가 있었다. 선생님 뜻을 거스르는 것은 쉬운 일이 아니었다. 하지만 이제는 떠나야만 한다는 사실을 나는 절실히 깨닫고 있었다. 학생 시절은 여기서 마침표를 찍어야 했다. 때를 놓치고 어물쩍대다가 기껏해야 파리의 어느 음악학교에서 대위법이나 가르치는 신세가 되고 싶지는 않았다. 선생님께 배운 바가 없었더라면 그 무엇도 할 수 없는 얼치기 작곡가밖에 되지 못했으리라는 점도 분명히 깨닫고 있었다.

그 후로 오랫동안 사람들은 내게 불랑제라는 스승에게서 어떤 영향을 받았는지 물었다. 나는 선생님께 작곡에 대해 배운 것이 아니다. 오로지 기본적인 테크닉만을 끝도 없이 반복해서 배웠다. 그런 질문을 받을 때마다 나는 언제나 똑같은 대답을 했다. 선생님께 배운 이후로 쓴 음표 가운데 그의 영향을 받지 않은 것은 단 하나도 없었다고. 진심에서 우러난 말이다. 수십 년의 세월이 흐른 지금도 나는 여전히 그렇게 생각한다.

하지만 1966년 9월 스튜디오에서 선생님과 마주한 그때는 그저 "떠나야겠습니다"라는 말밖에는 할 말이 없었다. 영겁처럼 느껴진 순간이 흐르고서야 마침내 선생님은 몸에서 힘을 빼는 것 같았다. 보내기로 한 것이다. 그러고는 무척 놀랍게도 선생님은 나를 와락 끌어안았다. 뜻밖이기도 했지만 또한 감동적이었다. 선생님 눈가에 눈물이 맺혔다. 어쩌면 내 눈물이었는지도 모르겠다. 그렇게 인사를 하고 돌아섰다.

두 스승

13년이 흐른 1979년 10월, 불랑제 선생님이 향년 92세로 영면에 들었다는 소식이 전해졌다. 선생님은 눈이 어두워져서 사실상 앞을 거의 못 보는 지경에서도 교편을 놓지 않았다고 한다. 나는 밀린 레슨비를 끝내 갚지 못했다. 1979년이라면 낮에 뛰던 일자리를 내던지고 「사티아그라하」에 집중하려고 할 때였다. 그때까지도 음악으로 번 돈은 땡전 한 푼도 없었다.

선생님이 내가 쓴 음악을 한 편이라도 들어 보았는지는 모르겠다. 1971년과 1972년, 콘서트를 위해 파리를 찾은 적이 있기는 하다. 큰 홀은 아니지만, 어쨌든 파리에서 불러 주어 간 것이다. 만약 선생님이 거기 왔다면 당신이 가장 좋아하는 자리인 첫째 줄 가운데에 앉았을 것이다. 보이지 않으려야 보이지 않을 수가 없는 자리에 말이다. 공연이 진행되는 도중 나는 무대 커튼 뒤에 숨어 객석 앞줄을 내다보았지만 선생님은 보이지 않았다. 오지 않은 것이 분명했다.

누군가 선생님에게 필립 글래스의 음악을 아느냐 물었더니 "그럼요, 알고 있지요"라고 답했다는 이야기를 전해 들은 적이 있다. 만약 그 이야기가 사실이더라도 선생님이 정확히 어떤 경위로 내 음악을 접했을지는 미지수다. 악보를 따로 찍어 내지는 않았다. 다만 1971~1972년께에는 유통 중인 음반이 몇 개 있기는 했다. 프랑스에서 다니엘 코가 진행하는 '프랑스 컬처'라는 라디오 프로그램에 내 음악이 소개되는 것을 들은 적도 있다. 그러니 어쩌면 라디오를 통해 들었을 수도 있겠다. 그렇게 이리저리 짐작만 할 뿐이었다.

1990년대 후반, 나는 파리 북부에 새로 문을 연 공연장인 메종 드 뮈지크를 찾았다. 새 오페라인 「미녀와 야수」 초청 공연을 위해 간 것이었다. 공연이 끝나고 어느 젊은이가 내게 다가왔다. 뭔가 전할 물건이 있다고 했다.

"전할 물건이라뇨?"

"편지 몇 통입니다."

"편지라니요?"

"30여 년 전에 풀브라이트 장학금 갱신 신청서를 냈다가 거절당하신 적이 있지요? 기간 연장 불가로 결정이 났습니다만, 당시 글래스 씨를 가르치던 선생님께서 손을 써서 도우려 하셨습니다. 그분의 성함은 나디아 불랑제이고, 그분께서 쓰신 편지를 제가 가지고 있습니다."

"어떻게 당신이 그걸 가지고 있게 된 거지요?"

"제 소개가 늦었습니다. 저는 미 대사관에서 문화 관련 사무를 보고 있습니다."

"편지를 볼 수 있을까요?"

"그럼요, 여기 있습니다."

나는 편지를 받아 들었다.

"이거 원본이로군요. 복사본이 아니라."

"그럼요, 글래스 씨가 들고 계신 것이 원본입니다. 복사본은 저희 자료로 따로 보관하고 있습니다."

그 자리에서 봉투를 열고 읽기 시작했다. 길지는 않았다. 나디아 불랑제 선생님이라면 무척 중요하고 유명한 분이었기에 굳이 길게 쓸 필요도 없었을 것이다. 30여 년 전 선생님이 쓴 편지의 내용은 내게 놀라움으로 다가왔다.

"저는 필립 글래스 씨에게 음악을 가르치고 있습니다. 제가 볼 때 글래스 씨는 흔치 않은 음악가입니다. 언젠가 음악계에 아주 중요한 족적을 남기리라 확신합니다."

완전한 충격이었다. 선생님이 그런 편지를 썼다니 꿈에도 몰랐던 일이다. 당시 문하생 가운데 나는 아무래도 소질이 좀 빠지는 축에 드는 것 아닌가 하고 짐작했는데 말이다. 선생님이 내주는 과제가 어찌나 많았는지, 내 경우에는 이렇게라도 시키지 않으면 가망이 없다고 여긴 것이라 생각했다. 그것은 그것대로 사실이었을지도 모르지만, 최소한 편지에는 그렇게 쓰여 있지 않았다.

파리 시절 나는 불랑제 선생님과 라비지에게 음악과 인생 전반에 대해 통찰하는 법을 수도 없이 배웠다. 마치 두 명의 수호천사가 내 양쪽 어깨에 내려앉아 지혜를 일러 주는 것처럼 느껴졌다. 라비지는 사랑을 통해서, 불랑제 선생님은 두려움을 통해 가르쳤다. 확실히 이 두 분 덕택으로 나는 내 음악적 수련기를 공식적으로 마칠 수 있었다. 하지만 비공식적으로는 아직도 하나하나 깨우쳐 가고 있는 중이다. 두 분의 가르침이 없었다면 나는 음악을 쓰지 못했을 것이고, 세상에 알려질 일도 없었을 것이다. 두 분의 가르침을 따르고 숙성시켜 가는 것, 이는 지금껏 내가 해 온 일의 숨은 의미가 되어 주기도 했다. 사랑을 통한 가르침과 두려움을 통한 가르침이라고 일단 갈라놓았지만, 그 혜택은 똑같다고 해야 하겠다.

동방 순례

인도로 가는 길

1965년에서 1966년으로 넘어가는 겨울의 어느 습한 저녁, 나는 런던에서 프랑스로 건너가지 못해 발을 동동 구르고 있었다. 기차와 페리 티켓을 구입할 파운드화가 모자랐고, 환전소도 모두 문을 닫아 버려 난감한 상황이었다. 헛걸음을 각오하고 노팅힐게이트 근처에 사는 친구 데이비드 라처의 아파트를 찾았다. 혹시라도 내가 가진 프랑화와 바꾸어 줄 돈이 있을까 해서였다. 데이비드는 뜻밖의 손님을 반갑게 맞아들이고는 집 안의 돈을 모아 볼테니 서재에서 잠깐 기다리라고 했다.

책으로 가득 찬 그 서재의 소파에 앉아 있던 그날의 기억이 지금도 생생하다. 나는 머리 뒤 책꽂이로 손을 뻗어 제목을 보지도 않고 책 한 권을 뽑아 들었다. 책을 펼치자 놀라운 이미지가 눈앞에 펼쳐졌다. 그 책은 『위대한 해탈의 티베트 서』였다. 내가 본 그림은 책에 담긴 비밀스럽고 심원한 내용을 표현한 탕카|thangka|[113]였다. 너무도 강렬하고 아름다운 그림을 본 순간, 나는 그것과 관련된 모든 것을 배우고 그것이 나를 어디로 이끌건 간에 따라가

보아야 할 것 같은 충동에 사로잡혔다.

"데이비드, 이 그림에 담긴 의미가 뭔가?"

"빌려 가서 직접 읽어 보지 그러나."

책은 옥스퍼드 대학 출판부가 발간한 네 권짜리 시리즈 중 마지막 편으로서, 인도 동부의 시킴 주에 있는 한 초등학교에서 영어를 가르친 티베트 승려 라마 카지 다와 삼둡의 번역본을 기초로 하고 있었다. 네 권 모두 편집은 미국의 인류학자이자 티베트 불교 연구의 선구자인 월터 에번스웬츠가 맡았다. 1927년에 출간된 『티베트 사자의 서』 영역본도 그가 편집한 것이다. 그날 저녁 런던을 떠나는 내 가방 속에는 『위대한 해탈의 티베트 서』 외에도 『티베트 요가와 비밀 교의』와 전기인 『티베트의 위대한 요기 밀라레파』가 들어 있었다. 나는 티베트와 관련된 책이 또 있으면 구해서 보내 달라고 데이비드에게 따로 부탁까지 했다. 또한 내가 흥미를 가지겠다 싶은 책이 있으면 언제라도 알려 달라고 당부했다. 티베트 불교에 대한 관심이 남달랐던 데이비드는 기꺼워하며 걱정 말라고 했다.

이런 일이 있기 전부터 이미 인도에 갈 작정은 하고 있었다. 콘래드 룩스와 영화 작업을 할 때는 널리 알려지고 존경받던 요가 스승이자 영적 지도자인 사치다난다를 만난 적도 있다. 사치다난다는 비슈누데베난다와 나란히 힌두교의 영적 스승인 시바난다의 수제자로 알려져 있었다. 시바난다는 1936년 인도에 '신성한 삶 협회'를 설립하고 1948년 요가-베단타 포레스트 아카데미를 설립한 바 있다. 이미 비탈다스 선생에게 8년간 요가를 배운 나는 사치다난다에게도 가르침을 구했다. 사치다난다는 콘래드의 요가 스승이기도 한지라 그 인연으로 내게도 기꺼이 레슨을 해 주겠다고 했다. 스와미 사치다난다는 실론 섬(지금의 스리랑카)의 도시 캔디에 있는 아쉬람

113 티베트 불교 회화로, 우리의 탱화에 해당한다.

|ashram|[114] 으로 나를 초대했고, 나는 인도 여행 때 꼭 챙겨 찾아보겠다고 다짐을 두었다.

나는 이미 인도 요기들에 대한 책을 여러 권 섭렵했다. 그 가운데는 벵골의 성자 라마크리슈나[115](그의 가르침은 『스리 라마크리슈나의 진리』라는 책에 잘 나타나 있다)와, 그의 제자인 스와미 비베카난다에 대한 책도 있었다. 거기에 더해 티베트를 주제로 한 책을 읽어 나가기 시작했다. 마르코 팰리스[116]의 『봉우리와 라마들』, 『길과 산』, 알렉상드라 다비드네엘[117]의 『티베트의 마술과 신비』, 라마 아나가리카 고빈다[118]의 『하얀 구름의 길』과 주세페 투치[119]의 『만다라의 이론과 실제』, 시오스 버나드의 『신들의 펜트하우스』와 『천국은 우리 안에 있다』가 그렇게 읽은 책들이다. 특히 시오스 버나드의 책이 흥미로웠다.

버나드는 1908년 미국 애리조나 주 툼스톤에서 태어났다. 그는 하타 요가를 달통한 뒤 1930년대 중반 인도로 건너가 수행의 깊이를 더했다. 시킴 주, 부탄, 티베트가 만나는 곳에 있는 서벵골 주의 도시 칼림퐁에서 「티베트 미러 프레스」지의 발행인 게겐 타르친과 교류했고, 그의 도움으로 티베트어

114 원래는 힌두교도들이 수행하며 거주하는 은둔처를 뜻하는 말이지만, 오늘날에는 그 의미가 확장되어 요가나 인도 음악 등을 가르치는 문화원 같은 공간을 가리키기도 한다.

115 **Ramakrishna Paramahansa, 1836~1886** 인도의 종교가, 사상가, 요기. 브라만 계급 출신으로, 1855년 콜카타 교외에 세워진 사원에 입문하여 승려가 되었다. 이후 이슬람교와 기독교에 관해 각각의 스승으로부터 배우고 모든 종교에는 같은 진실성이 있음을 깨달았다. 부처, 샹카라와 함께 인도의 3대 성자로 꼽힌다. 사후에 '라마크리슈나 미션'이 설립되어 세계 각지에 그의 가르침이 전파되었다.

116 **Marco Pallis, 1895~1989** 영국 출신의 작가 겸 등반가. 티베트의 종교와 문화에 대한 책을 다수 썼다. 고음악의 부활에 지대한 영향을 끼친 아놀드 돌메치를 사사하기도 했다.

117 **Alexandra David-Néel, 1868~1969** 프랑스 태생의 탐험가, 심령술사, 불교학자, 작가. 1924년, 외국인에게는 아직 금단의 땅이었던 라싸를 서양 여성으로서 처음으로 밟았다. 동양 종교와 철학에 대한 책을 다수 펴냈고, 미국 작가인 앨런 긴즈버그와 잭 케루악에게도 많은 영향을 주었다.

118 **Anagarika Govinda, 1898~1985** 본명은 에른스트 로타르 호프만. 독일 태생의 티베트 불교 전문가로, 아리야 마이트레야 만달레 공동체를 설립했다.

119 **Giuseppe Tucci, 1894~1984** 이탈리아 출신의 동양 문화학자로 티베트 불교의 역사에 정통했다.

를 익혀 티베트의 수도이자 라마교의 성도|聖都|인 라싸를 방문했다. 내가 시오스 버나드라는 이름을 처음 알게 되었을 때는 그의 책이 이미 네 권이나 출판되어 있었고, 데이비드는 그 모두를 구해서 내게 보내 주었다.

10년 가까이 요가를 배웠고 티베트 불교의 수행법에 대한 책들도 읽고 나니, 인도와 티베트에는 비전적 전통이 여전히 살아 있을 것이라는 기대감이 들었다. 그곳에 가면 뭔가 배울 것이 있으리라는 직관적인 느낌이 있었다. 유럽과 중앙아시아를 가로질러야 하는 험로가 될 터였지만 조앤도 모험이라면 마다하는 타입이 아니었다. 일단 뉴욕으로 돌아가고 나면 이렇게 시간을 내기가 결단코 쉽지 않으리라는 것은 분명했다. 조앤에게나 나에게나 뉴욕은 생활과 일의 터전이 될 장소였고, 다른 가능성은 염두에 두지도 않았다. 게다가 우리는 곧 가정을 꾸리게 될 형편이었다. 그러므로 인도행은 지금 감행하지 않으면 오랫동안 접어야 할 꿈일 게 분명했다. 우리는 1966년 가을에 떠나 이듬해 4월에 프랑스에 돌아오기로 했다.

인터넷이 없던 시절이므로 여행 계획의 대부분은 최근 인도를 여행한 유경험자들에게 의지해야 했다. 경로는 터키, 이란, 아프가니스탄, 파키스탄을 거치는 육로를 선택했다. 진기한 경험을 추구하는 호기심 탓이 컸지만, 그편이 비용 면에서 더 경제적이라는 이유도 있었다. 먼저 다녀온 사람들 말에 따르면 파키스탄에서 인도로 넘어가는 국경이 가장 까다로울 것이라고 했다(그러나 막상 국경에 도착해 보니 한참을 기다려야 한다는 점을 제외하면 큰 어려움이 없었다).

최적 경로와 이동 수단에 대한 주 정보원은 오스트레일리아 출신의 젊은 여행자들이었다. 오스트레일리아에서는 대학 졸업 후 1년간 런던을 여행하는 이들이 꽤 흔한 모양이었다. 그들의 여정은 대충 이러했다. 우선 오스트레일리아 서단의 항구 도시 퍼스에서 고작 여남은 명 정도의 여행객을 붙여 주는 상선을 타고 실론 섬의 콜롬보에 다다른다. 콜롬보에서 좁은 만나르만을 건너 비로소 인도 남부에 발을 디딘다. 일부 여행객은 네팔을 향해 곧장 북쪽으로 길을 잡기도 했다. 쏘는 맛이 강한 검은 대마초를 헐값에 구할 수 있는 곳이 바로 네팔이기 때문이다. 거기서 버스나 기차를 타고 다시 뉴델리로 돌아와 아그라에 들러 타지마할을 답사한다. 그러고는 봄베이(뭄바이)로 가서 아라비아 해를 건너는 배편을 구한다. 이어 홍해를 거슬러 올라가 수에즈 운하를 통과하여 알렉산드리아를 거쳐 마르세유에 정박한다. 오스트레일리아 여행객들은 대부분이 이와 같은 여정을 밟았다. 네팔까지 정성을 들일 의향이 없는 이들은 인도에 발을 딛자마자 곧장 뉴델리로 향하면 그만이었다.

우리는 이 젊은이들에게서 여행 여건이나 문제가 생길 수도 있는 길목에 대한 정보를 잔뜩 얻었다. 이를테면 이란 사람들은 장발족을 두려워한다는 정보도 있었다(장발이 유행하던 1960년대의 이야기임을 유념하기를 바란다). 사실 이는 비틀스 열풍에 대한 공포였다. 그때는 아직 너무 '진보적인' 정책으로 공분을 사기도 한 샤|Shah| 정권[120]의 시대였다. 어쨌든 1966년 9월, 프랑스를 떠나면서 긴 머리를 썩둑 쳐 냈다. 또한 배낭 대신 작은 여행 가방을 지니고 다니기로 했다. 조앤 역시 최대한 관광객으로 믿어 줄 만한 차림을 했다. 아니나 다를까, 터키와 이란을 가르는 국경은 이렇다 할 문제 없이 통과했다. 미처 머리를 자르지 못하고 들어간 이들에게는 이발사들이 기다리고 있었다. 장발을 지키고자 한다면 여행을 포기하는 수밖에 없었다.

파리를 떠나기에 앞서 나와 조앤은 귀국하는 미국 학생에게 몇 달러라는 헐값에 산 작은 오토바이를 타고 몇 달간 도시 곳곳을 누볐다. 정들었던 곳과 작별하기에는 더없이 좋은 방식이었다. 지도상에서 이름으로만 알았

120 1925년부터 1979년까지 지속된 이란의 팔레비 왕조를 말한다. 미국의 지원을 받으며 근대화 정책을 강하게 밀어붙이는 한편으로 이슬람 민족 세력을 탄압했다. 1979년 이란 혁명을 통해 이슬람 원리주의에 입각한 반미 정권이 들어서면서 축출되었다.

던 전철역을 빠짐없이 가 보았다. 찬란한 가을빛에 젖은 파리는 최고의 모습을 우리에게 뽐내는 듯했다. 길고도 달콤한 이별 예식이었다. 그러다 보니 어느새 떠나야 할 날이 코앞이었다. 우리는 16구 끄트머리에 위치한 뇌이에 있는 미국 병원을 찾아 파상풍 주사와 간염 주사 등을 맞았다. 이것저것 많은 주사를 맞은 탓에 조앤을 뒤에 태우고 돌아오는 길이 무척 어질어질, 아찔아찔했다.

유럽을 떠나기 전에 한 가지 중요한 물품을 구입했다. 작은 싸구려 트랜지스터라디오였다. 중앙아시아와 인도를 누비며 줄곧 음악을 들을 작정이었다. 라비 샹카르와 함께 일하고 나서 내 귀는 다가오는 '새로운' 소리들에 정말 갑자기 활짝 열린 것만 같았다. 각지에서 들려오는 음악을 모두 품어 낼 수 있다면 그것 자체만으로도 놀라운 경험이 되리라 기대했다. 유럽에서 시작해 그리스를 지나 아시아로 이어지는 여정 내내 나는 각지의 라디오 방송국이 송출하는 음악에 귀를 붙였다. 1백 킬로미터마다 현지인들이 일상처럼 듣는 음악이 조금씩 결을 바꾸는 것이 느껴졌다. 느리지만 지속적인 그 변화는 우리가 지나는 지역의 문화를 감싸는 배경음악이 되어 주었다. 어느 것 하나 새롭지 않은 음악이 없었고, 어느 것 하나 이국적이지 않은 음악이 없었다.

대장정

우리는 우선 스페인으로 남하했다. 우리를 태울 배가 출항하는 곳이 바르셀로나였다. 인도에 가서 쓸 돈은 남겨 두어야 했으므로 유럽 땅을 떠나기 전까지는 최대한 절약해야 했다. 답은 히치하이킹밖에 없었다. 파리 근교까지 전철을 타고 이동한 뒤, 보르도로 향하는 고속도로 갓길에 서서 손을 흔들었다. 그런 식으로 여행하는 젊은이들이 아주 흔할 때였고, 우리도 여러 번 트럭 운전자들에게 신세를 졌다. 당시에는 히치하이킹이 위험한 일로 여겨지지 않았다. 집으로 돌아가거나 다른 곳으로 이동하는 가난한 젊은이들을 돕지 않을 이유가 없다는 사회의 공감대가 있었다.

그런 식으로 최대한 장거리를 답파한 다음, 저녁에는 호텔에 투숙했다. 하루 숙박료는 20프랑 정도로 저렴했다. 당시 환율이 달러당 5프랑쯤이었으니 4~5달러면 하룻밤 잠자리를 해결할 수 있었다. 싸구려 호텔들인 만큼 특별히 깨끗하지는 않았다. 방음도 엉망이어서 밤새도록 문을 여닫는 소리가 귀를 긁었다. 매음업을 겸하는 시설인 경우도 잦았다. 유럽에서 지내는 동안 그런 밤손님들을 접객하는 곳에서 여러 번 숙박을 해결한 우리였기에 딱히 성가실 것은 없었지만, 그래도 숙면을 취하기는 어려웠다.

파리를 떠난 지 이틀 만에 바르셀로나에 도착했다. 이동은 줄곧 히치하이킹으로 해결했다. 9월 중순이었지만 날씨는 여전히 무더웠다. 곧바로 매표소를 찾아 터키행 배편 갑판 자리 티켓을 구입했다. 바르셀로나를 떠난 배는 밤에 이동하고 낮에 정박하는 식으로 운항하면서 마르세유, 제노바, 나폴리, 브린디시, 피레우스를 거쳐 이스탄불까지 가게 되어 있었다. 갑판 자리는 35달러 정도면 구할 수 있었으니 믿기 힘들 정도로 쌌다. 게다가 낮에는 배에서 내려 여덟 시간 이상 당일치기 관광까지 할 수 있었으니 그야말로 금상첨화였다. 뱃삯에 식사는 포함되지 않았으므로 어쨌든 뱃속을 채우기 위해서라도 낮에는 배에서 내려야 했다. 갑판 위에서 지내는 밤도 쾌적했다. 매일 아침 수평선 너머로 떠오르는 항구를 먼 바다에서부터 보는 것도 멋진 경험이었다.

정박한 도시에서는 묘지나 성당처럼 별도의 입장료가 없는 곳을 주로 골라 다녔다. 이탈리아 묘지의 건축미는 특히 빼어났다. 파리에서 지내면서도 몽파르나스나 페르라셰즈 같은 공동묘지에서 체스의 명인, 시인, 음악가 등 유명인들의 비석을 찾는 재미가 쏠쏠했지만, 이탈리아의 묘지들은 거기

묻힌 망자들의 면면이 더욱 화려했다. 자그마한 땅뙈기 위에 지어 올린 우람한 성채 아래 일가붙이 모두가 묻힌 무덤도 있었다. 우리는 배에서 내리면 카페에서 간단히 아침을 때우고 시내 관광을 하다가 또 다른 카페에서 늦은 점심을 들었다. 해가 저물 무렵이 되면 저녁거리로 빵과 치즈, 물과 포도주를 사 들고 배로 돌아왔다. 배는 여덟 시에 다시 출항했고, 우리는 갑판에서 저녁을 먹고 잠자리에 들었다. 이튿날 눈을 뜨면 그다음 도시에 와 있었다. 편안한 여행이었다. 아직 여름철이었고, 지중해는 잔잔했다. 배에는 다른 젊은 여행객도 많았다. 대부분 터키나 파키스탄, 인도에 있는 제 고향으로 가는 이들이었다.

배가 피레우스에 정박했을 때는 파르테논 신전을 구경하기 위하여 아테네로 갔고, (훗날 여러 차례 공연하게 될 장소인) 아크로폴리스 밑동에 자리한 극장에도 가 보았다. 호메로스가 살았던 땅에 우리가 있었다. 그곳에 있는 것만으로도 극도로 짜릿했다. 그야말로 서양 문명의 요람인 곳을 우리의 두 눈으로 직접 확인하는 기회였다. 서양 세계는 고대 로마보다 그리스에게 물려받은 바가 더 크지 않나 하는 것이 그간의 내 막연한 느낌이었다. 훗날 오페라 「아크나톤」을 쓰면서 비로소 그리스가 이집트에 얼마나 많은 빚을 지고 있는지를 알게 되었지만 말이다. 하지만 내가 거친 교육 시스템은 이러한 사실을 그다지 강조하지 않았다. 그나마 나 혼자 책을 읽으면서 이만큼이나마 알게 된 것이었다.

20여 년 뒤 셰피 누나의 남편이자 내게는 매형 되는 모튼 에이브러모위츠가 주 터키 대사로 임명되었을 때다. 나는 앨런 긴즈버그를 비롯한 몇 명의 친구들과 함께 이오니아 해안에 있는 그리스 극장들을 순례했다. 나는 극장의 음향이 특히 궁금했다. 그럴 때마다 앨런은 무대에 올라가 예이츠의 유명한 시 「비잔티움으로 가는 항해」를 낭송했다. 그곳에 있던 다른 관광객들은 영문도 모른 채 원형극장의 의자에 앉아 그 독송을 들었다. 아마도 어디 교수쯤은 되어 보이는 거창한 헤어스타일을 한 남자가 그러고 있으니 절로 귀 기울여졌을 것이다. 그래서인지 관리인들조차도 앨런을 제지하지 않았다. 하지만 앨런 긴즈버그라고 알아보는 이는 하나도 없었다. 앨런은 그저 성큼성큼 무대 한가운데로 걸어가서 시를 읽었고, 그 아름다운 소리는 노천극장 구석구석까지 깨끗하게 전달되었다.

배는 오후 늦게 피레우스를 떠나 터키로 향했다. 이틀 뒤 이스탄불(고대 그리스 시대에는 비잔티움이라 불렸고, 고대 로마 시절에는 콘스탄티노플이라 불렸다)에 도착할 때의 순간은 아직도 생생하게 떠오른다. 태양은 주황빛과 붉은빛으로 하늘을 물들이며 저무는 가운데 우리에게 따뜻한 환영의 인사를 건넸다. 이스탄불에 도착하자 비로소 우리의 동양행이 시작되었다는 느낌이 들었다. 과연 이곳이 동양으로 통하는 관문임을 강렬하게 실감했다. 기원전 7세기 고대 그리스로까지 거슬러 올라가는 유서 깊은 이 도시가 지금까지 세계의 상상력을 사로잡은 이유를 알 것만 같았다. 서양과 동양에 한 발씩 걸친 지리적 위치 덕분에 도시 곳곳에는 특별한 느낌이 어려 있었다. 유럽에서 온 객이 보기에는 아시아 도시 같고, 아시아 사람이 보기에는 유럽 도시 같은 독특한 풍광이었다. 이스탄불은 유럽의 도시이면서 아시아의 도시였다. 그런 만큼 모든 이들이 편안함을 느낄 수 있는 곳이었다. 동시에 도시 곳곳에 퍼져 있는 이슬람 사원의 첨탑에서 하루 다섯 번씩 기도 시각을 알리는 소리가 들려오는 곳이기도 했다.

배에서 내린 조앤과 나는 곧장 블루모스크 인근 지역으로 길을 잡았다. 예상대로 싼 민박집을 찾을 수 있었다. 그곳은 육로로 인도를 드나드는 젊은이들로 시끌벅적한 교차로나 다름없었다. 덕분에 우리는 여행에 유용한 온갖 정보를 귀동냥할 수 있었다. 이를테면 여행 알선업자들의 도움을 기대할 수 없는 카이바르 고개[121]를 넘는 방법이라든지, 뮌헨에서 테헤란까지 최단 거리로 곧장 가는 버스가 매주 한 편씩 있다는 정보 따위였다(하지만 우리

는 철도 여행을 더 선호해서 버스를 타지는 않았다. 비용도 크게 더 비싸지 않았다). 동양이 지척이었음에도 이스탄불을 떠나기는 쉽지 않았다. 결국 우리는 거의 일주일을 그곳에서 머물렀다. 토프카프 궁전에 있는 멋진 박물관을 구경했고, 하맘|hamam|이라 불리는 한증탕도 체험했다. 또한 보스포루스 해협을 거슬러 올라가 흑해도 관광했다. 음식도 그렇고(채식하는 이들에게는 천국과도 같았다), 도시를 뒤덮은 불빛과 사람들이 우리의 발길을 쉬 놓아 주지 않았다.

중앙아시아를 가로질러

이스탄불에서 이라크를 관통해 바스라로 가면 지름길이 된다. 거기서 배로 페르시아 만을 통과하여 아라비아 해를 건너면 곧장 봄베이에 가 닿을 수 있다. 하지만 주변 여행객들이 한입으로 만류했다. 두 명의 젊은 미국인이 몸 성히 여행하기에는 너무도 불안정하고 거친 지역을 거쳐야 한다는 이유였다. 게다가 그중 하나는 푸른 눈의 금발 여인이기도 하니 말이다. 결국 이란과 아프가니스탄을 거치는 길을 택했지만, 그렇다 하더라도 마음 놓을 수 있는 것은 아니었다. 한편으로 우리는 '친절률'이라는 것을 따르기로 했다. 노정 중에 만나는 현지인이 차나 커피를 제공하거나 집으로 초대를 하더라도 무조건 받아들이자는 것이었다. 물론 우려되는 징후가 뚜렷이 보이는 경우는 제외하고서 말이다. 현지의 풍습에 깜깜한 우리였기에 호의를 받으려면 모두 받고 아니면 모조리 거절하는 것이 그나마 이치에 닿는 것 같았다. 그때 이후로 나는 지금까지 친절률을 따르며 세계 각지를 다녔고, 단 한 차례의 예외를 제외하면 불편함을 느낀 적이 없었다. 그 한 번의 예외란 아프

121 힌두쿠시 산맥을 가로지르며 아프가니스탄과 파키스탄을 연결하는 고갯길. 폭이 좁고 경사가 가파르며, 절경으로 유명하다.

가니스탄 남부의 칸다하르에서 겪은 것이었다. 군인 몇 명이 차를 대접하겠다며 조앤과 나를 막사로 끌어들였다. 그런데 이야기가 돌아가는 모양새가 어쩨 우리를 떨어트려 놓으려 하는 것 같았다.

"잠깐 따로 좀 모셔야겠습니다. 하지만 여자분은 곧 돌려보내겠습니다."

"아뇨, 절대 그렇게는 안 되겠습니다."

나는 단호히 거절했다. 지금 조앤과 떨어지면 다시는 보지 못할 것 같은 확신이 들었기 때문이다. 우리는 어떤 설명도 하지 않고 자리를 박차고 일어났다. 우리를 막아서는 사람은 없었다. 그들이 우리를 어떻게 하려고 하지 않았을지도 모르지만, 나는 그 상황을 조금도 신뢰할 수가 없었다.

그 한 번의 사건만 제외하면 중앙아시아를 가로지르고 인도에서 장기간 체류하는 내내 어떤 곤경이나 충돌은 없었다. 그런데 가는 곳마다 남자고 여자고 할 것 없이 모든 이들이 조앤을 뚫어지게 쳐다보았다. 금발의 여인이 다리를 훤히 내놓은 가벼운 옷차림을 하고 다니는 모습은 그들에게 분명 충격적이고 자극적으로 다가왔을 것이다. 여자는 몸을 가리는 것이 상례인 지역이니 말이다. 부르카를 쓴 여인들은 오로지 눈빛을 제외하고 그야말로 머리끝부터 발끝까지 어디 하나 내보이는 데가 없었다. 그러니 그들의 기준으로 조앤을 보자면 나체나 다름없는 차림으로 거리를 활보하는 셈이었다. 그렇다고 해서 그들에게 우리가 어떻게 보일지 크게 신경 쓴 것은 아니다. 우리 꽁무니를 실제 따라오는 사람까지야 없었지만, 그래도 시선만큼은 모두 우리를 향하고 있었다. 그러다가 인도에 이르자 분위기가 확 달라졌다. 2백년간 영국의 지배를 받은 나라인 만큼 인도인들은 유럽인들에게 익숙한 편이다. 우리 처지에서는 사람들이 힐끗대는 시선이 사라졌다는 것만으로도 숨통이 확 트이는 기분이었다.

우리는 이스탄불에서 터키 극동의 최대 도시 에르주룸으로 향하는 기차에 몸을 실었다. 에르주룸에서는 버스를 타고 이란으로 넘어가 처음 나오는 큰 도시인 타브리즈에 도착했다. 국경을 넘는 과정은 순탄했다. 이후 우리는 버스를 여러 번 갈아타면서 테헤란으로 향했다. 테헤란은 놀랍게도 무척 현대적인 신도시였다. 당시 이란은 독일과 돈독한 사업 교류 관계를 맺고 있었고, 독일은 서유럽 건축과 문화를 이란에 소개하는 전달 통로 역할을 하고 있었다. 친서방 정책을 밀어붙이던 팔레비 왕조가 아직 몰락하기 이전이었고, 미국을 위시한 서양 문물이라면 덮어놓고 불신하는 분위기가 뿌리를 내리기 전이었다. 이란이 강력한 이슬람 근본주의 국가로서 거듭난 것은 1979년 혁명 이후의 일이다. 당시 우리 눈에 비친 테헤란은 서양과 모더니즘을 기꺼이 수용하는 친서방적 분위기가 지배하는 도시였다.

우리는 테헤란에서 이란 동부의 마지막 대규모 도시인 마슈하드로 향했다. 그곳의 분위기는 테헤란과 사뭇 달랐다. 파리를 떠난 지 이제 5주째에 접어들고 있었다. 일정상으로는 이란을 넘어 아프가니스탄을 관통하여 10월 말께에는 카이바르 고개에 당도해야 했다. 마슈하드에서는 우리의 존재를 달가워하지 않는 이슬람 근본주의자들의 눈치를 처음 느꼈다. 터키 역시 이슬람교도가 압도적으로 많은 국가지만, 일단 종교를 전면에 내세우지는 않는 나라여서인지 모스크나 성지를 답사하는 데 조금도 어려움을 겪지 않았다. 그러나 마슈하드는 이슬람 성인들이 묻힌 성스러운 도시였다. 애초에는 며칠 머무르며 관광을 할 작정이었지만, 어디고 입장을 허락하는 곳이 없었다. '비무슬림 금지'라는 안내판도 경고문도 찾을 수 없었다. 그렇지만 외국인의 출입을 금하는 곳으로 발을 들여놓으려 치면 돌연 주변의 군중이 조용히 우리를 막아서고 나섰다. 폭력적이지는 않았지만 단호한 제지였다. 그런 연유로 이란에서는 단 하나의 종교 유적도 보지 못했다.

그것 말고는 1966년 우리가 본 이란은 놀라울 만큼 현대적이었다. 그로부터 10년 뒤, 아직 샤 정권이 통치할 때였다. 나는 밥 윌슨과 함께 「해변의 아인슈타인」을 들고 한창 유럽을 투어 중이었다. 윌슨은 이미 1972년에 「카

마운틴과 가데니아 테라스|KA MOUNTain and GUARDenia Terrace|」라는 설치행위 미술 작품으로 이란을 찾은 바가 있었다. 그가 '메가-스트럭처'라고 부른 이 퍼포먼스는 일주일간 계속 진행되었다. 우리는 「해변의 아인슈타인」도 이란에서 공연하면 어떨까 하고 큰 관심을 가졌다. 마침 우리는 쉬라즈 인근의 페르세폴리스에서 열리는 페스티벌에 초대받았다. 하지만 당시 이란의 샤 정권은 민중에 대한 지나친 탄압으로 세계의 지탄을 받고 있었고, 이에 「해변의 아인슈타인」을 성원하는 미국의 지지자들과 일부 신문이 그처럼 인권이 억압받는 곳에서 공연하는 것은 결코 용납할 수 없다며 단호하게 들고 일어섰다. 그러자 이란 태생의 미술품 딜러로 뉴욕 예술계에도 널리 알려진 토니 샤프라지가 공연 불가 입장에 대한 반론을 펼쳤다. 「해변의 아인슈타인」은 이란 국민들에게 동시대 공연 예술의 현주소를 보여 주는 창으로서 강한 인상을 남길 것이라는 요지였다. 하지만 샤프라지 하나만으로 반대 여론을 잠재우는 데 역부족이었고, 결국 공연은 무산되고 말았다.

여튼 조앤과 내게는 이란이 무척 마음에 들었다. 사람들, 풍경, 고대 페르시아 문화가 남긴 유물이 모두 매력적이었다. 우리는 이란을 뒤로 하고 버스에 올라 아프가니스탄에서 처음으로 만나는 큰 도시인 헤라트로 향했다. 헤라트는 이란과는 놀라울 만큼 대조적이었다. 수십 년에 걸쳐 내전과 외세의 침입으로 몸살을 앓은 탓에 대체로 가난하고 미개발인 상태에 놓여 있었으며, 여행객이 다니기에도 어려움이 많았다. 헤라트, 칸다하르, 카불을 잇는 2차선 아스팔트 포장도로가 유일한 동맥이었다. 듣기로는 소련이 건설한 도로라고 했다. 그 세 도시를 연결하는 유일한 대중교통 수단은 미국이 제공한 스쿨버스 차량들이었다. 헤라트와 칸다하르는 인구가 각각 20만 명이 되지 못하는, 결코 크다고 할 수 없는 도시였다. 수도인 카불의 인구도 50만 명 안쪽이었다. 도시를 벗어나면 황량하고 험준한 고원 사막 지대가 펼쳐졌고, 양떼를 이끄는 목동들이 도처에 흩어져 있었다.

헤라트는 어둡고 칙칙한 국경 도시로 기억된다. 우리는 그곳에서 단 하루만 묵었다. 반면 칸다하르는 완전히 다른 세상이었다. 규모 면에서는 헤라트와 큰 차이가 나지 않았지만, 분주한 인파로 넘치는 중앙 시장과 작은 호텔을 여럿 거느린 활기 넘치는 도시였다. 우리와는 상관없는 이야기이지만 칸다하르는 대마초 산지로 유명한 곳이다. 그래서 미국, 유럽, 오스트레일리아에서 와 단기간 머무는 젊은이들이 많았고, 호텔도 그런 손님들 덕분에 그럭저럭 성업 중인 모양이었다. 북부 지방보다는 따뜻했지만 그렇더라도 밤과 아침으로는 퍽 쌀쌀했다. 우리가 출입하는 호텔에 히터 따위는 없었다. 이틀째 되어서야 창문에 유리가 달려 있지 않다는 사실도 알게 되었다. 사막의 한풍이 그대로 밀고 들어오는 줄도 모르고 잠을 청했던 것이다. 그래도 아프가니스탄의 도시 가운데는 칸다하르가 가장 마음에 들었다. 해가 뜨면 날씨도 화창했다. 하지만 음식이 입에 맞지 않아 고역이었다. 특히 채식을 하는 내게는 더더욱 그랬다. 양고기가 쓰이지 않는 메뉴를 찾을 길이 없었다. 수프나 쌀로 만든 요리에도 항상 양고기가 들어 있었고, 스테이크처럼 고기 자체로 나오는 메뉴도 태반이었다.

이어 우리는 카불로 향했다. 하지만 거기서는 오래 머물지 않았다. 카불은 유네스코와 유엔 사무국, 각국 대사관이 있는 곳이라서인지 국제적인 느낌마저 들었다. 어떤 면에서는 나도 잘 아는 워싱턴디시를 연상시켰다. 비록 규모는 거기에 비할 바 아니고 접경 도시의 분위기가 진하기는 했지만 말이다. 거리 곳곳에서 관공서 건물과 관리들, 아프간 병사들을 볼 수 있었다. 유목 국가 – 아마 당시의 아프가니스탄을 이렇게 불러도 크게 틀리지는 않을 것이다 – 의 수도다워 보였다. 이제 카이바르 고개와 파키스탄만 지나면 인도였다. 우리 노정의 첫 단계가 그 종착점을 향하고 있었다.

카이바르 고개를 넘다

카이바르 고갯길에 대해 우리가 모은 정보는 완전하지 못했다. 운임을 받고 건네주는 버스는 없다고 들었다. 철길은 전혀 깔려 있지 않았고, 비행기 편은 설사 있다손 치더라도 우리로서는 감당하기 어려운 요금일 것이 분명했다. 최선의 방책은 '유조 트럭'을 얻어 타는 것이었다. 카이바르 고개를 넘어 파키스탄으로 가솔린과 난방유를 실어 나르는 유조차가 퍽 흔했기 때문에 시도해 볼 만했다. 여행객들은 카불 외곽 대로변에 앉아 자신들을 태워 줄 트럭을 무작정 기다리고는 했다. 요금은 일인당 1파운드였고, 아무리 바가지를 씌워도 2파운드면 해결되었다(운전수들은 영국 돈을 선호했다). 과연 가능성이 높을지 확신이 서지 않았지만 달리 방도도 없었다. 우리는 우선 시장 환전소에서 4파운드어치를 바꾸고는 다음 날 아침 카이바르 고개로 향하는 카불 외곽 도로가에 나가 섰다. 몇 분도 지나지 않아 큰 트럭이 우리 앞에 섰다. 운전수는 영어를 조금 하는 것으로 보아 아마 파키스탄 사람인 듯했다. 요금은 역시나 일인당 1파운드라고 했다. 고갯길을 건너는 데는 몇 시간이면 충분했고, 경치는 그야말로 끝내주었다. 국경을 넘으면서 우리는 행선지로 일단 작은 마을의 이름을 대기는 했지만, 페샤와르 근처에서 내려서는 파키스탄에서 주요 거점이 되는 라호르로 곧장 향했다. 거기서부터는 주로 기차를 이용하기로 했다. 에르주룸을 떠난 이후로 우리는 주로 버스를 이용했는데, 이로써 훨씬 편하게 여행할 수 있게 되었다.

영국의 식민 통치는 인도와 파키스탄을 망라하는 철도망을 부산물로 남겼다. 1947년 전쟁으로 인해 두 나라로 처참하게 쪼개지기 전까지 인도와 파키스탄은 단일 국가로서 영국의 지배를 받았다. 우편과 전화 등 식민 정부가 건설한 기반 시설은 기름 잘 먹인 기계처럼 원활히 돌아갔던 모양이다. 그러나 영국인의 침탈이 있기 전에도 인도아대륙에는 무굴 제국이라는 잘 조직된 또 다른 정부가 있었다. 무굴 제국은 1500년대 초반부터 영국의 동인도회사가 식민 지배의 물꼬를 트기까지 2백 년간 남아시아의 패자로 군림했다.

무굴 제국과 영국의 식민 지배 기간을 합쳐 도합 4백 년간 효율적인 정부 체계의 역사를 가진 나라인 만큼 인도가 오늘날 세계에서 가장 인구가 많으면서도 성공적인 민주주의를 안착시킨 나라로 인정받는 것은 그리 놀랄 일이 아니다. 그렇지만 조앤과 내가 인도를 방문했을 때는 아직 인터넷 통신 시대가 열리기 한참 전이었다. 따라서 서양의 기준으로 보기에는 여러모로 미흡하게 운영되는 것도 꽤 있었다. 이를테면 봄베이 같은 대도시에서조차도 국제전화 한 통 걸려면 여간 번거로운 것이 아니었다. 전화국에 가서 접수를 한 뒤 나무 벤치에 앉아 한참을 기다려야 했다. 이름이 불리고 창구에 가면 '보통', '신속', '번개' 중 하나를 선택해야 했다. '보통'의 경우에는 신청 접수 후 최소 여섯 시간에서 많게는 여덟 시간을 대기해야 했다. '신속'은 대기 시간이 두 시간, '번개'는 30분이었다. 그래도 전화 통화 자체에는 문제가 없었으니 그 점은 다행이라면 다행이었다. 나라의 크기와 인구 밀도를 생각하면 불평할 수준은 아니었다.

하지만 당장은 마지막 국경을 넘는 일이 큰 걱정이었다. 파키스탄과 인도는 서로 철천지원수로 여기는 사이인지라 쉽게 국경을 건너리라고는 기대조차 할 수 없었다. 우리는 일단 페샤와르에서 기차를 타고 라호르로 향했다. 라호르는 파키스탄 제2의 도시이자 펀자브 지방의 주도다. 널찍한 대로며, 뉴델리의 붉은 요새|Red Fort|[122]나 무굴 제국 시절의 건물을 보는 것 같은 건축물은 장대한 도시라는 느낌이 들게 했다. 그림처럼 멋지고 지내기도 쾌적한 곳이었지만, 우리는 며칠만 머문 뒤 국경 검문소가 위치한 인근의 작은 마을로 향했다.

122 무굴 제국의 5대 황제인 샤 자한이 1648년에 조성한 성채로, 붉은 사암으로 지어 성 전체에 적색이 감돌아 이러한 이름이 붙었다. 2007년 유네스코 문화유산으로 지정되었다.

파키스탄과 인도의 국경을 지키는 당국자들은 두 나라를 오가는 사람의 숫자를 엄격하게 제한하고 있었다. 양측 모두 국경을 아예 폐쇄해 버리는 편이 차라리 속 편하겠다고 생각하는 눈치였지만, 그렇게 하는 것은 현실적이지 않은 조처인지라 대신 하루에 오가는 사람을 극소수로 한정한 것이다. 월경을 희망하는 사람은 줄을 서서 순서가 오기를 기다려야 했다. 우리는 사흘을 대기한 끝에 국경을 통과할 수 있었다. 우려한 것보다는 오히려 짧아서 다행이었다. 순번이 오기를 기다리는 사흘 동안 동네 호텔에 묵으며 종업원과 식당 웨이터들로부터 인도가 무척이나 끔찍한 곳이라는 둥, 인도에 발을 들여놓는 순간부터 고생문이 열릴 것이라는 둥 온갖 악담과 괴담을 들어야 했다. 물론 인도 펀자브 사람들 역시 파키스탄 펀자브 사람들에 대해 감정적으로나 어조로나 똑같은 이야기를 해댔다.

아침나절에 국경을 통과한 우리는 곧장 암리차르[123]로 향했다. 시크교도의 본산임을 상징하는 황금 사원을 어서 빨리 보고 싶었던 것이다. 가고 싶은 유적지가 지척에 있었기에 더욱 몸이 달았다. 순례자에게 제공되는 민박집에 도착하자 접객원이 "성지순례 중이신지?" 하고 물었다. 우리는 그렇다고 대답했고, 딱히 틀린 말도 아니었다. 그러자 부부에게 제공되는 기숙사의 침대 두 칸이 우리 몫으로 배정되었다. 식사는 숙방|宿坊|에 나란히 붙은 식당에서 하면 된다고 했다. 곧 알게 된 사실이지만 인도에서는 가는 곳마다 이러한 종류의 친절한 환대를 경험할 수 있었다. 다종다양한 사람들로 하여금 나라 곳곳을 주유하며 그들의 전통과 유산을 익히게 하는 근사한 체계였다. 암리차르 사람들의 환대는 소박했고, 식사에서는 정성이 느껴졌다. 침실, 부엌, 식당을 살피고 돌보는 일은 대개 자원봉사자들의 몫인 듯했다. 그들

123 인도 펀자브 주 서부에 있는 도시. 파키스탄의 라호르와 대치하는, 교통과 군사상의 요지. 1577년 시크교의 교주 람다스가 암리타사라스(불멸의 연못)라는 성천聖泉 주변에 신앙의 중심지가 될 도시를 건설하면서 그 역사가 시작되었다. 연못 중심에 있는 황금 사원은 시크교의 총본산이다.

중 여럿과 대화를 나누었는데, 아주 먼 곳에서 온 이들이 대부분이었다. 그들의 봉사는 곧 사원에 바치는 봉헌이었고, 진정한 기쁨에서 우러나온 진심이 그들의 일손 곳곳에 어려 있었다. 누구도 우리에게 이곳에 온 목적이 무엇인지, 여기에 있을 권리가 있는지 캐묻지 않았다. 그저 순례자라는 사실만으로도 충분했다.

암리차르의 황금 사원은 문자 그대로 찬란히 빛나는 금빛 예배당이었다. 큰 호수 한가운데 땅을 내고 지어 올린 사원으로, 뭍에서 입구까지 보도가 나 있었다. 예배는 불철주야 끊임없이 이어졌다. 내게는 예배에 쓰이는 음악 – 노래꾼들과 현악기(시타르, 탐부라 등), 타악기가 어우러지는 – 이 특히 관심을 끌었다. 황금 사원은 시크교 신전 가운데 단연코 가장 유명한 명소였다. 그 명성에 걸맞게 무척 아름답고 인상적이었다. 조앤과 나는 암리차르에 머문 나흘을 거의 이곳에서 보냈다.

암리차르에서 뉴델리까지는 기차로 이동했다. 뉴델리에 도착해서는 아메리칸 익스프레스 사무실로 직행해 혹시라도 내 앞으로 온 편지가 있는지 확인했다. 한 달이 넘도록 여행하면서 세상 소식은 조금도 접하지 못했다. 좀 그럴싸한 호텔에 묵었더라면 사정이 달랐겠지만 우리 형편에는 버거웠다. 그간의 여정 동안 편지를 보낼 수 있는 곳도 만나지 못했는지라 엽서 한 장 띄우지 못했다. 그 결과 여행 내내 유럽이나 미국 쪽 소식과는 완전히 담을 쌓고 지냈다.

놀랍게도 내 앞으로 온 편지가 하나 있었다. 하지만 반가운 소식은 아니었다. 실론 섬의 캔디에 있는 아쉬람에서 만나기로 한 사치다난다가 파리에서 곧장 뉴욕으로 가게 되었다며 약속을 지키지 못할 것 같다는 것이었다. 콘래드의 소개로 만난 피터 맥스가 자비를 들여 뉴욕에 요가 스튜디오를 내주겠다며 사치다난다를 초대했다는 것이다. 유명 사진가이자 디자이너였던 피터는 사치다난다의 사진도 여러 차례 찍어 전시했다(나 역시 뉴욕으로 돌아간 뒤 그 사진들을 보았다. 사치다난다가 흰 수염과 붉은 가운 차림을 하고 찍은 핸섬한 사진이 도시 곳곳에 걸려 있었다). 사치다난다는 하타 요가에 달통한 스승이자 무척 친절한 사람이었다. 내 인생에서 중대한 사건과도 같은 인도 여행을 결심하게 된 데는 그와의 만남도 한몫했다.

그의 편지를 보고 나자 우선 깊은 아쉬움이 밀려왔다. 하지만 실망도 잠시, 어떤 안도감이랄까, 심지어 해방감이 느껴졌다. 어쨌든 우리는 인도까지 왔고, 내년 봄까지는 뉴욕으로 돌아갈 계획이 없었다. 인도와 티베트에 대해 책도 많이 읽었고 공부도 아쉽지 않을 만큼 했다. 내 안에서 소용돌이치는 모든 질문에 대한 답을 구하기에는 더 이상 바랄 수 없을 정도로 이상적인 마음 상태였다.

리시케시, 카트만두, 다르질링[124]

수행자들의 고향

훗날에는 인도에 올 때마다 뉴델리에 몇 주씩 머물고는 했지만, 첫 번째 여행 때는 거기서 오래 머물지 않았다. 당시 나의 관심을 끄는 것은 대부분 다른 지역에 있었기 때문이다. 나는 우선 힌두교도와 요가 수행자들의 고향이라 할 히말라야 산맥 지역을 중심으로 가고 싶은 곳을 꼽아 보았다. 리스트의 첫머리는 힌두교 요가 수행자들의 피정처로 이름 높은 인도 북부의 도시 리시케시가 차지했다. 전하는 이야기로는 탁 트인 장소나 동굴 같은 곳에서 홀로 수행하는 이들이 수백에 이르는 곳이라 했다. 그뿐만 아니라 자리를 확실히 잡은 아쉬람도 몇 군데 있었다. 신성한 삶 협회와 요가-베단타 포레스트 아카데미의 본부 격인 시바난다 아쉬람도 그런 곳 중 하나였다.

뉴델리 북부 히말라야 산맥 기슭에 있는 리시케시에 가기 위해서는

124 리시케시는 인도 북부 히말라야 산맥 기슭에 자리한 도시로, 갠지스 강이 흐르며 힌두교 구도자들이 많이 찾는 성지다. 다르질링은 인도 북동부 서벵골 주의 휴양 도시로, 네팔과 부탄과 티베트로 통하는 교통의 요충이기도 하다. 도시 부근에서 재배되는 찻잎으로 우린 다르질링 홍차가 유명하다.

| 인도 여정 |

일단 기차 편으로 하르드와르로 가야 했다. 거기서 리시케시까지 가는 버스를 탔다. 조앤과 나는 유럽으로 다시 돌아갈 때까지 거의 기차만 이용했다. 한동안은 삼등석만 탔는데, 원체 승객이 많아 여행의 피로를 진하게 남기기도 했다. 그러다가 관광객에게 제공되는 특전이 있다는 사실을 알게 되었다. 매표창구 직원에게 외국 여권을 보여 주면 삼등석에서 이등석으로 업그레이드해 준다는 것이었다. 거의 예외 없이 누릴 수 있는 특전이었다. 그때부터 우리는 이등석을 이용했다. 이등실은 군인들과 말단 공무원들로 거의 꽉꽉 들어차다시피 했지만, 그래도 삼등실에 비할 바가 아닐 정도로 안락했고 여독도 한결 덜했다. 인도는 무척 큰 나라임에도 불구하고 급행열차가 상시적

으로 있지는 않았다.

우리는 리시케시에 도착하자마자 시바난다 아쉬람으로 갔다. 내가 사치다난다를 스승으로 모시고 있다고 하니 그들도 무척이나 기쁘게 반겨 주었다. 지낼 방과 세 끼 식사가 제공되었고, 아무런 제한 없이 주변을 거닐 수 있었다. 깨달음을 구하며 은둔 고행하는 사두|sadhu|와 요기를 실제로 처음 본 것도 바로 이곳에서였다. 그들은 실오라기 하나 걸치지 않은 차림으로 비쩍 마른 몸에 물감을 바르고 삼지창을 지팡이 삼아 쓰며 자연 속에 살고 있었다. 리시케시 주변의 숲에서 독행|獨行|하는 이들이었기에 쉽게 눈에 띄지는 않았다. 지역 주민들의 말에 따르면, 수많은 요기들이 숲에 은거하고 있는 까닭으로 언제나 '옴|om|'[125]하는 소리가 들려온다고 했다. 우리는 숲속 오솔길을 거닐다 간혹 독행자들과 마주치기도 했지만 한 번도 말을 섞지는 못했다. 그들은 언제나 만면에 웃음을 띠고 살짝 고개를 숙여 예를 표하고는 우리를 지나쳤다. 나는 아쉬람에 거처하는 젊은이에게 요가를 배워 보려 했지만, 그가 내게 보여 준 좌법은 사실 나도 이미 알고 있는 것이어서 오히려 김만 새고 말았다.

아쉬람에 기거하는 이들은 내가 음악인이라는 사실을 듣고는 그곳에 살고 있는 나이 지긋한 '음악' 요기를 만나 보라고 극력 권유했다. 그들의 소개로 만남의 자리가 마련되었지만, 음악 요기라는 이는 내게 아무 말도 걸지 않았다. 그의 거처에 들어섰을 때, 그는 노래 반주용으로 종종 쓰는 현악기인 비나|veena|를 이미 연주하고 있었다. 그는 나를 앞에 앉혀 둔 채로 몇 시간 동안이나 찬가와 봉헌가를 부르기만 했다. 내가 알던 다른 위대한 음악가와는 사뭇 다른 타입이었지만, 노래와 연주라는 수행을 통해 황홀경에 빠지는 것만큼은 확실해 보였다.

125 힌두교, 자이나교, 불교, 시크교 등 인도아대륙에 본원을 둔 종교가 성스러운 소리로 간주하는 음절.

리시케시에는 초월명상|Transcendental Meditation|[126]을 주창한 마하리시 마헤시 요기가 세운 아쉬람도 있다고 들었는데, 아쉽게도 직접 가 보지는 못했다. 대신 유럽에 돌아가는 길에 뉴델리에 들렀을 때, 마침 그가 진행하는 공개 대중 강연회가 있다고 해서 참석했다. 조지 해리슨이 그와 만나 교유하기 시작한 것도 아마 그 무렵인 것 같다. 대규모 군중 앞에 선 마헤시 요기는 정말 물 만난 물고기처럼 술술 가르침을 풀어 냈고, 청중은 그런 그에게서 시선을 떼지 못했다. 나는 훗날 초월명상을 하는 그의 제자들과는 인연을 맺었지만, 그를 만나 본 적은 없었다.

리시케시에서 경험한 것 중 가장 기억에 남는 일은 갠지스 강에 몸을 담그고서 기운을 새롭게 한 것이었다. 강폭은 넓지 않았지만 유속이 무척 빨랐으며, 또한 상쾌하고 깨끗했다. 조앤과 나는 마을 어귀에 인적 드문 지점을 찾아 옷을 모두 벗고 멱을 감았다. 하늘은 푸르고 맑았으며, 구름 한 점 없는 가운데 강력한 태양빛이 내리쬐고 있었다. 때는 11월이었고, 히말라야의 산기슭에 있었는데도 조금도 춥지 않았다.

온 길을 되짚어 버스와 기차를 타고 뉴델리로 돌아왔다. 올 때는 비를라 사원에 묵으면서 암리차르와 비슷한 종류의 편의를 누렸지만, 돌아가는 길은 좀 다르게 하고 싶었다. 인도에서 아낌없이 받은 환대와 친절에 조금은 물린 탓인지도 모르겠다. 그래서 코노트 광장과 가까운 작은 호텔에 짐을 풀었다. 우리의 구미를 당기는 것들이 모두 지근거리에 있다는 입지적 장점이 있었다.

126 완전한 내면적 평정 상태에 도달함으로써 상식적인 의식 세계를 초월하고 마침내 삶의 본질과 비경秘境을 깨닫는 것을 목표로 하는 수양법.

티베트 불교 미술

다음 목적지는 네팔의 수도 카트만두로 정했다. 티베트 이외의 지역에 있는 티베트 불교 사원 가운데 가장 성스러운 곳이라고 여겨지기도 하는, 고대의 거대한 사리탑 보다나트를 보기 위해서였다. 우선 뉴델리에서 기차를 타고 동진하여 인도 북동부의 철도 요충지인 파트나까지 갔다. 그런 다음 버스로 갈아타고 울퉁불퉁한 비포장 길을 한참 달려 카트만두에 도착했다. 지금도 그럴 테지만 네팔은 어디를 가나 힌두교와 티베트 불교의 문화가 혼재해 있었다. 하나같이 이국적인 풍경이었고, 멀리 도처에서 끌어온 것이 분명해 보이는 풍경이었다. 리시케시에서처럼 카트만두에도 떠돌이 고행자들이 보였다. 방은 티베트 블루 문 호텔이라는 곳에 잡았다. 소박하지만 정통 티베트식 숙소였고, 그곳에서 티베트 정통 음식과 차, 맥주를 처음으로 맛보았다.

1966년의 카트만두는 오늘날과는 비교할 수 없을 정도로 작은 도시였다. 도시라고는 하지만 포장이 되지 않은 진흙길이 전부인 마을이라고 해도 틀렸다 하기 힘든 곳이었다. 보다나트는 시 경계선 바깥에 자리하고 있었다(지금은 시 권역이 확장되어 카트만두 시내에 위치한다). 우리는 카트만두에 도착한 그날로 택시를 잡아타고 들판을 가로질러 보다나트로 향했다. 보다나트는 무척 인상적이었다. 사방 면에 칠해져 있는 눈동자는 부처의 자비심이 미치지 않는 곳이 없음을 상징한다. 탑을 돌며 구경하던 우리는 어쩌다가 사원의 주지승인 치니아 라마의 눈에 띄게 되었다. 그는 벽안의 답사객들을 보고 무척 기분이 흡족한 듯했다. 따뜻한 차를 나누어 마시며 이야기를 나누다가 – 영어도 무척 유창했다 – 뜻밖에도 탕카를 구입하고 싶은 의향이 있느냐고 대뜸 물었다. 탕카가 사고 팔 수 있는 물건인 줄은 나는 그때서야 알았다. 어안이 벙벙해져 즉답을 하지 못하는 나의 머뭇거림을 치니아 라마는 긍정의 의미로 해석하고는 살아 움직이는 듯한 그림을 두 점 보여 주었다. 둘 다 가로 40센티미터, 세로 50센티미터 정도의 크기로, 두텁게 짠 중국 비단에 바느질로 엮어 붙인 유화였다. 그림 양쪽으로는 붉은 띠가 달려 있었다. 강한 빛깔이 여전히 남아 있는 것으로 보아 그리 오래된 그림은 아니었다(기억으로는 10~20년 전 작품이라고 했던 것 같다). 나중에 알게 되었지만, 그림의 중심을 차지한 이미지는 하나는 석가모니불, 다른 하나는 묵상하는 신적 존재였다. 흠잡을 데 없는 만듦새로 보아 우리 수중에 지닌 돈보다 훨씬 비쌀 듯했지만, 생각보다 값을 높게 부르지는 않았다. 일단 생각할 시간이 필요하다고 말하고는 그림을 물린 채 호텔로 돌아왔다. 결국 우리는 다음 날 주지승을 다시 찾아가 그가 부른 대로 75달러를 치르고 그림을 사들였다. 티베트 미술에 대한 나의 진지한 관심은 그렇게 비로소 시작되었다. 동방 순례를 마치고 유럽으로 돌아오는 우리의 가방에는 도합 일곱 점의 탕카가 들어 있었다. 돈을 주고 산 것도 있고, 물물교환을 통해 손에 넣은 것도 있었다.

천둥의 마을

카트만두에서 뉴델리로 돌아온 뒤 우리는 동방 답사의 마지막이자 가장 중요한 일정을 짜기 시작했다. 인도 북동쪽 히말라야 산맥 기슭에 있는 다르질링과 최종 목적지인 칼림퐁 행을 앞두고 있었다.

우리는 떠나기에 앞서 뉴델리에서 다르질링 여행에 필요한 허가증을 발부받았다. 이어 히말라야 산맥이 시작되기 전 마지막 기차역이 있는 실리구리[127]까지 가는 데 꼬박 닷새가 걸렸다. 이등석이 모조리 팔려 어쩔 수 없이 삼등석에 끼여 가야 했다. 우리가 탄 객차는 현대식 여객 열차라기보다는 바퀴 달린 마을이라고 하는 편이 더 나을 듯했다. 모든 역마다 타고 내리는 사

127 인도 북동쪽에 있는 도시로 인도, 네팔, 부탄, 방글라데시, 티베트 지방을 연결하는 교차점에 위치한다.

람이 물결을 이루어 무척이나 분주했다. 기차의 안팎으로 펼쳐지는 삶의 파노라마란! 내게는 처음으로 인도인들의 삶 속으로 들어가는 입문식과 축도의 의식처럼 느껴졌다. 그러나 그 의식이 그것으로 마지막은 아닐 것 같았다. 낮과 밤은 서로 갈마들며 끝없이 이어지고 있었다. 객차는 인류 전체로 가득 찬 듯 발 디딜 틈도 없었다. 자릿값을 낸 승객이나 바닥에 앉은 사람이나 여행의 편의라는 면에서는 거기서 거기였다. 몇 시간씩 일가붙이 전체가 우리를 완전히 둘러싸고 있기도 했고, 그러다가 그들이 어느 외딴 간이역에서 내려 사라지고 나면 또 다른 일가족이 그 자리를 대신하고는 했다. 조앤과 나는 객차 끝에 있는 변소도 다녀와야 했고, 기차가 정차하면 승강장에 나가 귤이며 땅콩 같은 주전부리도 사 왔는데, 그럴 때마다 앉은 자리를 필사적으로 지켜야 했다. 정말이지 그처럼 힘든 여행은 그전에도 이후에도 경험하지 못했다.

닷새간의 고된 여정 가운데도 비빌 언덕이 하나는 있었다. 어느 역이고 간에 멈추는 곳마다 런던에서 수입한 펭귄 북 시리즈 전질을 취급하는 가판대가 있었던 것이다. 조지 오웰의 『버마 시절』을 러크나우 역에서 구입해 파트나에 도착하기 전에 다 읽었고, 파트나 역에서 산 알렉상드르 뒤마의 『삼총사』는 실리구리 즈음에서 완독했다.

역에는 음식을 파는 매점도 있었지만, 인도에서 아무 음식이나 입에 물었다가는 탈이 날 수도 있다는 것을 잘 알고 있었다. 먹어도 괜찮은 음식은 바나나와 귤, 땅콩이 전부였다. 며칠씩 먹으려니 고역이었지만 이질에 걸리지 않으려면 별수 없었다. 차후에 인도를 찾았을 때는 기차에 오르기에 앞서 항상 땅콩버터 젤리 샌드위치를 여남은 개 만들어 타는 버릇을 들였다. 음료는 아무것도 마시지 않았다. 심지어 따뜻한 차도 믿을 수가 없었다. 끓이다 만 물로 우려낸 것이 흔했기 때문이다. 수분 섭취가 필요할 때는 신선한 오렌지와 귤을 까먹었다. 고된 여행인 것은 분명했지만, 결코 지루할 틈이라고는 없었다.

삼등칸에 몸을 싣고 가는 닷새 동안 표 검사는 단 한 번도 없었다. 심지어는 검표원의 모습을 본 적조차 없었다. 검표는 이등석과 일등석만 하고 삼등석은 그냥 내버려 두는 것일 수도 있었다. 한참 세월이 흘러 인도를 다시 찾았을 때는 일등석도 타 보았고, 편안한 침대칸을 이용하기도 했다. 저녁에 누워 다음 날 아침에 눈을 뜨면 기차는 이미 목적지를 코앞에 두고 있었다. 객실 문을 가볍게 두드려 목적지에 다다랐음을 알려 주는 이는 초키다르였다. 인도에서는 개인 전담 서비스를 해 주는 이들을 보통 이렇게 부르는 것 같았다. 하지만 삼등석에는 그런 자명종 서비스가 있을 리 만무했고, 물론 필요하지도 않았다.

실리구리는 다르질링(티베트어로 '천둥의 마을'이라는 뜻이다)으로 가는 지프차 터미널만으로도 꽉 찰 정도로 작은 곳이었다. 지프는 히말라야 산맥 인근의 마을들을 오가는 주요 교통수단이었다. 운전석 뒤로는 원래 있는 자리를 모두 떼어 내고 서로 마주보는 식의 나무 벤치를 달아 한쪽으로 네 명씩 앉을 수 있게 해 놓았다. 창문이 있던 자리는 모두 뚫려 있어 바람이 숭숭 들어왔고, 울퉁불퉁한 길의 굴곡이 고스란히 몸으로 전해졌다. 핸들을 잡은 양반은 운전 솜씨가 보통이 아닌 듯 무척 빠르고 험악하게 차를 몰았지만 불평하는 사람은 아무도 없었다. 실리구리 근처의 평야를 지나자 갑자기 가파른 오르막이 나타났고, 잠깐 사이에 히말라야 산맥 기슭의 구릉들을 지났다. 그렇게 네댓 시간 동안 도합 해발 2천3백 미터 정도를 치고 올라갔다. 실리구리의 평야에서 히말라야 산줄기로 넘어가는 풍경의 변화는 무척 극적이었다.

다르질링에 도착하기 직전, 우리는 소나다라는 작은 마을에 들러 칼루 림포체[128]가 이끄는 수도원을 방문했다. 인도에서 보낸 첫 몇 달간 나는 티베트 불교에 대해 가르침을 줄 수 있는 스승이라면 누구라도 만나려고 했다. 티베트 요기들의 수행법을 추종하는 이들이 아직 남아 있는지 알고 싶었고,

그러려면 우선 누구라도 만나야 했다. 요즘에는 티베트 불교의 네 가지 다른 혈통에 대해 상세하게 알려 주는 책이며 전문가가 워낙 많아서 '뭐 그런 게 다 궁금해' 하고 의아하겠지만, 1966년만 하더라도 일이 그렇게 간단하지가 않았다. 소나다의 수도원에서 만난 칼루 존현|尊賢|은 티베트 경전을 말로 풀어 설명해 주었다. 응접실 벽면에는 '인생의 수레바퀴' 그림이 걸려 있었다. 통역의 도움을 받아 그림이 표현하는 존재의 윤회에 대해 상세한 설명을 들을 수 있었다.

우리의 다음 목적지는 다르질링에서 불과 8킬로미터도 채 떨어지지 않은 곳에 위치한, 굼 수도원이라고 불리기도 하는 삼텐 촐링 수도원이었다. 그곳은 독일 태생의 티베트 불교 전문가이자 티베트 불교에 대해 영어로 된 책을 처음 쓴 라마 고빈다가 자주 찾는 곳 중 하나였다. 고빈다는 역시 티베트 불교의 영적 스승으로 유명한 도모 존현 – '도모 계곡의 지혜로운 보석'을 뜻한다 – 에게 가르침을 받았다. 이 특별한 존현은 다음번에 나타나는 도모 존현 – 이분은 칼림퐁에서 곧 만나게 되었다 – 의 '이전 육신'으로 알려져 있었다(셋째 도모 존현은 당시 열두 살 난 소년이었다). 나는 굼 수도원에서 여러 라마와 스승들을 알게 되었다. 그 뒤로 내가 칼림퐁으로 가는 길에 다르질링을 지날 때면 그들은 내가 묵고 있는 호텔로 채소 만두를 보내 주었다. 또한 아직까지도 매년 2월에 있는 티베트의 새해 축제인 로사|Losar| 때마다 연하장도 챙겨 보내 준다.

다르질링은 그때까지 본 산간 마을 가운데 가장 아름다웠다. 과거와 현재가 서로를 거울처럼 비추며 공존하는 것만 같은 유서 깊은 고장이라는 인상이었다. 영국의 식민 지배를 받던 시절에는 인도의 혹서를 피하려는 영국

128 티베트어 '림포체'는 '소중한 것'을 뜻하는 경칭으로, 사람뿐만 아니라 장소나 물건을 가리킬 때도 쓰인다. 특히 티베트 불교도들은 존경을 받는 자, 연장자, 유명한 자, 학식이 깊은 자, 영적 지도자, 진리를 가르치는 스승에게 이 용어를 쓴다. 이후 나오는 림포체는 모두 '존현尊賢'으로 옮겼음을 덧붙인다.

인들이 찾는 피서지로 인기가 높았다고 한다.

조앤과 나는 아주 저렴한 가격에 프린스 에드워드 호텔에 방을 잡았다. 어느 날 아침, 프런트에 목욕물을 부탁한 적이 있었다. 잠시 후 우리가 있는 3층 객실의 욕실 문 바깥으로 사다리가 놓이더니만, 젊은 청년이 뜨거운 물을 들통 하나 가득 지고 올라왔다. 그렇게 여덟아홉 번 정도를 오르내리며 욕조에 물을 채웠는데, 그 동작이 어찌나 날랬는지 다 채우고 난 다음까지도 물은 여전히 절절 끓었다.

영국인과 인도인 사이에서 난 혼혈인들이 모여 사는 공동체를 처음 접한 것도 다르질링에서였다(그런 공동체는 약 50년 전만 해도 꽤 존재감이 있었는데, 지금은 맥이 끊겨 사라지고 말았다). 영국인들로부터 내침을 당하고 인도인들에게도 받아들여지지 못한 사람들이 모여 서로를 다독이며 살아가고 있었다. 하지만 내게는 누구보다 재미있고 호감이 가는 사람들이었다. 그 이후로 나는 다르질링을 지날 때마다 언제나 프린스 에드워드 호텔에 묵었다. 산세와 경치는 기가 막힐 정도로 아름다웠고, 가파르고 구불구불한 산길 양쪽으로는 골동품 가게가 빼곡했다. 우리가 다르질링에 처음 갔을 때는 12월이었다. 1966년 성탄절, 손님 북적한 어느 식당에서 인도의 기독교 성가대원들이 부르는 크리스마스캐럴을 들으며 보냈던 기억이 지금도 선연하다.

우리는 다르질링에 애초 계획보다 더 오래 머물렀다. 결국 체류 기한이 임박해서야 마지못해 짐을 쌌다. 다르질링에 도착하자마자 신청해 발부받은 칼림퐁 체류 허가증에는 한 번에 머물 수 있는 기한이 닷새로 되어 있었다. 그렇다는 말은, 칼림퐁에 닷새 이상을 체류하고자 하는 우리 같은 사람은 그곳에 도착하자마자 경찰서부터 찾아가 연장 신청을 해야 한다는 뜻이었다. 그런데 체류 허가나 연장에 관한 업무는 모두 다르질링 소관이었다. 연장 신청서를 접수하면서 맡긴 우리 여권을 칼림퐁 소속 경찰이 들고 다르질링으로 갈 것이라고 했는데, 그 절차만도 나흘에서 닷새는 걸린다고 했다. 결국 우리는 칼림퐁에 모두 보름을 머물렀고, 그러는 동안 우리 여권은 두 마을 경찰서 사이를 신나게 오갔다. 여권을 남의 손에 맡겨 두었으니 약간은 안절부절못했지만, 어떤 이유에서인지 내게는 그런 상황이 한없이 재밌게 보이기도 했다.

나는 그때까지도 인도 동북부의 복잡한 정치적, 군사적 상황 – 체류 허가증도 그래서 필요했던 것이지만 – 을 전혀 모르고 있었다. 중국은 1950년대부터 서서히 티베트를 지배하기 시작했다. 당시 세계는 냉전이다 뭐다 해서 허다한 국제적 문제로 골머리를 썩고 있는 중이었다. 그런 나라가 있는지 아는 사람조차 드물었던 티베트를 사이에 둔 중국과 인도 사이의 국경 분쟁은 세계인의 이목을 끌 만한 파괴력이나 흥미를 지니고 있지 못했다. 방금도 쓴 것처럼 나는 이런 저간의 사정과 근래의 역사에는 완전히 깜깜한 상태로 두 나라의 국경 지대에 도착했다. 곧이어 난민촌이 나타나기 시작했고, 곧 그 숫자는 열을 헤아렸다. 달라이 라마와 함께 티베트를 떠난 이들, 혹은 1959년 달라이 라마의 인도 망명과 함께 고국을 등진 이들이었다. 한때는 독립국 티베트의 영토였지만 이제는 중국이 되어 버린 지역과 가까운 접경지대 검문소에 근무하는 인도 군인들은 외인들의 체류 허가증을 검사했다. 다르질링에서 칼림퐁으로 가려면 반드시 거쳐야 하는, 티스타 강을 가로지르는 다리의 검문소를 통과하는 데 몇 시간이 걸리는 수도 있다는 것이 현지인들의 설명이었다. 한 명, 한 명의 체류증을 그만큼 꼼꼼히 확인하기 때문이라고 했다.

우리는 다르질링에 들어올 때 밟은 길을 되짚어 나가 칼림퐁으로 향했다. 소나다에 도착하기 직전 동쪽으로 방향을 틀어 구불구불한 길을 따라가다 티스타 강 위로 놓인 자그마한 다리에 다다랐다. 단 몇 시간 만에 해발 몇천 미터를 내려가는 기분이 근사했다. 1분 단위로 나무와 잎사귀의 모양과 빛깔이 바뀌는 듯했다. 단 몇 시간뿐이었지만, 상쾌하게 펼쳐진 푸른 하늘과 계곡으로 접어들수록 올라가던 기온이 지금도 생생한 기억으로 남아 있다.

도모 계곡의 지혜로운 보석

칼림퐁

여행 초기부터 우리의 최종 목적지는 칼림퐁이었다. 다르질링보다 해발고도로는 1천 미터 이상 낮지만, 그래도 여전히 높은 곳이어서 가까이 갈수록 서늘한 공기가 느껴졌다. 지도로만 보자면 네팔, 부탄, 시킴(지금은 인도의 주) 사이에 낀 하나의 점에 불과해 놓치기 십상인 곳이다. 하지만 학자나 여행객, 티베트 상인들로서는 절대 지나칠 수 없는 주요 목적지이자 나들목이다. 티베트 상인들이 물건을 싣고서 날라|Nalah| 고개를 넘어 처음으로 도착하는 곳이 칼림퐁이었다. 거기서 일부의 물건은 남쪽의 벵골 만을 향해 남하하여 캘커타(콜카타)로 보내졌고, 나머지는 북인도와 중앙아시아를 횡으로 가로질러 유럽으로 보내졌다. 라싸의 장사꾼 가운데는 칼림퐁에 별장과 출장소를 따로 둔 사람도 있었고, 그랬던 만큼 티베트인들이 모여 자리 잡은 동네도 있었다.

실로 티베트에 관심이 있는 사람이라면 누구나 칼림퐁을 거쳐 갔다. 티베트에 관한 최초의 권위 있는 책을 쓰고 또한 유용한 티베트어 회화 사전을 펴내기도 했던, 대학 시절의 은사 찰스 벨 교수도 20세기 초반 이곳에 장기간 머물렀다. 월터 에번스웬츠가 라마 카지 다와 삼둡을 만난 것 역시 칼림퐁 혹은 시킴이었고, 시오스 버나드가 그에게 티베트 전도자가 되어 준 게겐 타르친과 인연을 맺은 곳도 칼림퐁이었다. 몽골에서 나고 라싸에서 수행한 왕얄 박사 또한 칼림퐁에서 중요한 시기를 보냈다. 1966년 이곳을 방문하고 내가 처음 받은 인상은, 밤새도록 타오르고 아침이 되도록 미처 꺼지지 않은 채 연기를 피워 올리는 모닥불과 비슷했다. 다가가 무릎을 꿇고 부드럽게 날숨을 불어넣으면 반드시 불꽃을 되살릴 수 있는 그런 불더미 말이다.

시오스 버나드는 그가 본 가장 아름다운 마을이 칼림퐁이라고 했지만, 나로서는 그와 같이 최상급까지 쓸 마음은 일지 않았다. 그렇더라도 히말라야의 봉우리가 무척이나 가까운 곳인지라 아침저녁으로 태양이 만들어 내는 풍경은 무척 근사했다. 해발 8,603미터로 세계에서 세 번째로 높은 칸첸중가 봉우리가 지척에 있고, 그 밖에도 해발 6천 미터가 넘는 봉우리들이 수두룩하다. 그런데도 기온은 결코 혹한 수준으로 떨어지는 법이 없어서 나는 여러 번 겨울에 가기도 했다. 칼림퐁은 다르질링보다 시골 느낌이 물씬한 곳이다. 금요일마다 서는 장터에는 부탄과 시킴에서 오는 사람도 있다. 부탄이나 시킴이라면 거리로는 무척 가깝지만 각각의 복색이 워낙 독특해서 나 같은 외국인도 금세 구분해 낼 수 있었다.

칼림퐁에 도착한 조앤과 나는 히말라얀 호텔에 여장을 풀었다. 여행객과 등반가, 티베트를 오가는 인도와 영국 관리 등 여러 종류의 사람들이 드나들면서 유명해진 곳이었다. 처음 이 호텔을 세운 사람은 영국 영허즈번드 원정대 출신의 퇴역 군인 데이비드 맥도널드였다. 1904년, 영국은 티베트에 대한 러시아의 영향력에 대응하기 위하여 프랜시스 영허즈번드 대령을 앞세워 무력으로 티베트를 침략한 바 있는데, 이때 데이비드 맥도널드도 그 부대원으로 참여했다. 이 건물은 처음에는 가정집으로 쓰이다가 나중에 호텔로 용도가 변경된 것이다. 우리가 처음 머물 때만 해도 맥도널드 씨의 딸 중 한 사람이 호텔 경영을 맡고 있었다. 오후 나절 호텔 정원에 나와 앉아 차를 마시며 눈앞으로 밀려들어 오는 것만 같은 칸첸중가를 바라보는 맛은 특히 일품이었다. 듣자 하니 벨기에-프랑스인으로서 티베트 불교를 공부하기 위하여 1924년 순례객으로 위장하고 라싸로 향한 알렉상드라 다비드네엘도 이곳에서 머물렀다고 한다. 그뿐만 아니라 찰스 벨 교수도 이 호텔을 거쳐 갔다고 한다. 1966년에 칼림퐁을 방문한 나 역시도 그러한 선배들과 그리 멀리 떨어지지 않은 길을 걸어가는 느낌이 들었다. 어쩌면 그래서 칼림퐁이란 곳이 그토록 좋아졌는지도 모를 일이다.

게겐 타르친

칼림퐁에서 만난 인연 중 그들의 삶과 경험으로 내게 깊은 인상을 남긴 특히 세 사람이 기억난다. 맨 먼저 꼽을 사람은 앞에서도 언급한 바 있는 게겐 타르친이다. 내가 찾아뵐 당시의 그는 이미 칠십 대 나이에 접어들어 그간 발행해 오던 「티베트 미러 프레스」에서도 절반 정도는 은퇴한 상태였다. 타르친은 본인을 사전 편찬자라고 소개했다. 힌두어, 영어, 티베트어 세 개 국어로 된 사전을 직접 만들기도 했다니 물론 틀린 말은 아니었다. 하지만 내가 아는 타르친은 신문 발행인, 사전 편찬인이라는 직함으로 가둘 수 없는 그 이상의 사람이었다. 1930년대에는 시오스 버나드와 교유하면서 그의 가이드이자 동료, 친구이자 선생 노릇을 했다. 가장 중요하게는 버나드를 라싸의 귀족과 관료 집단에 소개해 준 매개자로서의 공로가 지대했다. 타르친의 도움과 연출이 없었더라면 버나드는 티베트를 구경조차 하지 못했을 것이다. 내가 이런 사실들까지 알게 된 것은 파리에서 읽은 버나드의 책을 통해서였다. 그리하여 타르친이 하는 이야기라면 아무리 사소한 것이라도 놓치지 않겠다는 강한 흥미가 생겼다.

나는 날마다 마을 중앙 광장과 히말라얀 호텔이 있는 마을 반대편을 잇는 흙길인 텐 마일 로드를 걸어 내려갔다. 타르친이 사는 집 역시 그 길가에 있었다. 물론 동네에서야 워낙 유명한 양반이라 그의 집을 찾는 것은 일도 아니었다. 그를 찾기에 가장 좋은 시간은 오후 네 시경의 티타임이라고 했다. 가정부가 대문을 열고는 그의 침실까지 안내했다. 집은 무척 큰 편이었다. 오후에는 널찍한 침대에서 개 두세 마리, 손자 두세 명과 함께 낮잠을 청하는 것이 일과인 듯했다. 집주인이 낮잠을 자는 침실에 손님이 들이닥치다니 상식에 맞지 않는 것 같지만, 일단 한 번 만난 뒤로는 이처럼 격의 없는 왕래가 오히려 당연하게 느껴졌다. 내가 문을 두드리면 낮잠에서 깨어나 손자들과 개들을 내보내고는 어저께 하다 만 이야기를 – 마치 어제와 오늘 사이의 시간이 사라지기라도 한 듯 – 그대로 이어 갔다. 타르친은 티베트의 정치와 역사에 대해 달통해 있었고, 버나드가 티베트를 방문했을 때는 한시도 그의 곁을 비우지 않고 도왔다고 한다.

타르친은 버나드의 책과 일기에 담긴 내용에 자신의 견해를 보탠 이야기를 들려주었다. 버나드는 1947년 순례 도중 라다크 지역의 어딘가에서 실종되었는데, 여기에 대해 타르친만이 아는 어떤 다른 사실이 있지 않을까 물었다. 인도와 파키스탄이 둘로 나누어지던 격동기에 일어난 사건이고, 운수가 나빠 잘못된 시점에 있지 않아야 할 장소에 있었던 탓으로 변을 당한 것으로 짐작할 뿐이지만, 여전히 풀리지 않는 의문도 다소 있었다. 버나드의 시신은 발견되지 않았고, 믿을 만한 목격자도 전혀 없었다. 당시 타르친은 버나드가 마지막으로 목격된 지역의 경찰과 연락을 취했다고 한다. 경찰은 버나드의 옷가지와 소지품을 수습해 보관 중이라면서, 아마도 그가 어떤 무기에 의해 살해당한 후 근처 급류에 쓸려 내려간 것으로 추정했다. 타르친은 경찰이 제시하는 증거를 믿지 않을 수 없었고, 그래서 그 정도에서 매듭을

지었다. 하지만 납득하기 힘든 점은, 버나드는 이미 칼림퐁에 정착한 뒤였고, 왕얄 박사를 비롯한 여러 게셰 |geshe| – 서양으로 말하자면 '철학 박사' 정도에 해당한다 – 와 함께 수행에 들어가기로 계획하고 있었다는 사실이다. 그는 눅눅하고 껍진한 우기를 피해 칼림퐁을 떠나 서쪽을 향했고, 이슬람교도와 힌두교도가 대립하는 분쟁 지역인 라다크 인근의 계곡으로 발을 잘못 들여놓은 것이 아닌가 싶다. 버나드는 삶의 시작부터 기이한 곡절이 많았던 사람이었는데, 결국에는 가는 길마저 그리되고 말았다.

도모 존현

칼림퐁에 도착하고 오래 지나지 않아 조앤과 나는 타르파 쵤링 수도원을 찾았다(타르파 쵤링 |Tharpa Chöling|은 '해방의 장소'라는 의미다). 나는 인도를 다니면서 주변에 수행 중인 요기가 있는지를 물었지만, 사실 그다지 성과는 없었다. 그래도 가는 곳마다 같은 질문을 되풀이했다. 타르파 쵤링 수도원에 도착하자 벽화를 살피는 몇몇 수도승이 우리를 반갑게 맞이해 주었고, 나는 이곳에 요기가 있는지를 또 물었다. 비록 서로 말은 거의 통하지 않았지만, '요기'라는 단어만큼은 그들도 대번에 알아들었다. 그러자 한 승려가 고개를 끄덕이면서 수도원 부지 끄트머리에 자리한 집을 가리켰다.

인도와 네팔을 주유하며 다닌 지도 어느덧 몇 달째였으니 좀 심드렁해질 때도 되었건만, 이번에도 호기심을 주체하지 못하고 곧바로 달려가 문을 두드렸다. 나는 작은 응접실에서 몇 분을 기다렸다가 다시 좀 더 넓은 제례실로 안내받았다. 그곳에는 극히 간소한 적갈색 법복을 걸친, 내 또래로 보이는 젊은 남자가 앉아 있었다. 바로 도모 게셰 존현이었다(그는 나와 동갑에, 생일도 고작 열흘이 빨랐다). 우리는 간신히 몇 마디를 주워섬기며 몇 분간 대화를 나누고는 다음 날 다시 보기로 기약했다. 그때는 통역사가 대기하고 있을 것이라고 했다.

도모 존현을 만난 바로 그 순간, 마침내 가르침을 구할 스승을 찾았다는 느낌이 들었다. 명쾌한 해명도, 어떤 종류의 징후도 필요하지 않았다. 그런 것이 있었던들 쉽게 설명할 수도 없었을 테지만. 그것은 무척이나 뜻밖인 만남이었고, 어떻게 받아들여야 좋을지 당장 감이 잡히지도 않았다. 동갑내기 구도자는 내게 많은 말을 하지는 않았지만, 당시 내가 가진 일천한 지식만으로도 내가 따르고자 하는 비전 전통을 수행하는 인물임을 알 수 있었다. 비로소 나는 그때껏 보지 못한 세상으로 통하는 문을 발견한 것이었다.

다음 날 아침에 찾아갔을 때는 도모 존현이 나를 직접 맞이해 주면서 어제와 같은 방으로 안내했다. 그곳에는 노란 법의를 두른 중년의 남자가 앉아 있었다. 린징 왕포라는 이름을 가진 통역사였다. 그곳의 주민들 사이에서는 '노란 승려'라는 별칭으로 통하기는 하지만, 엄밀히 말해서 교적|敎籍|을 가진 정식 승려는 아니라고 했다. 일반인으로서 평범한 삶을 살면서 결혼도 하고 딸도 두었지만, 중년에 접어든 어느 날 승려가 되기로 서약하고 그때부터 노란 법복을 입기 시작했다는 것이다. 그는 학자도 아니었고, 홀로 수행하는 사람도 아니었다. 단지 인생 후반에 이르러 승려가 되기로 결심한 사람일 뿐이다. 그 어떤 수도원 소속도 아니고, 그저 단칸방 아파트에 살면서 깨달음을 구하는 삶을 이어 오고 있었다. 티베트 사람들은 승려와 일반인 가릴 것 없이 모두 그를 좋아했고, 나 역시 보자마자 그가 마음에 들었다.

린징 왕포의 영어 실력은 무척 훌륭했다. 이후 한 주 동안 나는 도모 존현을 자주 만나면서 내가 할 수 있는 수행이 어떤 것인지 말씀을 들었다. 존현은 수도원이 아닌 자신의 집에 객으로 머물 수 있도록 배려해 주었다. 존현은 내게 티베트어 공부를 권했고, 자신도 영어 공부를 시작하겠다고 했다. 나는 그를 정기적으로 찾아보기로 약속했다. 그렇지 않아도 존현은 첫 번째 미국 방문을 추진하는 중이었다. 도서관과 문화센터를 겸하고 있는, 뉴델리 소재 티베트 하우스에 소장된 탕카들을 가지고 미국에서 전시회를 개최하려고 한다는 것이었다.

나는 도모 존현이 보통 라마들과는 무척 다르다는 사실을 차츰 깨닫기 시작했다. 그를 아는 티베트 사람들은 모두 그를 존경했다. 앞에서도 썼듯이 그는 '전생'에 라마 고빈다에게 영적 영감을 불어넣고 길잡이가 되어 준 존재였고, 나도 이미 읽은 책인 『하얀 구름의 길』에 나온 바로 그 존현이었다. 그렇게 이후 몇 주 동안 나는 이 모든 것을 알게 되었다. 존현은 나를 처음 만난 자리에서 이렇게 물었다.

"무엇을 하기를 원하십니까?"

"존현께서 가르쳐 주실 용의가 있는 것을 배우고 싶습니다."

존현은 생각에 잠긴 듯 잠깐 틈을 두고는 다시 말을 이었다.

"수행을 위해 여기 오신 분들은 보통 몇 주나 몇 달을 머물러야 합니다. 또한 여기서는 배우는 자의 헌신과 관심 정도를 파악하기 위한 다양한 시험을 치릅니다. 하지만 선생은 아주 먼 곳에서 여기까지 오셨잖습니까. 무척 힘든 여정이었을 텐데도 어떻게든 여기에 오는 길을 찾으셨습니다. 그러니 예비적인 사항들은 시험할 필요가 없을 것 같습니다. 선생이 원하시는 때 언제라도 시작하도록 합시다."

배움은 부처의 가르침을 따르겠다는 다짐처럼 아주 간단한 것들부터 시작되었다. 만트라와 심상화, 경전 등과 관련된 심화된 수행은 일단 나중의 일이었다. 수행을 위한 예비 단계로 마음을 차분하게 가다듬는 것이 필수적이었다. 일상의 번다한 잡념을 몰아내야 했다. 평정심을 얻는 방법으로는 자신의 호흡을 하나하나 헤아리며 숨을 고르는 방식이 가장 보편적이었다. 호흡법에도 여러 가지 방식이 있는데, 예를 들어 인도의 요기들은 숨을 오른쪽 콧구멍으로 들이쉬고 왼쪽 콧구멍으로 내쉬다가 다시 방향을 바꾸어 왼쪽 콧구멍으로 숨을 흡입하고 오른쪽 콧구멍으로 내보내는 식으로 호흡을 가

다듬는다. 아주 기본적인 이런 수행법부터 시작하는 것이 보통이다. 걷기 역시 또 하나의 수행법으로 쓰인다. 정신을 집중하고 걷다 보면 호흡법과 마찬가지로 평정심에 이르게 되는 것이다.

이러한 수행법들은 비록 처음에는 무척 쉽게 느껴지지만, 수행자가 확장시키고 발전시키기에 따라서는 고난이도 가르침에 이르기까지 그대로 적용될 수 있다. 명상, 호흡, 정신 집중은 언제나 빠지지 않고 등장하는 수행법이며, 대부분의 분파에서는 심상화 역시 기본적인 수행법으로 간주한다. 이 수행법들은 거창한 비밀이라고 할 수도 없다. 어쨌든 여러 책에 상세한 설명이 나오니 말이다. 하지만 도모 존현에게 구전으로 배우는 수행법에는 책을 통해 익히는 것에서는 찾을 수 없는 밀도와 무게가 있었다. 티베트 불교의 여러 전통 가운데는, 지혜의 전달은 책을 통해서가 아니라 자격을 갖춘 스승에게서 직접 배울 때 가능하다는 믿음이 있다.

지혜의 전달은 깨달음을 위한 첫 단추다. 지혜의 전달을 통해 수행의 여러 방편들을 알게 되고, 심지어 책으로만 알고 있던 다른 세계를 마음속으로 그려 볼 수 있게 된다. 물론 쉬운 일이 아니고, 나 역시 그다지 성공을 거두었다고는 할 수 없다. 하지만 정통한 수행자들은 짐짓 먼 곳까지도 심안|心眼| 속으로 곧잘 끌어들이고는 한다. 나는 도모 존현과, 그리고 1987년에 그를 통해 소개받은 겔렉 존현이라는 두 명의 아주 뛰어난 스승에게서 가르침을 받았다. 스승 복은 분에 넘쳤던 셈인데도, 또 깨달음을 얻겠다는 열망과 헌신이 확고했음에도 불구하고, 내가 달성한 바는 얼마 되지 않았다. 제대로 알려 줄 스승을 처음 만난 것이 스물아홉, 서른 살 시절이었으니 입문이 늦었던 탓일까? 내게 가르침을 준 존현들은 여섯 살 때부터, 심지어는 그보다 더 어릴 때부터 수행을 시작한 이들이다. 그들의 수준을 따라잡는다는 것은 생각만으로도 벅찬 경지였다.

나는 수행과 깨달음의 세계를 이해하고 싶다는 열망만으로 유럽을 떠나 히말라야 산자락까지 왔다. 최소한의 경비만 가지고 이미 몇 주째 하고 있는 여행이었고, 도합 넉 달을 채우고 돌아갈 예정이었다. 여기까지 왔다는 사실만으로도 이미 기본은 한 것이라는 도모 존현의 말은 분명 내 순수한 동기를 꿰뚫어본 데 따른 것이었으리라.

'아, 이거 완전 부질없는 짓이로구나'라든지, '대체 내가 여기서 무슨 짓을 하고 있는 거지?' 하는 의구심은 조금도 들지 않았다. 나는 무엇인가를 좇고 있었다. 그 동기는 아주 깊은 곳에서 나온 것이었고, 깨닫고자 하는 열망과 욕구가 동력이 되었으며, 마침내 깨달음으로 통하는 문고리를 잡은 기분이었다. 도모 존현을 처음 찾은 1967년 1월은 공교롭게도 내 서른 번째 생일이 있는 달이었다. 그때부터 나는 도모 존현을 통해 또 다른 수행 전통과 연을 맺었고, 그렇게 시작된 연은 지금까지도 이어져 오고 있다. 나는 호기심에서 출발해 지금까지 이어져 온 이 모든 관심들을, 실재적이고 인식 가능한 총체성을 구성하는 질긴 노끈(아니면 '주제'라고 불러도 좋다)으로 파악하고 있다.

이후 35년 동안 나는 여러 차례 짤막짤막하게 인도를 방문했다. 아마 다 해서 스무 번은 되는 것 같고, 보통 2주에서 4주 정도 머물렀다. 칼림퐁에는 매번 가지는 못했다. 인도는 흡사 미국처럼 사람도 다양하고 땅도 넓은 나라다. 뉴욕에서 일도 하고 가정도 꾸려 가면서 동시에 인도와 맺은 인연을 계속 이어 가려면 그렇듯 짤막하게 여행을 다녀오는 것 외에는 방법이 없다는 것을 나는 처음부터 짐작하고 있었다. 나는 특히 인도 음악과, 그리고 도모 존현이라는 한 개인이 대변하는 문화 및 전통과 연결된 고리를 놓치고 싶지 않았다.

1970년대 초반 도모 존현은 미국에 체류하며 활동하기 위해 영주권 신청 절차에 들어갔다. 그때 나는 무료로 법률 서비스를 제공할 변호사를 존현에게 소개해 주었다. 존현과 함께 변호사 사무실로 찾아가니 어느 친절한 젊은이가 신청서를 대신 써 주겠다며 맞은편에 앉았다.

"자, 하나씩 답해 주세요. 선생님께서는 무엇을 가르치십니까?"

존현은 아주 조용히 대답하셨다.

"마음 훈련법입니다."

"뭘 가르치신다고요?"

"마음을 훈련하는 방법입니다."

그렇다. 그것이 바로 존현이 가르치는 것이었다. 때로는 아주 생생한 방식으로 가르쳤다. 1980년대에는 이런 일도 있었다. 뉴욕 북부에 있는 존현의 자택을 방문했을 때였다. 우리는 탁자를 가운데 두고 앉아 차를 마시던 중이었다.

"'신두'를 조심하게."

존현은 기르는 개를 보며 말했다.

"테이블 아래에 있을 게야. 혹시라도 걷어차지 않도록 신경 쓰게. 테이블 아래서 노닥거리고 있어 실수로라도 찰 수 있으니 말일세."

"걱정 마세요. 절대로 차지 않을 테니까요. 차다니요, 말도 안 되죠."

말은 이렇게 시원하게 해 놓고 1분도 채 지나지 않아, "퍽!" 하고 실수로 개를 걷어차고 말았다. 바로 그 순간, 존현은 강한 통증이 엄습한 듯 옆구리를 부여잡고 상체를 숙였다. 마치 본인의 갈비뼈가 누군가에게 차이기라도 한 것처럼. 어떻게 된 영문인지 나로서는 알 길이 없었다. 신두가 주인이 시키는 대로 움직인 것은 아닐까 의심도 해 봤다. 내가 테이블에 앉으면 곧 발치에 채이도록 말이다. 존현은 내가 개를 차는 것을 보지 못했다. 그러나 연민과 공감 능력이 극도로 발달한 분이었기에 어떤 경로로든 신두가 느낀 고통을 즉각적으로 느꼈을 것이다. 도모 존현이 일깨움을 주는 방식이 대저 이런 식이었다.

나는 존현을 통해 뉴욕에 있는 티베트 사무소장 핀초 톤덴을 알게 되었다. 존현과 약속한 대로 티베트어를 배워야 할 텐데 마땅한 선생님이 없었다. 그래서 핀초 톤덴의 아내인 페마에게 3년 넘게 배웠다. 최근까지 알리앙스 프랑세즈와 파리 어학원에서 프랑스어를 배운 경험이 있어, 낯선 언어라도 그 소리를 정확히 기록하는 요령은 나름대로 알고 있었다. 교재는 별도로 없었고 그저 대화를 나누었다. 페마가 티베트어로 "잘 지내세요?" 하고 물으면 내가 티베트어로 "잘 지냅니다. 고맙습니다" 하고 답하는 문답식 지도였다. 몇 년 뒤에는 그럭저럭 현지에서 통할 정도까지 실력이 올랐지만, 최근에는 꾸준히 연습할 기회가 없는 탓에 많이 잊어버렸다.

도모 존현의 친한 친구 가운데 뉴욕에 거주하며 수련과 연구에 매진하는 학승인 켱라 라토라는 이가 있었다. 라토 존현은 뉴욕에 티베트 센터라는 교육 기관을 세우고자 했고, 그 과정에서 나도 도움을 줄 수 있어 퍽 뿌듯했다. 나는 또한 매주 뉴저지 주 프리홀드에 있는 왕얄 박사 – 고작 몇 년 전 칼림퐁에서 만난 바로 그분 – 의 교육원을 방문하기 시작했다. 당시 교육원에는 젊고 총명한 미국 학생들이 드나들며 티베트에 대한 배움을 넓혀 가고 있었다. 로버트 서먼, 알렉산더 버진, 제프리 홉킨스 등과 함께 훗날 미국의 티베트 전문 학자와 번역자 1세대 그룹을 형성할 이들이었다. 나는 거기서 왕얄 박사의 초청으로 뉴저지에 온 티베트 노승 켄 존현의 수업을 들었다. 그의 가르침은 놀랍도록 구체적이었다. 켄 존현은 찰스 벨이 편찬한 티베트어 사전에 나오는 모든 단어를 정확한 발음으로 익힐 것을 지시했다. 그보다 더 어려운 일이 있겠나 싶을 정도였지만 의외로 무척 유용한 훈련이었다. 수업은 그가 인도로 돌아가기까지 약 1년 반 동안 이어졌다.

도모 존현을 통해서 만난 마지막 소중한 인연은 바로 겔렉 존현이었다. 도모 존현과는 라싸 시절까지 거슬러 올라가는 오랜 친구였다. 겔렉 존현은 1980년대에 미국으로 이주했고, 이후 '존귀한 마음'이라는 기구의 창립자이자 영적 지도자가 되었다. 도모 존현이 이른바 '마음으로 가르치는 스승'이었다면, 그와 대비되는 유형으로 '경전으로 가르치는 스승'들도 있었다. 어느 존현이든 마음으로 가르칠 수도 있고 경전으로 가르칠 수도 있다. 그러나 만약 '마음 스승'으로서 제자와 연을 맺은 스승은 제자에게 경전을 가르치지는 않는 것이 보통이라고 했다. 그러니 제자의 입장에서는 '마음 스승'을 이미 구했다면 '경전 스승'은 또 다른 곳에서 찾아야 한다는 의미였다. 그것이 옛날부터 내려온 전통인 듯했고, 나 또한 그 전통을 따라야 했다. 어느 날 도모 존현은 내게 이렇게 말했다.

"만약 경전을 배우고 깊이 공부하고 싶다면 겔렉 존현을 찾아가 보시게. 그분이라면 잘 가르쳐 줄 수 있을 테니."

겔렉 존현과 맺은 공부 인연은 그렇게 시작되었다 그는 지금껏 내가 만난 이들 가운데 가장 총명하고 명철한 정신의 소유자였다. 도모 존현은 2001년 9월에 열반에 들었지만, 겔렉 존현과는 지금까지도 아주 가깝게 지내고 있다.

귀로

앞에서 말한 것처럼 1967년 1월 서른 번째 생일은 칼림퐁에서 보냈다. 그리고 곧 우리는 파리를 거쳐 뉴욕으로 향하는 기나긴 귀로에 올랐다. 산 아래 실리구리 기차역으로 우리를 데려다 줄 지프를 기다리고 있을 때였다. 어린 티베트 소년 하나가 다가와 탕카를 보여 주고 싶다고 했다. 하지만 우리는 여윳돈이 너무 없어서 선뜻 입을 떼지 못했다. 소년은 돈 대신 물건으로 그림 값을 치러도 좋다며 물러나지 않았다. 그러면서 짐에 매달린 트랜지스터라디오를 가리키며 저 정도면 괜찮겠다고 했다. 당장은 내키지 않는 거래였다. 라디오를 내주기 아까워서가 아니라, 고물이 다 되어 버려 조만간 손을 한 번 보아야 할 물건임이 분명했기 때문이다. 그러자 소년은 물건 고치는 일이라면 자기도 꽤 할 줄 안다며 걱정 놓으라고 했다. 결국 라디오를 내주고 그림을 받아 다시 장터로 돌아왔다. 20분이 채 지나지 않아 소년이 헐레벌떡 뛰어왔다. 마침 우리는 지프에 짐을 다 싣고 막 출발하려던 참이었다. 소년의 손에는 털가죽으로 안감을 댄 장화가 들려 있었다. 아무래도 흥정에서 우리 쪽이 너무 밑진 것 같다며 막무가내로 장화를 안기며 받아 줄 때까지 떠나지 않겠다고 했다.

봄베이까지는 기차로 인도를 횡으로 가로지르는 무척이나 긴 여정이었다. 봄베이에서는 구세군이 운영하는 근사한 숙소를 구했다. 30루피만 주면 하룻밤 자고 세 끼 식사(채식 식단)까지 제공받을 수 있었다. 오후 네 시에 나오는 간단한 다과까지 포함하면 하루 네 끼를 챙겨 먹을 수 있었다(물론 매일 챙겨 먹었다). 봄베이의 에너지와 아름다움은 우리를 강하게 끌어당겼고, 따라서 며칠 묵어 가지 않을 수 없었다.

운 좋게도 조앤은 인도 영화의 배역을 하나 따냈다. 금발 머리와 서양식 이목구비가 먹혔던 것이리라. 촬영은 일주일간 이어졌고, 그 사이에 나는 홀가분한 마음으로 혼자 이곳저곳을 돌아다녔다. 구세군 숙소는 비틀스가 투숙 중이라는 타지마할 호텔 바로 뒤편의 좁은 골목에 있었다. 라비지도 거기 있을 것이라고 들었지만, 비틀스 때문에 호텔 주변으로 몇 겹의 경비가 삼엄하게 깔려 있어 도저히 찾아갈 마음이 생기지 않았다. 아마 프런트 데스크까지 가지도 못하고 떠밀려 나올 것이 분명했다. 근처에는 웨일스 공 박물관[129]이 있어서 그곳에서 아름다운 인도 세밀화 컬렉션을 양껏 감상했다. 많은 골동품 가게 또한 빼놓을 수 없는 구경거리였다. 탕카 세 점을 묶어 어처구니없을 정도로 싼 가격에 팔고 있는 것도 보았다. 인도에서 탕카의 진가를 이해하는 사람을 만나기란 하늘의 별 따기였다. 아마도 티베트 문화가 넘

129 훗날 조지 5세로 등극한 영국 왕세자의 방문을 기념하기 위해 지은 건물로, 1922년 박물관으로 용도를 변경했다. '웨일스 공'은 영국 왕세자를 의미한다.

어 들어온 지 얼마 되지 않은 탓이리라.

촬영이 끝나고 조앤과 나는 베트남과 프랑스를 오가는 배를 띄우는 회사인 메사주리 마리팀의 여객선 티켓을 구입했다. 최종 목적지는 마르세유항이었다. 배의 객실은 일반실과 삼등칸, 이렇게 두 종류가 전부였다. 일반실 손님은 우리 일행과 프랑스 외인부대 병사들이 전부였다. 병사들은 괴짜들이 많았지만 대체로 친절했다. 그리고 모두 술고래였다. 그들 가운데 프랑스인은 하나도 없었다.[130] 국적을 버리고 신분도 버리고 외인부대에 입대함으로써 과거로부터 탈출했다는 사내들의 이야기는 적어도 내가 보기에는 전적으로 사실인 것 같았다. 함께 보낸 네댓새 동안 그들은 훌륭한 여행의 벗이 되어 주었다. 아래쪽 삼등칸을 채운 인도 승객들은 배에 오르는 그 순간부터 멀미로 맥을 못 추는 것 같았다. 어쨌든 닷새 후 유럽에 도착할 때까지 우리는 한 번도 그들을 보지 못했다.

인도로 떠날 때에 비해 귀로는 대단히 간단명료했다. 아라비아 해를 건너, 아덴 만을 통해 예멘과 소말리아, 지부티를 거쳐, 홍해를 거슬러 올라 수에즈 운하를 통과했다. 지중해에 접어들어서는 이집트의 알렉산드리아를 지난 후 마침내 마르세유에 정박했다. 낮에는 어디에서도 쉬지 않고 내처 내달려 거기까지 이르렀던 것으로 기억한다. 마르세유에서 파리까지는 기차로 이동했다. 파리에서는 고작 며칠을 머물며 살림살이를 챙기고 다시 짐을 쌌다. 타이밍이 잘 맞아 떨어져서 미국으로 향하는 여객선이 며칠 뒤 르아브르에서 떠난다고 했다. 드디어 오랜 타향살이를 마무리하고 고향으로 가는 배에 몸을 실었다.

130 프랑스 외인부대Légion étrangère는 프랑스 육군 소속이지만, 그 명칭에서부터 짐작할 수 있듯이 외국인 지원병으로 구성된 독특한 부대다. 1831년에 창설했다.

카타칼리와 「사티아그라하」

인도의 고전 무용극

잦은 인도 여행은 2001년까지 계속 이어지다가 재혼해서 본 아들들인 캐머런과 말로가 태어나면서 잠시 중단되었다. 그러는 동안 인도 곳곳을 찾아다녔다. 남부 인도 땅을 처음 밟은 것은 1973년이었다. 인도에 살면서 공부하고 있던 미국 작곡가 데이비드 렉이 인도 고전 무용극인 카타칼리를 보러 오라며 케랄라 주로 초대한 것이다. 백미는 『라마야나』(고대 인도의 철학과 신들을 소재로 한 역사적 이야기와 우화로 구성된 장편 서사시)에서 뽑은 세 편의 연극을 밤새도록 공연하는 무대였다. 저녁 여섯 시나 일곱 시에 시작되어 다음 날 아침 일곱 시까지 이어지는 공연을 본 것은 그때가 처음이었다. 그런데 1973년은 철야 공연을 볼 운수가 터진 해였는지, 12월에는 브루클린 음악 아카데미에서 로버트 윌슨의 「이오시프 스탈린의 삶과 시대」를 두 눈 비비며 보기도 했다. 이런 일도 있을까 싶은 기묘한 우연이었겠지만 말이다.

카타칼리는 지금으로 치자면 멀티미디어극이라고 부를 수 있다. 음악이 있고, 춤이 있으며, 이야기가 있다. 공연 방식도 다채롭다. 연기자가 나서서 노래를 부르고 이야기를 들려준다. 거기에 맞추어 음악 앙상블이 추임새를 넣고, 이와 동시에 무용단이 스토리에 맞추어 춤사위를 더해 넣는다.

무대는 믿을 수 없을 정도로 소박했다. 사원의 안뜰에다가 나무로 무대를 대충 지어 올리고 하는 야외 공연이었다. 막을 올리고 내리는 일은 무대 양쪽에서 줄을 잡고 선 두 남자의 몫이었다. 그들은 출연자들이 준비를 마치면 붙들고 있던 줄을 놓았다. 내가 본 공연에는 전기 조명 장치도 있었다. 비록 그중 일부는 네온등이었지만 말이다. 조명은 대개 사람들이 들고 있었다. 세상에서 가장 아름다운 조명이라고는 할 수 없지만, 그래도 어둡지는 않았으니 일단 조명으로서의 기본 임무는 다한 셈이다. 여러 횃불이 또한 무대를 환하게 밝히고 있었다. 의상은 대단히 오색찬란해서 힌두의 왕자들과 신들을 그린 전통 그림처럼 보였다. 배우들이 의상을 갈아입을 때는 다시 막을 잡아 올려 관객의 시선을 차단했다. 매일 밤 극단은 세 편의 이야기를 무대에 올렸다. 이야기마다 공연에 서너 시간은 걸렸고, 중간 휴식도 거의 없었다. 어두워지면 시작해 다음 날 동이 틀 때까지 논스톱으로 내달렸다.

1970년대 초반에 카타칼리를 보기 위해 거기에 온 서양인은 극히 드물었다. 관객의 대부분은 마을 사람들로, 일을 마치고 삼삼오오 모여 땅바닥에 털썩 주저앉아 연극을 관람했다. 사람들은 우리를 크게 신경 쓰지 않았다. 눈꺼풀이 무거워지면 덤불 뒤로 들어가 몇 시간 자다 나오고는 했다. 그렇게 눈을 붙이고 나와도 공연은 계속되고 있었다. 본격적으로 막을 올리기에 앞서 누군가 나와 '오늘은 이런 이런 이야기를 합니다' 하고 미리 알려 주었다. 나는 『라마야나』와 『마하바라타』[131]를 어느 정도는 읽어 알고 있었지만, 그래도 워낙 원전의 양이 방대한지라 내가 아는 이야기가 공연되는 경우는 거

131 '바라타 왕조의 대서사시'라는 뜻으로, 산스크리트어로 기록된 인도의 대서사시. 『라마야나』와 함께 수많은 전설과 교훈적 내용을 담고 있다.

의 없었다. 그래도 연극의 흐름을 따라가고 이해하는 데는 크게 지장이 없었다. 공연을 보기에 가장 좋은 곳은 카타칼리 칼라만달람(카타칼리 아카데미)이 있는 체루투루티 마을이었다. 이후 20년 동안 나는 이곳을 세 차례 방문하여 며칠씩 머물렀다.

카타칼리 칼라만달람은 전문 극단이지만 그 구성원들은 하나같이 시골 출신이었다. 뉴델리 같은 도시에서 나고 자란 사람이 카타칼리 가수가 된다는 것은 상상조차 하기 힘든 일이었다. 인도의 전통 카타칼리 공연을 보면 실감할 수 있는 일이지만, 인도인들은 카타칼리를 통해 자신들의 역사에 대한 지식을 얻는다. 낭송되고 연기로 표현되는 이야기를 통해 역사를 배우고, 그런 만큼 생생하게 익히고 오래 기억되는 지식으로 남는 셈이다.

나는 그들이 아이들을 어떻게 가르치는지 볼 수 있겠느냐고 물었다. 그러자 그들은 음악 수업 참관을 허락해 주었다. 공연이 끝난 다음 날 아침, 나는 밀림을 헤치고 올라가 어느 빈터에 다다랐다. 거기에는 열두 명에서 열다섯 명 정도 되는 아이들이 줄지어 앉아 있었다. 모두 남자아이들이었다. 각각의 아이들 앞에는 커다란 돌덩이가 놓여 있었고, 아이들은 저마다 작대기를 하나씩 쥐고 있었다. 아이들은 돌을 두드리면서 박자 맞추는 법을 배우는 중이었다. 선생님 또한 막대기로 돌덩이를 두드리면서 아이들이 박자를 짚어 내어 아주 규칙적으로 연주할 수 있도록 가르쳤다. 아이들은 네 살에서 여섯 살 정도 되었을까 싶었다. 나는 꽤 오랫동안 수업 현장을 면밀히 지켜보았다. 여기 모인 아이들 중 일부는 장차 극단에 입단해 드럼을 배우고 노래와 춤을 배우게 될 터였다.

'아, 이렇게 시작하는 거로구나' 하는 생각이 들었다. 카티칼리는 음악의 결이 무척 타악기적이다. 쉴 새 없이 두드리는 드럼에다가, 리듬은 무척 복잡하다. 그 이유가 바로 여기에 있었던 것이다. 막대기를 들고 돌을 두드려대는 그 조그마한 소년들, 나는 그보다 더 눈길을 잡아 묶는 음악 수업은 보지 못했다.

「리골레토」와 같은 서양의 오페라를 구성하는 네 가지 요소는 전통적인 카타칼리에서도 찾아볼 수 있다. 텍스트, 이미지, 동작, 음악이 바로 그것이다. 연극과 오페라가 종교적인 이야기를 하나의 역사적 볼거리로 포장해 사람들 앞에서 공연하면서 발전해 온 장르라는 사실이 새삼스레 다가왔다. 그리하여 이야기에 담긴 전통이 대대손손 살아 전달되는 것이다. 모든 세대는 이러한 이야기들을 무대에 올림으로써 영속시킨다. 물론 세대별로 조금씩의 변주는 불가피할 테지만 말이다.

카타칼리 공연에 등장하는 중심인물들은 아르주나와 크리슈나일 때가 많다.[132] 그런데 흥미로운 것은 인도의 전통극과 유사한 무대를 멕시코에서도 만날 수 있다는 점이다. 스페인어 대신 인디언어만을 쓰면서 멕시코 산간 지방 마을에 사는 위라리카 사람들 역시 그들이 모시는 신과 정령의 이야기를 화려한 볼거리로 꾸며 전승한다. 이야기꾼인 마라카메가 노래를 부르고 손짓으로 연기하면서 말 보따리를 풀어 놓는 동안, 바이올린과 기타를 든 사람들이 반주를 더한다. 제례 복장을 갖추어 입고 무대에 등장하는 사람들도 있다. 챙이 넓고 색깔이 화려한 모자에 온갖 깃털을 꽂은 차림도 있고, 하얀 천을 여러 꽃봉오리로 장식한 복장도 있다. 위라리카 사람들은 모든 옷을 직접 짓는다. 멕시코는 불을 아주 중요한 자연 요소로 숭앙하는 곳이고, 따라서 이야기꾼들의 무대 역시 불을 중심으로 하여 펼쳐지는 것이 보통이다. 때에 따라서는 불이 있는 곳이 곧 무대라고 해도 좋을 정도다. 그리 넓지 않은 공간을 2백~3백 명의 인파가 가득 메울 때도 있다. 네댓 명의 이야기꾼이 각자 다른 이야기를 동시에 하는 경우도 있다. 여기저기 피워 놓은 불 주변

132 크리슈나는 힌두교 신화에 등장하는 영웅 신이다. 힌두교의 삼주신三主神(브라흐마, 시바, 비슈누) 가운데 하나인 비슈누의 여덟째 화신으로 숭배되기도 한다. 아르주나는 시편 『바가바드기타』의 주인공이다. 크리슈나가 그의 마부가 되어 나타나 그를 도운 뒤 의무와 박티 요가(신에 대한 헌신과 사랑의 요가)에 대해 가르쳐 준다.

에서 여러 명의 이야기꾼이 춤을 추는 광경은 일종의 그럴듯한 포크댄싱처럼 보이기도 한다. 카타칼리처럼 위라리카 사람들의 공연 역시 해가 뜰 때까지 밤새도록 계속되는 것이 보통이다.

인도와 멕시코에서 이들 공연을 직접 보는 행운을 누린 사람들은 여러 세대를 거쳐 전승되어 온 전통을 그만큼 더 가까이서 보고 호흡한 것이다. 몇백 년, 아니 어쩌면 몇천 년 세월을 견뎌 낸 전통을 말이다.

간디

1969년, 칼림퐁을 다시 찾았다. 두 번째 방문은 내게 실로 엄청난 영향을 미쳤다. 매일 아침 언제나처럼 텐 마일 로드를 걸어 타르친이나 도모 존현을 만나러 갔다. 어느 날 깔개를 파는 자그마한 가게가 눈에 들어왔다. 문가에는 주인으로 보이는 남자가 앉아 있었다. 우리는 이내 서로 눈인사를 나누었고, 이어 간단한 인사말을 주고받았으며, 마침내 그가 나를 가게로 불러들여 차를 대접하기에 이르렀다. 자신을 미스터 사럽이라고 소개한 이 남자와 나는 금방 친구가 되었다. 그렇게 접객을 하면서도 천장에 걸려 있는 깔개에 대해서는 일언반구조차 꺼내지 않았다.

어느 날 아침, 사럽은 내게 보여 주고 싶은 것이 있다며 시간이 좀 있느냐고 물었다. 그때까지 우리가 나눈 대화는 미국에서 사는 것과 인도에서 사는 것은 어떻게 다른지, 세상사 돌아가는 것은 어떤지, 뭐 그렇고 그런 것들뿐이었다. 그러니 무엇 때문에 따로 시간까지 내어 달라고 하는지 도무지 감이 잡히지 않았지만, 어쨌든 다음 날 늦은 오후에 찾아오겠노라고 약속했다. 다음 날 가게에 가자 그는 나를 몇 블록 떨어진 곳에 있는 동네 극장으로 데리고 갔다. 기껏해야 한 백 석이나 될까 싶은, 그리 큰 극장은 아니었다. 상영계획표를 보니 영업은 주말에만 하는 모양이었다. 사럽은 나를 위해 특별 시

사회를 준비했다며 짤막한 뉴스 영화를 틀어 주었다. 화면 속에는 작은 체구에 비쩍 마른 남자가 도티|dhoti| – 인도 남자들이 바지 대용으로 허리춤 아래로 감아 두르는 흰색 아마천 – 만을 두른 차림으로 나무 지팡이를 짚고 바다를 향해 걸어가고 있었다. 엄청난 인파가 그를 둘러싸고 있었다. 군중을 헤치고 바다에 다다른 그는, 도티의 끝자락을 물에 적시고는 모두가 볼 수 있도록 들어 올렸다. 그가 뿜어내는 에너지와 집중력은 보는 이를 전율하게 했다. 아주 간단한 동작이었지만 뭔가 기념비적인 사건이 벌어지고 있음이 역연했다.

"저 사람은 마하트마 간디입니다. 1930년에 있었던 '소금 행진'을 찍은 뉴스 영상이지요. '소금 사티아그라하'라고도 부릅니다. 바다에서 직접 소금을 수확함으로써 소금세를 내지 않겠다고 영국 식민 정부에 선언한 사건이지요. 이로써 간디는 비폭력 저항 운동을 실천했습니다."

영상을 보고 나는 망연자실해졌다. 화면 속 남자에 대한 경외감이 꿈틀거렸다. 불현듯 간디라는 인물에 대해 모든 것을 알아야만 직성이 풀릴 것 같았다. 그 무렵에는 인도라는 나라도 꽤나 몸에 익었는지라 뉴델리로 돌아가서 국립간디박물관과 도서관에서 나름대로 연구를 시작했다. 이후 10년 동안 나는 간디가 기거한 아쉬람을 찾아다니면서 인도 각지를 누볐다. 이를테면 구자라트 주 아마다바드의 사바르마티 아쉬람이 대표적인 곳이었다. 아마다바드에서는 사라바이 씨의 집에서 유숙했다. 한때 사라바이 방직 공장을 운영하며 가세를 떨쳤던 사라바이 가문은 노동자의 권리를 놓고 간디와 맞서는 입장을 취하면서도 간디의 아쉬람을 계속해서 후원하는 아량도 보여 주었다. 그런 사람들과 내가 연이 닿은 것은 미국 아방가르드 댄스와 음악에 대한 그들의 관심 때문이었다. 한때는 머스 커닝햄과 존 케이지도 사라바이 가의 손님으로 지내다 간 적이 있다고 한다.

그다음에 인도에 방문했을 때는 하이데라바드 인근 위그람에 있는 간디의 아쉬람을 찾았다. 이를 전후로 해 10년 동안 나는 간디를 알았거나 소금 행진을 비롯한 무저항 불복종 운동에 함께한 사람들을 팔을 걷어붙이고 찾아다녔다. 그러다가 간디의 확고부동한 지지자이자 동료였던 비노바 바베라는 이를 알게 되어 그를 만나기 위해 남부 인도로 떠났다. 바베 옹은 칠십 대 후반의 노구라는 점을 무색케 할 정도로 정정했고, 또한 내 일을 자기 일처럼 여기고 나서는 친절함을 갖춘 분이었다. 1970년대만 하더라도 간디의 측근에서 함께 운동한 이들이 꽤 생존해 있었다.

당시만 해도 내가 간디에 관한 오페라를 쓰게 되리라고는 꿈에도 몰랐다. 그럼에도 1967년부터 「사티아그라하」를 쓴 1979년까지 격년 꼴로 인도를 찾았고, 그때마다 간디와 관련된 대목을 조우했다. 간디의 인생 역정을 샅샅이 공부한 것도 오페라를 쓸 때 큰 도움이 되었다. 「사티아그라하」라는 작품을 위해 나는 알게 모르게 이미 준비를 하고 있었던 셈이다. 무대 위에 표현한 디테일 하나하나는 사럽과 함께 영상을 보고 난 이후 몇 년간 몰두한 공부에서 비롯되었다. 하지만 그날 비로소 발화된 불꽃은 이미 훨씬 전부터 예비되어 있었는지도 모른다. 어린 시절, 어머니에게서 사회적 책임에 대해 배울 때부터 말이다. 지금 생각해 보면 여름마다 참가한 메인 주의 퀘이커 캠프에도 간디가 싸운 바의 실마리나 암시가 있었던 것 같다. 나 자신은 퀘이커교도가 아니고 그들의 집회에 참석한 적도 없지만, 그들이 대단히 높은 도덕관념 – 달리 적당한 표현이 떠오르지 않는다 – 을 지닌 이들이라는 점만은 잘 알고 있다.

도덕성이 지닌 힘은 근래에는 사람들의 입에 잘 오르내리지 않는 주제다. 하지만 도덕성을 약속이라는 관점에서 바라본다면, 또한 약속을 하고 그것을 지키는 것을 도덕성을 함양하는 하나의 방식으로 간주하는 불교 신자들의 자세를 이해한다면, 우리는 간디의 업적을 더욱 깊이 이해할 수 있을 뿐만 아니라 그의 족적이 우리 안에서 자아내는 울림을 더욱 가까이 들을 수 있을 것이다.

네 가지 길

스와미 부아와 요가

거의 60년에 이르는 세월 동안 나는 네 가지 다른 전통을 공부하고 그에 따라 수행해 왔다. 파탄잘리가 세운 체계를 따르는 하타 요가, 티베트 대승불교, 도교의 기공|氣功|과 태극권, 그리고 멕시코 중부의 톨텍 문화가 그것이다. 이 네 가지 전통은 모두 보통의 눈으로는 볼 수 없는 '다른 세계'가 있다고 전제하며, 수행을 통해 그 세계를 눈앞에 그릴 수 있다고 믿는다. 물론 깨달음에 이르는 방편과 수행 방법은 서로 무척 다르지만, 추구하는 바가 공통적이라는 점에서 형제자매지간 전통이라 해도 과언이 아니다.

이 전통들에 대해서는 따로 누군가에게 배우지 않고 그저 경전을 읽고 수행자의 체험기를 읽는 것만으로도 어느 정도까지는 이해할 수 있다. 하지만 아무래도 흔치 않은 분야의 공부이고 수행이다 보니 정통하고 숙련된 스승을 직접 마주해야만 가장 좋은 지침과 자극을 얻을 수 있기 마련이다. 사실 음악가가 되는 과정도 마찬가지다. 위대한 음악 스승들은 내남이라 할 것 없이 같은 방식으로 가르친다. 제자를 앞에 두고 일대일로 가르치고, 제자는 스승에게 배운 것을 철저하게 자기 것으로 소화함으로써 필요한 기술을 모두 정복할 때까지 한 발짝씩 앞으로 나가는 수밖에 없다. 내게 그런 스승을 꼽으라면 나디아 불랑제, 디외도네, 라비 샹카르, 알라 라카를 들 것이다.

내가 또 다른 요기를 만난 것은 1980년대 들어서였다. 돌이켜 보면 스와미 부아는 내가 아는 요기들 가운데 가장 훌륭한 스승이었다. 나는 그가 어떤 계통의 요기인지는 잘 모른다. 다만 그의 스튜디오에서 그가 서른 살 무렵인 1924년에 시바난다와 함께 찍은 사진이 걸려 있는 것을 본 적은 있다. 스와미 부아를 알게 된 것은 내 아들 재크 덕분이다. 재크가 겨우 열세 살 때였다. 나는 녀석을 따라 뉴욕의 콜럼버스 서클 근처 작은 아파트에서 하는 스와미 부아의 요가 교실을 방문했다. 거실 겸 스튜디오로 들어가니 스와미가 가부좌를 틀고 한쪽 구석에 앉아 있었다.

"아, 어서 오십시오, 선생. 아드님을 데려오셨군요. 걱정 마십시오. 아드님을 잘 가르쳐 드리겠습니다."

"아닙니다. 제 아들이 저를 여기 데려왔습니다. 그러니까 선생님께서 돌보셔야 할 사람은 제 아들놈이 아니라 바로 저입니다!"

당시 스와미는 구십 대의 노구에도 불구하고 매일 두 차례씩 요가 수업을 맡아 가르치고 있었다. 사십 대 후반으로 이미 요가에 어느 정도 잔뼈가 굵었던 나는 큰 문제 없이 그의 가르침을 받아들일 수 있었지만, 다만 무척이나 깊이 숙고하고 개인적으로 해석한 몇 가지 디테일은 새롭게 다가왔다. 스와미는 언제나 활기 넘쳤다. 백수|白壽|를 눈앞에 둔 노인인 만큼 수업 중에 가끔 깜빡 존 적도 있기는 했지만 말이다. 나는 그의 수행법을 날마다 반복하는 요가 연습의 기초로 삼았다.

스와미 부아는 엄격한 채식주의자였다. 그는 이따금씩 육식을 비난하는 장광설로 수업을 시작하기도 했다. 제자들보다 한참 키가 작았기 때문에 – 아마 155센티미터 정도밖에 되지 않았을 것이다 – 손을 들어 손가락을 우리 얼굴에 가져다 대고는 "죽은 고기를 먹으면 몸이 곧 묘지가 되는 것 아니겠나!" 하고 열변을 토하고는 했다. 한 번은 나를 가리키며 묘지 운운한 적도 있다.

"하지만 스와미, 저는 이미 30년째 채식인으로 살고 있다고요."

그러자 스와미의 표정과 목소리는 대번 누그러졌다. 그러고는 내 머리로 손을 뻗어 가볍게 두드리면서 이렇게 말했다.

"아, 신께서 축복을 내리셨군 그래!"

동양적 전통에 대한 공부와 내가 만드는 음악 간의 직접적인 관계는, 그러한 전통에 토대를 둔 작품에 가장 뚜렷하게 나타나 있다. 인도를 원천으로 삼은 대표작은 물론 「사티아그라하」다. 2006년에 합창, 4부 독창, 오케스트라를 위해 쓴 오라토리오 「라마크리슈나의 수난」도 있다. 노랫말은 비록 영어이지만, 19세기 후반 라마크리슈나의 제자들 중 한 명이 쓴 스승의 전기를 바탕으로 한 곡이다. 이 두 작품 말고도 힌두교 경전에서 취한 가사를 포함한 「교향곡 5번」(1999) 역시 빼놓을 수 없는 곡이다. 티베트 불교에 대한 내 관심은 달라이 라마의 삶을 다룬 마틴 스콜세지의 영화 「쿤둔」의 음악으로 결실을 보았다. 또한 거의 천 년 전에 살았던 티베트 요기이자 시인 밀라레파의 시에 음악을 붙인 「밀라레파의 노래」(1997)도 빼놓을 수 없다.

인도와 티베트의 전통을 몸소 체험하면서 심도 있게 공부하고 수행하지 않았더라면 작곡은 고사하고 상상조차 하지 못했을 작품들이다. 인도 땅을 다시 밟지 못한 지가 꽤 되었지만, 일상적인 삶에서 심원하고 초월적인 것을 추구하는 내 탐구심은 여전히 현재 진행형이며, 또한 여러 다른 방향을 향해 뻗어 나가고 있다.

샷혼 선생과 기공

기공 수련은 도가 사상의 신봉자인 샷혼 선생에게 배웠다. 중국에서 태어난 샷혼은 가족과 함께 미국으로 건너와 뉴욕의 차이나타운에 정착했다. 이어 프린스턴 대학을 졸업한 뒤 다시 중국으로 건너가 한의학을 공부하고 돌아왔다.

내가 기공 수련을 시작한 것은 1996년이다. 기공은 하타 요가와는 사뭇 다르고, 널리 알려진 태극권의 부모뻘 정도 되는 분야라고 볼 수 있다. 첫 레슨 때 샷혼 선생은 "지금부터 장수하는 법을 배우시는 겁니다" 하고 운을 뗐다. 나는 족히 15년간 기공을 연마했다. 그런 다음에야 비로소 선생은 태극권을 가르쳐 주기 시작했다. 모든 일에는 순서가 있고, 차근히 시간을 들여 연습하고 다듬는 과정이 필수라는 것이 그의 생각이었다. 아무리 절실한 문제라도 무턱대고 서두른다고 해서 될 일이 아니라는 것이었다. 선생은 내가 비록 쉰아홉 살에 시작한 늦깎이이지만 40년간 요가를 배웠고 30년간 대승불교를 공부한 구력이 있어 어떤 정신적, 육체적 장애 없이 곧바로 수련을 시작할 수 있는 것이라고 말했다.

샷혼 선생이 내 앞에서 '도가'라는 말을 처음 언급한 것도 수련을 위해 도장에 드나든 지 적어도 10년이 흐른 뒤였다. 그러면서 몇 권의 책과 함께 직접 번역한 고대 중국의 시를 건네주었다. 선생은 최근에서야 검술과 봉술을 추가했고, 지금은 태극권을 가르치고 있다. 나로 말하자면 고대 도가 사상에 대해서는 아는 바가 얕지만, 그래도 수련은 상세하고 정밀한 부분까지 계속해서 확대해 갔고, 동시에 최대한 공을 들여서 깊은 곳까지 가 닿을 수 있도록 힘썼다. 이 모든 노력의 결과로 무엇을 얻었느냐고 묻는다면 몇 마디로 답하기는 힘들지만, 일상생활을 해 나가는 데 어떤 편안함 같은 것은 느낀다. 삶은 물론이요 죽음이라는 문제까지 편안하게 받아들일 마음의 자세 같은 것이 생겼지 싶다. 그 이상으로는 어떤 말을 할 수 있을지 모르겠다.

샷혼 선생이 안무가로 참여하여 함께 작업한 곡이 여러 편 된다. 처음으로 함께한 작품은 플루트와 무용수를 위한 「혼돈의 하모니」다. 최근작인 「23가의 태극권」은 샷혼을 주인공으로 한 영화다.

빅토르 산체스와 톨텍 문화

가장 최근에 만난 밀교적 전통은 전혀 뜻밖의 순간에 찾아와 내게 놀라움을 안겨 주었다. 게다가 북중미를 고향으로 하는 전통이라는 점에서 특별하게 다가왔다.

1996년의 모월 모일, 뉴욕의 세인트 마크스 서점에 들러 동양 철학 서가를 훑어보던 중이었다. 문득 빅토르 산체스가 쓴 『새천년을 맞는 톨텍족』이라는 책이 눈에 들어왔다. 위라리카 인디언들과 함께 멕시코 중부 산악 지방을 순례한 어느 젊은이의 이야기였다. 그 책은 내게 하나의 계시처럼 다가왔다. 마지막 페이지 하단에는 저자의 이메일 주소가 적혀 있었다.

내 예순 번째 생일을 눈앞에 두고 있을 때였다. 멕시코에서 콘서트 프로듀서로 일하고 있던 친구 올리 바이글이 거창한 파티를 마련했다며 나를 초대했다. 다가오는 1997년 시즌에 멕시코시티의 주요 공연장인 팔라시오 데 벨라스 아르테스에서 나를 위한 콘서트를 몇 차례 열 계획이라는 것이었다. 멕시코에 갈 일이 생기자 대번 빅토르 산체스가 떠올랐다. 그래서 메일을 썼다. 귀하의 책을 즐겁게 읽었습니다, 만약 멕시코시티에 계신다면 한 번 만나서 점심이라도 함께했으면 합니다만, 하는 정도의 이메일이었다. 곧 답장이 왔다.

"그렇습니다, 저는 멕시코시티에 살고 있습니다. 저도 기꺼이 뵙고 싶습니다. 그런데 혹시 작곡가 필립 글래스 씨 되십니까?"

그가 내 이름을 들어 보았다는 사실 자체가 무척이나 놀라웠다. 어쨌든 그렇게 만날 약속을 잡았다. 얼마 뒤 멕시코시티에서 내 콘서트가 열리던 닷새 동안 나는 그와 매일 만나 점심을 같이했다.

인류학을 전공했다는 빅토르는 자신을 반反인류학자라 칭했다. 토착 문화를 제대로 공부하는 유일한 방법은 연구자가 그 문화 자체에 흠뻑 빠져드는 것밖에 없다는 것이 그의 믿음이었다. 물론 이는 인류학이 표방하는 학술적이고 과학적인 견지와는 지극히 상충되는 견해다. 인류학자는 연구하는 대상과 적정 거리를 유지한 채 관찰하고 분석해야 한다는 것이 당시 일반적으로 받아들여지던 학계의 통념이었다. 그러나 빅토르는 스스로의 직관에 따라 이러한 통념을 거부했고, 결국에는 대학을 떠나야 했다. 그 덕에 어디에도 묶이지 않은 채 자기 나름의 방식에 입각해 연구 수단과 지식을 갖추어 나갔다. 프리랜서 인류학자가 된 이후로는 위라리카 사람들과 함께 생활하며 연구를 병행했고, 그 과정을 정리한 보고서가 바로 내가 읽은 책이었다.

위라리카 전통에 대해 알려면 몸소 체험하는 것 외에는 다른 방도가 없다. 모든 것이 구전에 의할 뿐 문자로는 전달되지 않는 문화이기 때문이다. 위라리카인들에게 지식이란 책에서 찾아 읽을 수 있는 것이 아니다. 그들에게는 사막과 산이 곧 백과사전이다. 세상 도처에는 포데리오poderío, 즉 '힘'이 있다는 것이 그들의 믿음이었다. 위라리카인들은 태양의 힘, 달의 힘, 불의 힘, 땅의 힘, 바람의 힘, 바다의 힘, '푸른 사슴'의 힘, '작은 푸른 사슴'의 힘을 스승으로 모시며, 포데리오의 제자가 되기를 자처했다. 그들은 불의 조상신이 하는 말을 듣는 법을 배웠고, 또한 불의 조상신에게 말을 걸 수 있는 목소리를 발견했다. 요가 좌법이라든지, 불경이라든지, 도가 사상의 시구 같은 수행법은 없는 전통이었다. 다만 사막이 있고, 산이 있고, 포데리오가 있을 뿐. 그러나 그것이 전부는 아니었다. 거기에는 일종의 기술과 절차라고 말할 수 있는 발견의 길이 있었다. 문자 그대로 '일을 해 나가는 방법'을 의미한다. 정확히 수행이라고까지 하지는 못하더라도 어쨌든 경험을 통해서만 배울 수 있는 그런 경지다. 일단 그 경지에 오르면 한편으로는 고도의 집중력을 얻게 되고, 다른 한편으로는 흡사 불가에서 이야기하는 '무위(無爲)'의 상태를 경험할 수 있다고 한다.

지금까지 나는 멕시코를 십수 번 방문하면서 짧게는 열흘 정도, 길게는 2주 정도를 머무르며 매번 빅토르를 만났다. 카토르세 산맥을 누비며 주유했고, 산루이스포토시에 있는 강변 마을을 찾거나, 멕시코 남부와 멕시코시티에 남아 있는 고대 건축 유적과 피라미드를 답사하기도 했다. 그런가 하면 과테말라와 온두라스의 정글 지역을 탐방한 적도 있다. 호텔이나 식당 같은 것은 기대하기 난망한, 하나같이 힘든 여행길이었다.

우리는 보통 네댓 명 정도 그룹을 이루어 여행했다. 저녁에는 서로 얼마간 대화를 나누었지만, 산을 오르고 트레킹을 하는 낮 동안에는 거의 아무 말도 하지 않았다. 쉽게 볼 수 없는 것을 보게 된다는 사실은 우리 사이에서 의문의 여지가 없었다. 오히려 일상 세계가 무섭게 다가온 적도 있었다. 어쨌든 보통의 관광객들이 휴가지로 꼽는 곳은 아니었던 까닭이다. 한편으로는 한껏 고무되고 격앙되는 경험도 했다.

2011년, 빅토르는 이듬해 동짓날을 기점으로 시작될 새 마야력을 기념하는 음악회를 맡아 달라고 내게 부탁했다. 나는 위라리카 뮤지션과 함께 할 수만 있다면 흔쾌히 수락하겠다고 답했다. 손수 만든 기타를 연주하는 로베르토 카리요 코시오와, 역시 수제 바이올린을 연주하며 노래하는 다니엘 메디나 데 라 로사를 염두에 두고 한 말이었다. 2012년 7월, 레알데카토르세 마을에서 만나 이틀 동안 리허설을 하며 '문화의 집'(놀랍게도 야마하 베이비 그랜드피아노가 비치되어 있었다)에서 공연할 곡들을 맞추어 보았다. 연주회 며칠 전 최종 리허설을 통해 호흡을 다시 한 번 맞춘 우리는, 2012년 12월 20일 예순 명의 관객이 꽉꽉 들어찬 앞에서 공연을 치렀다. 이어지는 이틀 동안은 공연 레퍼토리를 음반에 담았다. 「여섯 번째 태양의 콘서트」가 바로 그 결실이다.

결국에는 다 같은 것일세

분명코 우리는 우리가 속한 문화에 묶여 있는 존재다. 우리는 우리가 배운 방식대로 세상을 보고 이해한다. 우리가 미국인이 되고, 인도인이 되고, 에스키모인이 되는 이유도 바로 그 때문이다. 아주아주 어렸을 때 우리의 머리에 철썩 장착된 그대로 세계를 바라본다. 하지만 그 시각에서 한 발짝 벗어나는 것 역시 불가능한 일은 아니다.

오랜 세월 동안 나는 앞서 이야기한 정신 수양이나 수행 같은 분야가 음악과는 별개라고 생각했다. 그런데 비로소 최근에야 이 모든 것들이 서로 연결되어 있다는 것이 눈에 들어오기 시작했다. 언제인가 도모 존현과 이런 이야기를 나눈 적이 있다. 존현은 뉴욕 북부 캐츠킬 산맥 쪽에 있는 자신의 거처에 와서 지내라며 나를 초대했다.

"그렇다면 여기로 와서 안거[安居][133]하지 않겠나?"

"음악 쓸 채비를 하고 가도 될까요?"

"그게 무슨 소린가, 당연히 그래야지."

그곳에 도착하자 존현은 내게 매일 거처를 바꾸어 묵게 했다. 나는 그가 시키는 대로 예서제서 유숙하며 음악을 썼다. 그것이 바로 존현이 내게 바라던 바였다.

처음에는 네 가지 길을 통해 추구하는 바가 음악과 동떨어진 것이 아니라는 생각을 받아들이기가 어려웠다. 하지만 이쪽으로 전문가인 친구들은 하나같이 이렇게 말했다.

"아냐, 아닐세, 결국에는 다 같은 거라고."

마침내 나도 같은 결론에 다다르기는 했지만, 그래도 백 퍼센트 수긍은

133 문자 그대로는 '평안하게 지내다'라는 뜻이지만, 불교에서는 출가한 승려가 일정한 기간 동안 외출하지 않고 한곳에 머무르며 수행하는 제도를 가리킨다. 가톨릭의 피정避靜과 상통하는 개념이라고 볼 수도 있다.

가지 않는다. 아직까지도 흔연히 인정이 되지 않는 것이다. 그러나 수련과 수행에서 비롯된 정신적 집중력과 육체적 스태미나만큼은 작곡과 연주에도 마찬가지로 필요하다. 이 점에 관한 한 어느 것이 먼저라고 할 수도 없다. 나 자신의 경험에 비추어 보자면 수행과 음악은 서로를 위한 양분이 되는 동시에 서로를 떠받치는 기둥이 된다. 개인적인 성장과 음악적인 발전을 동시에 추구할 시간과 에너지가 어떻게 가능했느냐며 놀란 듯 묻는 사람들이 많은데, 나로서는 두 가지를 모두 추구하지 않았더라면 과연 지금 여기에 이를 수 있었겠는가 하는 것이 의문이다.

뉴욕으로 돌아오다

미술과 음악

케이프브레턴

연주자로 데뷔하다

뉴욕의 이스트빌리지

「해변의 아인슈타인」

뉴욕으로 돌아오다

생활 전선

마침내 돌아온 뉴욕은 1964년 떠날 때와 비교해서 크게 변한 바가 없었다. 하지만 이십 대 후반에서 삼십 대 초반이었던 우리 세대는 도시 전체에 스며든 에너지를 느꼈다. 몇 년만 있으면 비트 세대는 히피가 될 터였고, 몽상가들은 정치적, 사회적 운동가로 거듭나게 될 터였다. 우드스탁 페스티벌이 2년 앞으로 다가와 있었고, 새로이 등장한 일렉트릭 팝 뮤직이 모든 이들의 삶에 기본 박자를 제공하고 있었다. 청년문화의 산실인 버클리는 우리의 에너지 시스템에서 아주 큰 부분을 차지한 동시에, 진취적 창조력의 또 다른 버팀목이 되었다. 하지만 베트남 전쟁은 이 모든 것들 위로 짙은 그림자를 드리웠다. 전쟁의 끝은 아직 보이지 않았고, 찬성론자와 반대론자를 불문하고 전쟁의 인력(引力)만은 거스를 수 없었다. 마약 문화는 아직 우리 삶에 뿌리를 내리기 전이었다. 그 말은 곧 우리 중 일부는 앞으로 칠흑처럼 어두운 터널과도 같은 나날을 지나게 되리라는 뜻이었다. 결국에는 터널을 빠져나오지 못하는 사람도 있을 테고 말이다. 에이즈가 표층으로 올라오려면 아직

10년 이상의 세월이 흘러야 했고, 섹슈얼리티는 여전히 일종의 놀이터처럼 받아들여지고 있었다. 아직 순진했던 시절이었다고 해도 크게 틀린 말은 아닐 것이다.

1967년, 나는 서른 살이었고, 나디아 불랑제에게 배우고 라비 샹카르에게 훈련받으며 유럽에서 보낸 세월이 내 안에 든든한 밑천처럼 자리하고 있었다. 어디 내놓아도 빠지지 않고 언제든 써먹을 수 있는 음악적 군자금이었다. 또한 작곡을 직업으로 하기에 손색없는 새로운 음악적 언어도 서서히 그 모양을 갖추기 시작하고 있었다. 나는 이미 사뮈엘 베케트의 「연극」을 위한 음악도 썼고, 거기서 사용한 기법을 어떤 극적 혹은 문학적 연결점도 없는 실내악에 옮겨 심은 바, 바로 「현악 사중주 1번」이 그것이다. 또한 조앤과 루스 말레체크가 출연한 극작품을 위하여 「앙상블과 두 명의 여배우를 위한 음악」이라는 곡도 썼다. 조앤과 루스가 요리책에 나온 조리법을 읽는 동안 내 음악이 배경으로 깔리는 극이었다.

이들 작품들은 초기작임에도 불구하고 뚜렷한 음악적 개성을 보여 준다는 점에서 무척 흥미롭다. 어떻게 그렇게 되었는지는 나도 잘 모르겠다. 어쩌면 그것이 나의 접근법이었는지도 모른다. 내가 진정으로 찾고자 한 것은 음악 그 자체의 문법에 뿌리를 둔 음악 '언어'였다. 아주 근본적인 방식으로 작업하면서 정립한 음악 언어는 향후 10년간 내 작품의 근저를 이루었다.

1967년 4월, 나와 조앤을 실은 배가 맨해튼 12번가의 항구에 정박했다. 여러 친구가 마중을 나왔다. 미셸 젤츠먼이 보였고, 나와는 사촌지간인 미술가 진 하이스타인과, 역시 풀브라이트 장학생 신분으로 파리에서 만난 영화학도 밥 피오르와, 조각가 리처드 세라도 반가운 얼굴이었다.

리처드는 내가 파리에 도착하고 몇 주 뒤 예일 대학 장학생으로 선발되어 그곳에 왔다. 이역만리에서 만난 우리는 금세 친구가 되었다. 그 후로 몇십 년간 지속된 우리의 우정은, 특히 내가 뉴욕에 돌아온 이후로 내게 중대한 영향을 미치기도 했다. 파리 시절에는 많은 시간을 리처드와 함께 보내며 예술과 파리 문화의 속살에 대해 이야기하며 흡수했다. 우리가 처음 만났을 때 리처드는 몽파르나스 대로에 있는 스튜디오인 그랑드 쇼미에르 아카데미에서 실제 모델을 세워 놓고 그림을 그리는 수업을 받고 있었다. 내가 음악의 기초를 가다듬고 있었던 것처럼 리처드 역시 그림의 기본기를 연마하고 있었던 것이다. 그 밖에도 우리 각자에게는 파리에 사는 예술가들 중 흠모하는 영웅이 있었다. 리처드와 같이 몽파르나스 대로에 있는 어느 카페테라스에 앉아 커피를 마시며 보낸 오후가 몇 번이었는지 모른다. 풍문으로는 알베르토 자코메티[134]와 베케트가 그 카페를 자주 드나든다고 했다. 리처드는 자코메티를, 나는 베케트를 보고 싶어 했지만, 둘 다 한 번도 보지는 못했다. 대신 우리는 함께 시간을 보내면서 우정을 나누었다. 리처드는 둘째 해에는 피렌체에서 수학했다. 그래도 종종 파리에 들렀는데, 그때마다 함께 만났다. 나중에야 안 사실이지만, 리처드는 캘리포니아 오클랜드 출신으로 어릴 때 마크 디 수베로와 알고 지냈다고 한다. 나이는 마크가 조금 많지만 두 사람 다 옥외용 거대 조각으로 이름을 날리고, 그 인연이 오클랜드에서 보낸 어린 시절로까지 거슬러 올라간다는 사실은 기묘한 우연의 일치였다.

리처드는 12번가 항구에서 나를 만나자마자 이렇게 고지했다.

"걱정 말라고, 내가 자네 트럭을 가지고 있으니."

"그게 대관절 무슨 소린가? 트럭이라니?"

"그러니까 말이야, 그간 내가 이삿짐센터를 꾸려 왔거든. 그런데 최근에 강사 자리가 하나 났지 뭐야. 게다가 카스텔리 갤러리[135]에서 일하게 되기도

134 **Alberto Giacometti, 1901~1966** 스위스의 조각가 겸 화가. 젊은 시절에는 초현실주의에 경도되었다가, 제2차 세계대전 후 인간의 고독한 실존을 형상화한 것 같은 가늘고 길쭉한 인체 조각품으로 일약 주목을 받았다.

135 1957년 미술품 중개인 리오 카스텔리가 뉴욕에 개관한 갤러리. 현대 추상미술을 주로 전시하는 공간으로 지금까지 이어져 오고 있다.

했고. 해서 이제 이삿짐 옮기는 일은 접어야 한다는 말이지. 그러니까 트럭은 자네가 가지란 소릴세."

리처드는 나보다 한 해 앞서 귀국했고, 소일거리를 모아 생계를 해결하는 요령을 잘 알고 있었다. 나는 트럭도 생긴 터라 이후 2년간 간헐적으로 이삿짐 옮기는 일을 했다. 첫해의 사업 파트너는 밥 피오르였다. 피오르는 본격적으로 영화에 투신한 뒤로 리처드 세라의 「납판 잡는 손」(1968)과 로버트 스밋슨의 「나선형의 방파제」(1970) 촬영과 편집을 담당했고, 메이즐스 형제가 제작한 롤링 스톤스 다큐멘터리 「김미 셸터」(1970)에도 힘을 보탰다. 이삿짐센터의 이름은 밥이 원하는 대로 '프라임 무버 |Prime Mover|'[136]로 했다. 이삿짐센터를 찾아 「빌리지 보이스」 같은 지역 소식지를 뒤지는 사람들에게 대번에 다가가기 위해서는 센스 있는 업체명이 전부라고 해도 좋을 정도였기 때문이다.

이삿짐센터 2년차 때는 사촌인 진 하이스타인과 동업했다. 상호명도 더 나은 '첼시 라이트 무빙 |Chelsea Light Moving|'으로 바꾸었는데, 훨씬 장사가 잘 되기는 했다. 그 이름만 들으면 말쑥하게 유니폼을 입고 하얀색 장갑을 끼고 일하는 젊은이들이 연상되기 때문이 아닐까 싶다. 물론 우리가 그랬다는 말은 아니다. 우리는 하얀 면장갑은 고사하고 유니폼도 없이 일했으니 말이다. 심지어는 대물 보험도 들지 않았는데, 당시에는 그런 것이 있는 줄도 몰랐다. 리처드에게 받은 트럭은 한동안 잘 쓰다가 수리 불가능한 상태로 퍼지고 말았다. 그 뒤로는 일이 있는 날만 트럭을 렌트해서 썼다.

뉴욕의 생활 물가는 아직 저렴한 편이었다. 조앤과 나는 화훼 단지 끄트머리 6번가와 25가가 만나는 모퉁이에 있는 로프트에다가 신접살림을 꾸렸

136 '원동력', '견인차'라는 뜻이고, 때로는 첫 글자를 대문자로 써서 '신'을 의미하는 표현으로 사용되기도 한다. 하지만 이삿짐센터의 이름으로는 '최고 이삿짐' 정도로 이해할 수도 있으니, 언어 유희적 감각을 발휘한 작명인 셈이다.

다. 조앤은 이삿짐센터 광고를 보고 연락해 오는 이들의 스케줄을 관리했다. 이삿짐센터 사업은 시기를 타는 업종이어서 매달 마지막 주부터 그다음 달 첫째 주까지 일이 몰렸다. 나머지 2주 동안은 거의 일이 없는 편이어서 음악가나 미술가에게는 이상적인 일거리라 할 수 있다. 조앤은 그저 이사 갈 곳이 몇 층이건, 거리가 얼마가 되건 개의치 않고 하루에 할 수 있는 한 최대한 많은 예약을 받았다. 그런 일정 관리에 대해 우리는 한 번도 볼멘소리를 한 적이 없었지만, 고객들은 늘 불평이 없을 수 없었다. 그날 시작해서 그날 마무리할 수 있다면 일단은 성공이었다. 하지만 이따금씩 하루만 가지고는 도무지 끝낼 수 없는 일도 있었다. 그런 경우에는 오늘 일이 내일로 넘어가고, 내일치가 모레로 넘어가는 식으로 스케줄이 지연되었다. 그래도 옮기는 도중에 깨트린 물건은 거의 없었다.

조지프 파프

조앤은 이삿짐센터 접수원으로 일하지 않을 때는 다른 집 청소를 다녔다. 주간에는 그렇게 했고, 곧이어 극단 일에도 관계하기 시작했다. 우리 극단은 뉴욕에서 서서히 꼴을 갖추어 갔다. 애초에는 이름도 없었지만, 나중에는 '마부 마인스'라고 부르게 되었다. 처음에는 나와 조앤이, 다음으로는 루스 말레체크와 리 브루어가, 이후에는 파리에서 날아온 데이비드 웨릴로우가 합류했다. 조앤과 루스와 리는 카페 라 마마 극단의 창립자인 엘런 스튜어트를 만났다(엘런의 카페 라 마마는 이제는 오프오프브로드웨이[137]에서 전설이 된 '라 마마 실험 극단'의 전신이다). 이스트 4가에 있던 라 마마의 빛나는 초

137 작은 규모의 브로드웨이 극장을 가리키는 '오프브로드웨이Off-Broadway'가 본격 브로드웨이 무대를 지향하며 그 등용문처럼 기능하는 관행에 반기를 들고 일어선 1960년대의 극단 운동. 기성의 개념이나 질서를 거부하고 종래의 형식을 탈피함으로써 새로운 형식의 연극을 창조하는 것을 그 목적으로 한다.

창기 시절 일이다. 엘런은 젊은 연극인들의 활동에 대해 지대한 관심과 열정을 가진 사람이었다. 그리고 그 시절 우리는 젊은이였다. 우리 극단은 일단 다섯 명으로 출발했다. 이후 파리에서 돌아온 프레드 노이만과 이미 뉴욕에 거주 중이던 빌 레이먼드도 합류했다.

다운타운의 제도권 극장(상근 직원이 있고 꾸준히 작품을 공연한다는 의미에서 '제도권'이라고 했다)으로는 라 마마 외에도 조지프 파프 퍼블릭 시어터가 있었다. 조[Joe]로 통했던 조지프 파프는 1950년대 애버뉴 C에서 조직한 뉴욕 셰익스피어 페스티벌 극단에서 출발했다. 그러다가 1967년에 애스터플레이스[138]로 이전했다. 언제인가 조가 내게 말하기를, 처음 극단을 시작할 때는 길거리에 내버려진 의자들을 주워 모아 객석으로 재활용했다고 했다. 믿기지 않는 말도 아니었다. 나 역시 훗날 엘리자베스 가와 블리커 가 모퉁이에 있는 로프트를 공연장으로 바꾸면서 그 방법 그대로 써먹은 적이 있었으니 말이다. 나는 조의 그런 정신을 늘 좋아했다. 또한 한 발은 고전 희곡에, 또 다른 한 발은 오프오프브로드웨이에 걸치고 있다는 점도 마음에 들었다. 조는 셰익스피어를 공연하는 것도 즐기지만, 매우 실험적인 작품을 주력으로 하는 마부 마인스처럼 고아나 다름없는 극단에도 무대를 빌려 주었다. 그는 신생 극단이 뜻을 펼칠 수 있는 공간을 제공하는 것이 자신의 중요한 사명 가운데 하나라고 여겼다.

언제나 이상주의자였던 조는, 언론과 표현의 자유라든지 실험적 연극과 관련한 이슈라면 어느 것에나 열정적이었다. 1970년대 초반, 나는 우연찮게 접한 책에서 조가 1958년 하원의 반미행위조사위원회 산하 소위원회에 출두하여 증언한 내용을 읽게 되었다. 당시 그런 소위원회가 주로 하는 일이란 사람들을 으르고 겁박하는 것이었다. 알고 있는 사실을 다 불지 않으

138 맨해튼 남부에 있는 거리와 광장의 이름. 뉴욕 최대 부호였던 존 제이콥 애스터의 이름에서 따왔다.

면 신세 망칠 각오를 하라는 식으로 말이다. 그리하여 조 역시 그들의 표적이 되었다. 하지만 마이크를 잡은 조는 형세를 뒤집어엎고는 오히려 소속 의원들을 무참히 조져 댔다. 관객들을 공산주의 신조에 동조시키기 위하여 연극 프로덕션을 이용했느냐는 질문을 받고 조는 이렇게 답했다.

"의원님, 우리가 하는 연극은 셰익스피어의 작품입니다. 셰익스피어는 '그대 자신에게 진실하라'라고 했습니다. 셰익스피어의 이 대사를 체제 전복적이라고 말씀하고 싶은 것입니까?"

공산당에 가입한 이들 중 아는 사람이 있으면 모두 실토하라는 압력에도 조는 이렇게 진술했다.

"연극계와 영화계에 도는 블랙리스트가 있습니다. 일단 거기 이름이 올라가면 일자리를 구하기가 하늘의 별 따기가 되어 버리는데, 제 생각에는 그만큼 부당하고 반미국적인 일도 없습니다. 정치적 신념 때문에 일할 기회까지 박탈하는 것은 그릇된 처사라고 생각합니다. 저는 지금까지 어떤 종류의 검열에도 반대해 왔습니다."

조는 청문회에 모인 관리들을 한껏 꾸짖고는, 정치인들은 예술이라는 문제에 관한 한 완전한 머저리에 비렁뱅이에 불과한 존재임을 알게 했다. 그는 엄청난 비전과 진실성을 갖춘 사람이었다. 그다음에 퍼블릭 시어터에서 조를 만났을 때 나는 이렇게 말했다.

"1950년대 매카시즘 시절에 청문회에 불려 나가 증언하신 것을 읽었어요."

"뭐라고? 자네가?!"

"예, 그때 정말 멋지던데요!"

"이렇게 반가울 데가."

조는 매우 감동한 듯했다. 그가 우리 나이였을 때 어떻게 살았는지 기억하는 사람들이 거의 없어져 버린 허전함을 내가 달래 주기라도 한 듯.

내가 조를 마지막으로 본 것은 그가 죽기 몇 달 전인 1991년 즈음이었다. 만년의 그는 병치레로 상당히 쇠약해 있었다. 당시 우리 극단은 퍼블릭 시어터 무대에 작품을 올렸다. 극장 복도에서 나와 마주친 조는 나를 멈추어 세우고는 똑바로 쳐다보았다. 그는 복도 한쪽으로 나를 데리고 가서는 입을 뗐다.

"내 극장에서 필립 자네를 볼 수 있다는 게 내게는 언제나 큰 행복이라네."

그러면서 조는 내 눈을 바라보았다. 나 같은 사람이 거기 있어 주기를 바란다는 뜻임을 나는 알았다. 조는 그런 사람이었다.

오프오프'오프'브로드웨이와 마부 마인스

1960년대 후반 뉴욕의 다운타운 극장가는 새로운 극단과 참신한 작품으로 한껏 살아 움직이고 있었다. 믿기 힘들 정도의 재능과 에너지를 가진 극단이 속속 등장하던 시절이었고, 그중 상당수가 아직까지도 이스트빌리지에서 활동하고 있다. 눈에 띄지 않는 극단도 있었지만, 많은 극단은 이스트빌리지와 새로이 발견된 소호 지역으로 유입되는 젊은 예술가, 연기자, 프로듀서 들에게 적극적으로 다가가고 있었다.

조앤과 내가 파리에서 돌아왔을 때는 이미 대부분의 극단이 자리를 잡은 상태였다. 리처드 셰크너의 퍼포먼스 그룹, 조지프 차이킨의 오픈 시어터, 메러디스 몽크[139]의 더 하우스, 밥 윌슨의 버드 호프먼 재단, 피터 슈만[140]의 브레드 앤 퍼핏 시어터가 이미 활약 중이었고, 곧이어 마부 마인스라고 부르게 될 우리 극단도 합류했다. 그 외에도 리처드 포먼[141]과 잭 스미스[142]를

139 **Meredith Monk, 1942~** 뉴욕 태생의 미국 작곡가, 현대무용가, 안무가. 음악, 연극, 춤 등의 다양한 장르를 결합한 형태의 예술을 지향하는 것으로 유명하다.

140 **Peter Schumann, 1934~** 독일 슐레지엔 출신의 조각가 겸 무용가. 1961년 미국으로 이민해 정착했고, 1963년 급진적 정치관과 예술관을 표방한 브레드 앤 퍼핏 시어터를 창단해 지금까지 이끌고 있다.

위시하여 수많은 독립 예술가들이 활동하고 있었다. 1971년에는 조지 바르테네프와 크리스탈 필드가 공동 창립한 시어터 포 더 뉴 시티가 새로운 연극의 보금자리 역할을 자임하고 나섰다.

각기 색다른 만큼 운영 방식도 각양각색이었다. 메러디스 몽크, 밥 윌슨, 리처드 포먼 같은 공상가 타입의 리더가 총책을 맡고 있는 극단이 있는가 하면, 마부 마인스나 퍼포먼스 그룹 같은 극단은 많은 단원들이 집단적으로 참여하는 방식 쪽으로 기울어 있었다. 마부 마인스에서는 단원들 모두를 공동 예술감독이라고 불렀고, '단장'을 따로 두지 않았다. 우리는 그렇게 공동으로 작업한다는 사실을 뿌듯하게 여겼다.

이들 극단들은 모두 기존의 관례를 단호히 거부했다. 올리는 작품 대부분은 일반적인 스토리텔링과는 거리가 멀었다. 브로드웨이와도, 오프브로드웨이와도, 심지어 오프오프브로드웨이와도 차별되는, 말하자면 오프오프'오프'브로드웨이를 지향했던 것이다. 전통적인 연극은 우리의 흥미를 끌지 못했고, 그런 잣대로 우리 작품을 평가해서 될 일도 아니었다. 우리는 어릴 때부터 보고 자란 테네시 윌리엄스나 아서 밀러 같은 자연주의 유파의 작품과는 다른 무대 언어를 찾고자 했다. 조앤은 유럽으로 떠나기 전 여비를 모으기 위하여 하계 휴양지 공연에 출연한 적이 있었는데, 매주 다른 작품을 올렸다고 한다. 셰익스피어 작품을 올리기도 했고, 어떤 주에는 「사계절의 사나이」[143] 같은 최신작을, 또 어떤 주에는 브로드웨이 연극을 올리는 식이

141 **Richard Foreman, 1937~** 미국의 극작가이자 아방가르드 연극의 선구자. 리 브루어, 로버트 윌슨과 더불어 이미지 연극의 3대 연출가로 꼽힌다. 1968년에 '존재론적 히스테리 극단Ontological-Hysteric Theatre'을 창설하여 연극의 지평을 넓히는 데 기여했다.

142 **Jack Smith, 1932~1989** 텍사스 출신의 영화감독이자 미국 행위예술의 선구자. 언더그라운드 영화계의 전설적인 인물로, 대표작으로 「황홀한 피조물들」이 있다. 이 영화에서 그는 동성애, 가학피 학증, 광적 섹스 등의 금기된 성적 환상의 모든 주제들을 탐구한다.

143 영국 극작가 로버트 볼트가 1960년에 발표한 2막짜리 희곡. 정실 왕비와 이혼하고 후비를 받아들임으로써 로마 가톨릭과 단절한 헨리 8세와 대립각을 세우다 처형당한 대법관 토머스 모어의 이야기를 다룬 작품이다.

었다. 그런 토양에서 잔뼈가 굵은 많은 이들은 영화나 텔레비전 쪽으로 진출했다. 반면 우리가 하고 있었던 작품은 유럽의 실험 무대 전통을 따르는 것이었다. 조앤은 루스와 함께 1969년 봄에 프랑스 남부를 방문하여 폴란드의 거장인 그로토프스키의 문하에 들어갔다. 그로토프스키는 자신의 저서인 『가난한 연극을 위하여』에서 천명한 이론과 실제를 바탕으로 후진을 가르쳤다. 그가 말한 '가난한 연극'이란 그야말로 '아무것도 가지지 않는 것'을 의미한다. 모든 것을 배우들이 직접 만들어야만 한다. 의상이건 대본이건 배우가 손수 제작하는 것이다. 그의 연극은 내러티브적이지 않다. 극장이라는 교묘한 기성품에 기대지 않는다는 의미에서 그의 작품 세계는 급진적이었다. 대신 배우의 연기에 담긴 일종의 감정적 진실성에 기대었다. 그로토프스키가 연출한 작품 몇 편이 아직도 기억에 생생하다. 하나같이 아름다운 작품이었다. 새롭게 태동하는 극단들 중에서도 마부 마인스만이 유럽의 실험 무대를 직접 경험하고 돌아와 이를 미국적 미감에 접목한 것으로 안다. 돌이켜보면 그것은 자연스러운 수순이었던 것 같다.

본질적으로 철저히 미국적인 이 모든 극단들은 연극사와 연극 철학에 나름대로 정통했다. 그중에서도 특히 마부 마인스는 협력적인 작업 기법을 강조했고, 이는 종국에는 감독들에게까지 확장 적용되었다. 그리하여 루스 말레체크와 프레드 노이만이 그러했듯이 조앤 역시 대본과 각색, 신작 연출에 고루 능한 뛰어난 감독이 되었다.

뉴욕에 돌아온 우리에게는 당장 올릴 수 있는 작품이 하나 있었다. 사뮈엘 베케트의 「연극」이 그것이다. 이미 파리에 있을 때 무대에 올린 적이 있는 작품이었다. 따라서 베케트의 무대 미학은 마부 마인스의 초창기부터 극단을 지배했다. 공연에 필요한 세트와 의상을 준비하는 것은 간단했다. 우선 세 개의 유골 단지가 필요하다(엄밀히 말하면 물건의 전면이 유골 단지로 봐줄 만하면 된다). 각각의 유골 단지 위로 배우들의 얼굴이 등장하고, 리 브루어가 스포트라이트로 그들의 얼굴을 번갈아 가면서 비추게 된다. 배우들의 얼굴은 걸쭉한 오트밀 반죽으로 뒤덮었다. 이로써 흡사 막 무덤을 파헤치고 나온 것만 같은 으스스한 느낌이 나게 했다. 베케트의 글에 맞추어 쓴 음악은 이미 녹음되어 있는 상태였다.

「연극」은 4가에 있는 라 마마 극장에서 공연되었고, 썩 좋은 반응을 얻었다. 엘런 스튜어트는 이미 우리 단원 전체에게 월급을 지급하기로 한 상태였다. 엘런은 사람이 마음에 들면 고용하여 모험을 거는 그런 사람이었다. 엘런 덕분에 우리 모두는 매주 50달러의 주급을 받게 되었다. 조앤과 내 몫을 합치면 매주 1백 달러의 수입이 생겼던 것이다. 거기에 내가 이삿짐을 옮기고 버는 돈과 조앤이 이따금씩 파출부로 일해서(극단 일로 바빠지면서 점차 빈도가 줄었다) 버는 돈을 합치면 우리 두 사람 생활비로는 너끈했다. 의료보험에 가입한 사람이라고는 없는 시절이었다. 다행히 병원 신세를 질 일이 없었다.

마부 마인스의 둘째 상연작은 리 브루어가 쓴 「레드 호스 애니메이션」이었다. 무대에 올리기까지 몇 년의 세월이 투자된 작품이다. 초연은 폴라 쿠퍼 갤러리에서 했고, 이어서 1970년 11월에는 구겐하임 미술관에서, 1971년 6월에는 라 마마 극장에서 상연했다. 이 작품에서는 '태핑 뮤직', 즉 '두드리는 음악'을 사용했는데, 연주는 배우들이 직접 해야 했다. 무대 위에 가로 세로 1.2미터 정도의 정사각형 합판을 깔고 거기에 마이크를 부착하여 소리를 증폭시켰다. 공연 준비 과정의 대부분은 뉴욕에서 했지만, 표면 위에 수직으로 고정되어 있는 배우를 버텨 내야 하는 마루와 나무 벽이 사용되는 마지막 장면은 캐나다 노바스코샤 주의 케이프브레턴에서 연습했다. 거기서 멀지 않은 곳에는 우리 극단과 이름이 같은 마부라는 마을이 있는데, 석탄으로 유명한 곳이다. 그 무렵 우리 극단은 독창적이고 파격적인 작품을 만들기에 족할 만큼 예술적으로 단단하게 무르익어 있었고, 그리하여 1970년대 초에 공동으로 작업한 멋진 작품들을 선보이게 되었다. 「레드 호스 애니메이션」에서 무대 디자인을 맡은 파워 부스는 우리 극단의 첫 상주 미술가가 되었다. 나중에는 내 사촌인 진 하이스타인을 포함한 다른 이들도 이름을 올렸다.

대안적 연극

다운타운 극장가에서 우리 모두는 거기서 활동하는 사람들과 올라오는 작품들을 알고 있었다. 진정한 의미에서의 예술가 공동체인 것이었다. 극단은 저마다 자신의 관심사를 추구하면서도 다른 극단이 보여 주는 진기한 상상력을 인정하는 분위기였다. 나는 밥 윌슨, 메러디스 몽크, 리처드 포먼의 작품은 물론이요, 조 차이킨과 리처드 셰크너의 작품도 꾸준히 챙겨 보았다. 우리는 그런 다양성을 기뻐했다. 우리가 투신한 예술을 가치 있게 만드는 것은 모두의 합의가 아니라 너와 내가 다르다는 사실이었다. 그렇기는 하지만 일반 관객의 입장에서는 호기심을 돋우는 공연보다는 뭔가 도전받는 듯한 공연이 더 많았을 것이다. 예를 들어 리처드 포먼의 작품은 관객을 자극함과 동시에 도무지 뭐가 뭔지 모를 정도로 얼떨떨하게 만들었다. 나 또한 몇 년 동안 그의 작품을 하나도 빼놓지 않고 보았지만, 내가 보고 있는 것이 과연 무엇인지 이해한 적은 거의 없었다. 아니, 관객이 이해하기를 기대하지도 않았을 것이다. 기실 리처드의 작품은 관객이 합리적 사고 과정을 통해 이해하는 것을 차단하며, 또한 그러려고 해도 사실상 불가능하다. 그런 점에서 그의 작품은 반지성적이다. 리처드가 무대 위에 빚어 낸 극적 사건의 흐름은 관객의 시선을 확 움켜쥐었다. 동시에 눈으로는 빛이 들어오고 귀로는 소리가 들이쳤다. 모든 것은 연극 감상에 임하는 정상적인 사고의 흐름을 방해하기 위한 것이었다. 그러다 보면 어느 순간 다른 방식으로 무대를 바라보는 자신을 발견하게 된다. 어떤 일이 일어날지는 전혀 예측 불가였고, 그래도 상관없었다.

리처드의 연극은 논리성을 배제하고서도 앞뒤가 맞아떨어지는 일관성을 이루어 내는 힘을 가지고 있었다. 관객들이 그의 연극에서 기대하는 것은 감정적인 효과였다. 이성적이고 극적인 세계와는 유리된 데서 오는 감정적 흥분 상태를, 일종의 초월성과 에피파니의 순간을 경험하고자 했다. 그의 무대는, 일상적인 문제와는 상관없는 깊고 초월적인 감정을 경험할 수 있는 공간이 인간의 정신 속에 충분히 예비되어 있음을 깨닫게 했다. 그런 점에서 리처드의 연극은 숲속에 앉아 눈부신 여름 하늘을 올려다보는 상쾌한 순간의 기분과 크게 다르지 않았다.

이처럼 초월적인 감정을 모색하는 방법론은 아리스토텔레스가 제시하고 셰익스피어에 의해 완성된 드라마 이론과는 무관한 것이다. 베케트의 작품만 보아도 그렇다. 에피파니의 순간은 아리스토텔레스가 생각한 지점과는 무관하게 찾아온다. 주인공이 쓰러지는 순간에 찾아오는 것도 아니다. 「연극」과 「고도를 기다리며」를 보면 에피파니는 어느 순간에라도 찾아올 수 있다. '느낌'의 내용이 '서사'의 내용과 반드시 관련 있는 것이 아니고, 또한 에피파니란 어느 순간에나 찾아올 수 있는 것이라면, 느낌은 관객이 보고 있는 실제 장면과는 상관없는 것이 된다. 연극에 관한 이야기이지만, 이는 음악이나 회화, 춤, 소설, 시, 영화 등 어느 예술 장르에도 마찬가지로 적용할 수 있는 '다른 방식의 경험법'이 된다.

그뿐만 아니라 이러한 경험은 그 자체로 변화의 동력을 가지고 있다. 그것은 초월적 경험으로 나타날 수 있다. 개념상으로 그러한 것이 아니라, 사전에 형성된 맥락에서 탈피한 경험을 하는 것이기 때문이다. 이야기는 중요하지 않다. 로미오도 없고 줄리엣도 없다. 로맨스의 '이야기'가 없어도 로맨스 소설의 '힘'에 다가갈 수 있다. 불편한 경험이 될 수도 있다. 보통 종래의 틀에 박힌 작품을 보러 극장이나 오페라 하우스를 찾는 사람들은 미지의 언저리를 서성인다는 느낌을 받지는 않는다. 그들은 익히 아는 것에 흠뻑 빠지고, 익숙한 것을 보면서 크게 기뻐하기까지 한다. 그러나 인식의 근본적인 변화를 제안한 리처드 같은 이들이 선보인 대안적 연극은, 기쁨과 자유분방함이라는 날카로운 감각을 맛보게 했을 것이다. 분명 작품을 창조하는 사람에게도 관객에게도 아는 것을 내버릴 줄 아는 용기가 요구되는 경우다. 아는 것이 없어서 오히려 용감할 사람도 있을 테고, 잘 알기 때문에 그런 사람도 있겠지만, 결국에는 어느 쪽이든 중요하지 않았다.

그렇다면 왜 당시에 그런 현상이 일어났을까? 그것은 1920년대에서 1940년대까지를 지배한 모더니즘에 대한 반작용의 측면이 컸다. 테네시 윌리엄스나 아서 밀러의 작품이 여전히 상연 중이었지만, 우리는 낭만주의적 원칙은 이제 그 시효가 다 되었다고 느끼고 있었다. 우리에게는 써먹을 밑천이 없었고, 따라서 어딘가 다른 지점에서 시작해야 했다. 우리는 진부하고 심지어 욕지기나게 하는 것들을 싹 밀어냈다. 그러다 보니 앞선 세대에게서 물려받은 것 대부분을 내쳐야 했다.

이런 방향으로 먼저 걸어간 직속 선배들이 있었다. 존 케이지, 머스 커닝햄, 로버트 라우션버그, 리빙 시어터가 그러했다. 클래스 올덴버그의 「더 스토어」 전시회도 있었고, 앨런 카프로의 '해프닝'도 있었다. 우리의 큰 형님뻘이 되는 이들 덕분에 새로운 종류의 연극이 뿌리내릴 수 있는 토양이 마련되었다. 그 새로운 연극은 이야기에 기초하지 않는, 시각적이고 감정적이며 혼란스러운 것이다. 그들은 이미 예술 장르 간의 경계도 허물었다. 작곡가 케이지는 안무가인 커닝햄과 함께 작업했고, 화가 라우션버그는 커닝햄은 물론이고 역시 안무가인 트리샤 브라운이 이끄는 저드슨 무용단과도 함께 일했다. 우리 앞 세대가 작업한 방식은 우리에게도 무척이나 중요한 의미를 가졌다. 뉴욕에서도, 미국의 다른 곳에서도 문화 관련 의사 결정권자들은 이 선배들이 이룬 바를 대체로 무시하지만, 우리는 그들의 성취를 매우 진지하게 받아들였다.

케이지와 베케트 같은 예술가들이 있었기에 우리는 모든 것을 분해하고 해체하는 작업을 하지 않아도 되었다. 이미 그들이 다 해 놓은 일이기 때문이다. 소설이라는 관념을 굳이 우리가 나서서 파괴할 필요가 없었다. 베케트가 이미 『몰로이』와 『말론은 죽다』에서 그리했기 때문이다. 여러 면에서 케이지와 베케트는 우리가 한판 시원하게 놀 수 있도록 터를 닦아 준 존재였다. 우리는 그 수혜자였던 셈이다.

존 케이지는 나를 좋아했지만, 이따금 우리는 이런 대화도 나누었다. 그럴 때면 그는 고개를 절레절레 흔들며 말했다.

"필립, 음표가 너무 많네, 너무 많아, 지나치게 많아."

그러면 나는 웃음을 띠며 대답했다.

"존, 당신이 이 곡을 좋아하건 아니건 나는 당신의 자식 가운데 하나라고요."

"음표가 너무 많네"라고 지적하기는 했지만, 그래도 케이지와 난 잘 지냈다. 마침내 그는 내가 쓴 곡 가운데 마음에 드는 것을 만났다. 바로 1979년도 작품인 「사티아그라하」가 그것이었다. 그는 깊은 감명을 받았다며 몇 번이고 거듭해서 칭찬하는 것을 아끼지 않았다.

20년 이상 마부 마인스와 함께한 세월은 내게 진정한 극장 도제기|徒弟期|였다. 이윽고 다른 극단과도 함께 작업했고, 필요할 때마다 부수 음악이나 노래를 지어 제공하기도 했다. 그러면서 쌓은 경험은 영화 쪽 일에 적응하는 데도 큰 도움이 되었다. 그 무렵 나는 작곡가가 맡아야 하는 일은 물론이요, 보통은 작곡가의 시야에 들어올 리가 없는 조명, 의상, 배경 등 무대 전반에 관해서도 얼마간 꿰고 있었다. 나는 배울 수 있는 것이라면 무엇이든지 배우려 애썼다. 몇 년 뒤에는 오페라 하우스와도 손잡고 일했는데, 이때도 단지 작곡가로서만 참여한 것은 아니었다. 오페라를 쓴다는 것은 어깨가 무거운 일이었고, 그래서 나는 그와 관련된 모든 측면에 익숙해지려 노력했다.

실험적 무용

그 무렵 미술계와 연극계 사람들과 함께 무용수와 안무가 들도 소호로 몰려들고 있었다. 소호는 재능과 창의력을 겸비한 사람들로 넘쳐났다. 그랜드 유니언이라는 컨택트 임프로비제이션|contact improvisation|[144] 극단이 생긴 것도 이 무렵의 일이다. 그랜드 유니언은 트리샤 브라운, 바버라 딜리, 더글러스 던, 데이비드 고든, 낸시 루이스, 스티브 팩스턴, 이본 레이너 등이 거쳐 간 무용단이다. 트와일라 타프, 루신다 차일즈, 로라 딘, 몰리사 펜리 역시 1970년대 초반 독자적인 무용단을 운영하고 있었다. 일단 기억나는 대로 모조리 이름을 거론하는 이유는, 당시 많은 재능 있는 무용가들이 춤을 재정의하고 있었다는 점을 알리고자 함이다. 그들은 폴 테일러, 앨빈 에일리, 머스 커닝햄을 필두로 한 기존의 무용단보다도 감정적으로나 예술적으로나 신체적으로나 한층 젊었다. 그중 상당수는 머스가 이끌던 무용단 출신이거나, 그를 사사한 제자들이었지만 말이다.

젊은 춤꾼들은 일상적인 동작을 춤의 영역으로 끌어들였다. 그들의 동작은 무용수의 신체나 춤으로 단련된 사람들을 위하여 특화된 것이 아니었다. 길거리를 걷고, 공원을 달리고, 들판을 뛰어다닐 수 있는 사람들이라면 누구나 할 수 있는 동작이었다. 무용복을 입지 않고 추는 경우도 있었다. 심지어는 청바지를 입고 추기도 했다. 무용화 대신 테니스화를 신고 무대에 오르는가 하면, 때로는 맨발로 추기도 했다.

이본 레이너가 짠 작품 중 이런 것이 있다. 무대 위에 매트리스를 쌓아 놓은 뒤 단원들이 하나씩 사다리에 올라가 그 위로 뛰어내리는 작품이다. 그냥 그것이 다였다. 자신들의 몸이 중력에 대해, 낙하에 대해, 매트리스의 물질

144 미국의 무용가 겸 안무가 스티브 팩스턴이 1970년대 초에 고안한 새로운 형태의 공연 예술. 보통 두 명의 무용가가 짝을 이루어 춤동작을 즉흥적으로 표현하는데, 서로의 신체가 항상 닿아 있어야 한다는 점에서 '컨택트'라는 표현이 붙었다.

성에 대해 어떻게 반응하는지를 보는 것이었다. 마치 인간 동작에 관한 연구서를 보는 것 같았다. 열 명 가까운 사람들이 계속해서 사다리에 올라 매트리스 위로 뛰어내렸다. 이 '춤'의 미적 진의는 전적으로 보는 사람의 정신에 달려 있었다. 그런 점에서 존 케이지가 젊은 세대에게 미친 영향을 엿보게 하는 작품이기도 했다. 이러한 미적 전통에서는 이본이 작품을 안무한 것이 아니라, 매트리스 위로 떨어지는 몸뚱이가 작품을 안무하도록 내버려둔 것이다.

나는 1971년에 로마에서 이본 레이너와 함께 무대에 오른 적이 있었다. 갈레리아 라티코의 관장인 파비오 사르젠티니가 아파트 건물 차고를 빌려 꾸민 무대였다. 이본은 높이 180센티미터, 폭 90센티미터, 깊이 30센티미터의 상자를 제작했다. 이본은 그 안에다가 사람을 한 명 집어넣고 무슨 일이 일어나는지를 지켜볼 따름이었다. 미리 짜지도 않았고, 어떤 일이 벌어질지도 예측할 수 없었다. 관심을 가진 관객이라면 특별한 미적 순간을 발견할 수 있었을 것이다. 박스 안에 들어가서 공연하는 사람이라면 미지의 경험을 하게 되는데, 어떤 지침도 리허설도 없었기 때문이다. 나는 상자 안으로 걸어 들어가 15~20분가량 그 안에서 꿈적꿈적 움직였고, 그러는 동안 이본은 상자 바깥에서 이리저리 움직였다. 나는 춤에 대해 늘 호기심을 가지고 있었지만, 너무 나이가 들어 시도한 터라 아무런 기본기도 가지고 있지 못했다. 그렇기는 해도 실제로 공연을 했고, 그것도 이본 레이너라는 거장과 함께했다.

그렇다면 이와 같은 실험적 연극과 무용 공연의 관객은 누구였을까? 바로 '우리'였다. 음악가, 배우, 화가, 조각가, 시인, 작가 등 인근 지역에서 살면서 작업하는 많은 예술가들 말이다. 이본이나 트리샤 브라운의 신작 무대에 모여드는 관객은 주로 예술가들이었다(당시 트리샤는 반복적인 동작이라는 표현 형식을 사용하여 안무를 짰는데, 이는 내가 하고 있던 음악과 상통하는 바가 아주 많았다). 종종 소호 지역의 갤러리들이 공연장으로 사용되기도 했다. 프린스 가에 있는 폴라 쿠퍼 갤러리는 '갤러리의 공연장화'를 처음으로 선도한 곳으로 가장 유명하다. 폴라 여사는 갤러리가 공연장으로 쓰일 수도 있다는 생각을 흔연히 받아들였다. 그런고로 그녀의 갤러리는 화가와 조각가뿐만 아니라 배우와 춤꾼을 위한 본거지가 되어 주었다. 나 역시 마부 마인스와 함께 그곳에서 공연한 적이 있다. 또한 혼자 무대에 설 때도 그곳의 신세를 졌다. 1996년, 갤러리는 뉴욕 첼시 지역으로 이전했다. 폴라 여사는 오늘날에도 여전히 새로운 예술에 문을 활짝 열어 두고 있다.

소호에는 또한 조나스 메카스[145]의 시네마테크와, 우디 바술카와 스테이나 바술카 부부가 세운 더 키친도 있다. 더 키친은 한때 브로드웨이 센트럴 호텔이었던 머서 아츠 센터의 주방을 빌려 공연장으로 꾸몄다 하여 붙은 이름이다. 1973년에 건물 붕괴 사고가 일어나면서 소호 블룸 가에 있는 현재의 위치로 옮겼고, 이름은 그대로 유지했다. 돈도 없고 아무것도 없는 시절이었다. 초창기 더 키친은 아무 홍보도 하지 않았다. 고작 출입문 바깥에 일주일치 프로그램을 붙여 놓는 것이 전부였다. 존 케이지, 몰리사 펜리, 록밴드인 토킹 헤즈, 밥 윌슨, 나를 비롯하여 수많은 사람들이 거기 무대에 섰다.

그때만 하더라도 소호에 있는 로프트는 아주 헐값에 구할 수 있었다. 월세 125~150달러 정도면 70평짜리 널찍한 공간이 내 것이 되었다. 바닥에 뚫린 나사못 구멍들은 재봉틀이 붙어 있던 자리임을 확실히 말해 준다. 이 일대는 원래 공장 지대로, 근 25년 넘게 그렇게 이어져 왔다. 이후 외투, 바지, 스웨터 대신 춤, 음악, 연극, 미술, 영화가 새롭게 창조되는 산실이 되었다. 필립 글래스 앙상블도 초창기에는 소호 구석구석을 돌며 공연했다. 프린스 가와 우스터 가가 만나는 모퉁이에 있는 '푸드'라는 식당도 명소였다. 매일 저녁 다른 예술가가 객원 셰프로 참여하여 음식을 준비하는 특이한 가게였다. 조앤은 한동안 푸드의 고정 주방장으로 일했고, 나도 배관공 시절에(내

145 Jonas Mekas, 1922~ 리투아니아 태생의 미국 영화감독. '미국 아방가르드 시네마의 대부'로 불린다.

가 한 여러 부업들 중 하나다) 매장 난방용 라디에이터를 설치한 적이 있다.

조앤과 나는 소호에서 산 적은 한 번도 없다. 우리는 뉴욕으로 돌아오고 나서 몇 달 되지 않아 23가와 9번가가 만나는 지점에 있는 빈 건물에 보금자리를 틀었다. 건물 주인은 같은 블록 모퉁이에서 술집을 경영하고 있는 아일랜드계 남자였다. 나는 사촌 스티브, 진과 함께 건물주를 찾아갔다. 그러고는 우리가 건물 개보수에 관한 모든 일을 책임지고 도맡을 것이며, 또한 시 당국으로부터 점유 허가도 받아 낼 테니 대신 월세 없이 '공짜로' 살게 해 달라고 제안했다. 실현 가능성이 희박한 얼토당토않은 제안이었고, 주인장 역시 그렇게 생각했을 것이 분명하다. 건물을 개보수하려면 건축 기사, 엔지니어, 면허를 보유한 전기 기사와 배관공이 있어야 한다. 그런 것은 고사하고 당장 자재를 구입하고 건축 폐기물을 내다 버릴 돈이 있어야 한다. 우리가 무슨 수로 이런 일을 벌일 수 있단 말인가. 하지만 건물주는 우리가 마음에 들었던 모양이다. 그는 언제나 자기 술집에서 자리 하나를 꿰차고 앉아 술잔을 홀짝였고, 자기 건물에서 뚝딱거리는 소리가 전혀 들려오지 않는다는 사실을 틀림없이 알고 있었다. 그런데도 우리는 거기서 3년 가까이 지냈다. 조앤과 나는 위쪽 두 층을 차지했고, 두 사촌은 아래쪽 두 층을 사용했다. 제일 꼭대기 층은 우리 앙상블 리허설과 극단 연습실로 썼다.

알라 라카

당시 내게는 새로운 스타일로 완성한 곡이 몇 개 있었다. 나는 파리에서 라비지, 알라 라카와 함께 일한 뒤로 갖게 된 음악 언어를 어떻게든 발전시키고 싶어 안달이 나 있었다. 일이 풀리려고 그랬는지 1967년 가을, 라비지가 뉴욕 시립대학에서 작곡을 가르치게 되었다는 희소식이 들려왔다. 그뿐만 아니라 알라 라카도 동행한다니 더더욱 금상첨화였다. 반주자가 필요한 경우도 있을 것이고, 알라 라카 나름대로 개인 레슨을 할 수도 있을 테니 동행을 제안했단다. 라비지를 다시 볼 수 있게 되어 무척 반가웠다. 하지만 그가 뉴욕에서 정신없이 바쁜 시간을 보낼 것이라는 사실은 내 경험으로도 충분히 짐작할 수 있었다. 나는 업타운의 135가에 있는 학교로 가서 라비지의 수업을 듣기로 했다. 동시에 알라 라카에게는 다운타운에서 타블라 수업을 받기로 했다.

그러자니 당장 돈 문제가 걸렸다. 조앤과 진지하게 이야기해 보아야 할 것 같았다. 레슨비는 아마 20~25달러 정도였으니 결코 비싸다고 할 수는 없었다. 그래도 우리 가계 형편으로는 적잖은 금액이었다. 아직 우리 사이에 아이는 없었지만 그래도 꽤나 큰돈이었다. 그런데도 조앤은 가장 힘이 되는 말을 해 주었다. 수중에 돈은 없고 당장 돈 들어올 구멍도 보이지 않았지만, 조앤은 그럴 때마다 멀리 미래를 내다보며 심적 지원을 아끼지 않았다. 몇 년 뒤 내가 인도 여행을 계획할 때도 마찬가지였다. 그때는 이미 자녀도 둘이나 생긴 터였다. 1968년 10월에 줄리엣이, 1971년 3월에 재크가 태어났다. 여행 경비가 드는 것은 물론이요, 오랫동안 아이들을 혼자 도맡아야 하는 것도 큰 부담이었을 텐데 말이다.

알라 라카의 수업은 무척 흥미로웠고, 투자한 만큼의 보람을 대번에 안겨 주었다. 수업은 딱딱하거나 건조하지 않았다. 나는 타블라 한 벌을 구입해야 했고, 여기에 또 75달러를 썼다. 그러고는 이론과, 그보다 더 중요한 실기를 두루 섭렵했다. 알라 라카와 일대일로 마주하며 배우면서 그의 연주의 뿌리가 되는 리듬 구조가 어떻게 전체 악곡의 종합적인 결과를 빚어냈는지를 샅샅이 이해할 수 있었다. 그때는 나도 서양 고전음악의 테크닉에 관해서라면 탄탄한 기초를 가지고 있었는지라 그의 음악을 떠받치는 이론을 재빠르게 소화할 수 있었다. 세계 어느 지방의 음악을 보아도 화성, 선율, 리듬이라는 세 가지 요소는 빠지지 않고 등장한다. 서양의 음악 전통에서는 선율과 화성이 상호 작용을 하며 전체적인 구조를 이루는 가운데, 리듬은 보통 장식적인 역할에 하는 정도에 그친다. 달리 말해 서양 고전음악의 감정적 형태는 화성과 선율의 전개에 달려 있다는 것이다. 예를 들어 베토벤의 교향곡이 그렇다.

그러나 인도 고전음악은 다르다. 선율과 리듬이 구조적 뼈대를 이루는 반면, 화성은 거의 등장하지 않는다고 해도 좋을 정도다. 이는 엄청난 차이를 만들어 낸다. 음악이 조직되는 방식도 특별하다. 리듬 사이클을 의미하는 '탈'은 하나의 완결된 시퀀스를 구성하는 비트 수에 해당한다. 탈은 선율적 재료가 밟고 설 토양이 된다. 리듬과 선율이라는 두 가지 요소의 만남과 중첩은 인도 음악이 가장 관심을 두는 부분이다. '라가'는 각기 다른 리듬과 선율의 만남으로 저마다 독특한 형태를 가지는데 – 화성적 시퀀스가 하나의 형태를 가지는 서양 음악과 마찬가지 방식이라고 볼 수 있다 – 시타르 연주자나 성악가는 그 형태 안에서 선율을 즉흥적으로 비틀 수 있다. 이렇게 설명할 수도 있겠다. 사이클의 시작과 끝이 있고, 그 안에서 선율이 운신한다. 고정된 비트 수 안에서(비트 수가 일정하게 유지되기만 한다면 아무리 많아도 상관없다) 연주자는 하나의 프레이즈를 짚어 낸다. 그 프레이즈를 그들은 '자리'라고 부른다. 자리는 듣는 이가 쉽게 알아차릴 수 있는 순간이라면 더할 나위 없이 좋다. 이를테면 상행 음정이나, 하나의 선율 안에 온전히 가두어질 수 있는 프레이즈가 될 것이다. 자리는 늘 리듬 사이클의 특정 순간에 모습을 드러내는데, 선율이 즉흥적으로 펼쳐지는 와중에 그 자리를 알아보는 것도 인도 음악을 듣는 즐거움 중 하나다.

통통한 몸집에 극도로 유쾌한 성격을 지녔던 알라 라카는 당시 사십 대 후반이었고, 아주 멋진 연주자였다. 그의 손가락은 짧으면서도 무척 단단하고 힘이 좋았다. 그는 이른바 '리듬 계산'에 대해서는 득도의 경지에 올라 있었다. 리듬 시퀀스들을 연주할 때면 그것들을 자신이 좋아하는 탈 안에 어떻든 맞추어 집어넣을 수 있었고, 비트를 세는 방법도 무궁무진했다. 열여덟

비트로 이루어진 탈 안에는 세 음짜리 프레이즈, 네 음짜리 프레이즈, 두 음짜리 프레이즈가 적재적소에 배치되어 있었다. 그는 늘 진행 중인 탈 안에서 어느 시점을 지나고 있는지를 환히 꿰뚫고 있었다. 공연 중에 그가 즐겨 써먹은 것 중 이런 것이 있었다. 탈의 끝을 향해 가는 척 관객을 속인 다음, 대뜸 끝을 건너뛰고는 탈의 한가운데로 다시 들어서는 것이다. 그런 식으로 끝을 맺을 것처럼 가장하면서 관객의 긴장을 고조시키기를 네댓 번 반복한다. 마침내 탈과 선율의 첫머리에 다시 이르면서 모든 것이 첫 비트에서 일치하게 된다. 이를 '삼|sam|'이라 부른다. 자리에 있던 사람들은 모두 그제야 안도의 한숨을 푹 내쉰다. 인도 음악이 가진 매력의 일부는 바로 이러한 종류의 유희성에서 비롯된다.

작곡가로서 나의 목표는 화성, 선율, 리듬이라는 세 가지 요소를 단일한 음악적 표현으로 통합시키는 것이었다. 1967년에 그것을 위한 첫걸음을 내디뎠고, 1974년에 마침표를 찍었다. 뉴욕에서 이 새로운 음악을 혼자 힘으로 연주하면서 선보여야 한다는 것을 나는 알고 있었다. 파리 시절 내 음악을 접한 뮤지션들 역시 내가 하고자 하는 표현의 지원군이 되어 주지 않으리라는 점을 분명히 했기 때문이다. 사실 내가 파리를 떠날 마음을 먹은 것도 그들의 냉대 때문이었다. 내가 베케트의 희곡에 붙인 곡을 들은 프랑스 친구들은 이렇게 말했다.

"하지만 그건 음악이 아니잖아."

연주자로 데뷔하다

반복과 변주

1967년 가을, 필름메이커스 시네마테크의 감독인 조나스 메카스를 만났다. 그는 훗날 앤솔로지 필름 아카이브를 설립하기도 했다. 나는 그를 만나자마자 다짜고짜로 소호 우스터 가에 있는 시네마테크에서 연주회를 열고 싶은데 자리를 빌려 줄 수 있겠느냐고 물었다. 조나스는 내가 쓴 음악의 음표 하나도 들어 보았을 턱이 없다. 그런데도 만면에 미소를 지으며 "물론이지, 언제 했으면 하는가?" 하고 선뜻 청을 들어주었다.

우리는 그 자리에서 1968년 5월 모일로 날짜를 박았다. 그 무렵을 전후로 나는 비슷한 프로그램으로 몇 차례 더 공연 일정을 잡았다. 4월에는 퀸스 칼리지 무대도 예정되어 있었다. 가구를 나르랴, 틈틈이 곡을 쓰랴, 리허설을 하랴, 이후 여섯 달 동안은 퍽 바빴다. 그것은 결국 향후 10년 동안의 기본 생활 리듬이 되어 버렸다. 필립 글래스 앙상블이 본격적으로 활동을 시작함에 따라 연주회 일정이 끊이지 않았고, 그만큼 내 삶도 바빠졌다. 음악, 가정, 개인적 수련, 생계를 위한 일자리를 오가는 사이클이 거의 완전히 고착

되었다. 빠듯한 생활비는 늘상 고민거리였다. 터널의 끝이 보일 때까지는 어떻게든 뚫고 나가야 할 문제였다.

첫 공연에서 연주할 곡들은 라비지와 작업한 경험과, 알라 라카의 수업에서 비롯된 것으로 채워졌다. 내 귀에 그것은 강한 리듬과, 더욱 뚜렷하게 부각되는 선율적 차원을 가진 음악으로 들렸다. 모두 독주곡과 이중주곡이기 때문에 소수의 연주자로도 충분했다. 나는 줄리아드 시절부터 친구로 지내 온 도로시 픽슬리 로스차일드에게 전화를 걸었다. 줄리아드 시절, 그녀는 내가 쓴 바이올린 협주곡과 두 개의 현악 사중주곡을 연주한 적도 있다. 도로시는 무척 반가워하며 물었다.

"새로 쓴 곡 있어?"

"물론이지."

도로시는 참가하겠다고 흔쾌히 약속해 주었다. 나는 키보드와 플루트를 맡기로 했고, 최근 알게 된 작곡가인 존 깁슨이 색소폰과 플루트를 맡아 주었다.

초기작 가운데 하나인 피아노 독주곡 「하우 나우 | How Now |」는 파리에 있을 때 쓴 현악 사중주와 거의 비슷하다. 여섯 개 내지 여덟 개의 소리 '판 | 板 |'이 각각 끊임없이 반복되며 다른 소리 판과 얽히고설키는 곡이다. 도로시를 위한 바이올린 독주곡인 「스트렁 아웃 | Strung Out |」과, 존을 위한 색소폰 독주곡인 「단계 | Gradus |」는 반복과 변화에 기초한 간단한 작품이다. 처음 보기에는 단순한 것 같지만 나만의 관점이 더해지면서 놀랍도록 흥미롭게 변모하게 되는 음악 언어를 가지고 실험한 결과물이었다. 「인 어게인 아웃 어게인」, 「하우 나우」, 「스트렁 아웃」 같은 곡에서 나는 이미 '덧붙이기 | additive process |'와 '덜어 내기 | subtractive process |' 기법을 사용했는데, 의식적으로 그렇게 했다기보다는 본능적인 직감에 따른 것이었다.

바이올린, 첼로, 피아노를 위한 삼중주곡 「정면충돌」은 도로시의 집에서 열린 친구들 파티에서 처음 연주되었다. 7분짜리의 정말 강박적인 곡으로,

처음에는 세 명의 연주자가 각기 다른 선율을 연주한다. 곡이 진행됨에 따라 파트 간의 차이는 점점 사라지고, 끝 무렵이 되어서야 비로소 세 연주자가 같은 음악으로 모여든다. '정면충돌'이라는 제목은, 세 가닥의 음악이 서로 부딪히다가 마지막 부분에 이르러 마침내 하나의 선율이 된다는 데서 붙인 것이다.

도로시의 남편인 조엘 로스차일드는 참 친절한 사내였지만, 아마 나에 대해서는 미친놈쯤으로 여겼을 것이다. 아내가 집에서 연습하는 음악이라는 것이 마치 레코드 바늘이 튀어 계속 같은 자리로 돌아가는 것처럼 들렸을 테니 말이다. 실제로 당시 많은 사람들이 그렇게 말했다. 조엘은 아내와 음악을 사랑했지만, 내 작품 때문에 음악에 대한 자신의 사랑을 시험받는 기분이었을 것이다. 그럼에도 조엘은 항상 내 음악에 관심을 가져 주면서 격려의 말을 아끼지 않았다. 도로시는 이미 실내악계에서는 이름이 널리 알려진 일급 연주자였고, 나중에는 링컨 센터의 모스트리 모차르트 페스티벌 오케스트라의 악장까지 올랐다. 그런데도 별나고 엉뚱한 친구가 쓰는 괴상한 음악을 마다하지 않고 연주해 주었다.

나는 이러한 곡들을 쓰면서 음악 언어를 작품의 중심에다가 두었다. '언어'라는 것은, 음악을 작곡하는 과정에서 어떤 음표를 이어 붙여 나갈 것인지 순간순간 의사 결정을 하는 것을 의미한다. 그러한 작품을 위하여 나는 듣는 이의 귀를 집중시킬 수 있는 음악을 찾아야 했다. 그리하여 음악이 표현하고자 하는 '이야기' 대신에 과정을 이용하기 시작했다. 그 과정은 반복과 변화에 토대한 것이다. 이는 내 언어를 좀 더 이해하기 수월하게 만들었다. 재빠르게 움직이는데도 불구하고 기본적으로는 무수한 되풀이로 이루어져 있어 듣는 이에게 생각할 여유를 주기 때문이다. 그것은 음악이 전달할지도 모르는 이야기보다는 음악 자체에 집중시키는 방식이었다. 스티브 라이히[146]가 초기작에서 '페이징 |phasing|' 기법[147]으로 이러한 방향성을 천명했다면, 나는

덧붙이기식 구조를 통해 같은 길을 걸었다. 과정이 이야기를 대체하면서 반복 기법은 내 음악 언어의 밑바탕이 되었다.

여기에는 듣기의 심리도 작용한다. 내 음악에 대한 가장 흔한 오해 중 하나는 그저 시종 반복되기만 한다는 것이다. 사실은 결코 그렇지가 않다. 만약 그저 반복적인 음악이라면 도저히 들어줄 수 없을 테니 말이다. 내 음악을 들어줄 만한 것으로 만들어 주는 것은 바로 변화다. 어떤 작곡가가 사람들에게 내 음악을 이렇게 말한 적이 있었다.

"이러쿵저러쿵하지만 요는 이것입니다. C장조 화음을 계속 되풀이해서 쳐 보십시오. 그게 바로 필립 글래스가 쓰는 음악입니다."

거참, 그것이야말로 내가 절대로 '하지 않는' 것이다. 그 작곡가는 내가 전하고자 한 핵심을 완전히 놓쳤다. 음악을 들을 만한 것으로 만들기 위해서는 음악의 표면에 변화를 주어야 한다. 하나-둘, 하나-둘-셋 하는 식으로 말이다. 그리하여 귀는 곧 듣게 될 음악이 무엇인지 절대 확신할 수 없게 된다. 「병진행하는 음악」이나 다른 여러 초기작을 들어 보면 알겠지만, 그것들이 흥미로운 점은 하나같이 있는 그대로 반복되지 않다는 데 있다. 그 점을 놓친다면 연극을 보는 도중 잠이 들었다가 막간에 눈을 뜨는 것과 다를 바 없다. 들은 것이라고는 막간의 왁자한 소음뿐이라면 공연은 모두 놓친 것이다. 작품이 실제로 무엇을 하고 있는지를 들을 수 있어야 하는데, 안타깝게도 초창기에는 그럴 수 있는 관객이 많지 않았다.

"바늘이 튄다!"라고 외치던 사람들은 들을 수 없는 것을 어찌하여 우리는 들을 수 있었을까? 그것은 음악이 어떻게 변하는지 주의를 기울이면서

146 Steve Reich, 1936~ 미국의 작곡가. 하나의 코드, 짧은 모티브 등 최소한의 소재가 반복되면서 조금씩 변주되는 음악을 선보임으로써 미니멀리즘 양식의 대표적 작곡가가 되었다. 필립글래스와는 줄리아드 시절에 만났다.

147 같은 악기들이 동일한 선율 패턴을 반복하며 연주하다가 점차적으로 그 동시성에서 벗어나는 것을 의미한다.

들었기 때문이다. 지각과 집중이 음악의 이야기와는 무관하게 우리를 음악의 흐름에다가 강하게 붙들어 맨 것이다.

집중이 그러한 경지에까지 이르면 두 가지 일이 벌어진다. 첫째, 음악의 구조(형식)와 내용이 하나가 된다. 둘째, 듣는 이의 감정이 고양된다. 이야기를 버리고 음악의 흐름에 온전히 몸을 내맡길 때 경험하는 고양감은, 중독성이 강하고 마음을 끄는 구석이 있다.

어머니의 마지막

1968년 4월 13일, 퀸스 칼리지에서 열리기로 된 내 첫 번째 공연을 보기 위하여 어머니가 볼티모어에서 기차를 타고 왔다. 나는 인도 여행 중에도 집에는 좀처럼 연락을 넣지 않았다. 조앤과 결혼했다는 소식에 대한 두 분의 반응은 나를 놀라게 했다. 그처럼 철저하게 자식을 내치리라고는 상상조차 하지 못했다. 뉴욕에 돌아와서도 누나와 형에게만 전화로 알렸다. 아버지와 어머니는 누나와 형을 통해 소식을 들어 알고 있었다. 아버지와 나 사이에는 여전히 두꺼운 침묵의 벽이 가로놓여 있었지만, 어머니는 내게 연락 정도는 했다. 막내를 집에 오게 할 수는 없었지만, 그렇다고 해서 통화도 만나는 것도 불가인 것은 아니었다. 나를 내친 것은 어머니가 아니라 아버지였다. 하지만 나중에 밝혀진 바대로 아버지의 날카로운 앙심이 향하는 칼끝은 내가 아니라 어머니였다. 어쨌든 어머니는 퀸스 칼리지 공연 소식을 들었다며 와서 보고 싶다고 했다. 나는 적잖이 놀랐다. 펜스테이션(펜실베이니아 역)에서 어머니를 만나 렌터카를 타고 함께 퀸스로 향했다. 어머니는 우리 가족을 갈라 버린 균열에 대해서는 아무 말도 하지 않았고, 나 역시 그것에 대해서는 입을 꾹 다물었다.

부모님께 나는 분명 큰 걱정거리였을 것이다. 조앤과 결혼한 일도 노엽기만 했을 것이고, 음악을 직업으로 택한 것도 영 탐탁지 않았을 것이다. 하지만 1952년, 시카고로 가기 위하여 집을 떠난 이후로 일일이 부모님의 허락을 받을 필요는 없었다. 나는 부모님의 허락을 요구한 적도, 요구받은 적도 없었다. 그저 그렇게 되었다.

연주는 훌륭했고, 도로시와 존과 나 자신에게 아주 값진 경험이었다. 그러나 관객이 겨우 여섯 명뿐이라는 엄혹한 사실과 마주해야 했다. 그중 한 명은 우리 어머니 아이다 글래스였고 말이다. 어머니는 아버지와 달리 음악을 듣는 귀가 예민하지는 못했지만, 그래도 숫자는 문제없이 헤아렸다. 정말 몇 안 되는 관객들의 머릿수를 꼽아 보며 '이거 야단났다'고 생각했을 것이다. 공연은 오후 해가 넘어가기 전에 끝이 났다. 어머니는 하룻밤 묵고 가자니 오히려 번거롭다며 곧장 돌아가겠노라고 했다. 내가 펜스테이션까지 배웅해 주는 동안 어머니는 단 한마디만 했다. 머리가 너무 긴 것 같으니 이발 좀 하라는 것이었다.

어머니가 다시 뉴욕에 온 것은 그로부터 8년이 흐른 뒤인 1976년 11월이었다. 메트로폴리탄 오페라 무대에 오른 「해변의 아인슈타인」 공연을 보러 온 것이었다. 이번에는 거의 4천 명에 달하는 관객이 객석을 가득 메웠다. 좌석은 물론 입석까지 모두 팔렸다고 했다. 어머니는 밥 윌슨의 아버지와 함께 박스석에서 공연을 관람했다. 두 분 모두 얼떨떨했을 테지만, 적어도 어머니만은 멍한 기분에 오랫동안 정신을 내주는 분은 아닌 고로 곧바로 현실로 느꼈을 것이다. 나는 그 짧은 시간 안에 찾아온 극적인 인생 역전에 대해 어머니가 어떻게 생각했을지 항상 궁금했다. 어쨌든 그 순간부로 어머니는 내 일을 진지하게 받아들였고, 또한 내 일의 사업적 측면을 야무지게 챙기고 있는지도 염려했다. 여기까지 온 이상 자식이 음악가로 사는 것을 더는 말릴 수 없다는 것을 어머니도 잘 알고 있었다. 하지만 음악만 가지고는 처자식을 부양하기가 쉽지 않으리라는 걱정만은 끝내 떨치지 못했다.

아이다는 참 흥미로운 여인이었다. 그녀는 자녀를 하나하나 다 다르게 대했다. 언제나 푼돈 하나라도 아낄 수 있으면 아꼈고, 그렇게 모은 돈으로 에이티앤티|AT&T|의 주식을 샀다. 저축한 돈은 전부 에이티앤티에 묶어 놓았는데, 결론적으로 말하면 아주 현명한 선택이었다. 날로 잘나가는 데다 투자한 것이었으니 말이다. 어머니는 1983년 눈을 감으면서 당신이 옳다고 믿는 방식에 따라 유산을 나누어 주었다. 예를 들어 형의 가게가 세 들어 있는 건물을 매입하여 형 앞으로 증여해 놓았고(몰래 한 일이라 돌아가신 다음에야 밝혀졌다), 누나는 그간 어머니가 모은 증권을 물려받았다. '여자가 세상을 혼자 살아나가기 위해서는 돈이 필요하다'는 생각에서 그리했을 것이다. 누나는 매형과 이미 오랫동안 행복한 가정을 꾸려 오고 있었지만, 어머니는 만약의 경우에 대비하여(그에 대한 근거는 전혀 없었지만) 현금을 좀 가지고 있는 편이 좋겠다고 판단한 것이었다. 내게는 교직원 연금의 절반을 떼어 주었는데, 내가 평생 가난뱅이로 살 것이 분명하고 수중에 돈 들어올 일도 궁할 것이라 생각했기 때문이다. 메릴랜드 주에서는 연금 수령 혜택 연령이 되면 낮은 세율을 적용해 다른 가족에게 양도할 수 있었다. 이렇게 양도된 연금은 다음 대에게 유용했고, 그 덕에 나 역시 이날 이때까지 그 돈을 꼬박꼬박 받고 있다. 연금의 절반은 어머니가, 나머지 절반은 내가 수령한 셈이었다.

어머니는 일을 그만두고 아버지도 돌아가시자 마르셀라 이모 부부 내외와 함께 플로리다로 낙향했다. 거기서 같은 콘도미니엄 단지에 있는 아파트에서 지냈다. 어머니는 동맥경화증에 걸렸다(정확히는 아테롬성 동맥경화증이라고 했다). 혈관 내에 지방이 쌓여 피의 흐름이 제약을 받는 증상이다. 팔다리에 피가 충분히 돌지 않아 결국에는 몇 차례 절단 수술을 받아야만 했다. 대단히 끔찍한 수술이었다. 더 이상 잘라 낼 부분이 남지 않을 때까지 절단하고 또 절단했다. 지금 생각해 보면 어이없는 처방이지만, 당시에는 으레 그렇게 했다.

어머니의 몸 상태가 악화됨에 따라 형과 누나와 나는 번갈아 가며 플로리다에 내려갔다. 주말에는 반드시 우리 형제 중 하나가 어머니와 함께 지낼 수 있도록 스케줄을 짰고, 그리하여 3주에 한 번씩 내려가 사나흘 정도 묵고 올라왔다. 한동안 그런 식으로 병구완을 했다. 한 번은 형과 같이 병실 창가에 서서 밖을 내다보고 있었다. 어머니가 누운 침대는 병실을 가로지른 곳에 있었다. 당시 어머니는 혼수상태에 있었다. 이승에서의 마지막 몇 주 동안 어머니는 혼수상태에 들었다가 회복되기를 몇 차례 반복했다. 내가 형에게 말했다.

"우리가 하는 말을 어머니가 들으실 수 있을까?"

그러자 병실 저편에서 한 목소리가 들렸다.

"물론이지!"

어찌나 놀랐는지 형과 나는 창문 밖으로 튕겨 나갈 뻔했다. 혼수상태에 빠진 사람도 주변의 소리를 들을 수 있다는 것을 그때야 알았다. 그러므로 의식이 없는 환자 앞이라도 입조심을 해야 할 일이며, 환자와 이야기도 할 수 있다는 것이다. 나중의 일이지만 나는 죽어 가는 사람들과 이야기하는 일에 익숙해지게 되었다. 삶이란 결국 죽음을 친숙한 것으로 받아들이는 과정이니 말이다. 죽음은 더 이상 심각한 의식으로 여겨지지 않았다. 내 친구들과 가족에게 언제든지 일어날 수 있는 일로 자연스럽게 받아들이게 된 것이다.

어머니의 삶은 확실히 이울고 있었다. 플로리다에서 며칠을 머물러도 몇 마디 대화나 나누면 다행이었다. 어머니의 마지막 나날이 이어지는 동안 나는 병실을 지키다가 구내식당에 혼자 내려가서 식사를 하고 다시 병실로 돌아오는 일과를 반복했다. 그러던 어느 날이었다. 어머니의 의식이 돌아왔다. 어머니는 내게 가까이 오라고 손짓했다.

"예, 엄마, 저 여기 있어요."

어머니는 고개를 끄덕이고는 뭔가 할 말이 있는 것처럼 몸을 더 숙이라고 손짓했다. 그러고는 이렇게 속삭였다.

"저작권."

"예?"

"저작권!"

이제 내 음악에 어느 정도 경제적 가치가 붙었으니 저작권 문제를 단단히 챙기라는 말인 듯했다. 가만 보니 이제는 제법 돈이 되는 음악을 쓰는 모양이니 소유권을 확실히 붙들고 있으라는 말이었다. 나는 무슨 말인지 알아듣고는 몸을 숙여 대답했다.

"다 잘 처리되고 있어요, 엄마."

어머니는 고개를 끄덕였다.

"모두 협회에 등록해 두었어요. 그리고 제 명의로 된 법인 소유로 해 놓았고요."

어머니는 다시 한 번 고개를 끄덕였다. 그것이 어머니와 나눈 마지막 대화였다. 가시는 그 순간까지도 어머니는 한 치의 빈틈도 보이지 않았다. 음악을 즐겨 듣지는 않았지만, 당신의 막내 자식이 인생의 중대 기로에 서 있음은 훤히 내다보고 있었던 것이다. 당시 나는 마흔여섯 살이었고, 「해변의 아인슈타인」뿐만 아니라 「사티아그라하」까지 쓰고 난 터였다. 웬 조화인지 아무도 알아주는 이 없는 작곡가에서 이제는 곡에 값을 붙여 팔 수 있는 위치까지 올라왔다. 그런 만큼 더 정신을 바짝 차리라는 당부를 어머니는 하고 싶었던 것이다. 형은 어머니를 플로리다의 병원에서 볼티모어의 요양원으로 모시고 왔다. 그렇게 어머니는 생의 마지막을 고향에서 보내다 갔다.

어머니는 음악에 대해서는 그다지 아는 바가 많지 않았다. 어머니가 내 음악에 관한 소식을 접한 것은 볼티모어에 사는 사촌인 베벌리 구랄을 통해서였다. 베벌리는 피바디 음악원을 졸업한 젊은 피아니스트였다. 나중에는 볼티모어 코랄 소사이어티에 들어가 활동했고, 그러면서 내가 쓴 곡도 접했다. 어머니는 베벌리가 보내 준 리뷰 기사들을 통해 나의 동향을 더듬었다. 리뷰들은 혹평 일색이었지만 그것은 중요하지 않았다. 나는 각지에 있는 친척들에게서 "축하한다. 이런 리뷰가 났더구나" 하는 식의 편지를 왕왕 받았다. 끔찍할 만큼 혹평하는 리뷰들이 많았지만, 친척들은 내용에는 별로 관심을 두지 않았다. 그들에게는 신문이 내 음악을 기삿거리로 다룬다는 점이 무엇보다 중요한 핵심이었기 때문이다. 그들의 편지는 결코 비꼬는 것이 아니었다. 그들이 정말 하고 싶었던 말은 '이제 음악계에서 알아주는 사람이 되었구나' 하는 것이었다. 나는 일종의 명성을 획득했다고나 할까. 어쨌든 우리 가족들에게는 혹평 또한 명성의 일부였다.

미니멀리즘 음악

데뷔하고 한 달 뒤, 시네마테크 공연이 예정된 5월이 다가왔다. 정식 공연인 만큼 선보일 곡도 더 많았다. 프로그램 구성은 대충 이러했다. 우선 존과 나의 이중주곡인 「정사각형 모양을 한 곡」이 있었다. 이 제목은 에릭 사티의 「배 모양을 한 세 개의 소품」을 패러디한 것이었다. 피아노 연탄곡인 「인 어게인 아웃 어게인」은 스티브 라이히와 함께했다. 라이히는 줄리아드 시절에 만난 친구이자 동료 음악인으로, 당시 이미 작곡가로 이름을 알리고 있었다. 이어서 피아노 독주곡인 「하우 나우」를 내가 연주할 것이고, 마지막으로 바이올린 독주곡인 「스트렁 아웃」을 도로시가 맡았다. 곡 제목을 반영하듯 무대는 '기하학적'으로 세팅되었다. 보면대와 음악이 만들어 내는 형체가 연주 공간을 이리저리 구획했다.

나는 이들 작품을 쓰면서 음악적 구조는 물론이요 시각적 구조까지 염두에 두었다. 「정사각형 모양을 한 곡」을 위해서는 스물네 개의 보면대를 정사각형 모양으로 둘렀다. 한 면에 여섯 개씩 보면대를 놓고 악보를 세팅했다. 그뿐만 아니라 그 정사각형 안쪽으로 스물네 개의 보면대를 한 겹 더 둘렀다. 보면대끼리 등을 맞대도록, 그러니까 바깥쪽 정사각형은 바깥을 향하게 하고, 안쪽 정사각형은 안쪽을 향하게 한 것이다. 존과 나는 각자 플루트를 들고 한 사람은 정사각형 안쪽에서, 다른 한 사람은 그 바깥쪽에서 서로 마주보고 섰다. 연주가 시작되면서 각자 오른쪽으로 악보를 읽어 나갔다. 우리는 곡이 절반쯤 진행되었을 때 한 번 교차했고, 곡이 끝날 때 처음 지점으로 돌아와 다시 만났다.

이 곡에서도 나는 여전히 덧붙이기와 덜어 내기 과정을 적용했다. 하지만 하나의 음표 혹은 하나의 음표 그룹을 반복하는 대신, 상승하거나 하강하는 음계에 음을 하나씩 더해 가다가 마침내 음계가 완성되는 식으로 전개했다. 나와 존이 중도에서 한 번 교차한 그 순간부터 음악은 역행하기 시작했다. 즉 음악이 그때까지 밟아 온 길을 그대로 거스르며 처음을 향해 가는 것이었다. 마치 하나부터 열까지 셌다가 다시 열에서 하나까지 내려가며 세는 것과 같다고 할 수 있다. 극으로 치달을 때는 종잡기 힘든 음악이 되었다가도, 존과 내가 서로 끝을 향해 다가갈수록 음악은 점점 비슷해지면서 결국 시작점에 이르렀다.

피아노 한 대에 두 명이 나란히 앉아서 치는 「인 어게인 아웃 어게인」은 스티브와 내가 같은 피아노 앞에 앉아 있다는 것 말고는 구조 면에서는 「정사각형 모양의 곡」과 다름이 없는 곡이다. 앞선 곡에서 두 대의 플루트가 그랬던 것처럼 이 곡에서도 두 파트는 서로의 그림자가 된다. 역시 곡의 중간 부분은 무척 어지럽게 들릴 수 있는데, 두 파트 모두 가장 극으로 치닫는 대목이기 때문이다. 그렇지만 다시 처음으로 회귀하면서 두 파트는 차츰 동질성을 회복한다. 제목이 말해 주듯이 두 파트가 서로 들락거리듯 교차하는 곡이다.

「스트렁 아웃」은 '한 줄로 늘어놓은|strung out|'이라는 제목의 의미대로 L자 모양으로 악보를 벽에 붙이고 연주하는 작품이다. 바이올리니스트는 관객에게 등을 보인 채로 악보를 바라보고 연주하기 시작한다. 곡이 진행됨에 따라 벽을 따라 오른쪽으로 옮겨 가다가 벽이 꺾이는 지점에서 몸을 돌려 끝까지 연주해야 한다.

이날 밤의 공연에서 중요한 부분은 음향 증폭 장치를 사용했다는 사실이다. 이는 기하학적 형태를 소리의 원천과 떨어뜨려 놓기 위해 시도한 것이었다. 도로시는 무대 위를 걸어 다니면서 연주하지만, 음악 소리는 무대 위에 별도로 설치한 스피커에서 나오게 했다. 나로서는 처음으로 증폭 장치를 이용해 본 것이었는데, 딱히 음량을 키울 필요가 있었던 곡들은 아니지만 증폭 장치를 통해 생산되는 소리의 결이 마음에 들었다.

시네마테크 공연을 위하여 많은 친구들이 도와주었다. 리처드 세라는 예술 하는 다른 친구들과 함께 트럭에 필요한 장비를 가득 싣고 옮겨 주었다. 그림을 그리고 조각을 하는 친구들이 없었더라면 연주회를 꾸릴 인력 자체가 부족했을 것이다. 나는 시네마테크 공연 이후 얼마 지나지 않아 도널드 저드의 로프트에서도 공연했다. 이윽고 미술관에서도 공연했다. 이런 식으로 필립 글래스의 음악은 예술계의 한 부분이 되어 갔다. 그렇게 된 데는 미술가 친구들의 공이 컸다. 그들은 갤러리를 드나들면서 "필립이라는 친구가 있는데, 여기서 콘서트를 열 수 있게 해 주십시오" 하는 식으로 입소문을 내주었다. 갤러리 주인들은 다짜고짜 투의 부탁에도 흔쾌히 응해 주었다. 카스텔리 갤러리의 주인인 리오 카스텔리 같은 이는 대관은 물론이요 개런티까지 챙겨 주었다. 우선은 갤러리에서 출발해서 점차 미술관으로도 활동 영역을 넓혀 갔다. 마치 다른 모든 예술가들이 "이것은 우리의 음악이기도 하다"라고 다독여 주는 듯했다. 내 음악은 미술계를 그 교두보로 하여 마침내 고향이라 부를 만한 거처를 찾았다.

이 무렵부터 나는 '미니멀리스트' 조각가들과 교류하기 시작했다. 그중에서도 솔 르윗[148], 도널드 저드와 특히 가까워졌다. 모두 나보다 나이가 많았다. '미니멀리즘'이라는 용어도 본래 이들에게서 비롯된 것이었다. 라 몬테 영, 테리 라일리[149], 스티브 라이히, 나 같은 음악가들 때문에 생긴 용어가 아니라는 것이다. 예술계에서 미니멀리즘이라는 용어는 르윗, 저드, 로버트 모리스[150], 칼 안드레[151] 같은 이들의 작품을 설명하면서 처음 등장했다. 그러다가 우리에게까지 옮아오면서 '미니멀리스트 음악'이라는 말이 나타났다. 이 미니멀리즘의 원조들은 대략 우리보다 여덟 살에서 열 살 정도 손위 세대다. 당시 스물여덟 살짜리 신출내기 음악가와 삼십 대 후반의 기성 예술가 간의 거리는 꽤 아득했다. 그들은 예술계에서 확고하게 자리를 잡은 사람들이었고, 나는 12번가에 트럭을 세워 놓고 이삿짐을 싣지 않으면 당장 먹고 살 일이 걱정인 젊은이였다.

나는 하이콘셉트[152] 연극, 미술, 춤과 제휴할 수 있는 하이콘셉트 음악을 만들고 싶었다. 우리 세대의 작곡가들, 이를테면 테리 라일리, 스티브 라이히, 라 몬테 영, 메러디스 몽크, 존 깁슨 등을 비롯한 십여 명의 음악가들은 무용계와 연극계를 위한 음악을 쓰고 연주했다. 미술계, 연극계, 무용계에 비견할 만한 움직임이 음악계에도 태동하는 것을 느꼈다. "다른 예술과 함께 길을 걷는 음악이 여기에 있다"라는 말을 비로소 할 수 있게 된 것이었다.

148 Sol LeWitt, 1928~2007 미국의 미술가. 개념미술과 미니멀리즘 미술 분야에서 활약했다. 이차원과 삼차원에서 기하학적인 형태들을 실험했고, 1968년부터는 전시회 벽에 직접 그리는 연필 드로잉을 시도하기도 했다.

149 Terry Riley, 1935~ 미국의 미니멀리스트 작곡가. 재즈와 인도 음악으로부터 큰 영향을 받았다.

150 Robert Morris, 1931~ 미국의 조각가, 개념미술가. 도널드 저드와 함께 미니멀리즘 이론을 정립했으며, 행위미술, 과정미술, 설치미술 등 현대미술 전반에 걸쳐 왕성하게 활동했다.

151 Carl Andre, 1935~ 미국의 미니멀리즘 조각가. 숫자의 간단한 조합을 응용해 동일한 단위를 반복적으로 쌓고 배열하는 형태의 작품을 제작했다. 바닥에 정육면체나 정방형의 같은 크기의 입체와 철판을 묶은 작품으로 유명하다.

152 서로 관계없어 보이는 아이디어를 묶어 남들이 생각하지 못한 새로운 아이디어를 창조하는 역량, 경향과 기회를 파악하는 능력을 종합적으로 지칭하는 개념.

앞서 나는 음악의 기초는 곧 음악의 언어라고 했지만, 무척 추상적인 말이기는 하다. 내가 말하고 싶은 것은, 예술에서 가장 상위의 개념은 언어라는 점이다. 라 몬테 영이 사운드를 가지고 실험했다면 그 말은 그가 일종의 소리에 대한 아이디어를 가지고 작업했음을 의미한다. 즉 소리는 어떻게 작용하고, 오버톤은 어떻게 기능하고, 듣는 이의 감정을 어떻게 움직이는지에 관심을 두었다는 뜻이다. 나는 리듬의 구조와, 음악이 불러일으키는 일종의 에피파니의 순간에 관심을 두고 실험했다. 이는 도어스가 부른 「라이트 마이 파이어 |Light My Fire|」와는 상반된다. 물론 대부분의 사람들은 도어스의 노래를 더 좋아하지만 말이다. 그러나 그 자체만으로도 홀로 설 수 있는 음악을 쓰는 작곡가도 있는 법이다. 그들은 언어, 형식, 내용, 과정의 측면에서 기초를 세우고자 한다. 이 모든 것은 개념에 해당한다. 하지만 개념적인 것이라고 해서 느낌과는 무관한 것일까? 아니다. 초월적인 느낌을 갖게 하고 이해할 수 있게 하는 개념들이다. 내가 초월과 에피파니의 순간을 강조하는 이유는 그러한 경험이 언어와 불가분의 관계에 있기 때문이다. 언어 없이 경험이 가능하다고 하는 것은 땔나무와 성냥 없이 불을 붙일 수 있다고 하는 것과 마찬가지다.

로큰롤

1967년, 뉴욕에 돌아왔을 때 로버트 라우션버그, 솔 르윗, 리처드 세라 같은 화가와 조각가 들을 비롯한 주변의 모든 이들이 로큰롤에 빠져 있었다. 그들은 현대음악은 챙겨 듣지 않았다. 그들의 레코드 컬렉션에 현대음악의 자리는 없었다.

“현대음악도 듣나?” 하고 물어볼 때면 하나같이 전혀 흥미 없다는 반응이었다. 현대음악을 듣는 사람이 단 하나도 없더라는 말이다. 슈톡하우젠이

건 불레즈건 밀턴 배빗[153]이건 죄다 관심이 없었다. 그러니 음반이 있을 리도 만무했다. 그래도 화단과 문단 사이에는 접점이 있었다. 예를 들어 긴즈버그의 시와 윌리엄 버로스의 소설은 당시 미술계에서 벌어지던 일과 본질적으로 다르지 않았다. '그런데 음악계와 여타 예술계 간에는 왜 이런 단절이 존재할까?' 나는 자문하지 않을 수 없었다.

의식적으로든 무의식적으로든 나는 다른 예술계 친구들도 사지 않고는 못 배길 음악을 쓰고자 했다. 라우션버그와 재스퍼 존스가 그림을 보면서 "그림에 투입할 수 있는 것은 무엇이고, 그림이 표현할 수 있는 것이 무엇인가?"라고 말한다면, 나는 "그런 미술과 어울릴 수 있는 음악은 무엇일까?' 하고 자문했다.

나는 당시 로큰롤 공연장으로 인기를 끌던 필모어 이스트를 드나들기 시작했다. 그곳은 6가와 가까운 2번가에 있었다(여담이지만 1984년, 나는 거기서 고작 몇 발짝 떨어진 곳에서 살게 되었다). 공연장은 이십 대 초반의 젊은이들로 북적거렸다. 서른이었던 나는 가게 문을 열고 들어설 때마다 늙수그레한 노인이 된 것 같은 느낌을 받았다. 그곳은 항상 미어터지고, 시끄럽고, 흥미진진했다. 나는 그곳을 좋아했다. 제퍼슨 에어플레인 같은 인기 밴드들과 프랭크 자파 같은 이들의 공연도 보았다. 격렬한 리듬이 이끄는 음악이 벽을 가득 채운 스피커를 찢어 버릴 듯 터져 나왔다. 나는 흠뻑 매료되었다. 나도 아는 음악이었다. 그런 음악과 함께 자랐으니 말이다. 어릴 때부터 좋아했고, 내 스피커를 통해 들으면서 "이거 좋은데" 한 적도 있다. 하지만 클래식음악을 즐기는 사람들은 로큰롤이라고 하면 질색부터 하는 것 또한 잘 알고 있었다. 그들은 앰플리파이어를 통해 몸집이 커진 음악은 절대 받아들이지 않을 터였다. 게다가 내가 쓰는 것처럼 베이스 라인이 단순한 음

153 **Milton Babbitt, 1916~2011** 미국의 현대음악 작곡가, 음악 이론가 겸 교육자. 음렬주의 음악과 일렉트로닉 음악으로 특히 알려져 있다.

악도 경원시할 것이 분명했다. 내가 쓰는 음악을 듣고 많은 사람들이 분노하리라는 것을 알고 있었지만, 난 개의치 않았다.

내 입장에서는 이러했다. 당시 나는 파리에서 돌아와 뉴욕 다운타운에서 살고 있었다. 파리에 있을 때는 라비 샹카르와 작업했다. 뉴욕에는 나와 비슷한 작곡가들이 여럿 있었고, 곧이어 그들과도 만났다. 하지만 귀국해서 접한 가장 큰 음악적 사건은 필모어 이스트의 스피커를 뚫고 나온 사운드였다. 로큰롤에는 라비 샹카르의 콘서트 음악에서 들었던 것과 다르지 않은 격렬한 리듬이 있었다. 로큰롤은 내 음악의 형식적 모델이 되었고, 기계 장치라는 기술적 측면은 감정적 모델이 되었다고 말할 수 있을 것이다. 불랑제, 라비지, 알라 라카를 경험하고 미국에 돌아와서 대면한 것이 로큰롤이라는 사실은 내게는 지극히 자연스러운 수순처럼 보였다.

그 누구도 실험적인 연주 음악에서 소리의 '이미지'를 다루지 않고 있다는 사실에 나는 개의치 않았을 뿐더러, 그것은 오히려 흥미를 자극했다. 당시 유럽에서 신음악으로 소개되던 작품은 이지적이었다. 추상적이고 무척 아름답기는 했지만, 감정적인 한 방은 찾기 힘든 음악 말이다. 나는 그런 음악과는 대척에 있는 음악을 원했다.

초창기에 쓴 내 음악은 전위미술가들과 로큰롤에 빚진 바가 크다. 증폭된 음향은, 어떤 이들에게는 생경할지도 모르는 음악에 또 하나의 내용을 부여했다. 대부분의 사람들은 앰플리파이어를 사용한 음악이나 구조주의적 음악의 세계를 낯설어했다. 거기에 더해 증폭이라는 프레젠테이션 기법은 그 자체로 음악을 다른 카테고리로 묶어 버리는 역할을 했다. 돌아보건대 1968년에 쓴 「5도 음악」이나 「병진행하는 음악」은 표현 방식이 무척 뚜렷했다. 거의 교과서적이라고 해도 좋을 정도로 명쾌한 덧붙이기와 덜어 내기 기법을 적용한 작품이었다. 그러나 그 작품이 선사하는 충격의 큰 부분은 소리의 증폭 그 자체에서 연유한다. 사람들이 음악의 문지방을 넘으면서 맛볼 수 있는 경험을 증폭 장치가 최고치로 끌어올리는 것이다.

고국에 돌아온 내 주변으로는 새로운 세대의 젊은 연기자와 미술가들이 쏟아 내는 참신한 아이디어들로 가득했다. 게다가 내가 살고 있던 환경도 무시할 수 없는 요소였다. 이를테면 앨런 긴즈버그가 『카디시』[154]를 낭독하는 것을 듣는다든지, 레이 존슨과 같은 '괴짜' 예술가들을 흔히 볼 수 있는 곳이었으니 말이다. 이런 아이디어들이 끓어넘치면서 다운타운 예술가 커뮤니티를 다양한 방향으로 잡아끌었다. 계획한 것도 아니고 어쩔 수 없이 노력한 것도 아니지만, 내 음악은 자연스레 그 일부로 흘러들어 갔다.

배관공

음악 작업과는 별도로 돈이 될 만한 일이 필요했다. 사촌 진은 이미 공사판 인부로 일하고 있었다. 당시 소호에는 건축 관련 일감이 넘쳐났다. 공장 건물로 쓰던 것을 예술가들을 위한 거주 공간이나 스튜디오로 용도 변경하는 작업이 한창이었기 때문이다. 나도 진과 함께 일하기 시작했다.

처음 같이 한 일은 석고보드로 건물 내벽을 세우는 것이었다. 무척 고된 일이었다. 그래서 배관 쪽 일로 옮겨 갔다. 하지만 진이나 나나 배관과 관련해서는 아는 바가 별로 없었다. 그래서 18가와 가까운 8번가에 있는 배관 부품 가게부터 찾았다. 필요한 부품을 살 겸 일하는 방법을 배울 셈으로 말이다. 교체할 낡은 부품을 들고 가서 새 부품을 사면서 설치 방법을 귀동냥으로 배우는 식이었다. 카운터 건너편의 점원들은 '뭐 이런 대책 없는 작자들이 다 있나' 하고 생각했을 것이다.

"저기, 이 부품을 갈아야 하는데, 싱크대에 들어가는 거 맞죠?"

154 유대계 시인인 앨런 긴즈버그가 정신병원에서 죽은 어머니를 위하여 쓴 진혼가. '카디시Kaddish'는 유대교에서 사망한 근친을 위해 드리는 기도를 뜻한다.

그러면 점원은 부품을 쓱 보고는 가게 뒤편으로 가서 신품을 들고 나와 건네주었다. 그들은 그저 실실 웃으며 나를 쳐다보았다.

"그럼 이제 이걸 가지고 어떻게 하면 되나요?"

"그러니까 이걸 꺼내고, 이것과 맞는 나사받이를 구해서 끼우면 되긴 하는데, 글쎄……."

점원들에게서 그런 식으로 하나씩 배웠다. 부품을 들고 돌아가 배운 그대로 조립했다. 화장실 배관에 관한 기초도 이런 식으로 독학했다. 세면대, 양변기, 샤워 꼭지, 욕조 정도는 다룰 줄 알게 되었으니, 기초 중의 기초는 뗀 셈이다. 곧이어 파이프 납땜 방법과 온수 히터 연결법도 배웠다. 어쨌든 부품 가게 점원들이 가르쳐 줄 수 있는 것은 모조리 배워 써먹었다. 당시에는 그 자리에서 잘라 이어 붙이는 아연 파이프가 주종이었기 때문에 우리는 파이프 절단기도 2백 달러에 구입했다. 파이프를 절단기에 물리고 톱날이 든 미늘톱니를 파이프 한쪽 끝에 끼워 손으로 돌려서 잘라 내는 모델이었다. 돈이 좀 넉넉했더라면 3백~4백 달러 하는 전동 파이프 커터가 요긴했겠지만 그것까지는 무리였다.

배관 일을 시작하고 처음에는 당연히 어설펐다. 하지만 사실 그렇게 까다로운 일은 아니었다. 아연관 대신 구리관이 상용화되면서부터는 일도 훨씬 수월해졌다. 다만 구리관은 아연관보다 누수의 위험이 높아서 각별히 유의해야 했다. 놋관은 연하고 따라서 작업하기에도 간편했지만, 가격이 비싸 많이 외면받았다. 아연관은 수명이 고작 9년으로, 연한이 지나면 내부가 부식되어 이물질이 들러붙으면서 수압에 문제가 생겼다. 놋관은 수명이 20년, 구리관은 반영구적이었다. 허나 구리관은 취급에 각별한 주의가 요구되었다. 둘둘 말린 관을 펴는 과정에서 생기기도 하는 우그러진 부분을 반드시 제거해 주어야 한다. 이를 요령 있게 하는 방법도 있기는 했지만, 고난이도의 기술을 요하는 것이었다. 그다음으로 피브이시 플라스틱 파이프가 등장했는데,

그때는 나도 이미 배관공 일을 그만둔 뒤였다.

배관공으로 일하면서 샌디 라인골드라는 청년을 알게 되었다. 웨스트브로드웨이 바로 근처에 있는 프린스 가에서 작은 가게를 운영하고 있던 그는, 청바지에 티셔츠 차림으로 가게 밖에 나와 앉아 있었다. 그는 예술가는 아니고 배관 일을 하는 젊은이로, 퍽 친절했다. 사실 엄격히 따지자면 진과 나는 그렇게 설렁설렁 배관공입네 하고 나다녀서는 안 되는 것이었다. 우선 정식 면허를 가진 배관공 밑에 들어가 6~8년 보조로 일하면서 경험을 쌓아야 하고, 그러고 나면 스승의 소개로 조합에 가입하는 것이 보통의 절차였다. 정식 면허를 받으려면 시험도 치러야 했다. 어림잡아도 도합 8~10년은 걸리는 과정이다. 우리는 그러한 정식 절차를 밟을 여건이 아니었다.

그러던 어느 날 샌디를 만난 것이다. 그는 파이프를 들고 거리를 걸어가는 우리를 불러 세우더니만 대뜸 물었다.

"이봐, 당신들, 배관 쪽 일 하나 본데?"

"그런데, 무슨 일로?"

물론 우리의 대답은 진실에 완벽하게 부합하는 것은 아니었다.

"내가 배관업체를 하나 하고 있는데, 어때, 일 좀 해볼 텐가?"

그리하여 우리는 샌디의 회사 소속으로 일하기 시작했다. 그렇게 한 3년쯤을 일했다. 납땜을 배운 것도 그때였는데, 이 기술은 나중에 리처드 세라의 작품 제작을 돕는 데 무척 유용하게 써먹었다.

샌디는 우리에게 변기 설치법을 기초부터 가르쳐 주었다. 우선 납을 녹이는 법과, 납관 벤드(납관을 직각으로 꺾어 만든 부품)를 제대로 설치하는 법을 알아야 한다. 납관 벤드의 아랫부분은 바닥과 나란하게 해서 직경 10센티미터짜리의 무쇠 파이프에 연결한다. 두 파이프를 연결하면 파이프끼리 만나면서 겹치는 지점이 생기기 마련인데, 바로 이 지점에 망치와 쐐기를 사용하여 뱃밥(나무 선박에 난 틈이나 구멍을 메우는 데 흔히 쓰는 섬유

질 소재)을 충분히 채워야 한다. 그런 후에 스네이크(석면으로 만든 로프)로 납관 벤드와 무쇠 파이프 연결부에 칭칭 동여맨다.

여기까지 아무런 문제 없이 진행되었다면 석면 스네이크 끄트머리에 조그마한 구멍이 생기게 된다. 그러면 아까부터 프로판 버너 위에 놓고 끓이고 있던 녹인 납을 한 국자 떠서 그 구멍 속으로 부어 넣는다. 녹인 납이 안으로 흘러들어 가면서 연결부 주변을 돌고, 석면 스네이크는 납을 붙들어 놓는 역할을 한다. 충분히 부어 넣었다 싶으면 그대로 두고 식힌다. 그러고는 스네이크를 떼어 내고 망치와 작은 쐐기를 가지고 식은 납을 단단히 다진다. 그런 과정을 세 번 정도 반복하면 물이 새지 않는 아주 단단한 이음 고리가 완성된다.

다음은 납관 벤드의 윗부분, 즉 수직 부분을 양변기 하단과 고정될 금속제 테두리와 연결할 순서다. 우선 납관 벤드의 윗부분을 매끈하게 다듬은 후 테두리에 연결한다. 연결부를 빈틈없이 이어 붙이기 위하여 뜨겁게 녹인 납을 테두리부에 '문지르듯' 발라 준다.

납을 문지르는 데는 갈색 종이 포장지를 쓰는 것이 배관공들의 전통이다. 그 연유는 이러하다. 1950~1960년대 배관공들은 갈색 종이에 점심을 싸 왔다. 일터에 오면 제일 먼저 하는 일이 싸 온 음식을 먹어 치우는 것이었다. 설령 아침 여덟 시라 할지라도. 그래야 도시락을 싼 그 종이로 납을 문지르는 데 쓸 수 있으니 말이다. 반드시 그래야만 했다. 갈색 종이를 쓰지 않으면 완전 쪼다로 여겨지거나 심지어는 엉터리 배관공이라는 소리를 들어야 했다.

그러니까 간단히 말해서 포장 종이를 들고 그것을 그대로 납 국물에 적셔 썼다는 뜻이다. 납은 무척 뜨거웠고, 따라서 일련의 동작을 매우 민첩하게 해치워야 했다. 납을 테두리 주변으로 발라 문지르고 식게 내버려 둔 다음, 그 위로 밀랍 개스킷을 덮어 테두리와 양변기 하단을 밀봉 형태로 연결한다. 석면이 묻어날 수도 있었지만 문지르는 과정에서 장갑은 사용하지 않았다.

팔기는 팔았던 것도 같은데, 사용하는 사람은 한 명도 보지 못했다. 그러니까 갈색 포장 종이가 손을 보호하는 유일한 수단이었던 셈이다. 처음에는 샌디가 나이 든 배관공을 우리에게 붙여 보내 납 문지르는 법을 가르쳐 주었지만, 몇 차례 변기를 설치한 다음에는 우리끼리만으로도 충분했다.

진과 내가 알고 지내는 예술가들이 무척이나 많았고, 또한 샌디가 사는 곳도 소호였기 때문에 우리의 작업 반경 또한 그곳을 크게 벗어나지 않았다. 널찍한 워크인 샤워장을 온전히 납으로만 만들고 싶어 한 고객도 있었다. 꽤나 만만찮은 일이기는 했지만, 어쨌든 납면을 문질러 이어 붙이는 식으로 해서 공사를 마무리했다. 더러는 건물 옥상에 있는 대형 물탱크에 파이프를 연결하는 일감도 있었으나, 대부분은 온수 히터와 세면대를 설치하는 일이었다. 부엌 공사 역시 그리 어렵지 않았다. 설계 도면을 그리고 벽을 세운 뒤, 수직으로 건물 내벽을 관통하는 수도관과 이어지는 파이프를 붙이고, 마지막으로 음식 쓰레기가 나가는 파이프를 직경 10센티미터짜리 배수관과 연결하면 끝이었다. 이렇게 하는 데 보통 일주일가량 소요되었다. 당시 내 고객의 상당수는 내 본업이 음악임을 아는 사람들이었지만 그 사실을 문제 삼는 사람은 없었다.

이런 식으로 생계를 위하여 부업을 뛴 것이 그 뒤로 12년 동안 이어졌다. 내 나이 마흔한 살 때까지였다. 학계나 음악원에서 교편을 잡을 수 있지 않을까 하는 생각은 단 한 번도 하지 않았다. 교직은 어쨌거나 시간 소모가 클 것이고, 게다가 뉴욕보다 한참 지루한 곳으로 삶의 터전을 옮겨야 할 가능성이 높아서 애초부터 고려 대상이 되지 못했다. 물론 오라는 학교가 있었던 것도 아니었지만 말이다. 내 인생에서 다시 교직 이야기가 대두된 것은(그나마도 정식 제안은 아니었고, 그저 이야기 수준에 머무르고 말았다) 내 나이 일흔두 살 때의 일이다. 역시 내 쪽에서 흥미가 일지 않았다.

줄리엣과 재크

1968년 봄, 조앤이 아기를 가졌다. 나는 조앤과 함께 라마즈 분만법 수업을 듣기 시작했다. 첫 출산인 만큼 조앤은 자연 분만을 원했지만 그렇다고 집에서 낳을 준비까지는 되지 않았다. 우리는 올바른 호흡법을 배우고 훈련하기 위하여 몇 달 동안 수업을 다녔다. 라마즈법으로 해산하면 마취 주사 없이 아이를 낳을 수 있고, 따라서 마취약이 아기의 혈관으로 흘러들어 갈까 걱정할 필요도 없었다.

10월, 출산 예정일이 목하로 닥치면서 마침내 조앤의 진통이 시작되었다. 병원에는 진통이 두 시간 간격으로 잦아진 후에야 가는 것이라고 해서 일단은 기다렸다. 진통 빈도는 들쭉날쭉했다. 잦아지는 것 같다가도 네댓 시간 동안 말짱하기도 했다. 그렇게 임박한 출산을 기다리면서 며칠이 흘렀다.

그때만 하더라도 분만실에 남편을 들이는 병원은 흔하지 않았다. 그래도 여기저기 수소문한 결과 남편이 분만실에 함께 들어갈 수 있는 병원을 찾아냈다. 마침내 진통이 일정한 주기로 찾아오면서 우리는 짐을 챙겨 병원으로 향했다. 나는 분만실에 들어가기에 앞서 살균 처리를 받았고, 정수리부터 발끝까지 의사 복장과 비슷한 가운을 뒤집어썼다. 그러고는 조앤 옆에 서서 라마즈법 수업에서 배운 대로 함께 숨을 들이쉬고 내쉬기 시작했다. 어느 사이에 진통은 10분 간격으로 바짝 밀착되는가 싶더니만 다시 띄엄띄엄 이어졌다. 시간이 흘러도 아기는 나올 기미를 보이지 않았다. 처음에는 마취 주사 없이 시작했지만, 결국에는 어느 시점에서인가 받지 않을 수 없었다. 다음 날 아침 마침내 아이가 태어났다. 머리숱이 수북한 여자 아이였다. 조앤은 이후 이틀간 병원에서 몸을 추슬렀다. 해산 다음 날 아침, 조앤은 아기 이름을 줄리엣으로 하자고 했다. 아기를 낳기 전 셰익스피어를 읽고 있었기 때문이다. 우리는 베이비 줄리엣을 데리고 퇴원하여 웨스트 23가에 있는 집으로 돌아왔다.

줄리엣은 마부 마인스 극단 식구들에게도 첫 아기였다. 극단 식구들은 줄리엣을 자기 아기처럼 반겼다. 얼마 지나지 않아 루스와 리도 딸 클로브를 낳았다. 2년 뒤 극단의 첫 번째 투어 때는 줄리엣과 클로브도 함께 데려갔다. 호텔은 엄두도 내지 못하고 다른 사람들 집에 신세를 지며 다닌 투어였다. 그래도 마부 마인스 같은 극단을 초청하여 무대를 내주는 사람들이라면 보통 극단 식구들 숙식 정도는 해결해 주는 편이었기에 가능한 일이었다. 1976년, 「해변의 아인슈타인」으로 유럽 투어에 나섰을 때도 줄리엣과 아들 재크를 데리고 다녔다.

3년 뒤인 1971년에는 재크가 태어났다. 그 사이에 인식이 많이 바뀌어 그 무렵에는 아버지가 분만실에 들어가는 것이 더 이상 진귀한 풍경이 아니게 되었다. 재크 때는 라마즈 수업은 받지 않았다. 첫 아기 때 시도해 보았지만 그다지 도움이 되지 않았다고 판단했다. 수업을 챙길 정도로 시간 여유가 있지도 않았다. 당장 나부터 풀타임으로 일하고 있었고, 조앤 역시 극단 일과 파출부 일로 바빴다. 리허설 때문에 조앤이 파출부 일을 할 수 없게 될 때면 내가 대타로 뛰기도 했다. 일당도 썩 나쁘지 않았다. 아파트 청소에 호당 35~40달러 정도를 받았는데, 하루에 두 탕을 뛴다면 일당 80달러가 그것도 현금으로 들어왔으니 말이다. 거금이라고는 할 수 없었지만, 거금이 필요한 생활을 하지 않았으니 충분했다. 1리터짜리 우유를 30센트에 살 수 있고, 담배 한 갑 역시 그 정도 가격에 팔리던 시절이었다.

둘째는 사내아이가 될 줄 미리부터 알아서 이름도 울프 재커리 글래스로 하기로 정해 두었다. 울프 | Wolfe | 라는 이름은 외삼촌인 윌리 굴린에게서 딴 것이다. 열일곱 살 때 파리 여행 여비를 마련해 주었고, 줄리아드에서 공부할 때도 다달이 용돈을 부쳐 준 고마운 분이다. 윌리 삼촌의 이디시어 이름이 바로 울프였다. '윌리'는 '울프'의 영어식 표기다.

재크가 태어난 과정은 줄리엣의 그것과는 같지 않았지만 그 특별함만은 다르지 않았다. 삶의 시작과 끝은, 그보다 더 큰 것이 있을까 싶을 정도로 인생에서 거대한 사건임이 틀림없다. 당시 나는 삶의 끝에 대해서는 별로 아는 바가 없었지만, 최소한 삶의 시작에 대해서만큼은 우리 아이들 덕분에 배울 수 있었다.

필립 글래스 앙상블

필립 글래스 앙상블(그때는 아직 그런 이름을 붙이기 전이지만)이 꼴을 갖추기 시작한 것은 내 음악을 연주할 의향과 능력을 겸비한 음악인들이 필요해졌기 때문이다. 내게 그럴 용기를 준 이는 당연히 라비 샹카르였다. 그는 작곡과 연주를 겸한 궁극의 모범이었다. 나는 뉴욕에 돌아와서 아서 머피와 스티브 라이히 같은 줄리아드 시절 친구들에게 연락을 넣기 시작했다. 아서와 스티브는 모두 작곡가였다. 아서는 12음 기법과 재즈 쪽에서 잔뼈가 굵었고, 스티브는 음악적 프레이즈를 '페이징'하는 기법으로 유달리 아름다운 음악을 창조하고 있었다. 스티브는 테이프 머신을 사용하여 작업하기 시작했는데, 같은 음악을 두 개의 테이프에 담아 동시에 재생하되 재생 속도에 미묘한 차이를 둠으로써 음악이 점차 엇나가게 했다. 그는 그 엇나감에서 새로운 음악 패턴이 솟아나는 것을 들었던 것이다. 대부분의 사람들은 인지하지 못하고 지나쳤겠지만, 스티브만은 무엇인가 새로운 사건이 벌어지고 있음을 알아차렸다. 페이징 기법은 그의 초기작들의 밑바탕에 깔려 있다. 두 대의 피아노로 연주하는 「피아노 페이즈」와, 세 대의 소프라노 색소폰으로 연주하는 「리드 페이즈」가 그 예다. 그는 아프리카도 탐방하고 돌아와서는 그들의 타악기를 자신의 음악 언어 안으로 끌어들였다. 그 무렵의 스티브 라이히는 자신만의 독창적인 작품 세계를 펼쳐 갈 수 있는 완벽한 밑천을 갖춘 뒤였다.

내 첫 연주회에서도 손발을 맞춘 존 깁슨 역시 앙상블 초창기 멤버 중 하나였다. 그러니까 존이 색소폰을 불고, 아서와 스티브와 내가 피아노를 치는 편성부터 출발한 것이다. 곧이어 루이지애나 주 세실리아 출신의 색소폰 주자인 디키 랜드리가 합류했다. 1년 뒤에는 '끝내주게 아름다운' 목소리를 가진 성악가 조앤 라 바버라의 재능이 더해졌다. 디키의 친구인 리처드 펙은 남부에서 올라온 케이준|Cajun|[155]으로, 세 번째 색소포니스트로 앙상블에 합류한 이래 40년 동안 고락을 함께했다. 1974년에 처음으로 인연을 맺은 마이클 리스먼(시카고 대학 시절의 은사인 데이비드 리스먼 교수의 아들)은 2년 뒤 음악감독이 된 이래 리허설과 신입 단원 오디션 등과 관련한 일을 책임지고 있으며, 근년에는 나의 다른 작품들을 앙상블용으로 편곡하는 일에도 깊이 관여하고 있다. 이후로도 성악에 아이리스 히스키, 도라 오렌스타인이, 건반에 믹 로시, 마틴 골드레이, 엘리너 샌드레스키가, 목관에 앤드류 스터먼, 잭 크리플, 데이비드 크로웰 등이 합류했고, 리사 빌라바는 성악가 겸 피아니스트로 일인이역을 감당했다. 리사는 '리드 싱어'로서의 역할에만 머무르지 않고 2012년 린다 브룸바흐가 이끄는 파미그래니트 아츠가 올린 「해변의 아인슈타인」 공연에서 합창곡 부분을 준비하기도 했다. 린다는 이후로도 공연 섭외나 새로운 프로덕션 섭외 관련 업무에 적극적으로 관여하고 있다. 앙상블 내 모든 단원은 다들 나름대로 작곡가들이기도 하다. 지난 30년간 실황 공연 믹싱 작업을 도맡은 댄 드라이든은 우리 앙상블의 많은 연주회와 레코딩 자료를 관리하고 있고, 스티브 어브는 스테이지 믹서로 한몫을 담당하고 있다.

창단 초기부터 우리 앙상블은 주 1회 연습을 지켜 왔다. 연습 날 저녁이면 23가에 있던 우리 아파트 건물 꼭대기 층에 모였다. 앙상블이 지켜야 할

155 미국 루이지애나 주 사람들 중 프랑스계 이민의 자손을 일컫는 말.

규칙은 단 하나뿐이었다. 내가 쓴 음악만을 연주해야 한다는 것이었다. 다른 작곡가들의 음악은, 정해진 연습 외에 단원들끼리 따로 모여 연습할 때에 한해 허용했다. 하지만 우리 아파트에서 모이는 연습 날에는 오로지 내가 쓴 음악에만 집중했다. 당시로서는 매우 파격적인 시도였다. 보통은 서너 명의 작곡가가 의기투합해 프로젝트 악단을 만들고, 연주회마다 각자 쓴 신곡을 포함시켜 프로그램을 짜는 식이다. 하지만 내가 볼 때 이런 식의 운영은 파국으로 치닫는 처방 그 이상도 이하도 아니었다. 프로그램 구성도 언제나 비슷할 것이요, 게다가 작곡가들 저마다 품은 꿍꿍이가 무엇일지 또 어찌 헤아리겠는가. 나는 그런 쪽으로는 조금도 시간을 허비하고 싶지 않았다.

악단을 꾸리고 보니 당장 해결해야 할 음악적 문제가 하나 대두되었다. 악보를 넘기는 것이 만만찮은 장애물로 떠오른 것이다. 나야 상관이 없었다. 내가 쓴 곡인만큼 대부분은 머릿속에 외우고 있었기 때문이다. 하지만 다른 단원들은 그렇지가 못했다. 페이지터너를 따로 둘 형편도 아니었다. 그렇다면 음악의 구조를 좀 더 간결한 방식으로 나타낼 수 있는 기보 시스템을 어떻게든 고안해 내야 했다.

나는 이 문제를 덧붙이기와 덜어 내기식 시스템의 확장으로 해결했다. 이를테면 다섯 음표짜리 프레이즈를 반복한다고 할 때, 일일이 음표를 기록하는 대신 곱셈 기호를 써서 대체하는 방식이다. 그러니까 '×5'라는 식으로 말이다. 프레이즈에 음이 하나 덧붙으면 '×6'으로, 하나가 빠지면 '×4'로 표기할 수 있으니 지면을 대폭 절약할 수 있었다. 음표로 기록했더라면 60쪽에 달할 곡이 대여섯 쪽으로 해결되었다. 어떻게든 악보를 축약해야 할 필요가 있었기에 머리를 싸매고 고민하다 보니 마침내 '유레카!'의 순간이 온 것이다.

신생 필립 글래스 앙상블의 레퍼토리 가운데 중심축이 된 신곡 「두 페이지」와 「1+1」은 새로운 기보 요령이라는 돌파구가 없었더라면 빛을 보지 못했을 작품들이었다. 「두 페이지」는 원주제를 제시한 뒤 거기에 음을 더하고 감하는 과정을 통해 곡 전체의 형태를 드러내는 18분 길이의 곡이다. 곱셈 기호 기보법을 최초로 시도한 작품이었고, 그러지 않았더라면 곡 제목이 '스무 페이지'가 되었을지도 모를 일이다. 「1+1」은 덧셈과 뺄셈을 통한 점진적 변화라는 아이디어를 수학적으로 표현한 작품이다.

당시 나는 두 작품을 통해 두 가지 일을 동시에 시도했다. 「두 페이지」에서는 음악에 대한 새로운 발상을 통합하려 했다. 「1+1」에서는 작곡 과정을 추출하고 표현할 수 있는 분석적 관점을 적용했다. 나는 언제나 요소의 통합에서부터 시작했고, 분석은 차후 부산물로 따라오는 것으로 여겼다. 이러한 접근법은 직관과 실제 몸으로 하는 연주에서 비롯된 것이다. 음악을 대하는 이러한 자세는 나로 하여금 연주자로서 성장할 수 있게 했고, 그러면서 음악의 구조와 작곡 과정에 대한 또 다른 새로운 발상으로 자연스럽게 이어졌다.

어느새 건반이 넷, 색소폰이 둘, 여기에 성악가까지 한 명 가세하면서 앙상블은 몸집이 커졌다. 그러면서 멤버 모두 플러그인할 수 있는 사운드 시스템이 필요해졌다. 원래 사용하던 4채널 사운드 시스템은 유니버시티 사가 만든 12인치 스피커 한 벌에다가, 직접 조립해서 쓰는 앰플리파이어를 연결한 구성이었다. 여기에 채널을 여덟 개로 늘리기 위하여 Y자 커넥터를 사용했다. 건반은 중고 시장에 매물로 나온 파르피사 사의 전기 오르간으로 해결했다. 대당 2백 달러 정도 가격에 모두 세 대를 구입했다. 이런 종류의 중고 건반은 구하기가 어렵지 않았다. 보통 크리스마스 몇 주 후면 매물로 나오는 물량이 꽤 있었다. 이렇게 해서 총 1천 달러 미만으로 전체 사운드 시스템을 갖추었다. 꽤 무리가 되었지만, 사운드 시스템 없이 음악을 할 수는 없는 노릇이었다. 이삿짐센터와 배관공 일을 더 많이 맡는 수밖에 없었다. 어떻게든 조금만 더 부지런히 움직이면 메꿀 수 있는 금액이었다.

그 정도면 될 줄 알았는데 부족한 부분이 또 드러났다. 「5도 음악」, 「반진행하는 음악」, 「병진행하는 음악」 같은 곡을 무대에서 연주하자니 사운드 믹싱을 전담할 사람이 절실해졌다. 처음에는 어떻게든 되겠거니 하고 주먹구구로 연주 도중 단원들이 일어나서 밸런스를 재조정했다. 개별 모니터용 스피커가 있었던 것도 아닌지라 다른 단원이 일어나 다시 조정하고 나면 새로운 밸런스에 적응해야 하는 혼란의 연속이었다. 그렇게 몇 번만 더 콘서트를 했다가는 단원들끼리 된통 싸움이 나지 싶었다. 그렇게 되기 전에 다행히 친구 하나가 커트 먼캑시라는 젊은이에게 부탁해 우리 앙상블의 소리를 듣고 진단을 좀 내려 달라고 했다. 커트는 내가 집에서 얼렁뚱땅 만든 사운드 시스템을 비롯한 전반적인 문제를 지적했다.

커트는 대학에서 식물학자로 일하다가 로큰롤이 좋아 연구복을 벗은 케이스였다. 음향을 듣는 귀가 무척 날카로웠고, 전기 장치에 대한 관심이 깊었으며, 또한 로큰롤에 대한 열정과 지식을 겸비한 사내였다. 전기와 음향에 대한 관심이 남달라 '기타랩'이라는 악기점에서 일하기도 했고, 그러면서 존 레논의 기타를 손보기도 했단다. 나는 커트에게 필립 글래스 앙상블의 사운드 엔지니어로 일해 보지 않겠느냐고 제안했고, 커트는 "네, 능력이 미치는 한 최선을 다하겠습니다"라며 겸손하게 화답했다. 당시 음악에 대한 그의 생각은 급속도로 발전하고 있었다. 사실 커트는 증폭이 필요한 음악이라면 장르를 가리지 않고 흥미를 보였다. 증폭은 내 음악에서도 중요한 부분이었기에 그것이 그에게는 사운드 엔지니어로서 성장할 밑거름이 되었다. 믹싱은 우리 음악가들에게 무척 생소한 분야였다. 따라서 커트를 영입한 것은 우리 앙상블이 그전에는 경험하지 못한 새로운 전문성을 갖추었음을 의미했다. 나는 극도로 거친 불협화음을 내면서도 과하게 고상한 척하는 현대음악의 세계에서 가능한 한 멀리 떨어지는 것이 좋았다. 서양과 동양의 전통에 바탕을 둔 테크닉을 습득한 것은, 더 이상 어떤 설명도 양해도 필요하지 않은 음악을 상상할 수 있는 확신을 심어 주었다.

닫힌 시스템과 열린 시스템

1968년 5월, 시네마테크 연주회 직후 나는 새로운 곡을 쓰기 시작했다. 6월부터 12월 사이에 세 곡을 완성했는데, 앞서도 언급한 「병진행하는 음악」, 「반진행하는 음악」, 「5도 음악」이 바로 그것이었다. 각각의 곡을 쓰는 데는 2~3주 정도가 걸렸다. 이어 앙상블이 곡을 소화할 수 있기까지 연습하는 데 3~4주가 또 걸렸다. 세 곡 모두 급진적이었다. 흡사 그런지 음악처럼 들리는 구석도 있는데, 이는 일렉트릭 피아노와 필요 이상으로 둔중한 붐박스 스피커 같은 당시의 기술 수준에서 연유했다. 곡들은 시끄럽고 빠르게 끊이지 않고 이어졌다. 「병진행하는 음악」에서는 팔분음표가 실에 꿴 구슬처럼 15분 남짓 이어진다. 내가 들어도 가차 없이 진행된다. 거기서 황홀감을 맛볼 수 있을 것이다. 실제로 그런 이들이 적지 않았다. 이런 음악은 믹싱과 증폭이 필수였다. 믹싱과 증폭은 내가 희구하던 감정적 한 방을 가능하게 하는 기술이었다. 이런 음악을 듣고 있으면 엄동 날씨에 바깥에 서서 싸락눈과 진눈깨비를 맨얼굴 그대로 받아 내는 것만 같은 느낌이 든다. 정신이 번쩍 들고, 자연의 힘이 느껴진다. 그렇게 묘사해도 괜찮을 것 같은 감정 상태를 어쩌다 우연히 표현하게 되었다. 그렇다고 해서 아무런 생각 없이 들을 수 있는 음악을 의도한 것은 아니다. 오히려 유기적이고 강력하며 의식적인 음악을 의도했다. 곡의 구조에 집중하고 들으면 끊임없이 변화하는 프레이즈를 들을 수 있을 것이다. 음악의 흐름이 워낙 일관적이기 때문에 변화를 알아차리기가 쉽지는 않겠지만 말이다. 이런 음악이 묘한 점은, 거의 알아차리지 못하고 지나치기 십상인 일련의 연속적인 음악적 사건들에 주의를 기울이게 한다는 것이고, 언뜻 변화하지 않는 것 같지만 실제로는 한순간도 멈추지 않고 변화하는 것을 듣게끔 한다는 것이다.

증폭 장치는 음악에 새로운 차원을 부여했다. 이것을 형식과 내용 혹은 표층과 구조 간의 문제로 말하면 가장 적절할 것이다. 마치 조각품을 분석하듯이 말이다. 곡의 구조는 리듬적 프레이즈 안에 녹아 있고, 표층은 소리 그 자체라 할 수 있다. 형식과 내용 혹은 표층과 구조에 대한 이러한 생각은 당시 미술계와 공연계를 지배한 화두 가운데 하나였다.

「병진행하는 음악」에서 나는 완전히 다른 종류의 새로운 음악적 국면을 발견했고, 이는 작곡가로서의 행로에 새로운 문을 열어 주었다. 이 곡은 「5도 음악」이나 「반진행하는 음악」과 아주 비슷하게 진행되지만 결정적인 차이점이 있다. 음악 라인이 점차 길어져 최장 길이에 이르면 거기서부터 한 프레이즈씩 짧아지기 시작하여 원래의 길이로 돌아오는 방식이 그것이다. 이전과 마찬가지로 덧붙이기 원리를 기본으로 깔면서도 원래의 프레이즈를 잘게 분절해서 사용해서 새로운 음악의 구조를 만든다는 점에서 참신한 발전의 가능성을 보여 주었다.

사실상 나는 두 가지 시스템에 입각해 곡을 썼다. 닫힌 시스템과 열린 시스템. 닫힌 시스템을 대변하는 「반진행하는 음악」은 그 자체로 완결되어 더 이상 새로운 음악적 발전의 가능성을 제시하지 못한다. 이는 탁자 위에 유리잔을 하나씩 올려놓다 보니 어느 순간 빈자리가 하나도 없어진 것과도 같다. 「병진행하는 음악」으로 대표되는 열린 시스템은 첫 번째 탁자가 꽉 차면 다른 탁자를 쓰는 식이다.

흥미롭게도 열린 시스템과 닫힌 시스템에 대한 이러한 설명은 지금껏 보아 온 어느 이론서에도 등장하지 않는다. 그만큼 내가 새로운 구조의 언어를 가지고 작업했음을 반증하는 셈이 된다. 이 새로운 전략은 곧이어 쓴 「변화하는 파트를 가진 음악」과 「열두 파트로 구성된 음악」에서도 중요한 토대가 되었다. 더욱이 「해변의 아인슈타인」의 덧붙이기식 음악에서도 폭넓게 적용되었다.

1970년 1월, 구겐하임 미술관에서 연주했다. 큰 미술관에서 대중을 상대로 한 첫 대규모 공연이었다. 120석 규모의 리사이틀홀에서 「5도 음악」,

「반진행하는 음악」, 「병진행하는 음악」 세 곡을 연주했다. 일반 대중을 상대로 했다고는 하지만 사실 관객의 대부분은 내 친구들이었다. 그런 만큼 객석의 열기도 뜨거웠다. 연주 시간은 곡당 20분 정도였고, 곡과 곡 사이에 짧은 휴식을 두었다. 사운드는 앰프를 통해 증폭되었지만, 음악의 구조가 무척 투명했기 때문에 믹싱은 그다지 필요하지 않았다. 각 곡이 서로 긴밀한 연관성을 지니기 때문에 프로그램 구성도 흡족했고, 무엇보다 필립 글래스 앙상블이 그간 연마해 온 독자적인 연주 스타일을 마음껏 뽐낼 수 있는 기회가 되어서 만족스러웠다.

미술과 음악

리처드 세라

뉴욕으로 돌아오고 난 이후로 나는 별일 없는 저녁이면 리처드 세라의 스튜디오에서 그의 작업을 도우며 보냈다. 리처드는 조수를 따로 둘 만큼 형편이 넉넉하지 못해서 언제라도 힘쓸 일이 필요해지면 내게 연락했다.

시네마테크 콘서트가 있고 얼마 후였다. 1968년에서 1969년으로 넘어가는 겨울께였을 것이다. 리처드에게서 전화가 걸려 왔다. 미술계의 유망주들을 엄선하여 자신의 갤러리에서 전시회를 열고 있는 리오 카스텔리가 리처드를 후원하기로 했다는 희소식이었다. 그러면서 업타운에 있는 카스텔리의 창고 건물에서 리처드의 개인전도 열 수 있게 초청했다는 것이다. 리처드는 거대한 조각품과 설치미술로, 그리고 네온이나 고무를 비롯하여 로어 맨해튼의 길거리에 나뒹구는 흥미로운 재료들을 사용한 작품으로 이미 꽤 나 이름이 알려진 터였다. 미술계의 평론가들과 인사들은 그가 다음에 제작하는 작품이 무엇일지 기대와 관심을 가지고 지켜보고 있었다.

당장 개인전 준비로 바빠진 리처드가 이번에도 내게 어시스턴트로 일해 달라면서 도움을 요청했다. 리처드의 스튜디오에서 일하는 것은 언제나 즐거운 경험이었지만, 이번에는 선뜻 달려가겠노라 답하기가 쉽지 않았다. 샌디 라인골드가 주는 일을 받아 하면서 썩 괜찮은 보수를 받고 있었기 때문이다.

"돕고 싶은 마음은 굴뚝인데, 요새 배관공 일을 하면서 일주일에 2백 달러씩 벌고 있어서 말이야."

리처드는 돈은 걱정하지 말라며 당장 와서 작업을 시작하자고 다그쳤다. 이게 웬일인가 싶어 나는 다음 날로 달려갔고, 그날부터 거의 3년 동안 리처드의 풀타임 조수로 일했다. 일도 재미있었고, 마부 마인스의 극작은 물론이요 필립 글래스 앙상블을 위하여 쓰던 음악과 나란히 놓으면 상통하는 점이 많았다. 작업 스케줄이 그렇게 팍팍하지는 않아서 우리 앙상블의 공연 활동과도 그럭저럭 병행해 나갈 수 있었다.

목전에 닥친 큰일은 우선 창고 개인전이었다. 준비 과정에만 몇 달은 걸릴 일이었다. 전시작의 상당수는 초기 스타일에 입각한 받침대 작품|prop piece|[156]으로 하기로 했다. 또한 거대한 납판을 둘둘 말았다 편 것 같은 작품과, 「카드로 만든 집」처럼 받침대 없이 세워야 할 작품도 적어도 하나는 만들어야 했다. 특히 「카드로 만든 집」은 그때까지 정식으로 공개된 적 없는 신작이었다. 내가 파악하기로는 재료와 과정이라는 두 가지 요소의 어울림이 관건인 듯했다. 나는 리처드의 스튜디오에서 이따금씩 저녁 시간을 보내면서 알음알음으로 주워들은 것을 제외하면 조각이건 미술이건 정식 훈련을 받은 적이 없다. 그래도 현대미술에 대해서 남들만큼은 알고 있었고, 리처드가 하고 있는 예술이 어떤 것인지도 곧 이해하게 되었다. 리처드는 시작부터 열과 성을 가지고 내게 미술에 대해 가르쳐 주었다. 그가 하는 말을 내가 제대로 알아먹어야 조수 노릇도 할 수 있는 것일 테니 당연한 정성이었다. 그는

156 막대기나 널판 등을 지주 삼아 그 위에 기하학적 입체를 올려놓는 예술품.

읽고 공부할 책도 알아서 구해다 주었다. 우리는 가끔씩 미술관이나 작은 갤러리에 가서 하루 종일 시간을 보내기도 했다. 사실 아침나절을 제외하면 그날그날의 스케줄이 어찌 될지 미리 안 적은 거의 없었다. 어느 하루도 틀에 박힌 듯한 날은 없었으니 말이다.

하루의 시작은 체임버스 가 바로 위쪽의 웨스트브로드웨이 가에 있는 트라이베카 |Tribeca|[157]의 어느 카페테리아에서 커피와 아침을 들면서 시작했다. 예술가로 일하는 사람들은 보통 매우 규칙적인 생활을 한다. 아침에 일찍 일어나고, 하루 종일 일한다. 대부분의 사람들이 예술가에 대해 가지고 있는 편견과는 사뭇 다르다. 그 카페테리아는 예술가들의 로프트 밀집 지역과 가깝다 보니 내 친구들의 단골집이기도 하다. 당장 떠오르는 몇 명의 이름만 대더라도 수전 로던버그, 리처드 노나스, 척 클로스, 키스 소니어, 조엘 샤피로 등이 있다. 거의 하룻밤 사이라 해도 좋을 만큼 모두 단시간 안에 크게 성공하고, 재료와 과정에 방점을 둔 새로운 예술 운동을 주도하는 리더가 된 젊은 예술가들이었다.

아침 식사를 느긋하게 할 수 있는 것은 아니었다. 모두 헐레벌떡 음식을 해치우고 바삐 가게 문을 나서는 분위기가 역력했다. 리처드와 나는 세 가지 가능성을 가지고 하루를 시작했다. 작업에 쓸 재료를 물색하러 다니거나(길거리를 돌아다니다가 발견하거나, 용구점에서 구입했다), 워싱턴 가에 있는 리처드의 스튜디오로 직행하거나, 그도 아니면 앞서 말한 것처럼 미술관과 갤러리를 찾아다니며 하루를 보냈다. 미술관과 갤러리는 리처드 자신이 즐기기도 했지만, 내 훈련에도 유용했다. 리처드는 타고난 선생으로, 미술사와 미술품 제작이라는 실제적 문제에 대해 두루 해박했다. 그는 논리적이고 직관적으로 대상에 대해 토론하고 분석하는 것을 좋아했으며, 이러한 변증적

157 로어맨해튼의 동네 이름. '커낼스트리트 아래쪽 삼각형 **Tri**angle **Be**low **Ca**nal'이라는 말의 앞 글자들에서 따온 말이다.

방식을 통해 언제나 뭔가 새롭고 놀라운 요소를 끌어들였다. 그는 역사에 대해 제대로 공부한 사람다운 감각과, 예술 작품의 수준과 예술의 혁신을 이루는 요소가 무엇인지를 변별해 내는 높은 감식안을 가지고 있었다. 또한 우리가 살고 있는 복잡한 세상을 쉬이 이해할 수 없는 어려움을 헤아리는 대단한 세심함도 가지고 있었다.

언젠가 작업실에서 일을 하다가 리처드에게 이런 말을 한 적이 있다.

"있잖아, 리처드. 나도 그림을 그릴 수 있으면 얼마나 좋을까 싶어. 난 나무 한 그루도 제대로 못 그리거든."

"그거라면 내가 도와줄 수 있을 것 같은데."

"진짜? 어떻게?"

"우선 '보는 법'을 가르쳐 주지. 그러고 나면 뭐든 그릴 수 있게 될 거야."

리처드의 제안을 듣고 나는 뒤통수를 얻어맞은 것 같은 충격을 받았다. 그러고는 이렇게 생각했다. 그림은 우선 보는 것이고, 춤은 우선 움직이는 것이며, 글은(이야기와, 특히 시) 우선 말하는 것이고, 음악은 우선 듣는 것이라고 말이다. 그러고 보면 음악 훈련 역시 전적으로 듣는 법을 배우는 과정이었다. 그저 뚫린 귀로 들어오는 소리를 듣는 것이 아니라, 적극적으로 그 의미를 찾아 듣는 훈련이었다. 바로 그것이 불랑제 여사와 디외도네 여사가 가르치려 한 핵심이었다.

하지만 리처드에게서 '보는 법'은 끝내 배우지 못했고, 따라서 그림 그리는 법도 영영 깨치지 못했다. 언제나 리처드의 작품을 보고 만지는 것이 우리 일이었고 그러면서 나도 많이 배웠지만, 시각예술가들이 하는 식으로 독창적으로 사물을 보는 능력은 내 깜냥 밖의 일이었다. 그러나 앞으로 쓰게 될 내 오페라 작품들에서는 다른 '보는 자들'과 능동적인 관계를 맺었다. 언어와 동작, 이미지와 음악을 모두 사용해야 하는 일이니 말이다. 이는 내가 예술가로서 성장하는 데 큰 밑거름이 되었다.

척 클로스

어느 날 리처드가 물었다.

"그나저나 말이지, 척이 사람들 사진을 찍어서 초상화를 그린다던데. 어떤가, 자네도 모델 한 번 할 텐가?"

내가 척 클로스를 처음 만난 것은 파리에 있을 때였다. 당시 척은 풀브라이트 장학생 자격으로 빈에서 공부하고 있었고, 돌아와서는 리처드의 스튜디오 옆 건물에 자신의 스튜디오를 두고 있었다.

"거 괜찮겠네."

나는 리처드와 함께 척의 스튜디오로 갔다. 장비도 시설도 무척 소박한 수준이었다. 카메라 한 대와 모델이 앉을 의자가 하나 있었다. 여권용 증명사진을 찍는 세팅이라고 해도 무방할 정도였다. 척이 셔터를 한 번 이상 눌렀을 것이나, 촬영은 앉은 지 1분도 채 되지 않아 끝났다. 척이 말했다.

"알다시피 과거에 초상화라는 건 예술 애호가가 돈을 주고 그리게 하는 거였지. 의뢰자는 아주 유명한 사람들이었고, 그들은 이런 식으로 자기를 꼭 닮게 그린 그림을 곁에 두었단 말이야. 그러지 않고는 방법이 없었지. 공작, 왕, 여왕, 뭐 그런 이들이었겠지. 반면 난 전혀 알려지지 않은 사람들의 사진을 찍는다네."

허나 아이러니하게도 당시 척이 찍은 이들 대부분이 나중에는 꽤나 이름을 날리는 인사가 되었다. 가끔 척에게 그때 무명 운운하며 한 말을 기억하느냐며 골린다.

사실 척의 작업은 생각보다 상당히 급진적인 것이었다. 그림의 대상보다도 그리는 과정을 더 중요하게 여겼다는 점에서 말이다. 그가 그런 시도를 할 수 있었던 것은 화가로서 고도의 솜씨를 가지고 있었기 때문이다. 척은 브라이스 마든[158]과 리처드 세라 같은 다른 훌륭한 미술가들과 마찬가지로 예일 대학을 졸업했다. 브라이스, 리처드, 척은 모두 같은 시기에 예일을 다녔고, 이후 다들 유명해졌다. 한편 척이 그린 내 초상화는 나중에 휘트니 미술관에 팔렸다. 내 딸 줄리엣이 일곱 살인가 여덟 살 무렵의 일이다. 학교에서 휘트니 미술관 견학을 갔던 모양이다. 줄리엣은 전시실에 걸린 척의 작품을 발견하고는 "어, 우리 아빠다!" 하며 반가워했다. 그러나 친구들은 딸의 말을 믿지 않았다. 정말로 줄리엣 아빠가 맞는데 말이다.

척의 초상화에서는 아주 독특한 개성이 뚝뚝 묻어났다. 그는 때로는 점을, 때로는 지문을, 때로는 흰색과 회색의 종이 뭉치까지 사용하여 그림을 아주 빠르고 정교하게 다듬었다. 내 초상화는 더욱 기발한 방식으로 변주되기도 했다. 석판 인쇄, 활자 등으로 변주되는 등 한마디로 그의 상상력이 미치는 대로 다양한 그림이 되었다. 내 사진 단 한 장 가지고도 백 점도 넘는 다른 작품을 만들어 냈으니 말이다. 척의 말로는 내 사진이 그토록 마음에 들었던 이유는 내 머리카락 때문이었단다. 나는 타고난 고수머리를 가지고 있었다. 그래서 머리를 기르기도 쉽지 않았다. 머리가 도무지 길게 늘어뜨려지지 않는 것이다. 턱선까지 내려오는가 싶다가도 거기서 방향을 홱 돌려 위로 올라가고 만다. 아프로 스타일처럼 억세지는 않았지만 그래도 뜻대로 다스리기가 쉽지 않은, 파도처럼 제멋대로 일어나는 머리였다. 바로 그런 점이 척의 그림에 잘 나타나 있다. 들쑥날쑥한 머리카락을 표현하는 것이 기술적으로 쉽지 않았을 텐데 척은 그것을 오히려 즐긴 듯하다.

예술의 재료와 창작 과정

리처드와 함께 일한 것은 무엇과도 바꿀 수 없는 귀중한 경험이었다. 따지고 보면 리처드 또한 나와 함께 일하면서 얻은 바가 있으리라 생각한다.

158 Brice Marden, 1938~ 미국의 미니멀리즘 미술가. 화폭에 단색 혹은 여러 색의 구불구불한 곡선을 겹쳐 그리는 풍의 회화로 유명하다.

무엇보다도 나는 미술가나 조각가가 아니기 때문에 어떤 이해관계나 '사심'이 있을 리 만무했다. 그를 부러워하거나 질시할 이유도 없었고, 그의 작품이 어느 정도는 '내 소유'라는 생각 역시 눈곱만큼도 하지 않았다. 나는 그의 재능과 안목과 솜씨를 사랑했다. 내 본업인 음악은 그가 속한 세계와는 완전히 별개의 영역이었고, 따라서 그의 스튜디오에서 일을 도우며 보내는 시간이 그저 즐겁기만 했다.

기묘하지만 곰곰이 생각해 보면 그리 놀랍지만은 않은 사실은, 나 자신의 음악적 언어가 발전한 궤적이 리처드의 그것과 최소한 개념상으로는 어떤 연관이 있다는 점이다(이는 사소하다고 치부할 일이 전혀 아니다!). 어찌 그러지 않을 수 있겠는가? 리처드의 작업은 예술의 재료와 창작 과정이라는 두 가지 이슈를 물고 늘어졌고, 이는 내가 음악을 통해 고심하던 문제와 다름이 없었다. 1967년부터 1976년 사이에 쓴 작품들은 바로 그 두 가지 이슈에 깊이 천착한 결과라고 해도 과언이 아니다.

하지만 그것만으로는 전부 설명할 수 없다. 다른 두 명의 예술가, 즉 재스퍼 존스와 로버트 라우션버그도 내게 많은 영감을 주었다. 리처드와 나는 그들의 작품을 아주 잘 알고 있었다. 나는 재스퍼 존스의 '깃발' 연작을 보면서 깃발을 그린 그림과 깃발 자체가 하나라고 이해했다. 그렇게밖에는 볼 수 없었다. 나는 형식(깃발)과 내용(깃발을 그린 그림)을 하나로 융합함으로써 그것을 개별적이면서도 하나인 것으로 지각했다. 존스의 '숫자' 연작이나 '과녁' 연작을 볼 때도 마찬가지였다. 하지만 '깃발' 그림들은(놀라운 작품인 「세 개의 깃발」을 포함하여) 깃발 그 자체가 나름의 감정적 더께를 가진 상징적인 이미지라는 점 때문에 더욱 이목을 끌었다. 일단 형식과 내용이 하나임을 이해하고(혹은 '보고') 나면 깃발이 가진 감정적 더께는 거의 그 즉시로 사라지고 만다.

나는 로버트 라우션버그 역시 재스퍼와 비슷한 생각을 가진 예술가로 보았다. 다만 그가 내세운 해결책은 근본적으로 달랐다. 익히 알려져 있듯이 재스퍼와 밥(로버트의 애칭)은 젊은 시절부터 서로의 작품을 늘 보면서 아주 잘 알고 있었다. 그렇게 몇 년이 흐르다가 1957년에 리오 카스텔리가 두 젊은 작가의 공동전을 열었다. 내 나이 고작 스물 살 때였으니, 그들이 했던 생각을 나도 하게 되기까지는 10여 년의 세월이 더 흘러야 했다. 내게는 밥 역시 재스퍼처럼 형식과 내용이라는 문제를 붙들고 씨름하는 것으로 보였다. 다만 밥의 접근 방식이 훨씬 급진적이었다. 밥은 이런저런 물건들을 작품 안으로 끌어들임으로써 회화의 개념을 새롭게 정의하려고 한 듯했다. 문? 전구? 배에 타이어를 둘러쓴 염소? 그의 치열한 노력에도 불구하고 일반 대중과 평단은 물론 심지어 동료 화가들조차 한동안 밥의 예술 세계를 진지하게 받아들이지 않았다. 이미지와 캔버스의 경계선을 허물기 위한 재스퍼의 실험이 그림이라는 영역의 내부에서 비롯되어 바깥을 향했다면, 밥은 바깥에서 물건들을 그림 안으로 끌어들여 전체 판을 뒤집으려고 했다. 둘의 전략은 전적으로 달랐지만, 내게는 같은 전장에서 같은 목적을 위하여 싸우는 전우처럼 보였다. 음악가로서 발견의 여정을 떠나려 하는 내게 이 두 예술가는 엄청나게 중요한 인물들이었다. 여기에 존 케이지와 머스 커닝햄의 작품이 더해지면 모든 것이 앞뒤가 맞아떨어진다.

카스텔리의 창고 전시회를 준비하던 어느 날, 나는 리처드에게 제안을 하나 했다. 사소한 것이었지만, 나중에는 큰 의미를 갖게 될 아이디어였다.

"납을 재료로 한 번 써 보면 어떨까?"

배관을 의미하는 '플러밍|plumbing|'이라는 단어의 원형은 '플럼|plumb|'이다. 이 단어의 라틴어 어원인 '플룸붐|plumbum|'은 '납'을 뜻한다. 납은 배관의 역사에서 중요한 역할을 해 왔고, 이제 조각에서 또 다른 역사를 쓰려 하고 있었다. 나는 리처드를 8번가에 있는 배관 용품점으로 데려갔다. 샌디 라인골드 때문에 재료를 구입할 일이 있을 때마다 드나들던 가게다. 내가 한 일

은 리처드를 그 가게로 데려갔다는 것, 그것이 전부였다. 리처드는 두루마리처럼 말아 놓은 납뿐만 아니라, 납을 녹이고 자르는 데 쓰는 다양한 도구와 장치를 눈여겨보았다. 그는 새로운 재료를 발견한 흥분에 한시라도 빨리 작업을 하고 싶어 했다.

"저것 좀 주시고, 저쪽의 저것도 주시고, 그리고 아, 이것도 좀 주세요."

그는 그 자리에서 수백 킬로그램에 달하는 납과 가열 장치를 구입해 스튜디오로 배달되게 했다. 주문량이 엄청났지만, 특이하게 여길 정도까지는 아니었다. 리처드는 마치 건설업자나 공사판 현장 간부처럼 보였다. 다부진 근육질 체형에 또랑또랑한 눈을 가진 그는 점원들에게 용도에 대해서는 말하지 않았다. 점원들 역시 달리 생각하지는 않는 눈치였다. 건설 회사 직원이라도 그 정도는 사 가니 말이다.

주문한 납은 다음 날 도착했다. 느려 터진 고물이나마 그래도 작동하는 엘리베이터가 있어서 재료를 스튜디오로 실어 올렸다. 나는 잠깐 동안 리처드에게 납을 자르고 구부리고 '문지르는'(두 조각을 이어 붙이는) 법과, 납을 녹이는 데 쓸 작은 버너를 준비하는 법을 가르쳐 주었다. 리처드는 딱 거기까지만 듣고 곧바로 작업에 돌입했다. 납판을 말고 자르는 따위의 일을 비롯한 작업의 상당 부분이 혼자서 하기에는 무리였다. 따라서 리처드에게는 내 도움이 절실했다. 리처드는 곧장 뜨거운 납덩어리를 콘크리트 벽이나 코너로 던지며 돌아다녔다. 이른바 '스플래시 작품|splash piece|'이라고 하는 것이다. 나도 중요한 역할을 했다. 리처드가 납덩이를 던지는 동안 계속해서 납을 녹이는 것이 바로 내 일이었기 때문이다. 리처드는 스플래시 작품을 만드는 것을 특히 좋아했고, 나 역시 큰 쾌감을 맛보았다. 그로부터 1년 남짓 동안 리처드가 스플래시 작품을 만들 때마다 나도 열심히 납을 녹였다.

유럽 투어

1969년 봄, 리처드는 유럽에서 기획된 두 차례 그룹전에 초대받았다. 암스테르담 시립미술관과 스위스 베른 미술관이 각각 그를 초청한 것이었다. 두 전시회 사이에는 쾰른에 있는 롤프 릭케의 갤러리에서도 개인전이 예정되어 있었다. 이 모든 일정을 단 2주 안에 소화해야 했다. 암스테르담 시립미술관 외부에 내걸 스플래시 작품뿐만 아니라, 세 곳의 전시회에서 공개할 받침대 작품도 설치해야 했는지라 리처드는 나도 동행해 주기를 원했다. 가족과 음악으로부터 그토록 오랫동안 떨어져 있어야 한다는 사실이 썩 내키지 않았던 나는, 유럽 일정을 소화하는 동안 별도로 연주회를 열 수 있을지를 물었다. 프로그램도 이미 머릿속에 대충 그려 둔 터였다. 마이클 스노우의 영화 「파장 | Wavelength |」[159]과 스티브 라이히의 테이프 작품인 「컴 아웃 | Come Out |」[160]을 선보이고, 마무리는 내 피아노 독주곡인 「두 페이지」로 하면 좋을 것 같았다. 리처드는 좋은 생각이라고 반기며 그의 전시회가 있는 장소에서 콘서트를 열 수 있도록 힘을 써 주었다. 이는 유럽 무대에서 내 신곡을 발표하는 최초의 연주회가 될 예정이었다.

유럽행은 리처드에게나 나에게나 아주 유익한 경험이 되었다. 스플래시 작품은 현지 예술가과 일반 애호가들에게 큰 인상을 심어 주었고, 받침대 미술 또한 반응이 좋았다. 오늘날의 관점에서 보면 모두 리처드의 초기작에 해당하는 작품들로, 하나같이 도전적인 느낌을 주었다. 내게는 처음으로 유럽의 아티스트와 음악가를 만날 좋은 기회가 되었다. 대부분 우리보다 나이가

159 캐나다 영화감독인 마이클 스노우가 1966년 12월, 고작 일주일 만에 촬영을 완료한 것으로, 그의 대표작인 동시에 아방가르드 영화의 획기적 작품으로 간주된다.

160 스티브 라이히의 1966년작. 1964년 4월, 뉴욕 할렘에서 일어난 백인 여성 살인 사건으로 이른바 '할렘 식스'라 이름 붙은 여섯 명의 흑인 청년이 기소되었다. 재판 결과 1급 살인 판결을 받고 모두가 종신형을 선고받았지만, 3년 후 열린 재심에서 판결이 뒤집어졌다. 한편 시민운동가 트루먼 넬슨은 할렘 식스 사건을 조사하는 과정에서 수집한 음성 기록을 스티브 라이히에게 넘겼고, 그렇게 탄생한 것이 이 작품이다.

조금 많고, 이전 세대부터 익히 알려진 이들이었다. 처음으로 만난 독일 출신의 요제프 보이스와, 이탈리아 출신의 마리오 메르츠가 바로 그랬다.

뒤셀도르프를 거점으로 활동하고 있던 보이스는 이미 유럽 미술계에서 거대한 아이콘이나 마찬가지였고, 그 명성이 미국에까지 알려지고 있었다. 리처드와 나는 암스테르담 시립미술관 바깥에 거대한 스플래시 작품을 설치할 때도 잠깐씩 틈이 나면 내부로 들어가 보이스가 작업 중인 설치미술을 구경했다. 나는 보이스라는 인간과 그의 작품에 흠뻑 매료되었다. 보이스의 작품 역시 재료 그 자체가 주제가 되는, 과정의 예술이라 할 수 있다. 보이스는 눈에 쉽게 띄었다. 언제나 칼라를 풀어헤친 셔츠 위로 멜빵바지를 입고 장화에 모자를 쓴 작업복 차림을 하고 있었기 때문이다. 그 모습은 마치 만화 주인공처럼 보이기도 했다.

리처드와 나는 옥외용 스플래시 작품을 완성한 직후 작업실 하나를 도맡아 다른 작품 제작에 들어갔다. 그러던 어느 날 보이스가 들어와 우리 맞은편 벽에 등을 기대고 바닥에 털썩 주저앉았다. 그러고는 아무 말도 하지 않은 채 한참 동안 우리가 하는 작업을 가만히 지켜보았다. 이윽고 일어나서는 우리 쪽으로 다가와 악수를 청하고는 작업실을 나갔다. 다음 날 있었던 내 콘서트에 그가 왔는지 어땠는지는 기억이 흐릿하지만, 어쨌든 아주 친절하고 매너가 좋은 사람이었다. 자신의 작품에 관해서는 헌신적이고 오직 그것만 생각하는 예술가라는 평판 그대로였다. 그의 작품은 매우 급진적이었다. 때로는 과연 무엇을 표현한 것인지조차 아리송하기도 했다. 그 시절 그는 마룻바닥에 커다란 마가린 덩어리를 올려놓고 그것이 녹는 과정을 예술이라고 하기도 했다. 리처드와 나는 책에서만 보고 알았던 거장인 보이스가 직접 우리를 찾아와 오랫동안 작업 과정을 진득하니 지켜보았다는 사실이 놀라울 따름이었다. 나는 리처드의 작품이 유럽 미술계가 그때까지 경험하지 못한 어떤 새로운 것을 보여 주기 때문이라는 것을 이내 알아차렸다. 리처드도 그 점을 모르지 않았으리라. 그래서인지 리처드와 그의 작품에 쏠리는 존경 어린 시선을 확실히 느낄 수 있었다.

이후로 10년 세월 동안 나는 미술가와 공연 예술가들을 한데 끌어모은 이런 종류의 전시회에 자주 출입했다. 1974년에는 쾰른에서 열린 대형 페스티벌인 '프로젝트 74'에서 전설적인 언더그라운드 영화감독이자 행위예술가인 잭 스미스를 만났다. 동시에 그가 아껴 마지않는 하와이 음악을 사용한 거대한 슬라이드 쇼를 감상할 수 있는 최초이자 유일한 기회도 누렸다. 후일 뉴욕에서도 그의 작은 영상들을 접하기는 했지만, 그런 기회는 가뭄에 콩 나듯이 찾아왔다.

리처드의 주선 덕분으로 성사된 콘서트들은 대체적으로 좋은 반응을 이끌어 냈다. 물론 열띤 야유에서 촉발된 난동과 대거리가 없었던 것은 아니다. 암스테르담 시립미술관 연주회에서는 영화 「파장」을 상영하는 도중 휘파람과 야유가 날아왔다. 이 영화는 한 대의 카메라로 집안 내부를 멀리서 잡은 뒤 점차 줌인하여 창문을 통해 바라보다가, 이윽고 벽에 붙어 있는 사진에 담긴 사소한 디테일에 집중하는 식으로 40분간 이어진다. 스티브 라이히의 초기작 「컴 아웃」은 하나의 보컬 프레이즈를 페이징 기법으로 처리한 아름다운 작품이었다. 공연에 지지를 보내는 관객도 충분했지만, 비방하는 이들은 연주를 방해하고 다른 이들이 작품을 보고 들을 수 있는 기회를 박탈하려 했다. 내 곡인 「두 페이지」를 연주할 차례가 되자 음악을 거부하는 이들은 분명 차고 넘쳐났다. 연주가 시작되고 절반도 치지 못했을 때였다. 관객 중 하나가 무대 위로 난입하더니 건반을 사정없이 내리치기 시작했다. 나는 앞뒤 따질 겨를도 없이 순전히 본능적으로 그의 턱을 주먹으로 가격했다. 난동꾼은 휘청거리더니 무대 아래로 풀썩 떨어졌다. 관객의 절반은 환호했고, 나머지 절반은 야유를 보내거나 박장대소했다. 그러느라 음악이 약 5~6초 정도 끊기고 말았다. 탄력을 잃은 것은 사실이지만 그래도 곧바로 연주를 속개

했다. 턱을 맞은 사람은 다시 무대에 난입하지 않았고, 그렇게 연주를 마무리했다. 한편 리처드는 객석 제일 앞줄에 앉아 이 모든 소동을 지켜보고 있었다. 공연이 끝난 후 나는 약간 짜증 섞인 목소리로 힐난했다.

"그 따위 얼간이가 무대에 기어오르는 걸 보고도 가만히 팔짱만 끼고 있었단 말인가?"

그랬더니 리처드가 웃으며 답했다.

"나 없이도 혼자서 잘만 해치우던걸!"

그날의 사건은 누군가가 내 콘서트를 멈추겠다고 달려든 최초의 경우였다. 나는 이후로도 수년간 성난 관객의 분풀이를 여러 차례 견뎌야 했다. 하지만 그들이 그렇게 핏대를 세우는 이유를 속속들이 이해할 수는 없었다. 현대음악이란 응당 이러해야 한다는 그들의 기대와 내 음악이 내는 실제 '소리'가 다르기 때문인지도 모르겠다. 어쩌면 그들은 내가 그들을 놀리면서 비웃는 것이라고 여겼는지도 모른다. 하지만 그것은 정말 터무니없는 생각이다. 내가 유럽까지 가서 현대음악이나 월드음악에 대해 조금도 아는 바가 없는 무지렁이들을 조롱할 이유가 무엇이란 말인가? 그들은 라비 샹카르를 접한 적도 없고, 인도에 가 본 적도 없다. 나는 온갖 다양한 소리에 자신을 활짝 연 여행을 해 보았지만, 그들에게는 그런 경험이 없다. 그들은 아무것도 알지 못했다. 다행히도 첫 유럽 투어에서는 암스테르담 공연을 제외하면 별다른 해프닝은 일어나지 않았다. 유럽 투어는 그렇게 첫 단추를 꿰었다. 리처드 덕분에 나는 뉴욕에서 그랬던 것처럼 이내 예술계의 일부가 되었다.

리처드의 조수 노릇도 몇 주 남지 않은 무렵이었다. 이때의 일도 기억에 생생하다. 재스퍼 존스가 자신의 집에다가 스플래시 작품을 하나 만들어 달라며 리처드에게 부탁했다. 그의 집은 휴스턴 가와 에섹스 가가 만나는 곳에 있는 옛 은행 건물이었다. 리처드와 나는 거기서 약 일주일 정도를 기거하며 부탁받은 일을 했다. 어느 날 난 무슨 이유에서인지 아래층으로 내려갈 일이 있었다. 한때 은행 금고로 쓰이던 그 공간에는 재스퍼의 그림들로 가득 채워져 있었다. 이젤에는 그 유명한 '숫자' 그림 가운데 한 점이 놓여 있었다. 내가 알기로는 이미 몇 년 전에 완성한 그림인지라 의아해서 물었다.

"지금까지도 손을 대고 있다는 말인가?"

"물론이지, 아직 완성하지 못했는걸."

그 그림은 대략 7~8년 전에 처음 붓을 댄 것이었다. 그런데도 그는 아직도 붙잡고 있었던 것이다. 그렇게 오랜 세월 동안 정신을 한곳에 모을 수 있는 그의 능력이 놀랍기만 했다.

당시 재스퍼의 집에는 존 케이지가 객으로 머물고 있었다. 재스퍼는 우리를 위하여 매일 점심을 차려 주었다. 점심시간이면 재스퍼와 존과 리처드와 나는 모두 잠깐 일손을 놓고 함께 식사를 나누었다. 정말 좋은 사람들이었다.

첫 녹음

좋은 일이 거푸 이어지는 가운데 1971년 말경에는 필립 글래스 앙상블이 첫 녹음을 하게 되었다. 사정은 이러했다. 재즈 작곡가로 잘 알려진 칼라 블레이와 마이크 맨틀러 부부가 퍼블릭 시어터 건물 꼭대기 층에 있는 마틴스 홀에서 신작인 「언덕 위로 오르는 에스컬레이터」를 녹음할 때였다. 그들은 스티브 게파트와 밥 프라이스가 운영하는 '버터플라이 레코딩 스튜디오'에서 대여한 녹음 설비를 쓰고 있었다. 말이 좋아 녹음 설비이지 실은 승합차에 싣고 다닐 만한 이동식 장비였다. 칼라, 마이크와는 뉴욕에서 활발하게 활동하는 작곡가들로 만나 친구가 되었다. 그들은 주말 이틀 동안은 작업을 하지 않는다며 녹음 설비를 자유롭게 써도 좋다고 했다. 그리하여 녹음한 것이 1970년에 쓴 「변화하는 파트를 가진 음악」이었다. 1970년과 1971년에 독일, 런던, 뉴욕 등지에서 여러 차례 공연한 곡이기도 했다.

당시 나는 저작권협회에 등록할 곡이 생기면 그때그때 보내지 않고 여섯 곡씩 묶어서 신청서를 썼다. 한 장의 신청서에 기재 가능한 곡의 수가 여섯이었고, 그러면 신청비를 절약할 수 있었기 때문이다. 음악학자들은 나중에 그런 저작권 신청서를 찾아내어서는 작곡 연도가 언제라고 보여 주지만, 사실 그것은 '작곡' 연도가 아니라 '저작권 등록' 연도를 말하는 것이다. 나로서는 단돈 6달러를 절약하기 위하여 그렇게 한 것이었다. 어떤 필자는 자신의 책에서 저작권 날짜를 근거로 대며 내가 일부 작품의 작곡 시기를 조작했다고 판단했다. 하지만 실제로는 곡이 완성되는 족족 저작권 신청을 하지 않았을 따름이다.

저작권에 관해 내가 착각한 사항이 하나 있었다. 나는 저작권 등록 시기를 뒤로 미루면 미룰수록 그만큼 저작권의 유효 기간도 더 늦은 시점까지 미칠 것이라고 생각했다. 하지만 이는 사실과 달랐다. 저작권이라는 것은 작곡가가 죽은 뒤 일정 기간 보장받는 권리이지, 작곡 시점과는 무관한 것이니 말이다. 이런 사실을 몰랐던 나는 등록 시점을 최대한 뒤로 미루어 내가 살아 있는 동안 저작권 행사를 더 확실히 하려 했던 것이다. 그런 점에서 내 곡의 소유권은 출판업자나 그 누구도 아닌 내 앞으로 명시해 놓았다. 임종을 앞둔 어머니에게 약속한 대로 저작권은 절대 남에게 허락하지 않았다. 하지만 훗날 영화음악 작업을 하면서는 이런 원칙이 어디에서나 통하는 것은 아니라는 사실을 알았다.

「변화하는 파트를 가진 음악」에서 연주자는 미리 정해 놓은 한계 안에서 길게 늘인 음을 즉흥적으로 연주한다. 때로는 구름처럼 떠오른 음표 떼가 화음 뭉치를 이루는데, 마치 리듬의 바다 위를 헤엄치는 것 같은 느낌이 들기도 한다. 나는 부쩍 확장된 음악의 구조를 사용했기 때문에 그처럼 아주 길게 늘인 작품을 쓸 수 있었다. 즉흥성이 강조되는 만큼 이 곡에서는 계속 동일하게 지속되는 어떤 것이 있다. 이 경우에는 꾸준한 박자(변함없이 흘러나오는 음의 연속)가 그 역할을 담당한다. 그 안에서 짜임새가 변화하고 선율이 흘러간다. 소리가 파도처럼 일기도 하고, 미묘한 리듬만이 느껴지는 지점도 있고, 혹은 그저 긴 음이 계속 지속되는 부분도 있다. 형태를 갖추는가 싶으면 다시 흩어지고 마는 구름 같다고나 할까. 어느 때는 리듬 구조가 귀에 들어오다가도 긴 음이 그 위에서 덮어 버리는 식으로 중층성이 더해진다. 같은 기법을 쓴 드문 예로는 「열두 파트로 구성된 음악」 4부와 「해변의 아인슈타인」의 '빌딩' 장면이 있다.

녹음은 일사천리로 끝났다. 하지만 문제도 있었다. 마틴슨 홀은 녹음 스튜디오로 세팅된 공간이 아니기 때문에 개별 연주자들의 소리를 따로 추출할 수가 없었다. 따라서 커다란 방에 아홉 명이 같이 모여서 연주해야 했다. 게다가 녹음 작업도 처음 해 보는지라 마이크 설치와 악기 간 밸런스 조정을 하는 데 진땀을 뺐다. 결국 우리가 내는 소리를 우리 스스로 들을 수 있어야 했고, 동시에 모니터 스피커의 되먹임 소리도 피해야 했다. 이런 복잡한 문제와 예상하지 못한 돌발 변수가 있기는 했지만, 그래도 무척 즐거운 이틀이었다. 그런 들뜬 열기가 녹음에도 고스란히 담겨 있을 것이라 생각한다.

스튜디오는 공짜로 빌려 썼지만, 음악인들에게 줄 수고비와 음반 제작비는 내가 부담해야 했다. 막대한 거금이 필요한 것은 아니었지만, 수중에 있는 현금으로는 조금 모자랐다. 그래서 나는 2번가에 있는 어느 사무실을 찾았다. 출입문에 '유대인 자유 대출'이라는 표지가 붙어 있었던 것이 기억난다. 손님의 말을 귀담아들어 주는 친절한 남자 직원이 소액의 금액을 무이자로 대출받을 수 있다고 내게 설명해 주었다. 나는 채텀 스퀘어 레코드라고 이름 지은 음반 회사(그때쯤 우리 앙상블은 23가를 떠나 차이나타운에 있는 디키 랜드리의 로프트를 연습 장소로 쓰고 있었다)를 차리려고 하는데 돈이 부족하다고 털어 놓았다. 그러면서 퍼블릭 시어터에서 녹음을 마쳤고 스튜디오도 공짜로 얻어 쓴 덕분에 마스터테이프까지 손에 넣었지만 정작 음반 제작에 쓸 1천 달러 정도가 부족하다고 설명했다. 직원은 다시 물었다.

"그럼 1천 달러로 무엇을 하시려고 합니까?"

"음반을 찍고 포장하는 데 써야 합니다."

"레코드는 장당 얼마에 팔려고 하시지요?"

"일단 5백 매를 찍을 예정이고, 제작이 완료되면 콘서트마다 들고 다니면서 팔 겁니다. 한 장에 대략 5달러 정도 받을까 하고 있습니다."

직원은 골똘히 생각에 잠긴 표정으로 나를 보며 입을 열었다.

"우리가 이 일을 시작한 것은 이민자들을 위해서입니다. 새로운 터전을 삶의 터전을 찾아 고국을 버리고 온 사람들이지요. 장사를 시작하려는데 밑천이 없는 사람들, 그런 이들이 찾아오면 돈을 내어 드립니다. 그렇다고 선생님이 해당되지 않는다는 말은 아닙니다. 다른 분들과 마찬가지로 자격이 되는 것 같군요."

"반가운 말씀입니다. 그렇다면 구체적으로 어떻게?"

"일단 1천 달러를 빌려 드리지요. 상환은 한 달에 1백 달러씩 10개월에 걸쳐서 하는 걸로 합시다."

"좋습니다."

다음 날 오후에 1천 달러짜리 수표가 수중에 들어왔다. 대출에 필요한 서류도 별로 없었고, 담보 설정도 요구받지 않았다. 그 직원은 그냥 나를 믿어 준 것이었다. 그는 내 주소와 전화번호만 아는 정도였다. 심지어 내가 유대인인지도 묻지 않았다. 미국에서 태어난 젊은이가 자신에게 도움을 청하러 왔다는 사실 자체가 마음에 들었던 모양이다. 사실상 내 주머니에 찔러 준 것이나 다름없는 그 거금을 나는 그가 말한 방식대로 열 달에 걸쳐 갚았다.

미국 투어

리처드와 함께 유럽을 다니는 동안 나는 내 콘서트와 관련된 인쇄물, 프로그램, 공고 따위를 바지런히 모아 두었다. 뉴욕으로 돌아와서는 그것들을 이용하여 학교며 아트 갤러리며 미술관 등에 홍보 편지를 보내기 시작했다.

"제가 이끄는 앙상블과 함께 귀하의 지역을 방문할 예정입니다. 기회가 된다면 그곳에서 콘서트를 열고자 합니다."

편지의 내용은 대충 이러했다. 수신자에 상관없이 보내기 위해서였다. 내 나름의 계산으로는, 어차피 가는 길이니 주최 측에서 부담 갖지 않고 아주 저렴한 비용에 공연을 할 수 있다고 생각해 주었으면 했다. 물론 내심으로는 출연료로 5백 달러 정도는 받았으면 하고 바랐지만, 결코 명시적으로 요구하지는 않았다.

나는 필립 글래스 앙상블이 그때까지 선보인 연주회 프로그램을 모두 복사해서 도합 120통의 편지를 발송했다. 시네마테크, 구겐하임 미술관, 유럽에서 한 연주회 프로그램을 첨부했다. 하지만 다른 사람들에게 선뜻 보여줄 만한 리뷰는 없어서 포함시키지 못했다. 모두 아홉 곳에서 답장이 왔고, 그 아홉 곳을 연결하는 20일간의 투어를 계획했다. 그런 한편 리 브루어에게 3백 달러를 주고 승합차를 빌려 악기와 장비와 멤버들의 짐 가방을 실었다. 우리 중 두 사람이 승합차를 운전했고, 나머지는 내가 구입한 고물딱지 스테이션왜건을 타고 뒤를 따랐다.

그렇게 1972년 봄의 첫 번째 투어는 캘리포니아 대학교 어바인 캠퍼스에서 시작했다. 계속해서 역시 캘리포니아 주의 패서디나와 발렌시아를 거쳐, 오리건 주의 포틀랜드, 캐나다 브리티시컬럼비아 주의 밴쿠버까지 올라갔다. 그런 다음 다시 남하하여 워싱턴 주의 시애틀과 벨링햄을 찍고, 동진하여 미니애폴리스에서 두 차례 공연을 하고, 마침내 세인트루이스에서 대미를 장식했다. 숙박은 각지의 기획자가 제공하기로 했는데, 주로 음악 애호가들의 가정집에서 신세를 졌다. 앙상블 단원들에게는 전체 투어에 대해 각각 6백 달러씩 준 것으로 기억한다.

투어를 마치고 돌아오니 갚아야 할 빚이 2천 달러로 불어나 있었고, 나는 몇 달에 걸쳐 조금씩 갚아 나갔다. 그렇지만 이후 몇 년 사이에 공연 기회가 많아져서 해마다 단원들에게 적어도 스무 번 정도는 급료를 나누어 줄 수 있을 만큼이 되었다. 앙상블을 법인으로 등록하는 데 필요한 서류도 제출했고, 고용주로서 부담해야 할 보험료도 납부했다. 단원들이 공연이 없는 기간에 실직 보험을 받을 수 있게 하기 위한 조치였다. 고용 상태를 유지할 수 있는 재정적 기초를 이렇게 다지고 나니 단원들도 계속해서 앙상블 활동을 할 수 있었다. 그럼으로써 연주도 놀랄 만큼 높은 수준으로 끌어올릴 수 있었다. 대부분의 단원들이 짧게는 15년에서 길게는 40년이라는 세월을 함께해 오고 있다.

투어를 다니는 동안에도 홍보나 광고에는 쓸 돈이 전혀 없었다. 다만 레코드판이라면 넉넉했다. 레코드판은 판매 외에도 쓰임새가 있었다. 투어를 시작하고 곧 알게 된 사실인데, 미국 각지에는 대학 라디오 방송국이 전파를 송출하고 있었다. 밤샘 방송을 내보내느라 퀭한 눈을 한 대학생들이 늘 있었다. 방송 편성표에 우리 음악을 올리는 일은 누워서 떡 먹기였다. 특히나 따끈따끈한 신보라면 학생들은 기꺼이 판 전체를 틀어 주었다. 그렇게 만난 학생들 가운데 하나가 바로 컬럼비아 대학교가 운영하는 방송국 WKCR에서 심야 라디오 프로그램을 진행하고 있던 팀 페이지였다. 팀은 훗날 현대음악의 나팔수로 여러 라디오에 출연하면서 평론가와 작가로 활동했고, 나와는 평생의 벗이 되었다. 나 역시 이런 라디오 프로그램에 출연하면서 음악, 미술, 여행에 대해 이야기하는 법을 이내 배웠다. '현대음악'에 대한 상시적인 조직적 지원도 없는 상태에서(그런 지원을 한 번도 받아 본 적도 없었다) 나는 혼자서 투어를 다니고 음반을 제작했다. 이후 「해변의 아인슈타인」이 초연된 1976년까지 몇 년 동안 나는 음악계에서 자리를 굳히는 데 필요한 도구들을 만들어 갔다.

6번가의 바이킹

돌아보면 내 음악에 가장 큰 영향을 미친 것은 사실 뉴욕이라는 도시의 에너지 시스템이었다. 특히 초창기에 쓴 앙상블 작품에는 뉴욕이라는 도시가 그대로 녹아 있다. 구겐하임 미술관 콘서트, 「열두 파트로 구성된 음악」, 「변화하는 파트를 가진 음악」, 심지어는 「해변의 아인슈타인」까지 이 모든 작품이 뉴욕이라는 도시의 창자에서 길어 올린 것이다. 내가 자란 볼티모어와 달리 뉴욕은 연중무휴 쉬지 않는 도시다. 파리만 해도 밤이 되면 잠에 빠진다. 지하철도 운행을 멈추고, 보도에 늘어선 가게들도 셔터를 내린다. 하지만 뉴욕은 절대 잠드는 법이 없다. 그것이 내가 이곳에 온 이유이기도 했다.

나와 알고 지내고 함께 일한 예술가들은 연예계 쪽과는 인연이 없고 하나같이 뉴욕의 실험 예술계를 구성하는 일원이었다. 때로는 '무지하게' 실험적으로 치닫는 이들도 있었다. 이스트빌리지 거리를 걸어가는 잭 스미스의 몰골을 본다면 노숙자와 다름없다고 여길 것이다. 문독(그의 본명은 루이스 하딘이다)처럼 무척 유쾌하고 완전 괴짜 어른도 뉴욕이 아니면 만나지 못할 것이다.

54가와 6번가가 만나는 모퉁이에서 문독을 처음 만난 미셸 젤츠먼은 어느 날 내게 이렇게 말했다.

"재미있는 친구가 하나 있는데 따라와 봐."

앞을 보지 못하는 문독은 키가 190센티미터는 될 정도로 장신인 데다, 뿔이 있는 커다란 투구를 쓰고서 바이킹 같은 옷차림을 하고 다녔다. 그래서 올려다보면 언뜻 210센티미터는 넘는 것처럼 보였다. 직접 만든 망토 같은 옷을 두르고 부츠를 신고 있었으며, 창을 들고 걸어 다녔다. 25센트를 주고 그의 시를 사면 직접 만든 북을 치면서 노래를 불러 주기도 했다.

문독과 조금 친해지고 난 뒤 어느 날이었다. 나는 신문에서 문독이 지낼 곳을 찾고 있다는 소식을 읽고 그를 찾아갔다.

“이봐 문독, 내가 저 아래 23가에 있는 집에서 살고 있는데, 원한다면 위층에 있는 방 하나를 내줄 테니까 와서 쓰라고.”

“거참 인심도 좋군. 언제 한 번 가 보아도 되겠나?”

“그럼, 언제든 오라고.”

“주소를 알려 주게. 내 조만간 찾아가지.”

일주일 뒤 집에 앉아 창밖을 내다보고 있는데 저 멀리서 거구의 바이킹이 9번가를 따라 내려 걸어오고 있는 모습이 보였다. 그는 아주 자신 있고 빠른 걸음으로 26가, 25가, 24가를 차례로 건넜다. 모퉁이에 이를 때면 걸음을 멈추고는 건널목 신호등이 바뀌기를 기다렸다. 마침내 현관 안으로 들어선 그에게 나는 이렇게 물었다.

“이보게, 문독. 어떻게 신호등이 보이지도 않는데도 걸음을 멈추어야 할 때를 아는 거지?”

“간단해. 신호등이 바뀔 때면 전기 소리가 들리거든. 차가 오가는 흐름도 느낄 수 있고. 차의 흐름이 느껴지지 않을 때까지 기다렸다가 ‘딸깍’ 신호 바뀌는 소리가 들리면 그때 걸음을 내디디면 되는 거야.”

나는 그를 위층의 큰방으로 데려갔다.

“자네가 쓸 방이야. 물론 먼저 자네 마음에 들어야겠지만.”

“벽이 어디에 있나?”

그는 손을 뻗어 벽을 더듬으려 했다.

“그게 꽤 큰 방이어서 말이지.”

“아냐, 안 돼, 안 돼. 더 작은 방은 없나?”

"바로 옆에 작은 방이 있기는 한데."

"그리로 데려다주게."

그가 팔을 양쪽으로 쫙 펼치면 거의 벽에 닿을 정도로 작은 방이었다.

"작은 방이 더 좋네. 방이 크면 물건을 간수하기가 힘들어서 말이야. 작은 방이면 모든 게 어디에 있는지 환히 들어오거든."

그렇게 문독은 우리와 1년 동안 함께 지냈다. 몇 가지 문제가 있었는데 그중에서도 가장 큰 문제는 그가 언제나 테이크아웃으로 식사를 해결한다는 점이었다. 주로 켄터키 프라이드 치킨 같은 것이었다. 그런데 먹고 난 쓰레기를 치우는 법이 없었다. 그냥 바닥에 놓고 잊어버리는 것이었다. 그의 이러한 버릇을 진작 알아차린 나는 그가 집을 나서면 올라가서 방을 치우고 음식 쓰레기를 들고 나왔다.

당시 필립 글래스 앙상블은 일주일에 한 번씩 우리 집에 모여 연습했다. 곧이어 스티브 라이히와 존 깁슨과 내가 문독과 함께 역시 일주일에 한 번씩 합을 맞추었다. 연습 레퍼토리는 주로 문독이 작곡한 노래로, 보통 돌림노래 식으로 불렀다. 존과 나는 이따금씩 플루트를 연주하기도 했고, 문독은 드럼으로 박자를 넣기도 했다. 스티브는 그 가운데 대여섯 곡을 골라 레복스 테이프 머신에 녹음해서 오랫동안 간직했다. 최근에 문독에 관한 책이 출판되었는데,[161] 스티브가 한 녹음이 그 책에 부록으로 수록되기도 했다.

한 해가 지나고 캐츠킬 어드메에 있는 자그마한 땅뙈기를 문독에게 내주겠다는 사람이 나타났다. 문독은 말하자면 일종의 '현대판 피리 부는 사나이'였다. 곧잘 젊은이들에게 둘러싸였으며, 그 젊은이들 중 일부는 문독의 새 집을 짓는 데 직접 팔을 걷어붙이고 나서기도 했다. 완공까지 기다리는 동안 나는 그에게 집의 형태에 대해 물었다. 그의 설명은 이러했다. 우선 중

161 Robert Scotto, *Moondog, The Viking of 6th Avenue*(Port Townsend, Washington: Process Media, 2007). 필립 글래스가 서문을 썼다.

심에는 그가 팔을 뻗으면 벽이 닿을 정도의 작은 방이 있다. 그리고 방을 가운데 두고 다섯 개의 복도가 나 있다. 각각의 복도를 따라가면 또 다른 작은 방이 하나씩 나오는 구조다. 하늘에서 내려다보면 발이 다섯 개 달린 거미처럼 보일 것이 분명한 집이다. 이상하다면 이상할 수 있겠지만 그처럼 앞을 보지 못하는 사람에게는 이상적인 구조이리라.

문독은 에픽 레코드와 계약을 맺고 음반을 두 장 내기도 했다. 그는 예술가였고, 그것도 아주 독특한 예술가였다. 그가 시력을 잃은 것은 열여섯 살 되던 해의 독립기념일이라고 했다. 불꽃놀이 폭죽의 뇌관이 얼굴 앞에서 터지는 사고를 겪은 것이었다.

"사고 이후 부모님은 나를 시골의 초라한 음악원에 보냈지. 피아노 조율사가 되라고 말이야."

그러나 그는 조율사가 되지는 않았다. 대신 바이킹이라는 페르소나로 전국을 돌며 유랑 음악인 노릇을 했다. 그는 자신에 관한 기사를 모은 스크랩북을 내게 보여 주었다. 세상의 명물이 되어 뉴욕에 정착해서는 워윅 호텔 입구 근처인, 6번가와 54가가 만나는 지점에 자리를 잡았다.

문독은 대위법으로 된 음악을 쓸 줄 알았고 노래 실력도 출중했다. 특히 고전음악을 좋아했다. 어느 날 그는 내 음악을 듣고 이렇게 말했다.

"저기 말야, 자네 음악도 마음에 들긴 해. 흥미롭거든. 그렇지만 바흐와 베토벤에 시간을 더 투자해 봐. 내게 음악을 가르쳐 준 두 사람이거든."

"그래서 바흐와 베토벤에게 무엇을 배웠는가?"

앞에서도 잠깐 언급했듯이 문독은 이렇게 답했다.

"난 베토벤과 바흐의 발자국을 따라가려고 안간힘을 썼지. 하지만 그 사람들, 워낙 거인이었던 탓에 보폭도 어찌나 넓은지 말이야. 그러니 나 같은 놈이 그 발자국을 따라 밟으려면 펄쩍펄쩍 뜀박질을 하지 않고서는 도리가 없단 말씀이야."

당시 뉴욕에 출몰하던 괴짜들의 전형이라 할 거구 바이킹인 문독. 그는 바흐와 베토벤의 발자국을 따라 밟기 위하여 노력한 음악가였다.

뉴욕의 소리

지금까지도 나는 뉴욕을 인간의 에너지, 상상력, 활기를 살찌우는 발전소 같은 도시라고 생각한다. 이곳에 사는 예술가들의 작품은 뉴욕이라는 도시와 불가분의 관계로 묶여 있다. 이는 나 역시 마찬가지였다. 최소한 오십 대 혹은 육십 대 시절까지는 그랬던 것 같다. 종종 이런 질문을 받는다.

"당신의 음악은 어떻게 들립니까?" 그럴 때마다 나는 이렇게 대답한다.

"내게는 뉴욕의 소리처럼 들립니다."

연금술 같은 작용에 의해 뉴욕이라는 도시의 소리가 음악으로 화한다. 뉴욕에 살아 본 사람은 그 말이 무슨 뜻인지 금방 이해할 것이다.

1970년대와 1980년대에 파리나 런던, 로테르담이나 로마 등을 돌아다니며 내 음악을 선보일 때마다 관객들은 눈알이 튀어나올 것처럼 놀란 반응을 보였다. 유럽의 음악인들에게서는 듣지 못했던 것이기 때문이다. 갓 작곡가가 된 내가 쓰고 연주하고 유럽에 들고 간 음악은, 본질적으로 내가 언제나 원하던 뉴욕의 음악 바로 그것이었다. 나는 내 연주회 음악이 필모어이스트에서 들었던 자파의 음악처럼 독특한 것이기를 바랐고, 자평컨대 원하던 바를 달성한 것 같다.

오넷 콜맨의 재즈와 레니 트리스태노의 음악에 이끌린 것도, 또한 버드 파월과 찰리 파커의 사운드에 매료된 것도 모두 마찬가지였다. 줄리아드 졸업반 해에는 존 콜트레인의 연주를 듣기 위하여 수많은 밤 빌리지 뱅가드를 드나들었다. 콜트레인이 출연하지 않는 날은 파이브 스팟에서 델로니어스 몽크와 오넷의 연주를 들었다. 그들 모두 내게는 뉴욕의 에너지를 음악으로 탈바꿈한 소리의 연금술사들이었다.

1960년대 뉴욕에서는 미술계와 연극계, 무용계와 음악계가 한데 뒤섞이며 거대한 굉음과 함께 폭발했다. 결코 멈추지 않을 파티의 시작이었고, 나 역시 그 한가운데 있다고 스스로 느꼈다.

케이프브레턴

여름 별장

둘째를 가진 조앤의 배가 불러오기 시작하면서 여름 몇 달 동안을 도시가 아닌 교외에서 보내고 싶다는 생각이 머리를 떠나지 않았다. 그때만 하더라도 콘서트 일정이 드문드문해서 두 달 정도는 떠나도 큰 무리가 없을 듯했다. 그동안 굶지 않고 지낼 만큼의 여윳돈만 마련하면 될 것 같아서, 곧장 7월과 8월을 보낼 만한 거처를 물색하기 시작했다. 요즘에는 음악제다 뭐다 해서 여름 스케줄이 빽빽하기 그지없지만, 그때만 하더라도 대부분의 콘서트가 가을에 시작하여 이듬해 봄까지 이어졌다.

여름을 날 거처는 친구 루디 울리처와 함께 알아보러 다녔다. 1954년 파리에서 만난 녀석이다. 파리에서 돌아와 나는 줄리아드에 입학하고 루디는 컬럼비아 대학교에 들어가면서 계속 친하게 지냈다. 루디는 내 주변의 작가 친구들 가운데 잘 팔리는 책을 쓴 최초의 인물이다. 첫 번째 소설인 『나무 못』을 막 출판하고 난 그는 차기작 집필과 영화 관련 일을 하고 있었다. 그 역시 뉴욕을 떠나 일에 집중할 수 있는 곳을 원했다.

내 관심이 북쪽을 향한 것은 어린 시절 메인 주에서 보낸 여름 캠프의 목가적 분위기에서 받은 영향 때문일 것이다. 하지만 메인의 해안 지방을 비롯하여 미국 동해안 전체가 이미 너무 비싸져서 우리에게는 고려 대상이 되지 못했다. 그래서 1968년 가을, 루디와 나는 첫 번째 북쪽 지방 답사에서 캐나다로 길을 잡고는 핼리팩스 남쪽을 둘러보았다. 하지만 마음에 드는 곳을 발견하지는 못했다. 그러다가 이듬해 봄, 사진가 피터 무어의 부탁으로 배관 수리 일을 하던 중이었다. 인화 전에 원화를 깨끗이 하는 데 필요한 에어 프레셔 설비를 달아 주고 그 대가로 프로필 사진 촬영을 해 준다고 해서 맡은 일이었다. 나는 피터에게 혹 여름을 날 만한 곳을 아느냐고 물었다. 그러자 그는 이렇게 말했다.

"내 친구 중 하나가 노바스코샤의 케이프브레턴이라는 곳에 별장을 가지고 있지. 가만 보니 자네랑 궁합이 맞을 것 같구만."

케이프브레턴은 1950년대까지만 하더라도 육지와 떨어진 섬으로 있다가 1~2킬로미터 정도의 짧은 방죽길이 건설되면서 캐나다 본토와 이어진 곳이었다. 이 둑길을 계속 따라가면 섬을 한 바퀴 삥 두르는 해안길이 나왔다. 내게 그것은 곧 실제 거주민이 매우 적을 것이고, 그렇다면 거처를 구하는 데 드는 비용과 생활비도 우리가 감당할 만한 수준이라는 것을 의미했다.

그래서 1969년 여름, 나는 조앤과 생후 8개월 된 줄리엣을 데리고 케이프브레턴을 찾았다. 우리는 난방도 되지 않고 수도관도 없는 집을 80달러에 빌려 여름 내내 지냈다. 나는 해야 할 일이 쌓여 있지는 않았지만 그래도 얼마간 음악을 썼고, 조앤은 베케트의 작품을 읽으며 그의 희곡에 대해 생각했다. 그해 여름 조앤과 나는 블루베리를 참 많이도 먹었다. 지천에 널려 있었기 때문이다. 닐 암스트롱이 달에 첫걸음을 내디딘 것 또한 그해 여름의 일이었다. 조앤과 나는 줄리엣을 데리고 오두막 바깥에 담요를 깔고 누워 달을 바라보며 트랜지스터라디오를 통해 흘러나오는 닐 암스트롱의 유명한 육성을 들었다.

"한 인간이 내딛는 작은 이 한 걸음이 인류에게는 곧 거대한 도약이다."

무척이나 초현실적이고 꿈만 같은 느낌이 들었다.

"조앤, 그러니까 암스트롱이 지금 저 위에 있다는 거잖아."

하지만 도무지 믿어지지가 않았다.

나는 매물로 나온 집을 찾기 위하여 케이프브레턴 일대를 돌아다니며 사람들에게 수소문하다가 댄 휴이 맥아이작이라는 남자를 알게 되었다. 그는 인버네스라는 오래된 야영장 건너편으로 가면 조그마한 산장이 하나 나오는데, 사람이 살지 않은 지 한참 되었다는 말을 해 주었다. 댄 휴이는 야영장을 지어 올린 목수 가운데 한 명이었다. 야영장에는 6만 평이 넘는 부지에 큰 본채 한 채와 해변 쪽으로 열한 채의 삼각형 산장이 나란히 지어져 있었다. 그런데 부동산 문제를 놓고 미국인 소유주와 동네 주민 사이에 마찰이 생겼고, 이윽고 소유주가 영업을 접는 바람에 지금까지 방치되어 있었다고 한다. 다음 해 봄, 나는 루디를 꼬셔 다시 한 번 케이프브레턴을 답사했고, 우리는 그곳을 매입하기로 결정했다. 내게는 윌리 삼촌이 돌아가시면서 남겨 준 부동산이 조금 있었고, 루디에게도 영화 일로 번 돈이 얼마간 있었다. 알고 보니 야영장 소유주인 콜터 씨는 뉴욕에 거주 중이었다. 우리는 곧장 돌아와서 그랜드 센트럴 스테이션 맞은편에 있는 콜터 씨의 사무실을 찾았다. 그리고 그 자리에서 2만 5천 달러에 야영장 전체를 넘겨받았다.

1970년, 우리는 이제 우리 것이 된 휴가지에서 첫 여름을 보냈다. 마부 마인스 극단 식구 전체가 올라가 「레드 호스 애니메이션」을 연습했고, 그러는 동안 나는 「변화하는 파트를 가진 음악」을 마무리할 수 있었다. 처음으로 아주 생산적으로 보낸 여름이었다. 나는 매년 6월쯤 되면 중고 스테이션 왜건을 구입해(보통 흰색 포드 팰컨이었다) 케이프브레턴을 다녀왔다. 첫해에는 조앤, 줄리엣, 나, 이렇게 세 식구로 단출했지만, 다음 해부터는 아들 재크와 보더콜리인 '조'가 함께했다.

터를 잡기가 무섭게 예술가 친구들이 찾아오기 시작했다. 우리는 열한 채 산장 가운데 세 채를 헐어 낸 자재를 가지고 루디의 집을 지었고, 나머지 여덟 채는 손님들이 머물 곳으로 사용했다. 이후로 몇 년 동안 비디오 아티스트인 조앤 조나스, 화가인 로버트 모스코위츠와 허마인 포드, 작가인 스티브 캐츠, 리처드 세라가 다녀갔다. 이들 모두 몇 년 사이에 근처에 별장을 장만했다. 사진가 로버트 프랭크와 준 리프는 마부 마을과 가까운 곳에 집을 장만했고, 피터 무어의 친구로 플럭서스 운동의 일원이기도 한 제프 헨드릭스는 우리가 정착하기 몇 년 전부터 그곳과 가까운 콜링데일 가에 있는 집에서 지내고 있었다. 어느덧 포커 게임이나 비치 파티를 하기에도 적당할 정도로 주민이 늘어났고, 그러면서도 서로 적당한 거리를 두고 떨어져 있어서 원할 때는 누구의 방해도 받지 않고 일에만 집중할 수도 있었다.

케이프브레턴은 소박한 곳이지만, 체질이 맞는 사람들에게는 깊은 아름다움을 내보여 주는 곳이기도 했다. 그곳에 있으면 정말 북쪽 지방에 왔다는 느낌이 물씬 들었다. 새끼손가락처럼 생긴 땅은 그보다 훨씬 거대한 북아메리카의 위쪽으로 뻗어서 거의 일직선으로 북극을 향해 있다. 여름밤에는 북극광을 어렵지 않게 볼 수 있었고, 하늘은 밤 열 시가 되도록 훤했다. 밤 기온은 서늘했고, 한낮의 온도도 덥다고 느껴질 정도까지 오르는 법이 없었다.

우리 야영장과 가장 가까운 마을에는 생활조합에서 운영하는 식료품점, 우체국, 몇 군데 주유소와 교회, 고등학교, 약국, 일반 소매점, 경마장이 있었다. 경마장에서는 매주 일요일 오후와 수요일 저녁에 마차 경주가 열렸다. 또한 배들과 바닷가재잡이 통발이 늘어서 있는 부둣가도 있었다. 인구는 2천 명에서 3천 명 정도였고, 결국에는 병원까지 들어섰다. 몇 해 동안 여름을 그곳에서 보내고 난 뒤에는 지역 주민들도 우리를 알아보기 시작했다. 9~10개월 만에 다시 돌아와 식료품점에 가면 주민들이 나를 알아보고 "고향에 온 걸 환영해요, 필립" 하고 인사를 건넸다.

케이프브레턴 인연

케이프브레턴이 특히 마음에 든 이유는 이웃들 때문이었다. 우리 야영장 바로 뒤쪽으로 난 간선도로 변에는 존 댄 맥퍼슨이 일구는 농장이 있었다. 원래 야영장도 그 농장의 일부였는데, 여행객들을 위한 숙소와 야영장으로 쓰려는 사람이 나타나면서 그에게 판 것이었다고 한다. 하지만 야영장은 정식으로 개장하지 못하고 8년 동안 방치되어 있다가 루디와 내가 인수하게 된 것이다.

존 댄은 야영장에 새 임자가 나타나자 기뻐했다. 야영장이 마침내 문을 여는가 보구나, 그러면 던비건이라는 작은 마을도 이제 좀 먹고 살 만해지겠구나, 하고 생각했던 것 같다. 일은 그의 기대대로 풀리지 않았지만, 그래도 그는 우리를 무척 좋아했다. 친해지고 얼마 지나지 않아 그는 자신이 살아온 삶에 대해 들려주었다. 존 댄은 대가족에서 태어났다. 형제와 누이만 열둘이 넘었다고 하는데, 그가 자랄 당시에는 흔한 경우였다. 동기간에 나이가 어린 편이었던 그는 일찍부터 고향을 떠나 일자리를 찾아 여기저기 머물며 전 세계 다니지 않은 곳이 없다고 했다. 그러다가 쉰 살이 되었을 때 고향 케이프브레턴으로 돌아와 결혼과 함께 정착했다. 그 후로 30년 동안 도합 스물한 명의 자식을 보았다. 나를 처음 만났을 때가 칠십 대 중반이었는데, 그 뒤로도 자식을 몇 명 더 본 것이었다. 존 댄은 물고기를 잡고, 밭을 갈고, 펄프 원료인 나무를 베어 내다 팔아 생활했다. 그렇게 긴 세월을 살면서 쌓은 지식과 지혜도 실로 어마어마했다.

나는 그가 우리 두 집 사이로 난 숲에서 일하는 모습을 꽤 자주 보았다. 하루는 그가 잘라 낸 나무를 땅에 고정하기 위하여 나무못질을 하고 있었다.

나무를 보니 가지는 모두 쳐냈지만, 껍데기는 여전히 그대로 붙어 있었다. 루디의 집을 짓기 위한 준비 작업이었다. 그는 기둥이 몇 개 필요하다고 했다. 그리고 그것을 '둥근 통나무'라 불렀다.

"뭐 하세요, 존 댄?"

"보름달 맞을 준비를 혀야지. 이틀 정도밖에 안 남았구먼."

그는 케이프브레턴에서 흔히 들을 수 있는, 살짝 스코틀랜드풍의 억양이 섞인 말투로 내 물음에 모두 답해 주었다.

"보름달이 나무와 무슨 상관이 있다는 말씀이에요?"

"통나무를 미끈허이 다듬을라믄 껍데기를 떼야 허지. 그런데 달이 꽉 차면 수액이 표면으로 올라옴서 껍데기 떼기가 한결 수월해지지."

나는 나무껍질을 떼는 모습을 보고 싶었지만 놓치고 말았다. 며칠 뒤 작업 현장에 가 보니 여섯 개에서 여덟 개가량의 기둥이 미끈하게 정돈되어 차곡차곡 쌓여 있었다. 당장 기둥으로 써도 손색이 없을 듯했다.

한 번은 이런 적도 있었다. 그와 함께 숲속을 거닐다가 문득 이렇게 물었다.

"궁금한 게 있어요, 존 댄. 저도 이제 여기서 여름을 지낸 지 몇 년 되었잖아요. 그런데 매년 8월 22일이나 23일께면 큰 폭우가 내리던데, 그건 대체 왜 그런 거죠?"

"그기야 해가 선을 넘어가는 날이니께."

"선이라구요?"

"그려, 선. 가을로 넘어가는 선 말여."

그때는 몰랐지만 그는 추분을 말한 것이었다. 그리고 '선'이라고 한 것은 적도임이 틀림없다. 케이프브레턴 같은 북쪽 지방에서는 뉴욕에서 볼 때와는 달리 해가 좀 더 일찍 적도 쪽으로 움직이는 것처럼 보일 것이다.

"그래서요?"

"그러니께, 그날이 해가 힘이 빠지기 시작하는 날인 게지. 남동쪽에서 날아오는 찌꺼기가 끼는 거여."

존 댄이 구사하는 언어는 시라고 해도 좋을 만큼 자연스럽고 아름다웠다. 그와 대화를 나눌 때마다 떠나지 않는 물음이 있었다. 무릇 어른이라면 이런 것들을 다 알아야 하는 것일까? 나는 아는 것이 하나도 없는데 말이다.

역시 함께 숲을 거닐 때였다. 커다란 나무 앞에서 걸음을 멈추었다. 줄기가 튼실하고 가지는 위를 향해 뻗어 천혜의 하늘 덮개를 이루고 있었다. 우리는 말없이 잠시 서 있었다. 이윽고 그가 침묵을 깨고 입을 열었다.

"저짝에 저 나무 말여. 뉴욕에서 갑부가 와서 백만금을 내놓는다 해도 절대로 살 수 없을 거여. 돈을 엄청시리 준대도 말이지."

그러고는 자신의 생각을 묵상하듯 잠시 말을 멈추었다.

"그라고 그, 자네 아그들 말여. 지금은 쬐깐허지만 눈 깜짝할 새 커뿌려서 큰 차를 몰고 여기에 올 거여."

그러고는 주위의 것들을 만지던 손을 옷에 털며 말했다.

"그라고 나면 이것들도 다 꿈이고 말겄지."

존 댄은 그렇게 말하고는 몸을 돌려 숲속으로 걸어 들어갔다. 아무 말도 하지 못한 채 우두커니 서 있는 나를 뒤에 남긴 채.

함께 어울린 마을 사람 중에는 존 댄 말고도 또 있었다. 스탠리 맥도널드 신부는 바로 옆집에 살았다. 우리 야영장 옆으로 12만 평이 넘는 땅을 가진 앵거스 맥클레런이라는 사람이 1천 평 정도를 스탠리 신부에게 기부했고, 그리하여 거기 물가 앞으로 작은 집을 지었던 것이다. 아주 아름다운 곳이었다. 스탠리 신부는 사제직에서 은퇴하기 전 매주 그곳을 찾았다. 책을 무척 좋아했고, 그 마을에서 가장 멋진 서재를 가지고 있었다. 루디와 내 서재와 비교해도 그의 서재가 더 훌륭했다. 스탠리 신부는 카를 구스타프 융에 관심이 많아 스위스에 있는 융 연구원에서 여름 강좌를 들을 정도로 열성적이었다. 그렇지만 핼리팩스 대주교는 스탠리 신부를 별로 마음에 들어하지 않았다. 아마도 성직에 종사하기에는 스탠리 신부가 자유사상가적인 측면이 강했기 때문이리라.

스탠리 신부는 케이프브레턴 근처에서 태어났지만, 가족이 섬 건너편에 있는 시드니 마을로 이사를 가는 바람에 그곳에서 성장했다. 그의 아버지는 빵집을 열었고, '빵집의 한 다스'[162] 정도 되는 많은 자식들이 가게 일을 거들었다. 스탠리 신부는 브로드코브에 있는 성 마거릿 성당에서 정식 서품을 받았다. 그곳은 우리가 있는 곳에서 도로 바로 위쪽에 있다. 그는 거기에서 몇 년 동안 몸담으면서 주변 지역 사람들을 모두 다 알 정도가 되었다. 대주교는 스탠리 신부의 옷을 차마 벗기지는 못하고 대신 성 마거릿 성당에서 150킬로미터가량 떨어진 노스시드니에 있는 아주 작은 교구로 발령을 내 버렸다. 스탠리 신부가 나를 주일 미사에 초대한 것도 바로 그곳에서 몸담고 있을 때였다. 미사에 참석한 신도는 여남은 명 정도에 불과했다. 그들은 통로를 가운데 두고서 여기저기 작게 무리 지어 앉아 있었다. 나는 뒷자리 어딘가에 있었다. 시작 예식이 끝나고 강론이 이어졌다. 강론은 아주 단순하고 명료했다. 그날의 주제는 그 누구도 벗어날 수 없는, 삶 속에 만연한 고통이었다. 스탠리 신부는 제단 아래에 있는 작은 설교단 앞에서 메모도 없이 강론을 시작했다. 통로로 내려와서는 각 신도들 앞에서 잠깐씩 멈추면서도 말씀은 계속 이어 갔다. 그는 한 사람 한 사람 모두 마주하면서 말했고, 그렇게 통로 끝까지 갔다가 다시 몸을 돌려 설교단 쪽으로 향하는 동안에도 말씀을 이어 갔다. 타이밍이 어찌나 절묘했는지 그의 강론은 설교단 앞에 서서 신도들을 향해 몸을 돌리는 바로 그 순간에 정확하게 마무리되었다. 스탠리 신부는 최근 교구 사제직에서 은퇴하고 융 심리학에 입각한 파트타임 심리치료사로 활동하고 있다. 동시에 핼리팩스에서 약 160킬로미터 떨어진 앤티고니시 인근

162 '열셋'을 일컫는다. 한 다스 빵을 사면 인심 좋은 빵집 주인이 하나를 더 얹어 준다는 의미에서 비롯된 표현이다.

에 있는 수녀원의 신부님으로 일하고 있다.

애슐리 맥아이작도 무척 친하게 지낸 친구 가운데 하나였다. 그는 언제나 자기 이름을 내세우면서 '지금은 흔적을 감춘 유대인 가문'의 일원이라고 말했다. 애슐리는 켈트족의 전통 음악에 도사인 재능 출중한 바이올리니스트로, 케이프브레턴과 스코틀랜드 민요 가락에 대해서라면 백과사전적인 지식을 자랑했다. 댄스파티나 콘서트에서 연주할 때면 피아노 반주만 있어도 서너 시간은 너끈히 켰다. 무대라고 해 보아야 케이프브레턴에 있는 어느 헛간이나 선술집이 고작이었지만, 어쨌든 애슐리는 뜨겁게 달아올랐다. 헛간을 가득 채운 인파가 춤을 추다가도 애슐리의 연주가 시작되면 동작을 멈추고 음악에 넋이 나가는 경우를 나는 여러 번 보았다. 조앤은 그런 그를 나보다도 먼저 점찍었다. 1990년 여름이었다. 조앤은 자신이 감독하여 퍼블릭 시어터 무대에 올리게 된 「보이체크」에 애슐리의 연주를 쓰고 싶다고 했다. 음악을 맡은 사람이 나였으므로 자연스레 던비건에 있는 내 별장에서 그를 만나게 되었다. 그의 아버지인 앵거스 맥아이작이 아들을 데리고 왔다. 당시 애슐리는 열일곱 살이었지만, 불과 몇 분간의 시연만으로도 더 이상 들을 필요가 없을 정도로 어린 나이가 무색한 연주를 들려주었다. 나는 그 자리에서 입단을 제안했다. 얼마 안 있어 그는 뉴욕으로 왔고, 우리 집에 머물면서 리허설과 공연을 소화했다. 「보이체크」 공연이 끝난 뒤에도 그는 이따금씩 우리 앙상블의 투어 때 동행했다. 애슐리는 내 아들 재크와도 무척 친해졌다. 재크 역시 노래와 작곡에 소질이 있었다. 게다가 둘은 동갑으로, 이제는 사십 대 초반에 이르렀다. 요즘은 애슐리가 뉴욕에 들러 재크의 콘서트에 출연하기도 하고 함께 녹음 작업도 하고 있다.

케이프브레턴과 인연을 맺은 지도 어느덧 40년이 넘었다. 내게 케이프브레턴은 그윽한 우정을 나눈 곳이다. 그곳 주민들은 해, 달, 별, 바다, 땅과 깊고도 특별한 관계를 맺고 살아간다. 나로서도 케이프브레턴에서 교향곡과 오페라와 협주곡을 위시한 많은 중요한 작품을 썼다. 어느 해에는 핼리팩스에서 열리는 연례 지역 음악제에 '상주' 작곡가로 초빙되기도 했다. 아이들과 내게 케이프브레턴의 별장은 여름 내내 뉴욕을 벗어나 의탁할 곳이었고, 거기에서 나는 작곡에 몰두할 수 있었다. 그 과정에서 케이프브레턴은 다른 무엇과도 바꿀 수 없는 내 삶의 일부가 되었다.

뉴욕의 이스트빌리지

「열두 파트로 구성된 음악」

매주 일요일 오후에는 필립 글래스 앙상블의 공개 리허설을 진행하기 시작했다. 1971년, 앨라나 헤이스가 운영하는 '아이디어 웨어하우스'로부터 월 150달러에 빌린 로프트에서 진행했다. 뉴욕 시 당국에서도 일부 지원해 주는 프로그램이었다. 로프트는 블리커 가와 만나는 엘리자베스 가 10번지 건물의 꼭대기에 있었다. 한동안 우리는 매주 일요일 오후마다 그곳에서 연습했다. 나는 어느 극장에서 처분한 좌석들을 찾아내어 로프트 공간을 빙 둘렀고, 바닥은 매주 목요일 밤 뉴욕 위생국에서 수거해서 판매하는 카펫을 구해다 덮었다. 홍보는 전단지를 만들어 소호 곳곳의 벽면과 건물들의 출입구 근처에 붙이는 식으로 했다.

공개 리허설을 찾은 청중은 대부분 바닥에 눕다시피 한 채 구경했다. 아마 자고 있었을 수도 있지만, 어쨌든 그들의 몸은 거기에 있었다. 초기에는 스무 명, 서른 명, 마흔 명 정도가 찾았다. 시간이 흐르면서 사람들은 내가 기나긴 형태의 작품을 발전시켜 가고 있다는 것을 알기 시작했다. 그 작품은 바로 「열두 파트로 구성된 음악」이었다. 대충 석 달에 한 파트를, 1년에 서너 파트를 써 나갔다. 그렇게 도합 3년에 걸쳐 마무리했다. 나는 다음번에는 어떤 일이 벌어질지 사람들에게 호기심을 불러일으키려고 했다. 새로운 파트를 공연할 때가 되면 소호 여기저기에 광고 전단을 붙였다. "필립 글래스의 「열두 파트로 구성된 음악」 중 파트 6 초연. 금주 일요일 하오 세 시, 엘리자베스 가 10번지" 따위의 문구를 넣어서 말이다. 초연 날 전후로는 음악에 대한 사람들의 기대감도 고조되었다. 아주 완만한 페이스이기는 했지만 어쨌든 나의 음악을 기다리는 팬들이 늘어나기 시작했다. 그러나 그들이 어떤 사람들인지는 분명하지 않았다.

「열두 파트로 구성된 음악」은 예전에 써 둔 한 페이지짜리 음악에서 출발한 곡이다. 제목의 '열두 파트'란 총보에서 수직으로 쌓아 올린 열두 개의 오선 악보를 가리킨다. 네 명의 건반 주자가 여덟 개의 파트를 담당했고, 세 명의 목관 주자와 한 명의 성악가가 나머지 네 개의 파트를 맡음으로써 총 열두 개의 파트를 이루었다. 나는 그 한 페이지짜리 음악을 녹음해서 프랑스 출신의 전자 음악 작곡가인 엘리안 라디그에게 가져갔다.

"새로 쓴 곡이 하나 있어. 「열두 파트로 구성된 음악」이라는 건데, 한 번 들어 보겠어?"

"물론이지."

다 듣고 나서 물었다.

"어때?"

"무척 좋은데. 그런데 나머지 열한 개 파트도 이것과 비슷해?"

엘리안은 제목의 의미를 오해하고 이렇게 물은 것이지만, 그것이 오히려 내게는 또 다른 착상의 계기가 되었다. 나머지 열한 개 파트를 써야겠다는 아이디어가 떠오른 것이다. 여러 곡을 묶어서 하나의 작품으로 만든 것은 오래전부터 있어 왔다. 불랑제 선생님에게 배운 바흐의 「평균율 클라비어곡

집」만 해도 그러하니 말이다. 나머지 열한 개 곡도 써야겠구나 싶었다. 나는 엘리안에게 말했다.

"이제부터 쓰려고."

이렇게 태어난 「열두 파트로 구성된 음악」은 각각 20분가량 이어지는 열두 개의 곡으로 이루어졌다. 작곡가로서 한창 기나긴 실험에 몰두할 때 쓴 것이었다. 1967년부터 1974년까지 이어진 실험의 궁극적인 목표는 선율, 화성, 리듬이라는 음악의 3대 요소를 하나의 종합적인 구조 속에 통합하는 것이었다. 「열두 파트로 구성된 음악」은 그 실험의 정점이라 할 수 있는 작품이었다. 완성된 곡은 백과사전적인 위용을 자랑했다.

「병진행하는 음악」에서 맹렬한 리듬을 부여한 이후 나는 뭔가 새로운 것을 쓸 필요성을 느꼈다. 그래서 「열두 파트로 구성된 음악」의 '파트 1'은 느리고 장중한 아다지오로 잡았다. 세 박자는 아니기 때문에 엄밀히 말해 왈츠는 아니지만, 그래도 느리고 장엄한 왈츠 같다는 느낌을 받을 것이다.

파트 1은 '파트 2'를 위한 긴 전주곡 역할을 한다. 파트 2에 들어가면 템포는 빨라지고, 순환적 음악(세 개 이상의 음표로 구성된 짧은 프레이즈가 반복되면서 새로운 음표가 더해지거나 덜어지는 방식)의 발상을 보여 준다. 여섯 음표짜리의 꾸준한 사이클로 반복되는 음악은 이른바 '큰 바퀴살 안의 바퀴살'이라고 표현되기도 한다. 이러한 순환적 리듬은 라비 샹카르와 알라 라카에게 배운 것이다. '파트 3'에서는 일종의 음악적 모스 부호처럼 맹렬한 리듬을 사용하기 시작했다. 게다가 곡 중간에는 제1건반 주자의 왼손이 돌연 깊은 저음을 가격하면서 '추락'하는 것만 같은 느낌을 들게 하는 부분이 있는데, 이와 같은 효과는 「병진행하는 음악」에서 처음으로 시도한 바 있다.

'파트 4'에서는 심리음향적 현상(실제로 연주되지는 않지만 음악의 활동성과 밀도 덕분에 들리는 것만 같은 음표들)에 대한 음악적 탐구가 이어진다. '파트 5'에서는 비트가 더해지고 덜어지는 과정이 수없이 반복되는 가운데 두 음표짜리 선율이 주유하면서 지속적으로 선율과 리듬의 윤곽을 변화시킨다. '파트 6'은 파트 5의 과정을 그대로 이어 가지만, 다만 이번에는 세 음표짜리 프레이즈를 사용한다. 음표가 하나 더 늘어난 만큼 한층 선율다운 구색을 보여 준다. '파트 7'은 파트 4의 과정으로 돌아한다. 하지만 한 번에 한 음표를 부각시키는 대신에 세 개, 네 개, 다섯 개로 구성된 온전한 프레이즈가 끊임없이 변화하는 리듬과 화성의 뒤범벅 속에서 '튀어 오르기' 시작한다.

'파트 8'이 절반쯤 지나면 상승하고 하강하던 음계가 엄청나게 빠른 폭스트롯-탱고-삼바로 바뀌면서 모든 '미니멀리즘'의 체계가 무너진다. 그것을 무엇이라고 표현하고 싶어 하든 빠르고 발을 구르는 춤곡이 되고 만 것이다. '파트 9'에서는 서로 교차하며 상행하고 하행하는 온음계(일곱 음)와 반음계(열두 음)를 조합했다. 인도 음악의 라가(선율)에서 흔히 발견되는 관습과 간접적이면서도 분명한 관계가 있지만, 여기서는 우레처럼 떨어져 내리는 폭포수 소리와 닮았다.

'파트 10'의 마지막 부분은 기본적으로 장식음(떤꾸밈음을 포함한 바로크 음악의 장식음 대부분을 망라한다)에 대한 입문으로 삼을 만하다. 파리 유학 시절 이후로 내가 전념한 음악 과정을 완전히 복습하는 기분으로 쓴 것이다. 그런데 뜻밖에도 새로운 음악적 이슈와 마주쳤다. 즉 한 부분에서 다음 부분으로 넘어갈 때의 단절이 무척이나 극적인 순간이더라는 것이다. 인접한 두 부분 사이의 전환부에서 드러나는 절묘한 강렬함은 파트 1에서부터 파트 10까지 쓰고 공연해 오면서 조금도 예측하지 못한 것이었다. 나는 곡을 쓰는 과정에서 다른 조성과 리듬과 결이 만나는 지점에 대해서는 전혀 예비하지 않았다. 돌아보면 나는 이웃해 있는 두 부분이 결합하는 순간을 숨기기보다는 있는 그대로 드러내는 편이 최상이라고 이해했던 것 같다. 그럼으로써 새로운 음악적, 극적 사건이 고조될 테니 말이다. 그리하여 이 극적인 이행이라는 발상을 '파트 11' 전체의 기반으로 삼아 보았다.

마지막 곡인 '파트 12'에서는 앞선 열한 개 파트에서 사용한 기법을 한데 모았다. 쉼 없이 확장하면서 변화해 가는 중간 부분에서는 12음렬마저 집어넣었다. 이런 식으로 선율의 옵션을 단번에 망라함으로써 한바탕 왁자한 음악이 완성되었다.

「열두 파트로 구성된 음악」 전곡 초연은 6번가 인근의 43가에 있는 공연장인 타운 홀을 빌려 진행했다. 대관 비용은 7천~8천 달러 정도였을 것이다. 하지만 전액을 선불로 지급하지는 않았다. 나는 티켓 수익에 기대를 걸어 보았다. 타운 홀의 객석은 족히 1천4백 석은 된다. 그때까지 일요일 오후마다 내 로프트에서 한 공연에 찾아온 관객은 사오십 명 정도였다. 갤러리나 미술관에서 할 때도 가장 많이 와 보았자 백오십 명가량이었고, 그나마 북적이는 대학 공연 때도 3백에서 4백 명 정도가 고작이었다. 그랬는데 어찌 된 영문인지 마지막 티켓 한 장까지 완전 매진되었다. 어떻게 그런 일이 벌어진 것인지 미스터리 중의 미스터리였다. 자그마한 광고를 한두 개 내기는 했던 것 같다. 또한 지역 신문인 「빌리지 보이스」에 공연 소식이 실리기도 했다. 그런 것이 도움이 되었는지 모르겠지만, 결정적으로는 입소문이 크게 작용했던 것 같다. 3년에 걸쳐 발상이 커 가면서 「열두 파트로 구성된 음악」이라는 작품이 만들어졌고, 마침내 1974년 6월 1일에 전곡 초연을 하게 된 것이다.

공연은 장장 네 시간 반에 걸친 마라톤이었다. 파트 3 뒤에 짧은 휴식이 있었고, 파트 6 다음에 정식 인터미션이 뒤따랐으며, 파트 9 뒤에 다시 짧은 휴식이 있었다. 관객의 반응은 열광적이었다. 그때껏 그 누구도 들어 보지 못한 종류의 음악이었기 때문이다. 관객 가운데는 개별 파트를 따로따로 들은 이들은 있었겠지만, 열두 파트 전체를 들은 이는 아무도 없었다. 각각의 파트가 모여서 하나의 유기적인 전체를 이룬다는 발상부터가 놀라운 것이었다. 그 자체로 고유한 음악적 궤적을 가진 작품이었고, 관객은 네 시간 반 동안 조금씩 베일을 벗는 음악적 건축물로서 그 궤적을 체험했다. 집중하고 들으면 어떻게 돌아가는 곡인지 들을 수 있었다. 분명 집중해서 귀를 기울이는 이들이 있었다. 일곱 명으로 구성된 앙상블이 음향 증폭 장치와 함께 네 시간이 넘는 음악을 연주한다는 것 자체가 거의 전례가 없는 사건이었다. 세상 물정 모르는 철부지 음악가들의 장난질이 아니었다. 우리는 우리가 향하는 방향을 확고히 인지하고 있었다. 3년간 하나씩 덧붙이면서 연습했고, 마침내 처음으로 전체를 연주했던 것이다.

뉴욕의 택시 운전사

나는 리처드 세라의 조수 노릇 하는 것을 좋아했지만, 삼십 대 중반에 접어들면서 아이들과 내 일을 위한 시간을 더 갖기를 원했다. 어느 정도의 자유 시간이 보장되면서, 몸에도 크게 무리가 가지 않고, 근무 여건이 '안전한' 일을 찾아보았다. 그래서 시작하게 된 것이 택시 운전이었다.

택시 운전은 내게 하등 문제가 될 것이 없었다. 뉴욕 이곳저곳을 운전하고 다니는 것도 좋았고, 그러면서 도시의 속살도 들여다보게 되었다. 하룻밤에 150킬로미터쯤은 예사로 달렸다. 물론 대부분 맨해튼에서 뛰었지만 할렘으로, 브롱크스로, 퀸스로, 브루클린 곳곳으로도 달렸다. 운전석에 앉아서 보는 뉴욕은 결코 지루하지 않았다. 어김없이 흥미로운 볼거리가 눈에 들어왔다. 진상 손님과 만날 때도 있기는 했다. 일주일에 서너 번씩 밤마다 150킬로미터 정도는 달려야 하는 운전수들이 아니고는 택시 안에서 일어나는 갖은 터무니없는 짓거리라든지, 세상에 얼마나 별별 사람이 있는지를 알지 못할 것이다. 그래도 일주일에 사나흘 밤만 일하면 생활비 정도는 충분히 벌 수 있었으니 그나마 다행이었다. 택시 운전수가 미터기에 찍힌 금액의 49퍼센트를 가져가던 시절이었다. 급여는 격주마다 지급되었고, 팁도 모두 챙길 수 있었다(하룻밤 사오십 차례 운행에 30달러 정도가 팁 수입이었다). 보험료, 유류비, 타이어 유지비 등도 기사가 부담하지 않았다. 그렇게 해서 하룻밤에 1백 달러에서 120달러 정도 벌었던 것으로 기억한다. 1970년대 기준으로는 썩 괜찮은 벌이였다. 일주일에 사흘 밤만 일하면 집세와 생활비 정도는 떨어졌다.

보통 때 나는 오후 세 시까지 그리니치빌리지의 찰스 가와 허드슨 가가 만나는 지점에 있는 도버 차고지로 출근했다. 이따금씩 화가 친구인 로버트 모스코위츠와 나는 차가 나올 때까지 다른 운전수들과 어울리며 시간을 죽였다. 당시에는 많은 미술가, 작가, 음악가 들이 택시 핸들을 잡았고, 도버는 예술가 운전수가 많은 회사로 나름 이름이 나 있었다. 우리는 배차원에게 택시 면허증을 던지고(그야말로 접수창 밑에 있는 작은 그릇에 던지는 것이었다) 마냥 기다렸다. 이론대로라면 출근 순서대로 차를 받아 나가는 것이 맞지만, 아무래도 배차원이 엿장수 마음처럼 내키는 대로 차를 내주는 것 같았다. 배차원이 곱게 봐주면 네 시 반부터도 운행할 수 있지만, 무슨 이유로 미운털이라도 박혔다면 주간 근무자와 교대하는 시간인 여섯 시나 여섯 시 반이 되도록 나가지 못한다. 이래도 흥, 저래도 흥인 배차원들의 비위를 맞추는 것은 정말 쉬운 일이 아니었다. 그들은 차를 받아 나갈 운전수의 이름을 큰 소리로 호명했다. "글래스!", "모스코위츠!" 하는 식으로 말이다. 마침 그때 자리를 비웠다가는 면허증이 무더기 밑으로 내려가면서 그날은 공칠 각오를 해야 했다. 가용 택시가 동이 나서 나가지 못할 때도 있지만, 다행히도 내게는 한 번도 그런 일이 일어나지 않았다.

어쨌든 차를 조금이라도 먼저 받아 나가는 것이 상책이었다. 한시라도 빨리 운행을 시작해야 귀가하는 시간도 앞당길 수 있으니 말이다. 대여섯 시까지 차고지에서 대기하는 경우에는 새벽 세 시까지 운행할 각오를 해야 했다. 물론 내키지 않는 일이었다. 무엇보다도 술 취한 손님들을 태워야 한다는 것이 지긋지긋했다. 차 안에다 토악질을 하지 않나, 행선지도 제대로 대지 못해, 용케 목적지에 도착해도 지갑을 찾지 못하는 경우도 다반사였다. 나는 어떻게든 만취 손님만은 피하고 싶었다. 그러려면 늦어도 새벽 한 시 반이나 두 시까지는 일을 마무리해야 했다.

보통 집에 오면 새벽 한 시 반이었다. 그러고는 새벽 다섯 시 반이나 여섯 시까지 곡을 썼다. 올빼미처럼 밤을 꼴딱 새운 뒤 아이들을 학교에 데려다주고 나서 비로소 잠자리에 들었다. 오후 두 시쯤 눈을 떠서 세 시까지는 다시 차고지로 출근했다. 「해변의 아인슈타인」의 상당 부분을 바로 이 시기에 썼다. 운전을 하지 않는 날에는 곡을 쓰거나, 집안 청소를 하거나, 콘서트 협의 따위의 사무를 챙겼다.

그때는 택시 앞좌석과 뒷좌석을 구분하는 보호용 파티션이 없었는지라 위험천만한 순간도 있었다. 심지어 목숨이 오락가락한 적도 한두 번 있었다. 한 번은 어느 여자 손님을 이스트사이드 110가까지 태워 준 적이 있었다. 당시 그곳은 버려지거나 타다 남은 건물이 수도 없이 많은 위험한 동네였다. 손님을 태운 곳은 다운타운 1번가 근처였다. 저녁 시간에는 1번가를 따라 쭉 올라가면 거의 신호에 걸리지 않고 달릴 수 있기 때문에 호재이기는 했지만, 여자 혼자 그런 데로 간다는 것이 역시 마음에 걸렸다. 물론 나 자신에 대한 걱정도 하지 않을 수 없었다. 손님이 불러 준 주소를 듣고 되물었다.

"지금 어디로 가는 건지는 알고 계시지요?"

"오, 그럼요. 괜찮아요, 아무 문제 없을 테니까."

"일단 가르쳐 주신 주소로 모셔 드리기는 하겠습니다만, 거기 누구 아는 사람이라도 있어요?"

나는 그곳에 여자 혼자 두고 온다는 것이 영 켕겼다. 그렇다고 그녀가 볼일을 마칠 때까지 기다려 줄 수도 없는 노릇이었다. 어쨌든 그녀의 안전이 걱정되지 않을 수 없었다.

마침내 목적지가 눈에 들어왔다. 혹시라도 수상쩍은 짓을 노리는 이들이 있는지 눈을 크게 뜨고 차를 몰았다. 1970년대 초반만 하더라도 택시 운전수가 살해당하는 것은 그다지 낯선 일이 아니었다. 매년 다섯 명에서 열 명의 택시 기사들이 죽어 갔던 것 같다. 불한당들의 수법은 이러했다. 이열 주차된 차 뒤에 택시가 붙기를 기다렸다가 다른 차를 택시 뒤에 바짝 붙여 덫을 놓는 식이었다. 목숨을 내주어야 하는 경우도 있는, 그야말로 죽음의 덫이었다.

길거리에는 인적이 보이지 않았다. 그런데 손님이 일러 준 주소에 차를 세우자마자 난데없이 네 명의 남자가 나타나 택시로 다가왔다. 두 명은 앞문 쪽으로, 다른 둘은 뒷문 쪽으로 향했다. 다행히도 나는 여자 손님을 태우기 전에 커피를 한 잔 사 들고 다시 차에 타면서 앞문을 잠가 둔 터였다. 항상 몸에 배어 있었으니 망정이지 깜빡 잊었더라면 아찔할 뻔했다. 문제는 뒷문이었다. 여자는 줄행랑을 쳤고, 나는 액셀을 부서져라 밟아서 불과 몇 초 만에 그 블록을 벗어났다. 만약 앞문이 열려서 끌려 나갔더라면 목숨을 부지하기 힘들었을 것이 분명하다. 그렇게 흉흉하던 때였다. 몇몇 사람들은 택시를 바퀴 달린 은행으로 여겼다.

물론 모든 경험이 그렇게 흉측하기만 한 것은 아니었다. 핸들을 잡고 하룻저녁 도시를 누비다 보면 흥미진진한 일도 겪었다. 일례로 어느 날 밤에는 57가에서 살바도르 달리가 탑승한 적이 있었다. 목적지는 멀리 떨어져 있지 않은 세인트 레지스 호텔이었다. 하늘을 향한 콧수염 하며 영락없는 달리였다. 어안이 벙벙해진 나는 고작 몇 블록 떨어진 행선지까지 가는 짧은 시간 동안 무슨 말이라도 해 보려고 안간힘을 썼지만 입술이 떨어지지 않았다. 호텔에 도착한 달리는 요금과 팁을 내게 건네자마자 도어맨과 함께 바람처럼 사라졌다.

택시 운전을 하면서 골치 아픈 점이라면 오늘은 어떤 일이 일어날지 알 수 없다는 것이었다. 엄격하게 말해 승차 거부는 있을 수 없었다. 손님이 가자고 하는 곳이라면 어디든 가야 했다. 뉴욕의 법과 규정이 그러했다. 가장 지긋지긋한 것은 오늘 밤이 살아 숨 쉬는 마지막일지 모른다는 생각이 드는 순간으로, 그럴 때면 심장이 벌렁거린다. 그것은 거의 매일 밤마다 느끼는 기분이었다. 하지만 그것만 제외하면 마음에 쏙 드는 일이었다. 도시 이곳저곳을 운전하며 다니는 것도 좋았고, 근무 조건도 내게는 안성맞춤이었다. 필요할 때 일하고 그날그날 일당을 받을 수 있는 일용직이었으니 말이다. 몸이 매여 있을 필요가 없었고, 이렇다 할 의무도 없었다. 일주일에 사나흘을 뛰건 이틀을 뛰건 마음대로 해도 문제없었고, 3주 연속 얼굴을 내비치지 않아도 누구 하나 뭐라 하는 이 없었다. 당시 나는 6주마다 한 번 꼴로 투어를 다니고 있었는지라 3주씩 뉴욕을 비웠다가 돌아왔다. 투어는 항상 조금씩 적자였다. 초창기에는 출연료를 받지 못하는 경우가 많았지만, 그래도 연주자 급료는 내 주머니를 털어서라도 챙겨 주었다. 그러니 뉴욕에 돌아오면 즉시 택시를 몰아서 번 돈으로 빚을 갚아 나갔다. 그렇게 서너 주만 일하면 밀린 빚은 깨끗하게 처리할 수 있었다.

3주 만에 돌아와 면허증을 던져 놓고 기다리고 있으면 배차원이 물었다.

"이봐, 글래스, 어디라도 다녀온 거야?"

"어머니를 돌봐 드리느라 좀 바빴죠, 뭐."

"그래, 그래, 암, 그랬겠지."

그러고는 더 이상 캐묻지 않았다. 도버 차고지에 모여드는 운전수 중에는 기인도 몇몇 있었다. 어떤 사내는 예수와 빼다 박은 외모를 가졌다. 예수가 실제로 어떻게 생겼는지 아는 사람은 없지만, 분명 이 사내와 닮았으리라고 짐작케 하는 그런 외모였다. 비쩍 마른 몸에 긴 머리카락과 수염, 그리고 언제나 뭔가에 놀란 듯한 눈이 그러했다. 그는 『길 위에서 보낸 7년』이라는 책을 쓰는 중이라고 했다. 그러니까 택시 운전수 노릇도 집필을 위한 자료 조사 차원이라는 것이었다. 하지만 그가 운전을 하는 이유는 우리와 다를 바 없었다. 일당이 두둑한 일이었기 때문이다.

그렇게 핸들을 5년 동안 잡다가 1978년 네덜란드 오페라 극장의 위촉으로 「사티아그라하」 작곡에 매진하게 되면서 택시 일을 접었다. 마지막 기념으로 택시를 몰면서 쓴 갖가지 장비들을 작가 친구인 스토크스 호웰에게 넘겨주었다. 손님이 타고 내릴 때마다 시각과 장소를 기록한 일지를 붙이던 클립보드, 잔돈과 1달러짜리 지폐를 보관하는 용도로 쓰던 '더치 마스터스' 시가 상자(고액권은 항상 바지 주머니에 챙겨 넣었다. 셔츠 주머니에 보관했다가는 더운 여름날 창문을 열고 운전하다가 날치기 강도에게 당할 수도 있기 때문이다), 그리고 낡은 태엽식 회중시계까지. 이제 막 핸들을 잡기 시작한 친구는 그 후로 10년 동안 택시를 몰았다.

"여기 있어. 모두 받아. 이렇게 자네에게 다 줘 버리고 나면 다시는 택시 몰 일이 없겠지."

그 말대로 택시 운전은 다시 하지 않았다.

양육

1973년께는 우리 부부의 예술가로서의 삶도 어느 정도 뿌리를 내렸다. 조앤은 풀타임으로 극단에 매달리면서 틈틈이 파트타임으로 부업을 챙겼고, 나 역시 모든 시간을 택시 운전이며 작곡이며 투어에다 쏟았다. 이스트빌리지 14가와 2번가 모퉁이에 있는 아파트로 이사하면서 일터와도 무척 가까워졌다. 마부 마인스는 여전히 라 마마 극장을 거점으로 삼고 있었고, 나는 매년 새로운 콘서트 프로그램을 짜겠다는 목표를 이루기 위하여 곡을 쓰는 데 여념이 없었다.

아이들은 우리에게 끊임없이 기쁨과 놀라움과 좌절감을 안겨 주었다. 꼬맹이 자녀가 있는 집 부모라면 모두 겪는 일이겠지만 말이다. 이따금씩 좌절감이 드는 이유는 다른 것을 할 시간이 전혀 없기 때문이다. 한밤중에도 아이들을 돌보느라 내내 깨어 있고, 낮에는 또 일하러 가야 하니 말이다. 아내가 살림과 양육을 도맡아서 하는 전통적 가정이라면 이야기가 다를 수 있다. 그런 가정에서는 아빠가 출근하면 엄마는 집에 남아 자녀들을 돌보고, 그러다 아빠가 퇴근하고 돌아오면 저녁 식탁에 둘러앉는다. 그때까지만 해도 그런 가정이 대다수였다.

하지만 우리 세계에서는, 그러니까 실험적인 미술, 음악, 연극, 문화에 종사하는 이들의 세계에서는 전통적인 모델을 받아들이는 것이 불가능했다. 우리는 다른 방식을 택했다. 여남은 다른 가족과 십시일반 식으로 해서 톰킨스스퀘어파크 근처에 있는 점포를 하나 세냈다. 그러고는 젊은이 하나와 그의 조수로 일할 사람 하나를 고용해 아이들을 그곳에 맡겼다. 말하자면 두 사람의 보육 도우미에게 아이들을 맡기고 각자 출근했던 것이다. 뉴욕 시의 아동 보호 기관을 찾아가 "'아이들의 해방소'라는 탁아소를 개원했다"라고 신고 절차까지 마쳤다. 말이 '아이들의 해방소'이지 실제로는 부모들을 해방시켜 주는 곳이었다. 아이들이야 이미 해방되어 있는데 해방하고 말고가 어디 있겠느냐는 말이다. 해방이 절실한 것은 우리 부모들이었다. 어쨌든 '아이들의 해방소'는 시 당국의 지원금을 받은 첫 탁아소 가운데 하나가 되었다.

부모들끼리 돌아가면서 일주일에 하루는 탁아소에서 노력 봉사를 해야 했다. 조앤과 나 역시 번갈아 가며 머릿수를 채웠다. 탁아소에는 매일 두 명의 부모가 배치되어 운영을 도왔다. 학부모들 사이의 회의도 빈번했고, 모일 때마다 나누는 대화의 주제도 광범위했다. 급식 메뉴는 어떻게 해야 하는지(채식 식단을 원하는 집도 있었다), 아이들끼리 주고받는 언어에 대해서는 어떻게 장려해야 하는지(고운 말만 쓰고 저속한 표현은 금지시키는 쪽으로 결론 냈다), 허용 가능한 행동의 범위는 어디까지로 할 것인지("아이들이 홀딱 벗고 놀아도 되나요?"라고 물은 부모도 있었다) 따위의 문제였다. 시시콜콜 잡다한 문제까지 모조리 안건이 되었다. 나는 학부모 회의에 한 번도 빠지지 않고 참가했는데, 가끔은 내가 청일점인 자리도 있었다. 대체적으로 봤을 때 여성들 스스로 힘을 실어 주는 그룹이었고, 남자에게 분노할 거리가 많은 집단이기도 했다. 모임에 참가한 남자가 나뿐일 때 그들의 분노는 물론 내게 모아졌다.

"잠깐만요, 여기 남자라고는 나밖에 없잖아요. 정작 화를 내야 할 상대는 다른 남자들일 텐데 이건 너무하잖아요."

아이들이 어떻게 지내는지 그와 관련된 모든 것을 알고 싶어 모임은 한 번도 빠지지 않고 참석했지만, 그래도 그런 대접을 받는 것은 마음에 들 수가 없었다. 부당한 처사라는 생각이 머리를 떠나지 않았다.

어느 시점부터 조앤과 나는 별거에 들어갔다. 서로 멀리 떨어지지 않은 아파트에 각자 살면서 아이들 양육은 반반씩 책임지기로 했다. 이미 우리의 삶은 다른 방향을 향해 나아가기 시작한 뒤였다. 물론 함께 힘을 모아야 하는 관계라는 것은 변함이 없었다. 일 쪽으로도 그렇고, 조앤과의 우정 역시도 그 뒤로 40년 동안 이어져 오고 있다. 그렇지만 함께 사는 것만큼은 더 이상 무리였다. 그렇지 않아도 부서질 것처럼 위태위태한 상황인데 거기에 외부인이 끼어들어 마찰을 더하니 판이 뒤집어지지 않기가 어려웠다. 이 경우 외부인은 젊은 여인이었다. 나는 그 여인과의 관계를 저버리고 싶지 않았다. 물론 오래가지도 못할 관계였지만, 그때는 그것만으로도 결혼 생활을 접을 충분한 이유가 된다고 생각했다.

내가 아이들을 맡는 날은 주로 집에서 놀아 주는 편이었다. 택시를 몰다가 근처를 지나게 되면 조앤의 집에 들러 잠깐 동안 차를 태워 주기도 했다. 나중에야 안 일이지만 가끔씩 즐기는 밤 드라이브가 아이들에게는 무척 오싹한 경험이었던 모양이다. 특히 줄리엣은 내가 택시를 훔쳤다고 생각해서 경찰에게 잡히기라도 하면 어쩌나 하고 톡톡히 애를 태웠던 것 같다.

별거에도 불구하고 대체적인 가족사[事]는 큰 문제 없이 진행되었다. 조앤은 휴스턴 가로 집을 구해 나갔고, 나는 14가의 아파트에서 그대로 지냈다. 합판과 투바이포 목재로 2층 침대를 만들어 줄리엣과 재크가 묵고 가게 했고, 역시 목재로 만든 부엌 조리대는 아이들과 식사를 나누는 식탁 겸 곡을 쓰는 책상 대용으로 사용했다. 잠은 이사할 때 쓰는 매트를 깔아 놓고 그 위에서 잤고, 나무로 만든 궤짝이 옷장 노릇을 했다. 그 외에는 일절 가구가 없었지만, 실제로 필요한 가구가 없었기에 문제될 것이 없었다. 사람들 말마따나 속 편하게 살고 있구나, 하고 생각했다. 내가 이끄는 앙상블이 있었고, 연주회도 꾸준히 했다. 잘해 나가고 있다고 생각했다. 곡을 쓸 시간은 충분했고, 내가 쓴 음악을 기꺼이 연주해 줄 음악인이 있었으며, 거기에 귀 기울여 주는 관객이 있었으니, 스스로 성공한 작곡가로 자부했다. 이따금씩 유럽에도 갈 일이 있었고, 단기간 연주 여행은 골라잡아 갈 수 있는 형편이었다. 물론 음악으로 돈을 벌지는 못했다. 그렇지만 내 음악을 좋아해 주는 사람들, 차기작을 기다려 주는 팬들이 있었다. 세 달에 한 곡 꼴로 발표한 「열두 파트로 구성된 음악」을 마치 흥미진진한 연속극인 듯 기다려 준 이들이다.

나는 내가 하고 있는 일에 대한 자신감을 가지고 있었다. 강단에 설 필요도 없었고, 내키지 않는 사람을 상대로 구구절절 설명한다는 것도 성미에 맞지 않았다. 정부 보조금 또한 한 번도 받은 적이 없다(사실 뉴욕 예술원의 보조금 명목으로 3천 달러를 받은 적이 한 번 있기는 있었는데, 내게 다른 수입원이 있다는 것을 알아차리자마자 곧바로 지원금을 회수해 갔다. 그 뒤로는 그 어떤 보조금도 신청하지 않았다). 주로 택시를 몰고 번 돈으로 살았고, 이따금씩 엘런 스튜어트가 생활비를 도와주기도 했다. 리처드 세라나 솔 르윗에게서도 도움을 몇 번 받았다. 나보다 아홉 살 연상이었던 솔은 이미 성공한 예술가로서 수입이 탄탄했다. 둘도 없을 정도로 마음 씀씀이 넉넉했던 그는 작곡가들에게서 악보를 사들이기 시작했다. 그냥 무턱대고 돈을 쥐어주면 편하게 받기가 힘들 테니 그런 방법으로 어려운 음악가를 도운 것이었다. 솔이 그렇게 모아들인 악보는 코네티컷에 있는 워즈워스 아테네움 미술관이 기증받아 보관 중이다.

어쨌든 나는 언제나 스스로 잘해 나가고 있다고 생각했다. 사정이 궁하다는 생각은 단 한 번도 한 적이 없다. 14가와 2번가가 만나는 곳에 근사한 방 두 개짜리 아파트를 빌릴 수 있는 처지라면 괜찮지 않은가, 하고 생각했다. 두 아이 배 곯릴 걱정은 하지 않아도 되고, 입힐 옷도 넉넉했다. 낮에는 낮대로 할 일이 있고, 밤에는 또 밤대로 할 일이 있었다. 밴드가 있고, 청중이 있고, 레코드 회사가 있었다. 참 잘 살고 있다고 생각했다. 비록 우리 아이들은 대부분의 친구들과는 사뭇 다르게 살고 있다고 어렴풋이 느끼고 있었겠지만 말이다. 나는 우리가 처한 상황을 결코 난처하다거나 거북하다고 느끼지 않았다.

무엇보다 아이들을 좋은 학교에 보내는 것이 최우선의 과제였다. 어떻게든 노력하면 16가와 2번가가 만나는 지점에 있는 프렌즈 세미너리에는 보낼 수 있을 것 같았다. 당시 그곳의 학비는 1년에 3천 달러 정도였는데, 주머니를 탈탈 털고 요모조모 주판알을 굴려 보니 간신히 되겠다 싶었다. 물론 음악에서 돈이 나올 구멍은 없었고, 유일하게 기댈 수입원은 택시뿐이었다. 퀘이커교의 교육 철학은 볼티모어에서 자란 내게도 짙은 영향을 남긴 터였는지라, 줄리엣과 재커리를 프렌즈 세미너리에 등록시키면서도 아이들에게 필요한 교과 과정과 교우 관계, 정서적 보살핌을 모두 누릴 수 있으리라는 믿음이 있었다. 엄마, 아빠가 따로 사는 여건 역시 큰 어려움으로 다가오지는 않았다. 아이들을 맡아야 할 때는 오로지 아이들에게만 전심전력하고, 아이들이 조앤과 함께 지낼 때는 택시 운전과 작곡에만 집중하면 그만이었다.

사실 아이들을 학교에 등록시킨 직후 약간의 곤란을 겪었다. 학교 측에서는 내가 은행에서 '학자금 대출'을 받아 올 것을 요구했다. 학비 전체를 목돈으로 받을 수 있는 방법이어서 학교 입장에서는 그쪽을 선호했다. 그러나 문제는 그 어떤 은행도 내게 돈을 빌려 주려 하지 않는다는 점이었다. 심지어 학교 서무과 직원이 소개해 준 은행에서마저 퇴짜를 맞았다. 나는 다시 학교로 돌아가 서무과 직원 조를 만났다.

"조, 글쎄 대출을 해 주겠다는 은행이 하나도 없네요."

조는 처음에는 놀라는 듯했으나 이내 전후 사정을 헤아렸다. 이러쿵저러쿵 하더라도 어쨌건 나는 '번듯한' 직장을 가지고 있는 것도 아니요, 떠돌이 음악가요 작곡가라는 신분을 밝히고 나면 은행이나 부동산에서는 어이없다는 듯한 웃음부터 터뜨리기 일쑤였으니 말이다. 조는 한참을 생각하더니만 방책을 내놓았다. 매주 금요일마다 형편이 되는 대로 납입을 하라는 것이었다. 나로서는 더할 나위 없이 고마운 조치였다. 따르지 않을 이유가 없었다. 조에게 대단한 신세를 졌다.

언젠가는 네덜란드 투어를 마치고 돌아와 서무과로 직행한 적이 있었다. 주머니에는 1천 길더[163]가 들어 있었다. 조는 지긋지긋하다는 표정으로 손사래를 치며 이렇게 말했다.

"이제 그만! 더 이상 외국 돈은 받지 않겠네!"

그리도 형편이 빠듯하면 장학금을 신청할 수도 있었겠지만, 그것은 아닌 듯했다. 내려고 마음만 먹으면 내지 못할 이유가 없다고 생각했기 때문이다. 장학금은 정말 다른 대안이 없는 학생들을 위하여 남겨 두어야 한다고 생각했다. 놀랍고도 고마운 일은, 매년 학비가 조금씩 오를 때마다 내 수입 또한 기적과도 같이 딱 그만큼만 올라 주었다는 점이다. 12년 후인 1987년 줄리엣이 리드 칼리지에 진학했을 때는 내 수입 역시 대학 등록금을 낼 정도는 되었다. 게다가 이미 음악 관련 벌이만으로 충분히 먹고 살 정도로 반석에 오른 뒤였다.

163 네덜란드의 화폐 단위. 2002년 유로로 대체되었다.

돈과 음악

1984년 봄, 「아크나톤」을 탈고하고 휴스턴 그랜드 오페라 극장과 슈투트가르트 오페라에서 이원 초연을 준비하던 중이었다. 지휘자용 총보와 가수들이 연습 때 쓸 피아노 축약 판본을 제작하는 비용을 내고 나니 작곡 사례로 받은 수고비가 남아나지 않았다. 거기에 더해 오케스트라 단원이 쓸 파트보 제작비 1만 5천 달러도 추가로 부담해야 했다. 컴퓨터가 사용되기 전의 이야기라 이 모든 일을 사람의 손으로 해야만 했다. 사보 서너 명이 불철주야로 매달려야 할 일이었다. 그런데 정말 난데없이 커티사크 위스키에서 지면 광고 촬영 제안이 들어왔다. 얼굴을 빌려 쓰는 값으로 그쪽에서 제안한 금액은 놀랍게도 정확히 1만 5천 달러였다. 회심의 미소를 지으며 주저하지 않고 응낙했다. 음표가 둥둥 뜬 스카치위스키 잔을 든 포즈로 촬영을 마쳤고, 그 개런티 덕분으로 파트보 사보 역시 무사히 마쳤다.

커티사크 광고는 나로서는 손해 볼 것 없는 거래라 생각했지만, 소신을 저버린 변절 행위라고 비난하는 사람들도 일부 있었다. '다운타운' 사람들조차도 말이다. 변절이라니 당치도 않은 소리였다. 그렇게 번 돈을 음악에 썼는데 어째서 그것이 변절이란 말인가. 변절 운운하는 것 자체가 이해할 수 없는 발상이었다. 부자 부모의 지갑을 제 것처럼 열 수 있는 사람을 제외한다면 그 누가 이런 평가 잣대에서 자유롭겠는가 말이다. 음악을 가르치는 것이 또 하나의 방편이 될 수도 있었지만, 나는 남을 가르치는 데 흥미도 소질도 없는 사람이었다. 그러니 어쩌란 말인가? 돈 되는 일은 하지 않는다는 이야기를 자랑처럼 하는 사람을 볼 때마다 어느 정도 돈을 가지고 있기 때문에 저런 말도 나오는 것이라고 나는 생각해 왔다.

음악을 파는 일이라면 조금도 거리낄 것이 없었다. 열한 살 때부터 아버지를 도와 레코드를 팔아 온 나였다. 손님이 5달러를 지불하면 레코드를 한 장 내어 주는 광경이 내게는 조금의 위화감도 없는 자연스러운 모습이었다.

그 거래의 과정을 물리도록 봐 온 것이다. 돈을 음악과 바꾸어 가고 또 음악이 돈이 되는 일련의 흐름이 본능처럼 각인되었던 것이다. 아하, 세상은 이렇게 돌아가는 거로구나, 하고 생각했던 것이다. 거기에 뭔가 잘못된 점이 있을지도 모른다는 생각은 단 한 번도 하지 않았다.

「해변의 아인슈타인」

밥 윌슨

1973년의 어느 날 저녁, 수전 와일 – 미니애폴리스에 있는 워커 아트 센터의 공연 부문 감독을 맡던 시절부터 알고 지낸 인연이다 – 이 브루클린 음악 아카데미에 새로운 무대가 선다면서 나를 초대했다. 하비 리히텐스타인이 대규모의 야심작을 발표하는 무대라고 했다. 획기적인 사건으로 기록된 넥스트 웨이브 페스티벌이 있기 이전의 이야기로, 맨해튼 사람들이 멀리 떨어진 브루클린까지 과연 발걸음을 해 줄지 누구도 내다볼 수 없는 분위기였다.

수전은 훗날 국립예술기금의 무용 부문 감독으로도 일하게 되고, 또 그 뒤로는 위대한 러시아 무용가 미하일 바리시니코프[164]와 함께 화이트 오크

164 **Mikhail Baryshnikov, 1948~** 구소련 출신의 미국 무용가. 1967년에 키로프 발레단에 입단 후 1969년부터 수석 무용수로 활동했다. 작은 키를 가졌지만 단단한 체격을 바탕으로 높은 점프력과 정확한 턴을 구사했다. 테크닉뿐만 아니라 작품과 음악에 대한 해석, 어떤 캐릭터도 완벽히 소화해 내는 표현력에서도 탁월하여 세계적인 명성을 누렸다. 「뉴욕타임스」의 한 평론가는 그를 두고 "내가 본 가장 완벽한 무용수"라고 찬탄한 바도 있다. 최고의 인기를 구가하던 1974년, 키로프 발레단과 함께한 캐나다 순회공연을 마치고 캐나다로 망명했다. 이후 미국으로 이주하여 아메리칸

댄스 프로젝트를 추진한 무용계의 거물이지만, 그날은 밥 윌슨의 「이오시프 스탈린의 삶과 시대」를 보러 온 일개 관객일 뿐이었다. 밥은 이미 극장계에 일대 센세이션을 불러온 문제적 신인으로 주목을 받고 있었고, 나로서는 이번 작품이 그의 진가를 직접 확인할 수 있는 최초의 기회이기도 했다. 공연은 저녁 일곱 시에 시작해 열두 시간 동안 진행되어 다음 날 아침에야 마무리되는, 이른바 철야 이벤트였다. 나는 이미 콘서트 무대상의 '확장된 시간'이라는 개념에 흥미를 가지고 천착해 오던 터였다. 「변화하는 파트를 가진 음악」은 몇 시간이고 끊임없이 연주될 수 있는 잠재력을 품고 있는 작품이었고, 「열두 파트로 구성된 음악」은 전곡 연주의 경우 아무리 못해도 네 시간 반은 걸리는 작품이었다. 다만 밥의 작품은 연극의 시간을 잡아 늘이는 것을 넘어서 온갖 종류의 동작을 아우르는 시각적 밀도도 대단했다.

무대를 통해 만난 「이오시프 스탈린의 삶과 시대」는 예기치 못한 짜릿한 경험을 선사했다. 스탈린이 무대에 등장했더라도 아마 나는 그를 놓치고 말았을 것이다. 어쨌거나 그의 모습을 보리라고 기대한 바도 아니지만. 공연이 끝나고 바깥으로 나오니 새벽녘의 햇귀가 도시 위로 쏟아져 내리고 있었다. 우리 관객 일동은 밥을 따라 맨해튼 스프링 가에 있는 버드 호프먼 연습실로 향했다. 공연에 든 관객은 2백 명이 될까 말까 한 정도였고, 그중 상당수가 연습실에 마련된 뒤풀이 장소로 향했다.

처음 만난 그날 아침부터 밥과는 죽이 잘 맞았다. 우리가 힘을 합치기를 기다리고 있는 작품이 있다는 예감 같은 것이 들었다. 뒤풀이가 끝나고 맥두걸 가에 있는 작은 레스토랑에서 함께 점심을 들었다. 당장 논의해야 할 안건이 있는 것은 아니었다. 그렇게 몇 차례 만나면서 한담을 나누었다. 그저 서로를 좀 더 잘 알았으면 하는 바람뿐이었다. 서로의 배경과 그와 나 사이

발레 시어터에서 활동하면서 「지젤」, 「호두까기 인형」, 「돈키호테」, 「신데렐라」 등에 출연했다. 1970년대 후반에는 뉴욕 시티 발레로 자리를 옮겨 조지 발란신, 제롬 로빈스와도 함께 일했다.

에 겹치는 친구들에 대해 이야기를 나누었다. 각자의 관심사에 대해서도 한참을 이야기했다.

밥은 헌칠한 체구를 가진 미남자로, 말투는 언제나 부드럽고 거기에 남을 친절히 배려하는 마음까지 가진 사내였다. 대화를 나누는 상대 쪽으로 몸을 기울이고는 눈을 마주보며 경청하는 태도가 몸에 밴 사람이었다. 잠깐 시선이 상대를 떠날 때는 그림을 그리기도 했다. 밥과 대화를 하다 보면 어느 틈엔가 뚝딱 대화 주제에 관한 그림을 그려 내는 것이 예삿일이었다. 그래도 그가 내 마음에 든 이유는 그림 솜씨보다는 남의 말을 집중해 들어주는 자세 때문이었지만 말이다.

우리는 정기적으로 만남을 이어 갔다. 일 때문에 뉴욕을 비운 경우를 제외하고 기본적으로 1년간 매주 목요일마다 만났다. 밥은 무대에서 벌어지는 사건의 시간성을 이해하고 있다는 점이 처음 만났을 때부터 명확하게 보였다. 그가 하는 작업과 내가 쓰는 곡은 마치 평행선을 달리듯 닮아 있었다. 무용계와 인연이 깊은 것도 밥과 나 사이의 공통점이었다. 밥은 머스 커닝햄, 조지 발란신[165], 제롬 로빈스[166] 등과 인연이 있었고, 나 역시 커닝햄과 존 케이지 덕분에 무용계에 아는 사람이 꽤 되는 편이었다. 내가 아는 미술가들 가운데 밥과 알고 지내는 이도 여럿이었다. 그러니까 그와 나는 같은 세상에 살면서 우리를 앞서간 세대로부터 비슷한 양분을 받고 자라 온 것이다.

닮은 점은 또 있었다. 밥도 나도 뉴욕 출신이 아니었다. 밥의 고향은 텍사스 주 웨이코였고, 나는 볼티모어 출신이었다. 쇳가루가 지남철에 달라붙

165 George Balanchine, 1904~1983 러시아 태생의 안무가. 1924년 고국을 떠나 디아길레프의 발레단 발레뤼스의 안무를 맡았다. 그러면서 프로코피예프, 스트라빈스키, 드뷔시, 라벨, 사티 등의 작품에 춤을 붙였고, 피카소, 마티스 등의 미술가와도 교유했다. 1930년대 초반 미국에 정착해 미국 발레 학교를 설립하고 뉴욕 시립 발레단을 창단하여 35년간 이끌면서 '미국 발레의 아버지'로 불렸다.

166 Jerome Robbins, 1918~1998 미국의 안무가. 고전 발레와 브로드웨이 뮤지컬, 영화, 텔레비전 등 다양한 매체에 걸쳐 활약했다. 영화 「웨스트사이드 스토리」를 비롯해 뮤지컬 「왕과 나」, 「지붕 위의 바이올린」 등의 안무로 유명하다.

듯 우리는 수준 높은 문화와 그곳에 속하여 살아가는 활기찬 사람들에 이끌려 뉴욕에 정착했다. 실제적인 교육 훈련을 받은 곳 역시 뉴욕이어서 밥은 브루클린의 프랫 인스티튜트에서 미술을 공부했고, 나는 줄리아드에서 음악을 공부했다. 연극 무대와 맺은 인연 역시 상통했다. 말하자면 내가 하는 일은 밥의 연극을 음악으로 표현한 것이었고, 밥이 하는 일은 내 음악을 연극으로 표현한 것이었다.

정지|整地| 작업과도 같았던 몇 번의 만남이 지나고 우리는 곧 힘을 모을 만한 음악-극작품에 대해 이야기를 나누기 시작했다. 처음에는 별다른 이름도 없는 프로젝트였다. 밥은 히틀러를 주제로 한 작품을 제안했는데, 이미 스탈린을 가지고 무대를 꾸며 본 일이 있었던 그로서는 그다지 생경스러운 시도도 아니었을 것이다. 아무래도 내가 밥보다 네 살이 많다 보니 제2차 세계대전에 대한 기억도 더 생생한 편이어서 대신 간디를 주인공으로 한 작품이 어떻겠느냐고 제안했지만, 이번에는 밥이 별로였던 모양이다. 결국 밥이 제안한 아인슈타인 아이디어가 내 호기심을 끌었다.

아인슈타인 프로젝트

어린 시절 나는 제2차 세계대전 종전과 함께 찾아온 아인슈타인 열풍에 휩쓸려 들었다. 아인슈타인에 대한 책을 여러 권 읽었고, 심지어는 아인슈타인이 일반인을 대상으로 쓴 책도 읽은 바 있다. 어린 내게 과학은 빼놓을 수 없는 취미 분야였고, 덕분에 – 비록 아주 복잡한 수준까지는 가지 못했지만 – 수학과 천문학 쪽으로도 흥미가 뻗어 나갔다. 열 살인가 열한 살 때는 별보기 클럽에 가입해서 직접 갈아 만든 직경 15센티미터짜리 오목 렌즈를 가지고 천체 망원경을 제작하기도 했다. 그때부터 지금까지 과학은 음악과 더불어 내가 열렬히 사랑하는 분야 가운데 하나다. 내게 과학자들은 미래를 내다보는 사람이요 시인이었다. 케플러와 갈릴레오, 아인슈타인이라는 특출한 과학자에 대한 오페라를 쓴 나는 아마도 어느 다른 작곡가보다 과학에 깊숙이 천착한 인물로 기록될지도 모를 일이다. 그러고 보니 스티븐 호킹에 관한 영화음악도 담당했고, 유명한 끈 이론 물리학자인 브라이언 그린과 함께 극작품을 협업하기도 했다.

이런 주제가 내게 흥미를 던지는 이유는, 과학의 선지자들이 세계를 보는 방식이 예술가의 그것과 무척이나 닮았다고 생각하기 때문이다. 아인슈타인도 마찬가지였다. 상대성 이론을 일반 대중에게 설명한 책에서 그는 자신이 초속 30만 킬로미터의 속력으로 날아가는 한 줄기 빛살 위에 앉아 있다고 상상한다고 썼다. 빛살 위에 미동도 없이 편히 앉은 그의 주변으로 세상이 대단히 빠른 속도로 지나쳐 가는 그림을 그린 것이다. 아인슈타인의 결론은 간단했다. 그가 상상 속에 본 것을 계산해 내는 수학식을 만들어 내면 모든 물음이 풀릴 것이라는 이야기였다.

작곡 역시 이와 다르지 않다. 머릿속에 환하게 그려진 음악을 적절히 표현할 수 있는 언어를 발견하는 절차가 곧 작곡이다. 어느 정도 시간이 걸릴 수도 있는 일이다. 나는 평생을 음악 언어와 씨름해 왔다. 악상을 어떻게 펼쳐 나가면 좋을지에 대한 깨달음도 모두 음악 언어의 범주 안에 있는 일이다.

아인슈타인 프로젝트에 나는 금방 달아올랐다. 원제 – 밥이 내게 준 그림 연습장 커버에 써 놓았다 – 는 '월스트리트 해변의 아인슈타인'이었다. 작업 도중 언제인지도 모르게 '월스트리트'가 스르륵 떨어져 나갔는데, 밥도 나도 그 정확한 경위는 잊고 말았다. '해변'이라는 것은 제3차 세계대전과 원자탄이라는 종말적 재앙을 겪은 세계를 무대로 펼쳐지는 네빌 슈트의 소설[167]에 등장하는 오스트레일리아 바닷가에서 착안한 것이다. 「해변의 아인슈타인」

167 네빌 슈트, 『해변에서』, 정탄 옮김(서울: 황금가지, 2011).

의 끝에서 둘째 장면에는 밥이 원했던 거대한 폭발 신과 우주선이 등장한다. 묵시록적인 장대한 피날레를 노린 부분이다. 그 뒤를 따르는 마지막 장면은 판사와 버스 드라이버 역을 연기한 새뮤얼 존슨이 쓴 러브 스토리다. 밥은 인간이 생각할 수 있는 것 가운데 가장 끔찍한 참사인 핵무기 대학살과 인류가 가진 모든 문제를 치료할 수 있는 사랑이라는 주제를 나란히 대비시켰다.

물론 말할 것도 없이 작품의 시각적 이미지는 밥이 담당할 몫이었다. 그는 작품에 대해 토론하고 의견을 나눌 때면 어김없이 종이와 연필을 들었다. 그의 생각은 곧 그림이 되었다. 나 역시도 전체적인 구조에 대한 감은 좋은 편이었다. 무대 위 행위에 대한 '시간적인 감각'도 둘 모두 나무랄 데 없었지만, 다만 차이점이라면 밥은 스스로 몸을 움직여 시간을 가늠하는 쪽을 선호한 반면, 나는 동작의 소요 시간을 일일이 측정하고 계획하는 쪽을 더 편하게 생각했다. 밥은 오디션에서도 배우나 댄서에게 무대 이쪽 끝에서 저쪽 끝까지 걸어가 보라는 주문을 자주 했다. 그러고는 그들의 움직임을 면밀히 관찰했다. 어쨌든 그는 내가 결코 보지 못하는 것들을 보는 눈을 가지고 있었다. 시간과 공간 속에서 이루어지는 그들의 움직임을 그는 '본' 것이다. 함께 일할 만한 사람인지 아닌지를 헤아리는 데는 고작 몇 분이면 충분했다.

내 능력은 밥과는 다른 방향으로 쓸모가 있었다. 일례로 이런 일이 있었다. 밥이 세 개의 '시각적' 주제 – 기차/우주선, 재판, 들판에서 벌이는 두 차례의 춤사위 – 를 가지고 네 개의 막으로 배열할 수 있겠느냐고 물었다. 생각할 겨를도 없이 나는 곧바로 작품의 구조를 쓱쓱 적어 주었다. 세 가지 주제를 각각 A, B, C라고 하면 다음과 같은 패턴이었다. 1막은 A-B, 2막은 C-A, 3막은 B-C, 4막은 A-B-C. 밥은 내가 내민 계획도를 보고는 그 자리에서 다섯 개의 니 플레이|knee play| – 막과 막 사이, 그리고 제1막의 앞과 4막의 끝에 오는 일종의 간주곡 같은 부분이다 – 를 첨가했다. 밥은 베케트의 단편 「동료」에서도 이처럼 뭔가 다른 것으로 채우면 좋을 '간극'을 꿰뚫

어 읽어 내기도 했다. 기이하면서도 날카로운 지적이었다. 몇 년 뒤의 일이지만 연출가 프레드 노이만이 「동료」를 퍼블릭 시어터 무대에 올릴 때 베케트가 내게 음악을 주문한 지점이 바로 밥이 짚어 낸 그 간극들이었다. 밥에게 이와 같은 우연의 일치에 대해 언급했는지, 그것은 기억조차 나지 않는다. 많은 이야기를 주고받으며 6개월을 보낸 시점이었고, 「해변의 아인슈타인」에 대해서는 그다지 많은 말을 하지 않았다. 친밀한 작업 관계가 시작되었고, 곧 모든 부품이 제자리를 찾아가기 시작했다.

우리가 공통적으로 다루어야 할 재료는 바로 시간이었다. 우선 시간의 길이에 대해 이야기를 나누는 일에서 출발하기로 했다. 각각의 막은 약 한 시간 정도 걸리는 것으로 보았다. 니 플레이는 6분 정도로 잡았다. 무릎|knee|이라는 명칭처럼 두 개의 큰 부분을 잇는 짧은 막간극으로 적당한 길이였다. 합창은 오페라 전체에 걸쳐 시종여일로 등장했다. 거기에 춤사위를 맡을 댄스 컴퍼니와 재판 장면에 등장하는 판관 둘 – 노인과 어린 소년 – 그리고 니 플레이를 담당할 두 명의 인원과 무대 중간에 놓인 작은 단상에 앉을 바이올리니스트(아인슈타인)가 추가로 필요했다. 오케스트라는 필립 글래스 앙상블 차지였고, 지휘는 마이클 리스먼이 맡기로 했다. 이 정도까지 결정하는 데만도 대략 반 년 이상이 걸렸다.

작품의 청사진이 진화와 변화를 거듭하던 1974년의 어느 날, 밥은 크리스토퍼 노울스라는 소년을 점심식사 자리에 데려왔다. 자폐증을 가진 크리스토퍼는 만난 첫날부터 친해질 수 있는 아이는 아니었다(그럼에도 나는 결국 녀석을 무척 좋아하게 되었지만). 밥은 크리스토퍼 부모의 허락을 얻어 아이의 학비를 지원하고 있었다. 처음 만난 자리는 난장판이 따로 없었다. 크리스토퍼가 하는 말은 거의 한마디도 알아듣지 못했다. 엄청나게 산만한 녀석이어서 밥이 입으로 들어가는지 코로 들어가는지도 모를 지경이었다. 그렇지만 결국 크리스토퍼는 「해변의 아인슈타인」 낭독 대사를 쓸 작가로 낙점되었다. 오페라 마지막 장면의 러브 스토리 신과 재판 장면 마지막에 미스터 존슨 판관이 낭독하는 대사, 루신다 차일즈의 '슈퍼마켓' 연설문 등 몇 부분을 제외하면 모든 대사가 그의 펜대에서 비롯된 것이다. 한편 루신다는 니 플레이에 직접 출연하고 1막 1장의 '대각선' 댄스 안무를 직접 짜는 등 그야말로 일인 다역을 해 주었다. 니 플레이에서 루신다와 호흡을 맞춘 셰릴 서턴은 밥의 극단 출신으로 「해변의 아인슈타인」에 출연한 유일한 배우였다. 소년 판관 역은 당시 아홉 살의 폴 만이 맡았고, 아인슈타인 역은 바이올리니스트 밥 브라운이 의상에 가발까지 맞추어 쓰고 연기하기로 낙착했다. 합창단원 열두 명은 공개 모집 오디션으로 선발했다. 그중 여덟 명은 노래뿐만 아니라 댄스 1과 댄스 2에서 춤까지 소화해 주어야 했다. 1975년 봄까지 이 모든 사항이 결정되었다. 나는 밥의 그림에 맞추어 작곡 작업을 시작했고, 그해 여름 케이프브레턴에서는 '타임 아웃라인'을 완성했다. 9월 노동절 연휴를 마치고 뉴욕에 돌아왔을 때는 작업이 이미 상당 부분 진척된 상황이었다.

「열두 파트로 구성된 음악」을 완성한 직후 나는 곧바로 또 다른 연작인 「화성에 대한 또 다른 시각」에 착수했다. 장시간 연작이라는 작풍의 둘째 '단계'에 들어섰음을 알리는 작품이자, 그때까지 다루지 않고 남겨 두었던 요소인 화성을 마침내 탐사하겠다는 선언과도 같은 곡이었다. 「해변의 아인슈타인」 역시 장면 장면을 분리해서 생각하면 선율-리듬 사이클이 화성 진행과 맞물려 돌아가는 양상을 띠고 있음이 명확하다. 하나의 화음에서 시작해서 두 개의 화음, 세 개의 화음 등등의 식으로 말이다. 우주선이 등장하는 마지막 장은 화성과 선율과 리듬이 '하나 되는 현장'을 상징하는 절정부이면서, 맹렬히 상행하고 하행하는 반음계의 향연을 그 결어로 남겨 둔 채 사라진다.

「화성에 대한 또 다른 시각」의 '파트 1'과 '파트 2'는 「해변의 아인슈타인」

에 담긴 두 가지 중요한 주제의 원천이 되었다. '기차 1'(앞의 도식에서 A 부분에 해당한다)과 '댄스 1'(C 부분)에서 사용한 음악이 사실상 모두 「화성에 대한 또 다른 시각」에서 비롯된 것이다. 「해변의 아인슈타인」을 통해 리듬과 화성, 순환적 음악을 하나의 일관된 시스템으로 통합해 내는 작업을 이어 갔고, 엄밀히 말해서 그 시작은 「화성에 대한 또 다른 시각」인 것이었다.

특히 화성의 움직임과 리듬 사이클을 하나로 버무려 내는 일이 관건이었다. '니 플레이 1'이 끝나고 시작되는 1막의 '기차' 음악에서 이러한 시도를 들을 수 있다. 그러한 합일이 내 머릿속에서는 하나의 통합된 이론으로 자리를 잡았고, 「해변의 아인슈타인」을 쓰는 과정 전체가 그와 같은 목표점을 염두에 두고 행해진 일이라고 해도 좋다.

온갖 클래식음악 작품에 나오는 알레그로나 프레스토 같은 빠르기말은 그것 자체로 절대적인 고정 값을 가진다기보다는, 보통 다른 부분과의 대조로서 기능하는 편이 일반적이다. 느린 음악이 오고 곧이어 빠른 음악이 오는 식이다. 나 역시 현악 사중주에서 여러 번 써먹은 바 있다. 하지만 「해변의 아인슈타인」에서는 멈추려야 멈출 수 없는 에너지라는 아이디어가 무엇보다 중요했고, 따라서 느린 음악은 소용되는 바가 없었다. 심지어는 템포를 다소간 떨어뜨린 두 차례의 '재판' 장면에서도 음악의 추동력은 여전해서, 집중해서 들어 보면 앞으로 나가고자 하는 음악의 힘이 언제나 거기에 있음을 감지할 수 있다. 4막의 '침대' 장면 역시 마찬가지다.

리허설 시간의 일부는 남녀 각각 여섯으로 구성된 합창단원들에게 음악을 지도하고 암기하게 하는 데 사용했다. 단원들 중 악보를 볼 줄 아는 이는 몇 명 되지 않았고, 따라서 이들은 음악을 배우고 악보를 외우는 일을 동시에 해내야만 했다. 알라 라카의 지도법을 빌려 썼는데, 그 효과가 무척 좋았다. 우선 음악을 음표 서너 개짜리 프레이즈로 잘게 쪼갠다. 그리고 첫째 프레이즈를 전체 합창단과 함께 반복 연습한다. 완전히 내 것이 되었다 싶으면 이제 둘째 프레이즈를 같은 방법으로 반복 숙달한다. 그러고 나면 첫째 프레이즈와 둘째 프레이즈를 이어 붙여 연습한다. 따로따로 충분히 반복한 음악이기 때문에 수월하게 해낼 수 있다. 단단하게 다져질 때까지 연습이 되면 셋째 프레이즈를 연습하고 갖다 붙인다. 이런 식으로 하면 제아무리 길이가 긴 음악이라도 – 이를테면 6분에 달하는 니 플레이 같은 – 전체를 외우는 일이 가능했다.

변화를 주기 위하여 연습용 가사는 두 종류를 썼다. 첫째 가사는 오로지 1부터 8까지의 숫자로만 구성했다. 숫자는 리듬의 윤곽을 알려 주는 단초가 되기 때문에 단원들 입장에서는 음악을 연상케 하는 보조 수단이 되기도 했다. 둘째 가사는 '도-레-미-파-솔-라-시-도'의 솔페주 시스템으로 결정했다. 음악의 계명이 곧 가사가 되는 것이므로 선율을 기억하는 데 도움이 되었음은 물론이다.

연습이 한창이던 어느 날 아침, 밥이 불쑥 현장에 나타났다. 합창단의 노래와 니 플레이 – 그때는 단원들 모두가 음악을 썩 잘 소화했을 무렵이다 – 를 듣고 잠시 휴식 시간을 가지고 있는데 밥이 물었다.

"지금 저 친구들이 부르는 가사, 저걸 그대로 공연에도 쓰려고 하나?"

사실 그럴 계획은 전혀 없었다. 그런데 듣고 보니 그것도 안 될 것은 없겠다 싶어 잠깐 머뭇거리다 대답했다.

"그렇다네."

「해변의 아인슈타인」 합창 가사는 그렇게 결정되었다.

니 플레이 다섯 곡은 가장 마지막에 완성되었다. 기본적으로는 오페라의 다른 부분에서 얻은 씨앗을 바탕으로 삼았다. 현저히 두드러지는 부분을 추출해 니 플레이에 가져다 쓴 것인데, 그럼으로써 막과 막 사이의 연계가 더욱 유기적이고 긴밀해졌다.

초연 연습

「해변의 아인슈타인」 초연과 관련한 행정적이고 재정적인 사항은 1975년과 1976년 사이의 겨울에 대충 윤곽이 잡히기 시작했다. 당시 나의 활동을 지원하던 단체 가운데 미미 존슨, 제인 요클, 마거릿 우드가 설립한 비영리 기구인 '퍼포밍 아트서비스'가 있었다. 신인 공연 예술가의 작품 활동을 후원하는 것을 목적으로 한 단체로, 필립 글래스 앙상블의 투어 기획과 관련해서도 이미 여러 번 도움을 받은 터였다. 한편 퍼포밍 아트서비스는 파리 소재의 베네딕트 펠르 극단을 유럽 지부로 두고 있었다. 버드 호프먼 재단의 도움으로 초기작들을 여럿 제작하고 상연해 온 밥 역시 나름대로 네트워크를 가지고 있었다. 하지만 대규모 음악극 프로덕션을 대동하고 투어를 다닌 경험은 밥도 나도 거의 없다시피 했다.

「해변의 아인슈타인」은 순회 오페라 극단이 반드시 필요한 작품이었다. 그것도 아주 전위적이고 진보적인 극단, 연극계에 전례가 없는 그런 극단 말이다. 규모가 제법 되는 극단 중에 전위적인 단체가 일부 있었다. 피터 브룩 극단이나 그로토프스키의 '가난한 극장', 리빙 시어터 등이 거기에 해당할 텐데, 다만 밥과 내가 나아가고자 하는 방향에는 그다지 참고가 되지 못했다. 예를 들어 피터 브룩이 연출한 「마하바라타」 같은 작품은 전체를 하나로 꿰뚫는 음악적 아이디어가 부재했기에 우리의 시도와는 거리가 있었다.

무대밥을 먹기 시작하면서 깨달은 사실은, 무대가 시작되고 막이 내릴 때까지 시종일관 관객을 이끌고 갈 수 있는 구심점이 되는 힘을 음악이 지니고 있다는 점이었다. 오페라건 연극이건 무용 작품이건 영화건 말이다. 그림, 동작, 대사에는 기대할 수 없는 힘을 음악은 가지고 있다. 같은 텔레비전 프로그램이라고 하더라도 음악이 바뀌면 달리 보인다. 주객을 뒤집어서 이번에는 틀어 놓은 음악은 그대로 두고 채널을 돌려 보자. 화면이 아무리 바뀌어도 음악이 품은 에너지는 털끝만큼도 건드리지 못한다. 연극판 사람들은 이런 사실을 좀처럼 이해하지 못했지만 밥 윌슨만은 예외였다. 음악의 힘이 작품의 성공 여부에 큰 도움이 될 수 있음을 우리 모두는 날카롭게 간파하고 있었다. 음악의 도움이 필요하지 않을 것 같은 셰익스피어나 베케트의 작품조차도 훌륭한 악보라는 원군을 만나면 득을 보는 법이다.

밥과 나는 음악과 극을 변수로 하는 방정식을 풀어야 하는 셈이었다. 우리는 모두 각자의 예술 언어를 독자적으로 발전시킬 역량과 경험을 갖추고 있었고, 삼십 대 중후반이라는 나이로 보아도 어느 정도 성숙 단계에 접어들었다고 볼 수 있었다. 지금 생각건대 「해변의 아인슈타인」이 다른 야심작들과 구별되는 이유도 바로 이러한 사실 – 밥과 내가 다년간의 경험을 통해 뚜렷하고 개성적인 '스타일'을 벼려 냈다는 사실 – 때문이었다. 나는 나대로, 또 밥은 밥대로 제대로 훈련받은 테크니션들을 대동하고 프로젝트에 뛰어들었다. 그럼으로써 서로 대등한 관계에서 편안하게 작업할 수 있었다. 각자 스스로에 대한 자신감과 서로에 대한 신뢰가 무척 두터웠다. 거창하고 오만한 표현이라고 나무랄지 모르겠지만 조금의 보탬도 없는 사실이니 이렇게밖에 쓸 수 없다.

가장 까다로운 문제는 – 신작 발표를 할 때면 언제나 그렇듯 – 자금 조달이었다. 연습 비용, 무대 장식과 의상 제작비, 조명 설비는 물론이요, 「해변의 아인슈타인」의 경우에는 사운드 디자인에도 비용이 발생할 터였다. 돈과 공연은 사실 달걀이 먼저냐 닭이 먼저냐 하는 문제와 똑같다. 작품이 돈벌이가 되려면(언제나 가장 큰 관건이다) 제작해서 무대에 올려야 하고, 돈이 없으면 무대 제작이 불가능하다. '천사'와도 같은 후원자들이 등장해 도움을 주는 것이 바로 이 지점에서다. 상업적 흥행 잠재력이 무궁한 브로드웨이 뮤지컬에 비해서는 보잘것없는 제작 규모였지만, 그래도 우리로서는 풀기 힘든 난제였다. 다행히도 형편이 되는 친구들, 지인들이 나서 주었다. 크리스토프와 프랑수아 드 메닐도 선뜻 도움의 손길을 건넸다. 우리가 자유롭게 쓰도록 맡겨진 신용카드도 하나 있었다. 비행기 표부터 시작해서 이 조그마한 '플라스틱 쪼가리'가 살 수 있는 것이 무궁무진하다는 사실이 놀라웠다. 재정적인 문제가 위태롭기는 했지만 어쨌든 프로젝트에 착수할 만큼은 되었다.

그때까지만 해도 나는 아직 택시 운전을 하고 있었다. 하루 아홉 시간 근무를 마친 이후인 밤 시간에 곡을 썼다. 1976년 3월부터 스프링 가에 있는 밥의 스튜디오에서 리허설을 본격적으로 시작하면서 택시 일은 잠시 내려놓았다. 우리는 하루 일정을 세 시간씩 크게 세 덩어리로 쪼개서 연습했다. 아침 아홉 시부터 노래 연습, 그리고 점심 식사 후 댄스 연습, 마지막으로 오후 휴식을 가진 후 무대 리허설을 했다. 연습 내내 피아노 연주는 오로지 내 몫이었고, 아침 연습 때는 노래 선생님 역할까지 겸해야 했다. 그래도 덕분에 음악이 어떻게 소용되는지는 처음부터 끝까지 지켜볼 수 있었다. 대부분의 경우에 춤도 겸해야 했던 합창단원들이 음악을 단단히 암기하도록 도움을 주기도 했다(결코 쉬운 일이 아니었다). 첫 프로덕션에서는 앤디 드 그로트가 군무 장면을 안무했고, 루신다 차일즈는 자신의 독무를 직접 짰다. 밥 브라운은 연습 단계에서부터 이미 바이올린 파트를 섞어 연주하기 시작했다. 극단원 각각이 어마어마한 몫을 담당해야 했다(나중에는 무용단과 합창단을 별도로 꾸리는 호시절도 있었다. 그때는 안무 전체를 루신다가 맡았다). 크리스토퍼, 존슨, 루신다가 쓴 텍스트 연습은 늦은 오후 무대 리허설 때 했다. 텍스트는 이후 몇 차례 다른 프로덕션을 거치면서도 바뀌지 않고 그대로 유지했다.

대략 두 달 간의 연습을 거친 끝에 전체 무대의 윤곽이 잡혔다. 웨스트베스에 있는 비디오 익스체인지 시어터에서 최종 리허설을 하기로 했다. 웨스트빌리지의 허드슨 강을 내려다보는 입지에 들어선 건물로, 예술가들의 주거와 연습에 할애된 공간이었다. 연습 무대는 최대한 갖춘다고는 했지만 밥이 디자인한 정식 세트나 배경막은 없는 상태였다. 앙상블 역시도 준비가 채 되지 않은 대목이 일부 있었다. 그럼에도 예행연습이 가능한 정도까지는 준비가 되었다 판단했다. 작품의 전체 모습을 처음으로 목격하는 자리였다. 한편으로는 투박하고 조잡한 빈틈투성이의 무대였지만, 「해변의 아인슈타인」이라는 작품이 가진 에너지만큼은 뚜렷하게 떠올랐다.

예행연습은 '가까운 사람들만 불러' 치른 조촐한 이벤트를 겸했다. 제작 과정에 도움을 준 이들과 옛 동료들이 참가했다. 버질 톰슨 – 당시 밥과 내가 인정한 유일한 미국 출신의 오페라 작곡가였다 – 도 와 주었고, 그때부터 우리는 친하게 지내기 시작했다. 톰슨은 거트루드 스타인의 글을 가지고 「세 막의 네 성자」[168]라는 멋진 작품을 쓴 바 있다. 오페라가 19세기 때처럼 대중적인 인기를 끄는 예술 형태가 되게 하기 위한 실험을 우리보다 앞서 한 사람이다. 「세 막의 네 성자」는 브로드웨이에서도 상연이 된 바 있었는지라 톰슨은 극장 쪽으로도 문외한은 아니었다. 밥과는 이미 흉금을 털어놓는 사이이던 제롬 로빈스도 그 자리에 와 주었다. 「웨스트사이드 스토리」의 안무 연출로 대중에게 이름을 알린 뒤 뉴욕 시립발레단의 안무가를 역임하고 이제는 무용계의 원로로 대접받고 있던 제롬은, 밥의 프로젝트에 깊은 관심을 보였다. 그로부터 8년 뒤인 1984년 제롬은 내 음반 「글래스웍스」[169]에 담긴 음악을 가지고 뉴욕 시립발레단과 함께 「글래스 피스」라는 발레 작품을 안무하기도 했고, 「아크나톤」의 도입 장송곡에서도 솜씨를 발휘해 주었다.

168 버질 톰슨은 거트루드 스타인과 교류하면서 많은 영향을 받았다. 스타인이 작사한 이 작품은 형식과 내용 면에서 여러모로 특이하다. 실존한 유명한 성자를 주인공으로 삼았다는 점, 주인공 중 하나인 성 테레사의 역할을 두 명이 맡았다는 점, 스무 명에 이르는 성자가 등장한다는 점, 출연자를 모두 흑인으로 삼았다는 점, 제목을 보면 3막으로 구성된 듯하지만 실은 4막으로 되어 있다는 점 등이 그러하다. 미국을 대표하는 오페라 중 하나로 꼽힌다.

169 1982년에 발매한 작품으로, 17만 장이나 되는 판매고를 올리며 대중과 평단 모두에게 호평을 받았다. '유리 공예품'과 '글래스 작품집'이라는 두 가지 뜻을 담고 있는 음반 제목이 이채롭다. 필립 글래스 앙상블을 위한 실내악 곡으로 구성된 이 작품은, 여섯 개의 악장으로 되어 있으며, 각 악장은 독립적으로 연주되기도 한다. 특히 1악장이 많이 연주된다.

고무적인 일도 하나 있었다. 프랑스 정부가 초연을 맡고 싶다면서 접촉해 온 것이었다. 거액의 개런티를 약속한 것은 아니지만 그래도 우리 작품을 알아주는 곳이 있다는 점이 의미심장했다. 미국 건국 2백 주년을 기념하는 1976년의 일이었다. 국립예술기금과 각종 재단이 모든 예술 장르에 걸쳐 온갖 종류의 작품을 위촉하는 분위기가 팽배했다. 시끌벅적한 축제 열풍 속에 그야말로 수백, 수천 편의 음악과 시, 영화와 무용 작품이 빛을 보았다. 밥과 나는 「해변의 아인슈타인」을 태내로부터 밀어내느라 세상이 어떻게 돌아가는지 신경조차 쓰지 못하고 있었다. 어쨌건 간에 우리에게 접촉을 시도해 온 예술 기구는 하나도 없었다. 번듯한 조직이나 단체의 레이더에 잡히기에 우리는 너무도 작은 잔챙이였다. 기관급 단체들이 예술 기금을 푸는 방식이 그러하다는 것은 진즉부터 알고 있었고, 따라서 새삼 놀랄 일도 아니었다. 그러던 중 프랑스 정부가 「해변의 아인슈타인」이라는 오페라를 미국에 선사하는 공식 선물로 삼고 싶어 한다는 의향을 건국 2백 주년 예술위원회 쪽을 통해 전해 온 것이었다. 그리고 몇 주 뒤 우리 앞으로 미국 국기가 우편으로 배송되었다.

일찍이 1973년 디키 랜드리의 로프트에서 열린 리허설 때, 파리 가을 축제의 위원장인 미셸 기를 만난 적이 있었다. 디키는 무슨 괴팍한 심보에서인지 전체 스튜디오를 검정색으로 칠해 버린 상태였다. 방 안에 있는 불이라고는 보면대를 비추는 조명이 전부였다. 방은 어둡고 음악은 매우 시끄러웠는데, 무슨 이유에서인지 우리는 그러한 상태가 마음에 들었다. 아마도 그날 저녁은 「열두 파트로 구성된 음악」의 마지막 파트를 연습하고 있었지 싶다. 파리에서 온 양반이 리허설을 참관할 것이라는 이야기는 이미 들은 터라 나름대로는 마음의 준비를 한다고 했는데, 그럼에도 리허설이 끝난 뒤 어두운 그늘 속에서 말쑥하게 차려입은 키 큰 프랑스인이 모습을 드러내자 적잖이 놀라지 않을 수 없었다.

“저는 파리에서 온 미셸 기라고 합니다. 이번 가을 축제에 선생을 초대하고 싶은데요.”

“아, 네, 그러세요.”

대답은 그리해 놓고도 그의 말이 진심일 것이라고는 단 1초도 생각하지 않았는데, 며칠 뒤 미셸이 보낸 번듯한 초대장이 도착했다. 그리고 3년 뒤 프랑스 문화부장관이 된 그는 나와 밥이 「해변의 아인슈타인」이라는 프로젝트를 진행 중이라는 것을 알고는 본인이 몇 년 전까지 감독으로 있던 아비뇽 페스티벌에서 세계 초연을 거행하고 싶다는 뜻을 알려 왔다. 아무래도 프랑스 정부 측의 위촉 역시 미셸의 역할이 있었으리라 짐작되었다. 그는 새로운 작품에 대한 남다른 감식안을 가진 독립적인 사고의 소유자였다. 당시 그의 조수로 일하던 조세핀 마코비는 1992년 「해변의 아인슈타인」 파리 리바이벌 공연을 추진하기도 했다.

이제 초연 날짜와 장소가 정해졌다. 1976년 7월 25일 아비뇽이었다. 우리 유럽 에이전트인 니논 카를바이스는 급히 투어 일정을 짰다. 아비뇽에서 시작해 파리, 베네치아, 베오그라드, 함부르크, 브뤼셀을 거쳐 마지막 공연을 로테르담에서 하는 것으로 결정했다. 일곱 개 도시에서 도합 33회 하는 공연 일정이었다.

아비뇽의 밤

초연을 2주 앞두고 아비뇽에 도착했다. 음악 리허설과 무대 리허설, 무용 리허설 등 우리 극단은 믿을 수 없을 정도로 열심히 매달렸다. 이와 동시에 이탈리아에서 제작되어 도착한 세트와 배경막 설치 작업이 진행되었다. 조명 장비가 설치되어 점검을 마쳤고, 그 밖에도 짧은 기간 내에 잡다한 기술적 세부 사항을 해결해야 했다. 조명 운용과 막 설치, 소도구 이동 따위의 기술적이고 실제적인 문제는 밥도 처음 겪는 일이었다. 지금까지 연습해 온 무대보다 훨씬 더 넓었으니 댄서들 사이의 간격도 새로 조정해야 했다. 초연 전날까지도 밥은 조명 순서를 정하느라 눈코 뜰 새 없이 바빴다. 그리고 사실대로 말하자면 필립 글래스 앙상블 역시 성악가들이나 바이올린 독주와 합을 맞추어 보지 못한 상태였다. 공연에는 이런 변수를 모두 감안해야 했지만, 조금도 걱정되지 않았다. 완성된 작품을 처음으로 볼 수 있다는 흥분감이 압도적이었다. 리허설 피아니스트 노릇을 하느라 밥의 무대를 처음부터 끝까지 제대로 본 적이 그때까지 한 번도 없었던 것이다.

그럴 듯한 드레스 리허설조차 한 번 없었다. 가다 서다 없이 쭉 이어지는 공연은 7월 25일 초연 무대가 우리로서도 처음이었다. 무대 위 연기자들도 실제 앙상블 연주를 듣는 것은 그때가 고작 두 번째였다. 전곡 공연에 얼마가 걸릴지도 미지수였다. 나는 저녁 여섯 시 이십 분쯤 '워크인' 프렐류드 연주를 시작했다. 여섯 시 반에 공연장 문을 열었고, 관객이 자리를 잡는 동안에도 프렐류드를 배경 음악처럼 계속 연주했다. 그리고 일곱 시에 첫 곡 '니 플레이 1'부터 시작했다. 마지막 곡 '니 플레이 5'가 끝난 시각은 밤 열한 시였다. 그러니까 워크인 프렐류드까지 합치면 모두 다섯 시간 가까이 걸린 셈이었다. 이후로도 유럽 각지에서 서른 번 넘게 공연했지만 총 연주 시간은 2~3분 정도밖에 차이가 나지 않았을 정도로 일정했다.

어찌나 흥분되던지 초연 날 저녁 내내 몸과 혼이 따로 노는 것처럼 벙벙했다. 관객도, 심지어는 우리 극단도 어떤 작품을 만나게 될지 티끌만큼도 짐작하지 못하고 있었다. 다섯 시간이 꿈처럼 흘러갔다. 모든 것이 기대한 대로 풀려나갔다. 첫 번째 니 플레이를 시작했나 싶더니 어느새 '밤 기차' 장면까지 내달리고 있었다. 어쩌다 보니 또 금세 '빌딩' 장면이 지나가고 있었고, 또 어쩌다 보니 밥이 직접 무대에 올라 손전등 댄스를 추는 '우주선' 장면에 다다랐다. 숨이 멎을 정도로 모든 것이 빠르게 지나갔다.

청중은 완전히 매료당했다. 공연 중에도 그랬고 끝난 후에도 그래 보였다. 전에 볼 수 없는 무대였기 때문이다. 관객 가운데는 젊은 사람들이 많았다. 스무 살, 스물다섯 살의 젊은이들이 아비뇽 페스티벌에 갔다가 무작정 「해변의 아인슈타인」 공연장으로 발걸음 했다. 그런데 막상 판을 벌여 놓고 보니 장장 다섯 시간이나 걸렸다. 사람들은 이것이 무슨 일인가 하고 어리둥절해했다. 한바탕 왁자한 소란이 벌어졌다. 눈앞에서 벌어지는 광경을 믿지 못했다. 소리를 지르면서 깔깔대며 웃는 사람들이 늘어났다. 공연하는 우리는 탈진 상태에 가까웠다. 2주 동안 치열하게 준비했고, 공연 당일에는 끼니도 챙기지 못했다. 공연 직후 찾아온 황홀한 안도감과 곧 이어 느낀 깊은 피로는 어딘지 산고[産苦]와 닮았다.

그렇게 모든 것이 끝났다. 뭔가 놀라운 일을 해냈다는 것을 우리 모두 알고 있었다. 아니, 그저 우리만 그랬던 것이 아니다. 다른 모든 이들도 알고 있었다.

프로덕션 관계자들과 생면부지의 사람들 모두가 행복해 보였다. 물론 미셸 기 역시 기쁨을 주체하지 못했다. 작품 위촉의 아이디어를 낸 것이 그였으니 「해변의 아인슈타인」은 그의 아기이기도 했다. 어쩌면 선물 보따리를 든 산타클로스 같은 기분이었는지도 모르겠다. 미셸이 없었다면 성사되지 못했을 사건이었다. 그의 자금 지원 덕분에 프로젝트에 시동을 걸 수 있었기 때문이다.

초연 이후 아비뇽에서만 네 차례 더 공연했다. 매일 오후 밥과 나는 언론 기자들을 비롯하여 작품에 대한 이야기를 듣고자 하는 일반 대중과 만났다. 격한 토론과 오해가 오고 갔다. 열띤 지지자들도 있었고 떠들썩한 반대파들도 있었다.

"대체 무슨 생각으로 저런 작품을 만든 거요?"

"어지간한 배짱이 아니고서야!"

"어떻게 이해하란 말입니까?"

이와 같은 비난과 질책이 난무하는 가운데도 "지금껏 본 공연 가운데 가장 환상적이었다"라며 우리에게 힘을 실어 주는 목소리도 들렸다.

사람들이 던지는 물음 가운데는 어리석은 것과 흥미로운 것이 뒤섞여 있었다. 그중에서도 최고의 질문은 어리석은 동시에 흥미로웠다. 예컨대 "「해변의 아인슈타인」을 오페라라고 할 수 있습니까?"라는 질문이 그러했다. 멍청한 것 같으면서도 묘하게 흥미를 자극하는 화두였다. 밥이나 나나 애초에 별도로 준비를 하고 참석한 자리가 아니었다. 결국에는 사람들이 어떻게 생각하건 그건 우리 소관이 아니라는 쪽으로 생각하고 마무리를 지었다.

기자들 대다수는 밥 윌슨이라는 연출자와 필립 글래스라는 작곡가를 처음 만나는 이들이었다. 기자 회견이라는 것을 처음 해 보는 처지이니 당연한 결과였다. 공연 리뷰 기사 작성을 거부한 기자도 일부 있었다. 진짜 음악이 아니라는 이유를 들면서 말이다. 「리베라시옹」을 비롯한 프랑스의 진보 언론은 찬사 일색이었던 반면, 우파 언론은 노골적인 반감을 드러냈다. 오늘날과 판박이 반응을 이끌어 낸 셈이었다. 세상에는 이처럼 결코 바뀌지 않는 일도 있나 보다.

이러한 공개 좌담회 성격의 행사는 유럽 투어 내내 우리를 따라다녔다. 하기야 그도 그랬을 법하다고 이해되는 면이 있기는 하다. 관객이 우리 작품을 오해할 수 있는 여지 – 그들의 표현을 빌리자면 '문제점'이 되겠지만 – 는 「해변의 아인슈타인」에서 그 어떤 '이데올로기적'이거나 '이론적'인 근거를 찾을 수 없다는 데 있었다. 유럽의 사고방식으로는 절대 이해할 수 없는 결락인 것이다. 하지만 밥도 나도 우리 작품에서 그러한 것이 있어야 한다고는 생각하지 않았다.

예를 들면 이런 것이다. 「해변의 아인슈타인」을 제대로 상연하려면 액자형 무대, 날아다니는 무대 장치를 구현할 공간, 불빛 달린 교각, 오케스트라 피트가 필요하기 때문에 오페라 하우스밖에 답이 없었다. 바로 그러한 단순한 사실 때문에 「해변의 아인슈타인」을 오페라라고 한 것이고, 우리로서는 그것 외에 다른 이유가 필요하지 않았던 것이다.

「해변의 아인슈타인」이라는 솔직하고도 진보적인 작품은 밥과 나의 각자 인생 역정이 만나 유기적이고 스스럼없는 꼴을 갖추었는데, 사람들은 아무래도 그 경위가 궁금했는지 우리에게 그에 대한 설명을 요구하는 적이 많았다. 그에 대해서는 설명을 요구할 이유도 없었고, 설명이 필요할 것이라는 생각 역시 조금도 하지 않고 작업했는데 말이다. 따라서 그에 대한 설명은 한 번도 한 적이 없다.

메트 무대 입성

투어 막바지 무렵 함부르크 공연에는 메트로폴리탄 오페라 하우스의 특별 기획 공연 제작팀 소속인 제인 허먼과 길버트 헴슬리가 와 주었다. 메트(메트로폴리탄 오페라 하우스)는 일요일 저녁 무대에 올릴 작품을 물색 중이었고, 레퍼토리 구성은 제인의 소관 업무였다. 그런데 「해변의 아인슈타인」 파리 초연과 비디오 익스체인지 시어터의 프리뷰 무대를 본 제롬 로빈스가 그들을 떠밀다시피 하면서 함부르크로 보냈다는 것이다.

밥과 나는 메트 사람이 왔다는 이야기까지는 들었는데, 정작 그들이 온 이유에 대해서는 알지 못했다. 공연이 끝나고 만난 제인과 길버트는 메트 무대에 올릴 의사가 있음은 물론이요, 제작비까지 전액 부담하겠다는 거부하기 힘든 제안을 꺼내 들었다. 밥과 나는 슬며시 미소를 지으며 그것 참 근사한 오퍼군요, 하고 답은 했지만 쉽사리 믿지는 못했다.

몇 시간 이야기를 나눈 뒤 그들을 배웅했다. 밥과 나는 멀거니 서로를 바라보며 "어림없는 일이야" 하고 입을 모았다. 14가 북쪽으로 진출해 본 경험은 1974년 타운 홀 연주회가 유일했다. 주로 갤러리와 로프트를 돌며 콘서트를 했고, 그런 장소들은 모두 다운타운에 집중되어 있었다. 메트로폴리탄 오페라 공연이라니, 판타지 중의 판타지였다. 일어날 수 없는 일이었다.

그런데 곧바로 1976년 11월 일요일 저녁으로 날을 박자면서 메트에서 연락이 왔다. 우리가 동원하는 인원을 비롯한 제작비를 박스오피스 수입에서 일부 지원할 것이라고 했고, 동시에 메트로폴리탄 쪽이 무대를 제공하고 자체 제작팀을 투입한다고 약속했다. 공연 전단에는 "뉴욕 메트로폴리탄 오페라와 버드 호프먼 재단 공동 제공"이라고 버젓이 찍혀 있었다. 이후로 오랜 세월 동안 직업 기자를 포함한 수많은 이들이 밥과 내가 메트로폴리탄 오페라 무대를 빌려 공연을 치렀다고 사실과 다른 이야기를 퍼뜨렸다. 다운타운 출신의 젊은 예술가 둘이 나란히 메트로폴리탄 오페라에 입성했으니 그런 구설이 생길 법도 했겠지만 말이다. 하지만 어떻게 보건 간에 우리가 메트를 임대했다는 생각은 얼토당토않았다. 무엇보다 그럴 돈이 없었다. 메트로폴리탄의 전기 기술자, 조명 인력, 무대 담당자들이 도와주지 않았더라면 그 많은 비용을 어떻게 감당했겠는가. 휑한 극장에 들어와 고작 열아홉 시간만에 무대를 세우고 공연을 준비한다는 것이 가당키나 한 생각인지 외려 그들에게 되묻고 싶다. 메트가 원한 공연이었고, 제반 비용 역시 기꺼이 그들이 부담하기로 이미 길버트가 계획을 다 짜 놓고 있었기에 성사될 수 있었던 일이다.

유럽 투어가 끝나고 밥과 함께 JFK 공항을 통해 입국했다. 밥의 오랜 벗이자 후원자이기도 한 폴 월터스가 마중을 나와 있었다.

"첫날은 매진일세."

폴은 다짜고짜 그 말부터 했다.

"뭐라고?"

"메트로폴리탄 공연이 매진이라고."

공연을 아직 일주일 이상 앞둔 시점에 티켓이 동이 났고, 부랴부랴 다음 주 공연까지 일정을 잡고 공고를 냈다고 한다.

메트 공연까지는 고작 일주일밖에 시간이 남지 않았다. 특히 세트 설치가 관건이었다. 공연 시작 시각은 저녁 여섯 시였는데, 그 전날인 토요일 「뉘른베르크의 명가수」 공연이 끝나는 밤 열한 시 전에는 작업을 시작할 수 없었다. 그러니까 밤샘 작업을 한다 해도 열아홉 시간 내에 준비를 마쳐야 했던 셈이다(평시에는 사흘이 걸리는 작업량이었다). 이처럼 불가능에 가까운 일이 가능했던 이유는 길버트가 그야말로 분 단위로 꼼꼼하게 짠 계획에 따라 스태프들이 착착 움직여 주었기 때문이다. 철야 끝에 설치 작업은 일요일 저녁 다섯 시 무렵에 마무리되었다. 인부들이 빠져나가자마자 관객들이 객석을 채우기 시작했다. 단 1분도 허비할 여유가 없을 정도로 촉박했다.

「해변의 아인슈타인」이 메트로폴리탄 오페라 하우스 무대에 오른다는 경사를 접한 우리 가족은 한바탕 난리가 났다. 공연을 보러 온 친척도 있었고, 티켓을 구하지 못해 참석하지 못한 친척도 무척 많았다. 특히 어머니는 감회가 남달랐을 것이다. 퀸스 칼리지의 텅 빈 강당을 보고 섭섭해한 것이 8년 전인데 이제는 세계에서 가장 큰 오페라 하우스를 매진시킨다니 그 격차에 무척이나 아찔했을 것이다(정작 공연에 대해서는 어떻게 생각했는지 그것은 모르겠다. 그에 대해서는 한 번도 말하지 않았다).

어머니는 밥의 아버지와 박스석에 나란히 앉아서 관람했다. 두 분이서 공연에 대해 이런저런 말을 나누었다고 한다. 내가 아는 이야기 한 토막은 이것이다. 어머니가 밥의 아버지께 이렇게 물었다고 한다.

"윌슨 씨, 그쪽 자제분이 어떤 생각을 하는지, 어떤 꿍꿍이를 가지고 있는지 짐작이라도 하셨수?"

"아니요, 조금도 몰랐지요."

두 분 사이에는 닮은 면이 조금도 없었다. 밥의 아버지는 텍사스 출신,

우리 어머니는 볼티모어 출신이었다. 두 분의 자제가 함께 뭔가 대단한 일을 하긴 한 것 같은데, 정작 그것이 무슨 일이고 어떤 영문인지에 대해서는 깜깜했다. 그렇다고 해서 어머니가 「해변의 아인슈타인」을 하찮게 생각했다는 뜻은 아니다. 어머니는 마티 형에게 암표가 얼마나 비싼 가격에 팔리는지를 알아보라고 시켰고, 50~100달러 정도에 거래된다는 이야기를 듣고는 무척 흡족해했다고 한다. 정가보다 한참 웃도는 가격에 기분이 좋아진 것이었다. 어머니로서는 예술이나 음악으로서 평가하고자 해도 그럴 방도가 없었다. 아들의 일에 관심이 없어서가 아니라 알고 싶어도 알 도리가 없었다. 아버지가 살아 계셨다면 음악을 가지고 가타부타 말씀을 했겠지만 말이다. 어머니는 그래도 공연이 큰 이벤트라는 것, 뉴욕의 많은 사람들이 발걸음을 해 주었다는 것, 그리고 이와 같은 공연이 한 차례 더 예정되어 있다는 것만큼은 단단히 알고 있었다. 당신의 막내아들이, 8년 전 퀸스 칼리지 참사 이후로 사실상 포기하다시피 한 바로 그 막내아들이 어찌어찌 해서 서른아홉의 나이에 벼락 성공을 거둔 모습을 보았으니 어찌 감회가 남다르지 않았겠는가.

메트로폴리탄 극장의 좌석 규모는 약 3천8백 석가량 된다. 거기에 175석 입석까지 모두 매진이 되었다고 한다. 결론적으로 「해변의 아인슈타인」은 미국에서 가장 큰 오페라 하우스를 두 번이나 매진시켰다. 그토록 열띤 반응과 인기가 있으리라는 징조가 조금도 없었기에 밥과 나는 그저 얼떨떨할 뿐이었다. 거창한 홍보팀의 지원을 받는 것도 아니었고, 최소한 우리가 알기로는 돛을 밀어줄 바람이 없는 상황이었다. 다운타운에서 맺은 인연을 모으고 모아 보았자 아마도 객석의 사분의 일 정도밖에 채우지 못했을 테니 아무래도 뉴욕 전역에서 관객이 몰렸다고 볼 수밖에 없었다.

메트로폴리탄에서 2회차 공연을 성공리에 끝낸 1976년 11월 28일 직후 니논 카를바이스의 초대를 받은 우리는 이스트사이드에 있는 그녀의 아파트를 방문했다. 니논은 공연이 대성공을 거두었음에도 불구하고 투어 전체로 보면 약 10만 달러 적자를 기록했다는 암울한 소식을 전했다. 밥과 나는 물론 깊은 충격을 받았다. '오페라는 돈 날리는 장사'라는 이 바닥의 공리를 처음 피부로 접한 쓰라린 순간이었다. 그만큼 물정에 어두웠던 것이다. 파리건 런던이건, 모스크바건 뉴욕이건 외부 지원금 없이 자력으로만 꾸려나가는 오페라 하우스는 세계 어디에도 없다는 사실 또한 알지 못했다. 세계 일류 극장이라 하더라도 결손액을 메우기 위한 기금 마련 행사가 사시사철 추진되고 있음을 또한 알지 못했다. 그로부터 몇 년 뒤 슈투트가르트에서 공연을 할 때의 일인데, 정부 보조금이 운영에서 차지하는 비중이 공연장 좌석 개당 80도이치마르크 정도라는 말을 들은 적이 있다. 메트로폴리탄을 두 번 매진시켰지만 적자였고, 그때까지 서른다섯 번 공연 모두가 압도적 만원 사례였음에도 불구하고 결국에는 빚더미에 올라앉고 말았다.

우리 둘은 따져 묻지 않을 수 없었다.

"니논, 어떻게 그럴 수 있죠? 어떻게 우리에게 이럴 수가 있어요?"

니논은 조금도 뉘우치는 기색을 보이지 않았다. 우리가 진정되기를 기다린 다음 차분히 입을 열었다.

"그러니까 이렇게 된 겁니다. 「해변의 아인슈타인」은 완전히 무명의 예술가가 만든 작품입니다. 그럼에도 나는 세상이 이 작품을 보고 알아야 한다고 생각했어요. 그러니 선택지가 없었어요. 약간 밑지는 장사를 하면서도 강행한 거죠. 적자 폭이 크다고 할 순 없었어요. 공연당 2천~3천 달러 정도 되었을까요? 다만 그렇게 넉 달을 가다 보니 쌓였을 뿐이죠. 투어가 끝나면 빚을 떠안게 될 거라는 건 시작하기도 전부터 알았어요. 하지만 그 대가로 여러분이 튼튼한 발판을 얻을 거라는 것도 알았죠. 두 분 모두 말이에요."

결국에는 니논이 옳았지만 당장 발등에 떨어진 불은 꺼야 했다. 일단 가진 것 가운데 돈이 된다 싶은 것은 모두 내다 팔았다. 그림, 악보, 장비 등을 돈과 바꾸었다. 경매까지 열어 수익금을 건넨 미술가 친구들도 몇 있었다. 그럼에도 「해변의 아인슈타인」 때문에 진 빚을 다 갚기까지는 몇 년이 걸렸다.

성공의 여파는 확실했다. 밥은 유럽 도처에서 극작 활동을 이어 나갔다. 이제는 '성공한' 오페라 작곡가가 된 나는 뉴욕에 거주하며 다시 2년 동안 택시 핸들을 잡았다. 밥과는 일단 각자의 길을 가기로 했다. 브레히트와 바일 콤비, 혹은 리처드 로저스와 오스카 해머스타인[170] 콤비나, 앨런 제이 러너와 프레더릭 로우[171] 콤비 같은 한 쌍을 이루는 일에는 그다지 관심을 두지 않았다. 이런 종류의 파트너십 – 사실은 동업자 관계라는 표현이 더 적절하겠지만 – 은 오페라 판에서는 훨씬 드문 현상이기도 했다.

밥과 나는 각자의 길을 가면서도 6~8년에 한 번꼴로 공동 작품 활동을 위하여 뭉쳤다. 우리의 차기 프로젝트는 1984년 작인 「내전: 나무의 키는 베어 눕힌 상태에서 가장 정확하게 잴 수 있다」였다. 연출은 밥이 하고 음악은 나를 비롯한 여섯 명의 작곡가가 맡은 오페라였다(내가 쓴 부분은 '로마'와 '쾰른' 파트였다). 그 이후로도 종종 자리를 같이하면서 새로운 경험과 독립적인 생각을 한데 모으기도 했다. 밥과 한 작품 가운데 내가 특히 아끼는 축에 드는 「하얀 갈가마귀」와 「몬스터스 오브 그레이스」가 바로 그렇게 빛을 본 경우다.

미니멀리즘의 결실

나는 항상 「해변의 아인슈타인」을, 1969년 「5도 음악」, 「병진행하는 음악」과 함께 본격적으로 시작된 고도로 미니멀하고 반복적인 음악 연작에 마

170 1940년대 초반부터 짝을 이루어 수많은 명작 뮤지컬을 써낸 콤비. 대표작으로 「오클라호마!」, 「남태평양」, 「왕과 나」, 「사운드 오브 뮤직」 등이 있다.

171 1940년대 초반부터 약 20년 가까운 세월 동안 여러 편의 유명 뮤지컬을 써낸 콤비. 대표작으로 「브리가둔」, 「마이 페어 레이디」, 「카멜롯」 등이 있다.

침표를 찍는 작품으로 생각해 왔다. 그런 이유로 「해변의 아인슈타인」 음악은 초창기 작품만큼 놀랍지는 않았다. 초창기에는 엄청난 에너지와 힘을 가진 음악, 엄격한 규율을 따지는 음악을 스스로도 예상치 못한 상태에서 써내어 흠칫흠칫 놀랐으니 말이다. 내가 속해 있던, 한바탕 소용돌이와도 같은 에너지 시스템에서 가장 완전한 형태로 결실을 본 것이 바로 「해변의 아인슈타인」이라는 작품이었다.

1965년 이후의 음악계에서는 새로운 음악 언어가 구사하는 사운드가 넘쳐나고 있었다. 나 역시 동 세대 다른 여러 작곡가들과 그 언어를 공유했음은 물론이다. 폭넓은 지평에 걸쳐 수많은 음악가들이 사생결단의 자세로 열띤 실험을 추진하고 있어서 온갖 양태의 개인적 표현을 받아 낼 깜냥이 되던 시기였다. 몇 세대에 걸친 선배 작곡가들이 창안해 낸 고도로 독창적이고 개성적인 스타일은, 우리 세대 젊은 작곡가들이 여러 새롭고 다양한 음악을 써내면서 편안하게 공존할 수 있는 울타리를 마련해 주었다. 표현의 수단 – 전기 장치를 쓴 음악, 전기 장치를 쓰지 않는 음악, 지구촌 곳곳의 다양한 음악 – 역시 무척이나 폭넓고 다양했다. 1960년대에 나와 함께 성장한 세대는 미래의 음악은 응당 이래야 한다는 편협하고 비관용적인 구세대적 비전의 예봉을 받아 내야 했다. 이제 그런 독재적이고 폭력적인 생각은 과거지사가 되었다고 생각한다.

「해변의 아인슈타인」은 나의 11년 세월을 마감한 작품이다. 그 작품으로 인해 올라간 인지도 덕분에 일감이 늘어나기는 했지만, 그렇다고 해서 음악이 어떻게 바뀌었다는 것은 아니다. 그런 사정과는 무관하게 「해변의 아인슈타인」 이후의 작품들은 새로운 챕터를 의미하는 것으로서 받아들여졌다. 실제로 이후에 발표한 작품에서 실망을 느낀 골수 지지자들의 심정도 사실은 내가 뭘 잘못해서라기보다는 그들의 기대가 충족되지 못한 데서 기인한 바가 더 컸다. 누가 뭐래도 「해변의 아인슈타인」은 완성된 작품이자 이제는 끝난 작품이었다. 다음 오페라인 「사티아그라하」는 내게 새로운 세계로 넘어가는 과도기적 작품이 될 운명이었다.

오페라

음악과 영화

콕토 삼부작

캔디 저니건

나오며

오페라

음악 저작권 사업

「해변의 아인슈타인」을 통해 쌓은 경험 덕분인지 「사티아그라하」와 「아크나톤」은 꽤나 빠른 페이스로 완성했다. 이로써 이른바 세상을 바꾼 위인들의 '초상 오페라 삼부작'이 탄생했다. 아인슈타인은 과학으로써, 간디는 정치로써, 아크나톤은 종교로써 그들이 사는 세상을 변화시켰다. 강압적인 무력이 아니라 생각의 힘을 통해서 말이다.

「사티아그라하」는 1978년 로테르담의 공연장 데 될렌|De Doelen|의 감독인 빌리 호프먼의 위촉으로 비롯된 오페라다. 암스테르담 소재 네덜란드 오페라의 총감독 한스 데 로가 제작을 맡기로 했다. 곡 값은 그리 거액이라 할 수 없었지만, 1970년대 후반이 되니 택시 운전도 목숨을 걸지 않으면 못 할 일이 되어 버려 기회가 생기면 언제라도 그만두려고 작정한 중이었다. 「해변의 아인슈타인」이 거둔 성공 덕택으로 네덜란드에서 위촉장이 날아온 것이니, 어떤 면에서는 말 그대로 오페라가 내 목숨을 살렸다고 이야기할 수도 있는 일이겠다. 음악을 하기 위하여 별도의 생계형 근로를 해야 했던 시절과

도 이제는 안녕이었다. 1957년 뉴욕에 정착하면서 시작해 1960년대 중반 파리에서 생활하던 시절에도 부업을 놓을 수 없었지만, 전체적으로 보면 그다지 나쁘지 않은 삶이었다. 여러모로 운이 따라 주었기에 그마저라도 할 수 있지 않았나 여기고 있다.

「사티아그라하」라는 일감이 들어온 그 무렵, 향후 경제적으로 안정 궤도에 올라서는 발판이 될 또 하나의 사건이 발생했다. 1954년 여름 파리에서 처음 만난 이후 줄곧 친구로 지낸 바버라 로즈는 1977년에 마크 디 수베로의 작품 세계에 관한 영화인 「북극성」의 각본을 맡았고, 나는 여기에 음악을 제공하기로 했다. 바버라는 남편 제리 라이버를 내게 소개시켜 주었다. 나는 제리가 금세 마음에 들었다. 알고 보니 그 역시 볼티모어 출신으로, 심지어는 고등학교도 나와 같은 곳을 다녔다고 했다.

"그러니까, 자네도 볼티모어에서 자랐다고? 반갑네. 성씨가 글래스라고?"

"그렇습니다."

"잠깐만, 자네 모친께서 혹시 시티 칼리지 도서관에서 근무하지 않으셨나?"

"그렇습니다만……."

"내가 자네 모친을 아는 것 같은데 그래?"

"진짜요?"

"그렇다니까. 아주 잘 아는 분이야. 도서관원으로 계시면서 매일같이 내 목숨을 구해 주셨으니까?"

"그게 무슨 말씀이에요?"

"땅딸막한 유대인 꼬마를 두들겨 패고 싶어 안달이 난 불한당 같은 놈들이 방과 후마다 교문 앞에 진을 치고 있었거든. 집에 가지 못하고 학교에서 어정대고 있는데 글래스 여사, 그러니까 자네 어머니께서 자초지종을 들으시고는 매일 도서관에서 한 시간씩 머물렀다 가도 좋다고 허락하신 거야. 그래서 매일 반납된 책을 정리하는 일을 도와 드리면서 깡패들도 피하고 자네 어머님과도 친해졌다네."

"맞아요. 방과 후마다 어머니 일을 돕는 학생이 몇 있다고 하신 기억이 나네요."

"말 난 김에 내가 자네 인생을 바꿀 일을 하나 해 주지!"

"어떻게요?"

"자네 어머님께서 내게 해 주신 바에 대한 보답이라 생각하게. 내일 내 사무실에서 보세. 브릴 빌딩에 있다네."

브로드웨이와 49가가 만나는 코너에 있는 브릴 빌딩은 이름만 대면 모두가 아는 건물이었다. 음악 출판업자, 레코드 프로듀서, 레코딩 스튜디오가 밀집한 곳이었다. 게다가 음악계 인사들이라면 제리 라이버가 누구인지 모르는 사람은 없었다. 제리는 마이크 스톨러와 함께 '라이버와 스톨러'라는 이름으로 팀을 이루어 1950대부터 1970년대까지 무수한 히트곡을 양산한 거물이었다. 제리가 가사를 쓰고 마이크 스톨러가 음악을 지어 세상에 알린 인기곡 가운데 대표적인 것만 꼽아도 「하운드 독」, 「제일하우스 록」, 「스탠드 바이 미」, 「온 브로드웨이」 등 끝도 없을 정도였다. 엘비스 프레슬리, 코스터스, 드리프터스 같은 밴드들에게 곡을 댄 팀도 바로 라이버와 스톨러였다.

다음 날 아침 브릴 빌딩으로 찾아갔다. 라이버의 사무실로 가려면 이쪽 끝에서부터 반대편 끝까지 골드 레코드 액자로 가득한 복도를 거쳐야 했다. 대단한 장관이었다. 제리는 사무실 책상에 다리를 올린 편한 자세로 나를 기다리고 있었다. 그가 앉은 자리 맞은편에는 다른 의자가 하나 있었다. 한쪽 벽에는 소형 피아노가 있었고, 다른 쪽으로는 커피 테이블과 소파가 비치되어 있었다. 제리는 나보다 네 살이 많았다. 여전히 볼티모어 억양이 진한 말투를 섞어 썼고, 행동거지는 대단히 활기 넘쳤다. 제리는 내가 아는 사람 가

운데 틴 팬 앨리 | Tin Pan Alley |[172]에 종사하는 유일한 인물이었다.

수인사를 나누기가 무섭게 제리는 방 한쪽으로 난 문을 가리키며 말했다.

"저 문을 한 번 열어 보겠나?"

놀랍게도 문 반대편에는 책상이 가득했다. 4오 6열쯤 되어 보였다. 각각의 책상에는 헤드폰을 쓴 채로 타자기를 두드리는 직원들이 앉아 있었다. 대부분이 여자였지만 간혹 남자도 있었다.

"저 사람들이 뭘 하는 것 같나?"

"제가 알 길이 있나요."

"돌 밑에 숨은 돈을 찾고 있는 걸세. 마이크와 내가 쓴 곡을 모 가수가 불러 유명해진다 치세. 일단 유명해진 곡은 다른 가수들도 부르고 싶어 하거든. 그렇게 제작된 곡을 '커버'라고 부르지. 단 커버를 제작하려면 원제작자인 우리에게 대가를 지불해야 하는 거야. 그게 이 바닥의 룰이거든. 내 자네에게 하나 알려 주지. 다운타운의 센터 가 60번지 지하에 있는 카운티 사무실에 가서 자네 음악 저작권 회사를 하나 등록하게. 혹시 생각해 놓은 이름이라도 있나?"

"글쎄요, 던베이건 뮤직이라고 부르면 어떨까요. 여름마다 가는 캐나다에 있는 곳인데."

"좋네. 아주 헐값에 사업허가증을 받을 수 있을 걸세. 뉴욕 주 사무실에다 등록하면 아마 몇 달러 더 내라고 할 텐데, 그러면 완전히 프로페셔널한 회사를 가지게 되는 거지. 내 말대로 하게."

다음 날 아침 나는 다운타운에 가서 제리가 시킨 대로 했다. 등록비는 2백 달러쯤이었다. 그러고는 ASCAP[173]에도 등록 절차를 마쳤다(ASCAP는 미국 내 저작권료뿐만 아니라 제휴 기관을 통해 유럽에서 발생한 저작권

172 미국 대중음악 출판계의 중심지인 뉴욕 지역을 일컫는다.

173 American Society of Composers, Authors and Publishers. 미국 작곡가, 작가, 출판인 협회.

료까지 받아 주는 회원 기반의 협회다).

한편 「해변의 아인슈타인」 공연으로 바쁘던 중에 만난 변호사 해롤드 오렌스타인도 '음악 저작권 출판업자'로서 알아야 할 것을 여러 가지 알려 주었다. 「해변의 아인슈타인」 관련 계약 건뿐만 아니라, 이후 들어온 오페라와 영화 작업 역시 그의 조언이 있었기에 법적인 문제를 풀어 나갈 수 있었다. 그 시작은 미미했지만 1980년대 중반에는 챙겨야 할 건이 꽤나 늘어나 사무실을 빌리고 두 명 정도 직원을 고용하지 않으면 꾸려 나가기가 힘들 정도가 되었다. 해롤드는 이미 오랫동안 브로드웨이 전문 변호사로 일하면서 프랭크 로서[174]를 비롯한 브로드웨이의 거물 작곡가와 작가들의 법적 쟁송을 맡았고, 이제 그 경험을 살려 오페라 분야로도 사업 영역을 넓히려 하고 있었다. 그는 당시만 하더라도 브로드웨이 뮤지컬에만 적용되던 우호적 금전 계약 조건을 오페라 하우스에도 요구하고 받아 내기 위하여 싸웠다. 이를테면 이런 식이었다. 「해변의 아인슈타인」 이후의 오페라는 해롤드가 뛰어다녀 준 덕분으로 오페라 하우스 측에서 악보 준비에 소요되는 비용을 부담하는 것으로 계약 조건에 명시했다. 그러니까 총보와 파트보를 인쇄하고 편철하는 일을 극장 쪽에 일임할 수 있게 된 것이다. 그때까지만 해도 작곡가들이 자비를 털어 하던 일이었다. 얼마 되지 않는 작곡료에 악보 제작비까지 내고 나면 남는 장사가 되지 못하는 것이 다반사였는데, 해롤드는 그것을 고쳐 준 것이었다.

음악 저작권 비즈니스는 내 생리에 맞았던 모양이다. 이후로 몇 년 동안 직접 관리하면서 나름대로 전문가가 되었다. 최소 한 달에 한 번은 해롤드를 57가에 있는 러시안 티 룸에서 만나 그의 이야기를 들었다. 회사 몸집이 커진 다음에는 아무래도 혼자 꾸리기에는 버거워져 저작권 업무에 능통한 인

174 **Frank Loesser, 1910~1969** 미국의 작곡가로, 뮤지컬 「아가씨와 건달들」을 썼다.

원을 고용해 회사 경영을 맡겼지만, 그래도 사주|社主|는 나였고 전업 작곡가 겸 연주자가 된 이후에도 직접 챙길 수 있는 한은 챙기려 노력했다. 물론 "음악계와 음악 비즈니스는 완전히 다르다"라고 한 오넷 콜맨의 충고도 잊지 않았다. 역시 그의 말 그대로였다. 그렇지만 음악은 음악대로, 음악 비즈니스는 또 그것대로 마음에 들었고, 두 분야를 넘나드는 데 큰 어려움은 없었다.

「사티아그라하」

「사티아그라하」와, 역시 1970년대 후반 고드프리 레지오의 영화 「코야니스카시|Koyaanisqatsi|」를 위하여 쓴 음악은 사회적인 이슈를 핵심적인 주제로 다룬 내 최초의 작품들이다. 영국과 유럽 대륙 출신 작곡가들과 만나 이야기를 나누면서 이러한 쪽으로 머리가 트였다. 뭉뚱그려서 말하자면 외국의 음악가들 중에는 사회 문제에 대해 급진적인 견해를 가진 이가 많았다. 당시 유럽 예술가들 사이에서는 마오쩌둥의 『리틀 레드 북|Little Red Book|』[175]이 인기였고, 그중 일부는 실제 마오쩌둥주의를 신봉하기도 했다. 나로서는 놀라지 않을 수 없었다. 그들의 사회 참여 성향이 어디에 뿌리를 둔 것인지 알 수 없었기 때문이다. 많은 경우 이들 예술가들은 직간접적으로 정부의 지원을 받고 있었고, 1970년대와 1980년대에는 더더욱 그랬다. 네덜란드와 독일은 물론이요, 그에는 못 미칠지라도 이탈리아와 스페인 또한 그랬다. 스칸디나비아 반도의 국가들 역시 자국 예술가들을 잘 보살피는 편이었다.

예전이나 지금이나 미국의 형편은 그와는 전적으로 다르다. 예술 분야에 들어가는 공적 지원금이 전무하거나, 있다 해도 티조차 나지 않는 수준에 그치는 것이 우리의 현실이다. 기껏해야 미술관과 오페라 하우스에 대한 제

175 원제는 '마오 주석 어록'이다.

도적 지원이 전부다. 정치 성향이 뚜렷하기로 유명한 리빙 시어터 정도를 제외하면 미국 예술가는 거의가 정치와는 무관한 존재들이다. 그 결과 무척 기묘한 상황에 놓이게 되었다. 예술 분야에 정부 혹은 공공 분야의 자금이 투입되는 것이 일반적인 국가에서는 예술가들이 매우 급진적인 정치 성향을 띠는 반면, 예술가들에 대한 공적 자금 지원이 없다시피 한 미국 같은 나라에서는 정치에 대한 예술가들의 관심이나 참여도가 떨어지는 것이었다. 간디에 대한 오페라를 쓰게 된 것은 그런 생각을 하고 있을 무렵의 일이다.

간디를 소재로 한 음악을 쓰면서 나는 인간으로서 피할 수 없는 사회적 책임과, 마땅히 행해야 할 개인적 책임에 대해 생각하게 되었다. 내게는 오페라 혹은 영화가 그러한 주제를 다룰 수 있는 최적의 방편이었다. 달리 말해 「사티아그라하」는 나의 정치적 세계관을 확증하는 관문 역할을 했다. 내가 왜 이 작품을 쓰는지, 그것이 무슨 의미인지, 왜 그것이 중요한 일인지를 이해했다. 나이 마흔이 넘어서 비로소 세계와 사회의 변화를 불러온 사상들을 음악 언어로 표현할 수 있게 된 것이었다. 젊은 시절에는 그 어떤 사회 참여적인 역할도 맡지 않았지만, 나이 들어서는 사회적 이슈에 목소리를 내는 경우도 잦아졌고 온갖 종류의 자선 연주회에도 참가하기 시작했다. ACLU[176]와 보조를 맞추기 시작한 것도 바로 이 무렵부터였다.

「사티아그라하」(산스크리트어인 '사티아그라하'는 '진실의 힘'을 의미한다)는 머리부터 발끝까지 기획적인 의도를 품고 쓴 작품이었다. 10여 년 동안 간디에 관한 책을 읽었고, 1960년대 미국을 휩쓸고 간 시민평등권 운동을 생각했으며, 1890년대 남아프리카에서 사회 개혁을 위한 비폭력 운동을 시작한 상황과의 관계를 읽어 내려고 했다. 이 작품을 위한 준비 기간인 셈이었다. 곡을 구상하는 과정은 거의 10년간 꾸준히 지속된 명상의 일부가

176 American Civil Liberties Union. 미국시민자유연합.

되었다. 남아프리카에서 활동하던 시절의 간디에 집중한 데는 이유가 있었다. 그의 사상이 새로운 것이었을 때, 그가 자기만의 방법을 모색하던 시절의 모습을 그려 내고 싶었기 때문이다. 1893년, 줄무늬 정장에 중절모 차림으로 남아프리카에 도착한 간디는 기차 일등칸에 올랐다가 쫓겨나는 수모를 당한다. 교육을 받을 만큼 받고 사회적으로도 성공한 위치에 올랐다 한들 열등 인종으로 취급당하는 현실에서는 자유로울 수 없다는 사실에 그는 깊은 충격을 받는다. 머리를 얻어맞은 듯한 깨달음의 충격에 간디는 이렇게 말했다.

"아! 여기서는 내가 알고 있는 나는 내가 아니요, 사람들이 생각하는 내가 나로구나. 사람을 이렇게 취급하는 것은 옳지 않은 일이다."

일등칸 차표를 손에 쥔 채로 우격으로 내쫓긴 간디는 비로소 자신이 남아프리카라는 곳에 온 이유를 환하게 깨달았다. 그날 밤 그는 차별 없는 세상을 향해 몸 바치겠다는 맹세를 했다. 그리고 곧장 법률 사무소를 열어 유럽인에게 인종차별을 당하는 인도인들을 조직적으로 변호하기 시작했다.

「사티아그라하」는 간디가 남아프리카에 도착한 그 순간부터 떠나는 순간까지 20년 세월 동안 비폭력을 통한 사회 변화의 방안을 시험하고 발전시킨 행적을 담고 있다. 이와 관련해 사람들이 자주 쓰는 용어 가운데 고쳤으면 하는 것이 하나 있다. 바로 '소극적 저항'이라는 표현인데, 내 생각에 이는 전혀 초점이 엇나간 표현이라고 본다. 간디의 투쟁 방식은 적극적 저항이었다. '폭력적인' 방법을 쓰지 않았다고 해서 소극적인 것은 아니라는 말이다. 기차에서 억지로 밀려나고서 다른 백인들과 같은 권리를 갖지 못한다는 안타까운 사실을 깨달은 바로 그 순간, 간디의 기나긴 투쟁은 시작되었다.

세 막으로 짠 「사티아그라하」는 각각의 막마다 역사적인 인물이 나서서 사회를 보는 형식을 취했다. 1막에서는 레프 톨스토이가, 2막에서는 라빈드라나트 타고르가, 3막에서는 마틴 루터 킹 목사가 각각 연사로 나선다. 작곡가로서 1957년 요가 수행을 시작한 이래로 배운 것들을 최대한 녹여내려함과 동시에, 숫자 '3'(과거, 현재, 미래)을 중요시하는 인도 문화의 특성을 반영하려 노력했다. 1막은 과거를 표상한다. 간디와 직접 서신 교류를 하면서 그를 "트란스발에 있는 우리 형제"로 부른 톨스토이는 과거를 대표하는 인물이다. 간디와 동시대인으로 노벨 문학상 수상자인 타고르는 간디의 시위와 단식 농성에도 힘을 보탠 인물이다. 3막은 미래의 몫이다. 간디의 비폭력 정신을 미국의 시민평등운동에 적용한 킹 목사가 미래 세대를 대변한다.

오페라는 간디 일생의 특징적인 단면을 잘 보여 준다고 생각되는 사건을 이어 붙인 일련의 장면으로 구성되어 있다. 자신의 인생이 고스란히 담긴 사진첩을 들여다볼 때 느끼는 감정이 녹아났으면 하는 바람이었다. 유치원 때의 내 모습, 고등학교 졸업식, 첫 직장, 자녀들과 찍은 사진 등등의 식으로 말이다. 앞뒤가 매끄럽게 이어지는 한 편의 이야기를 만들고자 한 것이 아니다. 따라서 사건 배열 역시 시기 순을 따를 필요는 없었다. 오히려 여러 사건 사이의 관계가 무겁지 않게 보이도록 노력했다. 성악가들이 부른 노랫말은 인도의 고대 서사시인 『마하바라타』의 일부인 『바가바드기타』에서 땄다.

「사티아그라하」의 첫 장면은 『바가바드기타』의 유명한 대목인 '신의 노래'를 재현한다. 정의의 땅 쿠루에서 벌어지는 전투에 나가려는 참인 아르주나 왕자와, 일개 병사의 행색으로 등장하는 크리슈나 신 사이의 논쟁 장면이다. 논쟁의 주제는 고결한 사람의 정당한 품행의 기반이 행위여야 하는가 무위|無爲|여야 하는가 하는 것이다. 경전의 원칙을 따르자면 행위도 무위도 모두 해방으로 이어질 수 있다. 그러나 논쟁이 진행됨에 따라 좋은 업보를 쌓을 수 있는 행위 쪽이 더 나은 길로 판명난다. '신의 노래'는 인류 역사가 내놓은 가장 위대한 신앙문 가운데 하나다. 간디는 『바가바드기타』를 흠숭했고, 달달 암송할 정도로 익히고 또 익혔다. 나는 간디가 남아프리카 정부와 씨름에 지칠 때마다 『바가바드기타』의 구절을 몇 번이고 되뇌었을 것이라고 믿는다. 논쟁의 화두인 '행위냐 무위냐?'에서 간디는 결연히 행위를 선택했다.

이어지는 장면인 '톨스토이 농장'에서는 비폭력 사회 운동에 헌신하고자 간디가 조직한 첫 번째 공동체(1910년)를 그렸고, '맹세' 장면에서는 3천 명의 무저항주의자들이 인종차별적인 '흑인법'에 목숨을 걸고서라도 저항할 것을 다짐하는 이야기(1906년)를 극화했다. '대치와 구출' 장면은 런던에서 남아프리카로 돌아온 간디가 성난 군중에 둘러싸였다가 경찰국장 아내의 도움으로 위기를 모면한 일화(1896년)를 바탕으로 했고, '인도의 사설|社說|' 장면에서는 비폭력 운동 기사를 담은 신문 윤전기(1906년)를 묘사했다. '시위' 장면에서는 간디와 그의 추종자들이 차별의 상징과도 같은 신분증 – 백인은 가지고 다닐 필요가 없는 물건이므로 – 을 태워 버리는 순간(1908년)을 그렸고, 이어지는 '뉴캐슬 행진'에서는 인도인의 결혼을 금한 불평등 법률에 항거하며 트란스발부터 뉴캐슬까지 58킬로미터에 달하는 길을 시위대와 함께 걸어간 역사적 사건이 일어나기 전날 밤(1913년)을 그렸다.

「사티아그라하」는 플라멩코 음악에서 흔히 들을 수 있는 일련의 음표로 시작한다. 사실 인도 음악과 유럽 음악 사이에 숨은 연결 고리가 있을지도 모른다는 생각을 해 온 지는 좀 되던 차였다. 스페인의 플라멩코 음악이 그 단서였다. 그때로부터 13년 전 조앤과 나는 스페인 남부 해안의 작은 마을 모하카르라는 곳을 찾은 적이 있었다. 그곳에서 흔히 볼 수 있는 집시(혹은 롬 사람)들의 음악을 나는 즐겨 들었다. 집시는 이미 몇 세기 동안 인도와 유럽 사이를 왕래한 사람들이다. 그들이 교류에 이바지한 문화 가운데는 물론 음악도 있었다. 「사티아그라하」의 첫머리에 놓을 음악으로 그것만한 선택이 없을 것 같았다. 내림음이 붙은 음계 제2음이 으뜸음으로 곧바로 이행하는 선율만 들어도 이국풍이 물씬 묻어난다. 내 경우에는 집시의 여행길을 역으로 되짚었다. 그들은 인도에서 유럽으로 건너온 사람들이지만, 나는 유럽에서 인도를 향했다. 작은 트랜지스터라디오에서 흘러나오는 음악을 들으며 말이다. 유람 첫날부터 요즘 사람들이 월드뮤직이라고 부르는 장르의 음악을 들었다. 그때 스페인 남부의 작은 마을에서 들었던 플라멩코 음악의 맛과 소리가 「사티아그라하」의 씨앗이 되었다.

총보가 필요할 정도로 대규모 곡을 쓰는 것은 줄리아드와 피츠버그 시절 이후 실로 거의 20년 만의 일이었다. 당시 내 나이 마흔셋, 필립 글래스 앙상블과 일한 12년 세월을 뒤로 두고 이제 전통적인 형태의 콘서트 뮤직과 오페라의 세계로 다시 들어가는 문지방 위에 선 시점이었다. 오케스트레이션 방법도, 바이올린 포지션 주법도, 트롬본 연주법의 일반론도 모두 어제 배운 것처럼 기억이 생생했다. 잊은 것은 하나도 없었다. 그렇지만 리허설 일정에 맞추어 음악을 준비하려면 대체 얼마나 많은 시간을 쏟아부어야 할지 그것에 대한 감각만은 생경했다. 1980년 여름을 통째로 네덜란드에서 보내면서 낯선 작품을 연습시키는 과정 처음부터 끝까지를 모두 진행했다. 마부 마인스와 함께한 세월이 확실히 좋은 훈련이 된 것은 사실이지만, 그래도 성악가들과 작업하는 것은 그 자체로 완전히 새로운 규율과 수련법을 요하는 일이었다. 합창단원 노릇을 해 본 적이 많았기에 합창곡 작법에 대해서는 어느 정도 이해하고 있었지만 그것만으로는 부족했다. 독창 파트가 과연 노래에 적합한지가 관건이었다. 하나라도 건져 낼 제안이나 충고가 있을까 해서 가수들도 무척이나 들볶아 댔다. 맡은 파트가 어떤지 물어보면 대부분의 성악가들은 대답에 인색하지 않다는 것을 금세 알게 되었다.

완성된 「사티아그라하」 악보는 데니스 러셀 데이비스에게 가장 먼저 보여 주었다. 데니스는, 화가이자 현대음악광인 그의 아내 몰리를 통해 알게 된 인연이다. 당시 그들 내외는 데니스가 지휘자로 있는 세인트 폴 체임버 오케스트라의 연고지인 미니애폴리스에 살고 있었다. 줄리아드를 졸업하자마자 이곳에 정착해서 열정적으로 활동하며 자신의 이름은 물론이요, 세인트 폴 체임버 오케스트라 역시 꽤나 널리 알렸다. 그의 여름 별장이 있는 버몬트 주의 모처에서 만났을 때는 암스테르담 네덜란드 오페라단의 음악감독 취임을 앞둔 상태였다. 우리는 금세 죽이 맞았다. 데니스는 줄리아드에서 피아노를 전공했고, 이후 전업 음악가가 된 뒤로는 지휘도 겸하고 있었다. 그는 열과 성을 다해 현대음악을 지지하는 음악가였고, 지금까지도 그러한 자세에는 조금의 양보도 없다. 데니스는 또한 오토바이에 취미가 깊었는데, 이 역시 우리가 쿵짝이 잘 맞는 또 하나의 요소가 되었다.

데니스는 스코어를 끝까지 읽자마자 자기가 한스 데 로와 친분이 있다며 초연 지휘를 직접 맡고 싶다고 의욕적으로 나섰다. 그렇게 되었더라면 좋았으련만, 그는 바이로이트에서 바그너의 「방황하는 네덜란드인」으로 대성공을 거두고는 급거 슈투트가르트 국립 오페라 하우스의 총음악감독으로 임명되는 바람에 「사티아그라하」 네덜란드 초연 지휘 건은 포기할 수밖에 없었다. 데니스의 빈 자리는 브루스 퍼든이 이어받아 마무리했다. 그러나 데니스는 독일 초연만큼은 무슨 일이 있어도 슈투트가르트에서 직접 책임지고 싶다면서 화가 겸 오페라연출가 아힘 프라이어에게 제작을 맡겼다. 나는 아힘과 만난 자리에서 이 작품이 삼부작의 일부분임을 언급했고, 아힘은 나머지 작품도 직접 연출하고 싶다면서 「아크나톤」과 「해변의 아인슈타인」까지 모두 맡아 주었다. 아힘이 연출한 삼부작 전체를 처음으로 한 자리에서 공연한 것은 1986년의 일이다.

데니스 러셀 데이비스와 나의 음악 인연은 이제 시작에 불과했다. 이후로 30년 동안 그가 맡겨 주어서 쓴 오페라, 협주곡, 교향곡이 여럿 된다. 교향곡만 보아도 열 편 가운데 아홉 곡이 그의 위촉에서 배태되었고, 열한 번째 교향곡 역시 현재 기획 단계에 있다. 물론 대규모 오페라를 쓰다 보면 많은 관현악곡을 쓰게 되는 것이 사실이다. 하지만 내 첫째 교향곡으로 등재될 「로우 심포니」에 착수한 것이 쉰네 살 때의 일이니, 본격적인 출발은 꽤 늦었던 셈이다. 교향곡 작곡가로서 나보다 더 늦게 테이프를 끊은 사람은 역사 전체를 통틀어도 흔하지 않을 것이다. 한동안 극장과 오페라 무대를 위한 곡에만 집중하다가 모든 음악 외적 내용을 내려놓고 오로지 음악 언어와 구조에만 집중하는 기분이 무척 신선했다.

언젠가 데니스에게 "이렇게나 많은 교향곡을 위촉한 까닭이 대체 뭔가?" 하고 물은 적이 있는데 그에 대한 대답이 걸작이었다.

"자네가 교향곡 쪽에는 얼씬도 하지 않는 오페라 작곡가가 되도록 내버려 둘 순 없었기 때문이지."

「사티아그라하」의 초연 장소는 로테르담으로 정해졌다. 첫 번째 리허설 때의 일이다. 연습이 채 한 시간도 진행되지 않았을 때였다. 연주가 조악해서 듣고 있기 힘들 정도였다. 솜씨 좋은 지휘자 브루스 퍼든이 연습을 중단시키고 입을 뗐다.

"신경 쓰지 않을 테니 누구라도 그만두고 싶은 사람은 지금 그만두세요."

마흔 명 정도 되는 현악군 가운데 열다섯 명가량이 일어나서 악기를 들고 퇴장해 버렸다. 남은 사람들끼리 다시 연습을 시작하니 언제 그랬냐는 듯 음악 소리가 확 좋아졌다.

드레스 리허설은 프로덕션 디자이너 밥 이스라엘과 함께 참관했다. 밥과는 대본 작가 콘스턴스 데종과 함께 인도 남부에 있는 카타칼리 칼라만달람에 간 적이 있다. 거기서 밥은 카타칼리 무용극의 전통 의상을 입고 크리슈나와 아르주나 신을 연기했다. 막이 오르자 간디가 무대 위를 걷고 있었다. 그 뒤를 마차가 뒤따르고, 거기에는 다른 등장인물 둘이 타고 있었다. 나는 밥의 귀에 대고 속삭였다.

"사람들이 웃으면 어쩌지?"

밥은 무슨 그런 질문이 다 있냐는 듯 다소 놀란 표정으로 나를 멀뚱히 쳐다보기만 했다. 어쨌든 웃는 관객은 없었다.

초연 무대에 대한 반응은 제각각이었다. 청중은 좋아했다고 나는 생각한다. 막이 내리고 큰 박수가 쏟아져 나왔으니까. 하지만 「해변의 아인슈타인」에 대해 그랬던 것처럼 「사티아그라하」에 대해서도 질색하고 거품을 무는 사람들이 있었다. 네덜란드 오페라의 신임 단장, 즉 한스 데 로의 후임자는 네덜란드 땅에서 「사티아그라하」가 다시 공연되는 일은 없도록 하겠다고까지 했다. 내 음악이 무슨 고약한 괴물이라도 되는 양, 마치 내가 음악에 반하는 대죄라도 지은 것처럼 생각한 모양이었다. 기자들도 일부 그랬고, 직업 음악가들 가운데도 물론 치열한 반대파가 있었다. 「사티아그라하」가 건드린 분노의 크기는 「해변의 아인슈타인」 경우에 비해 족히 두 배는 됨 직해 보였다. 그러니까 나는 「해변의 아인슈타인」으로도 사람들의 심기를 건드렸고, 그와는 완전히 다른 작품으로도 사람들을 언짢게 하는 데 성공한 것이다. 그렇다는 말은, 내가 어떤 음악을 쓰건 간에 마땅하게 보아 주지 않을 사람들이 있을 것이라는 뜻이었다. 허나 다행히도 나는 끝내주는 유전자를 하나 타고났다. 내 마음대로 붙인 이름이지만 '댁들이 뭐라 생각하건 내가 눈썹 하나 까딱할까 보냐 유전자' 정도가 되겠다. 그때도 별로 신경을 쓰지 않았고, 지금 이날까지 여전히 사람들의 반응에 일희일비하지 않는다.

「해변의 아인슈타인」과 같은 계열의 오페라를 바랬던 이들 역시 큰 실망을 금하지 못했다. 그들의 기대를 미리 알지 못했던 것은 아니지만 나로서는 충족시킬 수 없는 바였다. 「아인슈타인의 아들」이나 「돌아온 아인슈타인」을 쓴 것이 아니지 않은가 말이다.

「해변의 아인슈타인」은 10년 세월 동안 발전시켜 온 리듬 위주의 작풍을 한바탕 풀어 놓는 장이었다. 하지만 「사티아그라하」는 그와는 결이 다른 작품이 되어야 했다. 다시 한 번 과격한 음악을 하고 싶었다. 하지만 과격한 음악이라고 해서 반드시 기상천외한 것일 필요는 없다. 때로는 사람들이 이미 알고 있는 음악으로도 충분히 과격한 작품을 쓸 수 있다. 최근 나는 「솔로 바이올린 파르티타」라는 곡을 썼다. 1백 년 전의 작품이라고 오해하기 딱 좋은 음악이다. 내가 흥미를 두는 바는, 음악을 생각하고 표현하는 나만의 능력, 음악 언어를 사용하는 능력, 그리고 들어줄 만한 음악을 만드는 능력이다. 이런 음악을 좋아하는 대중도 일부 있다고 나는 항상 짐작해 왔다. 그리고 시간이 거듭됨에 따라 처음에는 보잘것없어 보이기만 하던 청중도 꾸준히 늘어났다.

「아크나톤」

삼부작의 대미가 될 작품의 소재는 종교 분야에서 물색했다. 과학 분야를 상징하는 아인슈타인과 정치 분야를 상징하는 간디가 모두 20세기 인물인 것과는 달리, 마지막 소재는 고대에서 찾기로 했다. 고대 이집트의 파라오 아크나톤에 대해서는 벨리코프스키의 책 『오이디푸스와 아크나톤』을 통해 알고 있었다. 사실 처음 대본을 받아 들고는 이중 오페라를 구상했다. 무대 안쪽에서는 오이디푸스를 공연하고, 동시에 관객과 가까운 무대 바깥쪽에서는 아크나톤을 공연하게 하자는 복안이었다.

그런데 아크나톤에 대해 이것저것 조사를 해 보니 오이디푸스를 압도할 정도로 흥미로운 소재로 다가왔다. 보통 우리가 고대라 하면 그리스를 떠올리는 경우가 많지만, 사실 진짜배기 고대 세계는 이집트라고 보아야 했다. 그리스 문화의 뿌리는 이집트였던 것이다. 조사를 하면 할수록 오이디푸스에 대한 흥미는 사라져 갔다. 과학, 정치, 종교 분야 각각에서 '비폭력을 통한 사회 변화'라는 화두를 들여다보고 싶었고, 따라서 마음에 상처를 입은 오이디푸스 이야기는 큰 그림에서 보았을 때 딱 들어맞는 소재라고 보기는 힘들었다. 시카고 대학 때 읽은 프로이트의 『인간 모세와 유일신교』를 다시 읽기 시작했고, 이로써 내가 찾고 있던 인물이 바로 아크나톤임이 명쾌해졌다.

아크나톤은 이집트 제18왕조의 파라오로, 공식적인 기록이 모두 지워져 자세히는 알려지지 않은 인물이다. 19세기에 들어 아케타텐(현재의 아마르나 지역 인근으로, 아크나톤이 건설했다고 알려진 도시)이 발굴되고서야 그런 파라오가 존재했다는 사실이 비로소 알려졌다. 그러던 1922년, 투탕카멘의 무덤이 발견되면서 그의 아버지인 아크나톤의 존재가 재확인되었다. 아크나톤이 내세운 개혁적 사상에 겁을 집어먹은 이집트인들이 집단적 기억 상실에라도 걸린 듯 잘라 낸 역사의 한 조각이었던 것이다. 17년 치세 동안 그는 이집트 전통 종교를 내팽개치고 새로운 단일신교를 만들어 모두가 믿고 따르기를 원했지만, 결국에는 그 때문에 모든 기록에서 그의 존재가 도려내져 영원히 잊히고 마는 처벌을 받아야 했다.

유일신 사상이라는 것이 당시에는 얼마나 경천동지할 생각이었는지, 요즘의 우리로는 감을 잡기가 쉽지 않다. 하지만 지금도 우리 주변에 있는 일부 토착민 사회는 해, 달, 자연력 등과 결부된 여러 신적 존재를 섬기기도 한다. 역사적으로 보아도 다신교는 유일신교에 선행했다. "고대 이집트인들이 정말 그렇게나 많은 신이 존재한다고 믿었을까? 아니면 그저 말이 그렇다는 것뿐일까?" 하고 묻고 싶은 이들이 있을지도 모르겠다. 하지만 나는 말뿐이었다고 생각하지는 않는다. 아크나톤이 모든 신을 권좌에서 끌어내린 것은 그 당시로서는 살인이나 마찬가지의 일이었다. 당시의 이집트인들로서는 용인할 수 없는 범죄였다. 그 덕분으로 그의 치세는 끝장나 버렸고, 그것도 모자라 수천 년 동안 잊힌 존재가 되고 말았다. 이삼천 년 동안 다신교가 지배한 사회 전체를 한 사람의 군주가 바꿀 수 있을 리 만무했다. 물론 아크나톤은 패배의 쓴잔을 마셨다. 하지만 그를 일신교의 시원으로 보는 사람도 있으니까 완전히 헛물만 켠 것은 아니었을지도 모르겠다. 프로이트는 아크나톤이 창시한 종교인 아톤교의 사제 가운데 한 명이 바로 모세라고 생각했다. 아크나톤의 영락과 함께 지하로 들어간 종교가 후일 유대교의 근저를 형성했다는 주장이다. 프로이트의 학설에 대해서는 아직까지 사실 관계에 대한 논쟁이 종식되지 않았다.

「아크나톤」의 대본은 고대 히브리어와 아람어, 고대 이집트어 학자인 샬롬 골드먼의 솜씨다. 성악가들 역시 이들 언어로 노래해야 한다. 그 외에도 아카드어와 제5의 언어 – 독일어라든지 영어 등 어쨌건 공연 현지의 공용어 – 가 사용되었다. 나 역시 해설자로 직접 참가하여 청중이 이야기를 좀 더 쉽게 이해할 수 있도록 돕는 역할을 한다. 고대어를 쓴 이유는 크게 두 가지다. 우선 단어에 선율이 얹히는 방식이 마음에 들었고, 또한 오페라가 대사보다는 동작, 음악, 이미지로 다가가기를 원했기 때문이다. 그러나 2막 4장의 '태양에 바치는 찬가'만은 예외로 했다. 오로지 이 장면에서 아크나톤은 청중이 일상적으로 쓰는 언어로 노래한다. 노래의 의미가 아연 명확해지게 하기 위한 장치다.

무대 위에서는 '태양에 바치는 찬가'를 부르는 동안, 무대 바깥에서는 별도의 합창단이 시편 104편을 히브리어로 노래한다. 이 히브리어 가사는 '태양에 바치는 찬가'와 놀라운 유사성을 가진다. 공연 때는 보통 영사기를 가동해 무대 한쪽에 번역 가사를 제공했다. 「사티아그라하」의 산스크리트어 역시 영사기를 통해 의미를 전달했다.

「아크나톤」 고유의 사운드는 예기치 못한 변인에 의해 변모했다. 「아크나톤」은 슈투트가르트 오페라단의 위촉으로 쓴 작품인데, 공연이 예정된 바로 그해 극장 건물 개보수 일정이 잡히고 말았다. 데니스는 전화로 소식을 알리며 말했다.

"오페라 하우스를 쓸 수 없게 됐네. 하지만 공연은 예정대로 진행할 요량이니 걱정 말게."

"어떻게 말인가?"

"작은 극장을 빌릴 거야. 그렇지만 우선 자네가 건너와서 좀 봐줬으면 하네. 공간이 그리 크지 않거든."

데니스의 부탁으로 슈투트가르트행 비행기에 올랐다. 도착하자마자 극장으로 향했다. 역시 자그마한 규모였다. 특히 오케스트라 피트가 무척 협소했다.

"무슨 좋은 생각이라도 있나?"

데니스가 물었다.

이따금씩 그럴 때가 있다. 돌연 좋은 생각이 떠오르는. 밑도 끝도 없는 생각일지라도 말이다.

"바이올린만 빠지면 딱 맞을 것 같은데."

바이올린 섹션을 덜어 내면 오케스트라 규모가 절반으로 줄어든다. 비올라가 현악기 중 가장 높은 음역을 담당하는 아주 색다른 오케스트라가 될 것 같았다. 말하자면 비올라가 바이올린 역할을, 첼로가 비올라 역할을, 더블베이스가 첼로 역할을 하는 짜임새였다. 오케스트레이션 또한 굉장히 어둡고 기름진 방향을 취했다. 그렇게 결정한 질감은 곧 전주곡의 소리가 되었다. 혹 소리가 너무 어두워 분위기가 가라앉을까 걱정되어 활력소 삼아 두 명의 드러머를 무대 양쪽에 배치했다. 거기에 합창단과 독창자들을 더해 「아크나톤」의 사운드를 완성했다.

만약 슈투트가르트 오페라 극장이 보수 공사에 들어가지 않았더라면 바이올린이 포함된 정규 편성의 풀 오케스트라를 쓰지 않을 이유가 없었을 것이다. 그랬더라면 「아크나톤」의 독특한 사운드 역시 얻지 못했을 것이다. 주인공인 아크나톤 역은 카운터테너의 가성에 맡겼다. 아크나톤이 처음으로 입을 여는 건 1막 3장에 가서다. 그가 노래를 시작하면 관객은 어리둥절하지 않을 수 없다. 메조소프라노의 음성이기 때문이다. 관객들로 하여금 '맙소사, 대체 이게 어떻게 된 영문이지?' 하고 생각하게 하고픈 노림수다.

초상 오페라 삼부작

「해변의 아인슈타인」, 「사티아그라하」, 「아크나톤」 삼부작은 1984년에 비로소 완성되었고, 1986년 슈투트가르트 오페라에 의해 삼부작 전체로 2회 공연되었다. 이제는 나도 본격적인 오페라 작곡가가 되었구나, 하는 느낌이 든 것은 1980년대 초반부터였다. 그 이후로도 오페라 작곡은 음악가 필립 글래스의 빼놓을 수 없는 일부로 남았다.

한편 발표작들을 보호하고 명줄을 늘이기 위하여 초창기부터 지켜 온 관행이 하나 있다. 일단 탈고한 작품은 같은 해에 서로 다른 두 가지 프로덕션으로 공연될 수 있도록 노력해 왔다. 초연만 보고는 새로운 오페라의 자질을 판단하기가 불가능에 가까울 정도로 어렵다는 점을 깨달았기 때문이다. 같은 작품이라도 연출에 따라서 얼마든지 달라질 수 있는 것이 바로 오페라다. 평균점밖에 받지 못할 오페라가 멋진 연출의 득을 볼 수도 있고, 그 반대의 경우 역시 얼마든지 가능한 것이다. 바로 그런 이유 때문에 오페라 작품의 우수성을 판별하는 데 수십 년의 세월이 걸릴 수도 있다는 말이 생겨난 것이겠지만. 내가 고안해 낸 해결책은 신작을 발표할 때마다 가능하면 비슷한 시기에 별도의 프로덕션을 추진하는 것이었다. 동시 추진이 불가능한 경우라도 최소한 같은 시즌 내에는 공연되도록 힘을 기울였다. 물론 두 공연 모두를 보는 관객이 있으리라고는 기대하지 않았다. 그러나 최소한 '초연 성공'을 거둘 확률은 두 배로 늘어났고, 더불어 작품의 가치를 판별하는 데 한층 유리한 시점을 획득하는 일거양득의 효과를 기대할 수 있었다.

그래도 뜻밖의 일은 일어나는 법이었다. 「사티아그라하」 역시 1980년에 두 가지 다른 연출로 무대에 올렸다. 데이비드 파운트니의 연출과 브루스 퍼든의 지휘가 합해진 로테르담 공연과, 아힘 프라이어와 데니스 러셀 데이비스 팀이 애써 준 슈투트가르트 공연이 그것이다. 양쪽 공연을 다 본 사람은 많지 않았지만 물론 나는 양쪽을 다 보았고, 이는 내게 중요한 배움의 기회가 되었다. 디자인, 감독, 캐스팅, 연기 등 연출의 여러 변수가 작품에 미치는 영향이 대단히 결정적일 수 있다는 점이 눈에 들어오기 시작했다. 하지만 공연 전반에 대한 전문적인 지식이 많다고 해서 반드시 성공이 보장되는 것도 아니었다. 일례로 「아크나톤」 같은 경우는 그야말로 낙차 아찔한 롤러코스터 같은 성적표를 받아 들었다. 데이비드 프리먼이 연출하고 밥 이스라엘이 무대 미술을 맡은 공연은 휴스턴에서는 호평을 받았지만 뉴욕에서는 처참한 실패를 기록했으며, 런던에서는 대성공을 거두었다. 「아크나톤」이라는 작품을 영국 오페라 애호가들은 센세이셔널한 성공작으로 기억하겠지만, 뉴욕의 오페라고어들은 대참사와도 같은 무대였다고 술회할 것이다. 그런가 하면 아힘 프라이어의 슈투트가르트 연출작은 첫날부터 꾸준히 성공적인 무대로 평가받았다.

새로운 오페라를 보호할 수 있는 유일한 방법은, 가능한 한 다양한 연출을 통해 작품의 옷을 갈아입히는 것이다. 물론 악보와 대본이 충실해야 한다는 것은 말할 필요도 없이 당연한 전제 조건이다. 연출, 무대 디자인, 캐스팅, 연주, 지휘라는 변수는 그다음에 고려할 사항이다. 변수가 많으니 결과도 천양지차로 갈린다. 오페라가 태어나서 첫 10년을 어떻게든 버티고 나면(10년을 넘기지 못하고 사멸하는 오페라가 대부분이다) 그제야 비로소 작품의 가치나 위상에 대한 생각이 형성된다. 오페라의 역사를 들여다보면 언제나 그래 왔다. 「카르멘」이나 「나비 부인」도 마찬가지고, 심지어 「포기와 베스」 역시 처음에는 휘청휘청 불안했다. 하지만 지금은 어떤가. 수천 벌도 넘는 연출의 옷을 갈아입은 작품들이 되었다. 그러니까 이런 식이 아닌가 한다. 오페라는 아주 많은 숫자의 다양한 프로덕션을 거치다 보면 어느 순간 그 모든 연출의 속박에서 스스로를 유리시켜 그 자체로 독립적인 존재를 획득하는 것이다. 오로지 그 자체만으로 존재할 수 있는 정신적인 현실을 획득하는 것이다. 물론 이러한 생각 자체가 환상일 수도 있다. 하지만 사람들이 대체로 동의하고 공유하는 환상이라는 점이 중요하다. 자신의 작품이 이러한 과정을 겪는 것을 직접 목격한 작곡가는 극히 드물었다. 놀라운 천재성을 가졌으면서 동시에 천수를 누린 베르디 정도가 유일한 행운의 주인공이 아니었나 싶다.

도리스 레싱

「사티아그라하」와 「아크나톤」을 쓰는 동안 도리스 레싱의 책을 읽기 시작했다. 그녀의 첫 소설인 『풀잎은 노래한다』부터 시작해 『황금 노트북』을 거쳐 『폭력의 아이들』 전 5권까지 내쳐 읽었다. 『아르고스 성좌의 카노푸스 별』 시리즈 – 공상 과학물이라는 딱지가 붙었지만 사실은 추리물이다 – 가 차례차례 소개될 때는 그녀의 펜이 움직이는 족족 구해 읽었다고 할 정도로 열심이었다. 레싱의 소설은 내게 신선한 충격을 주었고, 그녀의 저술을 가지고 어떤 음악을 쓸 수 있을지 가능성을 탐구하게 했다. 첫 번째 오페라 삼부작의 화두였던 사회와 개인의 변혁이라는 주제와 레싱의 저작이 크게 떨어져 있지 않다는 생각도 들었다. 특히 『아르고스 성좌의 카노푸스 별』 시리즈의 제2권과 제4권인 『제3구역, 제4구역, 제5구역의 결합』과 『제8행성 대표 만들기』의 등장인물들은 다치기 쉬우면서도 동시에 결국에는 다시 일어나고야 마는 존재들이라는 점이 마음을 당겼다. 이 대단한 작가를 한 번 만나야만 할 것 같았다.

일이 풀리려고 그랬는지 유명 작가 겸 문화평론가인 존 로크웰이 평소부터 레싱의 작품 세계에 관심이 많았다면서 중간 다리를 놓아 주겠다고 나섰다. 존은 크노프 출판사의 레싱 담당 편집자인 밥 고틀리브에게 연락을 넣었고, 밥은 내가 직접 레싱과 편지를 주고받을 수 있도록 다시 한 번 다리를 놓아 주었다. 나는 레싱에게 보낸 편지에서 한 번 뵙기를 청했다. 작곡가라는 신분은 밝혔지만 오페라에 대한 이야기는 일언반구도 하지 않았다. 그녀는 흔쾌히 동의하며 다음번에 런던에 들를 예정이 있으면 미리 연락을 달라고 했다. "다음 주에 갈 예정입니다"라고 나는 곧바로 답장을 부쳤다.

이 무렵 어머니는 볼티모어의 어느 양로원에서 지냈다. 얼마 전부터 혼수상태를 오가며 불안한 나날이 이어지고 있었다. 얼마나 오랫동안 버틸지 감을 잡을 수 없었다. 나는 모든 것을 운에 맡기기로 하고 런던행 비행기에 올랐다. 도착한 그날 아침, 어머니가 운명했다는 전갈을 받았다. 나는 레싱 여사에게 전화를 걸어 아무래도 약속을 미루어야 할 것 같다고 했다. 하지만 그녀는 아무리 황급히 돌아간다고 하더라도 어차피 몇 시간은 머물러야 할 테니 예정대로 만나자고 했다.

도리스는 육십 대 중반의 나이로, 잿빛 머리카락은 둥근 빵 모양으로 단정히 정리되어 있었다. 눈빛은 반짝반짝했고, 몸동작에도 활기가 깃들어 있었다. 흔한 아주머니 같은 분위기는 찾아볼 수 없었고, 대신 학자나 지식인 – 물론 그녀를 표현하기에 단연코 적절한 단어들이다 – 의 위엄 같은 것이 보였다. 그러면서도 날카롭거나 까다롭다는 인상은 또 아니었다. 그 누구의 이모나 누이 같은 푸근한 느낌도 있었다. 튼튼한 우정을 쌓을 수 있겠다는 느낌이 첫 만남부터 물씬했다.

"만나 뵙게 되어서 반갑군요. 그런데 왜 갑자기 일정이 바뀌었다고 하셨는지?"

"집안에 상이 났습니다. 오늘 늦은 오후 비행기로 돌아가야 합니다."

"누가 돌아가셨는데요?"

"어머니십니다."

"아…… 어머니와 가까운 편이었나요?"

그 질문에 뒤통수를 크게 한 대 얻어맞은 것처럼 입이 떨어지지 않았다. 비행기 출발 시각 때문에 자리에서 일어날 때까지 몇 시간 동안 우리 어머니에 대해서 이야기를 나누었다. 도리스는 남의 말을 귀담아 들어주는 타입이었다. 나이는 어머니보다 열 살 혹은 그 이상 어렸지만, 그래도 내 눈에는 어머니 세대로 보였다.

이후로도 도리스와 여러 차례 만나며 마침내 『제8행성 대표 만들기』를 원작으로 한 오페라 작업 이야기까지 나누게 되었다. 도리스는 웨스트햄스테드에 있는 집에서 나보다 열 살 정도 어린 아들인 피터와 함께 살고 있었다. 이후로 런던에 들를 일이 있을 때마다 나는 도리스의 집에서 신세를 졌다. 집에는 책과 그림이 가득했다. 자유분방한 보헤미안의 기거 공간이라고 부르는 사람도 분명 있었을 테지만, 어쨌건 내게는 그저 편안한 집이었다. 런던에는 도리스의 친구가 무척 많았지만, 나와도 연이 닿는 사람은 거의 없다시피 했다.

도리스와 나는 택시를 잡아타고 그녀 자택 인근에 있는 유원지 햄스테드 히스로 가서 플라워 가든 일대를 산책하고는 했다. 이따금씩 그곳에 있는 작은 식당에서 점심을 들기도 했고, 어쩔 때는 그녀의 집 근처에 있는 인도 식당에서 끼니를 해결하기도 했다. 책과 연극, 오페라와 정치 등의 주제에 대해 무겁기도 하고 가볍기도 한 이야기를 나누다 보면 시간이 금세 흘렀다. 2007년 노벨문학상 수상자로 선정되었을 때의 이야기도 흥미로웠다. 노벨상 발표가 있는 줄도 모른 채 외출했다가 오후 나절에 돌아오니 집 앞이 취재 기자들과 경찰로 인산인해를 이루고 있어서 동네에 도둑이라도 들었나 보다 하고 어리둥절했다고 한다. 그 모든 인파가 자신을 보기 위하여 모여든 사람들이라는 것을 알고 깜짝 놀랐다는 것이다.

1980년대와 1990년대, 도리스는 뉴욕에 올 때마다 절반은 밥 고틀리브의 가족과 함께, 나머지 절반은 우리 가족과 함께 보냈다. 한 번은 발목을 접질린 채로 우리 집 현관에 들이닥친 적이 있었다. 도움 없이 혼자 다닐 수 있는 상태가 아니었다. 하필이면 나도 리허설이다 녹음이다 해서 매일 아침부터 집을 비우다시피 하던 때였다. 도리스는 아래층 거실에 있는 소파를 침대 삼아 지내면서 하루 종일 거기에 있어도 괜찮다고 했지만, 다만 읽을 책이 몇 권 있으면 좋겠다며 부탁했다. 도리스는 대단한 속독가였고, 그런 만큼 다른 사람들이 어떤 글을 쓰는지 훤히 꿰고 있었다. 나는 열 권 남짓 되는 책 더미를 소파 옆에 쌓아 두고 집을 나섰다. 모두 미국 출신 신진 픽션 작가들의 책이었다.

그날 오후 네 시쯤 집에 돌아왔을 때, 도리스는 소파에 앉아 신문을 읽고 있었다.

"도리스, 아침에 놓고 간 책, 좀 봤어요?"

"오, 그럼요. 다 읽었어요. 참 좋은 책도 끼어 있던데요!"

오페라 「제8행성 대표 만들기」의 초연은 1988년 휴스턴 그랜드 오페라 극장에서 거행되었다. 도리스는 리허설 기간의 상당 부분 동안 휴스턴에 머물면서 연습 과정을 참관했다. 휴스턴 소재 재규어 자동차 판매상이 내게 빌려 준 흰색 컨버터블 승용차를 타고 참 많이도 쏘다녔다. 연습이 끝나면 도리스와 나는 출연진을 한 명이라도 더 끼워 태우고는 현지에서 유명한 텍스-멕스|Tex-Mex|[177] 음식점을 찾아다니기도 했다. 어쩌다 보니 치안이 불안한 동네에까지 발걸음이 미치고 말았는데, 봉변을 피할 수 있었던 것은 아무래도 근사한 재규어 차량 때문이었지 싶다. 우리가 했던 그런 모양새로 휴스턴을 쏘다니는 정신 나간 관광객이 있으리라고는 아무도 생각하지 못했을 것임이 분명하기 때문이다. 그러니까 우리는 – 전혀 의도한 바는 아니었으나 – 아주 고단수로 보였거나, 아니면 주먹 좀 쓴다는 사람들을 꽤나 아는 치들로 보였던 것 같다.

리허설 과정에서는 무대 디자이너 이시오카 에이코 – 나와는 몇 년 전

177 텍사스와 멕시코의 요소가 뒤섞인 문화, 그중에서도 음식의 종류를 가리키는 경우가 많다.

폴 슈레이더의 영화 「미시마」에서 함께 작업하면서 처음 알게 된 사이였다 – 와 총감독 사이에 날카로운 신경전이 벌어지기도 했다. 팽팽한 긴장감 속에 바늘방석에 앉은 기분이 든 나는 도리스에게 이러다가 오페라고 뭐고 다 말아먹게 되는 것은 아닌지 걱정이라고 털어놓았다.

도리스는 한동안 말이 없다가 마침내 입을 열었다.

"정말 보이지 않는 모양이죠?"

"보이다니, 뭐가요?"

"저 두 사람, 사랑싸움 중인 것 말이에요."

"무슨 말씀이세요?"

"감독과 디자이너 말이지요. 눈을 덮었던 콩깍지가 조금씩 벗겨지기 시작하는 것 같은데요. 에이코가 고분고분하게 남자 말을 따르지는 않을 것 같아요."

"아녜요, 천만에요, 도리스, 어쩌면 그렇게 허무맹랑한 이야기를 지어내실 수가 있어요?"

"아, 당신에게는 정말 아무것도 보이지 않는 모양이군요!"

"아뇨, 보이지 않아요. 그냥 지어낸 이야기잖아요. 당신께서 쓰신 그 책들에서 일어나는 사건처럼 말예요."

"정말 가망이 없군요!"

도리스의 의심이 과연 사실인지는 끝내 확인하지 못했다. 다만 상황은 날로 날카로워져만 갔다.

도리스와 내가 함께한 오페라는 「제8행성 대표 만들기」와 「제3구역, 제4구역, 제5구역의 결합」, 이렇게 두 편이다. 도리스는 극장에서 시간 보내는 것을 누구보다 좋아했다. 스케줄이 허락하는 한에서는 어떻게든 짬을 내서 리허설과 오프닝 나이트를 참관했다. 오디션 과정과 디자이너와 토론하는 과정 역시 곁에서 관찰한 적이 있다. 음악에 대해서는 가타부타 말이 없었고

(아마도 내가 쓴 음악을 좋아했으리라 생각한다), 자신이 쓴 문장에 관해서도 내 판단을 믿어 주는 편이었다. 2008년에는 「사티아그라하」를 보기 위하여 구십 대가 된 노구를 이끌고 잉글리시 내셔널 오페라까지 행차하는 열의를 보였다. 그 연세에도 다른 누구의 도움 없이 혼자 다니기를 고집했고, 심지어는 공연이 끝나고 택시를 잡아 주겠다는 내 배려마저 거절할 정도로 강한 모습이었다.

그 이후로 도리스를 딱 한 번 더 만났다. 그리고 2013년, 그녀는 영면에 들었다. 그녀를 처음 만난 것이 바로 우리 어머니가 돌아가신 날이었다. 그래서인지 내게 도리스는 어머니와 연결된 존재처럼 느껴졌다. 그 연결 고리를 환하게 풀어서 말로 설명할 능력은 없지만, 어쨌든 내게 그녀는 그런 특별한 존재였다.

30년간 도리스 레싱을 알아 오면서 두 편의 오페라를 함께 완성했고, 그녀가 영면에 들기 직전까지도 『어느 생존자의 회고록』을 원작으로 한 세 번째 작품에 대한 이야기가 오가고 있었다. 대재앙이 휩쓸고 지나간 런던에 홀로 남은 노파라는 소설의 주인공이 도리스 자신의 처지를 떠올리게 하는 측면이 지나치게 강했기 때문일까. 프로젝트의 보폭은 더디기만 했다. 어쩌면 '생존자'란 다름 아닌 나이며, 내가 지금 쓰고 있는 이 책이 '회고록'인지도 모른다는 생각을 한다.

오페라 작업의 즐거움

앞에서도 쓴 것처럼 음악극과 오페라는 음악, 이미지, 동작, 텍스트라는 요소로 구성된다. 장르를 불문한 모든 공연의 흙, 공기, 불, 물이 되는 요소들이다. 하지만 음악극, 영화, 오페라는 이들 네 가지 요소가 대충 엇비슷한 정도의 중요성을 가지고 존재한다는 점에서 차별된다. 지난 40년 동안 쓴 오페라가 스물다섯 편이다. 그 가운데는 연극감독 겸 극작가 제럴드 토머스와 함께한 「마토그로소」(1989), 데이비드 파운트니가 감독을 맡고 데이비드 헨리 황이 대본을 쓴 「항해」(1992, 메트로폴리탄 오페라가 미 대륙 발견 5백 주년 기념으로 위촉한 작품이다), 그리고 구이 몬타폰이 감독을 맡고 크리스토퍼 햄프턴이 대본을 쓴 「야만인들을 기다리며」(2005) 등도 있다.

오페라라는 세상에 소속되어 일하는 즐거움을 내칠 작곡가는 많지 않을 것이다. 나 역시 마찬가지다.

음악과 영화

「코야니스카시」

「사티아그라하」 스코어 작업에 한창이던 때였다. 고드프리 레지오라는 영화 제작자로부터 전화가 걸려 왔다.

"안녕하십니까, 필립. 저는 루디 울리처의 친구 되는 사람입니다. 지금 작업 중인 영화 건으로 연락드렸습니다. 지난 한 해 동안 그야말로 온갖 종류의 음악을 들었는데요, 선생의 음악을 제 영화에 쓰고 싶습니다."

"고맙군요, 고드프리. 다만 영화음악은 쓰지 않습니다. 만나는 거야 어려울 일이 아니지만 제가 도움이 될지 모르겠군요."

사실이 그랬다. 1977년, 마크 디 수베로에 관한 영화를 위해 쓴 음악이 유일한 예외였다. 다음 날 루디에게서 전화가 왔다.

"필, 이 친구, 샌타페이에서 여기까지 온 사람이야. 자네가 그 친구 영화를 봐줄 때까지는 뉴욕을 떠나지 않을 거라고. 그러니까 가서 한 번 봐줘. 못하겠다는 소리는 그다음에 해도 되잖나. 그러면 포기하고 돌아갈 거야. 게다가 자네라면 분명 좋아할 친구이기도 하니까 만나서 손해날 일은 없을 거야."

하루 이틀 뒤 우스터 가에 있는 조나스 메카스의 시네마테크에서 고드프리를 만났다. 고드프리는 10분 분량으로 편집한 짜깁기 영상을 보여 주었다. 「코야니스카시」의 도입부가 될 영상이었다. 고드프리는 두 가지 다른 버전을 만들었다고 설명했다. 하나는 일본 작곡가가 쓴 일렉트로닉 스코어를 입혔다고 했고(누구의 음악인지는 알려 주지 않았다), 또 다른 버전은 내 음악을 가져다 붙인 것이었다.

"보시다시피 영상과 더 잘 어울리는 쪽은 일렉트로닉 음악보다 선생의 음악입니다."

"역시 그렇군요."

아차, 그렇게 말해 놓고 나니 고드프리의 제안을 내물릴 명분이 궁해지고 말았다. 사실상 예스라고 답한 셈이다.

루디가 한 말 그대로였다. 나는 고드프리가 대번 마음에 들었다. 그는 2미터에 달하는 장신에 몸가짐과 말투 모두 부드러웠다. 나중에 알게 된 사실인데, 그는 열네 살부터 스물여덟 청년이 될 때까지 루이지애나 주 케이준 지역에 있는 가톨릭 수도원에서 지냈다고 한다. 단단한 체력과 집중력, 진중한 품행이 조합된 독특한 분위기는 과연 수도원의 사색적인 삶에서 체득한 것인 듯했다.

첫 만남부터 「코야니스카시」라는 작품에 흥미를 느낀 것은 크게 두 가지 주제 때문이다. 우선 자연 세계를 촬영한 아름다운 영상의 연속이라는 점이 마음에 들었다. 영화는 고드프리가 '유기적 | The Organic |'이라고 이름 붙인 영상으로 시작했다. 미국 서부의 풍경에서 시작해 애리조나와 유타, 콜로라도, 뉴멕시코 주가 한 지점에서 교차하는 포코너스 | Four Corners |와 모뉴먼트 밸리 인근으로 이어지는 영상이었다. 대자연이 빚어내는 거대한 야외 조각품이 빛을 발했다. 영화가 종반으로 접어들면 '격자판 | The Grid |'이라고 명명한 부분이 펼쳐진다. 여러 대도시 — 영화에는 뉴욕, 로스앤젤레스, 샌프란시

스코의 모습이 등장한다 – 에서 바쁘게 살아가는 우리의 모습이 담긴 영상이다. 미친 듯 날뛰는 테크놀로지가 가해자요 자연이 피해자라는 일도양단식의 관점은 영화가 던지는 메시지를 지나치게 간단하게 해석한 것일 테다. 고드프리 역시도 이러한 흑백 논리에 입각한 해석을 받아들인 바 없다. 다만 그는 호피어 제목인 '코야니스카시'에 '밸런스를 잃은 삶'이라는 부제를 달아 놓았을 뿐이다. 고드프리는 샌타페이에 살면서 인근 호피족의 정착지를 찾아 계시와 지혜를 구했고, 그러면서 부족의 어르신들과 가까워졌다고 했다. 호피족에게서 건네받은 생각이 그에게는 곧 출발점이 되었다.

영화의 또 다른 주제는 일련의 '초상' 영상에 잘 녹아 있다. '초상'이라고 했지만 그저 평범한 사람들의 모습을 담은 영상으로, 카메라가 아주 먼 곳에서부터 시작해 사람들 하나하나의 얼굴로 줌인해 들어오는 기법으로 촬영되었다. 피사체를 보여 주는 그의 치열한 관점 때문에 자연의 모습을 담은 영상만큼이나 보는 이를 강력하게 흔들어 놓는 장면이다.

영화 작업이 진행되는 동안 고드프리를 자주 만나 그의 생각이 어떻게 발전되어 가고 있는지를 직접 들었다. 이러한 과정을 그는 '우리 사이의 대화'라 불렀고, 우리가 함께한 모든 영화 – 「코야니스카시」, 「포와카시」, 「세계 영혼」, 「나코이카시」부터 가장 최근작인 「비지터스」까지 – 에서 이를 분명히 명시했다. 그러니까 실상은 다음과 같이 간단하고 명쾌하다. 먼저 고드프리가 영화에 관한 자신의 생각과 영화의 맥락에 대해 내게 설명한다. 나는 그의 설명을 듣는다. 고드프리의 시선에는 강력한 힘이 실려 있었다. 지금이야 널리 알려진 사실이지만, 당시로서는 대단히 독창적이고 유일무이한 착상이었다. 현대 기술과 '전통적'인 생활 방식 사이의 상관관계에 대한 생각은 그의 머리를 떠난 적이 없다. 다만 기술은 나쁜 것이고 토착적 삶은 선한 것이라는 식의 정형화된 이분법에 입각한 생각과는 거리가 멀었다. 그런 식으로 가치 판단을 해야 직성이 풀리는 대부분의 사람들과는 달리 고드프리의 작품은 시비를 논하는 데 중점을 두지 않았다.

내게 영화는 물론 새로운 분야였지만, 연극과 오페라를 통해 몸에 익힌 상호 협력적 접근법을 영화음악 작곡 과정에서도 상황이 허락하는 한도 내에서는 변함없이 이어 갔다. 영화 제작 과정 전체를 직접 관찰하려 애쓴 것도 그 때문이다. 야외 촬영이 있을 때마다 며칠씩 따라다녔고, 언제 끝날지 모르는 지루한 편집 과정도 옆에서 지켜보았다. 보통 영화음악이라면 영화라는 본요리를 만든 뒤에 마지막 향신료처럼 더해 넣는 재료로 간주한다. 하지만 나는 그러한 '통상적인 방식'에서 최대한 탈피하고 싶었다. 사실 1980년대와 1990년대를 거치면서 나는 예술 전반에 걸쳐 작곡가의 역할이란 무엇이어야 하는지에 대해 이런저런 실험을 하고 있었다. 고드프리는 이러한 종류의 혁신적 사고에 흥미가 높은 것은 물론이요, 그 어떤 제안에도 열린 마음을 가진 영화감독이었다.

그는 영화의 첫머리에 미항공우주국의 로켓 발사 영상을 썼으면 한다면서 어떤 음악이 어울릴지 물었다.

"이 작품은 아마도 큰 영화관에 걸리게 될 테죠? 영화의 역사는 극장의 역사이기도 하고, 극장의 역사는 사원[寺院]의 역사에서 비롯되었죠. 종교 기적극이 곧 연극의 시작이었으니까. 그렇다면 극장에 들어가는 것은 곧 하나의 거대한 사원에 들어가는 것과 마찬가지라고 생각하고 접근해 봅시다. 사원에서 들을 수 있는 악기라면 무엇보다 오르간이 아닐까요. 무성영화 시절 극장들이 오르간을 설비해 두고 있었던 것도 아마 우연이 아닐 겁니다."

영화 첫머리 음악으로는 오르간의 깊은 페달 음이 주제를 제시하는 고전적인 바로크 파사칼리아를 썼다. 곧 두 단의 건반이 연주하는 대위 선율이 상성부를 채우고, 저음의 묵직한 목소리가 '코야니스카시' 하고 읊조리듯 노래한다. 나는 종교 기적극 공연에서 보는 것과 비슷한 분위기를 주고 싶어서 맨해튼의 어퍼웨스트사이드에 있는 사도 요한 대성당을 찾아갔다. 그곳

행정 사무를 총괄하고 있는 모턴 신부에게 오르간을 쓸 수 있도록 부탁했고, 신부는 사람을 시켜 준비를 해 두겠다며 흔쾌히 승낙했다. 그렇게 성당에서 빌려 쓴 오르간으로 몇 시간 동안 완성한 음악이 바로 파사칼리아였다.

오프닝 음악이 끝나고 나면 잠깐 침묵이 있고 난 뒤 긴 저음이 서서히 모습을 드러낸다. 그 순간 화면은 모뉴먼트밸리의 모습으로 가득 찬다. 끝없이 펼쳐진 하늘과 탁 트인 풍경이 느릿한 파노라마 촬영 기법에 의해 펼쳐진다. 그 누구의 손때도 묻지 않은 천연의 모습이다. 이 장면을 풍경의 시작이라 부를 수 있을까? 그렇다면 이 대목에서 들려오는 음악은 음악의 시작이라 부를 수 있을 것이다.

「코야니스카시」에 음악을 붙이는 방법으로는 두 가지가 있었다. 음악을 영상에 대한 '코멘트'라고 생각하고 짓는 쪽과, 음악과 영상을 '합일'시키는 쪽이 그것이다. 나는 후자의 노선을 선택했다. 음량이 부풀었다 줄었다 하는 지속음을 제외하면 음악은 1분 30여 초간 거의 바뀌지 않는다. 그러다 색소폰이 음표 하나를 엇박으로 연주한다. 시간이 시작되던 때로, 아주 태곳적 그 무엇으로 돌아감을 시사하는 신호다. 음악이 시작되고 화면이 바뀌면서 우리는 비로소 대성당을 벗어나 다른 시공간 속으로 들어간다.

촬영 후 편집은 캘리포니아 주에 있는 베니스에서 진행되었기 때문에 편집 과정에는 뜻하는 만큼 참가하지 못했다. 하지만 이후의 네 작품 – 「포와카시」, 「세계 영혼」, 「나코이카시」, 「비지터스」 – 은 모두 뉴욕에서 편집했고, 편집실은 우리 스튜디오에서 걸어가도 좋을 만큼 가까운 거리에 있었다. 영화에 음악을 빨리 입히면 입힐수록 편집 과정도 순탄해졌다. 고드프리는 최대한 그렇게 될 수 있도록 배려하며 나를 격려했다.

작곡가로서 내가 제안한 것 중에는 전통적인 영화 제작 과정의 관행에 비추어 볼 때 대단히 급진적인 것도 있었다. 삼부작 가운데 둘째 작품인 「포와카시」는 브라질 북부에 있는 세라펠라다 금광에서 촬영한 장면으로 시작된다. 고드프리는 자크 쿠스토[178]가 촬영해 둔 화면을 가지고 있었고, 나는 그것을 참고해 가면서 곡을 썼다. 금관악기와 타악기 편성의 고도로 리드미컬한 십 분짜리 음악이었다. 이후 고드프리가 이끄는 촬영팀과 함께 세라펠라다 금광을 직접 찾았다. 만 명의 광부들이 어깨를 나란히 하고 일하던 노천 금광의 전성기 모습이 그려졌다. 1986년, 우리가 찾았을 때는 광부 숫자가 4천 명 정도로 줄어 있었다.

세라펠라다는 꽤나 기묘한 곳이었다. 정글 안에다 지어 놓은 감옥소로 착각하기 딱 좋은 외관이었지만, 그 속살을 들여다보면 자본주의의 축도나 다름없이 운영되고 있었다. 그곳 광부들은 광부인 동시에 금광을 1.5평씩 소유한 지주이기도 했다. 광부 모두가 협동조합에 속해 있었으며, 비록 철조망으로 두른 땅을 군인들이 지키고 서 있어 삭막해 보이기는 해도 광부 하나하나가 광산의 소유자들이었다. 금광에 도착하자마자 고드프리는 탄부들이 이미 6~7년째 파 들어가고 있는 거대한 분화구 모양을 한 갱도 쪽으로 내려갔다. 더 이상 내려갈 수 없는 바닥에 도착한 우리는, 일꾼들이 파낸 흙을 대나무 사다리로 지면까지 올리는 작업 과정을 관찰했다. 그들은 땅 위로 올라온 흙을 나무로 만든 커다란 용수로로 퍼 담았고, 거기서 물과 섞여 흐르는 흙은 금덩어리만을 남겨 놓고 개울물로 향했다.

당시 나는 겨울마다 리우데자네이루에 머물면서 곡을 써 온 지 이미 몇 년이 되었던 차라 포르투칼어 회화를 광부들과 몇 마디 주고받을 수 있는 정도로는 할 수 있었다. 바닥에서 만난 광부들은 모두 금에 미쳐 있었다. 그 어디에서도 보지 못한 생경한 광경이었다. 더욱이 다들 젊디젊은 친구들이었다. 기껏해야 이십 대 초반이나 되었을까 싶었다. 심지어는 그보다 어린 친구들도 있었다.

178 Jacques Cousteau, 1910~1997 프랑스의 해양탐험가이자 생태학자. 해양 다큐멘터리 영화도 만들었다. 1953년에 개봉한 「침묵의 세계」로 세상에 널리 알려졌다.

"이봐요, 거기서 뭘 하는 거요?" 하고 물었다.

"금을 찾고 있지요."

"금이 어디 있단 말이오?"

"사방이 금입니다. 여기 전부 말이죠."

그러면서 지평선을 다 품을 듯 팔을 크게 휘저었다.

"그래서 오늘 일진이 어떻소?"

"자그마한 쪼가리야 계속 나오지요. 큰 놈이 하나 나오면 현찰로 바꿔서 집에 갈 겁니다."

그러고 보니 갱도 입구 바로 옆에는 브라질 은행 지점이 영업 중이었다.

"고향은 어디요?"

"벨렝이라는 곳 근처에 있는 작은 마을입니다."

그곳에서 450킬로미터 정도 북쪽에 있는 곳이라고 했다.

"그래서 고향에 가면 뭘 할 작정이시오?"

"작은 식당을 하나 열 수도 있겠고, 아니면 폴크스바겐 영업점을 인수해서 차나 팔아 보려고요."

하지만 현실은 달랐다. '월척'은 은행에서 5천~6천 달러에 달하는 현금과 교환되었다. 거금을 손에 쥔 광부들은 마나우스로 가는 비행기에 몸을 싣고 고작 일주일 만에 모든 돈을 써 버리고는 했다. 그러고는 다시 광산으로 돌아와 예전처럼 일하는 식이었다. 금광 근처에서 자그마하게 음식 장사(라고 해 보아야 천막 하나에 테이블 몇 개가 고작인 점포였지만)를 하고 있는 친구는 이렇게 말했다.

"여기서 음식이나 만들어 파는 게 잘하는 일인지 모르겠어요. 금 덩어리를 깔고 앉아서 말이지요. 지금 당장 아래로 파고 들어가면 금이 나올 텐데."

그곳 사람들은 너나 할 것 없이 금에 붙들린 이들이었다. 언젠가 큰 건 하나 해서 벼락부자가 되리라 확신하고 있었다. 실제로 그렇게 된 사람도 일부 있기는 했지만, 그들 역시 그렇게 번 돈을 깡그리 탕진하고 말았다. 광부들은 매일 아침 은행에 줄지어 모은 금을 당시 브라질 통화로 쓰이던 크루제이루로 바꾸어 갔다. 어제의 일이 오늘의 일당이 되는 식이었다.

금광 바닥에서 광부들과 이야기를 나눈 고드프리와 나는 다시 대나무 사다리를 타고 지상으로 올라왔다. 150미터는 족히 되는 깊이였다. 절벽에 튀어나온 바위에 의지해 6미터짜리 사다리를 몇 번이나 바꾸어 올라야 했다. 내 뒤를 따르던 광부가 어찌나 닦달을 하던지 도중에 쉬는 것도 불가능했다. 우리보다 서른 살은 어린, 강인하고 터프한 사내들이 서두르는 장단에 맞추어야 했다.

그날 오후로 촬영을 시작했다. 카메라맨 리오 주도미스는 내가 쓴 음악을 담아 간 카세트테이프를 워크맨으로 들으며 촬영했다. 그렇게 영상을 카메라에 담는 작업이 꽤나 한참 이어졌다. 문득 광부 하나가 우리가 쓴 헤드폰을 보고는 물었다.

"거, 뭐 듣는 거요?"

"이곳을 주제로 한 영화에 쓸 음악입니다. 들어 보시겠소?"

호기심에 삼삼오오 모여든 광부들이 워크맨과 헤드폰을 서로 돌려 가며 음악을 듣고는 한 입으로 이야기했다.

"아주 좋네! 아주 좋아요!"

세라펠라다 금광 장면에는 드럼이 지배하는 느낌이 압도적인 음악을 썼다. 리우데자네이루의 카니발에서 2백~3백 명의 연주자가 서로 다른 바테리아스(드럼 키트를 의미하는 포르투갈어)를 연주하는 것을 들은 적이 있다. 엄청나게 강력한 사운드였다. 운이 좋아서 명당자리를 잡으면 수백 명의 드러머 행렬이 지나가며 연주하는, 오로지 북소리뿐인 음악을 10분 가까이 들을 수도 있었다. 두 박자와 세 박자가 얽히고, 세 박자와 네 박자가 얽히는 교차 리듬이 간간이 들려오기도 했다. 드럼으로만 구성된 고적대의 음악이라고 하면 이해가 될지 모르겠다. 물론 흔한 고적대 소리가 아니라 스테로이드제를 맞은 듯 힘을 주체하지 못하는 음악이었다. 그 시끄럽고 빠른 음악을 떠올리며 악보를 완성했다. 군데군데 어울릴 만한 지점에는 귀를 긁는 듯 날카로운 호루라기 소리도 집어넣었다.

뉴욕에 돌아와 영화 제작진 몇 명에게 음악을 들려주었다. 영상을 본 그들은 모두 얼떨떨한 표정을 지었다.

"이게 이 장면과 어울리는 음악이라고요?"

"그렇습니다. 안성맞춤입니다."

"브라질 사람들도 그렇게 말하던가요?"

"그렇다면 내가 「볼가 강의 뱃노래」 같은 음악을 쓸 거라고 기대하신 거요? 그곳 분위기가 정말 그랬을 것 같습니까?"

나중에 필름 스코어를 마무리하는 단계에서 광부들의 에너지와 열기를 담아내기 위하여 기존의 금관악기와 타악기 소리에 어린이 합창단의 음성을 첨가했다. 내게 그들은 아이 티를 갓 벗은 것처럼 보였고, 어린이 합창단의 음성을 통해 그러한 느낌을 환기하고자 했다. 덕분에 많은 이들의 기억에 남은 음악적 순간이 탄생했다.

고드프리와 나는 남아메리카, 아프리카, 혹은 그 어디가 되었건 로케이션 장소에는 모두 직접 발걸음을 했다. 영화 제작 과정에 나를 적극 끌어들이고자 한 고드프리의 뜻에 따른 결정이었다. 「코야니스카시」 음악이 지금처럼 꼴을 갖춘 이유는 내가 촬영 현장에 있었기 때문이다. 물론 가지 않았다고 해서 쓰지 못할 음악이기야 했겠냐마는, 그랬더라면 뭔가 분명히 놓치는 점이 있었을 것이다. 직접 현장을 겪는 수고를 생략하고 화면으로 접한 영상에 음악을 입혔더라면 아이들의 노랫소리를 더할 생각 역시 하지 못했을 것이다. 그곳 사람들의 살과 핏속에 살아 있는 사운드트랙을 만들려고 노력한 것이다.

「코야니스카시」는 전통적인 영화 제작 순서를 완전히 뒤바꾼 작품이기도 했다. 음악은 영화 편집 과정에서 더해지는 것이 보통이지만, 이번 경우에는 음악을 앞으로 한참 당겨 촬영이 시작되기도 전부터 쓰기 시작했다. 무엇인가를 증명하고자 한 것은 아니다. 다만 영화 제작의 '일반적인 관례'는 말 그대로 '관례'일 뿐이니 구태여 따를 필요는 없다고 생각했을 따름이다. 그로부터 10년 동안 나는 온갖 종류의 실험을 마다하지 않았고, 심지어는 – 비록 드문 경우이기는 했지만 – 상업 영화에서도 나만의 방식을 고수하는 특전을 누렸다. 가장 큰 문제는 '영화란 이렇게 만드는 것이다'라는 식의 고정관념이 제작자들에게 강하게 박혀 있어 그것을 바꾸는 것이 쉽지 않았다는 점이다.

고드프리와 함께 작업하는 동안 영상을 보는 데 많은 시간을 쓰지는 않았다. 한 번 보면 충분했다. 어쩌다 두 번 본 경우도 있었지만 그 이상 본 적은 없었다. 내 불충분한 기억이 오히려 음악과 영상 사이의 적절한 거리 두기에 도움이 되는 것 같았다. 영상과 음악이 정확히 합치한다면 관객이 자신만의 공간을 만들 여지가 그만큼 더 줄어들 것이 분명하리라는 점을 애초부터 감지했다. 물론 광고나 프로파간다 필름을 만드는 사람들은 다른 해석의 여지를 조금도 남겨 두지 않으려 한다. 프로파간다는 그 어떤 제삼의 질문이 생길 가능성을 차단하지 않는가. 광고 역시 프로파간다와 마찬가지다. 영상과 음악을 꽉 잡아 묶어서 '이 신발을 사시오', '우리 카지노로 오세요' 따위의 뚜렷한 핵심을 전달하는 것이니 말이다.

예술은 그와는 정반대의 전략을 취한다. 이렇게 설명하면 어떨까? 어떤 음악을 들으며 동시에 특정 이미지를 본다고 치자. 그럴 경우 관찰자/경험자는 그 이미지로 향하는 은유적 여로에 오르게 된다. 은유적 거리이지만 서로 다른 둘 사이를 잇는 역할을 한다는 점에서는 그 역시 어엿한 거리라 할 수 있으며, 그러한 여로를 밟음으로써 관찰자/경험자는 비로소 음악 및 영상과의 관계를 형성한다. 그런 과정이 결여되어 있다면, 다시 말해 은유고 뭐고 간에 모든 것이 확정적으로 결정되어 있다면 관찰자/경험자는 아무것도 스스로 만들어 내야 할 필요성을 느끼지 못한다. 고드프리의 작품에서 – 그리고 그 문제에 관해서라면 밥 윌슨의 작품 역시 마찬가지다 – 관객은 뭔가를 직접 만들어 내야만 한다. 아인슈타인의 이야기를 잣는 일 역시 그들의 몫이다. 「코야니스카시」와 「포와카시」라는 제목에 쓰인 단어는 그저 단어일 뿐이다. 화면 앞에 놓인 안락의자에서 영상까지의 은유적 거리를 답파하는 과정은 곧 이미지와 음악을 우리 자신의 것으로 만드는 과정과 다르지 않다. 그러한 수고를 들이지 않는다면 우리는 작품과 그 어떤 개인적인 관계도 맺지 못한다. 작품에 대한 개인적 해석은 은유적 거리를 횡단함으로써 얻어지는 수확이다.

민족음악

고드프리의 설명에 따르면 호피어인 '포와카시'는 두 단어가 하나로 합쳐진 복합어라고 한다. 즉 '포와카|powaqa|'는 '다른 이들을 괴롭힘으로써 살아가는 나쁜 마법사'를, '카시|qatsi|'는 '삶'을 뜻한다는 것이었다. 영화의 대부분은 남아메리카와 아프리카 대륙에서 촬영했다. 북반구가 남반구를 탈취하고 소모하는 현실 고발이 영화가 전하고자 하는 메시지 가운데 하나였다. 어느 사이에 남반구 역시 북반구처럼 산업화되고 공업화된 지역으로 탈바꿈하기 시작했다. 남쪽이 북쪽의 전철을 밟고 있는 것이다.

나를 포함한 촬영팀은 해발 3천8백 미터 지점에 있는 페루의 티티카카 호수를 끼고 볼리비아의 산지로 걸어 들어갔다. 그곳에 가면 흥미로운 제례를 볼 수 있을 것이라는 이야기를 들은 터였다. 높은 사막 지대를 1.5킬로미터가량 지나고 나니 폭 25미터짜리 장방형 안뜰을 둘러싼 성당 건물이 나타났다. 마침 제대 위의 검은 성모상을 모시고 이백여 명 행렬이 뒤따르는 연례행사가 벌어지고 있는 참이었다. 성당 안뜰 대각선 코너에는 두 팀의 밴드가 서로 기량을 뽐내고 있었다. 나는 안뜰 한가운데 서서 그들의 음악을 들었다.

밴드 음악인은 마을 주민들로 이루어져 있었다. 악기는 남자들이 군에서 제대하면서 들고 나온 물건들이었다. 트럼펫은 피스톤이 말을 듣지 않았고, 클라리넷도 무엇이 잘못되었는지 이빨 빠진 음이 몇 있었으며, 드럼 역시 한쪽 면이 떨어져 나간 반쪽짜리 물건이었다. 그러니까 기본적으로 군에서 도저히 쓰지 못하겠다고 판단하고 내버린 악기들을 재활용해서 작은 밴드를 만든 것이었다.

음악이라고 했지만 도무지 사방 분간조차 힘든 소리의 연속이었다. 어쨌거나 두 팀이 서로의 소리를 누르기 위하여 있는 힘껏 불어제치고 있었으니까 말이다. 녹음기를 가져가지 못한 것이 한이었다. 뉴욕에 돌아와서 그때 그들의 경쟁을 사운드로 재현하고 싶었다. 머릿속에서 두 밴드의 음악을 갈라 들을 재간이 없었으므로 그저 하나의 덩어리로 인식하려 했다. 만약 그들이 망가지지 않은 제대로 된 악기를 연주했더라면 어떤 소리가 났을까? 악기 각각의 연주법을 충실히 익힌 사람들이었더라면 어떤 음악이 되었을까? 내가 실제로 들은 것은 정식 주법을 배우지 못한 마을 사람들이 딱할 정도로 부서진 악기를 들고 내는 소리였지만, 그런 결락들을 메운 상태에서 하는 연주였다면 과연 어떤 음악이 되었을까?

실제로 존재하지 않는 상상의 음악에 기초한 「포와카시」의 앤섬|anthem|은 바로 이러한 사연에서 비롯된 것이다. 내 머릿속에서 벼려 낸 음악이요, 정녕코 내가 경험한 바에서 비롯된 음악이다. 두 악단이 제각기 좋을 대로의 음악을 연주하던 그 현장에 있지 않았더라면 쓰지 못했을 음악이다. 시도조차 하지 않았을 음악이다.

「포와카시」에 쓰인 상당 부분의 음악이 그런 식으로 만들어졌다. 많은 나라를 돌아다니며 내가 다룰 수조차 없는 여러 악기를 수집해 돌아왔다. 피리, 나팔, 북 등 모두 현지인이 사용하는 악기였다. 악기를 물끄러미 쳐다보며 거기에서 날 것만 같은 소리를 생각하며 음악을 썼다. 물론 실제 소리와 내 상상이 일치하지 않는 경우가 많았을 테지만, 하나의 출발점으로 삼기에는 손색이 없었다. 그럼에도 확실히 말할 수 있는 것은, 현지를 돌아다니며 들은 소리와 음악이 없었더라면 쓰지 못했을 곡들이라는 점이다.

브라질과 페루에서 작업을 마친 고드프리와 스태프는 촬영을 계속하기 위하여 아프리카 대륙으로 건너갔고, 거기서 나는 일행과 갈라져 감비아로 향했다. 월드뮤직 인스티튜트의 로버트 브라우닝이 감비아의 그리오 | griot |[179] 포데이 무사 수소라는 인물을 소개해 주겠다고 했다. 포데이 무사는 만딩고족[180]의 전통을 물려받은 가수 겸 코라 | kora |[181] 연주자 가운데 가장 높은 실력을 가진 인물 중 하나로 인정받고 있었다. 포데이 무사는 나의 여행 가이드이자 친구가 되어 주었고, 결국에는 고드프리의 고집을 꺾지 못해(그의 음악에 단단히 반해 버린 나 역시도 적극 추천했거니와) 「포와카시」의 음악 작업에까지 참여했다. 사운드트랙에 포함된 아프리카 전통 음악의 사운드와 정수는 바로 포데이 무사의 솜씨다.

나와 포데이 무사는 3주 동안 음악을 듣고 차를 몰면서 감비아, 세네갈, 말리 등을 함께 주유했다. 포데이 무사는 더할 나위 없이 훌륭한 가이드였다. 전통과 음악에 대한 풍성한 지식을 갖추었음은 물론이요, 그 자신부터가 제 전통이 낳은 유명한 자랑거리였으니 금상첨화였다. 우선 찾은 곳은 감비아

179 서아프리카 지역의 음유시인, 현자, 역사가, 이야기꾼, 기도문 송사, 시인 겸 음악가를 일컫는다. 구전 전통의 전승자라 할 수 있다.

180 아프리카 서부 니제르 강 상류 지역의 부족.

181 커다란 박에 묶은 스물한 개의 현을 뜯어 연주하는 서아프리카 지방의 토속 악기. 하프와 비슷한 소리를 낸다.

에 있는, 그가 살았던 집이었다. 사방으로 벽이 둘러져 있고 하나의 문으로 드나드는 형태의 복합 주거 단지였다. 벽 안쪽으로는 큰 빈터를 두고 그 주변을 여러 채의 집이 에워싸고 있었다. 각각의 집에 난 발코니, 계단, 창문은 모두 안뜰 쪽을 향하는 구조였다. 창가에 서서 내다보니 안뜰 전체가 한눈에 들어왔다. 안뜰은 공동 취사 공간이자, 아이들이 뛰어노는 놀이터이기도 했다. 가장이 일 때문에 오랫동안 집을 비우면 – 이를테면 벨기에나 아프리카의 다른 지역에서 일하는 사람이 많았다 – 여인들이 아이들 양육을 책임졌다. 하나의 주거 단지에는 보통 피를 나눈 친척들로 구성된 네댓 호의 가구가 나누어 살았다.

포데이 무사가 음악을 처음 배우기 시작한 것은 대략 여섯 살 무렵부터였다고 한다. 코라 연주법은 물론이요, 본인이 쓸 악기를 직접 만드는 법 역시 어릴 때부터 배웠다. 하프 모양의 코라는 연주자의 몸통만 한 박을 무릎 위에 놓고 연주하는 악기다. 박에 붙은 기다란 목에는 스물한 개의 줄이 묶여 있고, 각각의 현을 따로 조율해서 연주한다. 포데이 무사의 음악 스승은 그의 외삼촌이었다. 그리오 집안에서 그리오가 나는 것이 일반적이지만, 특이한 사실은 아버지에게서는 배울 수 없도록 금해 두었다는 점이다. 포데이 무사 역시 꽤나 멀리 떨어진 다른 마을에 있는 외삼촌에게까지 찾아가 가르침을 받았다고 한다. 그러면서 그는 내게 이야기를 한 토막 들려주었다. 어느 날 외삼촌이 그에게 심부름을 시켰다.

"일러 주는 마을에 가면 내게 돈을 빚지고 있는 사내가 하나 있을 거다. 가서 돈을 좀 받아 오너라."

외삼촌이 말한 마을은 자전거로 가도 사흘이 걸리는 거리였다. 설상가상으로 정글을 헤치고 가야 하는 길이었다. 나는 물었다.

"그러면 잠은 어디서 자고요?"

"밤에는 나무에 올라가서 내 몸을 동여맨 채로 잤지요. 위험해서 땅 위에서는 잘 수 없으니까요. 이따금씩 하이에나 무리가 나타나서 나무를 둘러싸고 울어 대기도 했어요. 겁을 주는 거죠. 당황해서 떨어지기라도 하면 좋은 먹잇감이 될 테니. 어떻게든 견뎌야 했어요. 몸을 단단히 묶는 게 가장 확실한 방법이었지요."

"그렇게 사흘을 갔다고요?"

"그렇죠. 꼬박 사흘을 갔어요."

"가다가 죽었더라도 이상하지 않았을 만치 위험했겠군요."

"어쨌든 죽지 않고 갔어요. 그런데 문제는 그다음이었어요. 마을에 도착해서 그분을 찾아갔는데, 갚아야 할 돈이 없다는 거였어요."

"그래서 어쨌나요?"

"나도 돈이 없긴 마찬가지였어요. 집에는 가야 하는데 먹을 음식도 다 동나 버리고 큰일이었죠. 망연자실해 있던 중에 길거리에서 1달러 – 감비아 화폐 – 를 주웠어요. 그걸로 먹을거리를 조금 살 수 있었으니 그나마 다행인데, 그래도 집에 가기 위해 필요한 이런저런 물건까지 사기에는 무리였죠. 그래서 그냥 길거리에 나앉았어요. 이틀 정도 그랬을 거예요. 이러다가 정말 죽는 거 아닌가 싶었죠."

"잠자리를 내주는 사람도 없었어요?"

"아뇨. 그 마을 사람이 아니었으니까요. 그들에게는 생면부지의 사람이었던 거죠. 그런데 하늘이 도우셨는지 마침 그 마을을 지나던 친척 어른이 나를 보고 돈을 쥐어 줬어요. 그래서 같은 길을 밟아 집으로 돌아왔어요."

"마찬가지로 잠은 나무 위에서 자면서 말이지요?"

"네."

"그렇게 다녀오는 데 모두 얼마가 걸렸나요?"

"약 2주 정도 걸린 거 같네요."

나로서는 믿기 힘든 이야기였다. 포데이 무사는 그저 웃으면서 덧붙였다.

"제가 자라온 아프리카의 삶이 그랬어요."

아프리카에서는 역사가 노래를 통해 구전되며, 그리오는 사람이 살아온 역사를 전승하는 수호자들이다. 포데이 무사가 노래하는 만딩고족의 역사는 팔구백 년 전으로까지 거슬러 올라간다. 그가 배워야 했던 노래는 정확히 111곡이라고 했다. 여러 부족장과 민중에 대해 이야기하며 심지어 두세 시간 동안 부르는 곡도 있다고 한다. 그러니까 5분짜리 곡을 111곡 배우는 것과는 차원이 다른 이야기다. 자기 것으로 익혀야 할 양이 엄청난 셈이다.

"공부가 끝났다는 건 어떻게 알게 되었나요?"

"열세 살이 되자 삼촌께서 다른 사람들 집에 노래를 다니게 하셨어요. 그 녀석 노래를 잘 알고 부르더라, 하는 평가가 삼촌 귀에까지 들어가면 그때 비로소 하산하는 거죠. 내 경우에는 두 번 만에 합격했지만, 어떤 이들은 그 과정을 통과하지 못해 몇 년을 보내기도 해요. 어쨌든 통과가 될 때까지 여기저기를 다니며 노래를 하는 거예요."

포데이 무사와 도합 3주간 이곳저곳을 다니며 음악을 들었다.

"어딜 가면 음악을 들을 수 있죠?"

"여긴 콘서트홀이 없으니까 그저 사람들이 다니는 길거리로 나가는 수밖에요."

결혼식과 무용 축제를 찾아다녔고, 시장통에 앉아 한 가락 뽑는 이름 모를 누군가의 노래도 들었다. 감비아에서 보내는 마지막 날, 포데이 무사는 뭔가 들려주고 싶은 것이 있다면서 소매를 잡아끌었다. 감비아의 수도 반줄의 어느 곳에 가자 우리를 축복하기 위한 대규모 거리 축제가 벌어지고 있었다. 노래하며 춤추는 사람들로 가득했다. 포데이 무사는 나를 떠밀며 이렇게 말했다.

"자, 어서요, 이제 당신도 춤을 추세요. 춤추기 전까지 못 떠납니다."

모두가 커다란 원형으로 둘러서 있었다. 몇 명이 내 손을 붙들고 원의 한가운데로 밀어 넣었다. 춤을 추지 않을 수 없었다. 뭇 남자, 여자와 함께 춤을 추었다. 당기고 밀리면서 이제 그만 추어도 되겠다는 말이 나올 때까지 춤을 추었다.

포데이 무사

「포와카시」 스코어 끝 무렵에 등장하는 두 편의 중요한 코라 솔로 역시 포데이 무사가 짓고 연주했다. 포데이 무사와는 그 이후로도 기회가 될 때마다 힘을 모으기로 했다. 그 두 번째 기회는 프랑스의 알제리 식민 지배를 다룬 주네의 「병풍」 음악 작업과 함께 찾아왔다. 따로 또 같이 우리는 약 열네 편의 음악을 완성했다. 그가 아프리카 부분을 맡고 내가 유럽 부분을 담당하는 식으로 작곡은 갈라 했지만, 연주는 그런 구분 없이 서로 힘을 보태서 완성했다. 그러면서 점차 상대의 연주에 익숙해지고 함께 연주하는 요령을 깨쳤다. 1989년, 미니애폴리스에 있는 거스리 극장에서 상연된 프로덕션은 조앤이 감독을 맡았다. 「병풍」은 곧 우리 극단의 고정 레퍼토리가 되어 많은 도시를 누볐다. 타악기, 건반, 색소폰, 바이올린을 더한 확장 편곡판으로도 공연했다. 매번 그런 대규모 편성으로 다닐 수는 없었지만, 다른 퍼포먼스 앙상블과 힘을 합칠 기회가 생겨 겸사겸사 욕심을 내어 보았다. 포데이 무사와 나는 최근까지도 함께 곡 작업을 하고 있다. 그와 함께 만드는 음악 컬렉션은 여전히 현재 진행형이다.

기보법을 바탕으로 한 서양의 콘서트 음악과, 토착민들의 삶이 원류가 된 음악 사이의 관계에 관한 진정한 통찰력이 생긴 것도 포데이 무사와 협업했기에 가능한 일이었다. 라비지와 알라 라카가 통찰의 문을 열어 주었다면, 포데이 무사는 그 문 안쪽의 세계로 나를 안내했다. 그와 함께 곡을 쓰기 시작한 첫날의 기억이 지금도 뚜렷하다. 브로드웨이와 블리커 가가 만나는 지점에 있는 스튜디오에서였다. 어디서 시작해야 할지 몰라 첫 매듭을 잡는 셈 치고 코라를 피아노에 맞추어 조율하자고 제안했다. 코라는 하프처럼 각각의 현이 저마다의 음을 내도록 제작된 악기였기 때문이다.

"포데이, 코라의 제일 낮은 현을 퉁겨 봐요."

그러자 가온 C 아래 A 언저리의 소리가 났다. 피아노의 A음을 치자 그는 코라의 최저 현을 그것에 맞추어 튜닝했다. 그에게 물었다.

"그 음을 뭐라고 부르지요?"

"첫째 음이지요."

"아, 그런가요. 그럼 다음 현을 퉁겨 볼까요?"

A음 위의 B음에 가까운 소리가 났다. 이번에도 그는 피아노의 B음에 맞추어 코라를 조율했다.

"포데이, 그 음은 뭐라고 부르나요?"

"다음 음이라고 하면 되겠네요."

"허."

조금씩 불안해지기 시작했다.

"좋아요. 그럼 다음 줄을 맞춰 봅시다."

C음 언저리의 소리가 났다. 역시 피아노 소리에 맞추어 코라를 조율했다. 물어야 할지 말아야 할지 주저되었지만 그래도 물었다.

"그러면 셋째 음은 뭐라고 부르지요?"

"그다음 음이겠지요."

뒤통수를 세게 한 방 맞은 것 같았다. 포데이 무사가 속한 세상에는 음의 이름이란 존재하지 않았던 것이다. 아찔한 현기증이 나는 것만 같은 기분에 앉아 있는 의자를 부여잡았다. 54년 전, 피바디 음악원에서 브리턴 존슨 선생님과 첫 번째 플루트 레슨을 할 때가 갑자기 떠올랐다. 선생님은 내 왼손 검지와 중지를 각각의 키에 위치시키고는 말했다.

"이제 숨구멍에 입을 대고 불어 보거라."

소리는 그리 쉽게 나지 않았다. 몇 번의 시도 끝에 마침내 성공했다. 존슨 선생님은 알려 주었다.

"그게 바로 B음이란다."

동시에 선생님은 높은음자리가 그려진 악보의 중간선 근처를 손가락으로 짚었다. 그는 일일이 말로 설명하는 것보다 훨씬 짧은 시간 내에 소리 내는 법과 운지법, 그리고 악보에 기입된 음을 모두 가르쳐 주었다. 그렇게 알고 54년을 보냈는데, 이제 포데이 무사는 내가 하나로 묶어 알고 있던 모든 것을 낱낱이 해체해 버리고 말았다. 생각의 전환은 찰나라고 불러도 좋을 짧은 순간에 이루어졌다. 존슨 선생님에게서 시작해 불랑제 여사에 이르기까지 배워 온 '음악 시스템'이 바로 그 말마따나 하나의 '체계'에 불과한 것임을 깨달았다. 사람들의 합의에 의해 그렇게 기능하도록 만들어진 것일 뿐, 따라서 결코 항구적이거나 보편적인 것일 수 없음을 이해했다. 우리가 숨 쉬는 대기에 미세한 습기를 더하고 사라지는, 뜨거운 오후를 적시고 지나가는 잠깐의 소나기처럼 비영속적인 것이 바로 시스템이었다. 그것이 있다고 해서 음악이 아름다워지는 것도 아니요, 더 추해지는 것도 아닐 터였다.

서양의 음계에 견줄 때, 코라의 둘째 현은 약간 높은 음이 나고 넷째 현은 다소 낮은 음이 난다. 아프리카 음악과 서양 음악의 음정이 완전히 일치하지 않는 까닭이다. 그러니까 포데이 무사가 한 작업은 그 불일치를 상쇄하기 위하여 서양 음계에 맞추어 자신의 악기를 재조율한 것이다. 다만 아프리카 출신의 음악가들 대부분은 서양식 음계에 맞추어 악기를 조율하는 것을 극도로 꺼린다고 한다.

"그러면 어떻게 연주가 가능하지요?"

"그러니까 비아프리카 출신의 음악가들과는 연주가 힘들다고 봐야죠. 음이 맞지 않으니까. 스페인이나 영국, 독일에서 활동하려면 조율을 바꿔야 하니까 영 내켜하지 않아요."

"당신도 마찬가지인가요?"

"나는 전혀 괘념치 않아요."

포데이 무사가 서양에서 했던 경험은 라비 샹카르가 처음 서구 세계에서 겪은 바와 크게 다르지 않았다. 라비지가 미국을 처음 방문했다가 귀국하자 고국 인도에서는 그가 미국에서 거둔 성공을 비난하는 여론이 비등했다. 라비지는 그의 연주를 의심하는 비판의 눈초리를 잠재워야 했다. 그래서 뉴델리나 봄베이 등의 대도시에서 대규모 연주회를 기획하여 인도 전통 음악을 기막히게 연주해 냈다. 아직도 녹슬지 않았다는 것을 보여 주어야 했기 때문이다. 덕분에 비판 여론도 당분간 잦아들었다. 서양 음악과 인도 음악을 모두 해낼 수 있다는 것을 몸으로 보여 주고서야 얻은 평화였다. 포데이 무사가 감비아에 돌아갔을 때 당한 수모도 마찬가지였다. 코라의 조율을 바꾼 상태로 서양 음악인들과 녹음 작업을 했다는 이유 때문이었다. 그가 음악을 잃어버린 것으로 생각했던 것이다. 포데이 무사는 실제 연주를 통해 자신의 정통성을 다시 한 번 입증해야 했다. 포데이 무사와 라비지는 서로 다른 음악 문화를 넘나드는 능력을 갖춘 이들이었고, 악기 조율을 바꾸는 것은 문화 사이의 장벽을 넘는 관문에 불과했던 것이다.

이들과 나눈 교분 덕분에 나 역시도 서양 전통과 무관한 음악에 내 연주를 맞추는 요령을 깨우쳤다. 최근 멕시코 중부 출신의 위라리카 토착 음악인들과 함께 음반을 하나 제작할 기회가 생겼다. 그들이 어떤 음악을 연주할지 알지 못했지만, 그것이 설령 어떤 음악이건 간에 맞출 수 있으리라는 자신감이 있었다. 일단 그들의 음악을 듣고 '음악은 어디에 있는가? 이 음악은 어디로 가는가? 내가 연주할 수 있는 건 무엇인가?' 따위를 자문했다. 그리고 곧바로 연주에 들어갔다.

고드프리와 함께한 작업은 새로운 음악 세상을 내게 열어 보여 주었고,

그 어디에 있는 누구와도 함께 합을 맞출 수 있으리라는 자신감을 불어넣어 주었다. 라비지와 포데이 무사 외에도 오스트레일리아의 디저리두[182] 연주자인 마크 앳킨스, 브라질 출신의 밴드인 왁치, 중국의 비파 연주자인 우만, 그리고 위라리카 음악인들과 지금까지 함께 작업했다. 촬영차 고드프리와 함께 세계를 누비며 다른 전통을 물려받은 노련한 음악인들과 일상적으로 만날 수 있었다. 그들과 함께 보낸 시간 덕분에 새로운 방향을 모색할 수 있다는 자신감을 얻었다. 인도, 히말라야, 중국, 호주, 아프리카, 남미 등 세계 각지의 음악에 발을 담근 경험은 나 자신의 음악적 뿌리에 대한 이해를 한결 넓고 깊게 했다. 그뿐만이 아니다. 나의 음악적 '홈베이스'에서부터 멀리 멀리 떨어져 나옴에 따라 세상 모든 음악은 하나의 예외도 없이 모두 에스닉 뮤직, 즉 민족음악임을 알게 되었다.

나는 1990년 미국의 티베트 문화원 운영 기금 마련 자선 연주회의 예술감독에 임명되었다. 티베트 문화원은 달라이 라마의 요청에 의해 티베트 문화가 세계 문화유산에 기여한 바와, 티베트가 안고 있는 현안에 대한 인식을 넓히고자 하는 취지로 1987년 뉴욕에 설립된 기관이다. 문화원의 창설자 명단에는 로버트 서먼, 리처드 기어, 포터 맥크레이, 엘지 워커, 엘리자베스 애브던, 그리고 내 이름이 올라갔다. 제1회 콘서트는 브루클린 음악 아카데미에 있는 오페라 극장에서 열렸다. 앨런 긴즈버그, 로리 앤더슨, 스폴딩 그레이와 내가 꾸민 무대였다. 1967년부터 뉴욕에 살면서 쌓아 온 개인적인 인맥도 있고, 또한 문화원 설립이라는 목적을 위하여 전심전력해 준 음악계 인사들의 도움도 있어서 꽤나 그럴 듯한 출연진을 구성할 수 있었다. 내가 아는 연주자들 가운데 카네기 홀에서 연주해 본 경험을 가진 이는 전무했고, 따라서 그것이 그들에게는 구미가 당기는 요인이 되었던 것 같다.

182 오스트레일리아 원주민의 목관 악기.

앨런 긴즈버그, 패티 스미스, 로리 앤더슨, 그리고 내가 붙박이 출연진으로 참여했고, 게스트 음악인으로는 아프리카 베냉 출신의 앙젤리크 키조, 브라질에서 온 카에타누 벨로주와 마리사 몬테, 케이프브레턴의 애슐리 맥아이작, 아일랜드의 피어스 터너, 감비아의 포데이 무사 등이 있었다. 또한 티베트 음악인으로는 나왕 케촉, 융첸 라모, 텐진 최걀, 데첸 샥닥사이, 테충 등이 자리를 빛내 주었다. 그뿐만 아니라 유명 대중음악가들도 다수 출연했다. 폴 사이먼, 데이비드 보위, 데비 해리, 루 리드, 레이 데이비스, 마이클 스트라이프, REM, 데이비드 번, 리치 헤이븐스, 이기 팝, 숀 콜빈, 에밀루 해리스, 타지마할, 루퍼스 웨인라이트, 수프얀 스티븐스, 라젤, 내셔널, 블랙 키스, 뉴오더와 플레이밍 립스 등이 그 면면이다. 팝 음악, 상업 음악, 포크 음악 세계와 연대한 덕분으로 음악적인 재능은 성별, 인종, 나이, 국적에 상관없이 전 인류가 보편적으로 가진 자질 가운데 하나임을 생생하게 재확인할 수 있었다.

나디아 불랑제 선생님이 가르친 것은 기본적으로 중부 유럽의 예술 음악이었다. 선생님이 속한 전통이 바로 그것이었기 때문이다. 그 밖의 다른 것을 가르치는 일에는 조금의 관심도 두지 않았다. 자신이 진정으로 잘 아는 분야에만 집중하는 것이 당연한 처사라고 여겼기 때문이다. 선생님 문하를 떠난 내 손 안에는 다양한 요구 사항에 맞추어 음악을 조정해 낼 수 있는 기술적 도구가 들려 있었다. 덕분에 큰 힘을 들이지 않고 하나의 전통에서 다른 전통으로 넘나들 수 있었다. 이제 나 나름대로 음악을 개념화할 때는 서양 음악을 아예 제쳐 놓고 생각하는 편이 더 용이하다. 내게 음악의 출발점은 피아노였고, 지금도 그것을 나의 악기로 여기고 있다. 그러나 그것은 음악이라는 세계 전체에서 아주 작은 부분에 불과함을 깨닫게 되었다. 마찬가지로 서양 음악을 안다고 해서 음악 세상 전체를 안다고 할 수는 없을 것이다.

「미시마」

「코야니스카시」가 유명세를 탈 무렵, 감독 겸 시나리오 작가인 폴 슈레이더에게 전화가 걸려 왔다. 당시 그는 논란 많은 일본 작가 미시마 유키오의 인생과 행적을 다룬 영화 「미시마」를 제작 중이었다. 이 영화는 내가 협업한 첫 번째 스튜디오 영화가 되었다. 폴은 1983년 11월 촬영차 도쿄를 방문했고, 마침 나 역시 같은 기간 필립 글래스 앙상블 공연이 잡혀 일본에 있었는지라 로케이션 현장을 여러 차례 방문했다. 폴과 함께 시간을 보내며 영화에 대한 그의 생각을 가감 없이 들었다. 프로덕션 디자이너인 이시오카 에이코가 창조해 내는 아름다운 이미지를 가까이서 관찰한 것도 내게는 하나의 수확이었다. 훗날 도리스 레싱 원작 오페라인 「제8행성 대표 만들기」에 그녀의 솜씨를 빌려 썼기 때문이다.

「미시마」에서 음악은 중요한 역할을 한다. 내가 쓸 스코어는 영화를 장식하는 기능을 넘어 영화의 구조를 명확하게 짚어 내는 장치여야 했다. 이러한 접근법은 물론 고드프리 레지오와 함께한 작업을 씨앗 삼아 거기서 파생된 것이었다. 나는 영상과 음악이 하나의 지향점을 바라보고 합심해 나아가는 것이 영화 제작자 입장에서는 강력한 무기가 될 수 있다고 생각했고, 특히 「미시마」의 경우는 더더욱 그러했다.

폴의 생각은 명확했다. 「미시마」를 관통하는 가닥은 크게 세 가지다. 첫째는 군복 차림의 미시마가 사병을 이끌고 쿠데타를 도모하다가 실패하여 마침내 할복 자결한 생애 마지막 날의 이야기다. 작은북과 현악기 음악으로 표현해 낸 이 마지막 날은 바로 그러한 군대풍의 느낌을 담고 있다. 이 행진곡은 곧 그의 죽음을 반주하는 장송 행진곡이기도 하다.

둘째 요소는 어린 아이로서, 젊은 청년으로서 미시마의 인생을 담은 이야기다. 그가 작가가 되고 유명해지는 과정이 관객 앞에 펼쳐진다. 내향성과 연관되는 현악 사중주 음악이 적합할 것 같았다. 폴은 인생 서사 부분을 흑

백 필름으로 촬영함으로써 『금각사』, 『교코의 집』, 『분마|奔馬|』 등 그의 소설에 기반을 둔 장면과 뚜렷이 구분했다. 한편 소설 내용을 촬영한 부분 – 이것이 곧 셋째 요소인데 – 에는 아낌없이 서정적인 음악을 쏟아부었다.

영화 후반부, 비행기 조종석에서 밖을 내다보는 미시마가 자신의 삶과 행적에 대해 뭔가 심오한 깨달음을 얻은 것 같은 표정을 짓는다. 이제 현악사중주 음악은 앞서 소설 부분의 음악이 그러했던 것처럼 흡사 오케스트라적 색채를 띤다. 장면은 곧 쿠데타 현장으로 이어진다. 그의 삶과 그가 말해온 이야기가 하나로 합쳐져 마침내 할복으로 정점을 찍는 순간이다.

미시마 유키오만큼 자전적인 작가는 아마도 없을 것이다. 그가 쓴 모든 것이 그 자신에 대한 것이었다. 영화 「미시마」는 작가 미시마의 초상이었고, 음악은 이 영화에 또 다른 차원을 부과해야 하는 책무를 안고 있었다. 나는 완전 몰입 전략을 선택했다. 영어로 번역된 책 중 그와 관련이 있는 것은 모조리 구해 읽었다. 그러면서 그의 글에서 깊은 인상을 받았다. 열정적이고 현대적인 글이었다. 살면서 어느 순간 초월적 경험을 하고, 그것이 그로 하여금 작가가 되도록 추동했다. 내가 개인적으로 알고 지내는 작가들도 글을 쓴다는 것은 작가가 스스로를 세상에 적응시켜 가는 방식의 하나이며, 또한 세상을 좀 더 견딜 만한 곳으로 만드는 과정이라고 생각한다. 미시마는 세상을 납득하기 위하여 작가가 되었다.

세상에는 이념과 이론에 근거를 둔 실존적 아젠다를 가지고 글을 쓰는 사람들도 많지만, 미시마의 경우는 그것과는 천양지차다. 미시마의 해법은 오로지 그의 경험에서 비롯된 것이다. 그런 면에서 그는, 정치적인 작가는 아니면서 생존의 위기와 경험이 담고 있는 위험을 작품의 소재로 삼았던 셀린이나 주네와 닮아 있다. 이런 점은 사실 포스트모던 세대 – 우리 역시 여기에 속한다 – 에게 공히 해당되는 사항이다. 우리의 작품이 진실하다 말할 수 있다면 그것은 오로지 우리 자신이 가진 직관의 순수성과 자발성 때문이다. 이런 점에서 글을 쓴다는 것은 세상을 한층 의미 있는 곳으로 만드는 행위이기도 하다. 거기에는 어떤 정치적인 의미도 있을 수 없고, 나는 한 발 더 나아가 어떤 사회적인 의미도 가지지 못한다고까지 말하고 싶다. 예술 작품이 세상을 초월할 수 있는 이유가 바로 여기에 있다. 예술은 눈에 보이는 세계를 넘어 살아간다는 것이 의미를 가지는 세상을 향한다. 포스트모더니스트들에게 글쓰기는 하나의 처방이 되었다. 앨런 긴즈버그가 자주 입고 다니는 티셔츠에 적힌 문구대로 "그러니까 나는 여기에 있고, 일을 할 것이다. 그리고 일이란 무엇인가? 인생의 고통을 덜어 주는 것이다. 그 밖의 모든 것은 그저 거나하게 취한 상태에서 하는 무언극에 불과하다." 포스트모더니즘 운동의 핵심을 짚어 낸 문장이다. 앨런 긴즈버그가 세상을 뜬 지 벌써 20년 가까이 되었지만, 우리가 여전히 그의 시 앞에서 옷깃을 여미게 되는 것도 바로 그 때문이다. 여기에는 그 어떤 설명도 필요하지 않다.

「쿤둔」

1990년대 중반, 달라이 라마의 삶을 다룬 영화 「쿤둔」 제작 소식이 들려왔다. 감독은 마틴 스콜세지라고 했다. 흥미가 동하지 않을 수 없었다. 마틴 스콜세지의 영화 편집을 도맡아 온 델마 스쿤메이커가 중간에 다리를 놓아 준 덕분에 마틴과는 1980년대 이후로 몇 번 만난 바 있었다. 한편 델마의 남편은 「분홍 신」을 만든 영화감독이자 에드거 앨런 포의 이야기를 원작으로 한 내 오페라 「어셔가의 몰락」을 영화화하고 싶어 하던 마이클 파월이었다. 「어셔가의 몰락」 작업 이야기가 나올 무렵의 마이클은 연세가 무척 지긋한 노신사였다. 그런 만큼 제작자들 사이에서는 영화가 마무리될 때까지 감독이 버텨 내지 못할지도 모른다는 염려가 있었다. 그래서 델마가 끌어들인 사람이 마티(마틴 스콜세지의 애칭)였다. 감독 유고 시에 바통을 이어받기로 한, 이른바 예비 감독인 것이었다. 함께 만난 자리에서 우리는 그것에 대해 이야기를 나누었고, 마티 역시 동의하는 분위기였다. 마티가 예비 감독으로 이름을 올릴 것이라는 사실을 마이클 파월에게 알리고 양측이 계약서에 서명하는 것으로 가닥을 잡았다. 핀란드에서 영화 제작에 한창인 팀원들에게 어떤 경우에도 완성품을 만들어 낼 것임을 약속하는 방안이기도 했다. 그런데 마티와의 협의가 채 끝나기도 전에 마이클 파월은 불귀의 객이 되었고, 결국 프로젝트는 거기서 좌초하고 말았다. 그래도 그런 절차가 있었던 덕분에 마티와 연락이라도 하고 지내는 사이가 되었고, 「쿤둔」 제작 소식을 듣고 주저 없이 전화기를 들었다.

"마티, 멜리사 매티슨이 각본을 쓰고 있다는 그 영화에 대해서 자네와 좀 이야기를 나눴으면 하는데."

"이야기 좋지. 언제라도 건너오게."

「쿤둔」의 시나리오 작가인 멜리사는 티베트 하우스를 통해 알게 된 인연이라는 점을(멜리사와 나는 티베트 하우스 이사회 일원이었다), 그리고 나 역시 티베트 공동체와 이미 오랜 세월 인연을 맺어 오고 있음을 마티에게 설명했다. 「어셔가의 몰락」 프로젝트 때문에라도 그는 내 음악을 들어 보았을 것이다. 들어 보았노라 본인 입으로 말한 적은 한 번도 없었는데, 다만 그가 음악에 대해서 조금도 모르는 상태로 마이클 파월의 대역을 수락했을 것 같지는 않다. 또한 「택시 드라이버」와 「성난 황소」 등의 시나리오로 마티의 총애를 받은 폴 슈레이더가 감독한 「미시마」가 발표된 지도 한참이 지났으니 아마도 내 음악을 들어 보았겠거니 넘겨짚을 따름이었다.

나는 무슨 일이 있어도 「쿤둔」의 음악을 맡고 싶었고, 마티는 내 바람을 받아들였다. 첫 미팅에서 나는 마티에게 음악을 '사전' 작업으로 진행하겠다고 제안했다. 촬영 진행 중인 시점에 음악을 써서 보내겠다는 뜻이었다. 그 말을 들은 마티는 뜨악해하면서 주저하는 반응을 보였다. 기존의 상업 영화판에서는 이런 종류의(혹은 그 어떤 종류라도) 혁신을 용인하지 않는 분위기가 농후했다. 결국 내 열의가 마티를 이겼다. 높이 평가받는 유명 영화감독이 제작하고 메이저 스튜디오가 배급하는 영화에 쓰일 음악을 내가 원하는 방식대로 작업한 것은 이번이 처음이었고, 그 뒤로도 그런 경험은 몇 번 되지 않았다.

마티가 모로코에서 촬영하고 있을 때, 그때그때 촬영분에 해당하는 음악을 지어 테이프에 녹음해 보냈다. 한편 델마는 하루나 이틀 정도 분량으로 마티의 촬영 스케줄을 뒤따르며 영화의 투박한 '아상블라주'를 만들고 있었다. 그런데 한 번은 내가 촬영 스케줄을 맞추지 못한 적이 있었다. 음악이 뒤처진 것이다. 마티는 '인도로 탈출'하는 장면에 쓸 음악이 당장 필요하다며 독촉했다. 당시 나는 유럽 투어 중이었지만 중간에 며칠 일정이 비는 틈을 이용하여 뉴욕에 돌아와 당장 음악 스케치에 들어갔다. 내가 쓴 스코어에는 그간 뉴욕에서 알고 지내 온 티베트 음악가 친구들이 해 주어야 할 몫도 적잖았다. 영화에 출연하는 배우들도 그들 중 일부를 알고 있었다. 그들은 「쿤둔」의 사운드트랙이 될 음악적 재료를 꿰뚫어 들을 줄 아는 귀를 가지고 있었고, 음악에 대한 평가도 다들 좋게 해 주었다.

나는 마티와 함께하는 작업 과정 하나하나에 관심을 쏟았다. 뉴욕에 있는 편집실을 매일처럼 드나들면서 그와 델마가 하는 일을 관찰했다. 영화의 역사에 대한 해박한 지식으로 정평이 나 있던 마티는 거의 매 장면마다 그것과 관련된 영화 제작의 역사를 설명해 주었다. 그의 대본에는 이미 카메라 포지션까지 상세하게 기입되어 있었다. 어떻게 찍으면 좋을지, 어떤 그림이 나올지가 이미 그의 머릿속에는 환하게 들어가 있었던 것이다. 마티는 자신이 찍은 영화 하나하나에 대해 끊임없이 이야기했고, 그러면서 자신의 작업 방식이 어떻게 진화해 왔는지를 설명하기도 했다. 당연히 「택시 드라이버」에 대한 이야기도 빠질 수 없었다. 나는 아무 말도 하지 않고 듣기만 했다.

그런데 지나치게 조용하게 듣기만 하는 내가 마땅찮은 듯 마티가 물었다.

"잠깐만, 「택시 드라이버」는 보셨나?"

"아니, 보지 않았는데."

"보지 않았다고?"

"마티, 내가 바로 택시 드라이버였네. 자네가 그 영화를 만들던 그 무렵, 나는 매일 밤마다 뉴욕 거리를 수백 킬로미터씩 달리고 있었다고. 일 없이 쉬는 날 「택시 드라이버」라는 영화를 볼 마음이 든다면 그게 비정상이지."

"맙소사, 그럴 수야 없지. 그럴 게 아니라 내 특별 시사회라도 한 번 마련해야겠군."

하지만 특별 시사회까지 기다릴 것도 없었다. 그로부터 얼마 뒤 투어차 탑승한 비행기에서 보여 주기에 냉큼 보아 버렸다. 영화를 보고서 대번 '아이구야, 도버 차고지에서 일하던 내 동료들을 그대로 가져다 놓은 듯하구나' 하고 생각했다.

「디 아워스」

프로듀서 스콧 루딘이 「디 아워스」라는 영화를 기획하고 있다면서 음악을 맡을 의향이 있느냐고 물어 왔다. 이미 두 명의 작곡가가 붙었지만 그 결과물이 영 마음에 들지 않아 내쳐 버렸다고 했다. 그들이 누구인지는 말해 주지 않았다. 그러면서 퇴짜 놓은 악보를 봤으면 하느냐고 했다.

"아뇨, 그럴 필요 없을 것 같습니다. 1차 편집본이 완성된 게 있으면 보내 주세요. 거기에 맞는 음악을 써 보지요."

마이클 커닝햄의 동명 소설을 원작으로 한 「디 아워스」는 서로 다른 시대에 사는 세 여성의 이야기를 그리고 있다. 니콜 키드먼은 작가 버지니아 울프로 분해 1920년대부터 울프가 자살로 생을 마감한 1941년까지의 시기를 연기했고, 줄리언 무어는 1950년대 로스앤젤레스에서 사는 주부이자 어머니를 연기했으며, 메릴 스트립은 2001년 뉴욕에 살면서 에이즈에 걸린 친구를 위하여 파티를 준비하는 여성을 연기했다.

이번 영화의 난점은 대번 눈에 들어왔다. 세 편의 이야기 각각이 너무도 뚜렷이 구분되고 하나의 구심점에서 이탈하려 하기 때문에 영화 전체로서 집중력을 유지하기가 쉽지 않다는 점이었다. 그렇다면 음악이 일종의 연금술을 부려 구조를 탄탄하게 만들 수 있어야 할 것 같았다. 어떻게든 음악으로 하여금 영화 전체의 통일성을 말하도록 해야 했다. 다시 말해 음악은 이야기를 하나로 묶는 장치가 되어야 할 책무를 부여받았다.

반복해서 등장하는 세 가지 악상을 생각해 냈다. 예를 들어 버지니아 울프의 자살 장면에서는 주제 A를 사용했다. 주제 A는 버지니아 울프의 몫이었다. 마찬가지로 로스앤젤레스 장면에는 주제 B를, 뉴욕 장면에는 주제 C를 배치했다. 영화는 A, B, C 차례로 진행되고, 여섯 개의 릴이 모두 그 얼개를 따른다. 마치 한 줄로 길게 꼰 새끼가 영화 전체에 걸쳐 풀려 나오는 것 같았다. 개념적인 착상이었고, 음악을 통해 그것을 구현할 수 있었다. 나름대로 난항이 있었지만 그래도 성공적이었다.

이것 외에 다른 해결책이 있었으리라고는 생각하지 않는다. 다른 작곡가들이 썼다는 음악을 듣지 않았으니 그들의 해법 역시 알지 못했다. 할리우드에서는 작곡가를 고용했다가 내치고 또 다른 작곡가를 불러들였다가 자르고 하는 것이 그리 드문 일이 아니다. 영화와 어울리는 음악이 들어왔다고 스튜디오가 판단할 때까지 작곡가는 몇 번이고 갈려 나갈 수 있는 존재다. 다행스럽게도 – 또한 영화 입장에서도 다행이라고 나는 생각하지만 – 스콧 루딘은 내 음악이 지향하는 바를 즉각적으로 알아차렸다. 그는 흡족해했고 마음을 바꾸지 않았다.

극도로 치열하게 작업하는 독불장군 타입의 프로듀서였던 스콧은 자신의 아이디어를 밀어붙이면서 주변과 마찰도 많이 일으켰다. 그럼에도 바로 그의 그런 점이 영화를 살렸다. 어느 하나 콕 찍어서 이야기하기 힘들 정도로 모든 면에서 그랬다.

"아주 멋진데요. 음악이 마음에 들어요. 그런데 사소하지만 한 가지 마음이 걸리는 구석이 있네요."

이런 말을 듣는 것이 다반사였고, 그러면 나는 해당되는 음악 전체를 처음부터 다시 써야 했다. 자신의 주장을 굽힐 줄 모르는 그였지만, 그래도 기본적으로는 공감과 이해의 지점에서 출발한다는 점이 마음에 들었다. 스콧은 언제나 내 말을 경청해 주었고, 나 역시 내가 하고 싶은 바를 설명할 기회를 섭섭지 않게 얻어 낼 수 있었다. 상명하달식의 과정도 아니었고, 그의 견해를 남들에게 납득시키고자 하는 노력이 반드시 수반되었으며, 거의 대부분의 경우 그의 생각이 옳았음이 판명되었다. 스콧의 뜻대로 영화가 만들어진 것은 비단 그가 제작자였기 때문이 아니라 그가 가진 생각이 영화에 도움이 되었기 때문이다. 음악뿐만 아니라 편집, 내러티브, 연기 모든 면에서 그러했다.

「디 아워스」 이후 「노트 온 스캔들」이라는 영화로 다시 한 번 스콧과 뭉쳤다. 역시 스콧이 구석구석을 직접 챙긴 영화였다. 하지만 세부를 손수 챙기는 다른 제작자들과 달리 스콧은 영화에 대해 뭔가를 아는 사람이었다. 그는 영화를 굴러가게 하는 법을 알았다. 언젠가 그에게 이렇게 물은 적이 있다.

"스콧, 그냥 감독이 되는 게 어때요? 어쨌든 하나하나 직접 챙기다시피 하잖아요?"

"오, 그건 안 돼, 안 돼, 절대 안 돼."

감독이 되는 것은 난망한 일이라고 하면서도 사실상 감독이 해야 할 일을 툭 하면 빼앗아 하기도 한 스콧이었다. 어쨌건 제작자로서 그는 내가 함께한 두 편의 영화에서 무척 결정적인 역할을 수행했다. 두 편의 영화는 내 마음에 들었고, 무엇보다 그와 함께 작업하는 과정을 즐겼다.

영화음악 작업

지금까지 쓴 영화 사운드트랙을 헤아려 보니 거의 서른 편 가까이 된다. 즐겁게 일했지만 세상에 널리 알려지지 않은 영화도 있다. 이를테면 데이비드 고든 그린의 「언더토우」, 닐 버거의 「일루셔니스트」, 대니얼 존 카루소의 「테이킹 라이브즈」 같은 작품들이다. 서른 개를 헤아리는 필모그래피 가운데 내가 가장 아끼는 영화는 그중에서도 특히 잘 알려지지 않은 작품인 크리스토퍼 햄프턴 감독의 「비밀 요원」이다. 조지프 콘래드의 소설을 모티브로 한 영화로, 원작에 담긴 강박적이고 불길한 아우라가 고스란히 포착되어 있는 수작이다. 햄프턴의 각색 솜씨가 탁월하기도 했거니와, 팽팽한 긴장의 고삐를 풀지 않고 간결하고 철두철미하게 영상을 풀어 나간 감독의 손길이 있었기에 그러한 결과가 나왔다고 생각한다.

에롤 모리스 감독과 함께한 작업 역시 즐거운 기억으로 남아 있다. 그와는 「가늘고 푸른 선」, 「시간의 간략한 역사」, 「전쟁의 안개」 세 편을 함께했다. 에롤은 역대 가장 총명한 감독 가운데 한 명이었다. 때로는 무척이나 재미있으면서 동시에 지독한 괴짜이기도 했다. 에롤은 고드프리와 마찬가지로 관람객과 작품 주제 사이의 관계를 재정립했고, 나는 언제나 그가 불러 주기만을 기다렸다(고드프리 역시 내게는 그런 감독이다). 때로는 혼란스럽고 고된 과정이었지만 그와 합을 맞추고 나면 언제나 보람을 느꼈다.

가장 의외의 감독은 우디 앨런이었다. 「카산드라의 꿈」이라는 작품을 함께했는데, 우디는 음악과 관련해서는 어떤 지침도 없이 내게 백 퍼센트 자유재량을 주었다. 내 제안을 기꺼이 받아들였고, 음악의 온도에 대한 견해도 전격 수용했다. 사실 이는 내게 그다지 새로울 것은 없었다. 오페라, 연극, 무용 분야에서 작업한 방식이 바로 그랬기 때문이다. 나와 함께 일하는 이들의 능력과 재능을 믿는다면 그들이 솜씨를 양껏 발휘할 수 있도록 나는 한 발 물러나 있는 것이 최상책임을 몸으로 알아 왔던 까닭이다. 우디 역시 그런

노선으로 영화를 만드는 것처럼 보였다.

지난 30년간 곡을 써 오면서 영화음악을 내 일의 가장 큰 줄기로 삼지는 않았지만, 그럼에도 흥미로운 작업이었기에 싫증 내지 않고 꾸준히 임했다. 작가, 감독, 배우, 일부 제작자들 가운데 재능 넘치는 인물들이 있었다는 것도 그 하나의 이유였다. 시장 논리가 상존하는 환경임에도 불구하고 수준 높고 진실성 있는 영화를 만드는 것은 여전히 가능했다. '기성 산업'의 룰을 따른다고 해서 반드시 할리우드에서 제작된 영화만 있는 것은 아니다.

이따금 영화음악 창작의 과정을 오페라와 비교해 본다. 영화면 영화, 오페라면 오페라, 어쨌든 꽤나 많이 해 본 입장이니 말이다. 영화는 그 어느 예술 장르보다도 이미지와 음악, 동작과 대사라는 요소가 긴밀히 융합되는 장르다. 각각의 분야에서 얻은 기술을 다른 분야에도 쉽게 적용하고 이식할 수 있다. 영화음악 작업에 대한 생각을 몇 가지로 추려 보면 다음과 같다.

첫째, 무척 단순하다. 만약 영화나 오페라가 실제로 어떤 이야기를 전달하고자 한다면 그 이야기 구조를 내버려 두어야 한다는 점, 최소한 음악이 걸림돌이 되어서는 안 된다는 점을 체득했다. 반면 뚜렷한 이야기 구조가 없는 작품이라면 작곡가가 나서서 이야기를 상정하거나 덮어씌워서는 곤란하다. 대신 다른 요소로 하여금 더 큰 역할을 맡도록 자리를 비켜 주어야 한다.

둘째, 성악가나 배우가 자신에게 맡겨진 중심적 역할을 온전히 떠맡을 수 있도록 그들의 목소리 – 대사가 되었건 노랫말이 되었건 – 를 부각하는 법을 알았다. 즉 '밑줄 긋는' 역할을 하는 음악을 말이다. 그러려다 보면 반주 기악 파트로 하여금 부수적 역할을 맡게 해야 할 때도 있다. 경우에 따라서는 독주 악기(군)로 하여금 보컬 파트와 중첩되는 음악을 연주하게 할 수도 있고, 그럼으로써 배우나 성악가의 목소리 파트를 길게 잡아 늘이거나 깊이를 더할 수도 있다.

셋째는 설명하기가 무척 까다로운데, 말하자면 관객-청자와 영화 혹은 오페라 사이에 존재하는 가상의 '거리'와 관련 있는 것이다. 작곡가로 일하면서 음악이 그 거리를 규정할 수 있음을 알게 되었다. 결국에는 심리적인 거리다. 관객-청자가 청각적 혹은 시각적 이미지를 가깝게 느낄수록 감상 경험을 나름의 재량에 따라 형성할 운신 폭도 좁아진다. 음악이 관객-청자와 이미지 사이에 일정 정도 이상의 거리를 확보하는 역할을 할 수 있고, 그러면 자연히 관객-청자 역시 작품에 자신의 해석을 가미할 자유를 획득하게 된다. 관객과 이미지 사이에 어느 정도 거리가 있어야만 그 이미지에 가까이 다가가려는 노력을 기울임으로써 작품을 온전히 자기 것으로 하게 되는 이치다. 음악을 '완성'하는 것은 관객이라고 했던 존 케이지의 말이 딱 그대로다. 필요에 따라 작품과 관객 사이의 거리를 자로 잰 듯 정확히 설정하는 것은 후천적으로 습득할 수 있는 기술 가운데 하나다. 재능, 경험, 타고난 감수성 정도야 필요하겠지만 말이다.

캔디 저니건

예감

캔디와 나는 함께한 10년 세월 동안 뭔가가 우리 사이를 갈라놓을 것이라는 예감을 지우지 못했다. 그 계기가 무엇이 될지는 짐작하지 못했지만, 서로에게 이별을 고해야만 하리라는 것은 뚜렷이 알고 있었다. 그것에 대해 우리는 곰곰이 생각해 보고는 했다. "어쩌면 네가 배나 비행기를 타고 어디로 가는데 – 나일 수도 있을 테고 – 배가 사라지거나 비행기가 추락하거나 하겠지" 따위의 말을 했다. 자동차 사고 같은, 현대 사회의 비극이 우리에게도 닥치리라 막연히 생각했다. 찜찜한 기분이었다. 툭 하면 그런 이야기를 달고 산 것은 아니지만, 그렇다고 해서 드문드문 이야기한 것도 아니었다. 우리 주변을 떠나지 않는 그림자처럼 언젠가는 닥칠 일이라 여겼다.

캔디 저니건을 처음 만난 것은 1981년 암스테르담에서 뉴욕으로 돌아오는 비행기 안에서였다. 나는 유럽에서 일하다가 돌아오는 길이었고, 캔디는 베를린에서 귀로에 올라 암스테르담에서 비행기를 갈아탄 참이었다. 탑승하고 자리에 가 보니 캔디는 이미 내 옆자리에 앉아 있었다. 골똘히 잡지에 몰두해 있는 것처럼 보였다. 옆자리에 누가 앉든지 신경 쓰지 않으려는 듯.

그 후로 10년 동안 나는 가끔씩 그녀에게 물었다.

"그때 비행기에서 내 옆에 앉았는데, 우연도 그런 우연이 있나?"

그러나 캔디는 한 번도 시원한 답을 주지 않았다. 그런데 그녀에게 이야기를 들은 사람들로부터 전해 듣기로는, 대합실에서 나를 알아본 캔디가 내 옆자리를 받은 사람에게 부탁해서 자리를 바꾸었다고 한다. 내 자리는 복도 쪽에 있었고, 그 옆자리는 창가석과 복도석 사이에 끼어 있었으므로 어렵지 않게 바꿀 수 있었던 모양이다. 가운데 자리는 누구도 원하지 않으니 말이다. 내가 자리에 앉기 전에 모든 준비가 끝난 상태였던 것이다. 어느 정도는 담력이 필요한 일이었다. 그런데 캔디를 알아 가면서 그녀가 그런 사람이라는 것이 도리어 좀처럼 믿기지 않았다. 그러나 캔디는 내 음악을 알고 있었고, 그래서 나를 만나고 싶어 했다. 그리고 일단 만나게 된 뒤로는 그녀를 언제나 내 시야 안쪽에 잡아 두고만 싶었다.

재미있는 점은, 캔디는 우리가 만나게 된 경위에 대해 이야기하는 것을 달가워하지 않았지만, 만남 그 자체는 대단히 특별했다는 사실이다. 함께하고픈 마음을 피차간에 알고 있던 두 사람의 만남이었기 때문이고, 다만 캔디는 그 점을 나보다 먼저 알아차렸을 뿐이다. 어떻게 그랬는지는 내가 말할 수 있는 소관이 아니지만, 나란히 앉아 말문을 튼 우리 사이에는 이내 친밀한 호의가 싹텄다. 시구[詩句]라고 해도 좋을 정도의 멋진 문장 속에 서로에 대한 정보가 오고 갔고, 따라서 말을 많이 할 필요도 없었다. 캔디는 오랫동안 함께 지내 온 남자와 최근 헤어졌다고 말했다. 난 홀몸이 아니었지만, 그녀를 만나는 순간 전혀 예기치 못한 심오한 사건이 벌어지는 장소에 내몰린 기분이 들었다. 이후 10년 세월을 함께 보내게 될 사람의 존재감이 그렇게 만든 것이다.

첫 만남 당시 캔디의 긴 머리카락은 윤기가 흐르는 짙은 빛깔을 띠고 있었다. 이후로 나와 지내면서 오렌지색 비슷한 색깔이나 자줏빛 적색으로 물들이기도 했다. 키는 158센티미터 정도의 단신이었고, 검은색 플라스틱 테 안경을 꼈다. 빈티지 느낌이 나는 옷차림을 즐겼고, 검은색 타이츠와 크고 넓은 검정색 혹은 붉은색 벨트를 자주 걸쳤다. 한마디로 그녀의 남다른 취향을 보여 주는 패션으로, 돈만 가지고 소화할 수 있는 스타일은 아니었다. 큰돈을 쓰지 않고도 남들과 뚜렷이 구분되는 모습을 연출해 낼 수 있었던 것이다.

캔디의 외할머니는 중국 사람이었는데, 웬일인지 그녀의 집안에서는 그 분과 관련된 이야기가 나오는 법이 없었다고 한다. 캔디가 외할머니의 국적을 알게 된 것도 우연히 어머니의 여권에 출생지가 상하이로 기재되어 있는 것을 보고서였다. 어머니가 어린 시절 외할머니와 함께 중국 가마를 타고 찍은 사진도 찾았다. 캔디의 핏줄에 아시아의 피가 섞여 있다는 점을 알고 보니 그제야 얼굴 형태나 도자기처럼 투명한 피부가 납득이 되었다.

비행기가 뉴욕에 도착했고, 우리는 헤어지고 싶어 하지 않았다. 하지만 나는 가정이 있는 몸이라서 그녀를 다시 만나겠다는 작정을 하거나, 그 작정을 실행에 옮길 수 있는 처지가 되지 못했다. 결혼 생활이 지긋지긋했던 것도 아니고, 어떤 식으로든 바꾸고 싶지도 않았다. 그렇지만 이 젊은 여인을 다시 보지 못한다고 생각하니 그것 또한 불가능한 일로 여겨지기 시작했다. 마침 내게는 뉴욕 이스트빌리지에 스튜디오로 사용하던 아파트가 한 채 있었다. 그래서 집에 가는 대신 그곳으로 갔다. 캔디는 거기서 지척이라 할 수 있는 곳에 살고 있었다. 연이 닿으려니 그렇게도 되는 모양이었다.

캔디는 스물아홉, 나는 마흔넷이었다. 열다섯 살의 나이 차이가 나는 데다가 캔디는 나이보다 젊어 보이는 편이었지만, 우리는 나이를 넘을 수 없는 장애물로 여기지는 않았다. 내 발목을 잡을 일이야 여러 가지가 있었겠지만 캔디와의 인연을 끊을 만큼 심각한 것은 없었고, 실제로도 우리는 거의 떨어지지 않고 생활했다. 가정이 허물어져 가는 과정에서는 – 물론 내 의도는 그것이 아니었지만 – 불편하고 불행한 순간이 있었지만, 나로서는 멈출 수 없는 일이었다. 복잡하게 꼬여 버린 일을 푸는 데는 얼마간의 시간이 필요했다. 쉬운 일은 아니었고, 이해 당사자들 모두에게 즐거운 과정은 더더욱 아니었다.

화가였던 캔디에게는 화가, 작가, 무용수, 음악가 친구들이 많았다. 내가 평생을 함께 일해 온 그런 종류의 사람들이었다. 캔디 역시 같은 세계에 살면서 자신이 가진 시간과 재주를 남김없이 쏟아부어 지탱해 왔다. 낮에는 유명한 책 표지 디자이너인 폴 베이컨 밑에서 일했다. 우리가 처음 만났을 당시에는 구상적 유화를 그리고 있었지만, 곧 다른 종류의 회화와 예술로 작업 영역을 옮겼다. 내 머리를 굵게 한 미술 작품은 마크 디 수베로나 리처드 세라의 거대하고 강력한 공공장소 설치물처럼 추상적이고 육중한 남성적 세계였지만, 캔디의 작품은 그와는 또 달랐다.

캔디는 이를테면 로버트 라우션버그가 그랬듯 일상생활에서 쓰는 물건이나 재료를 아무렇지도 않게 작품에 던져 넣었다. 라우션버그는 끊임없이 자신에게 '이 물건이 내 그림에 맞아 들어갈까?'라는 질문을 던졌고, 언제나 결론은 '예스'였다. 캔버스나 아트워크에 무엇이나 받아들였다는 점에서는 캔디 역시 마찬가지였지만, 그 방법에서는 라우션버그와 달랐다. 캔디의 작품은 일종의 도큐멘테이션이었다. 트럭이 밟고 지나간 솥단지가 되었건, 길거리에서 주운 깨진 병이 되었건, 아니면 죽은 쥐에 속을 채운 것이 되었건 간에 그녀는 '이것을 예술이라 할 수 있는가?'라는 질문부터 했다. 그리고 그에 대한 대답은 '그렇다면 액자로 둘러 보자'였다.

캔디와 만나고 나서 얼마 지나지 않아 곧바로 살림을 합쳤다. 나는 줄리엣과 재크와 고양이 두 마리를 데리고 들어갔고, 캔디에게는 푸른색과 금빛이 뒤섞인 커다란 마코앵무새 두 마리가 있었다(주인에게는 지독히 충성하고 다른 사람들에게는 그냥 지독하기만 한 녀석들이었다). 캔디는 내 아이들과 금세 친해졌고, 덕분에 우리 넷이 함께 어울려 보내는 시간도 늘어났다. 첫 두 해 동안은 생활이 자리를 잡지 못하고 좀 붕 뜬 느낌이기는 했다. 캔디는 한 블록 남짓 떨어진 곳에 자기 아파트가 있어 옷을 갈아입어야 할 때를 비롯해서 어쨌든 자주 드나들었고, 네 식구의 생활은 내가 가진 작은 아파트에서 해결했다.

1984년이 되면서부터 좀 더 큰 집을 적극적으로 찾아 나섰다. 소호 지역에 매물로 나온 아파트나 로프트를 주로 보고 다녔는데, 어디건 우리 형편으로는 감당하기 힘든 가격이 문제였다. 그러던 어느 날, 연예 관련 사건과 부동산 사건을 전문으로 수임하던 변호사 친구 리처드 사비츠키가 흥분된 목소리로 전화를 걸어왔다. 이스트빌리지 지역에 붉은 벽돌로 지은 자그마한 타운하우스가 매물로 나왔는데 가격이 적당하다는 것이었다. 나는 설마 그럴까 싶어 몇 주간 가 보지도 않았다. 타운하우스는 2번가에서 멀리 떨어지지 않은 곳으로, 이스트빌리지 깊은 곳도 아니어서 지하철역까지 걸어갈 만한 거리였다. 다만 마약 문제가 심각한 동네였다. 밤낮 할 것 없이 마약을 팔고 사려는 사람들로 들끓었다. 집주인은 텍사스에 거주 중이었는데, 동네 분위기가 하도 험해서 임자를 찾으려는 기대 자체를 접고 있다고 했다.

집은 마음에 들었다. 캔디와 나는 이미 이스트빌리지 토박이나 다름없었기에 험한 동네라는 것도 딱히 발을 뺄 이유는 되지 못했다. 워낙 동네가 인기가 없어서 그랬겠지만 집주인은 계약금으로 거래가액의 10퍼센트만 요구했다. 그런데도 우리가 가진 돈은 계약금에조차 미치지 못했다. 소니사[183]로부터 앨범 「글래스웍스」 작업 선불금으로 받은 돈 1만 달러가 있었고, 당시 열여섯 살인 줄리엣과 열세 살인 재크에게서도 각각 5천 달러씩 빌렸다(외할아버지, 외할머니에게 받은 돈이었다). 마지막 1만 달러는 오랜 친구 레베

183 1984년 당시에는 컬럼비아 레코드사였다.

카 리트먼에게서 빌렸다. 두 달 내로 돌려주겠다고 하고 빌렸는데, 실제로는 네 달 뒤에 갚을 수 있었다.

일단 계획은 우리가 위의 두 층을 쓰고 아래 두 층은 세를 놓는 것으로 했다. 이스트 4가에 있는 부동산 업자에게 가서 아래층을 세놓았는데, 그 후로 석 달 동안 단 한 건도 문의가 들어오지 않았다. 임대 수입이 없었음에도 대출금은 첫 세 번은 기한을 넘기지 않고 간신히 갚았다. 그리고 세놓았던 아래층까지 모두 사용하기 시작했다.

집은 마치 우리를 위하여 맞춤으로 지은 듯 완벽했다. 1층에는 부엌과 거실이 있었고, 2층은 캔디의 그림 스튜디오와 내가 작업할 스튜디오 공간으로 꾸몄다. 3층에는 침실과 화장실, 그리고 창문 세 개를 제외한 모든 벽면이 책장으로 들어찬 서재가 있었다. 별도의 화장실과 작은 부엌까지 딸린 4층은 아이들 몫이었다. 시끄러운 앵무새 잭과 캐롤은 캔디의 스튜디오에 두기로 다수결에 의해 결정했다.

곧 집은 우리 생활의 중심이 되었다. 캔디가 일을 마치고 돌아오면 식탁에 둘러앉아 저녁을 나누었다. 요리는 번갈아 가며 했다. 냉장고 문에 열여섯 개에서 열일곱 개 정도 되는 메뉴를 차례대로 적어 놓고 돌려 가며 먹었다. 매일 저녁 목록을 보고는 "좋아, 오늘은 7번을 만들어 먹자" 하고 그대로 차려 먹었다. 채식을 하는 나는 집에서 만든 반죽을 쓴 피자를 즐겨 만들었다. 그중에서도 특히 감자 피자가 인기 좋았다. 라자냐와 다양한 종류의 파스타 조리법도 배웠다. 그 밖에도 집에서 튀긴 감자와 완두콩을 섞어 넣고 으깬 감자 – '히말라야의 화성인'이라고 이름 붙였다 – 도 자주 만들었다. 캔디는 녹인 마시멜로를 위에 올린 고구마 같은 남부풍의 요리를 즐겼는데, 나는 유대인 가정에서나 먹을 법한 요리라면서 놀려 먹고는 했다. 도대체 고구마에 마시멜로라니, 무지하게 달기만 하고 몸에 좋을 리가 없는 음식이었다.

아이들은 저녁 식사 후 숙제를 마치고 금방 잠자리에 들었고, 그러고 나면 캔디는 스튜디오에 가서 작업에 매달렸다. 캔디의 스튜디오는 구석구석 속속들이 그녀를 빼박은 모습이었다. 서랍과 캐비닛은 작품과 작품에 쓰려고 모아 놓은 재료들로 그득했다. 각자의 개인적 물품으로 가득한 우리의 작업실 사이는 두 개의 미닫이문이 가로놓여 있었다. 캔디는 식스팩 맥주와 담배 두 갑을 챙겨 올라가 으레 새벽 한두 시까지 일한 뒤 내려왔다. 캔디는 밤에 일하는 편을 선호했지만, 나는 아이들이 일어나는 시각에 맞추어 일어나야 했기에 무작정 뜬눈으로 버틸 수는 없는 노릇이었다. 그녀는 자기 아이를 갖고 싶어 하지는 않았지만, 줄리엣과 재크와는 무척 가깝게 지냈다.

캔디는 물론 나를 만나기 전부터 이미 주관이 뚜렷한 사람이었지만, 지금 와서 그녀의 작품 세계를 되돌아보면 우리의 만남이 비롯된 그때를 즈음해서 커다란 변화가 있었음이 감지된다. 나와 함께 지내면서부터 새로운 친구가 훌쩍 늘어난 것이 하나의 이유인지도 모르겠다. 그녀의 친구는 내 친구가 되었고, 내 친구는 그녀의 친구가 된 것이다. 주변 사람들 가운데는 그녀가 개인적으로도 어딘가 변했음을 느낀 이들도 있었다. 캔디의 어느 친구는 그녀가 때로는 차갑고 냉소적인 말을 하는 경우가 왕왕 있었다고 한다. 언제 남의 가슴을 쿡쿡 찌르는 코멘트를 내뱉을지 몰라서 주변인들을 불편하게 하기도 했다는 것이다. 그러나 나와 내 아이들에게 그런 모습을 보인 적은 단 한 번도 없었다. 마치 나와 교제를 시작하면서 마음 편히 느낄 가족을 얻었다는 느낌마저 들었다. 언제나 느긋하고 편한 기분이어서 심술궂은 말을 입에 담을 이유가 없었던 것 같다. 나와 아이들은 그런 캔디를 사랑했다. 그녀는 우리 삶의 일부였다. 하룻밤 새 그렇게 되어 버린 것이다.

무엇보다 캔디는 자신의 일에 열정을 바치는 사람이었다. 그녀의 작품 대다수에는 유머가 있고, 작자와 작품을 구별 짓는 거리감 같은 것이 있어서 감상자로 하여금 흥미를 유발하는 촉매로 작용했다. 살짝 엇각인 것만 같은 접근 방식이라고 불러도 괜찮겠다. 고야|Goya|사가 내놓은 열 개의 통조

림 상품을 모아 그린 「열 가지 종류의 콩」에는 "고야에게 바치는 오마주"라는 부제를 붙였다. 루브르 박물관 화장실에서 뜯어 온 분홍색 두루마리 화장지 한 칸을 액자 속에 넣은 작품에는 "파리의 4월"이라는 타이틀이 달렸다.

내가 쓰는 음악을 좋아한 캔디는 「사진사」, 「댄스」, 「윗방에서」 등을 비롯한 여러 편의 앨범 커버 디자인을 도맡기도 했다. 그녀는 특히 작가라는 직업에 관심이 많았다. 작가 친구도 많았고, 책 표지 디자인도 여러 권 했다. 그녀가 취미로 수집한 많은 초판본들이 아직 내 서재에 보관되어 있다.

당시 캔디는 폴 베이컨의 스튜디오에 출근하고 있었는데, 근무 스케줄이 자유로웠던 덕분에 내가 투어를 할 때마다 휴가를 얻어 동행했다. 캔디는 여행지에서 습득한 물건들을 가지고 일지를 꼼꼼히 기록했다. 멕시코, 브라질, 인도, 아프리카, 이탈리아, 미국 중서부 등 도합 열네 권의 일지를 작성했다. 풀, 봉투, 레이블, 노끈 따위의 샘플 수집에 필요한 도구들은 여행 필수품으로 반드시 소지했다. 그녀의 일지는 전문가가 만든 물건다웠고, 짐 가방은 병뚜껑, 엽서, 캔 뚜껑, 성냥갑 등 여행 도중에 주운 물건들로 가득했다. 루브르 박물관과 바티칸시티에서는 심지어 흙도 담아 왔다. 일지는 비행기나 이동 중의 차 속에서 만들었다. 깨끗한 페이지를 펼쳐 놓고 전날 모은 물건들을 정성스레 붙였다. 일지는 우리 여행의 소중한 기록인 동시에 그 자체로 훌륭한 예술 작품이 되었다.

여행은 친구 부부인 스탠리와 엘리스 그린스타인 내외와 자주 함께 다녔다. 그린스타인 부부는 제미니 프레스라는 미술 출판사를 창립한 미술품 수집가로, 라우션버그와 재스퍼 존스의 작품을 비롯해 많은 유명 작가들의 석판화와 화보, 출판물을 내놓았다. 스탠리와 엘리스와는 1970년 마부 마인스 극단이 로스앤젤레스를 처음으로 방문했을 때 공연 후원자로서 인연을 맺었다. 우리는 인도, 이탈리아, 브라질을 함께 여행했다. 캔디가 상세하게 기록한 일지를 보면 그때의 동선이 고스란히 나타난다. 에콰도르 키토에서 출발해 아마존 밀림을 통과하여 닷새간 배를 타고 브라질 마나우스에 가 닿은 적도 있고, 다채롭고 즐거운 매력이 가득한 인도에서는 북동쪽의 칼림퐁에서 출발해 남쪽의 케랄라와 카타칼리까지 답사하기도 했다.

힘든 여정도 많았다. 「포와카시」 작업차 아프리카를 방문했을 때의 일이다. 감비아에서 말리까지 가는 일정이 있었다. 짐을 꾸려 공항에 도착하니 우리가 탈 비행기가 사라지고 없었다. 사정을 듣자니, 대통령 영부인이 파리에서 쇼핑을 하고 싶다고 해서 우리 비행기가 그쪽으로 차출되었다고 했다. 감비아 반줄에서 말리 바마코까지 육로로 가는 수밖에 없었다. 그런데 그러려면 강이 바다와 만나는 하구를 건너야 했다. 어찌나 강폭이 넓은지 아마존 밀림이 떠올랐다. 길이 10미터, 폭 1미터 남짓에 불과한 통통배가 유일한 도강 수단이었다. 시원찮은 모터가 내는 통통 소리가 어찌나 느려 터졌는지 그 소리 하나하나를 헤아릴 수 있을 정도였다. 사람을 태울 목적으로 쓰는 배도 아니었다. 배에는 땅콩이 그득했다. 자루에 담겨 있는 것도 아니고 그냥 땅콩 무더기였다.

동행한 포데이 무사는 아무렇지도 않다는 듯 올라가서 땅콩 위에 앉으라고 했다. 캔디와 나, 그리고 재크와 마이클 리스먼은 시키는 대로 배에 올랐다. 하지만 커트 먼캑시와 그의 아내 낸시는 도저히 그렇게는 못하겠다고 버텼다.

"그러면 어쩌려고요?"

"다른 도시로 가면 버스로 말리까지 가는 교통편이 있대요. 사흘 내로는 도착한다나 봐요."

커트가 말했다. 도강파인 우리보다 훨씬 둘러 가는 길이라도 감수하겠다는 것이었다. 한편 우리는 강 저쪽으로만 가면 그만이었다. 둘러 가는 쪽보다 훨씬 더 빨리 건널 수 있을 것처럼 보였다.

배에 오르자마자 땅거미가 내렸다. 배의 한가운데에는 젊은이 하나가

양철 양동이를 들고 앉아 있었다. 배가 강안을 밀쳐내고 물살을 가르기 시작하자 젊은이는 쉴 새 없이 들이치는 물을 양동이로 퍼내기 시작했다. 내가 보기에는 배가 반대쪽에 닿기까지 조금도 쉬지 못할 것 같았다. 강의 중간 지점쯤에 이르자 우리가 떠나온 강둑도, 우리가 향하는 강둑도 시야에 들어오지 않았다. 만약 모터가 멈추기라도 한다면 무거운 돌덩이처럼 가라앉고 말 것이 분명했다. '통-통-통-통' 하는 모터가 우리의 유일한 희망이었다.

당시 열다섯 살이었던 재크를 조앤에게서 건네받으면서 들었던 "반드시 안전히 데려와야 해"라는 당부가 갑자기 뇌리를 스쳤다. 강을 건너는 약 40~50분 시간 동안 나는 '맙소사, 재크가 잘못되기라도 하면 어쩌나? 이러다 나까지 죽는 건 아닌가? 설사 살아남더라도 재크를 잃었다가는 조앤 손에 죽을 게 분명해' 하는 생각만 했다. 우여곡절 끝에 배는 강 반대편에 안착했고, 우리 일행은 앞다투어 뭍으로 올랐다.

감비아에서는 육로 역시 위험천만했다. 차를 빌릴 때는 정비공도 함께 동승했다. 앞의 두 자리는 운전자와 정비공의 몫이었고, 나머지 일행은 그 뒤 두 줄에 앉았다. 차는 20~30킬로미터 정도 가다가 주저앉기를 반복했고, 그러면 정비공이 내려 뚝딱뚝딱 어떻게든 차를 다시 살려 냈다. 그런 식으로 가다 서다를 몇 번이나 반복하며 이어지는 여정이었다.

그렇게라도 하면서 가고 싶은 곳을 다 찾아다녔지만, 어쨌건 극도로 원시적인 형태의 여행이었고 숙박 시설 또한 무척 허술한 경우가 많았다. 어느 작은 마을에서는 호텔이라는 간판이 붙은 곳에 투숙했지만, 방에 침대가 있고 침대에 시트가 씌워져 있다는 점만 제외하면 호텔이라는 이름값을 하지 못하는 곳이었다. 그나마 시트마저도 한동안은 세탁하지 않은 것이 뚜렷이 드러나 보였다. 커트는 시트를 보고서 "나는 오늘 저쪽 구석에서 선 채로 눈을 붙이겠네"라고 했다. 캔디는 그 호텔을 '양동이 호텔'이라고 불렀다. 방 한 구석에 물을 담아 놓은 양동이가 수돗물의 역할을 대신했기 때문이다.

캔디는 자신의 작품에 쓸 신기한 재료들을 구하느라 분주해서 열악한 여행 조건에 대해서는 크게 불평하지 않았다. 스스로 '증거물'이라고 부르는 물건들을 수집함으로써 자신의 존재 가치를 긍정하는 여인이 바로 캔디였다. 그녀는 '언제나' 뭔가를 수집하고 주워 모았다. 사람들이 닦아 놓은 길을 벗어날 때마다 진귀한 물건들을 주웠다. 그리고 진귀한 물건이라면 아프리카 초원을 당해 낼 곳이 없었다.

캔디는 아프리카의 음악과 사람들을 좋아했다. 나는 채식을 고집하지 못해 고역이었지만, 캔디는 그곳 음식 역시 꺼리지 않고 성큼성큼 입에 넣었다. 한 번은 포데이 무사를 따라 푸줏간에 간 적이 있다. 본채 옆에 딸린 작은 별채 같은 건물의 시멘트 바닥에는 방금 잡은 동물의 각종 부위가 널려 있었다. 도대체 얼마나 오랫동안 거기 그렇게 널어 둔 것인지는 짐작조차 할 수 없었다. 푸줏간 주인에게 원하는 부위를 말하면 옆에 놓인 도끼로 그 자리에서 고기를 뜯어 팔았다. 낡은 장총처럼 보이는 물건을 들고 황야로 나가는 젊은이들이 눈에 들어와서 포데이 무사에게 물었다.

"저 사람들 어디 가는 거지요?"

"사냥하러 나가는 길 같은데요."

"저걸로 사냥을 한다고요?"

"오, 그럼요."

아마도 19세기 사냥꾼들이 고기를 잡는 법이 바로 그러했으리라.

'그릇들' 연작

매년 여름 우리는 캔디의 그림과 화구, 줄리엣과 재크를 차에 싣고 1천 5백 킬로미터 넘게 북쪽으로 달려 케이프브레턴에 가서 두 달가량 함께 지냈다. 여름마다 놀러 오는 친구들이 많아 본채를 둘러싼 오두막들은 비는 집이 거의 없었고, 부엌 역시 언제나 분주했다. 도착하면 내가 처음으로 해야 할 일은 본채 밑으로 기어 들어가 겨우내 파손된 배관을 고치는 것이었다. 그 밖에도 집을 집답게 써먹으려면 고쳐야 할 곳이 한두 군데가 아니었지만, 이런저런 수리를 하고도 음악을 쓸 시간은 남아 있었다.

무척 널찍한 본채 외에 삼각형 골조로 된 내 전용 스튜디오도 있었다. 본채의 거실은 캔디의 작업 공간으로 꾸몄다. 이따금씩 캔디가 세트와 의상 제작을 맡고 있는 무용극단 XXY 댄스/뮤직 컴퍼니가 케이프브레턴을 찾아와 바닷가 보트하우스에서 연습했다(보트하우스는 나중에 재크의 집으로 개조했다). 모두가 각자 오두막에서 일을 하다가 끼니때가 되면 본채에 모여 음식을 만들어 먹었다. 낮 시간에는 그림을 그리면서 보내거나 혹은 강으로 바다로 숲으로 케이프브레턴 산악 국립공원으로 나들이를 했고, 저녁에는 피크닉 테이블 옆에 스무 명 가까운 사람들이 모여 각자 집에서 만든 음식을 함께 나누어 먹었다.

캔디는 케이프브레턴에서 많은 작품을 작업했다. 여러 장의 곤충 그림을 그려 아코디언처럼 접이식 책으로 만든 작품에는 「죽은 벌레 책」이라는 이름이 붙었고, 작은 나무 상자에 돌멩이를 채운 작품은 「아흔아홉 개의 푸른 돌」로 명명했다. 그 밖에도 나뭇가지 그림을 그려 상자에 담은 작품도 있었고, 해안 절벽으로 이어지는 언덕바지와, 우리 집에서 소리만 지르면 닿을 거리에 있는 섬을 화폭에 담은 것도 여러 점이었다. 우리는 10년 동안 한 해도 거르지 않고 그곳에서 멋지고 황홀한 여름을 보냈다.

1990년 여름, 줄리엣과 재크를 대동하고 멕시코 유카탄 반도로 떠난 가족 여행에서 돌아와서도 곧장 케이프브레턴으로 향했다. 여름이 저물 무렵 뉴욕으로 돌아와 아이들 학교 스케줄과 작업 일정이 빽빽이 들어찬 일상으로 복귀했다. 캔디의 몸에 이상 신호가 온 것은 그즈음이었다. 피곤하다는 소리가 잦아졌다. 의사에게 진찰을 받았지만 라임병이나 기생충 질환은 아니라고 했다. 의사는 비타민제 처방과 함께 당장 담배를 끊을 것을 권했다. 캔디는 그 충고를 따랐다. 말보로를 버리고 대신 니코레트 금연껌과 친해졌다.

가을께가 되자 몸 상태가 다소 나아지는 듯 보였다. 크리스마스 몇 주 전에는 루디 울리처 부부와 함께 열흘간 지내기로 하고 샌타페이로 가는 비행기에 몸을 실었다. 루디의 아내인 사진가 린 데이비스가 한 달간 집을 빌렸다고 해서 거기서 지내기로 한 것이었다. 해가 지면 가끔씩 노천 온천에 들어앉아 하늘의 별을 올려다보았다. 그렇게 하면 캔디의 몸을 치료하는 효과가 있지 않을까 막연한 기대도 했다. 지내는 환경이 바뀌면 기분 전환도 되고 좋을 것 같았다. 하지만 캔디는 침대에서 몸을 빼는 것조차 버거워한 날도 있었다. 만성 피로와 관련된 증상이 아닐까 생각하며 하루하루를 지냈다. 만약 그렇다면 회복에 당연히 오랜 시간이 걸리는 일이었다.

크리스마스에 맞추어 뉴욕에 돌아왔고, 새해가 되자 캔디의 증상은 더욱 심해졌다. 아픈 몸을 이끌고서도 캔디는 그림 작업을 멈추지 않았다. 그러던 어느 날 하룻밤 사이에 그녀의 피부가 완전히 누렇게 변하고 말았다. 간염인 듯했다. 마침 달라이 라마의 개인 의사가 뉴욕에 머물고 있다고 해서 급히 수소문했다. 이 친구 저 친구에게 부탁해서 왕진 날짜를 잡았다. 환자와 마주한 의사 선생님은 소변 샘플이 필요하다고 했다. 캔디가 오줌을 받아오자 선생님은 그것을 들고 옆방으로 가서 문을 닫았다. 그리고 금세 다시 문이 열렸다. 어떤 병인지에 대해서는 일언반구도 하지 않았다.

“이 알약을 받으시죠. 씹어 삼켜야 합니다.”

내 손에는 열두 개 정도의 알약이 들려 있었다. 일주일에 한 알씩 복용하면 된다고 했다.

“약이 다 떨어지면 어떻게 합니까?”

그러자 선생님은, 거 참 요상한 질문도 다 있네, 하는 표정으로 나를 올려다보면서 “그러면 그때 가서 다시 내게 연락을 주시오” 하고 대답했다. 나중에서야 깨닫게 된 일이지만, 열두 정의 알약을 다 먹을 때까지 살 가망은 없으리라 내다본 것이었다.

그로부터 몇 시간 뒤 티베트 주치의의 조수가 전화를 걸어와 진찰 결과를 알려 주었다.

“선생님께 말씀 들었습니다. 환자의 병명은 간암이라고 하시네요.”

그렇게 짧은 시간 안에 어떻게 진단이 가능했는지 의문이었는데, 나중에 누군가로부터 듣기로는 환자의 오줌에서 설탕 맛이 나면 간에 병이 생긴 징후라고 안다는 것이었다.

티베트 의사는 경험이 많은 사람이었고, 역시 그의 진단은 칼날처럼 정확했다. 한 달 반을 넘기기 힘들 것이라는 것도 그는 알고 있었다. 물론 내게는 말하지 않았지만 말이다. 혹시나 싶어 뉴욕의 의사도 찾아가 보았는데 검사 결과 간암 판정을 받았다. 간염이라면 이겨 냈겠지만 간암은 목숨을 내어주지 않을 도리가 없었다.

1년 전 림프종을 이겨 낸 친구 레베카의 소개로 실력 좋기로 정평 난 암 전문의를 찾아갔고, 곧바로 슬로운-케터링 암 병원에 입원해 항암 치료를 시작했다. 며칠씩 입원 치료를 받다가 집으로 돌아오는 생활이 시작되었다. 캔디는 항암 치료의 부작용으로 밤에도 잠들지 못하고 분주히 몸을 움직였다. 병원에 있을 때도 하염없이 복도를 걸었다. 집에서는 밤새도록 그림을 그렸다.

생을 위협당하는 사람들은 기적이 일어날 것이라 한 가닥 희망을 거는 것이 인지상정이지만, 캔디의 경우에는 그런 기대 자체가 불가능할 정도로 상황이 좋지 않았다. 그렇다고 막연히 그녀를 포기한 것 또한 아니었다. 또렷한 정신으로 헤아렸더라면 ‘아냐, 이건 가망 없는 짓이야’ 하는 결론에 도달했겠지만, 그런 식으로는 조금도 생각하지 않았다. 캔디를 만나자마자 어두운 예감처럼 우리를 짓눌렀던 이별에 대한 공포가 마침내 현실이 되었다는 생각도 하지 않았다. 이것이 우리가 그토록 두려워하던 마지막이구나, 하는 생각은 결단코 하지 않았다.

캔디는 집에 돌아와 몇 주 남지 않은 삶을 정리하기 시작했다. 2주 정도를 함께 지냈고, 그러고는 다시 마지막으로 입원해 영영 돌아오지 못했다. 마지막으로 함께 지낸 2주 동안 그녀는 조금도 쉬지 않고 그림을 그렸고, 하룻밤에 대여섯 점씩 도합 여든 개의 작품을 그려 냈다. 밤새 그림을 그리고 마침내 몸이 말을 듣지 않을 정도로 피곤해지면 위층으로 올라와 몸을 뉘었다. 나는 아침마다 캔디의 스튜디오로 내려가 두 줄로 나란히 벽에 걸린 여러 신작을 멍하니 쳐다보았다.

캔디는 이 연작을 '그릇들'이라고 불렀다. 가로 45센티미터, 세로 60센티미터 화폭에 그린 수채화들이었다. 각각의 그림에는 사발, 유리잔, 컵, 주전자 등이 그려져 있었다. 어떤 것은 고대 그리스의 화병을 닮은 것 같기도 했다. '그릇'은 마치 무대 위에 놓인 듯 화폭 하단의 수평선 위에 배치되었다. 많은 작품의 좌우 상단에는 묶어 올린 커튼을 닮은 부분이 있었는데, 일부는 마르지 못한 물감이 띠를 이루어 아래 '무대'까지 흘러내린 것도 있었다. 배경은 부드럽고 꼼꼼한 색조를 띠는 것도 있고, 한바탕 붓을 크게 휘저은 듯 격정적인 것도 있었다. 적색이나 청색, 황색, 회색, 녹색 등이었다.

누가 보더라도 아주 개인적인 그림들이었다. '그릇들'은 캔디 자신의 대역이었다. 어떻게 하나의 물건이 그것을 그린 사람의 개성으로 채워질 수 있는지, 이른바 상징의 기능을 낱낱이 설명하는 것만 같은 그림들이었다. 사람을 그리는 것보다는 물건을 그리는 것이 쉬우므로 사물이 곧 사람의 대역이 되는 것이다. 상징의 대상이 되는 사람의 모든 특질이 그림에 녹아 있지만, 다만 그 형태는 그릇일 뿐이다. 그림을 보고 사람 몸의 모습을 떠올리는 것은 어려운 일이 아니다. 그래서 "이건 자궁을 표현한 것인가?", "이건 가슴인가?" 같은 질문이 나오는 것이다.

캔디는 일상적으로 접하는 형태나 모양을 따와서 그것을 상징적으로 사용했다. 그녀는 이런 쪽으로 솜씨가 남달랐다. 그것은 존재가 되고, 인간을 대리하는 일종의 세공물이 된다. 이들 그림을 캔디의 자화상이라고 할 수 있겠지만, 사실 '그릇들'은 그 이상의 작품이었다. 캔디가 해 나가고 있던 남다른 시도의 결과였던 것이다. 그림 속에 담긴 사발이나 꽃병은 일종의 유기적인 통일성으로서 그녀 자체를 상징했다. 남성성보다는 여성성을 강조한 이미지를 쓴 것도 그래서일 것이다. 물론 캔디는 그림에 대해 아무런 말도 하지 않았다. 그저 쉬지 않고 그리기만 했을 뿐이다.

어느 날 아침 스튜디오에 내려가 보니 여느 때처럼 완성된 네댓 점의 작품이 벽에 걸려 있었다. 그런데 눈길이 쏠리는 작품이 하나 있었다. 배경, 무대, 커튼까지 다 그려 놓고 정작 그릇은 그리지 않은 그림이었다. 주제가 결락된 작품이었다. 마치 방금까지 거기 놓여 있다가 사라진 것처럼. 그릇을 그려 내는 한 목숨을 연장할 수 있을 것만 같았다. 그런데 그 그림만은 그렇게 허전한 채로 내버려 두고 올라가서 잠을 청한 것이었다. 다음 날 캔디의 상태는 눈에 띄게 나빠졌다. 나는 그녀를 병원에 데려갔고, 병원길도 이제는 마지막이 될 터였다.

나는 당시 리드 칼리지 2학년에 다니고 있던 줄리엣에게 전화를 걸어 당장 집으로 오라고 했다. 집에 도착한 줄리엣은 믿지 못하겠다는 듯 "어떻게 이런 일이 일어날 수 있어요?"라며 울먹였다. 캔디는 고작 서른아홉 살이었다. 그렇게 젊은 사람이 갑자기 죽어 버리다니, 믿을 수 없는 것이 당연했다. 질끈 눈을 감은 채 우리 바로 앞에 놓인 비극을 부인하고 외면해 왔다. 캔디를 잃게 될지도 모른다는 생각은 조금도 하지 않았다. 캔디 같은 사람을 데려갈 정도로 세상이 엉망일 리가 없다고 생각했다. 그런 일이 일어나리라는 것을 믿을 수 없었다. 터무니없을 정도로 잘못된 생각이었다.

아이들과 함께 병실에서 캔디의 임종을 지켰다. 줄리엣과 재크를 제외하고는 모두 나가 달라고 부탁했고, 그렇게 남은 우리는 캔디가 누운 자리 옆에 둘러앉았다. 죽어 가는 사람을 곁에서 지켜본 사람은 모두 알겠지만 마지막 숨이 빠져나간 후에도, 심장 박동이 멎은 후에도, 현대 의학이 신체의 사망 시점을 확정한 후에도, 망자의 몸에는 에너지가 남아 있다. 그 에너지가 빠져나갈 때까지 시신은, 이렇게 말해도 좋을지 모르겠지만, 긴장을 풀지 못한다. 그런 상태가 얼마간 지속되는데, 캔디의 경우에는 두 시간 남짓이 걸렸다.

"캔디가 완전히 떠날 때까지 여기서 기다리자구나."

아이들이나 나나 치열한 통과의례를 거치고 있었다. 두 시간이 지나자 문득 – 섬뜩한 기분이 들면서 – 마치 영화감독이 조명을 바꾸기라도 한 것만 같은 변화가 느껴졌다. 가만히 누운 캔디의 모습이 일순간에 바뀐 것이다. 몸의 '실제적'인 변화는 미미했지만 그래도 여실히 느낄 수 있었다. 마치 그녀의 몸이 힘을 쭉 놓아 버리고 늘어지는 것 같았다.

"방금 봤니?"

"예."

줄리엣과 재크가 한 입으로 대답했다.

"캔디가 우리를 떠났구나."

그렇게 캔디는 세상을 떠났다. 죽음은 피할 수 없는 것이라는, 세상에 영원한 것은 없다는 진리와도 같은 사실을 나와 줄리엣과 재크는 처음으로 이해했다. 그전에는 생각조차 하지 않던 것이 캔디를 보내고 나니 두말할 필요 없이 명확해졌다. 죽음은 나이순이 아니라는, 죽음은 그것이 데려가고 싶은 사람을 데려간다는 인생의 가장 단순 명료한 진실을 이제야 경험으로 깨닫게 되었다.

캔디는 더 이상 버틸 수 없는 순간까지 예술에 매달렸다. 예술가들은 보통 그러는 편이다. 숨이 붙어 있는 한 일을 놓지 못한다. 언제나 일을 한다.

캔디의 마지막 그림에는 꽃병도, 그릇도 없었다. 그 그림을 처음 본 순간, 나는 그것이 하나의 신호이자 징조이며 메시지라는 것을 알았다. 의심의 여지 없이 명확했다.

내 의지만 확고하면 그녀의 삶이 지속되리라는 어리석은 망상에 사로잡혀 있었다. 사람 목숨은 의지에 달린 일이 아니라는 것을 몰랐다. 곡을 짓고 글을 쓰는 것이라면 의지만으로도 충분하다. 그러나 삶과 죽음이라는 중대사에 관해서는 그렇지가 못하다.

그녀는 거의 6백 점에 달하는 그림, 오브제, 콤바인[184], 책과 다른 예술품을 이 세상에 남기고 1991년 영면에 들었다. 그중 상당수가 생애 마지막 몇 년 동안에 집중적으로 탄생한 것들이다. 나는 몇 사람들과 힘을 합쳐 캔디가 남긴 작품을 묶어 유고 화첩과 책으로 출판했고, 지금도 맨해튼에 있는 그린 나프탈리 갤러리에서 관람할 수 있다. 지난해에는 뉴욕에 있는 휘트니 미술관과 거물급 수집가들이 캔디의 작품을 구입하기도 했다.

캔디가 떠난 후 삶을 추스르는 데 꽤나 시간이 걸렸다. 줄리엣과 재크는 특히 힘들어했다. 우리가 함께 보낸 10년 세월은 화살에 실린 듯 훌쩍 흘러가 버렸고, 그 끝은 아무런 경고도 없이 덜컥 찾아왔다. 아이들도 그랬겠지만 그것은 내게도 상상조차 힘든 일이었다.

잠깐 머리를 식힐 기간이 필요했다. 모든 것을 내려놓고 도모 존현이 있는 캐츠킬로 향했다. 호수를 마주보고 있는 작은 집에 머물면서 숲속을 거닐고, 나무를 스쳐 가는 바람 소리를 들었으며, 밤하늘을 올려다보았다. 도모 존현은 거기서 1.5킬로미터 남짓 떨어진 본채에 기거했다. 나는 저녁마다 언덕을 내려가 존현과 함께 저녁을 들었다. 캔디에 대해서는 말을 아꼈다. 어느 오후, 호숫가를 거닐고 있는 내게 도모 존현이 다가와 등을 세게 두드

184 캔버스 위에 그림을 그리는 전통적 형식을 탈피하여 일상에서 쓰이는 사물이나 버려진 물건 등을 조합해서 만든, 일종의 확대된 개념의 콜라주식 미술.

리며 조용한 미소를 지었다.

"세상살이 덧없다는 교훈을 뼈저리게 느꼈겠군, 그래."

나는 옅은 미소와 함께 고개를 끄덕였다.

콕토 삼부작

「오르페우스」

캔디가 죽고 얼마 지나지 않아 리우데자네이루에 6주간 기거하며 「오르페우스」를 쓰기 시작했다. 리우데자네이루는 1980년대 후반부터 1월과 2월을 보내며 곡을 쓰던 도시였다. 「미녀와 야수」, 「무서운 아이들」과 함께 장 콕토의 영화를 바탕으로 만든 삼부작의 첫째 작품이었다.

「오르페우스」는 베르길리우스와 오비디우스를 위시해 수많은 시인들이 노래한 바 있는 오르페우스 신화를 담고 있다. 오르페우스는 죽은 아내 에우리디케를 되살리기 위하여 스스로 저승으로 내려간다. 명계冥界를 다스리는 신인 하데스와 그의 아내 페르세포네는 오르페우스의 노래 솜씨에 감동받아 에우리디케를 내어 준다. 그러나 단 한 가지 단서가 있다. 지상 세계로 올라가는 길에 에우리디케는 반드시 오르페우스의 뒤를 따라 걸어야 할 것이며, 오르페우스는 이승에 다다를 때까지 단 한 번도 뒤를 돌아보아서는 안 된다는 것이다. 그러나 초조한 마음을 누르지 못한 오르페우스는 하데스의 엄명을 잊고 아내를 돌아보고, 에우리디케는 그 길로 다시 저승 세계로 떨어진다. 두 번째 죽음은 영원히 되돌릴 수 없는 것임은 불문가지다.

작곡 당시에는 나 자신의 삶과 연관성이 있다는 생각은 하지 않았다. 누군가가 캔디의 죽음을 이야기하며 물어 오면 "아니, 캔디와는 전혀 상관없는 일이야"라고 단정했다. 하지만 지금 생각해 보면 솔직하지 못한 대답이었다. 아내가 죽고, 시인이자 노래꾼인 오르페우스가 아내를 구하려 하고, 거의 성공했다가 결국에는 영원히 잃고 마는 이야기다. 나는 현실을 직시하기를 거부했던 것이다. 내 눈에서 장막이 걷혀 나간 것은 한참 뒤의 일이다.

오르페우스 신화는 오페라 역사상 가장 빈번히 채택된 유명한 이야기다. 대번 떠오르는 작곡가만 해도 몬테베르디, 크리스토프 글루크, 자크 오펜바흐가 있다. 현대 작곡가들도 여러 차례 자기들만의 오르페우스 이야기를 만들었다. 해리슨 버트위슬의 「오르페우스의 가면」이 특히 유명하다. 목록을 만들라치면 한참이 걸릴 것이 분명하다. 극작 전문 작곡가들과 작가들에게 사랑과 인생, 죽음과 불멸이라는 주제는 거부하기 힘든 마력을 지닌 까닭이다.

콕토의 영화에 끌린 여러 이유 가운데 하나는 그의 이야기가 구사하는 페이스 감각이 절묘하다고 보았기 때문이다. 캐릭터를 소개할 적절한 시점이 언제인지, 캐릭터를 어떻게 발전시켜 나갈 것인지, 그리고 얼마나 많은 캐릭터가 필요한지에 대한 탁월한 감각은 셰익스피어도 울고 갈 정도다. 좋은 오페라를 쓰기 위한 비결 가운데 하나가 바로 좋은 리브레토다. 오페라는 뚝딱 쓸 수 있는 장르가 아니기 때문에 누구보다 작곡가들이 이 점을 절감하고 있다. 내가 쓴 오페라라고 해서 하나같이 대본이 훌륭했던 것은 아니다. 하지만 지금까지는 딱히 대본이 필요한 오페라를 쓴 것이 아니기 때문에 큰 변수는 되지 못했다. 「해변의 아인슈타인」, 「사티아그라하」, 「아크나톤」 모두 대본의 완성도 여부에 크게 영향을 받지 않는 종류의 작품이었다. 오랜 세월 동안 리브레토라는 이슈를 용케 피해 왔지만, 어느 시점이 되고 보니 내가 지금껏 외면해 온 문제가 무엇인지 제대로 한 번 알아보고 싶었다. 그래서 내러티브가 있는 오페라에 끌렸다. 특히 콕토의 영화는 극을 전개시키는 완전무결한 감각이 마음에 들어 대번 영순위로 물망에 올렸다. 비극과 희극이 한 작품 속에 혼재해 있다는 점에서 「오르페우스」는 완벽한 후보였다. 낭만 오페라이면서 코믹 오페라이기도 하고, 동시에 그랜드 오페라가 될 수 있었다. 이 세 가지 측면을 하나로 버무려 낼 능력을 가진 예술가는 그다지 많지 않을 것이다.

콕토 삼부작을 쓰면서 느낀 점인데, 그의 작품 속에 등장하는 인물들 가운데에는 반드시 콕토 본인을 형상화한 것 같은 캐릭터가 있었다. 「오르페우스」에서 오르페우스는 바로 콕토 자신이다. 영화 첫머리를 보면 시인 오르페우스가 카페에 앉아 있다가 저명한 평론가를 만나는 장면이 나온다. 카페 손님들은 아방가르드에 경도된 대중을 상징하듯 오르페우스에게는 눈길조차 주지 않는다. 그들의 관심은 오로지 옆 테이블에 앉은, '우리 시대의 시인'으로 칭송받는 젊은 세제스트에게만 모인다. 오르페우스는 평론가에게 푸념을 뱉어 낸다.

"사람들은 나를 구닥다리라고 생각하는 게 분명하오. 시인이란 너무 유명해져서는 곤란한 존재라고 생각하는 치들이니."

평론가는 답한다.

"사람들이 자네를 과하게 좋아하지 않는다는 점은 분명하지."

"사람들이 나를 미워한다고 단도직입적으로 말씀하시지 뭘 그리 에두르시는지. 그런데 저기 저쪽에 술이 불콰해진 오만방자한 작자는 누구요?"

"자크 세제스트라는 시인이네. 올해 열여덟이라지. 모두가 좋아하는 친구야. 세제스트의 첫 시를 실은 문예지의 발행비를 공주께서 내기로 했다고 하네. 여기 이 책일세."

평론가에게 문예지를 받은 오르페우스는 책장을 열어 본다.

"이게 뭐요? 몽땅 백지 아니오?"

"그걸 '나체주의'라고 부른다네."

"이게 무슨 터무니없는 수작이오!"

"무릇 과잉한 것은 터무니없는 것이 될 수 없는 법이지. 오르페우스, 이 친구야, 자네가 가진 최악의 결점은 넘지 않아야 할 선을 너무나 잘 알고 있다는 거야."

"대중은 나를 좋아해요."

오르페우스이자 콕토인 자가 말한다.

"바로 그 대중이 유일한 척도일세[Il est bien le seul]."

「오르페우스」에는 한때 촉망받던 젊은 천재가 이제는 늙다리 사자 취급을 받는 데 대한 콕토의 반응이 유머러스하게 넘쳐흐른다. 영화 서두부터 이 장면이 등장하는 것을 보면 콕토의 조바심이 읽히기도 한다. 평론가가 다시 등장하는 것은 2막 끄트머리께로, 거기서는 폭도로 돌변한 여성연맹의 회원들과 함께 오르페우스의 집에 들이닥쳐 기어이 그를 집 밖으로 끌어낸 다음 척살하고 만다. 내가 이해하기로는 그것이 바로 콕토의 눈에 비친 평론가라는 자들의 역할이 아닌가 싶다.

카페 장면은 제2차 세계대전 종전 4년 뒤에 작업이 시작된 「오르페우스」 제작 당시 콕토의 심리 상태를 요약해서 보여 준다. 1949년 당시 콕토는 예순세 살이었다(그는 1963년에 사망했다). 이십 대와 삼십 대에 걸쳐 작가와 필름메이커로 활약하며 젊은 천재 예술가로 대접받았지만 이제는 뒷방 늙은이 정도로 무시당하는 데서 오는 설움이 여실하다. 여전히 위대한 작품을 창조할 수 있는 능력을 지니고 있음에도 아무도 그에게 진지한 관심과 주목을 보내지 않았다.

콕토가 처한 상황이 내 흥미를 자극했다. 심지어 콕토의 작품을 가지고 오페라를 쓴다는 이야기를 프랑스인 친구에게 했더니 "왜 굳이 그런 일을 하느냐?"는 반응이었다. 어떤 작품인지는 묻지도 않고서 말이다. 시카고 대학 재학 시절, 하이드파크 극장에서 그의 영화를 처음 보고 느낀 강한 호기심이 새록새록 떠올랐다. 그러면서 "프랑스가 내세울 가장 위대한 작가 가운데 하나가 아니냐"라고 나는 항변했다.

"아냐, 콕토는 그 정도는 되지 못해."

"무슨 소리. 콕토는 위대한 작가야."

"아니래도|Mais non|!"

"맞다니까|Mais si|!"

프랑스인 친구들은 콕토가 대중 영합주의자요 딜레탕트에 불과하다고 믿고 있었다. 그림도 그리고 책도 쓰고 영화도 만드는 등 다방면으로 활동했다는 이유에서였다. 하지만 내 생각은 달랐다.

"완전 잘못된 생각이야. 콕토는 '창조성'이라는 단 하나의 주제를 여러 다양한 렌즈를 통해 들여다보았을 뿐이야."

콕토 작 「오르페우스」의 종막은 살해당한 오르페우스가 명계로 들어오는 장면을 그리고 있다. 오르페우스는 저승사자를 사랑하노라 선언한다. 저승사자는 첫 장면에서 시인 세제스트의 동반자이자 후원자를 자처한 공주로 위장함으로써 오르페우스를 이미 한 번 홀린 바 있다. 그러나 저승사자는 오르페우스를 불멸의 시인으로 만들기로 결심한 뒤라 그의 구애를 받아들이지 않는다. 저승사자는 오르페우스와 그의 아내 에우리디케에게 다시 삶을 부여하기 위하여 에우리디케가 숨지기 전 시점으로 시간을 돌리려 한다. 사자의 종자|從者|인 외르티비즈는 시간의 화살을 돌리는 일은 금기된 행위라며 말리려 하지만, 사자의 대답은 놀랍도록 단호하다.

"시인의 죽음을 불멸화하려면 그에 걸맞은 희생이 따르는 법이다."

시간을 뒤엎고 나면 어떤 일이 벌어지겠느냐는 질문에는 "유쾌한 일은 아닐 것"이라 답한다. 그러나 우리는 저승사자가 시간의 순리를 거스른 대가로 스스로의 목숨을 지불할 것이라는 사실을 알고 있다. 자신의 불멸성을 내주고서라도 오르페우스에게 다시 삶을 부여하려는 것이다. 우리는 이를 의심의 그림자가 낄 틈도 없이 명확하게 알고 있으며, 기실 영화가 시작하기도 전부터 알던 사실이다. 콕토의 영화보다 350년 이상을 앞서는 셰익스피어의 유명한 소네트 146 마지막 행이 단서가 된다.

"죽음이 죽은 곳에는 더 이상의 죽음이 없으리라."

콕토처럼 대단한 작가였기에 셰익스피어가 쓴 단 하나의 문장을 영화 전체를 푸는 열쇠로 삼을 수 있었던 것이다. 콕토의 솜씨가 특히 돋보이는 대목은 이야기의 여러 줄기 – 콕토 자신의 것의 반영인 오르페우스의 정치적, 사회적, 개인적 강박 관념 – 를 하나의 귀결로 명쾌하게 표현한 점이다. 절륜의 시인이자 선각자인 오르페우스가 일상의 진부한 생활 속에 갇혀 이를 견디지 못하고 번민하는 모습은 바로 콕토 자신의 자전적 반영이다. 오르페우스는, 더 나아가 모든 예술가는, 속세로 한정된 운명의 굴레를 벗어나 불멸의 영역으로 도약하기를 꿈꾸는 존재다. 「오르페우스」가 다루고 있는 본격적인 주제 의식 또한 바로 이것이라 할 수 있다. 콕토가 내놓은 해결책은 누가 보아도 명약관화하다. 불멸성을 획득하기 위해서는 오로지 죽음이라는 열쇠를 움켜쥐어야 한다는 것이 그것이다.

영화를 오페라로

콕토 삼부작을 시작하면서 처음 한 생각은 각각의 영화에 깔린 주제들을 부각해야겠다는 것이었다. 나는 그 주제들을 이원성의 쌍으로 이해했다. 삶/죽음과 창조성이 그 첫째 이원의 쌍이요, 일상의 세계와 변신과 마법이 지배하는 세계가 그 둘째 이원의 쌍이었다. 콕토 삼부작은 이러한 주제 의식을 전면에 내세운다. 「해변의 아인슈타인」, 「사티아그라하」, 「아크나톤」이라는 첫 번째 오페라 삼부작은 총칼의 힘이 아닌 오로지 사상의 힘으로 사회를 변혁하는 이야기를 다루었다. 반면 1990년대에 쓴 두 번째 삼부작은 사회 전체 구성원과 맞선 한 개인의 도덕적, 개인적 딜레마를 통한 탈바꿈이라는 주제를 중심으로 하여 공전했다. 일상 세계가 초월적인 세계로 변모하는 과정에서 반드시 필요한 예술이라는 마술의 역할은 따라서 필연적으로 이야기해야 할 측면이었다. 콕토의 영화 세 편은 창조성과 창조의 과정을 묘사하고 가르칠 뿐만 아니라, 그것에 대한 담론의 장으로서 기획되었다고 생각한다.

콕토 삼부작을 음악화하면서 품은 또 다른 목표는 오페라와 영화의 관계를 다시 한 번 생각해 보는 계기가 되었으면 하는 것이었다. 그 생각을 간단히 풀자면(따라서 완벽한 설명이라고 할 수는 없지만) 오페라를 영화로 만드는 것이 아니라 영화를 오페라로 만든다는 것이었다. 그러려면 거의 모든 영화 제작자들이 당연한 것으로 받아들이고 있는 관례를 뒤집어 볼 필요가 있었다. 영화는 보통 제작 준비 단계, 촬영 단계, 촬영 후 편집 단계로 이루어지지만, 이를 동서고금에 모두 통하는 만고의 진리라 볼 수는 없을 것이다. 오히려 영화 제작과 오페라 작곡 과정을 나란히 놓고 비교하면 관례적인 틀에 갇힌 사고에 뭔가 강력한 대안적 착상을 줄 수 있으리라 기대했다. 다수의 사람들이 받아들여 고착된 관례에는 응당 그랬을 만한 이유가 있음을 미리 인정하는 것이 중요하다. 그것이 어디서나 받아들여지기 때문에 영화 제작 과정에 참여하는 많은 사람들이 그만큼 더 쉽게 일할 수 있는 것이기도 하다. 누구나 알고 있는 과정을 굳이 설명할 필요가 없기 때문이다. 문제없이 돌아가는 시스템이고, 바로 그렇기 때문에 영화가 '산업'이 될 수 있었던 것이다. 그러나 고정관념을 일단 옆으로 밀어 두고 생각해 보면 온갖 종류의 다른 가능성이 떠오른다. 물론 시장 논리가 구축한 규칙과 누구나 인정하는 작업 관례가 널리 통용되는 상업 영화의 프레임에서는 쉽지 않은 시도다.

삼부작 각각에 접근하는 방식에는 서로 차이가 있었다. 「오르페우스」는 영화 대본 그 자체를 온전히 리브레토로 삼았다. 영화 시나리오를 바탕으로 해서 성악가를 기용하고 조명을 처리하고 세트를 꾸몄다. 무대 감독은 영화를 참고삼아 볼 필요도 없었다. 오페라가 영화의 러닝타임보다 15분이 더 긴 이유는 대사로 치면 금방 넘어갈 부분이 노래가 되면서 길이가 늘어났기 때문이다. 영화 영상을 보여 주면서 하는 공연이 아니니 리브레토를 영상에 맞추려 노력할 필요가 없었다. 영화에 쓰인 대사는 물론 영화에 등장한 장면 역시 모두 리브레토에 그대로 포함되었다. 따라서 「오르페우스」의 리브레토는 콕토가 썼다고 해도 사실과 딱 맞아떨어지는 셈이 된다.

「오르페우스」의 음악 하나하나는 거의 모두가 영화 속의 특정 장면들에서 비롯되었다. 일례로 첫 장면인 카페 신에는 기타를 치는 사람이 등장한다. 하지만 오페라에 쓰기에는 너무 밋밋한 것 같아 싸구려 술집 피아노로 대체했다. "이봐! 거기! 피아노 좀 쳐 봐!" 하는 손님의 외침에 자연스럽게 흘러나올 그런 음악을 염두에 둔 것이었다. 카페에 앉아 있다 보면 듣게 되는 그런 음악 말이다. 명계로 들어가는 장면의 음악은 약간 장송곡풍이면서도 부기우기 음악처럼 들리게 했다. 1막과 2막에 등장하는 오르페우스와 저승사자의 낭만적인 이중창은 사랑 음악의 대가였던 푸치니와 베르디를 생각하면서 썼다. '만약 내가 진짜 오페라 작곡가로서 이제 막 낭만적 이중창을 쓰려는 참이었다면 어떤 음악을 썼을까?'를 생각했다. 현대적인 느낌이 묻어나는 사랑의 이중창이었으면 했고, 나름대로의 결과물이 그것이었다. 「오르페우스」라는 오페라가 대중으로부터 큰 인기를 얻어 온 이유는 원작 신화 때문이 아니라 콕토의 영화로부터 직접 영감을 받아서 썼기 때문이라고 생각한다.

영화 「오르페우스」에서 세제스트 역을 맡았고 1950년 작 「무서운 아이들」에서는 남자 주인공인 폴 역을 맡은 배우 에두아르 데르미는, 1990년대 초반 오페라를 작업할 무렵에는 이미 연세 지긋한 노신사가 되어 있었다. 당시 콕토의 유산 관리인 노릇을 하고 있던 그는 영화를 오페라에 맞게 조금씩 각색할 수 있도록 재정적, 법적 조치와 관련해 도움을 주었다. 영어와 프랑스어를 모두 동원해 가며 내 의도를 애써 설명하기는 했지만, 과연 오페라화의 결과물이 어떤 것이 될지 데르미가 충분히 이해했다고는 생각하지 않는다. 그가 재차 삼차 당부한 바는 영화에 쓴 대사를 토씨 하나 건드리지 않고 그대로 쓸 것, 그것뿐이었다(「오르페우스」와 「미녀와 야수」는 그의 뜻대로 진행했다). 대본은 프랑스어로 하기로 했으니 번역은 필요 없었다. 장장 세 시간에 걸쳐 점심을 함께 들며 마침내 합의에 도달했고, 포도주를 한 병 더 따서 콕토 삼부작의 성공을 기원하며 건배의 잔을 나누었다.

몇 달 뒤 데르미는 「미녀와 야수」 시나리오를 타자기로 쳐서 내게 보냈다. 겉장에는 "잘라 내고자 하는 대사에 모두 밑줄을 쳐 주시오"라는 메모가 적혀 있었다. 나는 원고를 조금도 건드리지 않은 채 그대로 복사했다. "그럴 필요 없습니다. 영화의 대사는 조금도 쳐내지 않을 겁니다. 따라서 밑줄도 필요 없습니다"라고 짤막한 편지를 써서 원본과 함께 봉투에 담아 다음 날로 송부했다.

그로부터 1년 동안 데르미로부터는 어떤 소식도 들리지 않았다. 그러다가 1994년 벽두에 편지가 왔다. 유럽 모처에서 공연된 「미녀와 야수」 무대를 직접 가서 보려고 나섰는데 가는 도중 차가 고장 나는 바람에 보지 못했다는 소식이었다. 데르미는 결국 콕토 삼부작 중 어느 작품도 보지 못한 것으로 나는 알고 있다. 그에게서 온 연락도 더 이상은 없었다.

「미녀와 야수」

삼부작의 둘째 작품인 「미녀와 야수」는 그 원작이 전래 동화인 만큼 상징적이고 알레고리적인 콕토의 작품으로는 이상적인 선택이었다. 야수는 마법의 저주에 걸려 흉측한 괴물로 변하고 만 왕자로, 오직 사랑의 힘만이 그를 다시 인간의 꼴로 되돌릴 수 있다. 그런 야수에게 젊고 아름다운 미녀가 찾아온다. 야수의 정원에서 장미꽃을 훔치다 잡혀 목숨을 잇길 위험에 처한 아버지를 구하러 온 것이다. 미녀는 야수를 처음 본 순간 혼이 나갈 정도로 공포감에 사로잡히지만, 아버지를 위하여 야수의 성에 기거하며 기회를 엿본다. 여인은 점차 시간이 흐름에 따라 야수에게 호감을 느끼지만, 그럼에도 야수의 청혼을 일언지하에 거절한다. 장미, 황금 열쇠, 마법의 거울, 마법의 장갑, 마니피크라는 이름이 붙은 말 등과 관련된 사건이 벌어지며 플롯은 한 걸음씩 전진한다. 그러던 중 병환이 깊어진 아버지를 치료하기 위하여 여인은 야수의 허락을 받고 성을 떠난다. 마법의 거울을 통해 사랑하는 이를 잃고 비통한 슬픔에 잠긴 야수의 모습을 본 미녀는 다시 성으로 돌아온다. 죽음을 통해 야수는 다시 왕자의 모습으로 돌아오고, 미녀는 왕자와 함께 그가 다스릴 왕국으로 떠나 왕비가 된다.

「미녀와 야수」는 콕토 삼부작 가운데 가장 혁신적인 접근법을 취한 작품이다. 우선 영화를 오페라의 비주얼 이펙트로 삼아 벽에 영사했다. 하지만 사운드트랙 – 음악은 물론이고 대사까지 – 은 꺼 버렸다. 대사는 노래로, 영화음악은 내가 지은 음악으로 대체했다. 기술적인 면에서만 보자면 그다지 어려울 것 없는 작업이었지만 그래도 원하는 결과에 도달하기까지는 시간이 조금 필요했다. 우선 영화 시나리오를 앞에 두고 장면별로 모든 대사의 타이밍을 측정하여 기록했다. 이런 방법이라면 결론은 간단했다. 배우가 대사를 치는 딱 그만큼의 시간 동안 성악가는 같은 내용을 음악으로 전달해야 했다. 그리고 오선지를 펴고 역시 장면별로 마디선과 메트로놈 마킹을 기입해 오페라의 타이밍을 설정했다.

일단 거기까지 마친 다음부터는 빨랫줄에 빨래 걸 듯 성큼성큼 작업에 속도가 붙었다. 우선 기악 반주부터 시작했다. 악기 편성은 필립 글래스 앙상블이 소화할 수 있는 범위 내로 잡았다. 보컬 라인을 어디에 두어야 할지를 알았고, 기악 반주를 참고하여 실제 음표도 금세 결정했다. 스튜디오에서 녹음한 데모 테이프를 가지고 실제 영화 이미지에 맞추어 들어 보았다. 1960년대 파리에서 두블라주 일을 하면서 쌓은 경험이 의외로 많은 도움이 되었다. 굳이 영상과 사운드를 시종일관 백 퍼센트 정확하게 맞출 필요는 없다는 점도 30년 전의 경험 덕분에 깨친 요령이다. 20~30초 정도에 한 번씩만 동기화해 주면 그것으로 충분하기 때문이다. 거기까지만 해 놓으면 나머지는 관객이 무의식적으로 나름대로 조정해서 파악하는 것이다. 덕분에 배우들의 입술 움직임과 사운드를 맞추는 작업을 꽤나 유연하게 할 수 있었다. M이나 V, B와 같은 입술소리 자음으로 시작하는 단어들이 영상과 음악을 동기화하는 데 최적의 순간이라는 사실도 미리 알고 있었다. 이와 같은 요령과 컴퓨터의 기술적 도움이 있었던 덕분으로 마이클 리스먼과 나는 필요에 따라 보컬 라인을 조정해 낼 수 있었다. 마이클이 지휘를 맡아 영상에 맞추어 라이브로 연주해야 할 음악이었기에 이런 작업은 특히 요긴했다.

1990년대 중반, 마이클은 이미 고드프리의 「캇시」 삼부작 사운드트랙을 여러 차례 지휘한 경험을 가지고 있었다. 그로 인해 메트로놈이나 '클릭 트랙'[185] 같은 청각적 도구에 의존하지 않고 영상을 눈으로 보며 거기에 음악을 맞추어 가는 실황 공연 쪽이 훨씬 더 흥미롭고 강력한 효과를 전달한다는 점을 몸소 체득하고 있었다. 그 효과는 템포가 밀물 썰물처럼 움직이는 것이 일반적인 보통의 실황 공연과 다를 바가 없었다. 마이클이 다년간 고드프리의 영화에 연주를 붙이는 일에 무척 숙련되었기 때문이겠지만, 영상과 연주를 동기화한 실황 공연 쪽이 사운드트랙이 사전 녹음된 영화를 극장이나 가정에서 보는 것보다 더 낫다는 점을 새삼 깨닫게 되었다. 우리 입장에서 보면 실황 공연은 연주에 대한 우리 스스로의 기대 수준을 더욱 높이는

185 영상과 화면을 서로 일치시키기 위하여 사용하는 오디오 신호.

촉매가 되기도 했다.

「미녀와 야수」 무대는 대충 다음과 같이 꾸몄다. 무대 뒤 스크린으로 영화를 상영하면서 그 앞쪽 아래로 앙상블을 앉히고, 마이클은 관객을 등진 채 화면을 바라보면서 지휘했다. 성악가들은 앙상블 뒤, 스크린 바로 아래쪽에 서서 마이클을 바라보며 노래했다. 의상은 콘서트용 드레스로 통일함으로써 영상에 나오는 배우들과는 확연히 구분했다. 성악가들에게는 조명을 정면에서 내리쬐었지만, 영상이 보이지 않을 정도로 센 빛은 아니었다. 첫 몇 차례 공연에서는 성악가들이 악보를 보고 노래했지만, 이후로는 거의 악보가 필요 없어졌다.

이와 같은 무대 배열 방식은 놀랍고도 예기치 못한 결과를 낳았다. 관객들은 첫 8분 정도는 대체 무슨 일이 벌어지고 있는지 이해하지 못하고 의아해했다. 성악가들의 목소리가, 무음으로 상영되고 있는 영화에 등장하는 배우들의 대사를 대체하고 있다는 것을 파악하는 데 그 정도 시간이 걸린 것이다. 단 한 번의 예외도 없이 모든 공연이 그랬다. 그러다가 정확히 8분께 시점이 지나면 모두가 상황 파악을 했다. 심지어 이제야 알았다는 듯 깊은 숨을 들이마시는 관객도 있었다. 그 시점이 지나고 나면 실황 가수들과 영상의 배우들은 두 겹의 페르소나를 가진 단일체로 합쳐져 공연 끝까지 내달렸다.

야수가 죽음의 목전에서 가파른 숨을 몰아쉬는 마지막 장면은 특히 몰입도가 높았다. 화면에는 야수를 연기하는 장 마레가 열연을 펼치고 무대에는 그레그 펀하겐이 마레의 대사를 노래했다. 백 번도 더 본 광경이지만 그때마다 두 가닥의 공연이 완벽하게 하나로 합일되는 센세이션을 경험했다. 인정하지 않을 수 없는 것이, 나 스스로도 이런 일이 가능하리라고는 점치지 못했다. 그래서 매 공연마다 소름이 돋는 순간이기도 하다. 실황과 사전 녹화된 영상의 하나 됨은 예상치 못한 강력한 효과를 주었다.

영화 장면의 분위기를 밑천으로 해서 음악을 쓴 「오르페우스」와 달리,

「미녀와 야수」는 음악 주제를 등장인물과 결부시키는 – 그러니까 특정 캐릭터가 등장하면 그와 연결되는 주제를 연주하는 – 오페라의 전통적 기법을 사용했다. 라이트모티프, 즉 유도 동기라고 부르는 오페라 기법이 바로 그것이다. 따라서 미녀를 상징하는 모티프와 야수를 상징하는 모티프, 그 둘이 함께 있을 때 연주되는 모티프와 서로를 향해 갈 때 연주되는 모티프를 모두 따로 구비했다. 오페라가 진행됨에 따라 계속해서 반복적으로 등장하는 모티프들이다. 영화의 음악적 전략이었다.

야수의 라이트모티프는 오케스트라 저성부에서 시작해 점차 음높이를 올려 가면서 선율의 꼴을 갖춘다. 미녀 모티프는 야수의 성에 발을 들여놓은 미녀가 양쪽으로 촛불이 늘어선 복도를 걸어가는 장면에 처음 등장한다. 섬세한 음악이지만, 야수의 으르렁거림 소리 등이 끊임없이 끼어들며 훼방을 놓는다. 야수가 미녀가 잠든 방에 들어와 그녀의 모습을 지켜보는 장면에도 역시 같은 음악이 나온다. 이야기가 진전되어 미녀가 야수의 사랑에 조금씩 마음을 열어 감에 따라 서로의 음악이 하나로 뒤얽히기 시작한다. 그리고 야수의 음악은 곧 오페라의 러브 뮤직이 된다.

미녀가 아버지 병구완을 위하여 잠시 성을 떠나게 해 달라고 간청하는 장면에서 그녀의 호소에 마음이 흔들린 야수는 그녀를 성 밖으로 놓아주면서 일주일 안에 돌아오지 않으면 자신의 목숨이 위태로워지니 반드시 그 안에 돌아오라고 다짐을 받는다. 그러면서 권능을 가진 물건 다섯 개 덕분에 자신의 마법이 효과를 지닌다는 설명을 덧붙인다. 그 다섯 가지는 장미꽃, 열쇠, 거울, 장갑, 말[馬]로 야수의 창조성과 마법의 뿌리가 되는 것들이다.

이 다섯 가지 물건은 또한 '예술가로서 평생을 바치려면 무엇이 필요하겠는가'라는 물음에 대한 콕토의 대답이기도 하다. 장미꽃은 아름다움을 표상한다. 열쇠는 기술, 테크닉을 의미한다. 말 그대로 창조성으로 통하는 '문'을 여는 도구가 되는 것이다. 말은 힘과 스태미나를 상징한다. 거울은 길 그 자체를, 즉 그것이 없으면 예술가로서 품은 꿈을 달성할 수 없음을 나타낸다. 다만 장갑이 의미하는 바가 무엇인지는 나 역시도 오랫동안 눈치채지 못해 전전긍긍했다. 그러다 마침내 장갑은 고결함을 상징한다고 결론 내렸다. 인류의 진정한 고결함은 예술가-마법사로 표상되는 창조자의 몫이라는 점을 콕토는 장갑이라는 상징을 통해 표현한 것이다. 야수가 미녀를 성 밖으로 내보냄으로써 이야기의 긴장 해소로 이어지는 장면은 영화에서 가장 심대한 의미를 지닌 장면으로 표현된다. 영화가 우리에게 던지는 메시지 또한 바로 여기에 함축되어 있다. 콕토는 예술가가 지닌 힘으로서의 창조성에 대해 우리에게 가르쳐 주고 있다. 그리고 그것은 곧 변화의 힘이다.

「무서운 아이들」

콕토는 장소라는 것을 특히 창조성과 관계를 지니는 것으로서 중요하게 다루었다. 삼부작에서도 역시 창조성을 품은 물리적 공간을 그 중심 사상으로 다룬다. 「미녀와 야수」에서 창조성의 공간은 야수의 성이다. 「오르페우스」에서는 주인공의 자동차가 주차된 차고가 그 역할을 한다. 오르페우스가 내세의 메시지를 듣는 공간 역시 차고다. 삼부작의 마지막 작품으로서 콕토의 1929년작 동명 소설을 장피에르 멜빌이 영화화한 「무서운 아이들」에서는 '방'이 창조성의 공간으로 묘사된다. 영화의 사건 거의 대부분이 바로 이 방에서 벌어진다.

1996년에 초연된 오페라 「무서운 아이들」은 앞선 두 작품과는 또 다른 방식으로 접근했다. 「오르페우스」가 로맨틱 코미디이고 「미녀와 야수」가 우화적 로맨스였다면, 「무서운 아이들」은 두 주인공인 폴과 엘리자베스 남매의 죽음으로 막을 내리는 묵직한 비극이다. 영화에서 카메라는 폴과 엘리자베스의 삶을 추적한다. 다친 몸을 추스르는 폴과 그를 간호하는 엘리자베스는 한 방을 나누어서 쓴다. 무료한 시간을 보내기 위하여 남매는 '게임'을 지어낸다. 마지막으로 말하는 사람이 승자가 되는, 그리고 패자는 잔뜩 열이 올라 씩씩 대면서 끝나는 게임이다. 병치레를 하던 어머니가 돌아가시고, 폴과 엘리자베스도 장성한다. 남매는 엘리자베스의 남편이 죽으면서 남긴 저택으로 거처를 옮기고, 그곳에 예전의 그 방과 똑같은 '방'을 다시 만든다. '게임' 역시 아가테와 제라르라는 또 다른 젊은이들이 가세하며 이전보다 훨씬 더 진지하게 펼쳐진다. 불운이 짓누르는 두 커플 사이에 사랑, 시기, 속임수가 오가고, 결국 영화는 엘리자베스와 폴의 죽음으로 마무리된다.

「무서운 아이들」을 오페라화하는 작업에 대해 숙고하며 작품 어딘가에 춤이라는 요소를 끌어들이면 좋겠다고 생각했다. 무용은 콕토 삼부작에 빠진 유일한 양식이었고, 동시에 내가 가장 가까이에서 경험해 온 예술 양식이기도 했다. 미국의 무용가이자 안무연출가인 수전 마셜에게 무대 감독과 무용 연출을 부탁하면서 그녀가 이끄는 무용단 전체를 프로덕션에 포함시켰다. 그 외에도 두 커플을 연기할 성악가 네 명이 필요했다. 원작 영화의 사운드트랙에는 바흐의 「네 대의 하프시코드를 위한 협주곡」이 사용되었고, 오페라에서도 세 대의 피아노와 앙상블을 합친 편성을 사용함으로써 원작 영화가 가진 음악의 결을 그대로 따랐다.

수전과 함께 계획과 준비 과정에 몇 달을 투자했다. 사중창 주역들과 여덟 명의 젊은 남녀로 이루어진 무용단이 각각 음악과 춤을 통해 영화의 내용을 무대 위 공연으로 옮길 방법을 찾는 과정이었다. 그리하여 장면 구분에 관한 개략적인 계획과 무대 전반에 관한 생각을 정리할 수 있었다.

「무서운 아이들」에서 거의 대부분의 사건은 방에서 일어난다. 게임이 벌어지는 공간 역시 이곳인데, 따라서 방은 '예술이 곧 세계'가 되는 장소를 솔직 명료하게 상징한다. 아니, 영화에서는 상징의 차원을 넘어 방이 곧 일상 세계를 완전히 대체한다. 영화에 등장하는 내레이션(콕토 본인이 직접 녹음했다)은 엘리자베스와 폴을 그저 쌍둥이 남매가 아니라 한 사람의 두 가지 다른 측면으로 이해할 것을 관객에게 주문한다. 주인공들이 게임에 흠뻑 몰입된 장면이 이어지고, 우리는 익숙한 메시지와 마주한다. 오로지 게임에 참가한 예술가들만이 이해하고 나눌 수 있는 협소한 맥락에 강박적으로 빠져드는 것은 곧 유아독존적인 나르시시즘의 또 다른 표현이라는 것이다.

변신을 꿈꾸는 자들이 자신의 에너지를 그들 내부로 향하게 하면 결국 스스로 거대한 위험에 노출시킬 수밖에 없다고 콕토는 역설한다. 예술가들은 내적, 외적 환골탈태의 게임에 모든 것을 걸어야 하고 또 실제로도 그렇게 하겠지만, 그러는 과정에서 외부 일상 세계와 교통하는 것은 위험하고 돌이킬 수 없는 결과를 초래할 수도 있음을 「무서운 아이들」은 보여 준다. 콕토가 말하고자 한 궁극의 주제는 바로 창조성이다. 콕토는 일상의 세계를 초월하는 존재가 되는 것, 자신의 작품을 통해 불멸의 존재가 되는 것에 대해 관심이 깊은 사람이었다. 그가 도출한 타협점은 부르주아로서의 삶을 등지고 오로지 예술가로서의 삶에만 매진하는 것이었다.

이러한 양가적 현실 – 일상 세계를 한 축으로 하고, 예술가가 창조하거나 그들이 창조하는 바의 원천이 되는 세계를 또 다른 한 축으로 하는 – 때문에 예술가는 두 가지 다른 세계에 동시에 발을 걸쳐 두지 않으면 안 된다. 시인이라면 일상 세계에서 흔히 통용되는 언어를 사용해야만 하는 현실을 외면하지 못한다. 이는 시가 흥미로운 이유 가운데 하나가 되기도 한다. 시의 세상에서 통용되는 통화는 일상에서도 사용되는 화폐인 것이다. 시인은 따라서 납을 금으로 바꾸는 진정한 연금술사다. 시를 높은 수준의 예술이라고 하는 것은 무엇보다 이 때문이다.

화가, 무용수, 음악가, 작곡가, 조각가 역시 다른 두 세계에 존재한다. 나만 하더라도 일상인으로서의 삶이 있고, 음악 세계의 일원으로서 꾸려 가는 삶이 있다. 그리고 이 두 삶은 동시적으로 영위된다. 다만 예술 세계에서는 통용되는 언어가 다르다. 음악의 언어가 있고, 동작의 언어가 있으며, 이미지의 언어가 있다. 모두 각각 독립적으로 존재하는 언어들이다. 우리는 모두 서로 다른 세계에 살고 있으며, 세계들 간의 연결 고리가 보이지 않는 경우도 왕왕 있다.

만약 누군가가 작곡가에게 "이것이 옳은 음표입니까, 아닙니까?" 하고 물으면, 혹은 화가나 안무가에게 "당신이 한 그 작품의 의미가 무엇입니까?" 하고 물으면 예술가 된 입장에서는 창작의 바로 그 순간을 다시 떠올리며 답을 구하려 할 것이다. 결국 그러한 질문에 대한 답을 하려면 '내가 과연 어떤 생각으로 그리 결정했는가'를 기억해 내야 한다.

내가 가진 문제는 – 거의 모든 예술가들이 공감하는 것이기도 한데 – 우선 추상적이면서도 동시에 감동까지 줄 수 있는 수준을 가진 곡을 쓰기 시작하려면 일단 내가 들었다고 생각하는 것들을 제대로 파악할 수 있는 참신한 전략을 수립해야 한다는 점이다. 대단히 미끄럽고 하나로 규정하기 힘든 과정이 될 수도 있다. "내가 들은 게 삼화음인가? 아니면 삼온음인가? 5도 음정인가?" 하는 종잡을 수 없는 의구심으로 점철된다. 내가 들은 것을 속 시원히 알아낼 수 있기 위해서는 남다른 정신 집중이 필요하다. 다시 말해 예술가는 자신이 평소에 가진 능력을 그러모으고 또 그러모아 여느 때보다 더 잘, 더 멀리, 더 명쾌하게 보고 들을 수 있도록 각고의 노력을 기울여야 한다. 일상적인 인식의 영역을 넘어 비상하고 탁월한 인식력이 요구되는 영역으로 옮겨 가는 것이 바로 창작이다. 집중력의 마지막 한 방울까지 기어이 짜내지 않으면 불가능한 과정이다.

200킬로그램이 넘는 역기를 들어 올리는 역도 선수들은 바벨 앞에 30초씩, 1분씩, 혹은 1분 30초씩도 서서 정신을 한 점으로 모은다. 정신 집중이 끝나면 그들은 바벨을 손에 쥐고 기합과 함께 턱 아래까지 끌어올린 뒤 마침내 머리 위까지 번쩍 들어 올린다. 그들이 이런 어마어마한 일을 할 수 있는 이유 역시 일상적인 인식의 영역을 넘어 고도의 집중을 요하는 영역으로 진입하는, 이른바 정신의 순간 이동이 있기 때문이다.

콕토가 「오르페우스」에서 저승사자/공주의 가면을 쓰고 말한 바는, 이런 일을 하기 위해서는 일종의 희생이 뒤따른다는 점이었다. 뭔가를 포기해야 한다는 것이다. 포기의 대상이 되는 것은 우리가 마지막까지 붙들고 있는, 우리 자신을 자각하는 데 사용하는 정신이다.

일상 세계에서 우리는 우리 자신의 모습을 인식한 채 살아간다. 길을 걸어가는 모습, 거울에 비친 모습, 지하철 좌석에 앉은 모습, 창에 희뿌옇게 비친 모습을 본다. 우리 자신을 관찰하는 정신의 기능 역시 주의력의 한 형태다. 매몰된 탄광에 갇힌 광부는 조금의 틈이라도 찾기 위하여 절실한 몸부림을 멈추지 않을 것이다. 마찬가지로 모호하고 추상적인 것을 기어이 움켜쥐어 우리의 마음속에 불러내고자 노력하는 예술가 역시 처절한 몸부림을 친다. 그 몸부림 끝에 남은 것, 그것이 바로 우리가 포기해야 하는, 우리 자신을 보고 인식하는 기능이다.

내가 이렇게 이야기할 수 있는 이유는 나 역시 작곡 당시 어떤 생각을 했는지를 도무지 기억하지 못해 무진 애를 쓰기 때문이다. 작곡 과정에 동원되었던 스케치를 끌어모으고 순서대로 나열해 본다. 서고 관리자나 과학자가 된 기분으로 그렇게 한다. 나 자신의 과거를 들여다보기 위하여, 내가 그때 과연 무슨 생각으로 그리했는지를 기억해 내기 위하여 애를 쓴다. 스케치와 메모들은 내가 생각했다는 증거가 될 뿐 생각 '그 자체'를 알려 주지는 않는다. 이따금씩 연주자들은 "여기 이 음표, A입니까, 아니면 A플랫입니까?" 하고 묻는다. 그러나 거기에 대한 내 솔직한 대답은 "나도 잘 모르겠소"가 될 수밖에 없다. 당연히 의아해할 수밖에 없는 대답이다.

"어떻게 모르실 수가 있어요? 직접 쓰신 음악인데."

바로 그 점이다. 내가 썼지만 나는 거기에 있지 않았다. 다시 말해 나를 관찰하는 '나'가 거기에 존재하지 않았다는 뜻이다. 그 결정의 순간을 증언해 줄 수 있는 증인이 희생되었기에 내릴 수 있었던 결정이다. 음악을 환하게 눈앞에 그리기 위해서는 내가 불러올 수 있는 모든 집중력을 남김없이 끌어모아야 했고, 따라서 증인이 들어설 자리는 없었던 것이다. 나 자신을 인식하는 능력마저 음악을 생각하는 집중력의 영역으로 끌어들이지 않으면 작곡이라는 작업은 더 이상 진전되지 못하기 때문이다.

"곡을 쓸 때 선생님도 거기 계셨잖습니까?"

"그렇게 확신할 수 있겠소?"

음악을 쓸 때 내가 과연 거기에 있다고 할 수 있는지 나는 확신하지 못한다. 예술가 필립이 일상인 필립에게서 자신의 모습을 관찰하는 능력을 빼앗아 갔기 때문이다. "꿈결 속에서 쓴 것만 같다" 혹은 "어디서 온 음악인지 알지 못한다"라는 작곡가들의 말 역시 같은 맥락이다. "하느님에게서 받았다" 혹은 "전생이 불러 준 음악이다"라는 따위로 표현을 하지만, 결국에는 "어떻게 그런 음악이 되었는지 정확히 알지 못한다"라는 뜻일 테다. 꿈, 무의식, 전생, 신성 등 온갖 외부 원천을 끌어다 대면서 말을 하지만, 기실 원천은 그런 것들이 아니라 예술가가 배우고 습득해 온 창작 과정 속에서 찾아야 한다. 스스로를 구슬려 집중력을 있는 대로 끌어모아야만 만들 수 있는 작품들인 까닭이다.

1895년 인도에서 태어난 크리슈나무르티라는 철학자가 있었다. 나와는 특별한 친분이 없었지만 그의 말 가운데는 내 가슴을 치는 것이 적지 않았다. 전 세계를 돌며 강연을 하고 『최초이자 최후의 자유』[186]를 비롯한 여러 권의 저서를 펴낸 뒤 1986년에 절명한 크리슈나무르티는, 지금 이 순간이 곧 창조의 순간이라고 끊임없이 역설했다. 창조성은 어느 때라도 찾아올

186 한국에서는 『자기로부터의 혁명』, 권동수 옮김(서울: 범우사, 1982)으로 출간.

수 있는 것임을 진실로 이해했다면 바로 그러한 경험이 진정한 깨달음의 순간이라는 이야기였다. 크리슈나무르티의 주장을 속속들이 이해했다고 할 수는 없지만, 그럼에도 아주 강한 호소력을 지녔다는 점만은 십분 공감했다. 그는 진정 마음에서 우러난 자세로 살아가는 삶의 경험에 대해 이야기했다. 나는 크리슈나무르티를 스승으로 모시지는 못했지만(강연을 한 번 들었고 몇 권의 책을 읽은 것이 그와 나의 유일한 접점이다), 억지스럽지 않고 자연스럽게 펼쳐지는 삶에 대한 그의 생각이 흥미로웠다. 그러한 삶의 자세에는 쳇바퀴 돌 듯 반복적인 것이 끼어들 틈이 없고, 어제가 오늘과 다르고 오늘은 또 내일과 다르다. 한마디로 계속해서 새로워지는 삶인 것이다.

예술가란 한 발은 이쪽 세계에 두고 다른 한 발은 다른 세계에 걸친 사람들이다. 그들은 다른 세계에 걸쳐 둔 발을 축으로 하여 명쾌한 세계, 창조력을 뿜어내는 세계로 진입한다. 그러다가 다시 증인이 기거하는 세계로 돌아와 버리면 저쪽 세계에서 한 일을 기억해 내기가 쉽지 않다. 내 경우로 말하자면 작곡의 도구와 기억의 도구가 일치하지 않는 것이다. 증인의 세계는 작곡가의 세계만큼 힘을 가지지 못한다. 작곡이라는 기능이 워낙에 강력하여 그가 가진 에너지의 증인을 앗아 가기 때문이다. 그럼으로써 작곡가는 '예술' 작품이라고 부를 수 있는 것을 개념화할 수 있게 된다.

작곡 스케치가 하나하나 쌓여 갈 때도 나는 뭔가를 듣기는 하지만 그것이 정확히 무엇인지는 알지 못한 상태에 머무른다. 오선지를 채우는 음표의 상당 부분은 그것을 정확히 듣기 위한 노력의 산물이다. 스케치를 물끄러미 내려다보며 '이것이 내가 들었던 바로 그 음악인가?' 하는 질문을 끊임없이 나 자신에게 던진다. 평생 들어 온 음악이 너무도 많기에 이제는 기억하기도 쉽지가 않다. 베토벤의 「교향곡 9번」과 바흐와 비발디의 협주곡 같은 작품은 생생하게 기억할 수 있다. 기억을 돕는 매체도 부지기수다. 그런 작품들에 대한 해설서도 많이 나와 있고, 음반도 천지에 널려 있다. 언제든 원하면 꺼내 보고 들을 수 있다. 하지만 작곡 과정에서 들려오는 새로운 음악은 그 어디에서도 찾을 수 없는 것이다. 산통을 깨고 나오기 전까지는 존재감 제로인 음악들이다. 따라서 '내가 들은 것을 정확히 표현하고 표기할 수 있을까?' 하는 물음이 반드시 뒤따른다.

음악에 관한 꿈을 여러 번 꾸었다. 이를테면 이런 식이다. 꿈속에서 음악을 만났다. 너비와 길이, 호흡과 색깔을 가진 시각적 대상으로서의 음악이었다. 그런가 하면 이런 꿈도 있었다. 몽중에 음악을 생각하는 중이었다. 조성이 바뀌는 대목에 이르러 보니 경첩에 매달린 문이 보였다. 조옮김을 나타내는 완벽한 이미지였다. 문을 열고 들어가면 다른 공간이 나온다. 그것이 바로 전조 |轉調| 의 기능이다. 꿈 덕분으로 조옮김에 대해 생각하는 방법이 하나 는 것은 물론이고, 그 생각의 깊이 또한 한결 깊어졌다고 해야겠다.

작곡가로서 우리는 뭔가 새로운 것을 만들기 위한 방법을 절실히 필요로 하는 존재이기에 작곡 기법도 조금씩 발전시켜 갈 수 있는 것이다. 어떤 면에서 작곡가는 거친 물살을 헤치는 뱃사공과도 같다. '격랑을 이길 수 있을 만큼 크고 강력한 노'를 찾는 것이 곧 우리의 책무이기도 하다. 어쩌면 내가 지금까지 한 이야기가 너무 추상적인 방향으로 흘렀을 수도 있다. 하지만 지나치게 관념적인 것으로 보이는 생각을 나는 사시사철 자나 깨나 하면서 살고 있다.

나오며

앨런 긴즈버그

열림과 닫힘, 시작과 끝. 그 사이에 놓인 모든 것은 눈 한 번 감았다 뜨는 사이에 훌쩍 지나가 버린다. 열림의 앞에는 영겁의 시간이 왔을 테고, 닫힘의 뒤에는 또 다른 영겁의 시간이 기다리고 있다. 열림과 닫힘 사이에 존재한 모든 것들이 – 이 책에서 언급한 사건들도 물론 포함된다 – 번뜩번뜩 생생하게 되살아난다. 우리에게 진정한 의미를 가졌던 것들도 잊힐 것이요, 우리가 이해하지 못하는 것들 또한 잊히고 말 것이다. 따라서 이 책의 마지막 부분은 생각이 아니라 여러 심상과 기억에 바치고자 한다. 여기 쓰는 심상과 기억은 쓰이는 그 순간 더 이상 나만의 것이 아니게 될 것이다.

1967년 인도 여행을 마치고 파리에서 돌아온 이후로 앨런 긴즈버그를 여러 차례 만났다. 앨런은 윌리엄 버로스와 가까운 사이였다. 나는 영화 「채퍼콰」의 음악을 맡은 라비 샹카르의 조수로 일하면서 버로스와는 이미 구면이었다. 음악과 시가 있는 이벤트에 출연하면서 앨런과 여러 차례 함께 무대에 섰고, 1979년 뉴욕에서 버로스의 작품 세계를 기념하며 열린 노바 컨벤션 무대에도 같이 올랐다. 그것을 마지막으로 한동안 연락이 뜸했다. 그러던 중 1988년, '전쟁에 반대하는 베트남전 참전 용사 모임'이 주축이 되어 조직된 신생 극단이 기금 마련 행사를 준비하고 있다는 소식이 들려왔다. 극단의 톰 버드라는 사람이 전화를 걸어와 브로드웨이에 있는 슈버트 극장에서 공연을 하려고 한다면서 참가 의사를 타진했다. 기꺼이 나가겠노라 대답은 했지만 내가 맡게 될 역할에 대해서는 전혀 알지 못했다.

며칠 뒤 세인트 마크스 서점의 시집 코너에서 우연히 앨런을 만나 슈버트 극장 공연 이야기를 꺼냈다. 함께 무대에 설 의향이 있느냐고 물었더니 반색하며 승낙했다. 앨런의 시에 내가 새로 쓸 음악을 붙여 공연하기로 그 자리에서 의견 일치를 보았다. 앨런은 서가에서 그의 『시 선집』을 꺼내 들고 '미국의 몰락' 장을 펼쳤다. 몇 초 내에 그의 손가락은 「위치타 보텍스 수트라 | Wichita Vortex Sutra |」라는 시의 "나는 이제 노인이 되어 버렸다" 행을 가리켰다. 집에 돌아온 나는 앨런이 알려 준 시행을 바탕으로 음악을 쓰기 시작해 며칠만에 "차를 마시고 기름을 넣기 위해 멈추었다" 행까지 전체를 완성했다. 슈버트 공연까지 남은 기간은 고작 몇 주. 나와 앨런은 피아노가 있는 우리 집에서 예행연습을 했다. 우리가 본격적으로 합을 맞춘 최초의 작품은 이렇게 빛을 보았다. 그 이후로 우리는 자주 만나기 시작했다. 각자의 집이 모두 이스트빌리지에 있어 어렵지 않은 걸음이었다.

첫 공연은 순조로웠고, 곧 우리는 보다 긴 본격적인 규모의 작품을 함께 하기로 뜻을 모았다. 나는 소규모 보컬 앙상블과 필립 글래스 앙상블을 묶어 하룻저녁 길이로 꾸민 이벤트를 제안했다. 앨런은 흔쾌히 동의했고, 함께 『시 선집』에서 시를 골라내는 작업에 착수했다. 수록된 작품 수가 워낙 방대해서 그것만으로도 만만치 않은 일이었다. 이후로 반 년 동안 앨런과 자주 만났고, 그때마다 앨런은 『시 선집』에 있는 시를 몇 편씩 낭독해 주었다. 우리의 '노래' 오페라에 쓰일 시작 | 詩作 | 을 고르기 위한 과정이었다. 그러면서 동시에 무대,

디자인, 장식품 등에 대해서도 이야기를 해 나갔다. 앨런은 작품에 대한 기대가 높았고, 나 역시 그러했다. 『시 선집』에 수록된 전 작품까지는 아니었지만 그래도 꽤 많은 작품을 낭독했고, 『시 선집』 출판 이후에 쓴 다른 시도 고려 대상으로 포함했다. 앨런은 "수소 주크박스"를 제목으로 하자고 제의했다. 「울부짖음」이라는 시에 등장하는 시구로, 우리 프로젝트와 잘 어울리는 느낌이었다. 작업을 모두 마친 작품은 여섯 명의 보컬 앙상블이 노래하는 도합 스무 편의 넘버로 모습을 갖추었다. 「아버지의 죽음 블루스」와 「위치타 보텍스 수트라」도 포함되었는데, 나는 이 두 편을 낭독 작품으로 따로 빼서 앨런과 함께 공연하기도 했다.

작품이 꼴을 갖추면서부터 앨런의 아파트에서 만나는 빈도도 늘어났다. 무대 디자인을 맡은 제롬 설린과 감독 앤 칼슨도 그때마다 동석했다. 보컬 앙상블의 여섯 단원은 미국을 대표하는 전형이라 할 수 있는 직업인 웨이트리스, 여경, 사업가, 성직자, 정비공, 치어리더로 분하게 했다. 선택된 시를 주제별로 보자면 반전 운동, 성 혁명, 마약, 동양 철학, 환경 이슈 등 앨런이 즐겨 다룬 토픽을 골고루 망라했다. 제롬이 디자인한 역동적인 무대는 때로는 장식을 극소화한 불문곡직이 황량한 느낌마저 주기도 했다.

나는 1980년대부터 피아노 독주회 무대를 간간이 열어 왔고, 1990년대 들어서는 좀 더 열과 성을 가지고 피아노에 매달렸다. 연습도 규칙적으로 하고, 피아노 독주곡을 쓰는 데 투자하는 시간도 늘어났다. 그랬던 것도 앨런과 함께한 공연에서 비롯된 면이 크다. 「수소 주크박스」 공연 이후로 음악과 시가 함께 어우러지는 무대를 앨런과 더불어 정기적으로 꾸미기 시작했다. 그것은 곧 「수소 주크박스」가 끌어안지 못한 앨런의 시에 붙은 신곡이 늘어남을 의미했다. 「마법의 기도문」이나 「울부짖음에 붙인 주석」, 「현인 쵸감 트룽파의 화장 |火葬| 에 대하여」 같은 시가 음악을 얻었다. 이와 같은 연주회를 위하여 피아노 독주곡도 여럿 지었다. 앨런은 작은 인도 하모늄을 직접 연주하며 시를 낭송했다. 앨런은

이러한 형식의 공연을 하면서 밥 딜런을 전범으로 삼았다. 그는 작곡에 대해 알고 있는 모든 것을 밥 딜런에게 배웠노라고 말하기도 했다.

한편 그 무렵 겔렉 존현은 미시건 주 앤아버에 '존귀한 마음'이라는 수양 센터를 설립해 티베트 불교의 전통 교의를 가르치기 시작한 터였다. 1989년, 존현이 기금 마련 콘서트에 출연해 달라고 부탁해 왔을 때도 앨런에게 동반 출연을 제안했다. 좋은 목적으로 하는 일이니 거절할 리가 없을 것이라 믿었다. 게다가 앨런은 티베트 불교에도 나름 관심이 있는 편인 데다가, 유명한 멘토인 쵸감 트룽파를 스승으로 모신 적도 있었다(트룽파는 1987년에 눈을 감았다). 그 일 덕분에 앨런은 겔렉 존현을 만났고, 둘은 금세 아주 가까운 친구가 되었다. 뉴욕에서 하는 존현의 강의에는 빠지지 않고 참석했고, 이따금씩 앤아버까지 찾아가기도 했다. 당시 겔렉 존현의 존귀한 마음 센터는 여름과 겨울에 한 차례씩 정신 수양 여행을 진행했고, 나와 앨런은 매년 한 번도 빠지지 않고 여기에 참석했다. 3인 1실에서 숙식했는데, 내 친구인 작가 스토크스 호웰이나 겔렉 존현의 비서인 캐시 라리츠 같은 이들과 방을 함께 썼다. 앨런은 밤에 잠에서 깨어 손전등 빛에 의지해 시를 쓰기도 했다.

어느 해 여름, 앨런과 그의 평생지기인 피터 오를로프스키가 케이프브레턴에 놀러 와 함께 지낸 적이 있다. 우리는 저녁 식사를 마치고 둘러앉아 앨런이 암송하는 시를 듣기도 했다. 텔레비전도 없고 라디오도 우리의 흥미를 크게 끌지 못했다. 게다가 앨런은 몇 편인지도 모를 까마득한 숫자의 시를 완벽하게 외우고 있었다. 셰익스피어, 윌리엄 블레이크, 앨프레드 테니슨 등의 시를 몇 시간 동안 읊어도 바닥이 드러나지 않을 정도였다. 앨런의 말로는, 꽤나 알려진 시인이었던 아버지 루이스 긴즈버그가 앨런과 동생 유진에게 억지로 시를 외우게 했다고 한다. 이따금씩은 앨런과 유진이 함께 시를 읽는 낭독회도 있었다. 감동적이고 아름다운 시간이었다.

앨런은 마음속 생각을 여과 없이 솔직하게, 때로는 과하다 싶은 정도로 직설적으로 표현하는 사람이었다. 만년에 이르기까지 그랬다. 그가 유명한 시인이라는 점만 알고 있을 뿐 실제로 얼마나 다정하고 꾸밈없는 사람이었는지 알지 못하는 이들이 그를 만나 겪는 당혹함을 나는 자주 보았다. 1990년대 어느 날, 『타임』과 『포춘』 지의 발행인인 행크 루스의 집에 저녁 초대를 받아 간 적이 있었다. 행크는 뉴욕은 물론이요 미국 전역에서 실세인 명망가 집안 출신답게 덩치도 크고 쩌렁쩌렁 호쾌한 사내였다. 앨런의 성격을 잘 알지 못했던 행크는 식탁 앞에 앉아 농반진반 식으로 도발적인 언사를 내뱉었다. 그러나 앨런은 그쪽 수작에 말려들지 않겠다는 듯 편안한 표정을 유지하며 되레 호의적으로 대화를 이어 갔다. 마침내 행크의 한 방이 나왔다.

"사람들 말로는 아주 외설적인 시를 쓰신다고요?"

"그렇습니다."

"좀 들려주실 수 있을까요?"

그러자 앨런은 단단히 잠긴 빗장을 일거에 풀어 젖히듯 머리카락을 곤두서게 하는 외설스러운 시를 암송하기 시작했다. 외설스러운 것은 물론이요, 심지어는 상스럽고 천박한 느낌마저 드는 시였다. 행크는 시인에게서 눈을 떼지 못했다. 이윽고 앨런의 암송이 잦아드는 듯하자 행크는 입을 열었다.

"그거, 그거, 그거…… 무척 외설스러운 시로군요."

그 뒤로 행크는 송곳처럼 내찌르는 듯한 말의 촉수를 거두고 앨런과 함께 아주 친근하고 활기찬 대화를 이어 갔다. 서로 언짢았던 기분은 모두 내버리고 아주 즐거운 시간을 보냈던 것으로 기억한다.

앨런은 당뇨와 심장 질환으로 건강이 급속도로 쇠해진 만년에 들어서도 자기 몸을 돌보지 않았다. 보스턴에 있는 심장 전문의에게 진찰을 받았고, 뉴욕의 당뇨병 전문 병원에도 이따금씩 드나들었지만, 음식도 제멋대로 먹고 어쨌든 몸 상태에 크게 신경을 쓰지 않았다. 병원에 입원하는 경우도 점차 늘어났다. 그래도 다행인 것은 그의 활기찬 정신만큼은 예전과 조금도 다름이 없었다는 점이다. 죽기 한 해 전, 앨런은 자신이 평생 모아 온 책을 모교인 컬럼비아 대학교에 기증했다. 세금을 정산하고 자신의 책과 문서 일습을 보관하는 일을 도와준 이에게 약간의 보너스를 챙겨 준 뒤, 남은 돈으로 1번가 변의 13가에서 14가에 이르는 블록 전체를 차지하는 멋진 로프트를 장만했다. 그는 확실히 죽어 가고 있었고, 나에게도 여러 번 죽음에 대해 이야기했다. 나로서는 말상대를 해 주기가 참 어려운 대화였다. 캔디를 잃은 지 고작 6년밖에 지나지 않았던 때라 앨런을 잃는다는 생각은 상상만으로도 진저리쳐졌다. 그는 생애 마지막 1년간을 죽음을 두려워하며 보낸 끝에야 그 공포를 물리칠 수 있었다고 담담하게 이야기하기도 했다.

1997년 4월 초, 앨런은 검진차 베스 이스라엘 병원에 입원했다. 이틀 후인 수요일에 함께 점심을 들기로 약속한 터였지만, 나는 앨런의 얼굴이 보고 싶어 병원에 들렀다. 이야기를 나눈 후 내가 떠나려고 채비를 하는데 앨런이 문득 말했다. "필립, 내 마지막 시를 읽고 싶나?"

"아니."

"이봐, 그러지 말고, 자네가 읽어 줬으면 하는데."

"아니, 앨런. 그런 것, 읽고 싶지 않아."

"여기 있네. 읽어 주게."

길지 않은 시였다. 한 페이지도 채우지 못했다. 나는 그저 멍한 표정으로 종잇장을 내려다보기만 했다. 시가 눈에 들어올 계제가 아니었다.

"앨런, 어차피 내일 저녁에는 퇴원할 거 아냐. 그러니까 약속대로 모레 점심 때 보자고."

앨런은 침대에서 몸을 일으켜 병실 문께까지 나를 배웅했다. 나는 그가 무슨 생각으로 마지막 시를 운운했는지 생각하고 싶지도 않았다. 병실 문을 나가려는데 그가 나를 돌려세우더니만 뺨에 입을 맞추었다.

"자네를 알았던 것이 내게는 무척이나 행복했던 일이라네."

나는 더 이상 화를 참지 못하고 언성을 높였다.

"이제 그만해, 앨런. 수요일 날 보자고."

그러고는 복도를 내달려 엘리베이터를 탔다.

앨런은 예정대로 이튿날 퇴원하여 저녁나절 내내 친구들에게 전화를 돌리며 일일이 작별 인사를 했다. 그러고는 그날 밤 뇌졸중으로 쓰러져 혼수상태에 빠졌다. 소식을 들은 겔렉 존현은 예닐곱 명의 승려와 함께 우리 집에 왔다. 앨런의 로프트는 그의 친구들로 북적였다. 방 한가운데에는 침대가, 그 바로 옆에는 부처를 모신 제대가 있었다. 침대 위에는 간신히 숨만 붙어 있는 앨런이 사경을 헤매고 있었다. 수요일 밤, 겔렉 존현과 함께 온 승려들은 우리 집 응접실 바닥에서 잠을 청했다. 목요일에는 승려들이 앨런이 누운 침대 옆에서 불경을 독송했다. 겔렉 존현은 앨런이 본인의 임종을 위하여 존현에게 부탁해 놓은 바가 있다고 일러 주었다. 나는 승려들이 읊는 불경을 일부 알고 있었다. 티베트어가 아닌 영어 번역 문장이었지만, 그래도 그렇게라도 하는 것이 내가 할 수 있는 최선이라고 생각해 영어로 따라 독송했다. 앨런과 가까웠던 이들이 그의 마지막 순간을 함께하기 위하여 찾아오면서 로프트는 점차 북적이기 시작했다. 패티 스미스도 왔고, 티베트 하우스의 관장인 밥 서먼도 왔다. 그리고 물론 피터 오를로프스키의 모습도 보였다. 나는 인근 지역에서 독주회 일정이 잡혀 있어 금요일에는 잠시 자리를 비워야 했다. 토요일에 돌아오니 앨런은 이미 호흡을 멈춘 시신 상태로 침대에 누워 있었다. 겔렉 존현과 승려들은 마지막 독송을 바쳤고, 몇 시간 뒤 입관 절차가 치러졌다.

'앨런이 떠났다' 혹은 '앨런이 숨졌다'는 표현은 그의 떠남이 남긴 공백의 크기를 제대로 설명하지 못하는 것만 같다. 그가 떠난 지 꽤 세월이 흐른 뒤 그에 대한 기억을 기록하고 있는 지금조차도 앨런을 생각하면 마음이 흐뭇해진다. 진심을 말하자면, 그가 그리 먼 곳에 있다고 생각하지 않는다.

음악의 우주

열림과 닫힘, 시작과 끝. 그 사이에 놓인 모든 것은 눈 한 번 감았다 뜨는 사이에 훌쩍 지나가 버린다. 열림의 앞에는 영겁의 시간이 왔을 테고, 닫힘의 뒤에는 또 다른 영겁의 시간이 기다리고 있다. 열림과 닫힘 사이에 존재한 모든 것들이 번뜩번뜩 생생하게 되살아난다. 우리에게 진정한 의미를 가졌던 것들도 잊힐 것이요, 우리가 이해하지 못하는 것들 또한 잊히고 말 것이다.

시카고 대학 신입생 시절 '음악은 어디에서 오는 것인가?' 하는 물음을 스스로에게 던졌다. 내 첫 자작곡 역시 그 질문에 대한 답을 구하고자 하는 방편의 하나였다.

그로부터 12년 넘는 세월이 흐른 시점, 여전히 해소되지 못한 의문을 품은 채 나는 라비 샹카르에게 답을 구했다. 라비지는 그를 가르친 스승의 사진을 향해 절을 하고는 "스승의 은총 덕분에 그분의 음악에 담긴 힘이 내게 이어졌다네"라는 말로 대답을 대신했다.

또 다시 세월이 흐르면서 '음악은 어디에서 오는 것인가?' 하는 물음은 진화하여 또 다른 물음을 낳았다. '음악이란 대체 무엇인가?'

한동안 내가 찾은 해답은, 음악은 장소라는 것이었다. 그러니까 깊이, 냄새, 추억 같은 현실의 속성을 가진, 이를테면 시카고라든가 혹은 누구라도 머릿속에 떠올릴 수 있는 실재하는 장소 말이다. '장소'라는 단어 선택에는 다소간의 시적인 의도가 포함되어 있지만, 그럼에도 내가 전달하고자 하는 바는 견고한 의미에서의 장소다. 장소는 현실을 바라보는 특정 시각을 가늠하는 방식이 된다. 특별한 광경에 책갈피를 붙여 놓고 거기에 장소의 이름을 붙인다. 장소라는 책갈피를 가진 기억은 언제든 불러낼 수 있다. 음악은 시카고처럼 실재적인 장소라는 말의 뜻은, 곧 음악이 우리의 정신 속에 시카고라는 도시가 존재하듯 그것과 같은 양상으로 존재한다는 의미다. 나는 시카고로 가는 비행기를 탈 수도 있고, 시카고를 머릿속에 그려 볼 수도 있다. 어떤 경우든 구체적인 모습으로서 존재하는 것이다. 마찬가지로 그러한 장소는 그림에도, 춤에도, 시에도, 혹은 음악 작품에도 존재할 수 있다고 믿는다.

장소는 추상적이면서 동시에 유기적이다. 우리와 연결된 공간으로서 파악될 경우, 즉 무기적 세계 안에서 유기적 존재의 확장이 일어날 때, 장소는 유기성을 획득한다. 하지만 동시에 추상성도 가지는 것이 또한 장소다. 크기와 움직임이 유동하는 것인지라 하나로 짚어 낼 수 없기에 그렇다. 장소의 모습을 확인하기 위하여 우리가 할 수 있는 한 가지 일은 거기에 직접 가 보는 것이다. 당신 자신을 포함한 그 어떤 상상의 산물만큼이나 현실적인 장소로 말이다.

최근에는 음악을 또 다른 방식으로 생각하고 있다. 음악 안에서 실제로 어떤 일이 벌어지고 있는지에 초점을 맞춘, 따라서 장소에 비유하는 것보다는 덜 우의적이라 할 접근법이다. 그렇다고 해서 곡의 구조에 대해서 생각한다는 것은 아니다. 화성도 아니요, 대위법도 아니다. 내가 지금껏 배워 온 어떤 것에 대해서도 생각하지 않은 채 생각한다.

음악에 대해 생각하는 것이 아니라, 음악으로 생각하는 것이다. 내 두뇌는 음악으로 생각한다. 생각의 과정에 언어는 끼어들지 않는다. 만약 내가 언어로써 생각한다면 그 언어에 어울리는 음악을 찾으려 할 것이기 때문이다. 여러 매체가 한데 어우러지는 작품을 할 때는 춤에 어울리는 음악, 연극에 어울리는 음악, 이미지와 어울리는 음악, 단어와 어울리는 음악을 찾아야만 했다. 이제는 음악 그 자체에서 나온 음악을 찾아야 할 때가 되었다.

그러기 위해서는 바깥에서보다는 안에서부터 모색해 가야 한다는 것을 알았다. 음악의 안쪽에서 음악을 들어야 할 터였다. 바꾸어 말하면 주제 자체를 들여다봄으로써 음악이 무엇인지를 찾는 것이다.

"영화음악은 어떻게 쓰시나요?"라는 질문을 받으면 나는 조금의 덧붙임도 덜어 냄도 없이 진실 그대로 이렇게 답한다.

"영화를 보고 음악을 씁니다."

영화와 어울릴 음악을 쓴다는 뜻이 아니다. 그 자체로 곧 영화인 음악을 쓴다는 의미다. 지금 쓰고 있는 곡들만 하더라도 10년 전이었다면 쓰지 못했을 음악이 분명하다. 그때나 지금이나 가지고 있는 음악적 도구들은 마찬가지이지만, 다만 음악을 그러한 방식으로 듣는 능력이 없었으니 불가능했으리라 보는 것이다.

최근 프란츠 카프카의 소설 『심판』을 원작으로 한 오페라를 쓰게 된 적이 있다. 주역인 요제프 K가 자신의 변호사 사무실에서 접견 대기 중인 장면이 있다. 또 다른 고객인 블로크라는 사내 역시 대기실에서 접견을 기다리고 있다. 그때 K가 블로크에게 묻는다.

"성함이 어떻게 되십니까?"

"블로크라고 합니다. 사업을 하지요."

"그게 선생 본명입니까?"

"물론이오. 그러지 않을 이유가 뭐란 말이오?"

'그러지 않을 이유가 뭐란 말이오'라니, 참 멋진 대답이다.

극 부수음악, 영화음악, 무용음악을 쓸 때도 마찬가지다. 나 역시 '그러지 않을 이유가 뭐란 말인가?' 하고 배짱을 부린다. 특정한 장면이나 춤사위 따위와 작곡가 본인이 갖는 관계를 충분히 이해하고 인지하면 그런 말을 할 법도 한 것이다. 그리고 그러한 관계 정립은 의식적이고 비언어적인 사색 활동에 의해 비로소 가능해진다. 일단 극적 재료와의 관계가 정립되고 나면, 재료와 음악가 내부의 음악적 목소리 사이에 한두 마디의 개념어로 정의하기 힘든 깊숙한 차원에서 모종의 연결 고리가 생기는 것을 느끼게 된다. 연결 고리라는 열쇠를 손에 쥐고 나면 더 이상 장면에 음악을 맞추는 일은 신경 쓰지 않아도 된다. 왜냐하면 장면이 저절로 음악과 맞아떨어지게 될 것이기 때문이다.

이런 관점에서 보자면 작곡가의 두뇌는 음악을 투영하는 프리즘의 역할을 하는 셈이다. "음악에 대해 생각하는 것이 아니라 음악으로 생각한다"라는 나의 말은, 따라서 음악이 곧 생각이라는 뜻이다. 음악이 곧 두뇌가 작동하는 방식이라는 뜻이다.

언젠가 도모 존현은 내게 그런 말을 한 적이 있다. 세상에는 단 하나의 우주가 있는 것이 아니라 서로 다른 3천 개의 우주가 있다고. 말씀을 듣고 나는 곧바로 되물었다.

"그중 하나는 음악입니까?"

"그렇지."

"언젠가 저도 거기에 가 볼 수 있을까요?"

"희망컨대 그리되어야지."

15년 전의 이야기다. 그때만 해도 나는 그의 "그리되어야지"라는 말을 '먼 미래 다른 모습으로 환생하여' 정도로 이해했다. 그런데 어쩌면 도모 존현의 뜻은 그것이 아니었는지도 모르겠다. 지금의 현생에서 음악의 우주에 갈 수 있으리라 희망한 것일지도 모른다. 지금은 그것이 바로 그의 뜻이었다고 믿고 있다. 지금까지 그 어느 때보다 그 세계에 바짝 가까이 다가서 있다는 느낌이 든다.

편린들

열림과 닫힘, 시작과 끝. 그 사이에 놓인 모든 것은 눈 한 번 감았다 뜨는 사이에 훌쩍 지나가 버린다. 열림의 앞에는 영겁의 시간이 왔을 테고, 닫힘의 뒤에는 또 다른 영겁의 시간이 기다리고 있다. 열림과 닫힘 사이에 존재한 모든 것들이 번뜩번뜩 생생하게 되살아난다. 우리에게 진정한 의미를 가졌던 것들도 잊힐 것이요, 우리가 이해하지 못하는 것들 또한 잊히고 말 것이다.

1943년 볼티모어. 어느 여름 토요일 오후다. 누나 셰피는 여덟 살, 나는 여섯 살이다. 어머니, 누나, 형과 함께 브룩필드 가에 있는 집을 나서 노스 가의 보도블록을 걸어 내려가고 있다. 노스 가를 건너 린든 가에서 우회전한다. 22번 전차가 거기에 선다. 철길을 타고 시내로 가는 노선이다. 음악 레슨을 받으러 피바디 음악원을 다니며 숱하게 탈 전차다. 하지만 그것은 아직 2년 후에나 일어날, 그때로서는 상상조차 하지 못할 일이다.

린든 가의 한 블록을 절반쯤 걸어간 지점에 이발소가 나온다. 미국 어느 마을에나 있을 법한 그런 이발소다. 빨간색, 흰색, 파란색 줄무늬의 표식이 어지러이 돌아가고 있다. 우리는 안에 들어가 자리에 앉는다. 얄팍한 콧수염을 기른 자그마한 체구의 이발사 아저씨가 우리를 보고 히죽 웃는다. 마치, 이제 쇼가 시작됩니다, 하고 말하는 듯하다. 우리도 알고 있다. 먼저 셰피 누나 차례다. 큰 의자 안에 조그만 좌석이 놓여 있다. 그것이 없으면 몸높이가 맞지 않아 이발사가 편하게 머리를 자를 수 없기 때문이다. 마티 형과 나는 골똘하게 그 모습을 지켜본다. 이발사 아저씨는 한 사발 떠다 놓은 물에 담가 적신 빗으로 누나의 머리를 빗어 내린다. 그리고 천천히, 천천히 누나의 머리는 짧아져 간다. 가위는 보이지 않는다. 그것이 아저씨의 트릭임을 우리는 알고 있다. 우리의 시선이 닿지 않는 곳에 가위를 쥐고 조금씩 머리를 잘라 내고 있는 것이 분명하다. 하지만 아무리 눈을 부라려도 가위는 잡히지 않는다. 그렇게 이발은 이발이라기보다 하나의 마술이 되어 간다. 아저씨는 오로지 젖은 빗만 가지고 누나의 머리를 잘라 내는 척 폼을 잡는다. 눈을 떼기 힘들 정도로 재미있고 믿기 힘든 광경이지만, 동시에 우리는 아저씨의 속임수를 잡아내고 싶은 마음을 누르지 못한다.

6년 뒤, 역시 토요일이다. 마티 형과 나는 시내에 있는 아버지의 레코드 가게에 나와 있다. 나는 열두 살, 형은 열세 살이다. 토요일 오후라서 은행 문은 이미 닫혔다. 그렇다는 말은, 그날 매상을 곧장 예금할 수 없다는 뜻이다. 그렇지만 하워드 가나 렉싱턴 가에서 장사를 하는 이들 가운데 주말 내내 가게 안에다 현금을 두고 두 발 뻗고 잘 수 있는 이는 없다. 주말이라 해 보아야 실은 일요일 하루일뿐이지만 어쨌든……. 다행히 은행에는 돈을 받아 보관하는 투기함이 있어서, 현금과 함께 예금증을 써서 넣어 두면 일단은 안심할 수 있다. 모든 준비는 라디오 수리를 맡은 존의 작업 공간인 가게 뒤편에서 아버지가 직접 한다. 아버지는 라디오도 고칠 수 있다. 그리고 머리가 조금 더 굵어진 형과 나는 아버지에게서 라디오 수리법을 배운다.

이제 아버지는 깜짝 놀랄 만한 일을 한다. 아버지는 예금증을 기입하고 현금과 함께(지폐만 담고 동전은 내버려 둔다) 은행 봉투에 집어넣는다. 그러고는 그 봉투를 통째로 다시 갈색 종이봉투에 담아 형과 내게 건네며 은행 투기함에 넣고 오라고 한다. 나는 형에게 봉투 안에 돈이 얼마 들었냐고 숨죽여 묻는다. 실은 형도 모를 게 뻔하다. 그저 아는 체할 뿐이라는 것을 나는 알고 있다.

"275달러."

나는 덜컥 겁이 난다. 하지만 형은 그깟 것 아무것도 아니라고 허세를 부린다. 형은 나보고 갈색 봉투를 들라고 한다(겉으로는 은행 봉투가 보이지 않으니 누구도 우리가 현금을 가지고 있다는 것을 알지 못한다). 가게 문을 나서서 내가 형보다 1~2미터 정도 앞서 걷는다. 긴장하지 않은 태연한 표정으로 은행까지 걸어가기, 그것이 내게 부여된 임무다. 형은 걱정할 필요 없다고 나를 안심시킨다. 날치기당하지 않도록 바로 뒤에서 붙어 걷겠다고 한다. 매주 하던 대로만 하면 된다. 나는 렉싱턴 가를 따라 서쪽으로 걷는다. 마티 형은 바로 내 뒤를 따른다. 유토 가에서 오른쪽으로 틀어 길을 건넌다. 이제 은행까지는 고작 반 블록이다. 마침내 은행에 도착한다. 형이 내게 봉투를 받아 투입구 안쪽으로 밀어 넣는다.

안도의 한숨이 나온다. 가뿐해진 기분으로 가게까지 잰걸음질 친다. 가게 문을 닫고 아버지와 함께 하워드 가와 렉싱턴 가 모퉁이에 있는 델리에 가서 소금에 절인 쇠고기 샌드위치와 루트비어를 주문한다. 아버지는 탄산수를 마신다.

겨울이다. 누나와 형, 나는 브룩필드 가에 있는 집 지하실에 모여 있다. 우리 셋은 콘크리트로 만든 커다란 통 안에 서 있다. 보통은 우리 옷을 세탁할 때 쓰는 통이다. 목욕도 거기서 한다. 베이비시터 모드가 우리와 함께 있다. 아버지는 해병대에 입대해 집에 없고, 모드는 어머니를 도와 살림과 육아를 맡는다. 전쟁이 한창이다. 나는 다섯 살, 형은 여섯 살, 누나는 일곱 살이다. 어머니는 위층에서 아침 식사로 오트밀을 만들고 있다. 통에 담긴 물은 약간 차지만 그래도 기분은 좋다.

그리고 어머니와 함께 할아버지 댁에 앉아 있다. 브룩필드 가 2020번지 우리 집에서 고작 몇 집 떨어진 가까운 곳이다. 커다란 식탁에 나누어 앉아 있다. 할아버지 댁은 어두침침하다. 할아버지, 할머니처럼 오래된 집이다. 어른들은 이야기를 나누고 있다. 영어가 아닌 이상한 언어다. 그것이 이디시어임을 알게 된 것은 나중의 일이다. 어른들이 나누는 말씀을 나도 집중만 하면 한마디도 놓치지 않고 알아먹을 수 있다. 하지만 직장, 친척들, 전쟁에 대한 지루한 이야기라 금세 딴 생각이 끼어든다. 어른들은 대화를 멈추고 몇 분간 테이블을 내려다본다.

어느 주말, 아버지가 해병대에서 휴가를 받아 나왔다. 휴가 중에 군복을 입는 것을 좋아하지 않아 코트 없이 간단한 재킷 차림이다. 아버지와 함께 온 가족이 드루이드힐 공원을 향해 걷는다. 우리 집에서 그리 멀지 않은 곳이다. 마티 형과 셰피 누나, 어머니는 집에 남는다. 아버지와 나는 저수지까지 걸어 올라간다. 저수지 주변으로는 콘크리트 블록으로 만든 트랙이 있다. 아이들이 부모와 함께 자전거를 타러 자주 오는 곳이다. 하늘에 연을 띄워 올리기 위하여 애쓰는 가족의 모습이 보인다. 아버지는 내가 탈 자전거를 하나 빌린다. 보조 바퀴가 없는 어린이용 자전거다. 아버지가 뒤에서 밀어준다. 단 몇 초간이지만, 오로지 내 힘만으로 타고 있는 것만 같은 느낌이 든다. 아버지가 밀고 내가 타기를 몇 번을 반복한다. 땅을 찾아 허우적대는 내 두 발은 가끔씩 페달을 건드리기만 할 뿐이다.

옮긴이의 말

7~8년 전쯤인가, 필립 글래스를 주인공으로 한 다큐멘터리 영상을 본 적이 있다. 「글래스: 열두 부분으로 된 필립의 초상Glass: A Portrait of Philip in Twelve Parts」라는 DVD였다. 필립 글래스에게서 그가 살아온 이야기며, 음악과 작곡과 여러 스승들에 대한 이야기를 듣고, 그가 예술 계통의 친구들과 교류하는 모습 등을 포착한 영상물이었던 것으로 기억한다. 헐렁한 라운드 티셔츠와 추레한 바지를 걸치고 뉴욕 시내를 거닐며 콧소리를 흥얼거리던 노 작곡가의 뒷모습이 지금도 뚜렷하게 생각난다. 그런 사람이 쓴 자서전이라니, 하고 자연스레 호기심이 생겼다. 글도 그 걸어가는 뒷모습만큼 진솔할지 궁금했다. 다큐멘터리에서도 따로 다루었던 라비 샹카르와 나디아 불랑제에 대한 이야기도 자세히 듣고 싶었고, 다른 예술가들과의 연분도 궁금했다. 티베트 불교와 맺은 인연이 깊어지게 된 계기와, 많은 작품들의 뒷이야기도 알고 싶었다. 덧붙여 택시 운전이나 배관 수리 등의 일을 하며 생계를 해결했다는 그 '전설'을 당사자에게서 직접 듣고 싶은 욕구도 있었다.

원문을 읽으면서 글이 그의 음악과 묘하게도 닮아 있다는 생각을 여러 번 했다. 글래스의 음악은 확실한 논리, 명쾌한 구조로 분절되지 않고 물 흐르는 듯하다는 것이 내 생각이다. '내가 주체가 되어 음악을 듣는다'는 느낌보다는 '그의 음악 위에 내 몸을 둥실 얹어 놓고 흘려보내는 대로 따라갈 수밖에 없다'는 느낌이 진하다. 그런데 그와 비슷한 지각 경험을 그의 글을 통해서도 하는 느낌이었다. 어딘지 최면적인 구석이 있다고 할까? 글투도 담담하고 조곤조곤하다. 뭔가 클라이맥스를 향해 간다는 느낌도 없다. 그래서 은근한 여운이 오랫동안 남는다. 마치 그의 음악처럼 말이다. '아, 이 책은 대필 작가가 아니라 작곡가가 직접 썼을 수밖에 없겠구나' 하는 확신도 더불어 강해졌다.

또 한 가지 이 책이 유별난 점은, 자서전 유의 글에서 얼마간 보이기 마련인 자기 홍보나 변명이 지극히 드물다는 사실이다. 심지어는 자신의 이야기를 하면서도 다소간은 제3자적 관점을 견지하려고 노력하지 않았나 하는 생각마저 든다. 육즙이 뚝뚝 떨어지는 기름진 살코기 같은 이야기가 아니라, 살을 발라낸 뼈다귀 같은 이야기다. 풍부하지 않을지는 몰라도 은근한 맛이 있다. 또한 그렇기 때문에 이따금씩 언뜻언뜻 비어져 나오는 냉소와 비판이 더 날카롭게 느껴진다. 건조하게 사실을 기술한 부분과의 낙차가 뚜렷한 탓일 것이다. 본문에서 글래스는 그랬다. 음악이 과연 어디에서 비롯되는 것인지 알고 싶다고. 금방 책을 덮은 한 사람의 독자로서 나는 이제 앞으로의 음악은 어떻게 될 것인지가 궁금하다. 글래스의 음악이 그 하나의 튼실한 실마리가 되었으면 한다. 책을 읽었으니 이제 다시 음악을 들어야 할 차례다. 고드프리 레지오의 말마따나 "미지의 세계로 통하는 문을 열어 주는 음악"을 말이다.

2017년 가을
이석호

필립 글래스 작품 목록

진하게 표시한 것은 본문에서 언급된 작품입니다.

- **1960년대**

1962~1964 | Brass Sextet | Chamber

1965 | Music for Beckett's Play | Theater, Chamber

1965 | Music for Ensemble and Two Actresses | Chamber, Choral

1965 | Piece for Chamber Orchestra | Chamber, Orchestra

1966 | String Quartet No. 1 | Chamber

1966 | Talking Piece | Chamber

1967 | Head on | Chamber

1967 | In and Out Again | Chamber

1967 | One Plus One | Chamber, Solo

1967 | Piece in the Shape of a Square | Chamber

1967 | Six Hundred Lines | PGE(Philip Glass Ensemble)

1967 | Strung Out for Solo Amplified Violin | Solo

1968 | Gradus | Solo

1968 | How Now | Keyboard, PGE

1968 | Music for the Red Horse Animation | Theater

1968 | Two Pages | Keyboard, PGE

1969 | Music in Contrary Motion | Keyboard, PGE

1969 | Music in Fifths | PGE

1969 | Music in Similar Motion | Orchestral, Chamber, PGE

- **1970년대**

1970 | Music for Voices | Choral

1970 | Music with Changing Parts | PGE

1971~1974 | Music in Twelve Parts | PGE

1975 | Another Look at Harmony(Part IV) | Choral

1975 | Music for the Lost Ones(Beckett) | Theater

1975 | Music for the Saint Football Player | Theater

1976 | Another Look at Harmony(Part III) | Chamber

1976 | Einstein on the Beach | Opera

1977 | Dressed like an Egg | Theater

1977 | North Star | Film, PGE

1977~1979 | Fourth Series(Parts 1~4) | Keyboard, Choral, PGE
1978 | Modern Love Waltz | Keyboard, Chamber
1979 | Dance Nos. 1~5 | Ballet, Keyboard, PGE
1979 | Mad Rush | Solo

- **1980년대**

1980 | A Madrigal Opera | Opera
1980 | Satyagraha | Opera
1981 | Façades | Chamber
1981 | Glassworks | Chamber
1982 | Hebeve Song | Songs
1982 | Koyaanisqatsi | Film, Orchestral, Choral, Solo
1982 | The Photographer | Theater, PGE, Chamber
1983 | Akhnaten | Opera
1983 | Cold Harbor Cold Point | Theater
1983 | Company | Chamber
1983 | The Civil Wars - Rome | Opera
1984 | Mishima | Film, Chamber, Orchestral
1984 | Official Music of the 23rd Oympics | Orchestral, Choral
1984 | Prelude to Endgame | Chamber
1984 | String Quartet No. 2 | Chamber
1984 | The Civil Wars - Cologne | Opera
1984 | The Juniper Tree | Opera
1985 | A Descent into the Maelstrom | Theater, Ballet, PGE
1985 | Songs from Liquid Days | Songs
1985 | String Quartet No. 3 'Mishima' | Film, Chamber
1986 | In the Upper Room | Chamber, Ballet
1986 | Phaedra | Chamber, Ballet
1986 | The Making of the Representative for Planet 8 | Opera
1986 | Three Songs for Chorus a Cappella | Songs
1987 | Cadenzas for Mozart's Piano Concerto No. 21 | Concerto, Keyboard
1987 | Concerto for Violin & Orchestra No. 1 | Concerto
1987 | Hamburger Hill | Film
1987 | Pink Noise | WorldMusic
1987 | Powaqqatsi | Film, WorldMusic
1987 | The Fall of the House of Usher | Opera
1987 | The Light | Orchestral

1988 | Arabesque in Memoriam | Chamber

1988 | De Cie(for 4 Voices) | Choral

1988 | Metamorphosis I~V | Solo

1988 | One Thousand Airplanes on the Roof | Theater

1988 | The Canyon | Orchestral

1988 | Wichita Vortex Sutra | Solo

1988 | The Thin Blue Line | Film

1989 | Itaipú | Orchestral, Choral, Opera

1989 | String Quartet No. 4 'Buczak' | Opera, Chamber

- **1990년대**

1990 | Fifty Fifty Chance | Songs

1990 | Hydrogen Jukebox | Opera, Chamber

1990 | Mindwalk | Film

1990 | Mysteries and What's So Funny | Theater

1990 | Passages | Chamber, WorldMusic

1990 | The Screens | Chamber, WorldMusic, Theater

1991 | Cymbeline | Theater

1991 | String Quartet No. 5 | Chamber

1991 | White Raven(O Corvo Branco) | Opera

1992 | A Brief History of Time | Film

1992 | Anima Mundi | Film

1992 | Candyman | Film

1992 | Compassion in Exile | Film

1992 | Concerto Grosso | Concerto

1992 | Henry IV(Parts 1&2) | Theater

1992 | Love Divided by | Film

1992 | Symphony No. 1 'Low' | Orchestral

1992 | The Voyage | Opera

1992 | The Windcatcher | Chamber

1993 | In the Summer House | Theater, Chamber

1993 | Orphée | Opera

1993 | Tesra for Piano | Solo

1993 | Twelve Pieces for Ballet | Ballet, Keyboard

1993 | Woyzeck | Theater

1994 | La Belle et La Bête | Film, Opera

1994 | Now, So Long after That Time | Solo

1994 | Symphony No. 2 | Orchestral

1994 | Tse | Chamber

1994~2012 | Etudes for Solo Piano, Books 1&2 | Solo

1995 | Candyman 2 | Film

1995 | Concerto for Saxophone Quartet & Orchestra | Concerto

1995 | Echorus | Concerto

1995 | Ignorant Sky | Songs

1995 | Jenipapo | Film

1995 | Melodies for Saxophone | Solo

1995 | Symphony No. 3 | Orchestral, Chamber

1995 | Transformer | Orchestral

1995 | Witches of Venice | Theater, Ballet

1996 | Les Enfants Terribles | Opera, Ballet

1996 | Symphony No. 4 'Heroes' | Orchestral

1996 | The Secret Agent | Film

1997 | Bent | Film

1997 | Days and Nights in Rochinha | Orchestral, Ballet

1997 | Kundun | Film

1997 | Monsters of Grace | Opera

1997 | Planctus | Songs

1997 | Songs of Milarepa | Chamber

1997 | Streets of Berlin | Film, Songs

1997 | The Marriages between Zones 3, 4 & 5 | Opera

1998 | Dracula | Film, Chamber, Concerto

1998 | Psalm 126 | Choral, Orchestral

1998 | The Joyful Moment | Solo

1998 | Truman Sleeps | Film

1999 | Dra Fanfare | Orchestral

1999 | Symphony No. 5 'Requiem, Bardo, Nirmanakaya' | Orchestral, Choral

- **2000년대**

2000 | Concerto Fantasy for Two Timpanists & Orchestra | Concerto

2000 | In the Penal Colony | Opera

2000 | Orphée Suite | Solo

2000 | Trilogy Sonata | Solo

2000 | Concerto for Piano and Orchestra No. 1 'Tirol' | Concerto, Keyboard

2001 | Concerto for Cello & Orchestra No. 1 | Concerto

2001 | Dancissimo | Orchestral

2001 | Galileo Galilei | Opera

2001 | Short Films | Film

2001 | The Elephant Man | Theater

2001 | Voices for Organ, Didgerdoo & Narrator | WorldMusic

2002 | Concerto for Harpsichord & Orchestra | Concerto

2002 | Naqoyqatsi | Film

2002 | Symphony No. 6 'Plutonian Ode' | Orchestral

2002 | The Baroness and the Pig | Film

2002 | The Fog of War | Film

2002 | The Hours | Film

2003 | Sound of a Voice | Opera

2003 | Taoist Sacred Dance | Ballet, Chamber

2004 | Concerto for Piano & Orchestra No. 2 'After Lewis & Clark' | Concerto, Keyboard

2004 | Going Upriver | Film

2004 | Orion | WorldMusic

2004 | Secret Window | Film

2004 | Taking Lives | Film

2004 | Undertow | Film

2005 | A Musical Portrait of Chuck Close | Solo

2005 | Neverwas | Film

2005 | Night Stalker | Film

2005 | Symphony No. 7 'Toltec' | Orchestral, Choral

2005 | Symphony No. 8 | Orchestral

2005 | Waiting for the Barbarians | Opera

2006 | Amoveo | Ballet

2006 | Chaotic Harmony | Film, Chamber

2006 | Life: A Journey through Time | Orchestral

2006 | Notes on a Scandal | Film

2006 | Passion of Ramakrishna | Orchestral, Choral

2006 | Roving Mars | Film

2006 | The Illusionist | Film

2007 | Animals in Love | Film

2007 | Appomattox | Opera

2007 | Book of Longing

2007 | Cassandra's Dream | Film

2007 | No Reservations | Film

2007 | Partita No. 1 for Solo Cello(Songs & Poems) | Solo

2007 | Sound of Silence(arr. for solo piano) | Solo

2008 | Four Movements for Two Pianos | Chamber

2008 | Los Paisajes del Rio

2008 | Sonata for Violin & Piano | Chamber

2009 | Concerto for Violin & Orchestra No. 2 'The American Four Seasons' | Concerto

2009 | Kepler | Opera

2009 | String Sextet(Symphony No. 3) | Chamber

2009 | The Bacchae | Theater

2009 | Transcendent Man | Film

- **2010년대**

2010 | Concerto for Violin, Cello & Orchestra | Concerto

2010 | Icarus | Orchestral

2010 | Mr. Nice | Film

2010 | Nosso Lar(Our Home) | Film

2010 | O Apostolo | Film

2010 | Partita No. 2 for Solo Cello | Solo

2010 | Pendulum for Violin & Piano | Chamber

2010 | When the Dragon Swallowed the Sun | Film

2010~2011 | Partita for Solo Violin | Solo

2010~2011 | Symphony No. 9 | Orchestral

2011 | Black & White Scherzo | Orchestral

2011 | Harmonium Mountain | Video Work

2011 | IBM Centennial Film

2011 | Project Rebirth

2012 | Concert Overture(Overture for 2012) | Orchestral

2012 | Concerto for Cello & Orchestra No. 2 'Naqoyqatsi' | Orchestral

2012 | Symphony No. 10 | Orchestral

2013 | Orbit for Solo Cello | Solo

2013 | The Perfect American | Opera, Theater

2013 | Spuren der Verirrten(The Lost) | Opera, Theater

2013 | String Quartet No. 6 | Chamber

2013 | Two Movements for Four Pianos | Chamber

2013 | Visitors | Film

2014 | Ifé Songs

2014 | String Quartet No. 7 | Chamber

2014 | The Trial | opera

2015 | Concerto for Two Pianos & Orchestra | Concerto

2015 | Fantastic Four | Film

2015 | Partita for Double Bass | Solo

2016 | Sarabande in Common Time | Solo

2016 | The Crucible | Theater

2016 | The Last Dalai Lama | Film

2017 | Evening Song No. 2 | Solo

2017 | Symphony No. 11 | Orchestral

찾아보기

ㄹ

ㅂ

ㅅ

ㅇ

ㅋ

ㅌ

ㅍ

ㅎ

음악 없는 말

발행일 2017년 10월 2일 초판 1쇄
2022년 10월 9일 초판 3쇄
지은이 필립 글래스
옮긴이 이석호
디자인 안그라픽스

펴낸이 김동연
펴낸곳 프란츠(Franz)
전화 02-455-8442
팩스 02-6280-8441
홈페이지 http://franz.kr
이메일 hello@franz.kr
ISBN 979-11-959499-5-3 03840